バッティの美文詩研究

サンスクリット宮廷文学
と
パーニニ文法学

川村悠人 著

法藏館

はしがき

本書は2013年に広島大学に提出した学位請求論文「美文論書バッティカーヴィアの研究」（2014年３月学位授与）を改訂したものである。

古典サンスクリット詩文（kāvya）は，美文学伝統に生きたインド詩人達の高度な論理的思考と美意識の所産であり，知的遊戯の様相を呈した芸術作品である。外形と内容の両面に万状の技巧がこらされ，入念に彫琢されて完成に至った詩文は，詩人の魂（kavyātman）と言われ，作者に歓喜（ānanda，prīti）と栄誉（kīrti，yaśas）を与えるとされた。鑑賞者達を感動へと導く珠玉のサンスクリット詩文創作のために，諸学問のうちでもとりわけ文法学（vyākaraṇa）に精通することが詩人達には強く求められた。詩文は言葉の芸術，文芸に他ならないからである。パーニニ，カーティアーヤナ，パタンジャリの三聖によって確立されたパーニニ文法学は，伝統的に一切の学問の根幹に位置づけられる学問であり，古典サンスクリット語に携わる全ての者が学ぶべきとされた枢要の学問である。6－7世紀頃マイトラカ王朝の宮廷において，以上のような美文学と文法学の両者を巧みに融合して創出されたのが，詩文論書 Bhaṭṭikāvya である。同作品の中核をなす文法学部門を文法学的観点と詩学的観点の両観点から読み解くこと，それが本研究の狙いであり，かつ最大の特色である。

筆者を教え導いてくださった謝意を表すべき先生方，学友達がいる。

小川英世先生（広島大学）には，古典サンスクリット語を一から叩き込んでいただいた。パーニニ文法学の専門家である小川先生の文献解説と連日格闘していた筆者の関心が，サンスクリットという言語そのものへと，そしてパーニニ文法学へと向かいはじめたことは蓋し必然であった。パーニニ文法の幽玄なる世界へと筆者を導き，熱意をもって指導してくださった小川先生には感謝してもしきれない。

本田義央先生（広島大学）のもとでは，美文学文献と詩学文献読解の訓練を積んだ。Bhaṭṭikāvya は文法規則の例証を眼目とする作品であると同時に，サンスクリット伝統詩学が規定する諸条件を満たした大詩文（mahākāvya）でもあるため，同作品の研究には文法学と詩学の両方の知識が要求される。本田先生のご指導のもと，種々の詩文作品と詩学文献を通読していたことが筆者のBhaṭṭikāvya研究を可能にした。

Werner Franz Knobl先生，藤井正人先生（京都大学），堂山英次郎先生（大阪大学）からは，ヴェーダ文献の講読を通じて，サンスクリット研究にとって決定的に重要なヴェーダ学の知識を授かった。いまだその一端にすら触れ得ていない感を否めないが，本書執筆中にヴェーダ文献読解の経験を多少なりとも積めたことは幸運であった。横地優子先生（京都大学），Somadeva Vasudeva先生（京都大学），Diwakar Nat Acharya先生（Oxford大学）には，本書の内容に関わる筆者の度重なる質問に幾度となく答えていただいた。学位請求論文の学外審査委員を務めていただいた横地先生からは，Bhaṭṭikāvyaの成立背景を含むサンスクリット文化・宮廷文化について懇切丁寧なご教示を賜った。

国内外の学会並びに研究会の際には，George Cardona先生（Pennsylvania大学名誉教授），Ashok Aklujkar先生（British Columbia大学名誉教授），後藤敏文先生（国際仏教大学院大学，東北大学名誉教授），片岡啓先生（九州大学）をはじめとする多くの先生方から本研究に関する教示と助言を頂いた。尾園絢一，山崎一穂，友成有紀の各氏からは，日々の学術的交流の中で，ヴェーダ学，美文学，パーニニ文法学に関連する多くの情報と研究書類の提供を受けた。三氏には草稿にも目を通していただいた。海外でのみ利用可能であった研究資料の入手にあたってはLidia Szczepanik-Wojtczak博士の手を煩わせた。先生方および学友達から頂戴した貴重な意見と資料により，本書の精度は飛躍的に高まったと確信する。

最後に，筆者が選んだ道に理解を示し，見守ってくれた家族に万謝したい。今まで思う存分に勉学に励むことができたのはひとえに家族のおかげである。

筆者はこれまで多くの良き出会いに恵まれ多くの人達に支えられてきた。研究生活の一つの区切りとなる本書の出版が，筆者の研究を賛助してくださった方々への報恩となるとともに，新たなるBhaṭṭikāvya研究の黎明を告げるものとなることを願う。

出版にあたり，独立行政法人日本学術振興会より平成28年度科学研究費補助金研究成果公開促進費16HP5020（学術図書）の交付を受けた。ここに記して深甚の謝意を表する次第である。

2016年６月28日　京都にて

川村　悠人

目　次

はしがき　i

略号および参考文献　vii

序　論　3

0.1　Bhaṭṭikāvya 研究の目的……3

0.2　詩文について……4

0.3　パーニニ文法学について……7

0.4　美文学伝統におけるパーニニ文法の地位……18

0.5　Bhaṭṭikāvya に対する注釈書……24

0.6　Bhaṭṭikāvya と大詩文……25

0.7　Bhaṭṭikāvya の構成……27

0.8　Bhaṭṭikāvya 制作の動機……32

0.9　規則例証の一般法則……38

0.10　研究史……43

0.11　研究方法……68

第I部　本　論　83

第1章　規則の例証と言葉の教示の様態　85

1.0　緒　言……85

1.1　主題の部……85

1.2　雑多の部……110

1.3　定動詞の部……126

1.4　小　結……138

第2章　Bhaṭṭikāvya と Rāvaṇārjunīya の比較考察　148

2.0　緒　言……148

2.1　Rāvaṇārjunīya 概観……148

2.2 kāraka 術語規則の例証 …… 150
2.3 詩文論書の概念と役割 …… 188
2.4 小 結 …… 199
第 3 章 文法学部門における詩的技巧 209
3.0 緒 言 …… 209
3.1 〈順序が乱れた文〉と〈順序対応〉の対照 …… 209
3.2 音配置が生み出す詩的効果 …… 215
3.3 〈正しい語形成〉と意味内容の美点の協同 …… 224
3.4 小 結 …… 243
第 4 章 バッティ，カーティアーヤナ，パタンジャリ 249
4.0 緒 言 …… 249
4.1 規則例証に見るバッティの学識 …… 249
4.2 パタンジャリの規則解釈と詩人の言語慣習の対立 …… 269
4.3 詩人としてのバッティ …… 275
4.4 小 結 …… 286
結 論 296
第 II 部 付 論 299
主題の部翻訳研究 301
BhK 6.8-10: dvikarmakādhikāra (ślokavārttika on A 1.4.51) …… 301
BhK 5.97-100: ṭādhikāra (A 3.2.16-23) …… 306
BhK 6.71-86: nirupapadakṛdadhikāra (A 3.1.133-150) …… 311
BhK 8.85-93: karmapravacanīyādhikāra (A 1.4.83-98) …… 327
BhK 8.94-130: vibhaktyadhikāra (A 2.3.1-73) …… 335
BhK 9.8-11: sicivṛddhyadhikāra (A 7.2.2-7) …… 375
Abstract 401
Contents 425
索 引 429

略号および参考文献

A: Pāṇini's *Aṣṭādhyāyī*. See Appendix III (Aṣṭādhyāyīsūtrapāṭha) in Cardona 1997.

ABORI: *Annals of the Bhandarkar Oriental Research Institute*, Poona.

AK: Amarasiṁha's *Amarakośa*. See Dādhimatha 1984.

Amarapadapārijāta: Mallinātha's *Amarapadapārijāta*. See Ramanathan 1971.

Arthaśāstra: Kauṭilya's *Arthaśāstra*. See Kangle 1969.

AŚ: Kālidāsa's *Abhijñānaśakuntala*. See Pischel 1877.

BB: Bhaṭṭavāmanācārya's *Bālabodhinī*. See Karmarkar 1965.

BhK: Bhaṭṭi's *Bhaṭṭikāvya*. See (1) Bāpata 1887; (2) Trivedī 1898.

BhV: Puruṣottamadeva's *Bhāṣāvṛtti*. See Chakravarti 1918.

BM: Vāsudeva Dīkṣita's *Bālamanoramā*. See Caturveda and Bhāskara 1958-61.

BORI: Bhandarkar Oriental Research Institute, Poona.

BŚIŚ: Nāgeśa's *Bṛhacchabdenduśekhara*. See Sītārāmaśāstrī 1960.

CS: Candragomin's *Cāndrasūtra*. See Liebich 1966a.

CSSO: Chowkhamba Sanskrit Series Office, Varanasi.

CV: Candragomin's *Candravṛtti*. See Liebich 1966b.

DhĀ: Ānandavardhana's *Dhvanyāloka*. See Durgāprasād and Parab 1891.

dhātupāṭha: Pāṇini's dhātupāṭha. See Katre 1967.

DhP: Maitreyarakṣita's *Dhātupradīpa*. See Chakravarti 1919.

DKC: Daṇḍin's *Daśakumāracarita*. See Bühler 1887.

DV: Śaraṇadeva's *Durghaṭavṛtti*. See Renou 1940-56.

gaṇapāṭha. See Böhtlingk 1877.

GRM: Vardhamāna's *Gaṇaratnamahodadhi*. See Eggeling 1963.

IA: *Indian Antiquary*, Bombay.

IHQ: *Indian Historical Quarterly*, Calcutta.

JBBRAS: *Journal of the Bombay Branch of the Royal Asiatic Society*.

JH: Kumāradāsa's *Jānakīharaṇa*. See Nandargikar 1907.

JM: Jayamaṅgala's *Jayamaṅgalā*. See Bāpata 1887.

JOIB: *Journal of the Oriental Institute*, Baroda.

JRAS: *Journal of the Royal Asiatic Society of Great Britain and Ireland*, London.

KA: Bhāmaha's *Kāvyālaṅkāra*. See Trivedī 1909.

KĀ: Daṇḍin's *Kāvyādarśa*. See (1) Böhtlingk 1890; (2) Dimitrov 2002; (3) Dimitrov 2011.

Kāvyānuśāsana. Hemacandra's *Kāvyānuśāsana*. See Parikh and Kulkarni 1964.

KAS: Vāmana's *Kāvyālaṅkārasūtra*. See Cappeller 1875.

KASV: Vāmana's *Kāvyālaṅkārasūtravṛtti*. See Cappeller 1875.

KDh: Gopendra Tripurahara Bhūpāla's *Kāmadhenu*. See Jhā 1976.

KM: Rājaśekhara's *Kāvyamīmāṁsā*. See Dalal and Sastry 1934.

KP: Mammaṭa's *Kāvyaprakāśa*. See Karmarkar 1965.

KS: Kālidāsa's *Kumārasambhava*. See Narayana Murti 1980.

KSS: Kāśī Sanskrit Series.

KT: Kṣīrasvāmin's *Kṣīrataraṅgiṇī*. See Liebich 1930.

KV: Jayāditya and Vāmana's *Kāśikāvṛtti*. See Aryendra Sharma, Khanderao Deshpande, and D. G. Padhye 1969-1970.

LŚIŚ: Nāgeśa's *Laghuśabdenduśekhara*. See Guruprasad Shastri, Sitaram Shastri, and Bal Shastri 2012.

MB: Bharatamallika's *Mugdhabodhinī*. *Bhaṭṭikāvya: A Poem on the Actions of Rama. With the Commentaries of Jayamangala and Bharatamallika.* Published for the Use of the Sanskrit College. Under the Authority of the Committee of Public Instruction. 2 vols. Calcutta: Education Press, 1828.

MBh: Patañjali's *Mahābhāṣya*. See Abhyankar 1962-72.

MBhD: Bhartṛhari's *Mahābhāṣyadīpikā*. See (1) Palsule 1985; (2) Bronkhorst 1987.

MD: Kālidāsa's *Meghadūta*. See Hultzsch 1911.

MDhV: Sāyaṇa's *Mādhavīyadhātuvṛtti*. See Shastri 1987.

MDV: Vallabhadeva's *Meghadūtavivṛti*. See Hultzsch 1911.

MK: Śūdraka's *Mṛcchakaṭikā*. See Stenzler 1847.

MS: *Manusmṛti*. See Olivelle 2005.

NSP: Nirṇaya Sāgara Press, Bombay.

Nyāsa: Jinendrabuddhi's *Nyāsa*. See Miśra 1985.

PIŚ: Nāgeśa's *Paribhāṣenduśekhara*. See Kielhorn 1868.

PM: Haradatta's *Padamañjarī*. See Miśra 1985.

Prabhā: Rangacharya Raddi's *Prabhā*. See Shastri 1970.

Pradīpa: Kaiyaṭa's *Pradīpa*. See Vedavrata 1962-63.

PYBh: Vidyānātha's *Pratāparudrayaśobhūṣaṇa*. See Trivedī 1909.

RA: Bhaumaka's *Rāvaṇārjunīya*. See Śivadatta and Parab 1900.

RĀ: Kumārasvāmin's *Ratnāpaṇa*. See Trivedī 1909.

ṚV: *Ṛgveda*. See Aufrecht 1877.

RV: Kālidāsa's *Raghuvaṁśa*. See Nandargikar 1982.

Sañjīvinī: Mallinātha's *Sañjīvinī* on *Raghuvaṁśa*. See Nandargikar 1982.

Sarasvatīkaṇṭhābharaṇa: Bhoja's *Sarasvatīkaṇṭhābharaṇa* on poetics. See Śarmā and Paṇśīkar 1934.

Sarvaṅkaṣā: Mallinātha's *Sarvaṅkaṣā*. See Durgāprasāda and Śivadatta 1923.

SD: Viśvanātha's *Sāhityadarpaṇa*. See Dvivedī 1982.

ŚK: Bhaṭṭoji Dīkṣita's *Śabdakaustubha*. See Nene 1929.

SK: Bhaṭṭoji Dīkṣita's *Siddhāntakaumudī*. See Caturveda and Bhāskara 1958-61.

SKĀ: Bhoja's *Sarasvatīkaṇṭhābharaṇa* on grammar. See Śāstrī 1935.

ŚKD: *Śabdakalpadruma*. See Deva 1967.

SN: Aśvaghoṣa's *Saundarananda*. See Johnston 1975.

ŚP: Bhoja's *Śṛṅgāraprakāśa*. See Raghavan 1998.

SP: Mallinātha's *Sarvapathīnā*. See Trivedī 1898.

ŚV: Māgha's *Śiśupālavadha*. See Kak and Shastri 1990.

Svavṛtti: Mammaṭa's *Svavṛtti*. See Karmarkar 1965.

SVO: Vallabhadeva's *Sandehaviṣauṣadhi*. See Kak and Shastri 1990.

SVT: Kṣemendra's *Suvṛttatilaka*. See Kāvyatīrtha and Duṇḍhirājaśāstrī 1933.

TB: Jñānendrasarasvatī's *Tattvabodhinī*. See Caturveda and Bhāskara 1958-61.

Ṭīkā: Puṇyarāja's *Ṭīkā*. See Iyer 1983.

Uddyota: Nāgeśa's *Uddyota*. See Vedavrata 1962-63.

US: *Uṇādisūtra*. See Aufrecht 1859.

UV: D. T. Tatacharya Siromani's *Udyānavṛtti*. See Siromani 1934.

Vācaspatya: Taranatha Tarkavachaspati's *Vācaspatya*. *Vachaspatyam (A Comprehensive Sanskrit Dictionary): Compiled by Taranatha Tarkavachaspati*. The Chowkhamba Sanskrit Series Work 94. 6 vols. Varanasi: CSSO, 1970.

VP: Bhartṛhari's *Vākyapadīya*. See Rau 1977.

VS: Bhānuji Dīkṣita's *Vyākhyāsudhā*. See Dādhimatha 1984.

vt.: Kātyāyana's vārttika. See Abhyankar 1962-72.

ZDMG: *Zeitschrift der deutschen morgenländischen Gesellschaft*, Leipzig, Wiesbaden.

『印仏研』:『印度学仏教学研究』

Abhyankar, Kashinath Vasudev

1962-72 *The Vyākaraṇa-mahābhāṣya of Patañjali: Edited by F. Kielhorn*. Bombay Sanskrit and Prakrit Series 18-22, 28-33. 3 vols. Bombay: Government Central Press, 1880-1885. Third edition, revised and furnished with additional readings, references and select critical notes by K. V. Abhyankar. 3 vols. Poona: BORI, 1962-72.

Aichele, Walter

1926 "Die Form der Kawi-Dichtung." *Orientalistische Literaturzeitung* 29: 933-39.

Akamatsu, Akihiko（赤松明彦）

1994 「バルトリハリにおける abhyudaya と niḥśreyasa——文法学は何のために学ばれるのか——」『哲学年報』53: 1-24.

Anderson, P.

1850 "Some Account of the *Bhatti Kávya*." *JBBRAS* 3-2: 20-26.

Aryendra Sharma, Khanderao Deshpande, and D. G. Padhye

1969-70 *Kāśikā: A Commentary on Pāṇini's Grammar by Vāmana & Jayāditya*. Sanskrit

Academy Series 17, 20. 2 vols. Hyderabad: Sanskrit Academy.

Asai, Mari（浅井真理）

1996 「インド古典修辞学における押韻（yamaka）について」『東海佛教』41: 82(39)-70(51).

Aklujkar, Ashok

2004 "Can the Grammarian's *dharma* Be a *dharma* for All?" *Journal of Indian Philosophy* 32: 687-732.

Aufrecht, Theodor

1859 *Ujjvaladatta's Commentary on the Uṇādisūtras: Edited from a Manuscript in the Library of the East India House.* Bonn: Adolph Marcus.

1877 *Die Hymnen des Ṛigveda.* 2 vols. Bonn: Adolph Marcus.

1882 "Bhaṭṭi." *IA* 11: 235-236.

Bāpata, Govinda Shankara Shāstrī

1887 *The Bhattikâvyam of Bhatti with the Commentary (Jayamangalâ) of Jayamangala.* Bombay: NSP.

Bhate, Saroja

2009 "The Mahābhāṣya and the Kāśikāvṛtti: A Case Study." In *Studies in the Kāśikāvṛtti: The Section on Pratyāhāras. Critical Edition, Translation and Other Contributions*, edited by Pascale Haag and Vincenzo Vergiani, 141-152. Firenze: Socieà Editrice Fiorentina.

Bhattacharyya, Dinesh Chandra

1942 "Bharata Mallika and his Patron." *IHQ* 15: 168-175.

Bhaṭṭi

1867 "Bhaṭṭikāvya." *The Pandit* 1 (supplement): 1-2.

Böhtlingk, Otto

1877 *Pāṇini's Grammatik, herausgegeben, übersetzt, erläutert und mit verschiedenen Indices versehen.* 2 vols. Leipzig: Verlag Von H. Haessel.

1890 *Daṇḍin's Poetik (Kâvjâdarça): Sanskrit und Deutsch.* Leipzig: Verlag Von H. Haessel.

Bronkhorst, Johannes

1983 "On the History of Pāṇinian Grammar in the Early Centuries Following Patañjali." *Journal of Indian Philosophy* 11: 357-412.

1987 *Mahābhāṣyadīpikā of Bhartṛhari.* Fascicule IV: Āhnika I. Bhandarkar Oriental Research Institute Post-Graduate and Research Department Series 28. Poona: BORI.

Bronner, Yigal

2012 "A Question of Priority: Revisiting the Bhāmaha-Daṇḍin Debate." *Journal of Indian Philosophy* 40-1: 67-118.

Bronner, Yigal and Lawrence McCrea

2012 "To Be or Not to Be Śiśupāla: Which Version of the Key Speech in Māgha's Great Poem Did He Really Write." *Journal of the American Oriental Society* 132-3: 427-455.

Brough, John

1981 *Selections from Classical Sanskrit Literature with English Translation and Notes.* London: Luzac, 1951. Second edition, London: University of London, School of Oriental and African Studies, 1978. Reprint, 1981.

Bühler, Georg.

1877 "Detailed Report of a Tour in Search of Sanskrit MSS. Made in Kaśmīr, Rajputana, and Central India." *JBBRAS* (extra number): 1-90, i-clxxi.

1887 *The Daśakumâracharita of Daṇḍin: Edited with Critical and Explanatory Notes.* Bombay Sanskrit Series 10. Part I. Bombay: Government Central Book Depôt.

1913 "Indian Inscriptions and the kâvya. II. Vatsabhaṭṭi's Praśasti." (Translated by Prof. V. S. Ghate, M. A., Poona) *IA* 42: 137-148.

Cappeller, Carl

1875 *Vāmana's Lehrbuch der Poetik.* Jena: Verlag von Hermann Dufft.

Cardona, George

1971 "Cause and Causal Agent: The Pāṇinian view." *Journal of Indian Philosophy* 21: 22-44.

1974 "Pāṇini's kārakas: Agency, Animation, and Identity." *Journal of Indian Philosophy* 2: 231-306.

1976 *Pāṇini: A Survey of Research.* The Hague: Mouton.

1978 "Still Again on the History of the Mahābhāṣya." *ABORI* 58-59 (Diamond Jubilee Volume): 79-99.

1997 *Pāṇini: His Work and its Traditions.* Volume One. Background and Introduction. Delhi: Motilal Banarsidass, 1988. Second edition, revised and enlarged. 1997.

1999 *Recent Research in Pāṇinian Studies.* Delhi: Motilal Banarsidass.

2012a "On the Construction type *naṭasya śṛṇoti.*" *Saṃskṛtavimarśaḥ* 6: 65-84.

2012b "Pāṇini and Padakāras." In *Devadattīyam: Johannes Bronkhorst Felicitation Volume*, ed. François Voegeli, Vincent Eltschinger, Danielle Feller, Maria Piera Candotti, Bogdan Diaconescu, and Malhar Kulkarni, 39-61. Bern: Peter Lang.

Caturveda, Giridhara Śarmā, and Parameśvarānanda Śarmā Bhāskara

1958-61 *Śrīmadbhaṭṭojidīkṣitaviracitā vaiyākaraṇasiddhāntakaumudī śrīmadvāsudevadīkṣitapraṇītayā bālamanoramākhyavyākhyayā śrīmajjñānendrasarasvatīviracitayā tattvabodhinyākhyavyākhyayā ca sanāthitā.* 4 vols. Varanasi: Motilal Banarsidass.

Chakravarti, Srish Chandra

1913 *The Kāśikāvivaraṇapañjikā (the Nyāsa): A Commentary on Vāmana-Jayāditya's*

Kāśikā by Jinendrabuddhi. Edited with Occasional Notes. Rajshahi: The Verendra Research Society.

1918 *The Bhasha-Vritti: A Commentary on Panini's Grammatical Aphorisms Excepting Those which Exclusively Pertain to the Vedas by Purushottamadeva*. Savitārāyasmṛtisaṃrakṣaṇagranthamālā 1. Rajshahi: The Varendra Research Society.

1919 *The Dhatu-Pradeepa by Maitreya-Rakshita: Edited with Annotations*. Rajshahi: The Varendra Research Society.

Chatterji, Kshitish Chandra

1931 "Vyoṣa." *IHQ* 7 (3-4): 628.

Dādhimatha, Paṇḍit Śivadatta

1984 *Nāmaliṅgānuśasana alias Amarakośa of Amarasiṃha with the Vyākhyāsudhā or Rāmāśramī of Bhānuji Dīkṣita*. The Brajajivan Prachyabharati Granthamala 1. Revised by Vāsudeva Lakṣmaṇa Paṇaśīkara. Bombay: NSP, 1915. Reprint, Delhi: Chaukhamba Sanskrit Pratishthan, 1984.

Dalal, C. D. and R. A. Sastry

1934 *Kāvyamīmāṃsā of Rājaśekhara*. Baroda: Oriental Institute, 1916. Revised and enlarged by K. S. Ramaswami Sastri Siromani, 1934.

Dasgupta, S. N. and Sushuil Kumar De

1947 *A History of Sanskrit Literature: Classical Period*. Vol. 1. Calcutta: University of Calcutta.

De, Sushuil Kumar

1976 *History of Sanskrit Poetics*. Second edition, Calcutta: Firma K. L. Mukhopadhyay, 1960. Reprint, 1976.

Deshpande, Madhav M.

1993 "The Changing notion of śiṣṭa from Patañjali to Bhartṛhari." *Asiatische Studien* 47: 95-115.

2009 "Revising the Notion of Śiṣṭa in Bhartṛhari." *Bhartṛhari: Language, Thought and Reality*. Proceedings of the International Seminar, Delhi, December 12-14, 2003: Mithilesh Chaturvedi, 163-175. Delhi: Motilal Banarsidass.

Deva, Raja Radha Kanta

1967 *Shabda-Kalpadrum or an Encyclopædia Dictionary of Sanskrit Words Arranged in Alphabetical Order Giving the Etymological Origin of the Words According to Panini, Their Gender, Various Meanings and Synonyms, and Illustrating Their Syntactical Usage and Connotation with Quotations Drawn from Various Authoritative Sources such as Vedas, Vedanta, Nyaya, Other Darshana, Puranetihas, Music, Art, Astronomy, Tantra, Rhetorics and Prosody and Medicine etc.*. The Chowkhamba Sanskrit Series 93. 5 vols. Third edition. Varanasi:

CSSO.

Devi, L. Sulochana

1988 "A Survey of the Grammatical mahākāvyas of Kerala." *Vishveshvaranand Indological Journal* 26: 169-176.

Dimitrov, Dragomir

2002 *Mārgavibhāga: Die Unterscheidung der Stilarten. Kritische Ausgabe des ersten Kapitels von Daṇḍins Poetik Kāvyādarśa und der tibetischen Übertragung Sñan ṅag me loṅ nebst einer deutschen Übersetzung des Sanskrittextes*. Indica et Tibetica 40. Marburg: Indica et Tibetica Verlag.

2011 *Śabdālaṃkāradoṣavibhāga: Die Unterscheidung der Lautfiguren und der Fehler. Kritische Ausgabe des dritten Kapitels von Daṇḍins Poetik Kāvyādarśa und der tibetischen Übertragung Sñan ṅag me loṅ samt dem Sanskrit-Kommentar des Ratnaśrījñāna, dem tibetischen Kommentar des Dpaṅ Blo gros brtan pa und einer deutschen Übersetzung des Sanskrit-Grundtextes*. Veröffentlichungen der Helmuth von Glasenapp-Stiftung: Monographien 2. 2 vols. Wiesbaden: Harrassowitz Verlag.

Diwekar, H. R.

1929 "Bhāmaha, Bhaṭṭi and Dharmakīrti." *JRAS* 61-4: 825-841.

Dōyama, Eijirō（堂山英次郎）

2004 「R̥gveda V 60,6 —— *yaj* の意味と格支配, Imperative II *-tāt* の機能を中心に——」『印仏研』52-2: 890-894.

Durgāprasāda, Paṇḍit and Kāśīnāth Pāṇḍurang Parab

1891 *The Dhvanyāloka of Ānandavardhanāchārya with the Commentary of Abhinavaguptāchārya*. Kāvyamālā 25. Bombay: NSP.

1926 *The Kāvyālankāra-Sūtras of Vāmana with His Own Vr̥tti*. Kāvyamālā 15. Revised by Wāsudev Laxmaṇ Shāstrī Paṇśīkar. Third revised edition. Bombay: Pāndurang Jāwajī.

Durgāprasāda, Paṇḍit and Paṇḍit Śivadatta

1923 *The Śiśupālavadha of Māgha with the Commentary (Sarvaṃkashā) of Mallinātha*. Revised by T. Śrinivāsa Venkatrāma Śarma. Eighth edition. Bombay: Pāndurang Jāwajī.

Dvivedī, Durgāprasāda

1982 *Sāhityadarpaṇa of Viśvanātha*. Bombay: NSP, 1922. Reprint, New Delhi: Meharchand Lachhmandas.

Eggeling, Julius

1963 *Vardhamāma's Ganaratnamahodadhi: With the Author's Commentary Edited with Critical Notes and Indices*. London: Trübner, 1879-81. Reprint, Dehli: Motilal Banarsidass, 1963.

Emeneau, M. B.

1967 *A Union List of Printed Indic Texts and Translations in American Libraries*. American Oriental Series 7. Edited by W. Norman Brown, John K. Shryock, E. A. Speiser. Compiled by M. B. Emeneau. New Haven: American Oriental Society, 1935. Reprint, New York: Kraus Reprint Corporation, 1967.

Fallon, Oliver

2009 *Bhaṭṭi's Poem: The Death of Rāvaṇa by Bhaṭṭi*. The Clay Sanskrit Library 45. New York: New York University Press and the JJC Foundation.

Fujii, Masato（藤井正人）

2007 「ヴェーダ時代の宗教・政治・社会」『世界歴史大系　南アジア史 1 ――先史・古代――』所収（pp. 57-85）東京：山川出版社

Furui, Ryōsuke（古井龍介）

2007 「グプタ朝の政治と社会」『世界歴史大系　南アジア史 1 ――先史・古代――』所収（pp. 163-188）東京：山川出版社

Ghosh, Manomohan

1936 "On the Source of the Old-Javanese Rāmāyana Kakawin." *The Journal of the Greater India Society* 3: 113-117.

Godabole, Nārāyaṇa Bālakṛishṇa

1886 *Bhaṭṭi-Kāvya (Illustrating the Perfect.): Edited with Copious Explanatory Notes.* Bombay: NSP.

Goodall, Dominic and Harunaga Isaacson

2003 *The Raghupañcikā of Vallabhadeva Being the Earliest Commentary on the Raghuvaṃśa of Kālidāsa*. Volume 1. Critical Edition with Introduction and Notes. Groningen: Egbert Forsten.

Gotō, Toshifumi（後藤敏文）

1990 「インド伝統文法学をめぐって」『特定研究「近代諸科学から見たインド思想の批判的分析」報告書』所収（pp. 65-85）岩手：岩手大学人文社会学部

2001 「サッティヤ *satyá-*（古インドアーリア語「実在」）とウースィア *οὐσία*（古ギリシャ語「実体」）――インドの辿った道と辿らなかった道と――」文部科学省科学研究費特定領域研究（A）「古典学の再構築」『ニューズレター』9: 26-40.

2008 「古代インドの祭式概観――形式・構成・原理――」『総合人間学叢書』3: 57-102.

2009 「インド学へのいざない［5］パーニニのサンスクリット文典と古典期の諸文献」『言語』38-8: 82-87.

Guruprasad Shastri, Sitaram Shastri, and Bal Shastri

2012 *Vaiyākaraṇa Siddhāntakaumudī of Bhaṭṭojidīkṣita with the Commentaries Tattvabodhinī of Jñānendra Saraswatī; Bālamanoramā of Vāsudeva Dīkṣita and*

Laghuśabdenduśekhara of Nāgeśa Bhaṭṭa; Subodhinī (on Swara-Vaidika) of Jayakṛṣṇa Maunī and Candrakalā (on Liṅgānuśāsana) of Bhairava Miśra. The Chaukhamba Surbharati Granthmala 477. 2 vols. Varanasi: Chaukhamba Surbharati Prakashan.

Hahn, Michael

2012 "Der Bhāṣāśleṣa: eine besonderhait kaschmirischer Dichter und Poetiker." In *Highland Philology: Results of a Text-Related Kashmir Panel as the 31st DOT*, ed. Roland Steiner, 77-105. Studia Indologica Universitatis Halensis Band 4. Halle an der Saale: Universität Halle-Wittenberg.

Hanneder, Jürgen

2011 Review of Fallon 2009. *ZDMG* 161-2: 509-511.

Harikai, Kunio（針貝邦生）

2015 「マハーバーシュヤ第一日課（Paspaśā-Āhnika）とタントラヴァールッティカ」『比較論理学研究』12: 21-37.

Hara, Minoru（原実）

1979 "Śraddhāviveśa." *Indologica Taurinensia* 7: 261-273.

Hattori, Mari（服部真理）

1997 "On the Rhyme (*yamaka*) in Sanskrit Poetics." *ABORI* 78: 263-274.

Hoernle, A. F. Rudolf

1909 "Some Problems in Ancient Indian History IV.— The Identity of Yasodharman and Vikramāditya, and Some Corollaries." *JRAS* 41-1: 89-144.

Hooykaas, C.

1954-55 "Sanskrit kāvya and Old-Javanese Kakawin (New Light from the Rāmāyaṇa)." *JOIB* 4: 143-148.

1955 *The Old-Javanese Rāmāyaṇa Kakawin with Special Reference to the Problem of Interpolation in Kakawins*. Verhandelingen van het Koninklijk Instituut voor Taal-, Land- en Volkenkunde; Deel XVI. 's-Gravenhage: Nijhoff.

1957a "On Some *arthālaṅkāras* in the *Bhaṭṭikāvya* X." *Bulletin of the School of Oriental and African Studies* 20: 351-363.

1957b "Love in Lĕṅkā, *an Episode of the Old-Javanese Rāmāyaṇa Compared with the Sanskrit Bhaṭṭi-kāvya*." *Bijdragen tot de Taal-, Land- en Volkenkunde* 113-3: 274-289.

1958a "Four-line Yamaka in the Old Javanese Rāmāyaṇa." *JRAS* 90 (1-2): 58-71.

1958b "Four-line Yamaka in the Old Javanese Rāmāyaṇa." *JRAS* 90 (3-4): 122-138.

1958c "Stylistic Figures in the Old-Javanese Rāmāyaṇa Kakawin." *JOIB* 7: 135-157.

1958d "The Contents of the Bhaṭṭi-Kāvya." *JOIB* 8: 132-147.

1958e *The Old-Javanese Rāmāyaṇa: An Exemplary Kakawin as to Form and Content.* Verhandelingen der Koninklijke Nederlandse Akademie van Wetenschappen,

Afdeeling Letterkunde; Nieuwe Reeks, Deel LXV, No. 1. Amsterdam: N. V. Noord-Hollandsche Uitgevers Maatschappij.

1958f *The Old-Javanese Rāmāyaṇa: An Introduction to Some of its Problems*. Tjetakan lepas dari, Madjalah untuk ilmu bahasa, Ilmu bumi dan kebudajaan Indonesia, Djilid, LXXXVI.

1960 "Old Javanese Rāmāyaṇa." *The Journal of Oriental Research* 30-1: 1-12.

Hultzsch, E.

1892 "Valabhī grant of Dhruvasena III. Dated Samvat 334." *Epigraphia Indica* 1: 85-92.

1911 *Kalidasa's Meghaduta: Edited from Manuscripts with the Commentary of Vallabhadeva and Provided with a Complete Sanskrit-English Vocabulary*. Prize Publications Fund III. London: Royal Asiatic Society, 1911.

Hunter, Thomas M.

2011 "Figures of Repetition (*yamaka*) in the *Bhaṭṭikāvya*, the *Raghuvaṃśa*, the śivagṛha Inscription and the Kakawin *Rāmāyaṇa*." In *From Laṅkā eastwards: The Rāmāyaṇa in the Literature and Visual Arts of Indonesia*, ed. Andrea Acri, Helen Creese, and Arlo Griffiths, 25-51. Leiden: Koninklijk Instituut voor Taal-, Land-en Volkenkunde Press.

2014 "A Constant Flow of Pilgrims: Kāvya and the Early History of the Kakawin." In *Innovations and Turning Points: Toward a History of Kāvya Literature*, ed. Yigal Bronner, David Shulman, and Gary Tubb, 195-231. New Delhi: Oxford University Press.

Ikari, Yasuke（井狩弥介）

2011 『インド法典と「ダルマ（dharma）概念の展開」――ヴェーダ期，ダルマスートラを中心に――』龍谷大学南アジア研究センター伝統思想シリーズ 1

Iyer, K. A. Subramania

1963 *Vākyapadīya of Bhartṛhari with the Commentary of Helārāja, Kāṇḍa III, Part 1*. Deccan College Monograph Series 21. Poona: Deccan College.

1969 *Bhartṛhari: A Study of the Vākyapadīya in the Light of the Ancient Commentaries*. Poona: Deccan College.

1973 *Vākyapadīya of Bhartṛhari with the Prakīrṇakaprakāśa of Helārāja*. Kāṇḍa III, Part II. Poona: Deccan College.

1983 *Vākyapadīya of Bhartṛhari (An Ancient Treatise on the Philosophy of Sanskrit Grammar): Containing the Ṭīkā of Puṇyarāja and the Ancient Vṛtti*. With a Foreword by Ashok Aklujkar. Kāṇḍa II. Delhi: Motilal Banarsidass.

Jacob, Colonel G. A.

1983 *A Handful of Popular Maxims Current in Sanskrit Literature*. Parts I, II & III. Collected by Colonel G. A. Jacob. With a Foreword by Dr. M. D.

Balasubrahmanyam. First Printed in Three Parts, 1900-1904. Second revised edition, 1907-1911. Reprint, Delhi: Nīrājanā, 1983.

Jacobi, Hermann

1910 "Über die Vakrokti und über das alter Daṇḍin's." *ZDMG* 64: 130-139.

Jhā, Bechana

1976 *Kāvyālaṅkāra Sūtra of Āchārya Vāmana with the Kāvyāṅkārakāmadhenu Sanskrit Commentary of Śrī Gopendra Tripurahara Bhūpāla: Edited with Hindī Translation by Dr. Bechana Jhā*. Introduction by Dr. Rewāprasāda Dwivedī KSS 209. Second edition. Varanasi: Chaukhambha Sanskrit Sansthan.

Johnston, E. H.

1975 *The Saundarananda of Aśvaghoṣa*. Oxford: Oxford University Press, 1928. Reprint, Delhi: Motilal Banarsidass, 1975.

Joshi, Bhārgavaśāstrī Bhikājī

1942 *Patañjali's Vyākaraṇa Mahābhāṣya with Kaiyaṭa's Pradīpa and Nāgeśa's Uddyota*. Vol. IV, edited with Footnotes etc. Bombay: Satyabhamabai Pandurang.

Joshi, S. D. and J. A. F. Roodbergen

1975 *Patañjali's Vyākaraṇa-Mahābhāṣya: Kārakāhnika (P. 1.4.23-1.4.55), Introduction, Translation and Notes*. Publications of the Centre of Advanced Study in Sanskrit Class C; No. 10. Poona: University of Poona.

1981 *Patañjali's Vyākaraṇa-Mahābhāṣya: Prātipadikārthaśeṣāhnika (P. 2.3.46-2.3.71), Introduction, Text, Translation and Notes*. Publications of the Centre of Advanced Study in Sanskrit Class C; No. 14. Pune: University of Poona.

1986 *Patañjali's Vyākaraṇa-Mahābhāṣya: Paspaśāhnika, Introduction, Text, Translation and Notes*. Publications of the Centre of Advanced Study in Sanskrit Class C; No. 15. Pune: University of Poona.

1991-92 "Evidence in the *Kāśikāvṛtti* for an Authentic Pāṇinian Tradition Independent of Patañjali." *Bulletin of the Deccan College Post Graduate & Research Institute* 51-52 (S. M. Katre Felicitation Volume): 131-135.

1998 *The Aṣṭādhyāyī of Pāṇini with Translation and Explanatory Notes.* Volume VII (2.3.1-2.3.73). New Dehli: Sahitya Akademi

Joshi, Vināyak Nārāyaṇ Shāstrī and Vāsudev Lakṣmaṇ Shāstrī Paṇśīkar

1928 *The Bhaṭṭikāvya of Bhaṭṭi with the Commentary (Jayamangalā) of Jayamangala.* Seventh edition. Bombay: Pāndurang Jāwajī.

Kak, Ram Chandra and Harabhatta Shastri

1990 *Māghabhaṭṭa's Śiśupālavadha: The Commentary (Sandeha-Viṣauṣadhi) of Vallabhadeva (Complete)*. Delhi: Bharatiya Book Corporation.

Kale, M. R.

1897 *The Bhaṭṭikāvyam with the Commentary of Jayamangala: Cantos I-V. Edited with a Literal English Translation, Note (Grammatical, Explanatory and Critical), Instruction and Glossary*. Bombay: The Śāradākrīdana Press.

Kamimura, Katsuhiko（上村勝彦）

1972 「インド古典詩論における詩作の条件── pratibhā, vyutpatti, abhyāsa ──」『東方学』43: 110(1)-93(18).

1982 『インドの詩人　バルトリハリとビルハナ』東京：春秋社

1984 『実利論──古代インドの帝王学──（上）』（岩波文庫 青[33]-263-1）東京：岩波書店

1992 『ニーティサーラ　古典インドの政略論』（東洋文庫 553）東京：平凡社

1999 「ラージャシェーカラ作 *Kāvyamīmāṃsā* 訳注（第 1 章～第 3 章）」『東洋文化研究所紀要』137: 183-209.

Kane, Pandurang Vaman

1912a "Outlines of the History of Alamkara Literature." *IA* 41: 124-128.

1912b "Outlines of the History of Alamkâra Literature." *IA* 41: 204-208.

1923 *The Sāhityadarpaṇa of Viśvanātha (Paricchedas I-X) with Notes on Paricchedas I, II, X and History of Alaṅkāra Literature*. Bombay: Front Chawl Girgaon Back Road, 1910. Second edition, Bombay: High Court, 1923.

1971 *History of Sanskrit Poetics*. Bombay, 1951. Fourth edition, Delhi: Motilal Banarsidass, 1971.

Kangle, R. P.

1969 *The Kauṭilīya Arthaśāstra*. Part I. A Critical Edition with a Glossary. University of Bombay Studies Sanskrit, Prakrit and Pali, No. 1. Bombay: University of Bombay, 1960. Second edition, 1969.

Karandikar, Maheshwar Anant and Shailaja Karandikar

1982 *Bhaṭṭikāvyam: Edited with an English Translation*. Delhi: Motilal Banarsidass.

Karmarkar, Raghunath Damodar

1965 *Kāvyaprakāśa of Mammaṭa with the Sanskrit Commentary Bālabodhinī by the Late Vamanacharya Ramabhatta Jhalakikar*. Revised from the sixth edition. Poona: BORI.

Katre, Sumitra Mangesh

1967 *Pāṇinian Studies I*. Deccan College Building Centenary and Silver Jubilee Series 52. Poona: Deccan College Postgraduate and Research Institute.

Kāvyatīrtha, Nyāyopādhyāya and Paṇḍita Duṇḍhirājaśāstrī

1933 *Suvṛtta Tilaka by Mahākavi Śrī Kṣemendra*. Haridas Sanskrit Series 26. Varanasi: CSSO.

Kawamura, Yūto（川村悠人）

2014 「カーリダーサの非文法的表現 viśrāma に関する一考察」『哲学』66: 109-122.

2015 「*Aṣṭādhyāyī* 5.2.94 における asya と asmin の言明目的── matUP 導入をめぐる

第六格接辞と第七格接辞の意味論——」『インド哲学仏教学研究』22（特別号）: 227-249.

2016　「マッリナータの〈正しい語形成〉論」『比較論理学研究』13: 89-103.

Keith, A. Berriedale

1909　“Vikramāditya and Kālidāsa.” *JRAS* 41-2: 433-439.

1996　*A History of Sanskrit Literature*. London: Oxford University Press, 1920. First Indian Edition, Delhi: Motilal Banarsidass, 1993. Reprint, 1996.

Kielhorn, Lorenz Franz

1868　*The Paribhāshenduśekhara of Nāgojībhaṭṭa*. Part I: The Sanskrit Text and Various Readings. Bombay: The Indu Prakash Press.

Krishnamachariar, M., assisted by M. Srinivasachariar

1974　*History of Classical Sanskrit Literature: Being an Elaborate Account of All Branches of Classical Sanskrit Literature, with Full Epigraphical and Archaeological Notes and References, an Introduction Dealing with Language, Philology and Chronology and Index of Authors and Works*. First Edition. Delhi: Motilal Banarsidass, 1937. Third edition, 1974.

Kühnau, Richard

1890　“Metrische Sammlungen aus Stenzler's Nachlass.” *ZDMG* 44: 1-82.

Lalye, P. G.

2009　*Mallinātha*. Makers of Indian Literature. New Delhi: Sahitya Akademi, 2002. Reprint, 2009.

Leonardi, G. G.

1972　*Bhaṭṭikāvyam: Translation and Notes*. Orientalia rheno-traiectine 16. Leiden: E. J. Brill.

Liebich, Bruno

1930　*Kṣīrataraṅgiṇī, Kṣīrasvāmin's Kommentar zu Panini's Dhātupāṭha, zum ersten Mal herausgegeben; mit fünf Anhängen*. Indische Forschungen; Doppelheft 8/9. Breslau: Verlag von M. & H. Marcus.

1966a　*Cāndravyākaraṇa: Die Grammatik des Candragomin. Sūtra, Uṇādi, Dhātupāṭha*. Leipzig: Brockhaus, 1902. Reprint, Nendeln: Kraus, 1966.

1966b　*Candravṛtti: Die original-kommentar Candragomin's zu seinem grammatischen sūtra*. Leipzig: Brockhaus, 1918. Reprint, Nendeln: Kraus, 1966.

Lienhard, Siegfried

1984　*A History of Classical Poetry: Sanskrit — Pāli — Prakrit*. A History of Indian Literature Volume. III, Fasc. 1. Wiesbaden: Otto Harrassowitz.

Madhavan, K.

2001　*The Bhaṭṭikāvya*: *A Critical Appraisal*. Calcutta: Sanskrit Pustak Bhandar.

Mazumdar, B. C.

1904 "On the Bhattikavya." *JRAS* 36-3: 395-397.

1909 "The Author of the Bhaṭṭikāvya." *JRAS* 41-3: 759-760.

Mazumdar, Surendra Nath

1912 "The Author of the Bhattikavya." *Journal and Proceedings of the Asiatic Society of Bengal* 8: 59-61.

Miśra, Bāñkelāla

2004 *Bhaṭṭikāvyam of Śrī Bhaṭṭikavi with the Commentaries Jayamaṅgalā by Śrī Jayamaṅgala & Sarvapathīnā by Śrī Mallinātha Sūri.* Foreword by Prof. Rajendra Midhra. Sarasvatībhavana-Granthamālā 147. 2 vols. Varanasi: Sampurnanand Sanskrit University.

Miśra, Nārāyaṇa

1985 *Kāśikāvṛtti of Jayāditya-Vāmana (Along with Commentaries Vivaraṇapañcikā-Nyāsa of Jinendrabuddhi and Padamañjarī of Haradatta Miśra).* Ratnabharati Series 5-10. 6 vols. Varanasi: Ratna Publications.

Mitra, Rājendralāla

1881 "Note on a Manuscript of the Bhaṭṭi Kávya." *Proceedings of the Asiatic Society of Bengal* 57: 134-138.

Mitsui, Junji（三井淳司）

1993 「カーヴィア文体の研究 比喩と語合成 II」『密教文化』182: 53-101.

Murakami, Shinkan（村上真完）

1975-76 「Sāṃkhyakārikā 註 Jayamaṅgalā」『印仏研』24-2: 550-556.

Nandargikar, Gopal Raghunath

1907 *The Jānakīharaṇam, of Kumāradāsa: (I-X) Edited with Copious Notes in English, with Various Readings, with an Introduction Determining the Date of the Poet from the Latest Antiquarian Researches, with a Literal English Translation and with Appendices.* Bombay: Indu-Prakash steam-Press.

1982 *The Raghuvamśa of Kālidāsa with the Commentary of Mallinātha, Edited with a Literal English Translation, with Copious Notes in English Intermixed with Full Extracts, Elucidating the Text, from the Commentaries of Bhaṭṭa Hemādri, Chāritravardhana, Vallabha, Dinakaramiśra, Sumativijaya, Vijayagaṇi, Vijayānandasūri's Varacharaṇasvevaka and Dharmameru, with Various Readings.* Bombay, 1891. Fifth edition. Delhi: Motilal Banarsidass, 1982.

Narang, Satya Pal

1969 *Bhaṭṭikāvya: A Study.* Delhi: Motilal Banarsidass.

2003 "An Analysis of the prākṛta of bhāṣā-sama of the *Bhaṭṭikāvya* (Canto XIII) (on the Basis of *Jayamaṅgalā* and Bharatamallika)." In *Prajñāna-Mahodhahiḥ (Prof. Dr. Gopinath Mohapatra Felicitation Volume)*, ed. G. K. Dasj, P. M. Rath, and S. C. Dash, 61-85. Vāṇī Jyotiḥ 17-18. Vani Vihar: P. G. Department of Sanskrit.

Narayana Murti, M. S.

1980 *Vallabhadeva's Kommentar (Śāradā Version) zum Kumārasambhavam des Kālidāsa*. Verzeichnis der Orientalischen Handschriften in Deutschland, Supplementband 20, I. Wiesbaden: Franz Steiner Verlag.

Nene, Pandit Gopal Śastri

1929 *The Śabda Kaustubha by Pandit Bhattojidīkshit*. Vol. II-Fas. 5 to 10. From the Second Pāda of 1st Adhyāya to Second Pāda of 3rd Adhyāya and Sphota Chandrikā by Pandit Srikrisna Mauni. Chowkhambā Sanskrit Series, A Collection of Rare & Extra Ordinary Sanskrit Works. Nos. 3 to 10, & 13, 14. Benares: Vidya Vilas Press.

Nobel, Johannes

1924 "Studien zum zehnten Buche des Bhaṭṭikāvya." *Le muséon: revue d'études orientales*: 37: 281-300.

Ogawa, Hideyo（小川英世）

1990 「行為と言語　サンスクリット意味論研究：動詞語根の意味」『広島大学文学部紀要』49 （特輯号 3）: 1-119.

1996 「Mahābhāṣya ad P 1.3.1 研究 (7)」『広島大学文学部紀要』56: 56-77.

2005 *Process and Language: A Study of the Mahābhāṣya ad A 1.3.1 bhūvādayo dhātavaḥ*. Foreword by George Cardona. Delhi: Motilal Banarsidass.

2011 「Vākyapadīya「〈能成者〉詳解」（Sādhanasamuddeśa）の研究―― VP3.7.64-66:〈目的・行為主体〉（karmakartṛ）論 (3)――」『比較論理学研究』8: 33-57.

2012 「Vākyapadīya「〈能成者〉詳解」（Sādhanasamuddeśa）の研究―― VP3.7.67-69: A 1.4.51 akathitaṃ ca (1)――」『比較論理学研究』9: 31-57.

2013 "Bhartṛhari on Three Types of Linguistic unit-meaning Relations." In *Vyākaraṇa Across the Ages*: *Proceedings of the Vyākaraṇa Section of the 15th World Sanskrit Conference*, ed. George Cardona, 217-279. Delhi: D.K. Printworld.

2014 「Vākyapadīya「〈能成者〉詳解」（Sādhanasamuddeśa）の研究―― VP3.7.70-79: A 1.4.51 akathitaṃ ca (2)――」『比較論理学研究』11: 19-61.

Ōjihara, Yutaka（大地原豊）

1991 『宰相ラークシャサの印章――古典サンスクリット陰謀劇――』東京：東海大学出版会

Olivelle, Suman

2005 *Manu's Code of Law: A Critical Edition and Translation of the Mānava-Dharmaśāstra with the Editional Assistance of Suman Olivelle*. New York: Oxford University Press.

Ōrui, Jun（大類純）

1954a 「バーマハとバッティとの連関に関する一考察」『印度学仏教学論集：宮本正尊教授還暦記念論文集』所収（pp. 89-108）東京：三省堂

1954b 「印度古典修辭學史上に於けるバーマハ」『印仏研』3-1: 80-86.
1955 「學風上よりのバーマハとダンディンの比較考察」『印仏研』3-2: 441-447.
1957 「バーマハとダンディンをめぐりて」『東洋大学紀要』10: 25-34.

Ozono, Junichi（尾園絢一）
2014 「正しい言葉（*śábda-*）――ヴェーダとパーニニ文法学の観点から――」『論集』41: 77-103.

Palsule, Gajanan Balakrishna
1985 *Mahābhāṣyadīpikā of Bhartṛhari*. Fascicule 1: Āhnika III. Bhandarkar Oriental Research Institute Post-Graduate and Research Department Series 22. Poona: BORI.

Parikh, Rasiklal C. and Ramchandra B. Athavale
1938 *Kāvyānuśāsana by Āchārya Hemacandra*. Volume II. [Part I]. Introduction containing a critical account of mss. and a history of Gujarat as a back-ground to the life & times of Acharya Hemachandra and a review of his works by Rasiklal C. Parikh. [Part II]. Notes by Ramchandra B. Athavale. With a foreword by Dr. Anandsankar B. Dhruva. Bombay: Śrī Mahāvīra Jaina Vidyālaya.

Parikh, Rasiklal C. and V. M. Kulkarni
1964 *Kāvyānuśāsana [with Alaṃkāracūḍānaṇi and Viveka] of Ācārya Hemacandra with Two Anonymous Tippaṇas*. Second revised edition. Bombay: Śrī Mahāvīra Jaina Vidyālaya.

Peri, Sarveswara Sharma
1980-81 "Correctness of the Vocative Singular Form *subhru*." *Adyar Library Bulletin* 44-45 (Dr. K. Kunjunni Raja Felicitation Volume): 410-414.

Peterson, Peter
1883-85 "Detailed Report of Operations in Search of Sanskrit MSS. in the Bombay Circle, August 1882-March 1883." *JBBRAS* (extra number): 1-132, (1)-(129).

Pischel, Richard
1877 *Kâlidâsa's Çakuntalâ: The Bengâlî Recension with Critical Notes*. London: Trübner & Carl Friedrichs.

Pollock, Sheldon
2006 *The Language of the Gods in the World of Men: Sanskrit, Culture, and Power in Premodern India*. Berkeley: University of California Press.

Pradhan, V. G.
1897 *The Bhatti Kavyam of Bhatti (Cantos I-IV) with Introduction, Notes, Critical and Explanatory and a Close English Translation*. Poona: Ambaprasad Press.

Raghavan, Venkatarama
1978 *Bhoja's Śṛṅgāra Prakāśa (Recipient of the Sahitya Akademi Award for the Best Book of Sanskrit Research)*. Third revised enlarged edition, Madras: Punarvasu.

1998 *Śṛṅgāraprakāśa of Bhoja*. Harvard Oriental Series 53. Part I. Cambridge: Harvard University Press.

Ramanathan, A. A.

1971 *Amarakośa [I] with the Unpublished South Indian Commentaries. Amarapada-vivṛti of Liṅgayasurin and Amarapadapārijāta of Mallinātha.* Madras: The Adyar Library and Research Centre.

Rau, Wilhelm

1977 *Bhartṛharis Vākyapadīya: Die Mūlakārikās nach den Handschriften herausgegeben und mit einem Pāda-Index versehen.* Abhandlungen für die Kunde des Morgenlandes XLII, 4. Wiesbaden: Steiner.

Ray, Saradaranjan

1937 *Bhatti-Kavyam: Canto I. Edited with a New Commentary. The Commentaries of Jayamangala and Mallinatha and Critical and Explanatory Notes, Text & University Questions etc.* Third edition. Calcutta, 1910. Nineteenth edition (revised), Calcutta: Bhawani Dutta Lane, 1937.

1955 *Bhatti-Kavyam: Canto II Edited with a New Commentary. The Commentaries of Jayamangala and Mallinatha and Critical and Explanatory Notes (Text & University Questions &c).* Calcutta, 1908. Seventh edition, 1926. Eighteenth edition, thoroughly revised & enlarged by Kumudranjan Ray. Calcutta: Vivekananda Road, 1955.

1957 *Bhatti-Kavyam: Canto XI and XII. Edited with Mallinath, Mitabhashini Tika, Synonym, Analysis, Translations & Anglo Sanskrit Notes etc.* Calcutta, 1909. Fifth edition revised by Kumudranjan Ray. Calcutta: Vivekananda Road, 1957.

Ray, Saradaranjan and Kumudranjan Ray

1931 *Bhatti-Kavyam: Canto III. With Synonyms, Analysis, Prose, Traslations, Jayamangala, Mallinath, Notes, University and Test Questions etc., etc..* Calcutta: Bhawani Dutta Lane.

1959 *Bhatti-Kavyam: Canto X. With Jayamangala, Mallinath, Translations, Anglo-Sanskrit Critical Notes etc. and with Some Notes of Saradaranjan Ray. Edited by Kumudranjan Ray.* Calcutta, 1941. Second edition (revised). Calcutta: Vivekananda Road, 1959.

Regmi, Śeṣarāj Śarmā

1964 *Bhaṭṭikāvyam of Mahakavi Bhaṭṭi: Edited with the Chandrakalā-Viyotinī Sanskrit Hindi Commentaries.* Haridas Sanskrit Series 136. Varanasi: CSSO.

Renou, Louis

1940-56 *La Durghaṭavṛtti de Śaraṇadeva: Traité grammatical en sanskrit du XIIe siècle, édité et traduit.* Collection Emile Senart. 2 vols. Paris: Belles Lettres.

Roodbergen, J. A. F.

1990 "Three Introductory Compositions." *ABORI* 70: 242-247.

Śarmā, Batuk Nāth and Baldeva Upādhyāya

1981 *Kāvyālaṅkāra of Bhāmaha: Edited with Introduction etc*. With a Foreword by A. B. Dhruva. KSS 61. Varanasi: CSSO, 1928. Second edition. Varanasi: Chaukhambha Sanskrit Sansthan, 1981.

Śarmā, Paṇḍit Kedāranāth and Wāsdev Laxmaṇ Śāstrī Paṇśīkar

1934 *The Sarasvatī Kaṇṭhābharaṇa by Dhāreshvara Bhojadeva: With Commentaries of Rāmasinha (I-III) and Jagaddhara (IV)*. Kāvyamālā 94. Second edition. Bombay: Pāndurang Jāwajī.

Śāstrī, Haraprasād Mahāmahopādhyāya

1912 "A Note on Bhaṭṭi." *Journal and Proceedings of the Asiatic Society of Bengal* 8: 289.

Śāstrī, K. Sāmbaśiva

1935 *The Sarasvatīkaṇṭhābharaṇa of Śrī Bhojadeva with the Commentary of Śrī Nārāyaṇadaṇḍanātha*. Part I. Trivandrum Sanskrit Series 117. Trivandrum: Government Press.

Śāstrī, Raghunāth Kāśīnāth and Śivadatta D. Kudāla

1937 *Patañjali's Vyākaraṇa Mahābhāṣya with Kaiyaṭa's Pradīpa and Nāgeśa's Uddyota: Edited with Footnote, Collected from Chhāya Padamañjari and Śabdakaustubha as well as Supplied by the Editor's Own Originality*. Vol. III. Bombay: Pāṇḍurang Jāwajī.

Sastri, P. S. Subrahmanya

1960 *Lectures on Patañjali's Mahābhāṣya: Volume I (Āhnikas 1-3)*. Second edition. The author: Thiruvaiyaru.

Sastry, P. V. Naganatha

1970 *Kāvyālaṅkāra of Bhāmaha: Edited with English Translation and Notes*. Tanjore: Wallace Printing House, 1927. Second edition, Delhi: Motilal Banarsidass, 1970.

Scharf, Peter

2011 "On the Semantic Foundation of Pāṇinian Derivation Procedure: The Derivation of *kumbhakāra*." *Journal of the American Oriental Society* 131-1: 39-72.

Scharfe, Hartmut

1977 *Grammatical Literature*. A History of Indian Literature Volume. V, Fasc. 2. Wiesbaden: Otto Harrassowitz.

Schütz, C.

1837 *Fünf Gesänge des Bhaṭṭi-Kāvya: aus dem Sanskrit ins Deutsche übersetzt, nebst einer Abhandlung der Namen der Sonne und des Mondes im Sanskrit*. Bielefeld: Druck und Verlag von Velhagen & Klasing.

Shah, Nilanjana S.

1984 "Bhaṭṭi as Quoted in the Durghaṭavṛtti." *Sambodhi* 13: 35-56.

Sharma, Rama Nath

1995 *The Aṣṭādhyāyī*. Volume III. English translation of *adhyāyas* two and three with Sanskrit text, transliteration, word-boundary, *anuvṛtti, vṛtti*, explanatory notes, derivational history of examples, and indices. New Delhi: Munshiram Manoharlal Publishers.

Shastri, Swami Dwarikadas

1987 *The Mādhavīyā Dhātuvṛtti (A Treatise on Sanskrit Roots Based on the Dhātupāṭha of Pāṇini) by Sāyaṇācārya*. Prāchya Bhāratī Series 1. Varanasi: Prāchya Bhāratī Prakāshana, 1964. Second edition. Varanasi: Tara Book Agency, 1987.

Shastri, Vidyābhūṣaṇa Pandit Rangacharya Raddi

1970 *Kāvyādarśa of Daṇḍin*. First edition. Edited with an original commentary by Vidyābhūṣaṇa Pandit Rangacharya Raddi Shastri. Second edition, seen through the press by K. R. Potdar. Government Oriental Series, Class A; no. 4. Poona: BORI, 1917. Reprint, 1970.

Siromani, D. T. Tatacharya

1934 *Bhāmaha's Kāvyālankāra with Udyāna Vṛtti, a Lucid Commentary, English and Sanskrit Introduction, (Index), and an Appendix Dealing with Alankarikas*. Foreword by M. Krishnamachariar. Tiruvadi: The Srinivasa Press.

Sītārāmaśāstrī

1960 *Bṛhat-Śabdenduśekhara by Nāgeśa Bhaṭṭa*. Sarasvati Bhavana Granthamala 87. 3 vols. Varanasi: Varanaseya Sanskrit Vishvavidyalaya.

Śivadatta, Paṇḍit and Kāshīnāth Pāṇḍurang Parab

1900 *The Rāvaṇārjunīya of Bhatta Bhīma*. Kāvyamālā 68. Bombay: Tukārām Jāvajī.

Söhnen, Renate

1995 "On the Concept and Presentation of *yamaka* in Early Indian Poetic Theory." *Bulletin of the School of Oriental and African Studies* 58: 495-520.

Stenzler, Adolf Friedrich

1847 *Mṛcchakaṭikā, id. est, curriculum figlinum Sūdrakae regis fabula*. Bonnae: Impensis H. B. Koenig.

Sudyka, Lidia

2000 "What does the *Bhaṭṭi-kāvya* Teach?" In *On the Understanding of Other Cultures*, ed. Piotr Balcerowicz and Marek Mejor, 449-460. Warsaw: Oriental Institute, Warsaw University.

2003 "From Aśvaghoṣa to Bhaṭṭi: The Development of the *mahākāvya* Genre." In *2nd International Conference on Indian Studies: Proceedings*, ed. Renata Czekalska and Halina Marlewicz, 527-546. Cracow Indological Studies 4-5. Kraków:

Księgarnia Akademicka.

2005a "Sea Images in the *Bhaṭṭikāvya* with Special Reference to Its *sarga* XIII." In *Love and Nature in Kāvya Literature: Proceedings*, ed. Lidia Sudyka, 125-142. Cracow Indological Studies 7. Kraków: Księgarnia Akademicka.

2005b "Canto XII of the *Bhaṭṭikāvya*: The bhāvikatva — a guṇa or a Figure of Speech." In *Encyclopædia of Indian Wisdom: Prof. Satya Vrat Shastri Felicitation Volume*, ed. Ramkaran Sharma, Vol. 1, 700-711. Delhi: Bharatiya Vidya Prakashan.

Thakur, Anantalal and Upendra Jha

1957 *Kavyalakṣaṇa of Daṇḍin (Also Known as Kāvyādarśa) with Commentary Called Ratnaśrī of Ratnaśrījñāna*. Darbhanga: The Mithila Institute.

Thieme, Paul

1935 *Pāṇini and the Veda: Studies in the Early History of Linguistic Science in India*. Allahabad: Globe Press.

Tieken, Herman

2014 "On Beginnings: Introductions and Prefaces in *Kāvya*." In *Innovations and Turning Points: Toward a History of Kāvya Literature*, ed. Yigal Bronner, David Shulman, and Gary Tubb, 86-108. New Delhi: Oxford University Press.

Trivedī, Kamalāśaṅkara Prāṇaśaṅkara

1898 *The Bhaṭṭi-Kāvya or Rāvaṇavadha Composed by Śrī Bhaṭṭi: Edited with the Commentary of Mallinātha and with Critical and Explanatory Notes*. Bombay Sanskrit Series 56-57. 2 vols. Bombay: Government Central Book Depôt.

1909 *The Pratāparudrayaśobhūshaṇa of Vidyānātha with the Commentary, Ratnāpaṇa, of Kumārasvāmin, Son of Mallinātha, and with a Critical Notice of Manuscripts, Introduction, Critical and Explanatory Notes and an Appendix Containing the Kāvyālaṃkāra of Bhāmaha*. Bombay Sanskrit and Prakrit Series 65. Bombay: Government Central Press.

Tsuji, Naoshirō（辻直四郎）

1973 『サンスクリット文学史』（岩波全書 277）東京：岩波書店

Tubb, Gary

2014 "*Kāvya* with Bells on: *yamaka* in the *Śiśupālavadha*." In *Innovations and Turning Points: Toward a History of Kāvya Literature*, ed. Yigal Bronner, David Shulman, and Gary Tubb, 142-194. New Delhi: Oxford University Press.

Vedavrata

1962-63 *Śrībhagavat-patañjali-viracitam Vyākaraṇa-Mahābhāṣyam (Śrī-kaiyaṭakṛta-pradīpena nāgojībhaṭṭa-kṛtena-bhāṣyapradīpoddyotena ca vibhūṣitam)*. 5 vols. Gurukul Jhajjar (Rohtak): Hairyāṇā Sāhitya Saṃsthāna.

Velankar, H. D.

1948-49 "Prosodical Practice of Sanskrit Poets." *JBBRAS* 24-25: 49-92.

Wada, Yūgen（和田悠元）

2012　「*Bhaṭṭikāvya* 第 1 章――テキストと訳注――」『インド論理学研究』4: 275-290.

Warder, A. K.

1983　*Indian Kāvya Literature. Volume Four.* The Ways of Originality (Bāṇa to Dāmodaragupta). Delhi: Motilal Banarsidass.

Yamasaki, Kazuho（山崎一穂）

2012　「クシェーメーンドラの詩論書に引用されるラージャシェーカラの詩節について」『広島大学大学院文学研究科論集』72: 13-34.

2014　「バーナ作 *Caṇḍīśataka* における śleṣa について」『東方学』128: 144-159.

Yokochi, Yūko（横地優子）

2007　「文学史の流れ」『世界歴史大系　南アジア史 1――先史・古代――』所収（pp. 294-317）東京：山川出版社

2008　「サンスクリット詩の理解に向けて」『多言語社会における文学の歴史的展開と現在：インド文学を事例として』平成 17 年度～平成 19 年度科学研究費補助金基盤研究（A）研究成果報告書（研究代表者：水野善文）所収（pp. 101-114）

Zachariae, Theodor

1933-34　“Zitate aus buddhistischen Sanskritwerken.” *Zeitschrift für Indologie und Iranistik* 9: 1-16.

バッティの美文詩研究

——サンスクリット宮廷文学とパーニニ文法学——

序　論

0.1　Bhaṭṭikāvya 研究の目的

古典文化の栄華を極めたグプタ王朝（Gupta，4 世紀初頭-6 世紀中頃）の衰亡後，デリーにイスラム政権が誕生するまでの約650年間，北インドには群雄割拠の時代が到来する。かつてのグプタ朝の繁栄を志向して周縁の小王国が争覇する中，西インド，マイトラカ王朝（Maitraka，5 世紀末-8 世紀中頃）の首都ヴァラビー（Valabhī）は学術の中心地として発展した。ここに，後世に名を残すことになる宮廷詩人バッティ（Bhaṭṭi，6 世紀-7 世紀頃）が登場する。彼がシュリーダラセーナ王（Śrīdharasena）のもとで撰述した Bhaṭṭikāvya（『バッティの美文詩』）は，大叙事詩 Rāmāyaṇa を題材として英雄ラーマ（Rāma）の物語を描いた詩文（kāvya）であり，サンスクリット伝統詩学が要求する条件を満たした大詩文（mahākāvya）の 1 つとして知られる。しかし，作者バッティの真の目的はラーマ物語を美文調で詠い上げることではなく，物語描写の際に使用する表現を通じて，文法家パーニニ（Pāṇini，紀元前 5 世紀-4 世紀頃）の手になる文典 Aṣṭādhyāyī に定められた文法規則を例証し，パーニニ文法学に基づく正しい言語形式（sādhuśabda）を読者（おそらく主に王族達）に示教することにある。

Bhaṭṭikāvya 第10章から第13章では詩学上の諸規定も例証されるが，バッティが文法規則の例証を作品の主軸としていることは，同書の構成（序論0.7）と彼自身の言葉（序論0.8）から明らかである。したがって，Bhaṭṭikāvya の中核をなすのは，詩学上の諸規定が例証される詩学部門ではなく，文法規則が例証される文法学部門であると言わねばならない。しかし，従来の研究の多くは前者のみに焦点を当てたものであり，後者に対する本格的研究はこれまでなされてこなかった。その最大の理由は，パーニニの規則を文法学伝統にのっとって適正に解釈し適用することは決して容易ではないという事実に求められよう。

この障壁が，文学研究者による文法学部門の考究を阻んできたのである。同部門の精研なくしてBhaṭṭikāvya研究は成り立たない。その一方で，大詩文であるBhaṭṭikāvyaを研究するにあたり，作品の詩文的側面を無視することも許されない。

本研究の目的は，文法学的観点と詩学的観点の2観点からBhaṭṭikāvya文法学部門を論究し，同部門の方法論的原理を解明することである。一国を担う王子の教育のために著されたと伝えられるBhaṭṭikāvyaは，当時のサンスクリット教育の有り様や王族達を取り巻くサンスクリット事情，当時伝承されていた規則解釈の伝統とパーニニ文法学の発展史などを探るための価値ある資料を提供する。本研究が今後のBhaṭṭikāvya文法学部門研究の礎石となるとともに，サンスクリット文化研究の一助となれば幸いである。

0.2 詩文について

まずはじめに，詩文（kāvya）の概念を整理しておこう[(1)]。

0.2.1 詩文の特徴と種類

詩文は，サンスクリットまたはそれに準ずる言語で書かれ[(2)]，文法学（vyākaraṇa）を筆頭とする諸学の規定を忠実に守り，高度な詩的技巧を駆使して創られた文学作品である。それは，詩文の創作に不可欠な教養（vyutpatti），日夜をわかたず繰り返す訓練（abhyāsa），詩人達（kavi）の直感力（śakti）または，詩的閃き（pratibhā），これらから生まれる芸術である。詩文の創造のために要求されるこれら3要素の概念や，優劣関係およびそれらに対する各詩論家達の考えや詩論家同士の影響関係については，上村 1972が網羅的に論じている。ここでは，その言葉は異なるが，詩文を完成させる要因として上記3要素に初めて言及した南インドの詩論家ダンディン（Daṇḍin，7世紀頃）の言明を引用しておこう。

KĀ 1.103: naisargikī ca pratibhā śrutaṃ ca bahu nirmalam |

amandaś cābhiyogo 'syāḥ kāraṇaṃ kāvyasampadaḥ ‖
先天的な詩的閃き（pratibhā），曇りなき多くの学識（śruta），そして怠惰なき尽力（abhiyoga）は，この詩文完成の要因である。

カシミールの詩学者バーマハ（Bhāmaha，7世紀頃）によれば，条件を満たしていれば韻文（padya）だけでなく散文（gadya）も kāvya と見なされる（序論註(2)）。さらにダンディンはこれらに「韻文と散文の混交体」（miśra）を付け加える（KĀ 1.11ab: padyaṃ gadyaṃ ca miśraṃ ca tat tridhaiva vyavasthitam）。本研究が kāvya という語に「詩文」という訳語を当てるのは，このような理由による。

0.2.2 詩文の定義と果報

バラタ（Bharata，年代不詳）作とされる Nāṭyaśāstra（4－5世紀頃までには成立か）を除けば，現存する最古の詩論書はバーマハの Kāvyālaṅkāra である。バーマハが与えた「相携えた言葉と意味が詩文である」（KA 1.16a: śabdārthau sahitau kāvyam）という簡潔な定義を出発点に，後代の詩論家達は詩文を様々に定義することになるが，ここでそれらを一つひとつ取り上げて考察することはしない。アーナンダヴァルダナ（Ānandavardhana，9世紀後半）とアビナヴァグプタ（Abhinavagupta，10世紀後半-11世紀前半）が確立した暗示（dhvani）理論と情趣（rasa）理論を受け継ぐ形で，詩学が扱う事柄を体系的に整理したカシミールの詩学者マンマタ（Mammaṭa，11世紀後半）作 Kāvyaprakāśa は，当時広く受け入れられた標準的詩論書である。彼が与える詩文の定義を見ておけば十分であろう。

KP 1.4ab: tad adoṣau śabdārthau
saguṇāv analaṅkṛtī punaḥ kvāpi |
それ（詩文）は，美質［と装飾］を具えた――しかし［明瞭な］装飾を具えていない場合もある――欠陥のない言葉と意味である。(3)

マンマタによれば，原則として，文学上の欠陥（doṣa）がなく美質（guṇa）と詩的装飾（alaṅkāra）を具えた言葉と意味からなるものが詩文である。(4)

マンマタは，詩文の役割と果報について，次のように言う。

KP 1.2: kāvyaṁ yaśase ’rthakr̥te
vyavahāravide śivetarakṣataye |
sadyaḥparanirvr̥taye
kāntāsammitatayopadeśayuje ||

詩文は，栄誉，富の産出，良俗の認識，不吉なものの滅，即時の最上の歓喜をもたらし，愛しい女に等しいものとして教示との結びつきを与える。(5)

詩人や優れた鑑賞者（sahr̥daya）は，詩文を通じて栄誉（yaśas）と富（artha）を獲得し，良俗（vyavahāra）を知り，不吉なもの（śivetara）を除去し，最上の歓喜（paranirvr̥ti）をすぐさま味わい，正しい生き方の教示（upadeśa）を受ける。(6) インド西部グジャラートの学者ヘーマチャンドラ（Hemacandara, 12世紀）の「詩文は，歓喜，栄誉，そして愛しい女に等しいものとして教示を与える」（Kāvyānuśāsana 1.3: kāvyam ānandāya yaśase kāntātulyatayopadeśāya ca）という言葉は，明らかにKP 1.2を念頭に置いたものである。

11世紀前半の学匠ボージャ（Bhoja）は，あるべき詩文の姿とそれの制作によりもたらされる果報を次のように集約している。

Sarasvatīkaṇṭhābharaṇa 1.2: nirdoṣaṃ guṇavat kāvyam alaṅkārair alaṅkr̥tam |
rasānvitaṃ kaviḥ kurvan kīrtiṃ prītiṃ ca vindati ||

欠陥がなく，美質に満ち，装飾に飾られ，情趣を具えた詩文を創るならば，詩人は名声と歓喜を獲得する。

誉れ高い名声と喜悦を得るために，詩人達は様々な面から作品に仕掛けを施して識者の鑑賞に堪える比類無き作品の創出に心血を注いだ。バッティがBhaṭṭikāvyaに施した最大の仕掛けは，ラーマ物語を描写すると同時に文法規則を例証することに他ならない。

0.3　パーニニ文法学について

次に，パーニニ文法学の大綱を示す。

0.3.1　ヴェーダ補助学

文法学は，ヴェーダ補助学（vedāṅga）の１つとして発展したと伝統的には考えられている。ヴェーダ補助学とされる学問分野は６つある。すなわち，韻律学（chandas，chandoviciti），祭事学（kalpa），天文学（jyautiṣa，jyotiṣā-ayana），語源学（nirukta），音声学（śikṣā），文法学（vyākaraṇa）である。韻律学は祭文／祝詞（mantra）の韻律構造を説示し，祭事学はヴェーダ祭式の執行次第に関して教示を与え，天文学は祭式の挙行にふさわしい時を知らしめ，語源学はヴェーダ文献の難解な言葉を語源的に説明し，音声学は音の発生と発音について教え，文法学は正しい言語形式を説き明かす。これら６学問は，それぞれヴェーダの足（pāda），手（hasta），目（cakṣus），耳（śrotra），鼻（ghrāṇa），口（mukha）と言われる（Cardona 1997: par. 826）。

0.3.2　パーニニ文法

サンスクリット伝統文法学の歴史は，パーニニの文典 Aṣṭādhyāyī（「八学課の集成」）をもって始まる。同書は完全な形で保存，伝承された，現存するインド最古の文典であり，同時に世界最古の文典でもある。

パーニニは西北インドのシャラートゥラ（現パキスタンのアトック付近）の出身とされ，歴史的にはガンダーラ国がアケメネス朝ペルシャの統治下にあった時代の学者が想定されている。彼が文法規則を通じて分析し説明する対象は，上記の時代と地域における知識人（śiṣṭa）達の実際の言語運用，すなわち彼らの口語，話し言葉（bhāṣā）であり，文法学伝統では模範的話者である彼らこそが正しい言葉に関する権威と見なされる（MBh on A 6.3.109 [III.174.10]: ... śiṣṭāḥ śabdeṣu pramāṇam）(7)。パーニニ文典は，ヴェーダ文献の雅語に特化した規定も多く含み，言語形態の地方差にも論及している。言語の上からは，パーニニが記述する対象は大規模祭式の手引き書 Śrautasūtra の新層や家長の家庭内儀礼を定める Gṛhyasūtra の最古層と同じ言語段階，ヴェーダ語から古典サンスクリット語への過渡期に位置づけられ得る。高低アクセントの位置を明確に定めるパーニニ文法の記述対象は，間違いなく当時の生きた言語だが，中期インドアーリア語の段階を経た古典期のサンスクリット語は，高低アクセントを失っている。パーニニが規則中で彼の先師達（pūrvācārya）の見解にもしばしば言及することから，彼が先師達の学統を継承して自身の文法体系を築き上げたことが知られる。この点に関し，パーニニは先学達の文法理論を単に体系化しただけではなく，自身の文法体系の観点から彼らの書を批判的に検討したに違いないことが Cardona 2012b により明らかにされている。

0.3.2.1 パーニニ文法の構成

パーニニ文法は以下の 4 文献を基礎とする。

（1） Aṣṭādhyāyī

Aṣṭādhyāyī は，規則を述べたスートラ（sūtra）と呼ばれる短句からなるものであり（sūtrapāṭha），8 つ（aṣṭan）の学課／章（adhyāya）を有し，各章は 4 つの四半分章（pāda）から構成される。Aṣṭādhyāyī には約4000のスートラが定式化されており，各スートラは，操作規則（vidhisūtra），支配規則（adhikārasūtra），術語規則（sañjñāsūtra），解釈規則（paribhāṣāsūtra），拡大適用規則（atideśasūtra），制限規則（niyamasūtra），禁止規則（niṣedhasūtra）に大別される。

（2） Akṣarasamāmnāya

Akṣarasamāmnāya はパーニニが規則中で前提としている音素表である。

① a i u Ṇ
② ṛ ḷ K
③ e o Ṅ

④　ai　au　C

⑤　h　y　v　r　Ṭ

⑥　l　Ṇ

⑦　ñ　m　ṅ　ṇ　n　M

⑧　jh　bh　Ñ

⑨　gh　ḍh　dh　Ṣ

⑩　j　b　g　ḍ　d　Ś

⑪　kh　ph　ch　ṭh　th　c　ṭ　t　V

⑫　k　p　Y

⑬　ś　ṣ　s　R

⑭　h　L

パーニニ文法では，⑤以降の子音は発声を容易にするために（uccāraṇārtha）母音 a を付けた形で利用される。音素群①-⑭それぞれの最終位置にある子音は IT と呼ばれる指標音（anubandha）である（A 1.3.3: hal antyam）。これらの指標音を使って，例えば aC（① a から④ C までの音，母音），hAL（⑤ h から⑭ L までの音，子音），aL（① a から⑭ L までの音，全音）といったように，複数の音を指示する省略符（pratyāhāra）が形成される（A 1.1.71: ādir antyena sahetā）。さらに母音（aC）は，ここに挙げられている母音だけではなく，その同類音（A 1.1.9: tulyāsyaprayatnaṁ savarṇam; 1.1.10: na ajjhalau），例えば a の場合ならば短音 a だけでなく長音 ā も指示する（A 1.1.69: aṇudit savarṇasya cāpratyayaḥ）。上記音素表の音群に加え，パーニニは接辞（pratyaya）や加音（āgama），語基（prakṛti）などにも指標音を付すことによって（A 1.3.2: upadeśe ’j anunāsika it–A 1.3.8: laśakv ataddhite）それらの派生手続き上の機能を指定している。指標音はそれらが具体的な派生手続きに入った段階で無条件にゼロ化される（A 1.3.9: tasya lopaḥ）。本書では指標音および発声用の母音を大文字で表記する。

（3）　dhātupāṭha

dhātupāṭha 中に挙げられる動詞語基（dhātu）は，基幹母音アクセントと指標音によって特徴づけられている。現在に伝わる dhātupāṭha は意味記載を含む。例えば，動詞語基 bhū は dhātupāṭha I.1において bhū́ sattāyām と提示される。dhātupāṭha における意味記載の問題については，Ogawa 2005: 83-100に詳しい。

（4） gaṇapāṭha

gaṇapāṭha は特定の諸規定に関与する項目の群（gaṇa）よりなり，各群は規則中で指示される。例えば，A 1.1.27: sarvādīni sarvanāmāni（「sarva〈「全ての」〉群の項目は sarvanāman と呼ばれる」）における sarva 群（sarvādi）がそれである。gaṇapāṭha 中には名詞語基（prātipadika）だけではなく動詞語基や名詞派生形も提示されている。

これら 4 文献のうち Aṣṭādhyāyī がパーニニ文法の中枢であり，他の文献はそれを補助する役割を担う。

0.3.2.2 パーニニ文法学の成立

パーニニの後，紀元前 3 世紀頃に東インドに出たカーティアーヤナ（Kātyāyana）が自著 Vārttika においてパーニニ文典が現実の言語運用を過不足なく記述しているかどうかを検討し，必要があれば規則の修正や追加などを提案した。彼に次いで，紀元前 2 世紀中頃，おそらく北インドのマトゥラー近辺で活動したとおぼしきパタンジャリ（Patañjali）が，大注釈書 Mahābhāṣya においてパーニニの規則とカーティアーヤナの論弁を厳正に吟味し，それらに解釈を与えて，ここにパーニニ文法学は完成を見る。紀元後の古典期には，グプタ朝によるサンスクリット復古運動にも支えられて，パーニニ文法学は特定の学派や学問分野に限定されることなくサンスクリット使用者達の共通規範となり，サンスクリット文化発展の支柱をなした。それ以降，同文法学は現在に至るまでサンスクリット界の権威的地位を占めている。パーニニ，カーティアーヤナ，パタンジャリは文法学の三聖（trimuni，munitraya）と称される。

パーニニ文法学派に属さない仏教徒やジャイナ教徒も，Aṣṭādhyāyī の構成，語句，規定内容を簡略化した独自の文典を保有しているが，本研究では特記しない限り，「文法学」という言葉を「パーニニ文法学」を意図して，「文法家／文法学者」という言葉を「パーニニ文法家／文法学者」を意図して使用する。

0.3.3 文法学とは何か

文法学は śabdānuśāsana または vyākaraṇa と言われる。サンスクリット文献における両語の用例を検討した Cardona 1997: par. 845-848によれば，両語の意味および文法学の概念は，インドの伝統では次のように説明される。

śabdānuśāsana という語は，「正しい言葉を教示する手段」（śabdānām anuśāsanam）を意味し，一般的には，anu-śās（「教示する」）に後続する kr̥t 接辞 LyuṬ は〈手段〉（karaṇa）を表示すると解釈される（A 3.3.117: karaṇādhikaraṇayoś ca）。パーニニ文法家達によれば，śabdānuśāsana とは，正しくない言葉（asādhuśabda）から区別されるもの（vivikta）としての正しい言葉（sādhuśabda）を知らしめる学問（śāstra）である。

vyākaraṇa は，anuśāsana という語の場合と同様に，vi-ā-kr̥ の後に〈手段〉を表示する kr̥t 接辞 LyuṬ が導入されて派生する語である。vi-ā-kr̥ は主に「分離する」（separate），「正しく区別する」（discriminate，differentiate），「分ける」（divide），「説明する，明らかにする」（explaine，make something clear）という意味で使用される。anu-śās が表示する教示行為の対象が「正しい言葉」であるのと同様，vyākaraṇa という語が「文法学」を指して使用される文脈では，vi-ā-kr̥ が表示する行為の対象も当然「正しい言葉」である。正しい言葉は正しくない言葉から区別されるべきものであるから，vyākaraṇa という語が「文法学」を指示する場合，vi-ā-kr̥ の意味としては「[正しい言葉を正しくない言葉から] 正しく区別する」（discriminate）がより適切である。

文法学（śabdānuśāsana，vyākaraṇa）とは，正しくない言葉から区別されるものとしての正しい言葉を派生組織を通じて説明，知らしめる手段である。

0.3.4 文法学学習の目的

0.3.4.1 主要な5目的

人はなぜ文法学を学ばなければならないのか。パタンジャリは Mahābhāṣya

冒頭のPaspaśāhnika中で文法学学習の目的を論じている。その要点を摘記しておきたい。まず以下に，パタンジャリが掲げる5つの主要な目的（mukhyāni prayojanāni）を挙げる。[8]

1．ヴェーダ伝統の護持（rakṣā）

音素の脱落，付加，変化に精通する人（lopāgamavarṇavikārajña）のみが，ヴェーダの伝統を正しく護持することができる。したがって，それらを教示する文法学が学ばれなければならない。[9]

2．マントラの改変（ūha）

諸マントラは一切の性の区別（sarvaiḥ liṅgaiḥ）と一切の名詞接辞（sarvābhiḥ vibhaktibhiḥ）を伴ってヴェーダ文献中に与えられているわけではない。祭式に携わる者（yajñagata）は，基本形（prakṛti）祭式にて用いられる諸マントラを変化形（vikṛti）祭式のために臨機応変に改変しなければならない。文法学の知識がなければそのようなことは不可能である。したがって，文法学が学ばれなければならない。[10]

3．伝統の遵守（āgama）

「婆羅門（brāhmaṇa）は，世俗的で利己的な動機を考慮することなく，義務として，6つの補助学を含めてヴェーダを学び，その文意を理解しなければならない」という伝統がある。[11] そのような伝統に従い，文法学が学ばれるべきである。加えて，6つのヴェーダ補助学の中でも文法学こそが主要なるもの（pradhāna）である。主要なるものに対してなされた努力（yatna）は必ずや果報をもたらす。[12] その点からも文法学を学ぶ価値は保証される。[13]

4．正しい言葉を理解するための簡便な方法（laghu）

ヴェーダの教示（adhyāpana）を本務の一つとする婆羅門は（MS 1.88; 10.75），それを全うするために必ず正しい言葉を知らなければならない。[14] 正しい言葉を知るために文法学以上に簡便な手段は存在しない。したがって，文法学が学ばれなければならない。[15]

5．ヴェーダの言葉の意味に対する無疑念（asandeha）

文法学の知識がなければ，祭式家達が朗誦する言葉の意味をアクセント（svara）の違いに基づいて決定することができず，その言葉の意味に対して疑念（sandeha）を抱いてしまう。ヴェーダの言葉の意味に対して疑念を抱かないようにするため，文法学が学ばれなければならない。(16)

以上のようにパタンジャリは，文法学がヴェーダ補助学の１つとして位置づけられることを念頭に置き，ヴェーダ文化の伝承と維持の視点から文法学学習の目的を論じている。

0.3.4.2 付随的な13目的

パタンジャリは文法学学習の主要５目的について論述した後，付随的13目的（ānuṣaṅgika）の論説を開始する。意図が不明瞭な点をいくつか残すが，次にそれらの概略を示す。

1．野蛮人にならないようにするため

婆羅門たるものは決して野蛮な言葉（歴史的には中期インド語の存在が想定される）を使用してはならない，すなわち決して誤った言葉を使用してはならない（MBh [Paspaśā] [I.2.7-8]: brāhmaṇena na mlecchitavai na apabhāṣitavai)。誤った言葉を使用する野蛮人（mleccha）となってしまわないよう，文法学が学ばれなければならない（MBh [Paspaśā] [I.2.8-9]: mlecchā mā bhūmety adhyeyaṁ vyākaraṇam)。

2．祭式時に誤った言葉を使用しないようにするため

言葉はアクセント（svara）または音素（varṇa）の点で欠陥を抱えたものとして誤って使用されると，意図された意味を伝えることができない（MBh [Paspaśā] [I.2.11]: duṣṭaḥ śabdaḥ svarato varṇato vā mithyā prayukto na tam artham āha)。祭式時に誤って使用された言葉は祭主を傷つける（MBh [Paspaśā] [I.2.12]: sa vāgvajro yajamānaṁ hinasti)。祭式時に誤った言葉を使用することがないよう，文法学が学ばれなければならない（MBh [Paspaśā] [I.2.13]: duṣṭān śabdān mā prayukṣmahīty adhyeyaṁ vyākaraṇam)。

3. 意味を理解せずに言葉を学習しないようにするため

言葉は，たとえ学習されたとしてもその意味が正しく認識されていなければ，ただ読み上げられるだけのものとなってしまう（MBh [Paspaśā] [I.2.15]: yad adhītam avijñātaṃ nigadenaiva śabdyate）[17]。そのような言葉は，火を持たない乾いた薪と同様，いかなるときにも燃え盛ることがない（MBh [Paspaśā] [I.2.16]: anagnāv iva śuṣkaidho na taj jvalati karhicit），すなわち効果を発揮しない[18]。意味を理解せずに言葉を学習することがないよう，文法学が学ばれなければならない（MBh [Paspaśā] [I.2.17]: anarthakaṃ mādhigīṣmahīty adhyeyaṁ vyākaraṇam）。

4. 正しい言語活動により繁栄を得るため

正しい言葉と正しくない言葉の違いを知り，言葉を言語活動時に正しく使用する者は，あの世において無限の勝利をおさめる。一方，誤った言葉を用いれば汚れてしまう（MBh [Paspaśā] [I.2.19–20]: yas tu prayuṅkte kuśalo viśeṣe śabdān yathāvad vyavahārakāle | so 'nantam āpnoti jayaṃ paratra vāgyogavid duṣyati cāpaśabdaiḥ）。文法学の学習は繁栄（abhyudaya）の要因に他ならない[19]。

5. 女性のように扱われないようにするため

A が B に挨拶をし，B が A に挨拶を返す（pratyabhivāda）としよう。その際 B は，A がシュードラ（śūdra）以外の者である場合，相手の名前の ṭi（母音で始まる最終要素）を３マートラ（pluta）分伸ばす形で挨拶を返さなくてはならない（A 8.2.83: pratyabhivāde 'śūdre）[20]。もし B がそのような礼儀を知らなければ，A は B に挨拶をする際，ちょうど女性に対してそうするように，「私だ」（ayam aham）などといった自由な言葉遣いをする（MBh [Paspaśā] [I.3.7–8]: avidvāṁsaḥ pratyabhivāde nāmno ye na plutiṁ viduḥ | kāmaṃ teṣu tu viproṣya strīṣv ivāyam ahaṁ vadet）。礼儀正しい挨拶は「私だ」ではなく「挨拶します。私，デーヴァダッタは」（abhivādaye devadatto 'ham）などの形をとる。しかし，B のように正しい挨拶の返し方を知らなければ，その者は正しい挨拶をしてもらえない[21]。これは婆羅門の尊厳に関わる問題である。挨拶をされる際に女性扱いされないよう，文法学を学ん

でおかなければならない（MBh [Paspaśā] [I.3.9]: abhivāde strīvan mā bhūmety adhyeyaṁ vyākaraṇam）。

6. 前献供マントラを正しく朗誦するため

文法学の知識がなければ，前献供マントラ（prayājamantra）を朗誦する際に，agni という語の正しい格変化形を挿入（vibhkati）することができない（MBh [Paspaśā] [I.3.10–11]: na cāntareṇa vyākaraṇaṃ prayājāḥ savibhaktikāḥ śakyāḥ kartum）[22]。agni という語の後に導入されるべき適切な名詞接辞を選択し同語の格変化形を前献供マントラに正しい形で挿入することができるよう，文法学を学んでおかねばならない[23]。

7. 祭主または祭官となるため

マントラを語（pada），アクセント（svara），音節（akṣara）に渡って正確に唱えることができる者は，祭主（yajamāna）または祭官（yājaka）となるにふさわしい（MBh [Paspaśā] [I.3.12–13]: yo vā imāṃ padaśaḥ svaraśo 'kṣaraśo vācaṁ vidadhāti sa ārtvijīno bhavati）。祭主または祭官になることができるよう，文法学が学ばれなければならない（MBh [Paspaśā] [I.3.13]: ārtvijīnāḥ syāmety adhyeyaṁ vyākaraṇam）[24]。

8. 言葉という偉大なる神と一体化するため

R̥V 4.58.3で讃えられる偉大なる神は，言葉に他ならない（MBh [Paspaśā] [I.3.21]: mahān devaḥ śabdaḥ）[25]。言葉という偉大なる神と一体化できるよう，文法学が学ばれなければならない（MBh [Paspaśā] [I.3.22]: mahatā devena naḥ sāmyaḥ yathā syād ity adhyeyaṁ vyākaraṇam）。

9. 言葉の本性を理解するため

妻が，愛する夫のために自分の服を脱ぎ捨てて自身の体を（svam ātmānam）露にするように，言葉（vāc）というものは，言葉を知る者（vāgvid）のために自らの体／本性（svātmānam）を明らかにする（MBh [Paspaśā] [I.4.6–7]: tad yathā jāyā patye kāmayamānā suvāsāḥ svam ātmānaṁ vivr̥ṇuta evaṁ vāg vāgvide svātmānaṁ vivr̥ṇute）。言葉が我々にその本性を明かしてくれるよう，文法学が学ばれなければならない（MBh [Paspaśā] [I.4.7–8]: vāṅ no vivr̥ṇuyād ātmānam ity adhyeyaṁ vyākaraṇam）。すなわち，言葉を語ごとに語

基と接辞の区分に基づいて分析し，言葉の体である意味を正しく理解するために，文法学が学ばれなければならない。(26)

10. 幸運な者となるため

R̥V 10.71.2において，文法家達の言葉には吉祥ある印が置き定められていることが語られている（MBh [Paspaśā] [I.4.17]: eṣāṁ vāci bhadrā lakṣmīr nihitā bhavati）。(27) 幸運な者となるべく文法学が学ばれなければならない。(28)

11. 罪を清める儀式に関わらないようにするため

シュラウタ諸祭火の設置者（āhitāgni）が儀礼中に誤った言葉を使用した場合，その者は罪を清める儀式を実践しなくてはならない（MBh [Paspaśā] [I.4.19-20]: āhitāgnir apaśabdaṃ prayujya prāyaścittīyāṁ sārasvatīm iṣṭiṃ nirvaped）。正しくない言葉の使用によって清めの儀式に関わる者となってしまわないよう，文法学が学ばれなければならない（MBh [Paspaśā] [I.4.20]: prāyaścittīyā mā bhūmety adhyeyaṁ vyākaraṇam）。

12. kr̥t 接辞で終わる名前を子供に付けるため

子供には taddhita 接辞で終わる名前ではなく kr̥t 接辞で終わる名前を付けなければならない（MBh [Paspaśā] [I.4.24]: nāma kr̥taṃ kuryān na taddhitam iti）。しかし，文法学を学んでいなければ，kr̥t 接辞で終わる名前と taddhita 接辞で終わる名前を識別することができない（MBh [Paspaśā] [I.4.4-5]: na cāntareṇa vyākaraṇaṃ kr̥tas taddhitā vā śakyā vijñātum）。したがって，文法学が学ばれなければならない。

13. 真実の神となるため

R̥V 8.69.12では，文法学への精通ゆえに真実の神（satyadeva）であるヴァルナ神が賞賛されている（Pradīpa on MBh [Paspaśā] [I.21.21-22]）。ヴァルナと同様に真実の神となることができるよう，文法学が学ばれなければならない（MBh [Paspaśā] [I.5.3-4]: satyadevāḥ syāmety adhyeyaṁ vyākaraṇam）。(29)

13目的に関するパタンジャリの論議は，ヴェーダ祭式に関わる文脈に加えて日常の言語運用に関わる文脈のもと展開されており，当時の婆羅門達にとって，正しい言葉遣いとそれに対する知識がいかに日々の生活と直結していたかを物語る。文法学への精通は，学識を持ち正しい言語運用をなす婆羅門としての威厳の象徴であり，サンスクリットの蘊奥を究める婆羅門は，地上における神にも等しい存在であろうか。言語哲学者バルトリハリ（Bhartṛhari，５世紀頃）や詩論家ダンディンはサンスクリットを「神々の言語」（daivī vāg）と宣明した。(30)

0.3.5　正しい言語使用に基づく功徳と繁栄

付随的13目的のうちの４が示唆するように，文法学の知識は功徳（dharma）の積重と繁栄（abhyudaya）の獲得の要因にもなる。詳細は現在準備中の別稿にゆずり，ここではカーティアーヤナとパタンジャリの主要な言明を引用するにとどめる。

vt. 1 (Paspaśā): siddhe śabdārthasambandhe lokato 'rthaprayukte śabdaprayoge śāstreṇa dharmaniyamaḥ yathā laukikavaidikeṣu ‖
世間［の言語慣習］に従って，言葉と意味の関係が成立しており，意味に促されて言語使用がなされるのならば，文法学によって，功徳のために［言語使用の］制限がなされる。(31)日常の世界体系とヴェーダの世界体系の中で［功徳のために制限がなされる］ように。

vt. 9 (Paspaśā): śāstrapūrvake prayoge 'bhyudayas tat tulyaṁ vedaśabdena |
「文法学［の知識］を前提として言語使用がなされるとき，繁栄がある。それはヴェーダの言葉と同じである」

MBh on vt. 1 (Paspaśā) [I. 8. 20–22]: evaṃ kriyamāṇam abhyudayakāri bhavatīti ‖ evam ihāpi samānāyām arthagatau śabdena cāpaśabdena ca dharmaniyamaḥ kriyate śabdenaivārtho 'bhidheyo nāpaśabdenety evaṃ kriyamāṇam abhyudayakāri bhavatīti |
…以上のようになされるものは，繁栄をもたらすものとなる。次の事例も，［上述の，日常世界とヴェーダ祭式の世界の諸事例と］同様である。［すなわち，］正しい言葉（go など）によっても正しくない言葉（gāvī など）によっても同じ意味理解が起こるならば，功徳のために［言語使用の］制限がなされる。「正しい言葉によってのみ意味は表示されるべきであり，正しくない言葉によって表示されるべきではない」と。このように（制限のもと）発せられるものは繁栄をもたらすものとなる。[32]

MBh on vt. 5 to A 6.1.84 (III.58.14–15): tathā śabdasyāpi jñāne prayoge prayojanam uktam | kim | ekaḥ śabdaḥ samyagjñātaḥ śāstrānvitaḥ suprayuktaḥ svarge loke kāmadhug bhavatīti | yady ekaḥ śabdaḥ samyagjñātaḥ śāstrānvitaḥ suprayuktaḥ svarge loke kāmadhug bhavati kimartham dvitīyas tr̥tīyaś ca prayujyate | na vai kāmānāṃ tr̥ptiḥ asti |

さらに，正しい言葉についても，それを知っていることと使用することに対する目的が述べられた。

【問】どんな［目的］が。

【答】「たった１つの言葉でも，文法規則に従って正しく知られ，正しく使用されるならば，天界において如意牛となる」と［言われている］。

【問】もし，たった１つの言葉が，文法規則に従って正しく知られ，正しく使用されたとき，天界において如意牛となるならば，何のために第２，第３の［言葉］が使用されるのか。

【答】［人の］諸欲望は満足することがないのだ。

0.4　美文学伝統におけるパーニニ文法の地位

次に，主に詩学者達の記述に基づいて美文学伝統におけるパーニニ文法の地位を見ておく。

0.4.1　詩文制作における文法学の重要性

0.4.1.1　詩人の教養としての文法学

カシミールの詩論家ヴァーマナ（Vāmana，800年頃）は詩文の要因（kāvyāṅga）の１つとして〈学識〉（vidyā）を挙げた後（KAS 1.3.1: loko vidyāḥ prakīrṇakaṃ ca kāvyāṅgāni），次のように陳述する。

KAS 1.3.3: śabdasmr̥tyabhidhānakośacchandovicitikalākāmaśāstradaṇḍanīti-

pūrvā vidyāḥ |
〈学識〉は，文法学，語彙辞典，韻律学，芸事，性愛論書，政治学［の学習］を前提とする。
KASV on KAS 1.3.3 (7.8): śabdasmr̥tyādīnāṃ pūrvapūrvabalīyastvaṃ kāvyabandheṣv apekṣaṇīyatvāt |
文法学などは前のものほどより重要である。［それらは］詩文制作の際に期待されるべきものであるから。[33]

ヴァーマナによれば，まずもって詩文の制作には〈学識〉が必要である。そしてそれをもたらす要因のうち，文法学（śabdasmr̥ti，正しい言葉を伝承する手段）の学習が最重要である。詩文が言葉（śabda）と意味（artha）からなる芸術である以上，文法学の知識なくして高度な作品の創作が不可能であることは言うまでもないであろう。ヴァーマナは続ける。

KAS 1.3.4: śabdasmr̥teḥ śabdaśuddhiḥ |
言葉の浄化は文法学に基づく。
KASV on KAS 1.3.4 (7.11-12): śabdasmr̥ter vyākaraṇāc chabdānāṃ śuddhiḥ sādhutvaniścayaḥ |
言葉の浄化は，すなわち言葉の正しさの決定は，正しい言葉を伝承する手段，すなわち文法学に基づく。

詩人達は百態の言葉を巧妙に操ることで作品を生み出す。詩文制作の際には，誤った言葉（apaśabda）ではなく清浄なる正しい言葉（sādhuśabda）が使用されるべきであり，言葉の正しさ（sādhutva）を確定する手段は文法学以外にない。ちなみに，ヴェーダ祭式で用いられるマントラもまた文法学を浄化具とすると言われる。

KM (25.19-22): āpaḥ pravitraṃ prathamaṃ pr̥thivyāṃ apāṃ pavitraṃ paramaṃ ca mantrāḥ | teṣāṃ ca sāmargyajuṣāṃ pavitraṃ maharṣayo

vyākaraṇaṃ nirāhuḥ ‖
「水達は第1の浄化具である，大地にとって。また，水達にとって最高の浄化具は諸マントラである。そして，歌詠，讃歌，祭詞からなるそれら［諸マントラ］の浄化具は文法学である」と大仙達は公言している。

0.4.1.2 詩文における文法上の欠陥

パーニニ文法に反する言葉を使用すれば，それは〈正しくない語〉（asādhu）と呼ばれる詩的な欠陥（doṣa）と見なされ，詩文としての価値は損なわれてしまう。同じくヴァーマナの言を引用しよう。

KAS 2.1.5: śabdasmṛtiviruddham asādhu ‖
文法学に反する［語］が〈正しくない語〉である。

非文法的表現を使用すると，詩人とその作品が軽視されることになる（anādaraṇīyatvaprasaṅga）(34)。そのような事態を避けるために，詩人たる者は文法学に通暁しておかなければならない。

0.4.1.3 全学問の基礎としての文法学

ヴァーマナによれば，詩人の教養として文法学の知識は必要不可欠かつ最も重要なものである。文法学が他の学問よりも重要視される理由は何か。カシミールの碩学アーナンダヴァルダナの言葉は注目に値する。

DhĀ (47.1–2): prathame hi vidvāṁso vaiyākaraṇāḥ | vyākaraṇamūlatvāt sarvavidyānām |
実に，第1級の知者とは文法家達のことである。一切の学問は文法学を基礎とするから。

文法学は一切の学問の根幹（mūla）に位置づけられるものであり，したがって，それは詩人に限らずサンスクリットに携わる全ての者が学ぶべき学問である。そのような文法学は「一切の［学問体系の］友」(sarvapārṣada) とも呼ばれる (Ṭīkā on VP 2.250: yataḥ sarvapārṣadam idaṁ hi vyākaraṇaṁ śāstram)。

バッティと同時代，そうでなくとも彼とかなり近い時代に生きた人物である可能性が高い詩論家としてバーマハがいる。バーマハの以下の詩節は，彼らが活躍した当時の美文学界における文法学の地位を物語る。

KA 6.1–3: sūtrāmbhasaṃ padāvartaṃ pārāyaṇarasātalam |
dhātūṇādigaṇagrāhaṃ dhyānagrahabṛhatplavam ||
dhīrair ālokitaprāntam amedhobhir asūyitam |
sadopabhuktaṁ sarvābhir anyavidyākareṇubhiḥ ||
nāpārayitvā durgādham amuṁ vyākaraṇārṇavam |
śabdaratnaṁ svayaṃ gamam alaṃ kartum ayaṃ janaḥ ||
スートラという水があり，語という渦を巻き，［文典の］反復暗唱を海底とし(35)，動詞語基，uṇ などの接辞，語群という大魚達がおり(36)，熟慮による理解が大船となり，決意固き者達がその対岸（終極）を見るものであり，知力なき者達が不平をこぼし，他の諸学問という一切の雌象達が常に享受する，深みに入り難いかの文法学という大海を渡り切らずして，正しい言葉という宝石を私は自ら獲得することはできない(37)。

「他の諸学問という一切の雌象達が常に享受する文法学」という表現は，アーナンダヴァルダナの「一切の学問は文法学を基礎とする」という言葉と同趣旨である。バーマハは Kāvyālaṅkāra 第 6 章末尾でも同様のことを述べ，パーニニ文法学の重要性を再度強調する。

KA 6.63: vidyānāṁ satatam apāśrayo ’parāsāṃ
tāsūktān(38) na ca viruṇaddhi kāṁś cid arthān |
śraddheyaṃ jagati mataṁ hi pāṇinīyaṃ
mādhyasthyād bhavati na kasya cit pramāṇam ||
［パーニニの考えは］常に他の諸学問の拠り所である。そして，それら

［諸学問］の中で述べられているどんな事柄とも対立することはない。実にパーニニの考えは世で信じられるべきである。［それは一切の学問にとって］中立的存在であるから，特定のもの［だけ］の権威というわけではない。

あらゆる学問体系が思想表明の手段として「言葉」を使用し，かつパーニニ文法学に基づいてのみ正しい言葉と正しくない言葉の弁別が可能であるという意味において，パーニニ文法学は全学問に裨益するものであり，どの学問とも対立することのない中立的存在である。[39] バーマハは言う。

KA 6.4ab: tasya cādhigame yatnaḥ kāryaḥ kāvyaṁ vidhitsatā |
そして，詩文を創ろうとする者はそれ（文法学）の修得に向けて努力しなければならない。

正しい言葉からなる高水準の詩文を創作できる一流の詩人だけが，会合において他者との競争に勝ち，王侯貴族の庇護を獲得することができる。欠陥を抱えた言葉を使用するような詩人を王族達が自身の庇護下に置くことはないであろう。正しい言語形式への熟達が，詩人としての令名を馳せ，詩人として栄えるための第一条件と言える。

0.4.2　文法用語を使った比喩表現

詩人達の比喩表現を使って，彼らにとって文法学がいかに身近な存在であったかを例示しよう。古典サンスクリット文学中に多種多様な比喩表現が使用されることは周知の通りであるが，その中には，ある事態を比喩するのに文法学上の用語が用いられるものがある。カーリダーサ（Kālidāsa，４世紀-５世紀）の Raghuvaṁśa からその１例を引用する。

RV 11.56: tā narādhipasutā nṛpātmajais
te ca tābhir agaman kṛtārthatām |

so ’bhavad varavadhūsamāgamaḥ
pratyayaprakr̥tiyogasannibhaḥ ‖
王のその娘達（シーター達）は王の息子達（ラーマ達）により，
そして彼ら（ラーマ達）も彼女ら（シーター達）により，望みを叶えた。
その花婿と花嫁達の和合は
接辞と語基の結合のようであった。

ジャナカ王（Janaka）の娘であるシーター（Sītā）達とダシャラタ王（Daśaratha）の息子であるラーマ達の結婚が語られる当該詩節では，「花婿と花嫁の和合」（varavadhūsamāgama）が「接辞と語基の結合」（pratyayaprakr̥tiyoga）に比喩されている。「花婿」（vara）は「接辞」（pratyaya）に，「花嫁」（vadhū）は「語基」（prakr̥ti）に，「和合」（samāgama）は「結合」（yoga）にそれぞれ対応する。

接辞とは，A 3.1.1: pratyayaḥ の支配下規則により動詞語基または名詞語基の後に（A 3.1.2: paraś ca）導入が規定されている言語項目である。語基とは，何らかの接辞が後続する言語項目である。言語運用の実地では接辞と語基は常に結びついたもの（nityasambandha）として使用される(40)。言語運用の場で実際に使用される文（vākya）から名詞接辞で終わる項目（subanta）と定動詞接辞で終わる項目（tiṅanta）を抽出（appoddhāra）し，さらにそこから接辞と語基を抽出するのは，正しい言葉の派生手続きを文法規則によって簡潔に記述するためであり，それは我々の概念構想（kalpanā，kalpana）にすぎない（小川 1990: 50-51）。本来は分割され得ない接辞と語基が比喩基準（upamāna）に使用されることで，花婿と花嫁の一体感が表現されている。それと同時に，接辞と語基が一体となって１つの意味の表示を実現するのと同様，花婿と花嫁も２人で力を合わせて１つの事柄を実現するという内容が示唆される(41)。

0.5 Bhaṭṭikāvya に対する注釈書

0.5.1 Jayamaṅgalā, Sarvapathīnā, Mugdhabodhinī

他の有名作品の例に漏れず，Bhaṭṭikāvya にも多数の注釈書が著された。現在確認されている，同書に対する約22種の注釈書の情報については，Narang 1969: 25-32が詳しい。以下では本研究で利用する3つの注釈書とその作者達について概要を示す。Bhaṭṭikāvya の注釈書のうち，校訂出版されており，容易に利用することが可能なのは，ジャヤマンガラ（Jayamaṅgala, 7世紀-11世紀頃？）が著した現存最古の注釈書 Jayamaṅgalā，マッリナータ（Mallinātha, 15世紀早期）作 Sarvapathīnā，バラタマッリカ（Bharatamallika, 17世紀後半）の Mugdhabodhinī である（それぞれの刊本情報については，序論0.10.1を見よ[42]）。

0.5.1.1 ジャヤマンガラ

ジャヤマンガラについてわかっていることは少ない。彼が注釈中で詩的装飾の定義をバーマハやダンディンの詩学書から引用する一方で，マンマタの Kāvyāprakāśa からは一切引用しないことから，その活躍年代は7世紀から11世紀の間と推定されている。ジャヤマンガラはパーニニの文法規則はもちろんのこと，カーティアーヤナの vārttika やそれに対するパタンジャリの説明，さらには Kāśikāvṛtti 中の一節を引用しながら，バッティの表現を文法学的観点から詳説する。ジャヤマンガラが展開する高度な文法学的議論から，彼がパーニニ文法学に関する広範な知識を有していたことがうかがえる。ジャヤマンガラに関する情報については，Narang 1969: 26.14-27.5がまとめている。

なお，Jayamaṅgalā という名の注釈書は現在4つ知られている。すなわち，Bhaṭṭikāvya に対する注釈書，Sāṅkhyakārikā に対する注釈書，Kāmandakīyanītisāra に対する注釈書，Kāmasūtra に対する注釈書である。これら注釈書の作者とその年代については議論がある（村上 1975-76）。

0.5.1.2 マッリナータ

インド南東部のアーンドゥラ（Āndhra）地方出身のマッリナータは，美文作品の注釈者として著名な人物であり，Sarvapathīnā 以外にも数多くの詩文注釈書を著している。マッリナータは Sarvapathīnā 中で，あらゆる分野の文献に論及しながら多様な論を展開する。彼が諸学の分野に通暁した博識の学者であったことに疑いはない。ジャヤマンガラと同様，マッリナータが注釈中で力点を置くのはやはり文法学的説明であり，両注釈書はバッティの表現とそれによって例証される文法規則の対応を知る上で有益である。マッリナータの情報については，Lalye 2009が参照に値する。

0.5.1.3 バラタマッリカ

バラタマッリカはベンガル地方ピンディラ村（Piṇḍira）の出身であり，マッリナータと同様，多くの詩文に対して注釈書を残した。その博学ぶりから「ベンガル地方のマッリナータ」と称されることもある。バラタマッリカの注釈書 Mugdhabodhinī の特徴は，その注釈書名によって示唆されているように，バッティの表現に対する文法学的説明の基礎をパーニニ文典ではなくヴォーパデーヴァ（Vopadeva，13世紀頃）の文典 Mugdhabodha に置いていることである。Mugdhabodha は17世紀以降にもっぱらベンガル地方で利用されるようになった文典である。したがって，バラタマッリカによる文法解説を扱う際には注意を要する。バラタマッリカについては，Bhattacharyya 1942を見よ。

なお，Nobel 1924: 283.31-32も指摘するように，バラタマッリカが与える説明は，文法学的なものを除いてそのほとんどがジャヤマンガラの説明を踏襲したものである。

0.6 Bhaṭṭikāvya と大詩文

Bhaṭṭikāvya は文法規則の例証を主眼とする作品であるが，表面上は Rāmāyaṇa を題材としてラーマ物語を描いた文学作品であり（ジャヤマンガラ注に基づけば，全22章1625詩節），同作品には伝統的に大詩文の称号が与えられている。Bhaṭṭikāvya の構成や内容が大詩文の条件を満たしていることは現代の研究者達も認めるところである。ダンディンが述べる大詩文の定義を見てみよう。

KĀ 1.14–19: sargabandho mahākāvyam ucyate tv asya lakṣaṇam |
āśīr namaskriyā vastunirdeśo vāpi tanmukham ||
itihāsakathodbhūtam itarad vā sadāśrayam |
caturvargaphalāyattaṃ caturodāttanāyakam ||
nagarārṇavaśailartucandrārkodayavarṇanaiḥ |
udyānasalilakrīḍāmadhupānaratotsavaiḥ ||
vipralambhair vivāhaiś ca kumārodayavardhanaiḥ |
mantradūtaprayāṇājināyakābhyudayair api ||
alaṅkṛtam asaṅkṣiptarasabhāvanirantaram |
sargair anativistīrṇaiḥ śravyavṛttaiḥ susandhibhiḥ ||
sarvatra bhinnasargāntair upetaṁ lokarañjanam |
kāvyaṃ kalpāntarasthāyi jāyate sadalaṅkṛti ||

大詩文は章の連結体である。[ムクタカなどの特徴の詳述がなされない]一方で，この [大詩文] の特徴は [以下に] 述べられる。祈願，敬礼，または内容提示がその冒頭をなす。古の出来事を伝える物語から発するか，他方，輝かしい [王行状など] に依拠する。人生の 4 目的という果報と結びつき，主人公は練達かつ高潔である。都，海，山，季節，月の出と日の出の描写，庭園と水辺での戯れ，酒宴，性愛の響宴 [の描写]，別離，結婚，王子の誕生と成長 [の描写]，さらに政策協議，使者，進軍，戦闘，主人公の目的達成 [の描写] で飾られ，豊富な情趣と感情で隙間がない。長過ぎない章，耳に心地よい韻律，巧妙な連結を具え，全ての箇所で，[章内の先行詩節とは] 異なる [韻律が使用される] 章末 [詩節] を有する。美しい装飾が施され，世の人々を喜ばす [以上のような] 詩文は劫を越えて永存する。

Bhaṭṭikāvya は章の連結体（sargabandha）であり，内容提示（vastunirdeśa）を行う詩節を持って開始される[43]。Rāmāyaṇa を題材とし，ヴィシュヌ（Viṣṇu）の化身としてのラーマを主人公とする。ラーマが練達かつ高潔な（caturodātta）人物であることは言うまでもない。作品中では自然物，男女間の愛，王子，戦闘などに関する描写が豊富になされ，様々な文学上の装飾が施される。Bhaṭṭikāvya は〈勇猛〉（vīra）を主要な情趣とし，〈恋〉（śṛṅgāra）や〈悲〉（karuṇa）なども従属要素として存在する[44]。作品全体で26種の韻律が駆使され，各章の終わりに韻律は変化する。

Bhaṭṭikāvya は，詩文の体裁をとって正しい言語形式を示教するという性格から，後代になると詩文論書（kāvyaśāstra）と呼ばれるようになる。詩文論書については本論2.3で詳述する。

0.7　Bhaṭṭikāvya の構成

注釈者達によれば，Bhaṭṭikāvya は，作品が持つ論書的側面からは〈特徴づけるもの〉（lakṣaṇa）を示唆する４つの部（kāṇḍa）に，詩文的側面からは〈特徴づけられるべきもの〉を示唆する22の章（sarga）に分けられる。〈特徴づけるもの〉には，〈正しい言葉を特徴づけるもの〉（śabdalakṣaṇa）すなわち文法規則と，〈詩文を特徴づけるもの〉（kāvyalakṣaṇa）すなわち文学上の装飾および美質の２種がある。〈特徴づけられるべきもの〉は，文法規則や詩的装飾などによって特徴づけられる，ラーマ物語を描写するための表現である。

〈特徴づけるもの〉
　(a)〈正しい言葉を特徴づけるもの〉→ 文法規則
　(b)〈詩文を特徴づけるもの〉→ 装飾および美質
〈特徴づけられるべきもの〉
　ラーマ物語を描写する表現

まず，22の章は以下の通りである[45]。

章番号	章名	総詩節数
1	「ラーマの誕生」(rāmasambhava)	27
2	「シーターとの結婚」(sītāpariṇaya)	55
3	「ラーマの旅立ち」(rāmapravāsa)	56
4	「シュールパナカー撃退」(śūrpaṇakhānigraha)	45
5	「シーター誘拐」(sītāharaṇa)	108
6	「スグリーヴァの灌頂」(sugrīvābhiṣeka)	143
7	「シーター捜索」(sītānveṣaṇa)	108
8	「無優樹林の破壊」(aśokavanikābhaṅga)	131
9	「ハヌーマット捕縛」(mārutisaṁyama)	137
10	「ハヌーマットの観察」(mārutidarśana)	74
11	「夜明けの描写」(prabhātavarṇana)	47
12	「ヴィビーシャナの離反」(vibhīṣaṇāgamana)	87
13	「橋の建設」(setubandha)	50
14	「矢の嵐」(śarabandha)	113
15	「クンバカルナ打破」(kumbhakarṇavadha)	123
16	「ラーヴァナの嘆き」(rāvaṇavilāpa)	42
17	「ラーヴァナ打破」(rāvaṇavadha)	112
18	「ヴィビーシャナの愁嘆」(vibhīṣanapralāpa)	42
19	「ヴィビーシャナの灌頂」(vibhīṣaṇābhiṣeka)	30
20	「シーター拒絶」(sītāpratyākhyāna)	37
21	「シーター浄化」(sītāsaṁśodhana)	23
22	「アヨーディアーへの帰還」(ayodhyāpratyāgamana)	35

次に4つの部は以下の通りである。

1. 雑多の部（prakīrṇakāṇḍa, 第1章-第5章第96詩節）
   種々雑多な規則（prakīrṇa）が不規則に例証される。
2. 主題の部（adhikārakāṇḍa, 第5章第97詩節-第9章）
   特定の主題（adhikāra）のもと一群の文法規則が順番に例証される。
3. 明晰の部（prasannakāṇḍa, 第10章-第13章）
   文学上の装飾や美質が例示される。
4. 定動詞の部（tiṅantakāṇḍa, 第14章-第22章第31詩節）
   lEṬ（接続法接辞）を除く9つのl音（lakāra）に関わる諸規則とそれらに

より派生する定動詞形（tiṅanta）が扱われる。

これら4部のうち，明断の部は作品の詩学部門をなし，残る3部は文法学部門を構成する。(46)

雑多の部
- 1「ラーマの誕生」
- 2「シーターとの結婚」
- 3「ラーマの旅立ち」
- 4「シュールパナカー撃退」
- 5「シータ誘拐」（第96詩節まで）

主題の部
- 5「シータ誘拐」（第97詩節から）
- 6「スグリーヴァの灌頂」
- 7「シーター捜索」
- 8「無憂樹林の破壊」
- 9「ハヌーマット捕縛」

明断の部
- 10「ハヌーマットの観察」
- 11「夜明けの描写」
- 12「ヴィビーシャナの離反」
- 13「橋の建設」

定動詞の部
- 14「矢の嵐」
- 15「クンバカルナ打破」
- 16「ラーヴァナの嘆き」
- 17「ラーヴァナ打破」
- 18「ヴィビーシャナの愁嘆」
- 19「ヴィビーシャナの灌頂」
- 20「シーター拒絶」
- 21「シーター浄化」
- 22「アヨーディアーへの帰還」

0.7.1 明晰の部

以下に明晰の部の内容を簡単に説明しておく。文法学部門を構成する３部については，本論1.1–3で扱う。

まず，ジャヤマンガラが与える prasannakāṇḍa（直訳は「明晰なものの部」）という名称について若干の考察を加えたい。ジャヤマンガラは明晰の部に関して次のような説明を与える。

> JM on BhK 10.1 (333.3–4): śabdalakṣaṇam ukam api lakṣayan kāvyalakṣaṇārthaṃ prasannakāṇḍam ucyate — kāvyasyātra prasannatvāt | prathamaṃ cedaṁ lakṣaṇaṁ yat prasannatā nāma avidvadaṅganābālapratītārthaṃ prasannavad iti |
> すでに述べられた〈正しい言葉を特徴づけるもの〉をも示唆しながら，〈詩文を特徴づけるもの〉［を例示する］ために，明晰の部が述べられる。詩文は，我々の体系では，明晰なもの（prasanna）であるから。そしてまずもって，〈明晰さ〉（prasannatā）と呼ばれるこの性質は，「［詩文は，］知力なき者，女性，子供によって［も］その意味が理解されるものであり，明晰な［意味］を具えるものである」と言われる［ところの美質である］。

ジャヤマンガラによれば，バッティが文法規則の例証を核とする作品中に詩学上の諸規定を例証する箇所を用意したのは，詩文としての体裁をとる自身の作品を明晰なもの（prasanna）にするためである。〈明晰さ〉（prasannatā）を具えた詩文は，学者から女性や子供に至るまで万人に理解されるものとなる。このジャヤマンガラの説明は，彼自身も引用しているように次のバーマハの言葉を下敷きにしている。

> KA 2.3: śravyaṃ nātisamastārthaṃ kāvyaṃ madhuram iṣyate |
> āvidvadaṅganābālapratītārthaṃ prasādavat ||
> 耳に心地よく，その意味は複雑すぎず，甘いものが詩文と認められる。

［それは］知者から女性，子供に至るまでその意味が理解されるものであり，〈明晰さ〉（prasāda）を具えるものである。

作品の最初から最後まで規則例証のみに専意してしまうと，作品が難解で詩的魅力を欠いたものになりかねない。一部の知識人しか理解することができないような詩文が広く万人に受け入れられることはない。それゆえバッティは，詩的装飾や詩的美質を例示する章を設けることで，作品の〈明晰さ〉を確保しようとした。そのようなバッティの意図を第10章–第13章の内容から読み取ったジャヤマンガラは，その箇所にprasannakāṇḍaという名称を与えたのであろう。この他，自身の詩人としての詩作能力を存分に発揮できる箇所，文法規則の例証に捕らわれずに詩人として自由になれる箇所を確保するために，バッティは詩学上の諸規定に焦点を当てる章を作品中にこしらえた，と考えることも可能である。

なおMadhavan 2001: 8は，バッティは詩学（alaṅkāraśāstra）の諸問題を自身の文法詩（grammatical poem）に取り入れることにより，詩学は文法学に起源を持ちそこから発展したものであるという事実を強調していると言う。

0.7.2　第10章

第10章では〈同音反復〉（anuprāsa）と〈同音群反復〉（yamaka）という〈言葉の装飾〉（śabdālaṅkāra）と36種の〈意味の装飾〉（arthālaṅkāra）が例証される[(47)]。Bhaṭṭikāvyaに対する研究としては，当該章の研究が最も盛んである。第10章の様態については，序論0.10.4.3で見る諸先行研究を参照されたい。

0.7.3　第11章

第11章では，ランカー島（Laṅkā）の夜明けの描写を通じて〈甘さ〉（mādhurya）という詩的美質が例示される[(48)]。バッティが〈甘さ〉を例示対象に選んだ背景には，「詩文は甘いものである」とするバーマハの言葉（序論0.7.1）がある可能性がある。詩論家達が列挙する諸美質とその概念については，Raghavan 1978: 244–343を見よ。

0.7.3.1 第12章

第12章ではラーヴァナ（Rāvaṇa）達が行う政策協議（mantra）をありありと描くことで〈意匠〉（bhāvika[tva]）が例示される。〈意匠〉を文学上の装飾と見なすか美質と見なすかについては詩論家達の間で意見が分かれる。例えばバーマハやダンディンはそれを作品全体に存する美質（prabandhaviṣaya-guṇa）とする（KA 3.52–53; KĀ 2.364）。もしバッティが〈意匠〉を詩的装飾と考えていたならば，〈意味の装飾〉を例証する第10章でそれを例示したはずであるから，第12章を別立てする必要はない。彼と活躍年代の近いバーマハとダンディンが〈意匠〉を美質と見ていることも，バッティの時代にはそれが装飾ではなく美質と考えられていたことを示唆する。

0.7.3.2 第13章

第13章ではサンスクリットとプラークリットの両言語で読むことができるように詩節を作る技巧〈言語同一〉（bhāṣāsama）が例証される。この章では，サンスクリットとプラークリット（マハーラーシュトリー）が同じ語形（ekarūpa）となる語だけを選んで詩節が構成される。(49) マッリナータによれば，そのような技巧もまた，鑑賞者達に感動（camatkāra）をもたらす1要素として Bhaṭṭikāvya に取り入れられている。(50) bhāṣāsama あるいは bhāṣāśleṣa と呼ばれる技巧それ自体については，Hahn 2012を参照せよ。

0.8 Bhaṭṭikāvya 制作の動機

0.8.1 BhK 22.32

次に，バッティが提言する著作目的とその目的の達成手段を確認しておこう。バッティは自身の作品の目的（prayojana）を以下のように語る。

BhK 22.32: idam adhigatam uktimārgacitraṁ
vivadiṣatāṁ vadatāṃ ca sannibandhāt |

janayati vijayaṁ sadā janānāṁ
yudhi susamāhitam aiśvaraṁ yathāstram ‖
［装飾や美質で］飾られ（susamāhita）[51]，表現方法の点で驚くべき（uktimārgacitra）この［作品］が学ばれたとき（adhigata），その優れた構成ゆえに[52]，それは［これから］言語使用をなそうとする者達と［すでに］言語使用をなしている者達に常に勝利を与える。［弓に］正しくつがえられた（susamāhita）多彩な（citra）シヴァの矢が，その発射法が学ばれたとき（adhigatamuktimārga），戦場で常に勝利を与えるように。

当該詩節から，これから言語使用をなそうと欲している者（vivadiṣat）とすでにそれをなしている者（vadat）に言語使用に関する教示を与えることがBhaṭṭikāvyaの目的であることがわかる。注目したいのは「常に勝利を与える」（janayati vijayam sadā）という表現である。序論0.3.5で見た議論も示唆するように，正しい言語形式の知識は，様々な場面において話者をして成功を収めさせるものである。なお，マッリナータは話者が勝利する場を討論（vāda）の場と解釈する（SP on BhK 2.2.32 [II.310.12]）。この解釈はvadが持つ「議論する」という語感から出発していると考えられるが，必ずしも当該詩節の文脈を討論のみに限定する必要はない。

0.8.2　BhK 22.33

バッティは続ける。

BhK 22.33: dīpatulyaḥ prabandho ’yaṁ śabdalakṣaṇacakṣuṣām ¦
hastāmarśa[53] ivāndhānāṃ bhaved vyākaraṇād ṛte ‖
この作品は灯火に等しい，文法学を眼とする者達にとっては[54]。［この作品の読解は］盲者達が手で［何かに］触れるようなものであろう，文法学を知らなければ。

バッティによれば，Bhaṭṭikāvyaを読む資格（adhikāra）があるのは文法学を知る者のみである[55]。そのような者が同書を手にすれば，それは日常の自身の言語運用を扶助し，その質を向上させてくれるものとなる。ちょうど，灯火が暗がりの中の歩行を扶助してくれるように。しかし文法学を知らない者が1人でBhaṭṭikāvyaを手にしても，彼が理解できるのは作中で使用される語の形だけであり，規則の解釈と適用による語形派生の実質を理解することはできない。盲者が何かに手で触れてその表面的形だけを理解し，それが実際には何なのかを理解できないのに似る。そのような場合，文法実例書であるBhaṭṭikāvyaは真価を発揮しない。当該のBhK 22.33から，バッティが詩的装飾などではなく文法規則の例証を作品の眼目としていることは明らかである[56]。

0.8.3 BhK 22.34

Diwekar 1929は上記2詩節（BhK 22.32, BhK 22.33）を読み解いてBhaṭṭikāvyaの性格とそれが担う役割を次のようにまとめる。

> What he means to say is that those who have already mastered the science of grammar will be able to perceive with the help of this work many similar forms, but those who do not know grammar will be able to recognize at least the forms which actually occur in his poem, just like the blind, who, even when they are unable to see other things, at least recognize those things which they can feel by their hands. It is thus useful for both —— those who have studied the science of grammar and are speaking Sanskrit ; as well as those who have not learnt grammar, but have a desire to speak Sanskrit. (Diwekar 1929: 829.19–28)

Diwekarの説明はBhaṭṭikāvyaの役割をよく捉えている。しかし，これから文法学に基づく正しい言語運用を学ぼうとする者が同作品からどのようにしてそれを学ぶのかについてDiwekarは詳しく触れない。この点に関して次のバッティの言明に着目しよう。

BhK 22.34: vyākhyāgamyam idaṃ kāvyam utsavaḥ sudhiyām alam |
hatā durmedhasaś cāsmin vidvatpriyatayā mayā ||
解説を通じて理解されるべきこの詩文は，識者達にとって有り余る歓喜である。そしてこの［作品］において私は愚鈍な者達に配慮しない。知者を好むがゆえに。

ここで極めて重要なのは vyākhyāgamya（「解説を通じて理解されるべき［詩文］」）という表現である。当該表現を解釈するにあたっては，パーニニ文法学における〈解説〉（vyākhyāna）の概念に目を向けなければならない。パタンジャリによれば，パーニニのスートラだけを通じて正しい言葉が理解されることはない。正しい言葉の理解のために要求されるのがスートラに対する〈解説〉であり，それは例（udāharaṇa）の提示，反例（pratyudāharaṇa）の提示，文の補足（vākyādhyāhāra）の 3 要素からなる。このような〈解説〉の典型例は Kāśikāvṛtti に見られる。スートラ中に提示される各語の分析（vigraha）だけでなく，〈解説〉を通じて初めてスートラは正しく理解され，スートラを通じて正しい言葉を説明することが可能となる(57)。それと同様，バッティがなす規則例証も文法学的解説（vyākhyā）を通じて理解されるべきものなのである。マッリナータの「教師の口を通じて理解されるべき［詩文］」（gurumukhavedyam）という説明によっても裏づけられるように(58)，vyākhyāgamya という表現は，文法学の知識がない者はその道に精通する師の文法学的解説を通じて Bhaṭṭikāvya から正しい言語使用を学ぶべきであることを暗示する。M. A. Karandikar and S. Karandikar 1982も同じ見解を示す。

After all, it was, they say, meant for teaching grammar and only those who knew grammar could elucidate it for the students of grammar. (M. A. Karandikar and S. Karandikar 1982: xxi.28–30)

〈解説〉なしにスートラを聞いただけでは正しい言葉の説明の実質は理解されないのと同様(59)，教師の文法学的解説なくしてバッティの表現の実質は理解されないのである。[60]

文法学の知識が浅く，あるいはそれが全くなく，これから正しい言語使用をなしたいと望む者（vivadiṣat）は，バッティが提示する例に則した文法学的解説を教師から受けることで文法学の知識とそれに基づく正しい言語運用を習得する。一方，文法学を修め，すでに正しい言語使用をなしている者（vadat）も，同作品を通じて自身の言語表現の幅を広げることが可能である。Bhaṭṭikāvya を通じて指針を得た読者達は，作中で使用される表現に加え，そこから類推することでそれ以外の表現をも自在に使用することができるようになるであろう。[61]

0.8.3.1 Bhaṭṭikāvya の対象

Bhaṭṭikāvya は上述したような２者いずれにも資する作品である。しかし，バッティが自身の作品を「解説を通じて理解されるべきもの」と特徴づけていることから，１. 規則例証による正しい言語使用の示教は作品の教本的使用を前提としていること，それゆえ２. Bhaṭṭikāvya は教示を与えられるべき対象として特に初学者を想定していると考えられる。Regmi 1964が紹介する，Bhaṭṭikāvya 制作の契機を伝える以下の逸話も，同作品が初学者用の簡便な文法教本として著され，利用されたことを示唆する。

Regmi 1964: 6. 15–23: idam apy ākarṇyate kaś cid rājaikaṃ paṇḍitam apṛcchat —— kiṃ bhavān ekavarṣābhyantare mama putraṁ vyākaraṇam adhyāpayituṁ samartho 'stīti | tatas tasya prabhavāmīti kathanānantaraṁ sa rājā vinayapuraḥsaraṃ taṁ vidvāṁsaṁ svatanayādhyāpanārthaṃ nyayuṅkta | adhyāpanakāle guruśiṣyāv antarā kariśāvakasyāpatanena yadaikavārṣiko 'nadhyāyaḥ saṁvṛttas tadā paṇḍitaḥ svakīyanirbandhasya naiṣphalyasambhāvanayā lakṣaṇānusārikam ekaṃ kāvyaṃ praṇināya, yena niyatasamaye rājakumārasya vyākaraṇaprāvīṇyena viduṣaḥ pratijñāpūraṇaṁ rājato yaśaḥpuraskārāvāptiś cāsīt | ayam eva kavir bhaṭṭir nāma tatpraṇītaṃ kāvyaṃ ca bhaṭṭikāvyam ity eke |

次のような［話］も耳にする。ある王がある賢者に「貴方は１年の間に我が息子に文法学を教示することができるか」と問うた。それから，彼（賢者）の「できます」という答えを聞いてすぐに，その王は，自分の息子に［文法学を］教えるためにその賢者を主指導者に任命した。［ある日，文法学を］教示している際に教師（賢者）と弟子（王子）の間を若い象が通り過ぎたのが原因で，1年間の学習中断を余儀なくされたとき，知者は，［それまでの］自分の苦労が水の泡になってしまうことを想像して［恐ろしくなり］，文法規則を順に追うある詩文を作った。それを使って，決められた期間内に王子を文法学に習熟させることができたので，賢者の約束は果たされ，彼は王から栄誉と敬意を得た。ある者は「他ならぬこの詩人の名をバッティと言い，彼が著した詩文がBhaṭṭikāvyaである」と言う。

無論，この逸話を鵜呑みにすることはできない。しかし，そこに多少なりとも史実が反映されているとするならば，それはBhaṭṭikāvya制作の背景を探る1資料となり得る。(62) マッリナータの「教師の口を通じて理解されるべき［詩文］」という言葉もまた，その当時，教師がBhaṭṭikāvyaを文法学の教本として使用していた可能性を強く示す。

0.8.3.2　Bhaṭṭikāvyaの鑑賞者

以上のような解釈をBhK 22.32-34に与える場合，BhK 22.34の「識者達にとって有り余る歓喜である」（utsavaḥ sudhiyām alam），「愚鈍な者達に配慮しない」（hatā durmedhasaś），「知者を好むがゆえに」（vidvatpriyatayā）という表現をどう解すべきかが問題になる。まず，BhK 22.33から判断して，「識者」（sudhī）や「知者」（vidvad）は文法学に精通する者，「愚鈍な者」（durmedhas）がそれに疎い者を意味すると考えてよい。

1つの解釈は，バッティは自身の作品の真髄を理解できない愚者ではなく，作品を正当に評価することができる識者のみを鑑賞者として望んでいる，とするものである。詩人達にとって，鋭い審美眼を有する優れた鑑賞者（sahṛdaya, bhāvaka）の存在は極めて重要かつ貴重であった。詩論家ラージャシェーカラ（Rājaśekhara，9世紀末-10世紀前半）は次のような詩節を引用する。

KM (15.3–6): svāmī mitraṃ ca mantrī ca śiṣyaś cācārya eva ca
kaver bhavati hī citraṃ kiṁ hi tad yan na bhāvakaḥ |
kāvyena kiṃ kaves tasya tanmanomātravṛttinā
nīyante bhāvakair yasya na nibandhā diśo daśa ||

主人と友人と助言者と弟子と師匠が詩人には確かに存在する。ああ，［しかし］何と不思議なことであろう。［彼に］優れた鑑賞者がいないのは一体なぜか。作品が優れた鑑賞者達によって十方に導かれないならば，そのような詩人にとって，彼の心にしか存在しない詩文が一体何になろう。

「ラーマ物語を描写しながら文法規則を例証する」という奇抜な趣向をこらしたとしても，その仕掛けを理解し評価できる者が作品を鑑賞してくれなければ意味がない。バッティは，作品の鑑賞者として識者のみを認める点において，詩文はあらゆる人に理解されるものであるべきとするバーマハ（序論0.7.1）と決定的に異なる。

0.9　規則例証の一般法則

次に，バッティがなす規則例証の一般的な法則について，作品全体に当てはまりかつすでに先行研究によって指摘されているものを以下で確認する。

0.9.1　ヴェーダ語規則の例証の省略

パーニニ文典では，適用領域がヴェーダ語のみに限定された約250の文法規則が制定されているが，Bhaṭṭikāvya ではそれらの規則の例証は全て省略される（Narang 1969: 88.18）。ヴェーダ文献の領域でのみ有効な規則に基づいて派生する語を，詩文の領域で使用することはできないからである。

0.9.2　規則中に列挙される語群の省略

パーニニ文典中には，規定を条件づける複数の項目が提示される規則がある。そのような文法規則を例証する際にバッティが各項目によって条件づけられる規定を全て例証することは稀である（Narang 1969: 95.4-11）。kr̥t 接辞 Ṭa の導入規則を例証する BhK 5.99-100を見てみよう。

BhK 5.99: aham (b)antakaro nūnaṃ dhvāntasyeva (a)divākaraḥ |
tava rākṣasa rāmasya neyaḥ karmakaropamaḥ ‖
「私は必ずやお前の終わりをもたらす者となる。太陽が闇の終わりをもたらす者となるように。悪魔よ，ラーマに導かれるべき使用人同然の私は」
BhK 5.100: satām (c)aruṣkaraṃ pakṣī vairakāraṃ narāśinam |
hantuṃ kalahakāro 'sau śabdakāraḥ papāta kham ‖
善人達を傷つける者であり敵意を抱く者である，人を食らう［悪魔（ラーヴァナ）］を殺すため，好戦的なその鳥（ジャターユ）は声をあげて空を飛んだ。

下線で示した表現によって次の規則が例証される。

A 3.2.21: divāvibhāniśāprabhābhāskārāntānantādibahunāndīkiṁlipilibibalibhaktikartr̥citrakṣetrasaṅkhyājaṅghābāhvaharyattaddhanuraruṣṣu ‖
「名詞接辞で終わる divā（「日中に」）および〈目的〉を表示する vibhā（「光彩」），niśā（「夜」），prabhā（「光輝」），bhās（「光」），kāra（「行い」），anta（「終わり」），ananta（「無限の」），ādi（「最初」），bahu（「多い」），nāndī（「祝詞」），kim（「何か」），lipi（「文字」），libi（「文字」），bali（「バリ」），bhakti（「信愛」），kartr̥（「行為者」），citra（「絵」），kṣetra（「土地」），数詞，jaṅghā（「すね」），bāhu（「腕」），ahan（「日」），yat（「あるもの」），tat（「それ」），dhanus（「弓」），arus（「傷」）が共起項目である場合，動詞語基 kr̥Ñ（「つくる，なす」）の後に kr̥t 接辞 Ṭa が起こる」

（b）antakaro（「終わりをもたらす［私］」），（a）divākaraḥ（「太陽」），（c）aruṣkara[s]（「傷をつける［ラーヴァナ］」）という語は，それぞれ antam karoti，divā karoti prāṇinaś ceṣṭāyuktān（「日中に生物達を活動と結びつける者」），aruḥ karoti

と意味分析される。〈目的〉を表示するantaという語，第一格単数接辞sUで終わるdivā（「日中に」）という語[63]，〈目的〉を表示するarusという語を共起項目とする動詞語基kṛの後には，A 3.2.21によりkṛt接辞Ṭaが起こり，A 2.2.19: upapadam atiṅによりantakara，divākara，aruṣkaraという複合語が形成される。

A 3.2.21では，数詞（saṅkhyā）を1種と考えれば27種の項目が文法操作を条件づけるものとして列挙されている。BhK 5.99-100で例示されるのは，そのうちの3項目により条件づけられる文法操作のみである。

0.9.3　ādiなどの語や指標音を使って指定される語群の省略

パーニニの文法規則には上に見たA 3.2.21のように規定に関与する項目が全て挙げられるものがある一方で，指標音ITや，ādi（「第一要素」）またはprabhṛti（「初め」）という語を構成要素とするbahuvrīhi複合語によって，dhātupāṭhaやgaṇapāṭha中の語群が指定されるものがある。そのような規則が例証される場合，指定される語群の中からいくつかの語が選択されて詩節中で使用されるのみで，語群に含まれる全項目が扱われることはない（Narang 1969: 90.7-14）。BhK 6.28とBhK 6.71を見よう。

BhK 6.28: sītāṃ jighāṁsū saumitre rākṣasāv ārātāṃ dhruvam |
idaṁ śoṇitam abhyagraṁ samprahāre 'cyutat tayoḥ ‖
「シーターを殺そうとして，スミトラーの子（ラクシュマナ）よ，2人の悪魔が［ここに］やって来たに違いない。この鮮血は，彼らが争ったときに飛び散った」

BhK 6.71: sakhyasya tava sugrīvaḥ kārakaḥ kapinandanaḥ |
drutaṃ draṣṭāsi maithilyāḥ saivam uktvā tiro'bhavat ‖
「お前（ラーマ）との同盟をスグリーヴァは結ぶであろう。猿達を喜ばす者として。すぐにお前は目にするであろう，ミティラーの王女（シーター）を」。その［山人］はこのように告げて，姿を消した。

BhK 6.28とBhK 6.71で例証されるのは，それぞれ次の規則である。

A 3.1.57: irito vā ‖
「IR を IT とする動詞語基に後続する ClI 接辞に aṄ が任意に代置される」
A 3.1.134: nandigrahipacādibhyo lyuṇinyacaḥ ‖
「nand 群の動詞語基，grah 群の動詞語基，pac 群の動詞語基の後に，それぞれ kṛt 接辞 Lyu，ṆinI，aC が起こる」

A 3.1.57中の irit という語は「IR 音を IT とする項目」（irkāra id yeṣāṃ te）を意味する bahubrīhi 複合語であり，IR という指標音を付されて dhātupāṭha 中に挙げられている動詞語基群を指示する。BhK 6.28では，その中から動詞語基 cyut（dhātupāṭha I.40: cyútÍR āsecane）が選択され，それのアオリスト形の使用により A 3.1.57が例証されている(64)。acyutat（「飛び散った」）は，動詞語基 cyut にアオリスト接辞 lUṄ が後続し，vikaraṇa である ClI 接辞に aṄ が A 3.1.57により代置されて派生する語である（cyut + ClI + ti → cyut + aṄ + ti → cyut + a + tϕ → aṬ + cyut + a + t）。

A 3.1.134中の nandigrahipacādi という語も bahuvrīhi である。この複合語中で ādi という語は nandi（「動詞語基 nand」），grahi（「動詞語基 grah」），pac（「動詞語基 pac」）という 3 語のそれぞれと結びつく。pacādi は「動詞語基 pac を第一成員とする［集合］」（pak ādiḥ yeṣāṃ te）を意味する bahuvrīhi であり，gaṇapāṭha 中に挙げられる，pac で始まる語群（pacādi）を指示する。nandyādi（「nand 群」）と grahyādi（「grah 群」）の場合も同様である。nand 群，grah 群，pac 群に含まれる動詞語基は多数あるが，BhK 6.71では nand 群の動詞語基の中から nand が選択され，kṛt 接辞 Lyu の導入により派生した nandana（「喜ばせる者」）という語が使用されることで，A 3.1.134が例証される(65)。

0.9.4　組み合わせの例証の省略

パーニニの規則中には複数の項目に関連して複数の意味条件が提示されるものがある。そのような場合，規定の全ての組み合わせをバッティが網羅することは少ない（Narang 1969: 94.5–95.2）。例えば次の詩節を見よ。

BhK 8.88: ā rāmadarśanāt pāpa vidyotasva (a)<u>striyaḥ prati</u> |
(b)<u>sadvṛttān anu</u> durvṛttaḥ (c)<u>pari strīṃ</u> jātamanmathaḥ ||
「ラーマを目にするまで，罪深い者よ，お前はきらめくがよい，女達目掛けて。正しい振る舞いをなす人々に悪しき振る舞いをなし，女という女に愛欲を抱きながら」

当該詩節で例証されるのは，次の規則である。

A 1.4.90: lakṣanetthambhūtākhyānabhāgavīpsāsu pratiparyanavaḥ ||
「印，ある様相を呈した者の説明，分け前，普及という意味領域で，prati，pari，anu は karmapravacanīya と呼ばれる」

A 1.4.90では，意味領域として印（lakṣaṇa），ある様相を呈した者の説明（iatthambhūtākhyāna），分け前（bhāga），普及（vīpsā）の４つが示され，規定を受ける対象としては prati，pari，anu の３項目が提言されているから，当該規則は karmapravacanīya という術語の適用について計12の規定を制定していることになる。(a) vidyotasva striyaḥ prati（「お前はきらめくがよい，女達目掛けて」），(b) sadvṛttān anu durvṛttaḥ（「正しい振る舞いをなす人々に悪しき振る舞いをなす［ラーヴァナ］」），(c) pari strīḥ jātamanmathaḥ（「女という女に愛欲を抱く［ラーヴァナ］」）において，prati，anu，pari はそれぞれ印，ある様相を呈した者の説明，普及の意味領域で A 1.4.90により karmapravacanīya と呼ばれる。A 1.4.90が定める全規定のうち，３つの規定が例証されている。

規則例証という重荷を背負いながらも物語は常に心地よく進んでいくことは，Bhaṭṭikāvya の特徴として諸先行研究が指摘しているところである（Kale 1897: vii.11–14; M. A. Karandikar and S. Karandikar 1982: xxi.31–xxii.1, xxxii; Lienhard 1984: 182.9–12）。彼は代表例以外の例の説明については教師の裁量に委ね，規則の全規定を例証することよりも常識的な文学性を保守することを優先させたと言えよう。

0.10 研究史

これまでBhaṭṭikāvyaに対してどのような研究がなされてきたのか。以下ではまず，先行研究を概観してそれらの問題点を浮き彫りにする。次に，それを踏まえた上で，本研究が採用する具体的な方法を提示したい。なお，サンスクリット美文学を扱う概説書はほとんどのものがBhaṭṭikāvyaに多かれ少なかれ触れており，その全ての記述に言及することは煩雑を極める。したがって，概説書のうちでも比較的詳しく同作品について論じているものに対象をしぼる。

0.10.1 刊本情報

これまでに出版されたBhaṭṭikāvyaの刊本は現在入手が困難となっているものも少なくない。刊本情報の詳細はEmeneau 1967: 113-114とLienhard 1984: 180, note 79にまとめられているので，ここでは代表的なもののみを略述する。

まず，ジャヤマンガラ注Jayamaṅgalāとバラタマッリカ注Mugdhabodhinīの2注釈付きのBhaṭṭikāvya刊本は，1828年にCalcuttaのEducation Pressから出版された。この刊本は，両注釈が付された刊本の最古のものであると同時に，Bhaṭṭikāvyaの最古の刊本でもある。ジャヤマンガラ注が付いたBhaṭṭikāvya刊本は，1887年にGovinda Shankara Shāstrī Bāpataの手によりBombayのNirṇaya Sāgara Pressから出版されたものが最初であり（Bāpata 1887），その後，修正を加えられながら版を重ねている。1898年にはKamalāśaṅkara Prāṇaśaṅkara Trivedīにより複数写本に基づくマッリナータ注Sarvapathīnāが初めて校訂出版された（Trivedī 1898）。これらにより，Bhaṭṭikāvyaに対する現存最古の注釈書Jayamaṅgalā，詩文の注釈者として著名なマッリナータのSarvapathīnā，Bhaṭṭikāvyaに対する最後期の注釈書Mugdhabodhinīに目を通すことが可能になり，ここに至ってBhaṭṭikāvyaの本格的な研究の基盤が用意された。これら3注釈書が現在利用できる古典注である。

0.10.2 翻訳研究

Bhaṭṭikāvyaに対する翻訳研究は，第18章-第22章の独訳を発表したSchütz 1837をもってその嚆矢とする。次いでAnderson 1850が，パーニニの文法規則とBhaṭṭikāvyaの手短な紹介とともに，第1章-第2章の英訳（部分訳）を発表した。Anderson 1850は，複雑な文法規則を例証しながらも美文詩としての美を兼ね備えているとして，作者バッティの手腕とその作品Bhaṭṭikāvyaを高く評価する。また，Anderson 1850: 21.30-32は多様なアオリスト形の使用を第1章冒頭部の特徴として指摘している。Anderson 1850に続いて，Bhaṭṭi 1867が作品の大綱を述べた序文とともに第1章の英訳を，Godabole 1886が第14章の英訳を発表した。Godabole 1886には詩節で使用される定動詞形に関する注記が付されており，それは第14章読解に有用である。

Bhaṭṭikāvyaの本格的な翻訳研究は第1章-第5章の英訳を発表したKale 1897によって初めてなされた。Kale 1897は各詩節の解釈にあたり，関連文献への言及もなしながら，詩節の内容および詩節中で使用される語の意味や表現の意図，各語形の派生とそれに参与する文法規則，詩節に適用された詩的技巧や韻律などを詳説している。Kale 1897と時を同じくして，Pradhan 1897も詳細な解題と注解とともに第1章-第4章の英訳を発表する。

次に現れたのがS. Rayとその息子K. Rayによる一連の訳注研究である。S. Ray 1909は第11章と12章[66]，S. Ray 1910は第1章[67]，S. Ray 1926は第2章[68]，S. Ray and K. Ray 1931は第3章，S. Ray and K. Ray 1941は第10章をそれぞれ研究対象とし[69]，各詩節に対する英訳とベンガル語訳に加えて，文法的な問題を中心に詩節解釈に関わる注記を付す。その後，Brough 1951が第14章（第17詩節まで），第19章，第20章の英訳を発表した[70]。なお，翻訳研究ではないが，Bhaṭṭikāvyaの全内容を章ごとにまとめて提示したものとしてHooykaas 1958dがある。各章の内容要約といえども，ここに至って初めてBhaṭṭikāvya全体の内容が明らかにされた[71]。

部分訳しか存在しなかったBhaṭṭikāvyaの全訳（英訳）を初めて成し遂げたのはLeonardi 1972である。続けてM. A. Karandikar and S. Karandikar 1982,

さらにFallon 2009もBhaṭṭikāvya全体の英訳を公表した。しかしいずれの完訳も，規則例証に関する細説を含まず，Bhaṭṭikāvyaの翻訳研究という意味では不十分である。これら3英訳にはバッティの意図に反する解釈が与えられる箇所や明らかな誤訳箇所が多数見受けられることも判明している(72)。例証される文法規則の厳密な解釈への無配慮に起因する誤りが特に多い。Fallon 2009に対してはHanneder 2011による書評がある。Hanneder 2011はまず，サンスクリット原文読解のための信頼に足る手掛かりを提供し，原文への忠実さ（Wörtlichkeit）とわかりやすさ（Verständlichkeit）の均衡を保っているとしてFallon 2009の翻訳を評価する（Hanneder 2011: 510.10–12）。次いでHanneder 2011はFallon 2009に見られる翻訳上の問題点を論じ，最終的に「Fallon 2009は読み物としては勧められるが学術的研究の際には同研究書だけでは不十分であり，他の文献資料の参照が不可欠であるという印象が残る」という言葉でもって書評を締めくくる（Hanneder 2011: 511.35–37）。

本邦においては和田 2012が第1章の邦訳を発表している。管見によれば，同訳には誤りが多く，先行研究の参照と関連文献の精読を怠っている印象を受ける。

0.10.3　バッティの年代と同定問題

0.10.3.1　バッティの年代

作品末尾に残された次の詩節は，バッティの活動年代を推定する手掛かりの1つとして早くから衆目の的となっていた。

> BhK 22.35: kāvyam idaṁ vihitaṃ mayā valabhyāṁ
> śrīdharasenanarendrapālitāyām(73) |
> kīrtir ato bhavatān nṛpasya tasya
> premakaraḥ kṣitipo yataḥ prajānām ||
> この詩文は私により作られた。ヴァラビーにおいて。
> シュリーダラセーナ王が守護する［その都で］。
> この［詩文］によってその王に名声があらんことを。

王は臣民達に恩恵を施す者であるから。

バッティはシュリーダラセーナ王が治める都ヴァラビーでBhaṭṭikāvyaを著したと語る。紀元後500-650年頃の間にヴァラビーを治めた同名の王が4人いるため，どの王のもとで彼が詩作を行ったかが問題となるが，それを現存する証拠から決定することは難しく，諸先行研究の見解も憶測の域を出ない。Kane 1923: xv.35-xvi.6も述べるように，今のところバッティは紀元後500-650年頃，6世紀-7世紀頃に活躍した人物であると考えておくのが無難である。なお上掲詩節は，Lienhard 1984: 180が指摘するように，マッリナータやバラタマッリカがそれを注釈していないことから後世に挿入された詩節である可能性を孕む。

バッティの年代を左右する新たな手掛かりはChakravarti 1913とKane 1951により報告された。(74) Chakravarti 1913: 17.11-22は，Kāśikāvṛtti中に引用される1節を，サーヤナ（Sāyaṇa，14世紀頃）とバットージディークシタ（Bhaṭṭoji Dīkṣita，16世紀後半-17世紀早期）がそれぞれMādhavīyadhātuvṛtti（利用刊本における該当箇所未発見）とŚabdakaustubha (ŚK [209.23-25])において，バッティに帰していることを指摘した。Kāśikāvṛttiは A 4.1.50: krītāt karaṇapūrvātに対する注釈中で問題の1節を引用する（KV on A 4.1.50 [I.331.17]）。

sā hi tasya dhanakrītā prāṇebhyo ’pi garīyasī |
彼女が富［と交換］で買われてしまったからである，彼にとって命よりも大事な［彼女が］。

A 4.1.50は，krīta（「買われた」）という語で終わる複合語において，同語が〈手段〉を表示する項目に先行されるとき，複合語の後に女性接辞ṄīṢが起こることを規定する（例：vastrakrīta + ṄīṢ → vastrakrītī「服を通じて買われた［女］，服［と交換で］で買われた［女］」）。上掲の表現は，A 4.1.50が規定する女性接辞ṄīṢが起こらない例として引用されている（dhanakrītā）。この表現は，現在我々に伝わるBhaṭṭikāvyaには見つからないが，サーヤナまたはバットージディークシタが同表現を含む Bhaṭṭikāvya の読みを知っていたとすれば，高い確度をもって同作品の成立は Kāśikāvr̥tti 以前と言うことができる。

Kane 1951: 76.38–77.13は，Kāśikāvr̥tti が掲げる冒頭詩節に対する注釈中で，ジネーンドラブッディ（Jinendrabuddhi，700年頃）が Kāśikāvr̥tti 以前に Aṣṭādhyāyī に対して注釈（vr̥tti，vivaraṇa）を著した人物として「バッティ」の名を挙げていることを指摘した。Kāśikāvr̥tti の冒頭部には次の詩節が掲げられている。

> KV (1.8–9): vr̥ttau bhāṣye tathā dhātunāmapārāyaṇādiṣu |
> viprakīrṇasya tantrasya kriyate sārasaṅgrahaḥ ||
> ［私は，］vr̥tti 類，Bhāṣya，同様に動詞語基表（dhātupāṭha）や語群表（gaṇapāṭha）などの中に散乱している文法学の教えの精髄を集約する(75)。

当該詩節中の vr̥tti という語に対してジネーンドラブッディは以下のような説明を与える。

> Nyāsa thereon (I. 4. 23–24): tatra ca vr̥ttiḥ—pāṇinipraṇītānāṁ sūtrāṇāṁ vivaraṇaṃ cūllibhaṭṭinallūrādiviracitam |
> そしてそのうち，vr̥tti について。パーニニがもたらしたスートラに対して，チューッリ，バッティ，ナッルーララにより［意味を明らかにする］注釈が著された。

もしジネーンドラブッディが言及する人物が Bhaṭṭikāvya の作者と同一人物であるとするならば，バッティの活躍年代は Kāśikāvr̥tti の成立以前であり，彼はジネーンドラブッディが活躍した頃にはすでに「バッティ」という名で知られていたことになる。バッティの手になるパーニニ文典に対する注釈書は発見されていないが，M. A. Karandikar and S. Karandikar 1982: xiv.5–11も説明するように，ジネーンドラブッディが Bhaṭṭikāvya を同文典に対するある種の注釈書と見なした可能性は否定され得ない。バッティが提示する規則適用例を通じて，読者は問題の規則がどのように解釈されるべきかを推理することができるからである。

本研究では，バッティの年代に関わる数少ない上記２つの文献資料を重視し，Bhaṭṭikāvya の成立期を Kāśikāvṛtti の成立以前と仮定した上で考察を進める。なお，彼の年代はバーマハとの関係のもと論じられることも多い。両者の関係については，序論0.10.4.3.2で述べる。

0.10.3.2　バルトリハリとの同定

bhaṭṭi という語が bhartṛという語のプラークリット形であることやその文法学への精通ぶり，さらに注釈者達の言明から[(76)]，バッティと Vākyapadīya の作者バルトリハリは同一人物であるか否かという問題が先学達の注目を集めた。この問題には，叙情詩 Śatakatraya の作者である詩人バルトリハリと文法家バルトリハリは同一人物か否かという問題も加わり，議論は複雑な様相を呈する[(77)]。ここでは代表的研究にのみ触れる。

0.10.3.2.1　Kale 1897

Kale 1897: viii-x は，バッティ，文法家バルトリハリ，詩人バルトリハリの３者の同定問題について論じている。まず Kale は，疑いのない証拠から文法家バルトリハリが仏教徒であることは明らかとして，バッティが当該の文法家と同一人物である可能性を退ける。Kale によれば，もしバッティが仏教徒であったなら，自身の作品の主人公にラーマを選んでその偉業を讃えたりはしないはずだからである。次に Kale は，バッティが詩人バルトリハリに同定される可能性も排斥する。Kale が挙げる根拠は以下の通りである。

・両者の人生を物語る伝統的逸話には大きな相違点がある。仮に伝統的逸話を脇に置いたとしても，両者の一生にはほとんど共通点がない。詩人バルトリハリは武人階層（kṣatriya）の出であり，バッティは婆羅門である[(78)]。前者の活躍の地は中央インドである一方，後者は北西インドのヴァラビーで活躍した。

・バッティがサンスクリット語の扱いに巧みである一方，詩人バルトリハリは，洗練されていない語形やぎこちない構文を作品のあちこちで読者に突きつけてくる。
・詩人バルトリハリはシヴァ神とヴィシュヌ神を絶対神と公言しながらも前者への偏愛を暴露する一方で，バッティは後者の崇拝者である。
・サンスクリット文献において，バッティの作品からの引用と詩人バルトリハリの作品からの引用は区別されている。

以上より，Kale によれば，バッティはどちらのバルトリハリとも同一人物ではあり得ない。

0.10.3.2.2　Trivedī 1898

Trivedī 1898: xiii–xxii は，Bhaṭṭikāvya の作者名，文法家バルトリハリとの同定問題，バッティの年代を詳論する。まず Trivedī は，諸先行研究が与える情報と見解を概観する。続いて，現存の文献資料には Bhaṭṭikāvya の作者の名として Bhaṭṭi，Bhartṛsvāmin，Bhaṭṭasvāmin の 3 つが確認され，それらは全て同一人物を指していることを報告し，ジャヤマンガラ注と 1 つの写本の記述を根拠に Bhaṭṭikāvya の作者の名は本来 Bhartṛ であったとする。Trivedī によれば，Bhaṭṭi は Bhartṛ のプラークリット形（同プラークリット形が作者の名として使用されるようになった経緯については説明されない），Bhartṛsvāmin は作者本来の名 Bhartṛ に彼の父の名 Śrīsvāmin ／ Śrīdharasvāmin の svāmin を付けた形（この種の名づけ方はバッティが生きたグジャラートでよく見られるとする[(79)]），Bhaṭṭasvāmin は，作者の姓と考えられる Bhaṭṭa に同じく svāmin を付けた形である。Trivedī は，これらのうち Bhaṭṭi がおそらく作者の愛称として最も流通し作者は俗にその名で呼ばれるようになったのであろうと推測する。そして，Bhaṭṭi は本名に見えないこと，同語は Bhartṛ のプラークリット形であること，これらが要因となって後代の古典注釈者達はバッティを文法家として著名であったバルトリハリと混同したとする。

次に Trivedī はバッティの年代の論議を開始する。先述の BhK 22.35に注目し（序論0.10.3.1），ヴァラビー王朝の四王とバッティの関係を知る手掛かりとなる銅貨と碑文資料を検討した後，彼もまた，現存の資料からどの王のもとでバッティが文芸活動を行ったかを決定することは難しいという態度を表明する。Trivedīは，4人の王の誰かがバッティの後援者であったことは確かであるとし，最終的にバッティの年代を6世紀後半から7世紀初めに置く。

0.10.3.2.3 Madhavan 2001

近年，バッティ，文法家バルトリハリ，詩人バルトリハリの同定問題に関する新説が，Bhaṭṭikāvya 全体を視野におさめる総括的研究書 Madhavan 2001により提唱された。

Madhavan 2001の目的は，Bhaṭṭikāvya が持つ文学的価値の再評価にあるようである（Madhavan 2001: 3.35–4.5）。そのためか，バッティの表現に対する，詩的装飾や詩的美質の分析を交えた文学的観点からの考察は詳細になされる一方で，文法家達の理論を考慮した文法学的観点からの考察は不十分である印象を受ける。加えて Madhavan 2001には，具体的証拠が挙げられずに展開される，客観性を欠いた論判が目につく。それゆえ一文一文に疑問がわき，同研究書の分析には説得力を感じられない部分が多分にある。最大の疑問は，Bhaṭṭikāvya の詩的価値の再評価と銘打ちながら，同作品の詩節を引用する際に自身の訳を与えず，全ての箇所で Leonardi 1972または M. A Karandikar and S. Karandikar 1982の英訳を利用している点である。

Madhavan は研究書の冒頭部において，根拠なく文法家バルトリハリと詩人バルトリハリを同一人物と設定し，このバルトリハリとバッティの同定という自身の結論をほのめかす。

> The Vākyapadīya verses mostly composed in Āryā and Anuṣṭup [sic] metres demonstrate unmistakably the poetic zeal of Bhartṛhari. All the three Śatakas Nītim Śṛṅgāra and Vairāgya are attributed to this Bhartṛhari. If the epic Bhaṭṭi-kāvya popularly called also Rāvaṇa-Vadha is attributed to this Bhartṛhari one should not grudge it, because none can show any valid

reason against such a proposal of identity. (Madhavan 2001: 11.20-26)

Madhavan 2001は次の結論をもって締めくくられている。

> In our opinion Anuṣṭup [sic] verses abound in the Vākyapadīya and the style is not far away from that of Bhaṭṭi. ... From the linguistic stand-point as well as from the stylistic pattern of the two Bhaṭṭi Kāvya and Vākyapadīya, there is little difference. We, therefore, like to believe in the identity of these two formidable figures - Bhaṭṭi and Bhartṛhari. (Madhavan 2001: 362.29-363.6)

バッティと文法家バルトリハリの同定，それがMadhavan 2001の主張である。しかし，両者の作品の比較考察もせず，従来の多くの諸研究に論及することもなく，不当な根拠を通じてこのような主張をすることはできない。Madhavanは，名前も年代も異なる両者の同定を支持する積極的証拠を提出せず，曖昧な議論に終始しているにすぎない。後代の文法家達がVākyapadīyaとBhaṭṭikāvyaから詩節引用を行うとき，彼らが両作品の作者を区別している点や，バルトリハリが残した文法学文献中にBhaṭṭikāvyaへの言及はなく，後者中に前者が言及される箇所もない点（Iyer 1969: 14.17-19）にも注意が払われていない。

Madhavan 2001が抱える他の問題点を以下にいくつか指摘する。

- Madhavan 2001: 2.3-5は，バッティはMahābhāṣyaの信心深い愛好家であると述べるが，本論4.3で見るように，バッティは必ずしもパタンジャリの規則解釈に従うわけではない。
- Madhavan 2001: 14.32-33は，BhK 1.1-5はLeonardi 1972によりはじめて英訳されたとする。しかしそれ以前に，すでにAnderson 1850，Kale 1897，Pradhan 1897など，多くの英訳がある。
- Madhavan 2001: 40.24-28は，karṇejapa（「耳元でささやく者，密告者」）と

いう複合語はA 6.3.14: tatpuruṣe kṛti bahulamに対するMahābhāṣyaに見られずKāśikāvṛttiに初出するとし，BhK 3.7でバッティが当該の複合語を用いていることは，Kāśikāvṛttiが初めて記した文法学的語形をバッティが正しく使用していることを示すとする。しかし，他規則に対する注釈中ですでにパタンジャリが3度この語形を使用している（MBh on A 2.2.19 [I. 418.3]; MBh on A 3.1.92 [II.75.12]; MBh on A 3.2.13 [II.99.21-22]）。

・Madhavan 2001: 361.10-15は，Bhaṭṭikāvyaにおいて同じ語や同じ言い回しの使用，同じ文法規則の例証は1度たりとも繰り返されないとするが，本論1.2で明示するように，同じ語の再使用や規則例証の重複はBhaṭṭikāvya中でしばしば起こる。

・Madhavan 2001: 359.28-32は，マッリナータがBhaṭṭikāvyaに認める詩的美質sauśabdyaは諸語の単なる配置（mere placement of words）から得られるとする。本論3.3で明らかにするように，sauśabdyaはそのような類いのものではない。

0.10.3.3 ヴァットサバッティおよびバッティバッタとの同定

B. C. Mazumdar 1904は，マンダソールで発見された碑文（473年）第2詩節-第6詩節中の描写とBhaṭṭikāvya第2章中の秋の描写が酷似していることを主な根拠として，Bhaṭṭikāvyaの作者バッティと碑文の作者ヴァットサバッティ（Vatsabhaṭṭi）は同一人物であると主張した。B. C. Mazumdarはヴァットサバッティを Bhaṭṭikāvyaの作者と考えることではじめて以下の疑問点が解決され得るとする。

・作品がBhaṭṭikāvyaという名で呼ばれる理由

・バーラヴィ（Bhāravi，6世紀終わり-7世紀初頭）やダンディンの時代にはよく知られていたはずの詩的技巧がBhaṭṭikāvyaで例示されない理由

・Bhaṭṭikāvyaでは後世の付加であるRāmāyaṇa第7巻の内容が描かれない理由

Hoernle 1909: 111.27-112.16はB. C. Mazumdar 1904の見解を否定はせず，可能性の1つとしてそれに言及する。一方，Keith 1909: 434.30-435.11, note 1はB. C. Mazumdarが挙げる根拠をことごとく退け，その見解を‘a most unfortunate suggestion’と評して批判した。Keith 1909がB. C. Mazumdar 1904の見解を否定する理由は次の通りである。

・Bhaṭṭikāvyaとマンダソール碑文の描写を比べてみると，作者の力量は明らかに異なることがわかる。ヴァットサバッティは一流の詩人ではなく，せいぜい二流の宮廷で活動する努力家と言ったところである。Bhaṭṭikāvyaの作者に対してそのような評価が下されることは絶対にあり得ない。(80)
・バッティがバーラヴィとダンディンに時代的に先行していることは，バッティがヴァットサバッティと同一人物である証拠にはならない。
・現在伝わるRāmāyaṇa第7巻が，マンダソール碑文が作られた473年頃にはいまだ成立していなかったということはあり得ないので，Bhaṭṭikāvya中でRāmāyaṇa第7巻の内容が描かれていないことは何の証拠にもならない。

これに対してB. C. Mazumdar 1909は，Keith 1909の意見に納得し自らの非を認めながらも，自分の見解が‘most unfortunate’であるとは思えないとして，上述した描写の類似性およびBhaṭṭikāvyaという作品名を根拠にKeith 1909に再反論した。(81) しかし，B. C. Mazumdar 1904; 1909が挙げる根拠は薄弱であり，後にS. N. Mazumdar 1912もKeith 1909と同様にその見解を強く否定した。S. N. Mazumdarが挙げる理由は以下の通りである。

・Bhaṭṭikāvyaで使用されるプラークリットは文学作品中で使用される通常のプラークリットではなく，〈言語同一〉を例証するために用意された人工的なものであるから，Bhaṭṭikāvya中で使用されるプラークリットの特徴を根拠に作品の年代を早めることはできない。

・紀元後472-473年頃にRāmāyaṇa第7巻の内容が知られていなかったというのは考えにくい。
・Bhaṭṭikāvyaと碑文の描写が似ているという理由だけで，それらの作者を同一人物と考えるのは不適切である。
・ヴァットサバッティとヴァラビー王朝を結びつける証拠はない。

S. N. Mazumdar 1912自身は，シュリーダラセーナ4世（650年頃）の息子ドゥルヴァセーナ（Dhruvasena）3世が村を寄贈した人物として碑文（653年）に記されている，バッパ（Bappa）の息子バッティバッタ（Bhaṭṭibhaṭṭa）なる人物をBhaṭṭikāvyaの作者と見なすが，その根拠は特に述べられていない。Hultzsch 1892: 92, note 2は，ジャヤマンガラがバッティの父の名をŚrīsvāminと述べていること（序論註(46)）を理由に，かつて当該のバッティバッタをBhaṭṭikāvyaの作者と見なした自身の見解を訂正したが，S. N. Mazumdar 1912: 60.30-36は注釈者達の記述は当てにならないとして，ジャヤマンガラの言葉を度外視する。さらにS. N. Mazumdar 1912: 60.36-61.2は，碑文中のbappaという語は固有名ではなく「父」を意味する語であるとして自らの説を補強する。

S. N. Mazumdar 1912の主張に対してŚāstrī 1912は，Mitra 1881が報告したBhaṭṭikāvyaの最古の写本中に，Bhaṭṭikāvyaの作者の父の名がŚrīdhara Svāminと記述され，さらにBhaṭṭikāvyaの作者がヴァラビーで活躍したことが述べられていることを根拠に，S. N. Mazumdar 1912による同定を否定し，Hultzsch 1892の見解を支持した。バッティバッタはマヒッチャカの出身であり，そこで暮らしていたことが碑文中に記されている。

0.10.4 各部各章に対する個別的研究

0.10.4.1 雑多の部

序論0.10.2で見たように，雑多の部を対象とした翻訳研究は比較的多くなされている。しかし，同部でなされる規則例証に深く踏み込んだ研究は存在しない。雑多の部には主題の部に見られるような規則例証の法則性は見受けられず，定動詞の部のように一貫した論題があるわけでもない。それゆえ，他の２部に比べて，雑多の部を構成する各詩節においてどの規則が例証されているのかを特定するのが困難なのは確かである。しかしそこには，例証が意図されている規則を判別できる詩節も点在する。それら詩節の詳察を通じて，雑多の部における規則例証の様相と作中における同部の役割を検討することが望まれる。

0.10.4.2　主題の部

主題の部に対する研究の現状も雑多の部と同様である。主題の部は特定の文法規則群が規則正しく例証される箇所であるから，詩節中の表現とそれによって例証される文法規則の対応を他の部に比べて容易に理解することができる。主題の部の精緻な研究により，バッティの規則例証の原則や規則解釈の詳細，バッティが有するパーニニ文法学の知識，文法学伝統に対する彼の態度などを明らかにすることが可能である。

0.10.4.3　明晰の部

0.10.4.3.1　バッティ，バーマハ，ダンディンの関係

明晰の部を取り上げた研究は他の部のそれに比べて圧倒的に多い。その中でも詩的装飾が例証される Bhaṭṭikāvya 第10章に対してはこれまで豊富な研究がなされてきた。

Kane 1912ab は，Bhaṭṭikāvya 第10章では〈同音反復〉と〈同音群反復〉という２種の〈言葉の装飾〉（BhK 10.1-22）とその他36種の〈意味の装飾〉（BhK 10.23-75）が例証されることを指摘し，それら詩的装飾について規定する詩学書がバッティの手元にあったに違いないと主張した。ここに，バッティが基礎を置いた詩学書は一体何であったのかという問いが立てられた。Jacobi 1910: 133, note 1は，バッティがバーマハの Kāvyālaṅkāra あるいはバーマハ以前に活躍したと考えられるメーダーヴィン（Medhāvin）の詩学書に依拠している可能性を想定し，Keith 1920(82)は，バッティが参照した詩学書は Kāvyālaṅkāra やダンディンの Kāvyādarśa ではないとする立場をとった。

Kane 1923: xiv.40-xv.33は，バッティが例証する詩的装飾はバーマハとダン

ディンが定義するものとほぼ同じであり，バッティが詩的装飾を例示する順序は基本的にバーマハがそれらを定義する順序と一致することを指摘した[(83)]。しかし，最終的にKane 1923は以下の理由に基づいて，バッティは両者に先行する他の詩学書に依拠していると結論し，Keith 1920と同じ立場をとる。

・バッティとバーマハで詩的装飾の取り扱い順序が異なる場合もある。
・バーマハが詩的装飾の１つと認める〈主題外の賞賛〉（aprastutapraśaṁsā）をバッティは例示しない。
・バーマハが詩的装飾と認めない〈原因〉（hetu）と〈報告〉（vārttā）をバッティは例示する。
・バーマハとダンディンが言及すらしていない〈巧み〉（nipuṇa）なる詩的装飾をバッティは例示する。
・ダンディンが詩的装飾と認める〈韜晦〉（leśa）と〈微妙〉（sūkṣma）をバッティは例示しない。
・その例示に21詩節を費やしたバッティの〈同音群反復〉の扱いは，それを極簡素に扱ったバーマハよりもダンディンのそれに近い。

De 1960: 50.20-56.26もKane 1923と同じく，細かな下位分類を除けばバッティが例示する詩的装飾はバーマハが定義するそれと順序や特徴の点で一致することを認めつつ，その一方でバッティ，バーマハ，ダンディンの３者による詩的装飾の扱いが明らかに異なる場合があることおよびバッティの〈同音群反復〉はかなり独特であることを理由に，バッティが今は失われた詩学書を参照していた可能性を推定した[(84)]。

バッティ，バーマハ，ダンディンが扱う詩的装飾と作中の該当箇所を表で示し，いくつかのものに具体的な検討を加えたのはNobel 1924が最初である。Nobelが主に論じたのは〈共描写〉（sahokti）と〈同一結合〉（tulyayogitā）である。Nobelは，バッティが与える両装飾の例とバーマハの定義を検討し，両装飾が成立する文章構造や両装飾における比喩構造を分析している。最終的にNobelは，比喩に基づく詩的装飾の様式を決定するのは文法的な表現形式

(grammatischen Ausdruckwaise) であり，例えば iva (「〜のように」) を通じて事物間の類似性が表現される場合にはその装飾は〈直喩〉(upamā)，saha (「〜と共に」) を通じて表現される場合には〈共描写〉，共通する 1 つの動詞語基を基礎に置く諸事物の併置 (Nebeneinanderstellung) および結合 (Verbindung) を通じて表現される場合には〈灯火〉(dīpaka) または〈同一結合〉と見なされると結論する。

大類 1954a はバッティ，バーマハ，ダンディンの 3 者が扱う詩的装飾の対応関係，特色，異同などを表で示し，先行研究の見解を整理，吟味しながら，バッティとバーマハの関係と年代を論じた。大類は，現存資料に依拠する限り，バッティの年代の下限を紀元後650年，バーマハの年代を675-775年から動かないものとし，前者が後者に125年ほど先行すると設定せざるを得ないと結論した。(85)

Nobel 1924と大類 1954a に続いて Hooykaas 1957a も，BhK 10.23-75の英訳とともにバッティ，バーマハ，ダンディンの詩的装飾を比較する対応表を提示して，いくつかのものに対して若干の考察を加えた。しかし，特筆に値する新規情報はない。

0.10.4.3.2　バッティとバーマハの関係

Bhaṭṭikāvya と Kāvyālaṅkāra には，一方が他方を前提にしているとしか考えられないほど内容と語句が酷似した詩節が存在することから，バッティ，バーマハ，ダンディンの 3 者のうち，特に前 2 者の関係がこれまで多くの議論を呼んできた。次の 2 詩節を見よ。

BhK 22.34: vyākhyāgamyam idaṃ kāvyam utsavaḥ sudhiyām alam |
hatā durmedhasaś cāsmin vidvatpriyatayā mayā ||
解説を通じて理解されるべきこの詩文は，識者達にとって有り余る歓喜である。そしてこの［作品］において私は愚鈍な者達に配慮しない。知者を好むがゆえに。

KA 2.20: kāvyāny api yadīmāni vyākhyāgamyāni śāstravat |

utsavaḥ sudhiyām eva hanta durmedhaso hatāḥ ‖
このような諸詩文もまた，論書のように，解説を通じて理解されるべきものであるならば，歓喜は識者達にのみあり，ああ悲しや，愚鈍な者達に配慮はなされない。

BhK 22.34については序論0.8.3で論じた。KA 2.20は明らかに同詩節と関連する詩節である。KA 2.20においてバーマハは，解説を通じてのみ理解できるような詩文に苦言を呈している[86]。

バッティとバーマハの後先問題に関し，特記すべきはDiwekar 1929である。Diwekar 1929はBhK 22.34とKA 2.20だけでなく，BhK 5.18とKA 2.31，BhK 10.37とKA 2.70，BhK 11.3とKA 2.87の間にも類似が見られることを指摘し（Diwekar 1929: 835–836）[87]，両作品全体の構成にも気を配りながら，両作者の思想やその影響関係を多角的に考察した。さらにDiwekar 1929は，Kāvyālaṅkāra第5章中に散見される仏教認識論に関わる記述にも目を向け，ディグナーガ（Dignāga，480–540年頃）の弟子シャンカラスヴァーミン（Śaṅkarasvāmin，6世紀）作のNyāyapraveśaとダルマキールティ（Dharmakīrti，600–660年頃）のNyāyabinduを比較材料として同章の内容を吟味した（DiwekarはNyāyapraveśaの作者をディグナーガとした上で論を進めている）。Diwekar 1929はバーマハがバッティに先行する人物であることを支持し得る主な証拠として以下のようなものを挙げる。

- KA 2.20直前のKA 2.19では〈謎語り〉（prahelikā）が論じられていることから，KA 2.20でバーマハが批判しているのはBhaṭṭikāvyaのような作品ではなく，難解な詩的技巧〈謎語り〉が仕掛けられた詩節や作品である。
- Kāvyālaṅkāra第6章中の記述から，バーマハが文法学を重んじていることは明白である。そのような彼が，同じく文法学に多大な敬意を払っていることが明らかなバッティの作品を批判する理由はない。
- KA 6.62を見る限り，バーマハの眼前にBhaṭṭikāvyaのような作品があったとは思えず，むしろKA 6.62の言葉に触発されてバッティやバウマカ

（Bhaumaka，11世紀以前）が文法規則の例証作品を著した可能性が導かれる。[88]

・BhK 22.34でバッティは自身の作品の難解さを自慢しているわけではなく，その言い訳をしている。そのことは vidvatpriyatayā（「知者を好むがゆえに」）という表現から示唆される。BhK 22.34はバッティがバーマハの BhK 2.20を意識して自身の作品がバーマハの言明に抵触しないように言い訳として用意したものである。

・Bhaṭṭikāvya 第10章-第13章の内容から，バッティが作品を明晰なもの，すなわち〈明晰さ〉を具えたものにしようとしたことがわかる。それもバーマハの詩文の定義（序論0.7.1）を意識してのことである。

・Nyāyapraveśa と Nyāyabindu 中の記述を見る限り，Kāvyālaṅkāra 第５章における記述はダルマキールティではなくディグナーガに基礎を置くものであることは明白であるから，バーマハの年代はダルマキールティの年代までは下らない。

これらを根拠として Diwekar 1929は，バーマハはバッティに先行しディグナーガと同時代に生きた人物であろうと結論する。

バッティとバーマハの関係についてはこれまでに多くの議論が交わされている。しかし，両者の後先問題を解く決定的証拠がない現段階では，それは水掛け論にしかならない。確実に言えることは，バッティとバーマハによる詩的装飾の扱いは些細な例外を除いて種類と順序の点でほぼ一致していることから，両者は近い時代の同じ文学的土壌に生きた人物である可能性が高いということである。

0.10.4.3.3　バッティが例証する〈同音群反復〉の研究

Hooykaas 1958a は，Bhaṭṭikāvya に顕著な文学的要素は BhK 10.2-22で例証される20種の〈同音群反復〉であるとして，当該箇所の訳と分析を提示するとともに，バッティの〈同音群反復〉が序論0.10.6で見る Rāmāyaṇa Kakawin にどれほどの影響を与えたかを考察した。そして，１. Rāmāyaṇa Kakawin の作者ヨーギーシュヴァラ（Yogīśvara）がバッティの〈同音群反復〉を模倣していること，2. Rāmāyaṇa Kakawin中には少なくとも240種の〈同音群反復〉が使用されており，そのうちの7種はバッティのものと同種であることを指摘した。

Söhnen 1995は，〈同音群反復〉の発展史を概観し，Nāṭyaśāstra，Bhaṭṭikāvya，Kāvyālaṅkāra，Kāvyādarśa，Agnipurāṇaにおける〈同音群反復〉の様態を比較考察した。Söhnen 1995はバッティの〈同音群反復〉の特徴として以下の諸点を指摘する。

- Nāṭyaśāstraでは〈同音反復〉と〈同音群反復〉は区分されないが，Bhaṭṭikāvyaでは明確に区別される。
- Nāṭyaśāstraでは反復される語の意味がそれぞれ異なる〈同音群反復〉の使用は稀であるが，Bhaṭṭikāvyaでは反復される語の意味はかなりの頻度で変えられる。
- NāṭyaśāstraとBhaṭṭikāvyaの間には，各〈同音群反復〉を取り扱う順序の点での一致はほとんど見られない。その一方で，Nāṭyaśāstraで論じられるものと同じ型の〈同音群反復〉がBhaṭṭikāvyaには多出する。
- Nāṭyaśāstraで論じられる〈同音群反復〉と最も特徴が一致するのはBhaṭṭikāvyaのそれであり，バッティがNāṭyaśāstraにおいて不規則に扱われた種々の〈同音群反復〉を自身の目的に合わせて体系的に組み立て直していることは明らかである。一方で彼は，Nāṭyaśāstraには見られない〈同音群反復〉（pādamadhyayamaka，pādādimadhyayamaka，madhyāntayamaka）や他の詩学書には見られない〈同音群反復〉（ślokādyantayamaka）も使用している。
- Agnipurāṇaで言及される〈同音群反復〉はBhaṭṭikāvyaのそれとはかなり異なる。一方，バーマハが与える〈同音群反復〉の種類は，その名称や扱われる順序は違えど，全てBhaṭṭikāvyaのものに遡ることができる。

Söhnen 1995は結論として，5作品間の影響関係を示した系統図を提示している。それによればバッティはバーマハとダンディンに先行する。

Söhnen 1995と同じく，バッティの〈同音群反復〉に注目し，それをバーマハとダンディンの〈同音群反復〉の分類と比較することでその特徴の解明を試みたものとして，浅井 1996; Hattori 1997がある。両論文は，Bhaṭṭikāvya 中の〈同音群反復〉はバーマハが示す基準や分類に合い，バッティは聴覚的効果を狙って〈同音群反復〉を使用していることを指摘する。

Tubb 2014もまた，バッティが使用する〈同音群反復〉に論及する（Tubb 2014: § C.1 [159-162]）。Tubb 2014はバッティの〈同音群反復〉はカーリダーサやバーラヴィだけでなくマーガの〈同音群反復〉との関連を思わせるものもある点およびそれらの影響関係は必ずしも明瞭ではない点を指摘し，そのいくつかの具体例を検討している。

0.10.4.3.4　バッティが例証する〈言語同一〉の研究

サンスクリットとプラークリットの両語を用いて詩節を作る技巧〈言語同一〉が例証される Bhaṭṭikāvya 第13章を論じた研究として Narang 2003がある。Narang はジャヤマンガラとバラタマッリカの注釈およびプラークリット文典を参照しながら，第13章中で使用される表現を分析した。同論文によりバッティの〈言語同一〉の様相が提示され，〈言語同一〉は非常に限られた語でしか成立させることができないことが指摘された。

0.10.4.3.5　Sudyka による研究

明晰の部を中心に Bhaṭṭikāvya に対して文学的観点から考察を加えたものとして，L. Sudyka による一連の研究がある。

Sudyka 2000は BhK 22.32（序論0.8.1）に注意を向け，インドにおける討論の伝統と照らし合わせて，バッティの著作目的を探った。Sudyka 2000は，第11章で例証される〈甘さ〉，第12章で例証される〈意匠〉，第13章で例証される〈言語同一〉の概念と作中での位置づけを検討し，文法規則や詩的装飾などを例証する Bhaṭṭikāvya は討論での勝利を欲する話者／雄弁家（speaker，orator）のためのある種の手引書であり，作品を通じてそのような者達の教育をなすことがバッティの目的であったと結論する。このような Sudyka の主張は，序論

0.8.1で言及したマッリナータの解釈に着想を得たものと思われる。しかし，同節にて述べたように，正しい言語使用の示教目的を討論での勝利だけに限定する必要はないはずである。

Sudyka 2000は，主にバーマハとダンディンの詩学書中の記述に依拠しながら〈甘さ〉，〈意匠〉，〈言語同一〉の特徴を考察し，それら3要素が第11章-第13章の主題として選ばれている理由にも論及する。Sudykaの見解は次のようにまとめられる。

- 〈甘さ〉を具えた表現は，耳に心地よく（the sweetness of sounds），調和（harmony）がとれ，そこにおいて長過ぎる複合語が使用されない（the absence of long compounds）ものである。そのような表現を自由自在に使いこなせることは，討論に勝利することを望む者にとって非常に重要である（Sudyka 2000: 454.3-456.21）。〈甘さ〉を具えた表現により〈甘さ〉を例示することは，話者の教育に資する。
- 〈意匠〉を具えた表現は，過去や未来の事柄をまるで眼前にあるかのようにありありと描き出す。優れた話者（a good speaker）というものは，そのような表現の使用を心掛けねばならない。〈意匠〉が第12章の主題に選ばれているのは決して偶然ではなく，そこにも話者の教育というバッティの目的を見てとれる（Sudyka 2000: 456.26-458.2）。
- 〈言語同一〉も話者にとっては重要な技巧である（Sudyka 2000: 458.3-18, 458.33-34）。そのような技巧を示教するために第13章ではそれが例証されている。

巧みな話術に不可欠である〈甘さ〉，〈意匠〉，〈言語同一〉の表現法を示教するために第11章-第13章ではそれらが例示されるというのがSudykaの考えである（Sudyka 2000: 458.27-34）。しかし，他の数ある美的要素に比べて上記の3つが話者にとって特に重要で不可欠なものであることを示す具体的証拠は挙げられず，〈言語同一〉が第13章で例証される理由に対する根拠も弱い。そもそもSudyka 2000: 453.29-31が断っているように，バッティが第11章-第13章の論題として〈甘さ〉,〈意匠〉,〈言語同一〉を選んだ理由を現存資料から明らかにすることは困難であり，それに対する論考はどうしても曖昧さを残してしまう。

Sudyka 2003は，詩論家達が大詩文中で描かれるべき題材として提言するもののうち，政策協議（mantra），使者（dūta），進軍（prayāṇa），戦闘（āji），主人公の目的達成（nāyakābhyudaya）という5題材に注目し，それらの描かれ方の分析を中心に，アシュヴァゴーシャ（Aśvaghoṣa，2世紀）の Buddhacarita と Saundarananda，カーリダーサの Raghavaṁśa と Kumārasambhava，バーラヴィの Kirātārjunīya，マーガ（Māgha，7世紀後半）の Śiśupālavadha，ラトナーカラ（Ratnākara，9世紀）の Haravijaya，そして Bhaṭṭikāvya の内容を比較して，大詩文の展開とその展開における Bhaṭṭikāvya の位置づけを探った。結論として Sudyka 2003は，バッティの描写方法はカーリダーサとバーラヴィの間に位置づけられるものであり，Bhaṭṭikāvya はバーラヴィ，マーガ，ラトナーカラの作品と同様に ‘mantra type’ のもの（政策協議が物語中で重要な役割を担う作品）であると指摘する。

Sudyka 2005a は，Bhaṭṭikāvya 第7章，第10章，第13章を中心に，作中でなされる海の描写を取り上げて，その構造とそこで使用される表現を分析した。結論として，文法規則や詩的装飾などの例証に表現を制限されながらも，大詩文中で扱うべきとされた題材の1つである海を描写する中で，バッティは，詩人に課された責務を全うする形で斬新な効果を狙っていることが指摘されている。

Sudyka 2005b は，バッティが第12章で〈意匠〉を例証する際，それを文学上の装飾と美質のどちらと見なしていたかという問題を，主に〈意匠〉に関するバーマハとダンディンの記述を拠り所としつつ，他の諸文献中の記述をも勘案して考察した。同論文は，バーマハ，ダンディン，バッティが扱う〈意匠〉は美質により近い概念でありながらも，装飾と美質の中間の範疇に属するものとする新たな見方を提示している。

0.10.4.4 定動詞の部

定動詞の部に対しては部分的な翻訳研究がわずかに存在するにすぎない(Schütz 1837; Godabole 1886; Brough 1951)。定動詞の部は各1音に関わる文法規則が例証される箇所であるから，必然的にそこでは多種多様な定動詞形が使用される。定動詞の部の考察には，この「多様な定動詞形の使用」という視点も導入されなければならない。

0.10.5 Bhaṭṭikāvyaと詩文論書

ラーマ物語を描写しながら文法規則を例証するBhaṭṭikāvyaはこの種の作品の先駆をなすものであり，その後Bhaṭṭikāvyaを範型として同種の作品が数多く著された。そのような作品の情報についてはKrishnamachariar 1974: 145-146; Lienhard 1984: 225-227にまとめられている。また，Bhaṭṭikāvyaの影響のもと南インドのケーララで著された同種の作品群の周辺情報を知るにはDevi 1988が有益である。

0.10.6 Bhaṭṭikāvyaと Rāmāyaṇa Kakawin

10世紀から11世紀頃に著されたRāmāyaṇa Kakawinは，全26章2771詩節からなるジャワ最古の詩文である。その名の示す通りラーマ物語を題材とする。しかし，作者ヨーギーシュヴァラが範型としたのはRāmāyaṇaではなくBhaṭṭikāvyaであることがこれまでの研究で明らかにされている。

Aichele 1926は，古代ジャワの詩人達の間で〈同音反復〉と〈同音群反復〉が人気を博していたことに注意を向け，その原因をBhaṭṭikāvyaの影響に求めた。Ghosh 1936は，ヨーギーシュヴァラが自身の作品中にBhaṭṭikāvyaの諸詩節を多く借用していることを明示し，Rāmāyaṇa KakawinがBhaṭṭikāvyaを基に著されたものである可能性を具体的な証拠をもって指摘した。その後，C. Hooykaasが両研究の線に沿う形で，BhaṭṭikāvyaとRāmāyaṇa Kakawinの本格的な比較研究を開始し，研究論文と研究書を次々に発表した(Hooykaas 1954-55; 1955; 1957b; 1958abcef)。Hooykaasはその一連の研究の中で主に内容と詩的装飾の面から両作品を比較して，Rāmāyaṇa KakawinにはBhaṭṭikāvyaの描写を模倣した箇所やそれと類似した一節が多く存在することや，ヨーギーシュヴァラが Bhaṭṭikāvya の内容だけではなくそこで例証される詩的装飾についても理解し，それを作中で模倣，発展させていることなどを明らかにして，Rāmāyaṇa Kakawin が Bhaṭṭikāvya を範型としていることを実証した[(89)]。

近年では，Thomas M. Hunter が Bhaṭṭikāvya の〈同音群反復〉の研究や同書と Rāmāyaṇa Kakawin で使用される詩的装飾の比較研究を発表している（Hunter 2011; 2014）。Bhaṭṭikāvya が，それが Rāmāyaṇa Kakawin の素材になったのと同程度に中部ジャワ Śiwagṛha 碑文（856年）の素材にもなったとする Hunter 2011の指摘は重要である。Hunter 2011によれば，同碑文に見られる〈同音群反復〉は，重みと壮大さを詩に与える効果を意図して使用されている点および多様な韻律のもと構成されている点で Bhaṭṭikāvya の〈同音群反復〉と相似する。Hunter 2014は，バッティが使用する詩的技巧を Rāmāyaṇa Kakawin の作者［達］がどのような形で自身の作品に取り込んでいるかを言語と意味内容の両面から考察している[(90)]。同論文の重要な指摘として次の点が挙げられる。すなわち，Rāmāyaṇa Kakawin 中で発展させられている文学上の技巧が，Bhaṭṭikāvya ではなく Raghuvaṁśa に跡づけられる箇所が少なくとも同作品中に2ヵ所ある点である（Hunter 2014: 223.13-18）。Hunter 2014: 223.13-224.14はその具体的事例を検討している。

0.10.7　その他

0.10.7.1　Bhaṭṭikāvya で使用される韻律の研究

Bhaṭṭikāvya の各章各詩節で使用される韻律の種類と使用回数を提示したのは，Adolf Friedrich Stenzler (1807-1887) の遺稿として発表された Kühnau 1890 が最初である。次いでサンスクリット文献中で使用される様々な韻律を綿密に分析した Velankar 1948-49が，バッティの各韻律の使用傾向について報告し，Bhaṭṭikāvya で使用される韻律に関して以下の諸点を指摘した。

・āryāgīti 韻律を章からなる作品の中で使用したのはバッティが初である。
・作中で顕著な韻律は詩句（pāda）が8音節からなる anuṣṭubh（śloka）であ

り（15章分を構成するのに使用），次いで upajāti が 4 章分，āryāgīti が 1 章分を構成するのに使用されている。
・作品第10章には，puṣpitāgrā が10詩節続けて使用される箇所と15詩節続けて使用される箇所がある。
・長（guru）と短（laghu）の配列が乱れている詩節が存在する（BhK 21.21）[91]。
・未知の韻律（–⏑⏑–⏑⏑–⏑–⏑––）が使用される詩節が存在する（BhK 22.35）。

0.10.7.2 Narang 1969による研究

Bhaṭṭikāvya の総合的研究を初めて発表したのは Narang 1969である。同書では，作品名と作者名および作者の活躍時代の問題が先行研究者や注釈者達の見解とともにまとめられ（Narang 1969: 16–24），文法家達が問題視するバッティの表現に対しても若干の考察が加えられている（Narang 1969: 97–116）。しかし，他の先行研究の例に漏れず，同書においても文法学部門に対する具体的な論考はなされていない。Narang 1969: 85–96は，文法学部門の内容とバッティの規則例証の傾向を略述し，バッティが考慮したと考えられる文法規則をただ提示して，それらを術語規則や名詞接辞導入規則などに分類しているにすぎず，各規則やそれらを例証するバッティの表現に対しては説明を与えない。さらに，同書の記述には文法学的観点から修正されるべき点が多々あり，Narang が Bhaṭṭikāvya を精読しているかどうかを疑わざるを得ないような誤りも多く見出される。Narang 1969の研究は Bhaṭṭikāvya の全体像を要領よく提示しているという意味では価値があるものの，我々は常に批判的に同書を利用する必要がある。

0.10.7.3 Shah 1984による Durghaṭavṛtti 研究

Shah 1984は，文法的問題を孕むバッティの諸表現に対する文法学者シャラナデーヴァ（Śaraṇadeva，12世紀）の論説を考察したものである。その結論として，シャラナデーヴァの議論は，バッティが文法家達の間でよく知られた人物であり，彼らがバッティの表現を正当化することに特別な関心を抱いていたことを証明する，と述べられている（Shah 1984: 55.28–30）。Shah 1984は

Bhaṭṭikāvya が文法学者達に与えた影響の一端を知る上で有用であるが，文法学的議論の解釈を誤っている箇所が散見されるため，Narang 1969と同様，利用には注意が必要である。

0.10.7.4 Peri 1980-81によるバッティの非文法的表現の考察

Peri 1980-81は，BhK 6.11で使用される subhru（「美しい眉の女よ」）という呼格形が抱える文法的問題を論じている。同論文では，語形派生に関する皮相的な説明がなされるのみで，深い論考はなされない。Peri 1980-81の記述は以下の点において問題を孕む。

- Peri 1980-81: 411.2は，接辞（pratyaya）である ūṄ を加音（āgama）と勘違いしている。ūṄ が接辞であるか加音であるかは，subhru という語形の派生に大きく関わる。
- Peri 1980-81: 411.19-21は，禁止規則 A 1.4.4: neyaṅuvaṅsthānāv astrī の適用が義務的でない（anitya）ことの理由を「術語 nadī の適用を禁止する A 1.4.4は 1 度だけしか教示されないから」とするが，論理が意味不明である。
- Peri 1980-81: 412.3-8は，subhrū という語の後に ūṄ 接辞を導入することで同語に術語 nadī を適用するヴァーマナの見解に論及する。しかし，なぜ ūṄ 接辞が導入されたときに同術語の適用が可能になるかが説明されず，重要な解釈規則 A 6.1.85: antādivac ca への言及もない。
- Peri 1980-81: 412.9-17; 414.15-18では，パーニニ文法家達が ūṄ 接辞導入の問題をどう扱うかが説明されず，彼らによる語形 subhru 否定の理論が明瞭にされない。
- Peri 1980-81: 412.18-22は，バットージディークシタは subhrū という語の後への ūṄ 接辞導入に触れないとする。しかし，彼は Śabdakaustubha においてそれに論及する。
- Peri 1980-81: 413.6-10は，sāmānye napuṃsakam の原則に依拠する場合に subhru という語形の派生が正当化され得る理由を説明しない。

0.11 研究方法

Bhaṭṭikāvya の研究史を概観したとき，先行研究の次のような問題点が明らかとなる。

（1） Bhaṭṭikāvya が文法規則の例証を枢機とする作品である以上，作品読解の際には例証される文法規則に対する厳密な解釈が要求される。その翻訳研究には詩節中の表現と例証される文法規則の対応に関する詳言があってしかるべきである。

（2） Bhaṭṭikāvya の中核をなす文法学部門，すなわち(a)雑多の部，(b)主題の部，(c)定動詞の部の基礎的研究がなされねばならない。それは，今後果たされるべき同部門の発展的研究の道しるべとなるであろう。

（3） Bhaṭṭikāvya が詩文である以上，文法学的観点だけではなく詩学的観点からの考究も文法学部門研究には必要である。

（4） Bhaṭṭikāvya の詩文論書としての価値を相対的に測るべく，これまで試みられていない同種の他作品との比較考察が望まれる。詩文論書の概念そのものに対する検討も不十分である。

（5） 主に Bhaṭṭikāvya 詩学部門に焦点を当ててきた従来の研究においては，サンスクリット文学史並びに詩学史上の Bhaṭṭikāvya の位置づけに関し無量の議論がなされる一方で，同書が文法学伝統の中でいかなる地位を占めたのかを探る試みはなされていない。

これらのうち，（5）は研究目的を大きく越えた文法学文献の包括的検討を要するため，本書の対象外である。残る（1）-（4）が本研究が達成すべき研究課題となる。Bhaṭṭikāvya 文法学部門を読み解くためには，バッティが本来意図したことを十分に考慮しつつ，どの表現によってどの文法規則がどのように例証されているか，その対応を丹念に追っていくことが最も基本的かつ重要な作業となる。そして例証される規則の規定内容と詩節の内容を正しく解釈するためには，文法学文献の併読が須要となる。これまでの先行研究にはこれらの点が決定的に欠落していた。

本書は第Ⅰ部「本論」と第Ⅱ部「付論」よりなる。「本論」の構成は以下の通りである。

第１章　規則の例証と言葉の教示の様態
第２章　Bhaṭṭikāvya と Rāvaṇārjunīya の比較考察
第３章　文法学部門における詩的技巧
第４章　バッティ，カーティアーヤナ，パタンジャリ
結　論

第１章では，文法学部門を構成する雑多の部，主題の部，定動詞の部における規則例証の実態を考察し，各部の様相と各部が言葉の教示において果たす役割について検討する（研究課題(２)-(a)；(２)-(b)；(２)-(c))。第２章では，Bhaṭṭikāvya と同種の詩文論書 Rāvaṇārjunīya との比較考察を行うとともに，詩文論書の概念について細論する（研究課題(２)-(４))。第３章では，文法学部門を構成する諸詩節を詩学的見地から分析し，文法規則例証の中に詩学的要素を見出し得るかどうかを探究する（研究課題(２)；(３))。第４章では，バッティの規則例証表現と絡めて，カーティアーヤナとパタンジャリが当該規則に対して展開する論弁を吟味し，Bhaṭṭikāvya に反映されるパーニニ文法学の伝統について論究する（研究課題(２)-(b))。

「付論」として，主題の部を構成する諸部門の翻訳研究を提示する（研究課題(１))。そこでは，例証される文法規則と対応するバッティの表現に対する精解がなされる。本論中で詳述した諸詩節の説明は省略している。

註

(１)　kāvya という語の派生に関しては多くの解釈がある。本書では詳論し得ない。

(２)　バーマハによれば，詩文で使用される言語はサンスクリット（saṁskṛta），プラークリット（prākṛta），転訛形（apabhraṁśa）の３種である。KA 1.16: śabdārthau sahitau kāvyaṃ gadyaṃ padyaṃ ca tad dvidhā | *saṁskṛtaṃ prākṛtaṃ cānyad apabhraṁśa iti tridhā ||（「相携えた言葉と意味が詩文であり，それには韻文と散文の２種がある。［詩文で使用される言語は］サンスクリットとプラークリット，さらに転訛形の３種である」）＊テクストは krayutaṃ と読むが，そのままでは読解不能なので，Trivedī 1909: 210の提案および Sastry 本（Sastry 1970）と Śarmā and Upādhyāya 本（Śarmā and Upādhyāya 1981）に従って修正する。

（３） Svavṛtti on KP 1.4ab (17.1-2): kvāpīty anenaitad āha—yat sarvatra sālaṅkārau kvacit tu sphuṭālaṅkāravirahe 'pi na kāvyatvahāniḥ |（「kvāpi というこの表現によって次のことが述べられている。［詩文に他ならない言葉と意味は］どんなときでも装飾を具えている。しかし，ある場合に明瞭な装飾を欠いていても，詩文としての性質は失われない」）。

（４） 美質（guṇa），装飾（alaṅkāra），文体（rīti），情趣（rasa）の性格をヴィシュヴァナータは次のような比喩を用いて説明している。SD (14.6-9): uktaṁ hi—kāvyasya śabdārthau śarīram rasādiś cātmā guṇāḥ śauryādivat doṣāḥ kāṇatvādivat rītayo 'vayavasaṁsthānaviśeṣavat alaṅkārāḥ kaṭakakuṇḍādivad iti |（「実に次のように言われる。詩文にとって言葉と意味は体であり，情趣などは魂であり，美質は勇敢さなどのようなものであり，欠陥は隻眼者性などのようなものであり，文体は［体の］諸部分の特定の構成のようなものであり，装飾は黄金の腕輪や耳輪などのようなものである」）。

（５） arthakṛt，vyavahāravid，upadeśayuj はいずれも〈行為〉(bhāva）を表示する kṛt 接辞 KvIP で終わる項目である（BB on KP 1.2 [7.10-11]）。A 3.3.108: rogākhyāyāṇ ṇvul bahulam に対する vt. 9: sampadādibhyaḥ kvip を見よ。

（６） Svavṛtti on KP 1.2 (7.1-10.4): kālidāsādīnām iva yaśaḥ śrīharṣāder dhāvakādīnām iva dhanaṁ rājādigatocitācāraparijñānam ādityāder mayūrādīnām ivānarthanivāraṇaṁ sakalaprayojanamaulibhūtaṁ samanantaram eva rasāsvādanasamudbhūtaṁ vigalitavedyāntaram ānandaṃ prabhusammitaśabdapradhānavedādiśāstrebhyaḥ mitrasammitārthatātparyavatpurāṇādītihāsebhyaś ca śabdārthayos guṇabhāvena rasāṅgabhūtavyāpārapravaṇatayā vilakṣaṇaṁ yat kāvyaṁ lokottaravarṇanānipuṇakavikarma tat kānteva sarasatāpādanenābhimukhīkṛtya rāmādivad vartitavyaṃ na rāvaṇādivad ity upadeśaṃ ca kaveḥ sahṛdayasya ca yathāyogyaṃ karotīti sarvathā tatra yatanīyam |（「言葉と意味が，従属者として，情趣に従属する働きを発揮する傾向を持つという点で，言葉を主要素とする，主人にも等しいヴェーダなどの聖典，また意味伝達を意図する，友にも等しい古伝承文献などや古説話文献とは異なるものである，超世間的な描写に巧みな詩人達の所産である詩文は，１．カーリダーサ達のような栄誉，２．シュリーハルシャ王らから［授けられた］，ダーヴァカ達のような富み，３．王らに関わる良俗についての完全な知識，４．孔雀達にとってのような，太陽などから受ける苦難の回避，５．情趣を味わった直後に生じ，他の認識対象を打ち消す，すべての目的の冠である歓喜，６．そして，愛しい女のように味わ

いをもたらすことで顔を向けさせた上での，「ラーマらのように振る舞うべきであり，ラーヴァナらのように振る舞うべきではない」という教示，これらを詩人と優れた鑑賞者に適切に与える。したがって，何としてもそれ〈詩文〉に向けて努力すべきである」)。

(7) パーニニ文法学者達が言うところの śiṣṭa の概念については，Cardona 1997: par. 834; Ogawa 2005: 270-271; Deshpande 2009: 165.28-167.8を参照せよ。

(8) MBh (Paspaśā) [I.1.14]: kāni punaḥ śabdānuśāsanasya prayojanāni | rakṣohāgama-laghvasandehāḥ proyojanam | カイヤタは以上の５つを文法学学習の主要な目的(mukhya-prayojana)，序論0.3.4.2で見る13の目的を付随的な目的（anuṣaṅgika）とする(Pradīpa on MBh [Paspaśā] [I.11.13-14])。

なおカイヤタは，Mahābhāṣya 冒頭に提示される śabdānuśāsana（「正しい言葉の教示」）こそが文法学の直接目的（sākṣātprayojana）であり，パタンジャリが述べる主要な５目的はその直接目的の目的（prayojanaprayojana）であると解釈する（Pradīpa on MBh [Paspaśā] [I.2.2-3])。

(9) MBh (Paspaśā) [I.1.15-16]: rakṣārtham vedānām adhyeyam vyākaraṇam | lopāgama-varṇavikārajñaḥ hi samyak vedān paripālayiṣyati |（「ヴェーダの護持のために文法学が学ばれなければならない。［音素の］脱落，付加，変化に精通する者は正しくヴェーダを守り切るであろうから」)。

(10) MBh (Paspaśā) [I.1.16-18]: ūhaḥ khalv api | na sarvaiḥ liṅgaiḥ na ca sarvābhiḥ vibhaktibhiḥ vede mantrāḥ nigaditāḥ | te ca avaśyam yajñagatena yathāyatham vipariṇa-mayitavyāḥ | tān na avaiyākaraṇaḥ śaknoti yathāyatham vipariṇamayitum | tasmāt adhyeyam vyākaraṇam |（「周知のように改変も［文法学学習の目的］である。一切の性と一切の名詞接辞を伴って諸マントラはヴェーダ中で詠まれているわけではない。祭式に携わる者は必然的にそれら［諸マントラ］を臨機応変に変形しなければならない。文法家でない者がそれら［諸マントラ］を臨機応変に変形することはできない。それゆえ，文法学が学ばれなければならない」)。なお，ナーゲーシャは khalv api という表現を不変化詞の集合体（khalvapi）ととり，その意味を確実性（niścaya）と解釈する（Uddyota on MBh [Paspaśā] [I.9.12-13]: khalv apīti nipātasamudāyo niścayārthaḥ)。その解釈に従えば ūhaḥ khalvapi は「疑いなく改変［も文法学の目的］である」という意味となろう。

(11) Pradīpa on MBh (Paspaśā) [I.9.10-11]: āgamaḥ prayojakaḥ pravartako nityakarmatāṁ vyākaraṇādhyayanasya darśayati ||（「伝統という動機づけるものが，すなわち［人々を］活動させるものが，文法学の学習が義務的行為であることを示している」)。

(12) ナーゲーシャによれば，ここで言う果報とは文意理解である。Uddyota on MBh (Paspaśā) [I.10.22-23]: phalapadena vākyārthāvagamo vivakṣitaḥ |

(13) MBh (Paspaśā) [I.1.18-20]: āgamaḥ khalv api | brāhmaṇena niṣkāraṇaḥ dharmaḥ ṣaḍaṅgaḥ vedaḥ adhyeyaḥ jñeya iti | pradhānaṃ ca ṣaṭsu aṅgeṣu vyākaraṇam | pradhāne

ca kr̥taḥ yatnaḥ phalavān bhavati |（「周知のように伝統［の遵守］も［文法学学習の目的］である。「婆羅門は，［世俗的で利己的な］動機とは無縁の義務として，6つの補助学を有するヴェーダを学ばなければならない，［その文意を］理解しなければならない」という［伝統がある]。そして，6補助学のうち主要なのは文法学であり，主要なるものに対してなされた努力は果報をもたらすものとなる」)。カイヤタは，6つの補助学のうちで文法学が主要なものと見なされる理由を次のように説明する。Pradīpa on MBh (Paspaśā) [I.10.7-8]: padapadārthāvagamasya vyākaraṇanimittatvāt tanmūlatvād vākyavākyārthāvasāyasyeti bhāvaḥ ‖（「語と語意の理解は文法学を因とし，文と文意の決定はその［語と語意の理解］に基づくから［6補助学のうち主要なのは文法学である]。このことが意図されている」)。

(14) 誤った語形を使用する婆羅門に弟子達が仕えることはない。Pradīpa on MBh (Paspaśā) [I. 10. 9-10]: lāghavena śabdajñānam asya prayojanam | na cāśabdajñam upaśliṣyanti cchātrā iti |（「簡便に正しい言葉を知ることがこの［文法学学習］の目的である。そして，正しい言葉を知らない者に弟子達が［ヴェーダ学習のために］近づくことはない」)。

(15) MBh (Paspaśā) [I.1.20-21]: laghvartham ca adhyeyam vyākaraṇam | brāhmaṇena avaśyam śabdāḥ jñeyā iti | na ca antareṇa vyākaraṇam laghunā upāyena śabdāḥ śakyāḥ jñātum |（「そして簡便さのために文法学が学ばれなければならない。「婆羅門は必ず正しい言葉を知らねばならない」と言われる。そして，文法学なくして，簡便な方法で正しい言葉を知ることはできない」)。

(16) カイヤタは asandeha という否定複合語について次のような説明を与える。Pradīpa on MBh (Paspaśā) [I.10.11-11.11]: sandehasya prāgabhāvo 'tra draṣṭavyo na tu pradhvaṁsābhāvaḥ | na hi vaiyākaraṇasya saṁśaya utpadya vinaśyatītarasyaiva tadutpādāt ‖（「疑念の先行無がここでは理解されるべきであって破壊無は理解されるべきではない。疑念が文法家に生じた後で滅するということはないからである。他方の者〈文法家でないもの〉にのみそれ〈疑念〉は生じるのだから」)。カイヤタによれば，1度起こったヴェーダの言葉の意味に対する疑念を除去（pradhvaṁsābhāva）するためではなく，それに対する疑念を1度も起こさない（prāgabhāva）ように文法学が学ばれるべきである。

MBh (Paspaśā) [I. 1. 22-2. 2]: asandehārtham ca adhyeyam vyākaraṇam | yājñikāḥ paṭhanti | sthūlapr̥ṣatīm āgnivāruṇīm anaḍvāhīm ālabheteti | tasyām sandehaḥ sthūlā ca asau pr̥ṣatī ca sthūlapr̥ṣatī sthūlāni pr̥ṣanti yasyāḥ sā sthūlapr̥ṣatī | tām na avaiyākaraṇaḥ svarataḥ adhyavasyati | yadi pūrvapadaprakr̥tisvaratvam tataḥ bahuvrīhiḥ | atha antodāttatvam tatas tatpuruṣa iti |（「さらに，［ヴェーダの言葉の意味に関して］疑念を起こさないように文法学が学ばれなければならない。祭式家達は sthūlapr̥ṣatīm āgnivāruṇīm anaḍvāhīm ālabheta〈「アグニとヴァルナに［捧げる］荷車を動かす sthūlapr̥ṣatī である

雌牛を捕まえるべきである」〉と朗誦する。その［雌牛］に対して，「［この牛は］巨大でかつ斑色のものなのか（sthūlā ca asau pr̥ṣatī ca sthūlapr̥ṣatī），大きい諸斑点を持つものなのか（sthūlāni pr̥ṣanti yasyāḥ sā sthūlapr̥ṣatī）」という疑念が起こる。文法家でない者はそのような［雄牛］をアクセントに基づいて決定し［得］ない。「もし［複合語の］先行要素が本来のアクセントを保持していれば，その場合［sthūlapr̥ṣatī という複合語は］bahuvrīhi である（sthūlápr̥ṣatī）。もし，［複合語の］最終音が udātta アクセントをとっていれば，その場合 tatpuruṣa である（sthūlapr̥ṣatī́）」というようには」）。

(17) Pradīpa on MBh (Paspaśā) [I.13.12–13]: nigadeneti pāṭhamātreṇa ｜

(18) Pradīpa on MBh (Paspaśā) [I.13.13]: na taj jvalatīti ｜ niṣphalaṃ bhavati ｜

(19) Pradīpa on MBh (Paspaśā) [I.13.14]: anenābhyudayahetutvaṁ vyākaraṇādhyayanasya darśayati ｜

(20) A 8.2.83: pratyabhivāde 'śūdre ‖（「シュードラ以外の者に対して返答の挨拶がなされるときに使用される文の ṭi は3マートラー伸ばされ，それは udātta アクセントをとる」）。Kāśikāvr̥tti は次のような例を挙げる。KV on A 8.2.83 (II.930.9): abhivādaye devadatto 'ham ｜ bho āyuṣmān edhi devadatta3 ｜（「［挨拶］「挨拶します。私，デーヴァダッタは」［返答］「貴殿は長生きされよ，デーヴァダッタよぉ」」）。この例において，返答者の devadatta という言葉の最終母音 a は3マートラー分伸ばされる。

(21) Pradīpa on MBh (Paspaśā) [I. 15. 18–20]: pratyabhivāde hi guruṇā luptaḥ [read: plutaḥ] kāryaḥ ｜ yas tu plutaṃ kartuṃ na jānāti sa strīvad vaktavyo 'yam aham iti ｜ na tu abhivādaye devadatto 'ham ityādinā saṁskr̥tavākyenety arthaḥ ‖（「実に，挨拶を返すときには，師は［相手の名前の母音を］3マートラー伸ばして［その名前を］発声すべきである。一方，3マートラー伸ばすという作法を知らない者は，女性の場合と同様に「私だ」（ayam aham）という文を使って話しかけられることになるだろう。「挨拶します。私，デーヴァダッタは」（abhivādaye devadatto 'ham）などといった洗練された文ではなく。以上の意味である」）。

(22) 当該 Bhāṣya における vibhakti の意味と前献供マントラの具体例については，尾園 2014: §3.2.4 (89–91)を参照せよ。

(23) Pradīpa on MBh (Paspaśā) [I.16.10]: prayājamantrā ūhyamānāgniśabdaprakr̥tikavibhaktiyuktā ity arthaḥ ｜

(24) MBhD on MBh (Paspaśā) [IV.11.25–26]: brāhmaṇasya vyākaraṇam antareṇa yajamānatvaṁ yājakatvaṁ vā na sambhavatīti protsāhyate ｜

(25) R̥V 4.58.3とその解釈については，尾園 2014: §3.2.5 (91–92) を見よ。

(26) Uddyota on MBh (Paspaśā) [I.19.22]: sa evaināṁ vācaṃ padaśaḥ prakr̥tipratyayavibhāgena vigr̥hyārtham asyāḥ paśyati śr̥ṇoti cety arthaḥ ｜

(27) R̥V 10.71.2とその解釈については，尾園 2014: §3.2.7 (95–96) を参照せよ。

(28) 当該箇所におけるṚV 10.71.2引用の意図と文法学学習の目的は判然としない。Joshi and Roodvergen 1986: vi.40-42は「吉祥ある印を有する言葉を話す文法家達と友好関係を築き親好を結ぶため」，尾園 2014: §3.2.7は「(正しい) 言葉を話すことは仲間であることを示すものだから」，文法学が学習されるべきとあると解釈する。

(29) ṚV 8.69.12については，尾園 2014: §3.2.8 (50-51)を見よ。尾園 2014: 49.1-6は，satyadevaとは「口にしたことを実現する力を持つ神」であり，文法学を修めればそのような神にあやかるとパタンジャリは説いている，と解釈する。satyá-という語が持つ意味，語感については，後藤 2001を参照せよ。

(30) VP 1.182ab: daivī vāg vyatikīrṇeyam aśaktair abhidhātṛbhiḥ |（「この神々の言語は，無能な表現者たちにより［正しくない言葉と］混ぜられてしまっている」）。KĀ 1.33ab: saṁskṛtaṃ nāma daivī vāg anvākhyātā maharṣibhiḥ |（「サンスクリットと呼ばれる神々の言葉が偉大なる聖仙達により説明された」）。

(31) バルトリハリは次のように説明する。MBhD on MBh (Paspaśā) [24.21-23]: arthena prerite arthaprayukte | yasmāl lokād ayaṁ śikṣate sa lokaḥ sāparādhaḥ | sādhūn asādhūṁś ca śikṣayati | yaś cātmapratyāyane 'rthaḥ prerayitā saḥ yathaiva gaur ity etaṃ prerayaty evaṃ gāvyādīn api | ataḥ śāstrapravṛttiḥ evamarthā katham asādhavo nivarterann iti |（「arthaprayukteとは，意味に促される［arthena prerite］という意味である。この者が［言葉の］学習の際に拠り所とする世間［の言語慣習］は，間違いを含んでいる。［世間の言語慣習は人に］正しい言葉も正しくない言葉も教示する。そして，自己を理解させるために［言語使用を］促すものである意味は，［正しい言葉である］go〈「牛」〉というこの［語の使用］を促すのと全く同様に，［正しくない言葉である］gāvī〈Jaina Mahārāṣṭrī〉など［の使用］も促す。これゆえ，「どうすれば正しくない言葉は排除され得るか」というこのような目的から文法学が発動する」）。

(32) Uddyota on MBh (Paspaśā) [I.35.30]: evaṃ kriyamāṇam iti | śāstrajñānapūrvakam uccāryamāṇam ity arthaḥ |

(33) 各詩論家が列挙する，詩文制作に必要とされる学術的知識については，上村 1972: 99-101にまとめられている。

(34) KDh on KASV to KAS 1.3.4 (28.28): apaśabdaprayoge tu kavikāvyayor anādaraṇīyatvaprasaṅga iti draṣṭavyam |

(35) pārāyaṇaという語の解釈については，Joshi and Roodbergen 1986: 75, note 284を見よ。

(36) パーニニ文法の付属文献であるdhātupāṭha，uṇādisūtra，gaṇapāṭhaが意図されている。

(37) gama (gam + aP) という語を「到達されるもの，獲得されるもの」という意味で解釈した (A 3.3.58: grahavṛdṛniścigamaś ca)。このようにgamaをkarmasādhanaとし

て用いる例は BhK 8.108にも見られる（付論 vibhaktyadhikāra [BhK 8.94–130]を見よ）。SP on BhK 8.108 (I.298.3–4): ... agamam agamyaṃ deśam | grahavṛdṛniścigamaś ceti karmaṇy appratyayaḥ |

(38)　Trivedī 本の tāsūktāṃ という読みでは読解不能なので Sastry 本の読みに従う。

(39)　UV on KA 6.63 (160.25–161.1): pāṇinīyaṃ mataṁ vyākaraṇam ity arthaḥ | aparāsāṁ sarvāsāṁ vidyānām āśrayaḥ | śabdasandarbhamayatvāt sarvāsāṁ vidyānām | śabdaviveka-sya caitadadhīnatvāt |（「パーニニの考えとは文法学という意味である。［それは］他の，すなわち一切の学問の拠り所である。一切の学問は言葉が紡がれてできたものであるから。そして言葉の弁別はその［パーニニ文法］に基づくから」）。

(40)　vt. 8 on A 1.2.45: na vā pratyayena nityasambandhāt kevalasyāprayogaḥ ||（「むしろ［このような誤謬は］ない。［語基は］接辞と常に結びついているから，［それが］単独で使用されることはない」）。MBh on vt. 8 to A 1.2.45 (I.219.14–15): nityasambandhāv etāv arthau prakṛtiḥ pratyaya iti | pratyayena nityasambandhāt kevalasya prayogo na* bhaviṣyati |（「語基と接辞というこれら２者は常に結びついている。［語基は］接辞と常に結びついているから，［それが］単独で使用されることはないであろう」）。*Abhyankar 本（Abhyankar 1962–72）は pratyayena nityasambandhāt kevalasya prayogo bhaviṣyati（「［語基は］接辞と常に結びついているから，［それは］単独で使用されるであろう」）と読むが，この読みでは意味が通じない。上記 vārttika 8および Vedavrata 本に基づいて na を入れて解釈する。

(41)　Sañjīvinī on RV 11.56 (346.13–14): yathā prakṛtipratyayayoḥ sahaikārthasādhanatvaṃ tadvad atrāpīti bhāvaḥ ||（「語基と接辞が一緒に１つの意味［の表示］を実現するものであるのと同様，この［花婿と花嫁の］場合でも［両者は力を合わせて１つの事柄を実現する］。このことが意図されている」）。ここでマッリナータの念頭にあるのは，「語基と接辞は一緒に［１つの］意味を表示する」（KV on A 1.2.56 [I.46.11]: prakṛtipratyayau sahārthaṃ brūtaḥ）という「語基と接辞」の意味表示に関する伝統的見解の１つである。

(42)　本書で提示するテクストと詩節番号は注記しない限り Bāpata 1887に基づく。並行して Trivedī 1898も参照している。詩節に重大な異読が見られる場合には，その都度考察を加える。詩節解釈に影響を与えない些細な異読の注記は省略する。

(43)　BhK 1.1については，本論1.1.1.2.1を見よ。マッリナータによれば，ラーマの父ダシャラタについて語る BhK 1.1は作品の内容提示の役割を果たす。SP on BhK 1.1 (I.1.13–16): āśīrādyanyatamasya tadvighnasiddhikaratvāt kathānāyakasya rāmanāmno bhagava-taḥ purāṇapuruṣasyāvirbhāvabhūmeḥ puṇyaślokatamasya puruṣadhaureyasya mahārājasya daśarathasya sattārūpaṁ vastu kāvyārthabījatvena nirdiśati |（「祈願などのうちの１つはそれ［詩文］の障害を除去するものであるから，物語の主人公であり，ラーマという名の栄えあるヴィシュヌが現れる地上を治める，清らかな名声を持つ特に優れた人物にし

て人民の指導者である大王ダシャラタが存在しているという事柄を，詩文の内容の種として提示する」)。

(44) Mallinātha's opening verse 7: pradhānam iha śṛṅgārakaruṇādibhir aṅgavān | vīro raso mahāvīro nāyako raghunāyakaḥ ‖（「この［作品中］において，主要素は，〈恋〉や〈悲〉など［の存在］ゆえに従属要素を持つものである〈勇猛〉という情趣であり，武勇偉大なるラグ家の主〈ラーマ〉が主人公である」)。

(45) 章の名前と詩節数はJayamaṅgalāに基づく。Bāpata本（Bāpata 1887）とJoshi and Paṇśīkar本（Joshi and Paṇśīkar 1928）はともに第4章に対して第3章と同じ「ラーマの旅立ち」という名を与えるが，第4章の内容を考慮して，Miśra本（Miśra 2004）が与える「シュールパナカー撃退」という名を採用する。Bāpata本では第14章の章名は与えられていないが，Joshi and Paṇśīkar本とMiśra本では「矢の嵐」（śarabandha）という名前が与えられているのでそれに従う。Bhaṭṭikāvya各章で描かれる内容についてはHooykaas 1958d; Narang 1969: 1–8を，BhaṭṭikāvyaとRāmāyaṇaに見られる登場人物や内容などに関する相違点については，Narang 1969: 9–15を見よ。

(46) JM on BhK 1.1 (1.7–11): lakṣyaṁ lakṣaṇaṃ cobhayam ekatra viduṣaḥ pradarśayituṁ śrīsvāmisūnuḥ kavir bhaṭṭināmā rāmakathāśrayamahākāvyaṃ cakāra | tathā hy asyopanibandhanaṃ kavinā dvidhā kṛtam | ekaṁ lakṣaṇasūcakaiḥ prakīrṇādhikāraprasannatiṅantakāṇḍaiś caturbhiḥ | dvitīyaṁ lakṣyasūcakai rāmasambhavādibhir dvāviṁśatyā sargaiḥ | tatra lakṣaṇaṃ dvividhaṁ śabdalakṣaṇaṃ kāvyalakṣaṇaṃ ca | tatra prathamasya prakīrṇādhikāratiṅantakāṇḍāni | dvitīyasya prasannakāṇḍam |（「〈特徴づけられるべきもの〉と〈特徴づけるもの〉の両者を同時に知者達に明示するため，シュリースヴァーミンの息子であるバッティという名の詩人は，ラーマの物語に依拠する大詩文を創った。すなわち，詩人によりこの［大詩文］の構成は2様になされた。第1に，〈特徴づけるもの〉を示唆する，雑多の部，主題の部，明晰の部，定動詞の部という四つ［の部］によって。第2に，〈特徴づけられるべきもの〉を示唆する，「ラーマの誕生」をはじめとする22の章によって。そのうち，〈特徴づけるもの〉は〈正しい言葉を特徴づけるもの〉と〈詩文を特徴づけるもの〉の2種である。そのうち，前者には雑多の部，主題の部，定動詞の部があり，後者には明晰の部がある」)。

バラタマッリカはジャヤマンガラの説明をほぼ踏襲する。MB on BhK 1.1 (I.2.8–12): bhartṛharināmakaviḥ śrīrāmakathāśrayaṃ mahākāvyaṃ cakāra | atra sargabandho lakṣyasūcanāya kāṇḍabandho lakṣaṇasūcanāya | atra sargā dvāviṁśatiḥ prakīrṇādhikāraprasannatiṅantakāṇḍāni catvāri | śabdalakṣaṇakāvyalakṣaṇabhedāl lakṣaṇaṃ dvividham | tatra kāṇḍatraye śabdalakṣaṇaṃ prasannakāṇḍe kāvyalakṣaṇam | マッリナータもジャヤマンガラが与える区分を受け入れている。

(47) anuprāsaは必ずしも単音のみの反復に限らないが（KA 2.5cd: kiṃ <u>tayā</u> cin<u>tayā</u>

kānte nitānteti yathoditam），yamaka と区別するために，その一般的特徴を考慮して上記訳語を当てる。

（48）SP on BhK 11.1 (II.37.7-8): atha mādhuryaguṇasyāpi kāvyaśobhākaratvād asmin sarge tatpradhānyena laṅkāvṛttāntaṁ varṇayiṣyann ādau tāvat prabhātaṁ varṇayati |

（49）SP on BhK 13.1 (II.97.15-16): atra sarveṣāṁ śabdānāṁ saṁskṛtaprākṛtayor ekarūpatvāt bhāṣāsamatvam | evam uttaratrāpi draṣṭavyam |

（50）SP on BhK 13.1 (II.97.5): athāsmin sarge bhāṣāsaṅkarasyāpi camatkārakāritayā kāvye 'laṅkāratvena ... |

（51）JM on BhK 22.32 (433.20): susamāhitam alaṅkārayuktam; SP on BhK 22.32 (II.310.5-6): susamāhitaṃ guṇālaṅkārapariṣkṛtam ... |

（52）「優れた構成」（sannibandha）とは，本作品を通じて正しい言語使用を学ぶことができるように，各部と各詩節が念入りに構成されているという意味であると考えられる。

（53）テクストは hastāmarṣa と読む。しかし，このままでは読解困難である。「自らが触れ得るものの形だけの完全な理解」（svaparāmṛśyasaṁsthānamātraparijñānam）という注釈中の説明から示唆されるように（JM on BhK 22.33 [434.4-5]），ジャヤマンガラは hastāmarśa と読んでいる可能性が高く，ジャヤマンガラの注釈テクストも hastāmarśa と置き換えて読まなければ読解困難な箇所がある。当該箇所に関して，Leonardi 1972: 192.17-19は hastāmarśa という読みに従って訳出している。M. A. Karandikar and S. Karandikar 1982: 326.13-15も，テクストは hastāmarṣa という形で提示しているが，詩節 cd 句に対して 'without grammar it may be like the touch of the hand of the blind' という訳語を当てていることから同様の読み替えを行っている。

一方，Fallon 2009: 461.1-3はマッリナータの hastādarśa（「[盲者達が] 手にする鏡」）という読みに従う。マッリナータの読みに従えば，詩節は次のようになる。BhK 22.33: dīpakalpaḥ prabandho 'yaṁ śabdalakṣaṇacakṣuṣām | hastādarśa ivāndhānāṃ bhaved vyākaraṇād ṛte ||（「この作品は灯火に等しい，文法学を眼とする者達にとっては。[同作品は] 盲者達の手中にある鏡のごときものであろう，文法学を知らなければ」）。マッリナータは詩節の主意を次のように説明する。SP on BhK 22.33 (II.310.18-21): vaiyākaraṇānām ayaṃ prabandhaś cakṣuṣmatāṃ dīpa ivopakarotīty arthaḥ | ... avaiyākaraṇasyāyaṃ prabandho 'ndhasyādarśa iva nopakarotīty arthaḥ |（「この作品は文法家達の役に立つ。灯火が眼を持つ者達の役に立つのと同じように。以上の意味である。…この作品は文法家でない者には役立たない。鏡が盲者には役立たないのと同じように。以上の意味である」）。

（54）śabdalakṣaṇa という語が「正しい言葉を特徴づけるもの」，すなわち「文法規則／文法学」という意味で使用されていることは cd 句の内容から明らかである。lakṣaṇa という語の使用法については以下の２用例を参照せよ。MBh on vt. 14 (Paspaśā) [I.12.

16-17]: lakṣyaṃ ca lakṣaṇaṃ caitatsamuditaṁ vyākaraṇaṃ bhavati | kiṃ punar lakṣyaṁ lakṣaṇaṃ ca | śabdo lakṣyaḥ sūtraṁ lakṣaṇam |（「特徴づけられるべきものと特徴づけるもの，これらが集合したものが vyākaraṇa である。【問】しかし，特徴づけられるべきものと特徴づけるものとは何か。【答】特徴づけられるべきものとは正しい言葉，特徴づけるものとはスートラである」)。RŚ on KĀ 3.148 (416.15-16): lakṣyate tad iti lakṣyam udāharaṇaṃ | lakṣaṇaṁ śabdānuśāsanaṁ lakṣyate 'nena śabdarūpam iti kṛtvā | tayos te eva vā paddhatir mārgaḥ | tato vyavahārapravṛttiḥ |（「lakṣya［という語］は特徴づけられるものを意味する。すなわち規則適用例である。lakṣaṇa とは文法学である。［lakṣaṇa という語は］正しい語形を特徴づけるものを意味するから。それら［文法学と規則適用例］に関する，あるいはむしろそれら［文法学と規則適用例］という手段〈paddhatih = mārgaḥ〉。その［手段］に基づいて，言語活動が起こる」)。

(55) SP on BhK 22.33 (II.310.16): samprati vaiyākaraṇasyaivātrādhikāra ity āha dīpeti |

(56) マッリナータの注釈もこれを支持する（SP on BhK 1.1 [I.1.13]: pāṇinīyasūtrāṇām udāharaṇaṃ kāvyaṃ cikīrṣur ... ; SP on BhK 10.1 [II.1.10]: śabdalakṣaṇapradhāne 'py asmin kāvye ...）

(57) MBh on vt. 14 (Paspaśā) [I.12.23-26]: na hi sūtrata eva śabdān pratipadyante | kiṃ tarhi | vyākhyānataś ceti | parihṛtam etat | tad eva sūtraṁ vigṛhītaṁ vyākhyānaṃ bhavatīti | nanu coktaṃ na kevalāni carcāpadāni vyākhyānaṁ vṛddhiḥ āt aij iti | kiṃ tarhi | udāharaṇaṃ pratyudāharaṇaṁ vākyādhyāhāra ity etatsamuditaṁ vyākhyānaṃ bhavatīti |（「実にスートラだけを通じて［人が］正しい言葉を理解することはない。【問】その場合どうなるのか。【答】さらに〈解説〉が加わることで［正しい言葉は理解される］。【反論】それは退けられる。スートラそれ自体が，分析されたときに〈解説〉となる。【反論】しかし，［例えば A 1.1.1における］vṛddhiḥ，āt，aic のように，単に分割された言葉は〈解説〉ではないと述べられている。【問】その場合どうなるのか。【答】例，反例，文補足というこれらを兼ね備えたものが〈解説〉となる」)。MBh (Paspaśā) [I.6.26]: vyākhyānato viśeṣapratipattir na hi sandehād alakṣaṇam |（「〈解説〉を通じて［文法規則に関する］特定のものの理解が生まれる。実に，［文法規則に関して］疑いがあるからといって文法規則が正しくないことにはならない」)。この言明はパーニニ文法学の解釈規則として定式化されている（PIŚ 1)。

(58) SP on BhK 22.34 (II.311.1-2): idaṃ kāvyaṁ vyākhyayā vyākhyānenaiva gamyaṃ gurumukhavedyam ity arthaḥ ||

(59) Pradīpa on vt. 13 (Paspaśā) [I. 43. 13]: na hi vyākhyānarahitasūtramātraśravaṇāc chabdāḥ pratīyante |

(60) なお，Diwekar 1929: 830; Dasgupta and De 1947: 183; Hooykaas 1958d: 147; Leonardi 1972: 192; M. A. Karandikar and S. Karandikar 1982: 326; Sudyka 2000: 17-19;

Goodall and Isaacson 2003: xix; Fallon 2009: 461; Bronner 2012: 88; Tubb 2014: 161; 辻 1973: 67は全て，当該の vyākhyā という語に対して ‘a commentary’ や「注釈」という訳語を当てる。いわゆる「注釈書」と解しているようである。

(61) JM on BhK 22.33 (434.2–6): śabdalakṣaṇam eva cakṣur yeṣāṃ teṣāṃ dīpatulyaḥ | ata evaitatkāvyādhigamāt svātantryeṇānyān api śabdān prayoktuṃ kṣamatvāt | vyākaraṇād ṛte vinā hastāmarṣa [read: hastāmarśa] ivāndhānāṁ hastāmarṣa [read: hastāmarśa] ivāvabodhaḥ yathāndhānāṁ hastena ghaṭapaṭādivat | svaparāmṛśyasaṁsthānamātraparijñānaṁ *yathāvasthitasvarūpāparijñānam evam anadhītavyākaraṇānāṃ na śabdasvarūpaparijñānam anyatra śabdaśravaṇāt | tataś ca tatsvarūpāparijñānāt kuto ’py anyaśabdaprayoga iti ‖（「文法学を眼とする者達にとっては，［本作品は］灯火に等しい。まさにこの［文法学］に依拠してこの詩文を習得すれば，自由自在に他の正しい言葉をも使用することができるから。文法学を知らなければ〈ṛte = vinā〉，［この作品の読解は］盲者達が手で［何かに］触れるようなものである，すなわち［作品読解を通じて得る理解は，盲者達が］手で［何かに］触れた際に起こる理解のようなものである。例えば，盲者達が手で水瓶や布などに［触れる］場合のように。［盲者達は］自らが触れ得るものの形だけを完全に理解し，［それに］定まっている実質を完全に理解することはない。それと同様に，文法学を学んでいない者達が，正しい言葉［の形］を単に聞くこととは別に，正しい言葉の実質を完全に理解することはない。そしてそれゆえ，それ［正しい言葉］の実質を完全に理解しなければ，一体どのようにして他の正しい言葉を使用することができるだろうか」)。* テクストは yathāvasthitasvarūpaparijñānaṃ と読む。しかし，yathā と evam の構文を考慮するならば，ここに否定辞が望まれる。したがって，yathāvasthitasvarūpāparijñānaṃ への修正を提案する。

(62) Ray 1937も Bhaṭṭikāvya 制作に関わる同種の逸話を伝えているが，Regmi 1964が紹介するものとは細部が異なる。Ray 1937: viii.18–25: “The story runs that one day when he was lecturing on grammar, an elephant passed between the teacher and his pupils. This was taken as an evil omen forbidding lecture on the subject for a whole year. The grammarian, however, found it difficult to forego the pleasure of discoursing upon his favourite subject for such a long period of time, and he hit upon the happy idea of teaching grammar through Kavya.”

(63) 不変化詞（avyaya）である divā は，第一格単数接辞で終わる語と解釈される。本論第 4 章註(38)を見よ。

(64) Narang 1969: 90, note 3は A 3.1.57が指定する「IR を IT とする動詞語基」のうち，動詞語基 dṛś（dhātupāṭha I.1037: dṛśÍR prekṣaṇe）の例だけが Bhaṭṭikāvya では扱われていると述べる。しかし，当該の BhK 6.28で A 3.1.57を例証するために使用されているのは動詞語基 cyut である。

(65) Narang 1969: 90, note 4は，BhK 6.71でpac群の中から動詞語基pacのみが使用されてA 3.1.134（Narangは‘A 2.1.134’とするが誤植である）が例証されると説述する。しかし，BhK 6.71でA 3.1.134の例証のために使用されるのはpacではなくnandの派生形である。

(66) 初版が出版されたのは1909年であり，本研究で利用できたのはその改訂版（1957年）である。

(67) 英訳とベンガル語訳および注記が付された第3版が出版されたのは1910年である。本研究で利用できたのはその改訂版（1937年）である。

(68) 初版の出版年は1908年，英訳とベンガル語訳および注記が付された改訂版の出版年は1926年であり，本研究で利用できたのはその改訂版（1955年）である。

(69) 初版は1941年に出版された。本研究で利用できたのはその改訂版（1959年）である。

(70) 初版が出版されたのは1951年，本研究で利用できたのは第2版（1978年）の再版（1981年）である。

(71) 以上述べた他に，第1章–第5章を扱ったKunja Lál Nágによる翻訳研究がある（Emeneau [1967.114]）。筆者未見である。

(72) Lienhard 1984: 180, note 79もLeonardi 1972による翻訳を‘with numerous mistakes and by no means exhaustive’と評す。なおLeonardiはこの他にBhaṭṭikāvyaの構造とその作者の問題を主に論じた研究書*Tre studi sulla struttura e natura del Bhaṭṭikāvyam*（Treviso, 1974）を刊行している（Lienhard 1984: 180, note 79）。本研究では利用し得なかった。

(73) ジャヤマンガラはśrīdharasenanarendra-（「シュリーダラセーナ王」）の箇所をśrīdharasūnunarendra-（「シュリーダラの息子ナレーンドラ」）と読む。しかし，De 1976: 51.7–9 with note 3; Kane 1971: 74.17–29; 大類 1954a: 93, note 8が指摘するように，シュリーダラ王の子でナレーンドラ（Narendra）という名を持つ人物は，現在我々が知り得るヴァラビー王朝史上に見出されない。ジャヤマンガラの読みは支持され難い。Diwekar 1929: 835.13–21はジャヤマンガラの読みを退け，当該箇所はśrīdharasena-と読むべきとする。ヴァラビー王朝の歴史については，Parikh and Ramchandra 1938: xlviii–lxxxiiiに詳しい。

(74) 初版が出版されたのは1951年である。本研究で利用できたのはその第4版（1971年）である。

(75) 当該詩節中の各語の解釈については，Roodbergen 1990: 242–244とHaag and Vergiani 2009: 101–102を参照せよ。Roodbergen 1990: 244.1–4は，Kāśikāvṛttiが著された時代には，現存しないvṛtti類が利用可能なものとして残っており，それらが，パタンジャリに依拠せずにパーニニ文典を読み解くことをKāśikāvṛttiに許した可能性を指摘する。

(76)　注釈者達がBhaṭṭikāvyaとその作者をどのような名で呼んでいるかについては，Mitra 1881に詳しい。

(77)　Śatakatrayaの作者とVākyapadīyaの作者の同定問題については，辻 1973: 125-127; 上村 1982: 173-182を参照せよ。

(78)　Trivedī 1898が校訂に用いたBhaṭṭikāvya最古の写本の1つにはbhaṭṭibrāhmaṇaという記述が残されている（Madhavan 2001: 6.8-11）。

(79)　Bhaṭṭikāvyaの最古のベンガル写本（1404年）について報告したMitra 1881は，その写本中でBhaṭṭikāvyaではなくRāvaṇavadha（「ラーヴァナ打破」）という名が作品に対して与えられていること，その作者が「Śrīdhara Svāminの息子Bhaṭṭi」とされていることを指摘する。Bhaṭṭikāvyaの作者の名とその父の名に関するジャヤマンガラとバラタマッリカの言明については序論註(46)を見よ。

(80)　Lienhard 1984: 180.19-23もまた，バッティがサンスクリットの優れた使い手であり，かつ文法学の権威である一方で，ヴァットサバッティが著した碑文には多数の文法的誤りが見られることを理由に，両者の同定説を否定する。

(81)　ヴァットサバッティとマンダソール碑文そのものについては，Bühler 1913と三井1993を参照されたい。

(82)　初版が出版されたのは1920年である。本研究で利用できたのは1993年に出版されたインド版の再版（1996年）である。

(83)　初版が出版されたのは1910年であるが，サンスクリット詩学史を論ずる序文が付されたのは第2版（1923年）である。

(84)　初版が出版されたのは1923-25年であり，本研究で利用できたのはその再版（1976年）である。

(85)　バーマハとダンディンの後先問題については諸説ある（大類 1955; 1957）。最新の論考はBronner 2012である。同論文によれば，バーマハはダンディンに先行する。Bronner 2012はダンディンの活躍年代を680-720年頃に定め，Kāvyādarśaを700年頃に著されたものと想定する。一方バーマハの年代については，種々の証拠を受け入れるか否かによって，ダンディンに数十年先行する7世紀後半かダンディンより1世紀ほど前のいずれかに設定されるとする。

(86)　バーマハはKA 1.20でも詩文が過度の解説を要しないものであるべきことを述べている。KA 1.20: mantradūtaprayāṇājināyakābhyudayaiś ca yat | pañcabhiḥ saṃdhibhir yuktaṃ nātivyākhyeyam ṛddhimat |（「それ〈大詩文〉は，政策会議，使者，進軍，戦闘，主人公の目的達成［の描写］と5つの連結を具え，過度の説明を要しないものであり，［種々の描写題材を］豊富に具えたものである」）。

(87)　BhK 5.18は雑多の部中の詩節，KA 2.31はyathāとivaという語の用法について述べた詩節である。両詩節c句でなされるドゥールヴァー草の比喩が類似している（BhK

5.18c: dūrvākāṇḍam iva śyāmā; KA 2.31c: dūrvākāṇḍam iva śyāmam)。BhK 10.37は，ジャヤマンガラによれば〈否認〉(ākṣepa) を例証する詩節，KA 2.70も同じく〈否認〉の1例を示す詩節である。両詩節において語句および構文が類似している。BhK 11.3c 句の gato 'stam induḥ（「月が沈んだ」）という表現と KA 2.87a 句の gato 'stam arkaḥ（「太陽が沈んだ」）という表現の間にも語句と構文の類似が看守される。

(88) バーマハはKA 6.62において，正しい言葉を大海に例えて文法学の深遠さを語る。KA 6.62: sālāturīyamatam etad anukrameṇa ko vakṣyatīti virato 'ham ato vicārāt | śabdārṇavasya yadi kaścid upaiti pāraṃ bhīmāmbhasaś ca jaladher iti vismayo 'sau ‖（「パーニニの以上のような考え［の全て］を誰が整然と語る［ことができる］だろうか。それゆえ，私はこの考察をやめる。もし正しい言葉という大海の対岸に行き着く人がいるならば，それは恐ろしい水がある［実際の］大海の対岸に行き着くのと同様，驚くべきことである」)。cd 句の直訳は「「正しい言葉という大海の対岸と，恐ろしい水がある［実際の］大海の対岸に誰かが行き着く」ということがもしあれば，それは驚くべきことである」であるが，意図されている意味内容を考慮して上記のように訳出した。

(89) なお，Hooykaas による，Bhaṭṭikāvya と Rāmāyaṇa Kakawin 中で使用される〈同音群反復〉研究の諸要点は，Hunter 2011: 28.16-34.6に述べられている。

(90) Hunter 2014は Rāmāyaṇa Kakawin の作者が複数人いた可能性を視野に入れ，同作品の作者に言及するときは一貫して author[s]という表現を使用する。

(91) Velankar が使用したと考えられる Bāpata 本では BhK 21.21ad 句の音節数が足りず，韻律が破綻する。しかし，Trivedī 本（Trivedī 1898）では同詩節は nardaṭaka 韻律の条件を満たす。Bāpata 本の読みは Trivedī 本に異読として挙げられている。

第Ⅰ部

本　論

第１章　規則の例証と言葉の教示の様態

1.0　緒　言

Bhaṭṭikāvya 文法学部門を構成する３部，雑多の部，主題の部，定動詞の部における規則例証は，それぞれどのような特色を有するか。これら３部は正しい言葉の教示においてどのような役割を担うのか。我々は，まず最も単純にして最も重要なこれらの問題を究明しなければならない。

1.1　主題の部

まずは主題の部の分析から始めよう。主題の部（adhikārakāṇḍa）とは，その名の示す通り特定の主題のもとに一群の規則が順番に例証される部である。

1.1.1　主題の部の構成

約500詩節から構成される主題の部では，パーニニが定めた約4000の規則のうち，およそ770の規則が例証される。まず，注釈者達の記述に従って主題の部の構成を説明し，詩節，例証される規則，規定内容の３者を後掲の**表１**で示す。逐一論ずることはしないが，Fallon 2009: xxiv–xxv が提示する主題の部の構成表は多くの点で厳密さを欠く。

① ṭādhikāra（例 [BhK 5.97]: vane + car + Ṭa → vanecara「森を動き回る者（苦行者）」）

BhK 5.97–100 → A 3.2.16: careṣ ṭaḥ–A 3.2.23: na śabdaślokakalahagāthāvairacāṭusūtramantrapadeṣu ||

A 3.2.16–23は kṛt 接辞 Ṭa を導入する規則とそれを禁止する規則である。

BhK 5.97-100はこのṬaという主題（ṭādhikāra/ṭapratyayādhikāra）を扱う箇所である。Ṭaは共起項目（upapada）の存在を条件として動詞語基の後に導入される接辞の1つ（sopapadakṛt）であり，A 3.4.67: kartari kṛtにより〈行為主体〉（kartari）を表示する（この種の接辞については，本論4.1を見よ）。

② āmadhikāra（例 [BhK 5.106]: dā + ām + lIṬ → dayāñcakre「同情した」）
BhK 5.104-6.4 → A 3.1.35: kāspratyayād ām amantre liṭi-A 3.1.41: vidāṅkurvantv ity anyatarasyām ‖

A 3.1.35-41は，複合完了形を派生するām接辞の導入に関わる規則である。A 3.1.35からāmとliṭiがA 3.1.39: bhīhrībhṛhuvāṁ śluvac caまで継起する。A 3.1.40: kṛñ cānuprayujyate liṭiはām接辞の後に動詞語基kṛが追加使用（anuprayoga）されることを規定する規則，A 3.1.41: vidāṅkurvantv ity anyatarasyāmはām接辞で終わる既成形を提示する規則である。ām接辞は，A 3.2.115: parokṣe liṭにより導入される完了接辞lIṬの後続を根拠として，特定の動詞語基の後に導入されるvikaraṇa接辞である。āmで終わる項目は，それ自体では自身の意味を顕示しない（anabhivyaktapadārtha）。当該項目がその意味を顕示するためには，動詞語基kṛの追加使用が必要となる（JM on BhK 5.104 [100.24-25]）。

③ dvikarmakādhikāra（例 [BhK 6.8]: apṛcchal lakṣmaṇaṁ sītām「[ラーマは]ラクシュマナにシーターのことを尋ねた」）
BhK 6.8-10 → ślokavārttika on A 1.4.51: akathitañ ca ‖

ここではkāraka術語規則A 1.4.51に対するślokavārttika規定が例証される。このślokavārttikaはkārakaの1つである〈目的〉（karman）という術語の適用を規定している。詳細については付論の解説部（dvikarmakādhikāra）を見よ。

④ sijadhikāra（例 [BhK 6.38]: cyut + ClI + ti → cyut + aṄ + ti → acyutat「飛

び散った」)

BhK 6.16-34 → A 3.1.43: cli luṅi-A 3.1.66: ciṇ bhāvakarmaṇoḥ ‖

A 3.2.110: luṅ により導入されるアオリスト接辞 lUṄ を根拠として，A 3.1.43により動詞語基の後には vikaraṇa 接辞 ClI が導入される。ClI には通常 A 3.1.44: cleḥ sic により sIC が代置される。A 3.1.45: śala igupadhād aniṭaḥ ksaḥ-A 3.1.66は，A 3.1.44に対する例外規則（apavāda）であり，特定の条件が満たされるとき，ClI には sIC 以外の要素が代置されることを規定する。sIC 代置規則並びにその例外規則が例証されるという意味において，BhK 6.16-34は sijadhikāra（「sIC 主題」）という言葉で特徴づけられている（JM on BhK 8.16 [106.13]: sicaṁ sāpavādam adhikṛtyāha）。A 3.1.45-66には A 3.1.44から cleḥ（「ClI の代わりに」）が継起する。

⑤　śnamadhikāra（例 [BhK 6.35]: ru + ŚnaM + dh + miP → ruṇadhmi「私は［太陽の道を］遮るだろう」)

BhK 6.35-39 → A 3.1.78: rudhādibhyaḥ śnam ‖

ŚnaM 接辞は，〈行為主体〉を表示する sārvadhātuka 接辞（A 3.4.113: tiṅśit sārvadhātukam）の後続を根拠として，rudh（「妨げる」）群の動詞語基（dhātupāṭha VII.1-25）の後に導入される vikaraṇa 接辞である。当該箇所では，rudh 群に属する種々の動詞語基が詩節中で使用されることによって，同動詞語基の後に ŚnaM 接辞の導入を規定する A 3.1.78が例証される。

上に見たように vikaraṇa 接辞の中から ām，sIC，ŚnaM の3つが教示対象に選ばれている理由としては，次の点が考えられる。

- ām 接辞は，完了形の中でもその特殊形の派生を導くものである。
- sIC，Ksa，CaṄ，aṄ，CiṆ という複数の要素の代置が規定される vikaraṇa 接辞は ClI のみである。それらの代置により多種のアオリスト形が派生する。

・vikaraṇa 接辞のうち，語幹中に挿入される接辞は ŚnaM だけである（A 1.1.47: mid aco 'ntyāt paraḥ）。

ām，ClI，ŚnaM はこれらの点において個別的教示に値する特殊性を有する。

⑥　kr̥tyādhikāra（例 [BhK 6.46]: pracch + tavyaT → praṣṭavya「問われるべきもの」）

BhK 6.46–67 → A 3.1.95: kr̥tyāḥ–A 3.1.132: cityāgnicitye ca ‖

A 3.1.95の支配下にある規則により導入が規定される接辞には，kr̥t に加えて kr̥tya という術語が適用される。kr̥tya と呼ばれる接辞は原則として A 3.4.70: tayor eva kr̥tyaktakhalarthāḥ により〈行為〉（bhāva）または〈目的〉（karman）を表示するが，A 3.3.113: kr̥tyalyuṭo bahulam は kr̥tya 接辞が〈目的〉以外の kāraka を表示することも許す。

⑦　nirupapadakr̥dadhikāra（例 [BhK 6.71]: kr̥ + ṆvuL → kāraka「［ラーマと］同盟を結ぶ［スグリーヴァ］」）

BhK 6.71–86 → A 3.1.133: ṇvultr̥cau–A 3.1.150: āśiṣi ca ‖

A 3.1.133–150は，upasarga が共起項目であることを接辞導入の条件として提示する A 3.1.136: ātaś copasarge と A 3.1.137: pāghrādhmādheḍdr̥śaḥ śaḥ（A 3.1.136から upasagre が継起）を除き，kr̥t 接辞の導入に共起項目の存在を要求しない（nirupapadakr̥t）。A 3.1.133–150が導入を規定する接辞は A 3.4.67により〈行為主体〉を表示する。

⑧　sopapadakr̥dadhikāra（例 [BhK 6.87]: śatru + lū + aṆ → śatrulāva「敵を切り裂く者」）

BhK 6.87–93 → A 3.2.1: karmaṇy aṇ–A 3.2.16: careṣ ṭaḥ ‖

A 3.2.1-16により扱われるのは，共起項目の存在を根拠として動詞語基の後に導入される kr̥t 接辞である。A 3.4.67により〈行為主体〉を表示する。

⑨ khaśādyadhikāra（例 [BhK 6.94]: sattva + ej-i + KHaŚ → sattvamejaya「動物達を恐怖させる［獅子］」）

BhK 6.94-108 → A 3.2.28: ejeḥ khaś-A 3.2.47: gamaś ca ‖

A 3.2.28-A 3.2.37: ugrampaśyerammadapāṇindhamāś ca は kr̥t 接辞 KHaŚ，A 3.2.38: priyavaśe vadaḥ khac から A 3.2.47は kr̥t 接辞 KHaC に関する文法操作を規定する。KHaŚ も KHaC も共起項目が存在するときに導入される接辞であり，A 3.4.67により〈行為主体〉を表示する。両接辞はともに KH 音を IT として有する。KH 音を IT とする接辞で終わる項目が後続するとき，複合語先行要素の最終母音には A 6.3.67: arurdviṣadajantasya mum により mUM が付加される（sattvamejaya）。

⑩ ḍādhikāra（例 [BhK 6.109]: dūra + gam + Ḍa → dūraga「遠くまで飛ぶ［矢］」）

BhK 6.109-111 → A 3.2.48: antātyantādhvadūrapārasarvānanteṣu ḍaḥ-A 3.2.50: ape kleśatamasoḥ ‖

A 3.2.48-50が規定するのは，共起項目の存在を条件として動詞語基の後に導入される kr̥t 接辞 Ḍa である。A 3.4.67により〈行為主体〉を表示する。

⑪ upapadādhikāra（例 [BhK 6.112]: śīrṣa + han + ṆinI → śīrṣaghātin「頭を打ち落とす者」）

BhK 6.112-133 → A 3.2.51: kumāraśīrṣayor ṇiniḥ-A 3.2.101: anyeṣv api dr̥śyate ‖

名称は異なるが，意図するところは⑧と同じである。A 3.2.51-101は，共起項目の存在を前提として動詞語基の後に導入される kr̥t 接辞を規定する。当該の kr̥t 接辞も A 3.4.67により〈行為主体〉を表示する。

⑫　anupapadādhikāra（例 [BhK 6.134]: kr̥ + Kta → kr̥ta「すでになされたもの」）

BhK 6.134-136 → A 3.2.102: niṣṭhā-A 3.2.104: jīryater atr̥n ‖

⑦と意図するところは同じである。A 3.2.102-104が規定するのはその導入に共起項目の存在を必要としない kr̥t 接辞（anupapadakr̥t）である。当該規則により導入が規定される Kta 以外の kr̥t 接辞は，A 3.4.67により〈行為主体〉を表示する。Kta の意味表示機能は多岐にわたる。BhK 6.137-142では，A 3.2.102-104に後続する形で定式化されている l 音導入規則 A 3.2.110: luṅ-A 3.2.116: haśaśvator laṅ ca も例証される。

⑬　tācchīlikādhikāra（例 [BhK 7.1]: kr̥ + tr̥N → kartr̥「森を上手に揺らす［風］」）

BhK 7.1-27 → A 3.2.134: ā kves tacchīlataddharmatatsādhukāriṣu-A 3.2.178: anyebhyo ’pi dr̥śyate ‖

A 3.2.135: tr̥n-A 3.2.178は A 3.2.134の支配下にある。A 3.2.135-178により導入が規定される kr̥t 接辞は，x をなす傾向にある（tacchīla）〈行為主体〉，x をなす義務がある（taddharma）〈行為主体〉，あるいは x を上手になす（tatsādhukārin）〈行為主体〉を表示する。

⑭　nirviśeṣakr̥dadhikāra（例 [BhK 7.28]: kr̥ + uṆ → kāru「［ラーマの目的を］果たす［スグリーヴァ］」）

BhK 7.28-33[1] → A 3.3.1: uṇādayo bahulam; A 3.3.10: tumunṇvulau kriyāyāṅ kriyārthāyām-A 3.3.17: sr̥ sthire ‖

A 3.3.1; 3.3.10–17により導入が規定されるkṛt接辞は，上に述べたような，それらに共通する特質（viśeṣa）や主題（adhikāra）を持たない。当該規則を例証するBhK 7.28–33の主題はnirviśeṣakṛtまたはniradhikārakṛtと呼ばれる。BhK 7.31とBhK 7.32では1音導入規則であるA 3.3.13: lṛṭ śeṣe caとA 3.3.15: anadyatane luṭもそれぞれ例証される。一方で，同じく1音の導入規則であるA 3.3.4: yāvatpurānipātayor laṭ–A 3.3.9: liṅ cordhvamauhūrtikeの例証は当該箇所では省略されている。省略理由は不明である。

⑮　ghañādyadhikāra（例 [BhK 7.33]: naś + GHaÑ → nāśa「死ぬこと」）
BhK 7.33–85(2) → A 3.3.18: bhāve–A 3.3.128: āto yuc ‖

当該箇所の特徴としては，A 3.2.20: parimāṇākhyāyāṁ sarvebhyaḥ–A 3.3.112: ākrośe nañy aniḥにbhāve（A 3.3.18）とakartari ca kārake sañjñāyām（A 3.3.19）が継起する点が挙げられる。A 3.3.18–112により導入が規定されるkṛt接辞は，〈行為〉（bhāva）または〈行為主体〉以外のkāraka（akartari-kāraka）を表示する。A 3.3.113: kṛtyalyuṭo bahulam以降の規則では，kṛt接辞の意味に対して個別の意味規定が与えられる。

⑯　atideśikṅidadhikāra（例 [BhK 7.91]: adhyagīḍhvam「学んだ」）
BhK 7.91–107 → A 1.2.1: gāṅkuṭādibhyo 'ñṇin ṅit–A 1.2.26: ralo vyupadhād dhalādeḥ saṁś ca ‖

A 1.2.1–26は特定の動詞語基に後続する特定の接辞をṄIT（Ṅ音を指標音とする項目）またはKIT（K音を指標音とする項目）と見なす拡大適用規則である。BhK 7.91で使用されるアオリスト形adhyagīḍhvam（adhi-iṄ「学習する」2nd pl. aorist Ā.）を例にとろう。アオリスト接辞lUṄ（→ dhvam）の後続を根拠として，A 2.4.50: vibhāṣā luṅlṛṅoḥにより動詞語基iṄにgāṄが代置され，gāṄに後続するClI接辞にA 3.1.44: cleḥ sicによりsICが代置されたとき，sICはA 1.2.1: gāṅkuṭādibhyo 'ñṇin ṅitによりṄITと見なされる。したがって，ṄIT接辞の後続を適用条件とする A 6.4.66: ghumāsthāgāpājahātisāṁ hali の適用が可能となり，gāṄ の ā 音に長音 ī が代置される（adhi + gāṄ + sIC + dhvam → adhi + gī + s [= ṄIT] + dhvam）。

⑰ ātmanepadādhikāra（例 [BhK 8.1]: ati + śī + lAṄ → ati + śī + ta → atyaśerata「上回った」）
BhK 8.1–49a → A 1.3.12: anudāttaṅita ātmanepadam–A 1.3.77: vibhāṣopapadena pratīyamāne ‖

A 1.3.12–77は，A 3.4.78: tiptasjhisipthasthamibvasmastātāñjhathāsāthāndhvamiḍvahimahiṅ により1音に代置される定動詞接辞 tiṄ を絞り込むための ātmanepada 接辞選択規則である。tiṄ（tiP，tas，jhi，siP，thas，tha，miP，vas，mas，ta，ātām，jha，thās，āthām，dhvam，iṬ，vahi，mahiṄ）のうちの taṄ（ta，ātām，jha，thās，āthām，dhvam，iṬ，vahi，mahiṄ）および ŚānaC と KānaC は A 1.4.100: taṅānāv ātmanepadam により ātmanepada と呼ばれる。A 1.3.12–77は，特定の条件下で動詞語基の後に ātmanepada 接辞が起こることを規定している。A 1.3.13: bhāvakarmaṇoḥ から A 1.3.77まで A 1.3.12の ātmanepadam（「ātmanepada が起こる」）が継起する。

⑱ parasmaipadādhikāra（例 [BhK 8.49]: pā + lAṬ → pā + ŚatṚ → pibantībhiḥ「[一群の心を] 飲んでいる [かのような神々しい女性達]」）
BhK 8.49c–69 → A 1.3.78: śeṣāt kartari parasmaipadam–A 1.3.93: luṭi ca kḷpaḥ ‖

定動詞接辞 tiṄ のうちの ātmanepada 以外のもの（tiP，tas，jhi，siP，thas，tha，miP，vas，mas）および ŚatṚは，A 1.4.99: laḥ parasmaipadam により parasmaipada と呼ばれる。A 1.3.78–93は parasmaipada 選択規則であり，特定の条件下で動詞語基の後に parasmaipada 接辞が起こることを規定する。A 1.3.79: anuparābhyāṅ kṛñaḥ–A 1.3.93には A 1.3.78から parasmaipadam（「parasmaipada が起

こる」）が継起する。

⑲　kārakādhikāra（例 [BhK 8.70]: vr̥kṣād vr̥kṣaṃ parikrāman「樹から樹へと飛び移る［ハヌーマット］」）

BhK 8.70–84 → A 1.4.23: kārake–A 1.4.55: tatprayojako hetuṣ ca ‖

A 1.4.24–55は kāraka 術語規則である。パーニニ文法の体系では，行為と kāraka の関係を基軸として，各項目の後に接辞が導入されることで文（vākya）が派生する。

⑳　karmapravacanīyādhikāra（例 [BhK 8.94]: vacanam ... anu「言葉ゆえに」）

BhK 8.85–93 → A 1.4.83: karmapravacanīyāḥ–A 1.4.98: vibhāṣā kr̥ñi ‖

A 1.4.83の支配下にある A 1.4.84: anur lakṣaṇe–A 1.4.98は karmapravacanīya 術語規則である。行為を（karma）過去に標示し（pravacanīyaḥ）[3]，現在はある 2 者間の特定の関係（sambandha）を標示しているものが karmapravacanīya と呼ばれる[4]。例えば以下の第 2 例文における anu が karmapravacanīya と呼ばれる項目である。

1. MBh on A 1.4.84 (I.347.3): śākalyena sukr̥tāṁ saṁhitām anuniśamya devaḥ prāvarṣat |
   シャーカルヤが正しく構成したサンヒターを聴いて神は雨を降らせた。
2. MBh on A 1.4.84 (I.346.21): śākalyasya saṁhitām anu prāvarṣat |
   シャーカルヤのサンヒターのおかげで雨が降った。

前者で anu は聴く行為を標示し，後者ではサンヒターと降雨の間に聴く行為を根拠として成立する因果関係（hetuhetumadbhāva）を標示する[5]。文 2 は文 1 を前提としており，文 1 の anu はサンヒターと降雨の間に当該の関係が成立する根拠を聴く行為に特定する。

㉑　vibhaktyadhikāra（例 [BhK 8.94]: khaḍgaṁ samudyaṁya「剣を掲げて」）

BhK 8.94-130 → A 2.3.1: anabhihite-A 2.3.73: caturthī cāśiṣy āyuṣyamadrabhadrakuśalasukhārthahitaiḥ ‖

A 2.3.1の支配下にある A 2.3.2: karmaṇi dvitīyā-A 2.3.73は名詞接辞導入規則である(6)。A 2.3.2-73が規定する名詞接辞の中には，kāraka を根拠として導入されるもの（kārakavibhakti）と karmapravacanīya などの共起項目を根拠として導入されるもの（upapadavibhakti）があるから，⑲-㉑が一続きになっているのは理にかなっている。

㉒　sicivr̥ddhyadhikāra（例 [BhK 9.8]: vraj + iṬ + sIC + īṬ + t → vrāj + i + s + ī + t → avrājīt「[恐怖に] 達した」）

BhK 9.8-11 → A 7.2.1: sici vr̥ddhiḥ parasmaipadeṣu-A 7.2.7: ato halāder laghoḥ ‖

当該箇所で例証される A 7.2.2: ato lrāntasya-A 7.2.7は，parasmaipada と sIC の後続を根拠とする，aṅga である動詞語基の母音に対する vr̥ddhi 代置操作に関わる規則である。A 7.2.2-7には A 7.2.1から sici（「sIC が後続するとき」），vr̥ddhiḥ（「vr̥ddhi が代置される」），parasmaipadeṣu（「parasmaipada が後続するとき」）の３項目が継起する。

㉓　iṭpratiṣedhādhikāra（例 [BhK 9.12] han + tanvya → hantavya「殺されるべき [支配者達]」）

BhK 9.12-22 → A 7.2.8: neḍ vaśi kr̥ti-A 7.2.30: apacitaś ca ‖

A 7.2.8-30は，特定の動詞語基に後続する接辞に対する iṬ 付加操作を禁止する規則である。A 7.2.9: titutratathasisusarakaseṣu ca-A 7.2.30には，A 7.2.8から neṭ（「加音 iṬ をとらない」）が継起する。上記の hantavya という語の使用により例証されるのは A 7.2.10: ekāca upadeśe ’nudāttāt（「教示の際に単一の母音を有し，その母音が anudātta アクセントを有する動詞語基に後続する vAL で始ま

る ārdhadhātuka は，加音 iṬ をとらない」）である。動詞語基 han は anudātta アクセントを付された単一の母音を有するものとして dhātupāṭha 中に提示される（dhātupāṭha II.2: hanÁ hiṁsāgatyoḥ）。したがって，han に後続する vAL で始まる kṛtya 接辞 tavyaT が A 7.2.35: ārdhadhātukasyeḍ valādeḥ により加音 iṬ をとることは，A 7.2.10により禁止される（*hanitavya）。

㉔　iḍadhikāra（例 [BhK 9.23]: kram + iṬ + s + ti → akramīt「歩を進めた」）
BhK 9.23–57 → A 7.2.35: ārdhadhātukasyeḍ valādeḥ–A 7.2.78: īḍajanor dhve ca ‖

A 7.2.35–78は，前述の A 7.2.8–30とは反対に，特定の動詞語基に後続する接辞に対する iṬ 付加操作を規定する。A 7.2.35から，A 7.2.36: snukramor anātmanepadanimitte–A 7.2.78に ārdhadhātukasyeṭ（「ārdhadhātuka は加音 iṬ をとる」）が継起する。

㉕　satvādhikāra（例 [BhK 9.58]: sasainyaḥ chādayan → sasainyas chādayan → sasainyaś chādayan「軍隊を連れて［スグリーヴァを矢で］覆う［インドラジット］」）
BhK 9.58–66 → A 8.3.34: visarjanīyasya saḥ–A 8.3.48: kaskādiṣu ca ‖

A 8.3.34–48は，特定の環境下にある visarga（-ḥ 音）に対する s 音の代置（A 8.3.34; 8.3.38; 8.3.40; 8.3.42; 8.3.46–48），ḥ 音の代置（A 8.3.35–36），ṣ 音の代置（A 8.3.39; 8.3.41; 8.3.43–45），jihvāmūlīya（k 系列音［kU］の前にくる visarga）と upadhmānīya（p 系列音［pU］の前にくる visarga）の代置（A 8.3.37）を規定する。A 8.3.35: śarpare visarjanīyaḥ–A 8.3.48には A 8.3.34から visarjanīyasya（「visarga の代わりに」）が継起する。s 音で終わる pada（名詞接辞で終わる項目または定動詞接辞で終わる項目）の最終音には A 8.2.66: sasajuṣo ruḥ により rU が代置され，khAR または休止（avasāna）が後続するとき，その rU には A 8.3.15: kharavasānayor visarjanīyaḥ により visarga が代置される。この visarga に対し

て A 8.3.34–48が適用される。このことから明らかなように，必ずpadaの最終音（padānta）に適用されることがA 8.3.34–48の特徴である。加えて，A 8.3.34–48の適用は音素間に連接／続け読み（saṁhitā）があることを条件とする。A 8.2.108: tayor yvāv aci saṁhitāyām から saṁhitāyām（「音の連接の領域で」）がA 8.4.68: a a まで継起する。

㉖　ṣatvādhikāra（例 [BhK 9.67]: dhūrsu → dhūrṣu「くびきに」）
BhK 9.67–91 → A 8.3.55: apadāntasya mūrdhanyaḥ–A 8.3.118: sadeḥ parasya liṭi ‖

A 8.3.55–118は，特定の環境下にある-s-音と-dh-音に対するmūrdhanya（ṣ音とḍh音）の代置操作に関与する規則である。A 8.3.55–118には，s音に対するṣ音の代置規則（A 8.3.56; 8.3.57–61; 8.3.65–74; 8.3.76; 8.3.80–89; 8.3.95–109），s音に対するṣ音の代置を禁止する規則（A 8.3.110–113; 8.3.115–119），s音に対するs音の代置規則（A 8.3.62），dh音に対するḍh音の代置規則（A 8.3.78–79），ṣ音が代置された既成形を提示する規則（A 8.3.90–94），ṣ音が代置されない既成形を提示する規則（A 8.3.75; 8.3.114）がある。A 8.3.56: saheḥ sāḍaḥ saḥ–A 8.3.118はA 8.3.55の支配下にあるから，padaの最終音ではない音（apadānta）に適用されることがA 8.3.56–118の特徴である。基本的にはA 8.3.56–118の適用もA 8.3.34–48と同じく音素間に連接があることを条件とするが，そこには音素間に他の音素（加音nUM，visarga，śAR，加音aṬ，重複音素［abhyāsa］）の介在を許す規則もある（A 8.3.58; 8.3.63–64; 8.3.71）。

㉗　ṇatvādhikāra（例 [BhK 9.93]: kharanasādayaḥ → kharaṇasādayaḥ「カラナサらは」）
BhK 9.92–109 → A 8.4.1: raṣābhyām no ṇaḥ samānapade–A 8.4.39: kṣubhnādiṣu ca ‖

A 8.4.1–39中には，特定の環境下にある-n-音に対するṇ音の代置を規定する規則（A 8.4.1-33）とそれを禁止する規則（A 8.4.34-39）がある。ṇ 音代置の根拠（nimitta）となる r 音または ṣ 音は，同一の pada 中（samānapadastha，A 8.4.1-2），複合語の先行要素中（pūrvapadastha，A 8.4.3-13; 8.4.26），upasarga 中（upasargastha，A 8.4.14-23; 8.4.28-33），動詞語基中（dhātustha，A 8.4.27）にあるか，パーニニが指定する特定の語（uru と ṣu）中にある（A 8.4.27）。A 8.4.2: aṭkupvāṅnumvyavāye 'pi–A 8.4.39には A 8.4.1から no ṇaḥ（「n 音に ṇ 音が代置される」）が読み込まれる。A 8.4.1-39による ṇ 音の代置も，A 8.3.56-118と同じく必ずしも音素間の連接を必要とするものではなく，音素間に他の音素（加音 aṬ，k 系列音，p 系列音，āṄ，加音 nUM）が介在していても許される（A 8.4.2）。

表 1

詩節	例証される規則	主な規定内容
① BhK 5.97-100	A 3.2.16-23	kṛt 接辞 Ṭa 導入
② BhK 5.104-6.4	A 3.1.35-41	vikaraṇa 接辞 ām 導入
③ BhK 6.8-10	ślokavārttika on A 1.4.51	kāraka 術語適用
④ BhK 6.16-34	A 3.1.43-66	vikaraṇa 接辞 ClI に対する代置
⑤ BhK 6.35-39	A 3.1.78	vikaraṇa 接辞 ŚnaM 導入
⑥ BhK 6.46-67	A 3.1.95-132	kṛtya 接辞導入
⑦ BhK 6.71-86	A 3.1.133-150	共起項目の存在を条件としない kṛt 接辞の導入
⑧ BhK 6.87-93	A 3.2.1-16	共起項目の存在を条件とする kṛt 接辞の導入
⑨ BhK 6.94-108	A 3.2.28-47	kṛt 接辞 KHaŚ と KHaC の導入
⑩ BhK 6.109-111	A 3.2.48-50	kṛt 接辞 Ḍa 導入
⑪ BhK 6.112-133	A 3.2.51-101	共起項目の存在を条件とする kṛt 接辞の導入
⑫ BhK 6.134-136	A 3.2.102-104; 110-116	共起項目の存在を条件とする kṛt 接辞の導入と l 音導入
⑬ BhK 7.1-27	A 3.2.134-178	x をなすことを傾向とする〈行為主体〉などを表示する kṛt 接辞の導入
⑭ BhK 7.28-33	A 3.3.1; 3.3.10-17	特殊性を持たない kṛt 接辞の導入と l 音導入
⑮ BhK 7.33-85	A 3.3.18-3.3.128	GHaÑ などの kṛt 接辞の導入
⑯ BhK 7.91-107	A 1.2.1-26	動詞語基後続接辞に対する ṄIT 性と KIT 性の拡大適用
⑰ BhK 8.1-49a	A 1.3.12-77	ātmanepada 接辞導入

⑱ BhK 8.49c-69	A 1.3.78-93	parasmaipada 接辞導入
⑲ BhK 8.70-84	A 1.4.23-55	kāraka 術語適用
⑳ BhK 8.85-93	A 1.4.83-98	karmapravacanīya 術語適用
㉑ BhK 8.94-130	A 2.3.1-73	名詞接辞導入
㉒ BhK 9.8-11	A 7.2.1-7	parasmaipada と sIC の後続を根拠とする vr̥ddhi 代置
㉓ BhK 9.12-22	A 7.2.8-30	iṬ 付加の禁止
㉔ BhK 9.23-57	A 7.2.35-78	iṬ 付加
㉕ BhK 9.58-66	A 8.3.34-48	visarga に対する代置
㉖ BhK 9.67-91	A 8.3.55-118	ṣ 音代置
㉗ BhK 9.92-109	A 8.4.1-39	ṇ 音代置

①が別立てされていることを除けば，⑦-⑮ではパーニニ文典における規則の配列順序通りに kr̥t 接辞導入規則が例証されていく。同様に，④-⑤；⑰-⑱；⑲-㉑；㉒-㉔；㉕-㉗においても，パーニニが定式化した通りの順番で規則が取り上げられる（**表1**参照）。

1.1.1.1　kr̥t 接辞導入規則，taddhita 接辞導入規則，複合語形成規則

主題の部の構成に関してまず我々の注意をひくのは，同部では kr̥t 接辞導入規則が多く扱われる一方で（①；⑥-⑮），taddhita 接辞導入規則（A 4.1.76: taddhitāḥ-A 5.4.160: niṣpravāṇiś ca）と複合語（samāsa）形成規則（A 2.1.3: prāk kaḍārāt samāsaḥ-A 2.2.38: kaḍārāḥ karmadhāraye）が全く例証されないことである。

パーニニ文法の体系において，A 3.1.91: dhātoḥ（「動詞語基の後に」）の支配下規則により導入が規定される接辞には，それが定動詞接辞（tiṄ）である場合を除いて，A 3.1.93: kr̥d atiṅ により kr̥t という術語が適用される(7)。kr̥t 接辞で終わる項目は，taddhita 接辞で終わる項目並びに複合語とともに，A 1.2.46: kr̥ttaddhitasamāsāś ca により名詞語基（prātipadika）と呼ばれ，名詞接辞導入の操作対象となる（A 4.1.2: svaujasamauṭchaṣṭābhyāmbhisṅebhyāmbhyasṅasibhyāmbhyasṅasosāmṅyossup）。kr̥t 接辞が動詞語基の後に直接導入されるのに対し，taddhita 接辞は原則として名詞語基から派生した名詞接辞で終わる項目（subanta）の後に導入され（A 4.1.82: samarthānām prathamād vā(8)），複合語の形成もま

た名詞接辞で終わる項目の存在を必要とする（A 2.1.4: saha supā）。taddhita接辞導入と複合語形成のこのような性格から，バッティは両者をある種2次的なものと見なし，主題の部で例証することはしなかったのではないだろうか。序論0.3.4.2で見たように，パタンジャリが子供にはtaddhita接辞ではなくkr̥t接辞で終わる名前を付けなくてはならないと述べていることも，サンスクリット社会において，動詞語基から直接派生するkr̥t接辞で終わる語の方がtaddhita接辞で終わる語より高い価値を有するものと見なされていたことを物語る。

1.1.1.1.1　支配規則A 3.1.91: dhātoḥ

パーニニ文法は，名詞接辞で終わる項目（subanta）と定動詞接辞で終わる項目（tiṅanta）からなる文（vākya）の派生を目指すものであり，文派生の中核をなすのは行為（kriyā）を表示する動詞語基（dhātu）である。(9)

A 3.1.93: kr̥d atiṅ（「動詞語基論題［A 3.1.91: dhātoḥの支配下規則］で規定される接辞のうち，定動詞接辞を除く接辞はkr̥tと呼ばれる」）が明確に示すように，A 3.1.91: dhātoḥの支配下規則により動詞語基の後に導入される接辞には，定動詞接辞tiṄとkr̥t接辞の2種がある。パタンジャリは言う。

> MBh on vt. 1 to A 2.3.65 (I.467.5-6): dhātor hi dvaye pratyayā vidhīyante tiṅaś ca kr̥taś ca ‖
> なぜなら，動詞語基の後には［A 3.1.91の支配下規則により］2つの接辞が導入されるからである。すなわち，tiṄとkr̥tである。

ジャヤマンガラによれば，代置要素である定動詞接辞tiṄだけでなく，原要素（sthānin）である1音もまたkr̥tとは呼ばれない。(10) ここでジャヤマンガラが念頭に置くのはパタンジャリの次の言である。

> MBh on A 3. 1. 93 (II. 77. 5-6): atha vā tiṅbhāvino lakārasya kr̥tsañjñāpratiṣedhaḥ ‖
> あるいは，tiṄが代置されることになる1音に対する術語kr̥tの適用が［A

3.1.93により］禁止されている。

これに従えば，A 3.1.91の支配下規則により導入が規定される接辞は，厳密にはtiṄが代置される1音とkṛt接辞の2種となる。[(11)]

ここで定動詞の部と主題の部を対比してみよう。バッティは，定動詞の部において1音導入規則の適用により派生する千般の定動詞形を9章分を費やして扱っており，かつ主題の部においてはkṛt接辞導入規則を最も多く例証する。このことから，彼がA 3.1.91を規則例証の中心に据えている可能性が想定されよう。主題の部がkṛt接辞導入規則の例証をもって始まっていることも示唆的である（①)。

1.1.1.2　動詞語基 bhū

1.1.1.2.1　BhK 1.1

Bhaṭṭikāvyaでなされる規則例証においてA 3.1.91が枢要の地位を占める点に関し，同書の冒頭詩節に注目したい。Bhaṭṭikāvyaは次のような詩節をもって開始される。

BhK 1.1: abhūn nṛpo vibudhasakhaḥ parantapaḥ
śrutānvito daśaratha ity udāhṛtaḥ |
guṇair varaṃ bhuvanahitacchalena yaṁ
sanātanaḥ pitaram upāgamat svayam ||
王がいた。神々の友かつ敵軍を苦しめる者にして，
ヴェーダに通暁するダシャラタと呼ばれる［王］が。
諸美質の点で最上なる彼に，世界に恩恵を施すのを名目として，
古来変わらぬ者（ヴィシュヌ）は［自分の］父として自ら近づいた。

BhK 1.1で最初に使用される語，すなわちBhaṭṭikāvyaの冒頭を飾る語が，abhūtという動詞語基bhūの派生形である点を見過ごしてはならない。bhūはdhātupāṭhaにおいて全動詞語基の先頭項目として最初に提示されるものである。

行為を表示する（kriyāvacana），dhātupāṭha 中に挙げられる bhū をはじめとする項目は，A 1.3.1: bhūvādayo dhātavaḥ により動詞語基と呼ばれる。

たしかに，作品の内容提示（vastunirdeśa）の役割を果たす冒頭詩節で bhū や as の派生形が使用されることは珍しくない（例えば KS 1.1）。しかしながら，A 3.1.91を規則例証の中心に置くバッティの姿勢を思い浮かべるとき，Bhaṭṭikāvya が動詞語基群の代表格 bhū の提示をもって開始されていることは，偶然とは考え難い。周知のように，何らかの特殊な意図を込めた語で作品を始める習慣はすでにパーニニ文典に見られる（A 1.1.1: vr̥ddhir ād aic）。仏教詩人アシュヴァゴーシャは Saundarananda を仏陀の姓を示す gaumata という語で，バーラヴィとマーガは美文詩 Kirātārjunīya と Śiśupālavadha を śrī（「栄華」）という語で開始している。R̥gveda 第1巻冒頭詩節が agni という語で始まることは偶然であろうか。

1.1.1.2.2　BhK 22.23と BhK 5.97

定動詞の部の最終章（第22章）の主題である複合未来接辞 lUṬ に関わる規則例証と定動詞形の提示は，BhK 22.23をもって終了する。残る BhK 22.24-31では種々雑多な規則の例証がなされ（SP on BhK 22.24 [II.306.15]: punaḥ prakīrṇakam evādhikr̥tyāha），序論0.8と0.10.3.1で見たように BhK 22.32-35では作品の目的とその達成手段および作品が著された場所などが語られる。したがって，定動詞の部の枢軸は BhK 22.23までということになる。興味深いことに，同詩節においても bhū の派生形が使用されている。

> BhK 22.23: anumantāsvahe nāvāṃ <u>bhavantaṁ</u> virahaṃ tvayā |
> api prāpya surendratvaṃ kiṃ nu prattaṃ tvayāspadam ||
> 「我ら（スグリーヴァとヴィビーシャナ）は今にも起こりそうな貴方（ラーマ）との別離を認めるつもりはありません。たとえ，インドラの地位を得た後でも。[貴方がいなければ，] 貴方が与えてくれた地位が一体何になりましょう」

当該詩節では，定動詞形 anumantāsvahe（anu-man「認める」1st du. periphrastic future Ā.）の使用により，lUṬ 接辞で終わる項目の具体形の1例が示されている。ジャヤマンガラによれば，同詩節で使用される anumantāsvahe nāvāṃ bhavantaṁ virahaṃ tvayā（「我らは今にも起こりそうな貴方との別離を認めるつもりはありません」）という表現により，次の規則が例証される。

A 3.4.1: dhātusambandhe pratyayāḥ ‖
「動詞語基の意味間に限定関係（viśeṣaṇaviśeṣyabhāva）があるとき，行為が属する特定の時間を条件として導入が規定されている接辞は，行為がその時間以外の時間に属する場合にも起こる」

詩節中で使用される bhavantam は，A 3.2.123: vartamāne laṭ により動詞語基 bhū の後に現在接辞 lAṬ が導入され，その lAṬ に A 3.2.124: laṭaḥ śatṛśānacāv aprathamāsamānādhikaraṇe により ŚatṚ が代置されて派生する語である。一方，anumantāsvahe は，A 3.3.15: anadyatane luṭ により，anu-man の後に複合未来接辞 lUṬ が導入されて派生する語である。動詞語基 bhū が表示する行為は現在時（vartamāna）に属し，anu-man が表示する行為は当日を除く未来時（bhaviṣyat）に属する。動詞語基 bhū が表示する行為と anu-man が表示する行為の間に限定関係（viśeṣaṇaviśeṣyabhāva）が認められるとき[(12)]，A 3.4.1により，現在接辞 lAṬ は，動詞語基 bhū が表示する行為が現在時に属する場合だけではなく，当日を除く未来時に属する場合にも導入されることを許される[(13)]。

以上のように，バッティは雑多の部の開始詩節の最初と定動詞の部の最終部に動詞語基 bhū の派生形を使用する。主題の部についてはどうかという疑問がすぐに起こるであろう。はたして，主題の部の開始詩節においても bhū の派生形が使用されている。

BhK 5.97: dviṣan vanecarāgryāṇāṃ tvam ādāyacaro vane |
agresaro jaghanyānāṃ <u>mā bhūḥ</u> pūrvasaro mama ‖
「敵よ，森を動き回る者達（苦行者達）のうちの最上者達を森で捕まえて食べるお前，下劣な者達の先頭を走るお前が，私の前を走るでない」

1.1.1.2.3　祥符としての動詞語基 bhū

ここで思い起こすべきは，A 1.3.1: bhūvādayo dhātavaḥ における v 音をめぐる議論において，パタンジャリが述べた次の言葉である。

> MBh on vt. 1 to A 1.3.1 (I.253.5–7): māṅgalika ācāryo mahataḥ śāstraughasya maṅgalārthaṁ vakāram āgamaṃ prayuṅkte | maṅgalādīni maṅgalamadhyāni maṅgalāntāni hi śāstrāṇi prathante vīrapuruṣāṇi ca bhavanty āyuṣmatpuruṣāṇi cādhyetāraś ca maṅgalayuktā yathā syur iti |
> 吉祥を目的とする師（パーニニ）は，文法規則の大流の吉祥のために，加音である v 音を用いる。吉祥をその最初，中間，最終部に有する規則集は知れ渡り，勇者と長寿者を生み出すものとなるからである。学習者も吉祥と結びつくことができるように［A 1.3.1において v 音が使用されている］。

Nyāsa によれば，パーニニ文典において，A 1.1.1の vr̥ddhi（「成長，増大，繁栄」）という語，A 1.3.1の v 音，A 8.4.67の udaya（「上昇」）という語が吉祥を示す。(14)

> A 1.1.1: vr̥ddhir ād aic（最初）
> ...
> A 1.3.1: bhūvādayo dhātavaḥ（中間）
> ...
> ...
> A 8.4.67: nodāttasvaritodayam agārgyakāśyapagālavānām（最終部）
> （A 8.4.68: a a iti［最終規則］）

一方，Bhaṭṭikāvya は雑多の部冒頭詩節，主題の部冒頭詩節，定動詞の部最終部に bhū の派生形を有している。

BhK 1.1: abhūn nr̥po（最初）

...

BhK 5.97: mā bhūḥ（中間）

...

...

BhK 22.23: bhavantaṁ virahaṃ（最終部）

（BhK 22.32-BhK 22.35［結部］）

吉瑞としての vr̥ddhi という語，v 音，udaya という語が現れる文法規則の配置位置と，bhū の派生形 abhūt，mā bhūḥ，bhavantam が現れる詩節の配置位置の対応は偶然ではあり得ない。バッティは上記パタンジャリの言明を意識している。彼が bhū の派生形を，雑多の部と主題の部の場合とは違い，定動詞の部の冒頭詩節ではなく最終部に置いたのは，パーニニ文典中で A 8.4.67が登場する場所とそれを合わせるためであろう。

カイヤタ（Kaiyaṭa，11世紀初頭）の説明を参考にすると，示された吉祥の力により，文典は知れ渡って代々学習され続けるようになり（prathante），学習者は文典学習を無事に完了して言語運用の点で他者に破れることがなくなり（vīrapuruṣāṇi），文典に基づく正しい言葉遣いにより積まれる功徳（dharma）は彼の寿命を延ばす（āyuṣmatpuruṣāṇi），とこのようにパタンジャリの言葉を解することができる[(15)]。言語使用の点での勝利も功徳積重も文法学を修めることを根本原因とする。バッティは，パーニニ文法の体系において動詞語基が果たす役割の主要性から，dhātupāṭha の先頭項目 bhū を全動詞語基を代表し象徴する祥符と見なし，その派生形を 3 文法学部門の区切りとなる箇所にそれぞれ配置して，作品の普及と学習者達の文法学習得を願ったのではないだろうか。

1.1.1.3　tripādī 規則の例証と文派生

主題の部の構成について，次に目を向けるべきは**表 1** の㉕-㉗である。パーニニ文典の最終部に位置するA 8.2-4の規則群はtripādīと呼ばれる。主に子音の連声（sandhi）を規定するtripādī中の規則は，語形派生の最終段階で適用される規則である。tripādīにおいては原則として各規則は文典中で定式化されている順番通りに適用される（A 8.2.1: pūrvatrāsiddham）。他の文法操作が全て完了した段階で適用されるtripādī規則により，世間で実際に使用される完成形（pariniṣṭhita）の派生が導かれ，文が完成する。パーニニ文典の最終部をなすtripādī規則が主題の部の最終部で立て続けに例証されることは，何を示唆するか。

ここで，主題の部で例証される文法規則を類別してみよう。

（a）（a-1）l音導入規則（⑫；⑭）
　　（a-2）kṛt接辞導入規則（①；⑥-⑮）
（b）ātmanepada接辞とparasmaipada接辞の選択規則（⑰-⑱）
（c）（c-1）vikaraṇa接辞ām導入規則（②）
　　（c-2）vikaraṇa接辞ClIに対する代置規則（④）
　　（c-3）vikaraṇa接辞ŚnaM導入規則（⑤）
（d）（d-1）動詞語基に後続する接辞をṄITまたはKITと見なす拡大適用規則（⑯）
　　（d-2）parasmaipadaとsICの後続を根拠としてaṅgaの母音に適用されるvṛddhi代置規則（㉒）
　　（d-3）動詞語基に後続する接辞に対するiṬ付加禁止規則とiṬ付加規則（㉓-㉔）
（e）（e-1）kāraka術語規則（⑲）
　　（e-2）karmapravacanīya術語規則（⑳）
　　（e-3）名詞接辞導入規則（㉑）
（f）（f-1）-ḥ音に対する代置を規定するtripādī規則（㉕）
　　（f-2）-s-音と-dh-音に対するmūrdhanya代置を規定するtripādī規則（㉖）
　　（f-3）-n-音に対するṇ音代置を規定するtripādī規則（㉗）

(a)-(f)は次のように一般化できる。

（1） (1a)　定動詞形派生の出発点となるl音導入規則
(1b)　名詞語基を派生するkṛt接辞導入規則
（2） (2a)　特定の定動詞接辞を選択する規則
(2b)　特定の名詞接辞を選択する規則
（3） vikaraṇa接辞の導入規則と代置規則
（4） tripādī外にあり，定動詞形派生と名詞形派生における音素の代置と付加に参与する規則
（5） 定動詞形と名詞形の完成形を導くtripādī規則

（1）-（5）は定動詞形の派生と名詞形の派生，すなわち文派生を実現する過程の大枠をたどっていることに気づく。

定動詞形派生：(1a) → (2a) → （3） → （4） → （5）
名詞形派生：（1） → (2b) → （4） → （5）

主題の部全体の最終目標は，パーニニの文法体系における文派生の方法，流れを説示することにあると言ってよいであろう。

1.1.2　主題の部における規則例証法

次に，主題の部におけるバッティの規則例証法について検討する。

1.1.2.1　規則が定式化されている順序と詩節中の語の配列順序の一致

次の3詩節を見よ。

BhK 8.70-72: (1)vṛkṣād vṛkṣaṃ parikrāman (2a)rāvaṇād bibhyatīṃ bhṛśam |
(2b)śatros trāṇam apaśyantīm adṛśyo janakātmajām ||
tāṃ (3)parājayamānāṁ sa prīte (4)rakṣyāṃ daśānanāt |

(5) antardadhānāṁ rakṣobhyo malināṃ mlānamūrdhajām ‖
(6) rāmād adhītasandeśo (7) vāyor jātaś cyutasmitām |
(8) prabhavantīm ivādityād apaśyat kapikuñjaraḥ ‖

ラーマから音信を授かった，風から生まれたその象のごとき猿（ハヌーマット）は，姿を隠して樹から樹へと飛び移っているとき，太陽から現れたかのようなジャナカの娘（シーター）を目にした。彼女はラーヴァナを非常に恐れ，敵から身を守る術を見ず，［ラーヴァナの］愛に耐えられず，十顔者（ラーヴァナ）から守られるべきであり，悪魔達から隠れ，［その体は］汚れ，髪は傷み，笑顔を失っていた。

当該規則で例証されるのは，以下の kāraka 術語規則である。

（1） A 1.4.24: dhruvam apāye ’pādānam ‖
「離別が実現されるべきとき，離別と結びつく固定点／出発点である kāraka は〈起点〉と呼ばれる」

（2） A 1.4.25: bhītrārthānām bhayahetuḥ ‖
「動詞語基 bhī（「恐怖する」）の意味または動詞語基 trai（「守護する」）の意味を持つ動詞語基が使用されるとき，恐怖を引き起こす原因である kāraka は〈起点〉と呼ばれる」

（3） A 1.4.26: parājer asoḍhaḥ ‖
「parā-ji（「耐えられない」）が使用されるとき，耐え難い対象である kāraka は〈起点〉と呼ばれる」

（4） A 1.4.27: vāraṇārthānām īpsitaḥ ‖
「活動の阻害を意味する動詞語基が使用されるとき，望まれる対象である kāraka は〈起点〉と呼ばれる」

（5） A 1.4.28: antardhau yenādarśanam icchati ‖
「y が x による自身の知覚のないことを望むその kāraka (x) は，隠れる行為を根拠として〈起点〉と呼ばれる」

（6） A 1.4.29: ākhyātopayoge ‖

「学生活動を前提とする学識の獲得が実現されるべきとき，教示者である kāraka は〈起点〉と呼ばれる」

（7）　A 1.4.30: janikartuḥ prakṛtiḥ ‖

「動詞語基 jan（「生まれる」）が表示する行為の〈行為主体〉の根源である kāraka は〈起点〉と呼ばれる」

（8）　A 1.4.31: bhuvaḥ prabhavaḥ ‖

「現れる行為の〈行為主体〉が［最初に］現れる場所である kāraka は〈起点〉と呼ばれる」

BhK 8.70-72では上掲の8規則が例証されている（詳細については本論2.2.1)。特筆すべきは，パーニニが規則を定式化している順序とそれらを例証する詩節中の語の配列順序が一致していることである。主題の部全体にわたって規則の順序とそれを例証する詩節の順序が原則として対応していることは明白であるが，それだけではなくこのように規則の順序とそれを例証する詩節中の語の配列順序が合致している詩節が主題の部中の随所に見られる。

1.1.2.2　規則中で項目が提示される順序と詩節中の語の配列順序の一致

規則の順序に合わせた語の配置が意図的であることは明らかである。そして，バッティが規則例証の中にこらした工夫はそれだけではない。次の詩節を見よ。

BhK 8.126: asau (a)<u>dadhad abhijñānaṃ</u> (b)<u>cikīrṣuḥ karma</u> dāruṇam |
(c)<u>gāmuko 'py antikaṃ</u> bhartur manasācintayat kṣaṇam ‖

彼（ハヌーマット）は思い出の品（宝石）を持って主人のそばへ戻るはずだったが，恐るべき所行をなそうと欲して，心で［次のようなことを］瞬時に考えた。

BhK 8.127: (d)<u>kṛtvā karma</u> yathādiṣṭaṃ pūrvakāryāvirodhi yaḥ |
karoty abhyadhikaṃ kṛtyaṃ tam āhur dūtam uttamam ‖

「［主人に］指示された通りに職務を果たしてから，先になした職務と矛盾しないさらに優れた仕事をなす者，そのような者が最高の使者だと［人々は］言う」

BhK 8.128: (e)vaidehīṃ dṛṣṭavān karma kṛtv(f)ānyair api duṣkaram |
(g)yaśo yāsyāmy upādātā vārtām ākhyāyakaḥ prabhoḥ ‖

「ヴィデーハ国の王女（シーター）はすでに見つけたので，他者がなし難い仕事をもなして上手く栄誉を得てから，主人に知らせを伝えるべく戻ることにしよう」

BhK 8.126–128で例証されるのは，次の規則である。

A 2.3.69: na lokāvyayaniṣṭhākhalarthatṛnām ‖

「(a)l 音の代置要素（ŚatṚ，ŚānaC，KānaC，KvasU）および Ki ／ KiN で終わる項目（la），(b)kṛt 接辞 u で終わる項目（u），(c)kṛt 接辞 ukaÑ で終わる項目（uka），(d) avyaya と呼ばれる項目（avyaya），(e) niṣṭhā（Kta ／ KtavatU）で終わる項目（niṣṭhā），(f) KHaL の意味を持つ接辞で終わる項目（khalartha），(g)省略符 tṛN が指示する接辞（ŚānaN，CānaŚ，ŚatṚ，tṛN）で終わる項目（tṛn），これらが使用される場合，〈行為主体〉または〈目的〉を表示する第六格接辞は起こらない」

A 2.3.69は，A 2.3.65: kartṛkarmaṇoḥ kṛti が規定する第六格接辞の導入を特定の条件下で禁止する規則である。BhK 8.126–128では A 2.3.69が与える７種の規定が全て例証されている（付論の解説部[BhK 8.94–130]を見よ）。重要なのは，規則中で各項目が提示される順序とその項目によって条件づけられる規定を例証する語の配列順序が一致している点である。A 2.3.69が例証される BhK 8.126–128は，１. 規則の順序と詩節の順序および２. 規則の順序（A，B，C ...）とその規則を例証する語の配列順序（a，b，c ...）に加えて，３. 規則中で項目が提示される順序（A-1，A-2，A-3 ...）とその項目によって条件づけられる規定を例証する語の配列順序（a-1，a-2，a-3 ...）までをも合致させて詩節を作ろうとする意識がバッティにはあったことを示す確かな証拠である。原則１－３は主題の部の全箇所で徹底されているわけではないが，バッティがそれら原則にのっとって規則例証をなそうと試みていることに疑問の余地はない。

1.1.3　言葉の教示における主題の部の役割

パーニニが規則を定式化した順序と彼が規則中に項目を列挙した順序に合わせて規則例証がなされることで，文法規則とそれに基づく言語使用の効果的な教示，学習，暗記が可能となる。本論1.1.2.2の原則１－３の背景の１つとして，このような教育的目的が挙げられるであろう。

ラーマ物語に乗せて，動詞語基からの派生形規則を中心に１つひとつの主題のもと諸規定を順番に例証しながら，パーニニ文法が目指す文派生の枠組みを知らしめる。これが主題の部の役割である。動詞語基を軸に据えて文の派生手続きの道筋をたどり，tripādī 規則の例証をもって締めくくられる同部の構成は，パーニニ文法の派生組織とパーニニ文典の構成を反映したものと言える。

1.2　雑多の部

ジャヤマンガラは雑多の部について，次のような説明を与える。

> JM on BhK 1.1 (1.11–12): yatroccāvacena bahūnāṁ lakṣaṇānāṃ prakaraṇaṃ tat prakīrṇakāṇḍam |
> 多数の文法規則が多様に取り扱われるのが雑多の部である。

雑多の部（prakīrṇakāṇḍa，直訳は「雑多なものの部」）は種々雑多な文法規則（prakīrṇa）が不規則に例証される部であり，そこに主題の部のような規則例証の法則性は見られない。伝統的注釈者達が作品第１章から第５章第96詩節に対して「雑多の部」という名を当てることは，彼らもまた，そこでなされる規則例証に一貫性を見出すことができなかったことを示している。しかし，雑多の部ではどの詩節のどの表現によってどの規則の例証が意図されているのかを特定することは全く不可能であるかと言えば，決してそうではない。例証が意図される文法規則を特定することが可能な詩節がそこには散見されるからである。

それらの詩節は，雑多の部の精察の手掛かりとなる。本節では，Bhaṭṭikāvya 第 1 章中の諸詩節を例にとり，同部における規則例証の様相とその役割の考察を試みる。

1.2.1　雑多の部における文法規則の例証

1.2.1.1　BhK 1.12: A 5.3.9の例証

まず，BhK 1.12を見よう。

BhK 1.12: rakṣāṁsi (a)vedīm parito nirāsthad
aṅgāny ayākṣīd (b)abhitaḥ pradhānam |
śeṣāṇy ahauṣīt sutasampade ca
varaṁ vareṇyo nṛpater amārgīt ||
悪魔達を祭壇の周りから追い払い，
主［神］の両側にいる副［神］達を祭り，
残物を献供し，息子獲得のため
最上の［聖者］は王への恩寵を［神に］乞うた。[16]

(a) vedīṃ paritaḥ（「祭壇の周りから」）と (b) abhitaḥ pradhānam（「主神の両側にいる［副神］」）という 2 表現から，同詩節では次の規則の例証が意図されていることが推測される。

A 5.3.9: paryabhibhyāñ ca ||
「pari（「周囲に」）と abhi（「両側に」）という語の後に taddhita 接辞 tasIL が起こる」

この規則により，周囲（sarva）と両側（ubhaya）をそれぞれ意味する pari と abhi という語の後に taddhita 接辞 tasIL が導入され，paritas と abhitas の両語が派生する。[17] 重要なのは，主題の部では扱われない taddhita 接辞導入規則が例証されていることである。このことに関して，主題の部の構造を説明するジャヤマンガラの次の言明に注目したい。

> JM on BhK 5.97 (98.8–10): itaḥ param adhikārakāṇḍam ucyate | yatra prādhānyenaikaikam adhikṛtya lakṣaṇaṃ pradarśitam tad adhikārakāṇḍam | śeṣalakṣaṇeṣu prakīrṇakam eva draṣṭavyam | evaṃ ca kṛtvā antarāntarā tatsūcanārthaṃ prakīrṇakaślokābhidhānam |
> これより後に，主題の部が述べられる。主に1つひとつのものを主題として文法規則が明示されるのが主題の部である。[例証されない] 残りの文法規則に関しては，まさに小雑多規則があると理解されるべきである。[18] そしてこのように考えた上で，途中途中で，それら [残りの文法規則] を示唆するために，小雑多規則を例証する詩節が語られる。

本論1.1.1で見たように，主題の部では，各主題部門を通じてパーニニ文典中の全規則が例証されるわけではない。ジャヤマンガラによれば，主題の部で小雑多規則を例証する詩節（prakīrṇakaśloka）が主題部門間に時折介在するのは，主題の部で主題的に扱われない残りの文法規則（śeṣalakṣaṇa）をできる限り供給するためである。実際に，主題の部に存在する，「小雑多規則を例証する詩節」と呼ばれる諸詩節はその役割を果たす場合がある。その1例としてBhK 6.13を挙げよう。[19]

> BhK 6.13: idaṃ (1)<u>naktantanaṃ</u> dāma pauṣpam etad (2)<u>divātanam</u> |
> śucevodbadhya śākhāyāṃ praglāyati tayā vinā ||
> 「これは [シーターが] 夜に着ける花冠，こっちは日中に着けるものだ。悲しみのせいで枝に [自身を] 吊るして枯れてしまったかのように見える。彼女が着けていなければ」

当該詩節では，(1) naktantana（「夜の [花冠]」）と (2) divātana（「昼の [花冠]」）というように，taddhita 接辞 Ṭyu で終わる項目が2つ用いられていることから，それの導入と加音 tUṬ の付加操作を規定する次の規則の例証が意図されていると考えるのが妥当である。

A 4.3.23: sāyañcirамprāhṇeprage'vyayebhyaṣ ṭyuṭyulau tuṭ ca ‖
「sāyam（「夕暮れに」），ciram（「長い間」），prāhṇe（「午前に」），prage（「夜明けに」）という不変化詞（avyaya）および時を表示する不変化詞の後に taddhita 接辞 Ṭyu または ṬyuL が起こり，それらの接辞は加音 tUṬ をとる」

（１）naktantana と（２）divātana は，それぞれ「夜に」と「昼に」という時（kāla）を表示する naktam と divā という不変化詞の後に，「x に生じるもの」を意味する taddhita 接辞 Ṭyu が A 4.3.23により起こり，その接辞の先頭に加音 tUṬ が付加され，Ṭyu の yu 音に A 7.1.1: yuvor anākau により ana が代置されて派生する語である。A 4.3.23は本論3.3.4.1.3で見る雑多の部中の BhK 5.65でも例証されており，そこでは divātana の女性形である divātanī（「日中の［美］」）という語が使用される。しかし，naktantana という語は BhK 6.13でしか使用されない。BhK 6.13は，A 4.3.23の１規定（［１］naktantana）を例証することにより，主題の部の各部門においては例証されない１規則を同部に供給していると言える。

以上の事実は，雑多の部中の詩節にも小雑多規則を例証する詩節と同じ役割がある可能性を想定させる。そして，taddhita 接辞導入規則 A 5.3.9を例証する BhK 1.12はまさにその役割を果たしている。

1.2.1.2　BhK 1.13: A 3.3.88と A 4.4.20の例証

次に BhK 1.13を考察しよう。ここでは同じ kṛt 接辞と taddhita 接辞の導入に基づいて派生する語が２つ使用される。

BhK 1.13: niṣṭhāṃ gate (a)dattrimasabhyatoṣe
(b)vihitrime karmaṇi rājapatnyaḥ |
prāśur hutocchiṣṭam udāravaṁśyās

tisraḥ prasotuṃ caturaḥ suputrān ‖
報酬によって補佐人達が満足を覚える，［聖典］規定を通じて実現される祭式が完了したとき，高貴な家系の生まれの3人の王妃達は，供物の残物を食べた。4人の輝かしい息子達を生むために。

(a) dattrima（「報酬によって実現される［補佐人達の満足］」）と (b) vihitrima（「規定によって実現される［祭式］」）という2語の使用から，以下の2規則が当該詩節における例証対象であることがわかる。

A 3.3.88: ḍvitaḥ ktriḥ ‖
「〈行為〉または〈行為主体〉以外の kāraka が表示されるべきとき，ḌU を IT とする動詞語基の後に kṛt 接辞 Ktri が起こる」
A 4.4.20: trer mam nityam ‖
「第三格接辞で終わり意味的に連関する，kṛt 接辞 Ktri で終わる項目の後に，「x によって実現されるもの」（tena nirvṛttam）という意味で taddhita 接辞 maP が必ず起こる」

(a) dattrima は，ḌU を IT とする動詞語基 ḌUdāÑ（dhātupāṭha III.9: ḌUdāÑ dāne）の後に，〈目的〉を表示する kṛt 接辞 Ktri が A 3.3.88により導入され，名詞接辞で終わるその Ktri で終わる項目の後に A 4.4.20により taddhita 接辞 maP が導入されて派生する語である。(b) vihitrima も，vi に先行される，ḌU を IT とする動詞語基 ḌUdhāÑ（dhātupāṭha III.10: ḌUdhāÑ dhāraṇapoṣaṇayoḥ）の後に〈目的〉を表示する kṛt 接辞 Ktri が A 3.3.88により導入され，名詞接辞で終わるその Ktri で終わる項目の後に A 4.4.20により taddhita 接辞 maP が導入されて派生する語である。

BhK 1.10でも Ktri と maP の導入により派生する vipaktrima（「成熟によって実現される［知］，すなわち完成した［知］」）という語が使用されている。

BhK 1.10: putrīyatā tena varāṅganābhir

ānāyi vidvān kratuṣu kriyāvān |
vipaktrimajñānagatir manasvī
mānyo muniḥ svāṃ puram ṛṣyaśṛṅgaḥ ‖
自身の息子を望むその［王］は，選ばれた美女達を使って
連れて来させた。知識があるゆえに諸祭式を滞りなく行える，
完成された知の拠り所にして賢明で
尊敬に値するリシャシュリンガ仙を，自らの都へと。

vipaktrima という語は，vi に先行される，ḌU を IT とする動詞語基 ḌUpacAṢ（dhātupāṭha I.1045: ḌUpacÀṢ pāke）の後に〈行為〉を表示する kṛt 接辞 Ktri が A 3.3.88により導入され，名詞接辞で終わるその Ktri で終わる項目の後に A 4.4.20により taddhita 接辞 maP が導入されて派生する。

これら一連の表現によって，A 3.3.88と A 4.4.20の両規則の例証が意図されていると考えてよいであろう。これら２規則も主題の部では扱われていない。さらに言えば，vipaktrima，dattrima，vihitrima という表現は作中で BhK 1.10と BhK 1.13でしか使用されない。

1.2.1.3　BhK 1.15: A 3.1.138の例証

BhK 1.15では同じ kṛt 接辞で終わる語が２つ使用される。

BhK 1.15: ārcīd dvijātīn (a)paramārtha<u>vindān</u>
(b)<u>udejayān</u> bhūtagaṇān nyaṣedhīt |
vidvān upāneṣṭa ca tān svakāle
yatir vasiṣṭho yamināṃ variṣṭhaḥ ‖
真理を見出す婆羅門達に表敬し，
［他者を］震わす悪魔集団を追い払い，
ふさわしい時期に彼ら（ラーマ達）を入門させた。
修行者達のうちで最上の感官制御者である知者ヴァシシュタは。

(a) vinda（「[真理を] 見出す［婆羅門]」）と (b) udejaya（「[他者を] 震わす［悪魔集団]」）という kr̥t 接辞 Śa の導入により派生する2語の使用から，当該詩節においてはその導入を規定する以下の規則の例証が意図されていることが知られる。

A 3.1.138: anupasargāl limpavindadhāripārivedyudejicetisātisāhibhyaś ca ‖
「upasarga に先行されない以下の動詞語基の後に kr̥t 接辞 Śa が起こる。1. tud 群の動詞語基 lip（「塗りつける，汚す」）と vid（「得る」），2. ṆiC で終わる bhū 群と tud 群の動詞語基 dhr̥（「支え持たせる／支え持つ」），3. ṆiC で終わる hu 群／ krī 群の動詞語基 pr̄（「満たさせる／守らせる」）あるいは cur 群の動詞語基 pār（「渡す，完了する，〜できる」），4. ṆiC で終わる ad 群の動詞語基 vid（「知らせる」），ṆiC で終わる div 群の動詞語基 vid（「存在させる」），ṆiC で終わる tud 群の動詞語基 vid（「得させる」），ṆiC で終わる rudh 群の動詞語基 vid（「考察させる」），または cur 群の動詞語基 vid（「話す，住む，感じる」），5. ud に先行された，ṆiC で終わる bhū 群の動詞語基 ej（「震わす」），6. cur 群の動詞語基 cit（「意思する」），7. ṆiC で終わる動詞語基 sat（「喜ばす」），8. ṆiC で終わる bhū 群の動詞語基 sah（「克服させる」）または cur 群の動詞語基 sah（「克服する」）」

(a) vinda は，tud 群の動詞語基 vid の後に A 3.1.138により kr̥t 接辞 Śa が導入されて派生する語であり，(b) udejaya は，ud に先行され，ṆiC で終わる動詞語基 ej の後に同じく A 3.1.138により kr̥t 接辞 Śa が導入されて派生する語である。

A 3.1.138は主題の部中の BhK 6.78で例証される。それゆえ，BhK 1.15でなされる A 3.1.138の例証は BhK 6.78のそれと重複していることになる。しかし見過ごしてはならないのは，BhK 6.78において (b) udejaya という語は使用されているが，(a) vinda という語は使用されていない点である。上で見たように，A 3.1.138は9つの動詞語基の後に kr̥t 接辞 Śa が導入されることを規定するから，当該規則は計9種類の文法操作を規定していることになる。そのうち，

BhK 6.78で例示されるのは，動詞語基 dhṛ，pṛ，ud-ej-i の後に Śa を導入する３つの文法操作（dhāraya，pāraya，[b] udejaya）であり（BhK 6.78については付論の解説部を見よ），動詞語基 vid の後に Śa を導入する文法操作（[a] vinda）は例示されない。その意味において，BhK 1.15は主題の部における規則例証を補助する役割を果たしていると言える。一方で，vinda と udejaya という語の使用は BhK 1.15の他に BhK 5.21にも見られ，BhK 5.21においても A 3.1.138の例証が意図されていると考えられるから，雑多の部内で規則と文法操作の例示が重複していることになる。

1.2.1.4　BhK 1.19-20: A 3.2.136と A 5.2.140の例証

次に BhK 1.19-20を分析しよう。

BhK 1.19: ākhyan munis tasya śivaṁ samādher
vighnanti rakṣāṁsi vane kratūṁś ca |
tāni (1a)dviṣadvīryanirākariṣṇus
tṛṇedhu rāmaḥ saha lakṣmaṇena ||
聖者はその［王］に答えた。「瞑想には吉祥さがある。
しかし悪魔達が森で祭式を妨害する。
その［悪魔達］を，敵達の力を退けることを常とする
ラーマに殲滅してもらいたい。ラクシュマナと共に」
BhK 1.20: sa śuśruvāṁs tadvacanaṃ mumoha
(1b)rājāsahiṣṇuḥ sutaviprayogam |
(2a)ahaṁyunātha kṣitipaḥ (2b)śubhaṁyur
ūce vacas tāpasakuñjareṇa ||
その［王］は彼の言葉を聞いて当惑した。
王は息子との別離に耐えられない性向の持ち主であったから。
すると，吉祥なる大地の守護者（王）は，
誇り高き修行者中の象（ヴィシュヴァーミトラ）に言葉をかけられた。

BhK 1.19-20では，(1a) nirākariṣṇu（「[敵達の力を] 退ける傾向にある [ラーマ]」）と (1b) asahiṣṇu（「[別離に] 耐えられない傾向にある [王]」），および (2a) ahaṁyu（「誇り高き [修行者]」）と (2b) śubhaṁyu（「吉祥ある [王]」）という同じ kṛt 接辞と taddhita 接辞で終わる項目が２つずつ使用される。したがって，それらの導入を規定する以下の２規則が BhK 1.19-20の例証対象であると考えてよい。

（1） A 3.2.136: alaṅkṛñnirākṛñprajanotpacotpatonmadarucyapatrapavṛtuvṛdhusahacara iṣṇuc ‖
「ある行為をなすことを傾向とする〈行為主体〉，ある行為をなすことを義務とする〈行為主体〉，またはある行為を巧みになす〈行為主体〉が表示されるべきとき，alam-kṛÑ（「飾る」），nir-ā-kṛÑ（「退ける」），pra-jan（「生まれ出る」），ud-pac（「茹で上げる，熟する」），ud-pat（「飛び上がる」），ud-mad（「狂う」），ruc（「光る，輝く」），apa-trap（「当惑する」），vṛt（「回転する」），vṛdh（「成長する，増える」），sah（「克服する」），car（「動き回る」）の後に，kṛt 接辞 iṣṇuC が起こる」

（2） A 5.2.140: ahaṁśubhamor yus ‖
「第一格接辞で終わり意味的に連関する aham（「自我意識」）と śubham（「吉祥」）という不変化詞（avyaya）の後に[20]，taddhita 接辞 matUP と同じ意味で，taddhita 接辞 yuS が任意に起こる」

(1a) nirākariṣṇu は，nir-ā-kṛ の後に，ある行為をなすことを傾向とする〈行為主体〉(tacchīla) を表示する kṛt 接辞 iṣṇuC が A 3.2.136により導入されて派生する語である。否定複合語 (1b) asahiṣṇu 中の sahiṣṇu は，動詞語基 sah の後に，同じくある行為をなすことを傾向とする〈行為主体〉を表示する kṛt 接辞 iṣṇuC が A 3.2.136により導入されて派生する語である。

(2a) ahaṁyu は，第一格単数接辞 sU で終わる不変化詞 aham の後に[21]，「x と関係するもの」を意味する taddhita 接辞 yuS が A 5.2.140により導入されて派生する語であり，(2b) śubhaṁyu は，第一格単数接辞 sU で終わる不変化詞

śubham の後に，同じく「x と関係するもの」を意味する taddhita 接辞 yuS が A 5.2.140により導入されて派生する語である。

taddhita 接辞導入規則 A 5.2.140は主題の部では扱われない。さらに，ahaṁyu と śubhaṁyu という語の使用が見られるのは作品中で BhK 1.20のみである。一方，BhK 1.19で例証される kr̥t 接辞導入規則 A 3.2.136は主題の部中の BhK 7.2-4で例証されており，そこでは当該の（1a）nirākariṣṇu (BhK 7.3) と（1b）asahiṣṇu (BhK 7.4) の両語も使用される。[22]

1.2.1.5　BhK 1.22: A 5.1.102と A 4.4.116の例証

次に注目したいのは BhK 1.22である。

BhK 1.22: ghāniṣyate tena mahān vipakṣaḥ
sthāyiṣyate yena raṇe purastāt |
mā māṃ mahātman paribhūr （1）ayogye
na madvidho nyasyati bhāram （2）agryam ||
「彼（ラーマ）によって強敵は殺されるだろう。
戦場で先頭に立つことになる彼によって。
私を，高潔なる方よ，軽視してはならない。実践能力のない者に，
私のような［思慮深い］者は最重要の仕事を任せたりしない」

当該詩節では，（１）ayogya（「実践能力のない者」）と（２）agrya（「最重要の［仕事］」）という taddhita 接辞 yaT で終わる語が２つ使用される。ここではその接辞の導入を規定する次の２規則が例証対象と考えられる。

A 5.1.102: yogād yac ca ||
「第四格接辞で終わり意味的に連関する yoga（「準備，実践」）という語の後に，「x の能力があるもの」（tasmai prabhavati）という意味で，[23] taddhita 接辞 yaT または ṭhaÑ が任意に起こる」
A 4.4.116: agrād yat ||

「第七格接辞で終わり意味的に連関する agra（「先端」）という語の後に，「x にあるもの」（tatra bhavaḥ）という意味で taddhita 接辞 yaT が任意に起こる」

否定複合語（1）ayogya 中の yogya は，第四格接辞で終わる yoga という語の後に，「x の能力があるもの」を意味する taddhita 接辞 yaT が A 5.1.102により導入されて派生する語である。一方，（2）agrya は，第七格接辞で終わる agra という語の後に，「x にあるもの」を意味する taddhita 接辞 yaT が A 4.4.116により導入されて派生する語である。

taddhita 接辞導入規則である上記の2規則は主題の部では例証されない。作中で yogya という語は当該の BhK 1.22でのみ使用される。

1.2.1.6　BhK 1.24: A 3.2.167の例証

BhK 1.24では kr̥t 接辞 ra が導入されて派生する語が3回用いられる。

BhK 1.24: āśīrbhir abhyarcya muniḥ kṣitīndraṃ
prītaḥ pratasthe punar āśramāya |
taṃ pr̥ṣṭhataḥ praṣṭham iyāya (a)namro(24)
(b)hiṁsreṣu (c)dīprāstradhanuḥ kumāraḥ ||
祝詞によって聖者は王に表敬してから，
喜びながら出発した。再び，草庵へと。
王子（ラーマ）は前を行く彼の後を追った。［父に］義務的なお辞儀をして。
凶悪な者達に向けられる，良く輝く矢をつがえた弓を持って。

（a）namra（「［父に］お辞儀する義務のある［王子］」），（b）hiṁsra（「［他者を］傷つける傾向にある者，すなわち凶悪な者」），（c）dīpra（「良く輝く［矢］」）という3語の使用から，kr̥t 接辞 ra の導入を規定する以下の規則が当該詩節で例証されていることが推知される。

A 3.2.167: namikampismyajasakamahiṁsadīpo raḥ ‖
「ある行為をなすことを傾向とする〈行為主体〉，ある行為をなすことを義務とする〈行為主体〉，またはある行為を巧みになす〈行為主体〉が表示されるべきとき，動詞語基 nam（「身をかがめる，傾ける」），kamp（「震える，興奮する」），smi（「微笑む」），否定辞 naÑ に先行される動詞語基 jas（「行為をし続ける」），動詞語基 kam（「欲する」），hiṁs（「損なう」），dīp（「輝く，燃え上がる」）の後に kr̥t 接辞 ra が起こる」

(a)namra は，動詞語基 nam の後に，ある行為をなすことを義務とする〈行為主体〉（taddharma）を表示する kr̥t 接辞 ra が，(b)hiṁsra は，動詞語基 hiṁs の後に，ある行為をなすことを傾向とする〈行為主体〉を表示する kr̥t 接辞 ra が，(c)dīpra は，動詞語基 dīp の後に，ある行為を巧みになす〈行為主体〉（sādhukārin）を表示する kr̥t 接辞 ra が，A 3.2.167により導入されて派生する語である。

A 3.2.167は主題の部中の BhK 7.23-24で例証されており，そこでは(a)namra と(c)dīpra の両語も用いられる[25]。一方(b)hiṁsra という語は使用されていない。すなわち，A 3.2.167が規定する，動詞語基 hiṁs の後に kr̥t 接辞 ra を導入する文法操作は主題の部では例示されていない。

当該詩節において，A 3.2.167における動詞語基 nam，hiṁs，dīp の提示順序と，それらの後に kr̥t 接辞 ra を導入する文法操作をそれぞれ例示する namra，hiṁsra，dīpra という語の詩節における配列順序が合致している点に留意すべきである。このように，主題の部だけではなく雑多の部中の詩節にも規則例証に対するバッティの学究的な態度が認められる。

1.2.1.7　BhK 1.25: A 3.2.134の支配下にある３規則の例証

最後に BhK 1.25を取り上げたい。主題の部と同様に雑多の部でも，ある支配規則の支配下にあるいくつかの規則が１つの詩節において例証される場合がある。

BhK 1.25: prayāsyataḥ puṇyavanāya (1)jiṣṇo
rāmasya (2)rociṣṇumukhasya (3)dhr̥ṣṇuḥ |
traimāturaḥ kr̥tsnajitāstraśastraḥ
sadhryaṅ rataḥ śreyasi lakṣmaṇo 'bhūt ||
聖なる森に出立しようとする,勝利を常とする者にして
輝かしい顔をしたラーマの付き人となった。豪胆で,
3母の子であり,矢と剣を極める
ラクシュマナは。[ラーマの] 至福に身を捧げるために。

(1)jiṣṇu(「勝利する傾向にある[ラーマ]」),(2)rociṣṇu(「輝く傾向にある[顔]」),(3)dhr̥ṣṇu(「大胆な振る舞いをなす傾向にある[ラクシュマナ]」)という語形が類似した3語の使用から,当該詩節においてそれらを派生する以下の3規則が例証対象であると推定される。

(1) A 3.2.139: glājisthaś ca ksnuḥ ||
「ある行為をなすことを傾向とする〈行為主体〉,ある行為をなすことを義務とする〈行為主体〉,またはある行為を巧みになす〈行為主体〉が表示されるべきとき,動詞語基 glai(「嫌う,ぐったりする」),ji(「勝利する」),sthā(「立つ,留まる」),bhū(「なる,生じる」)の後に kr̥t 接辞 Gsnu が起こる」[26]

(2) A 3.2.136: alaṅkr̥ñnirākr̥ñprajanotpacotpatonmadarucyapatrapavr̥tuvr̥dh-
usahacara iṣṇuc ||
「ある行為をなすことを傾向とする〈行為主体〉,ある行為をなすことを義務とする〈行為主体〉,またはある行為を巧みになす〈行為主体〉が表示されるべきとき,alam-kr̥Ñ(「飾る」),nir-ā-kr̥Ñ(「退ける」),pra-jan(「生まれ出る」),ud-pac(「茹で上げる,熟する」),ud-pat(「飛び上がる」),ud-mad(「狂う」),動詞語基 ruc(「光る,輝く」),apa-trap(「当惑する」),動詞語基 vr̥t(「回転する」),vr̥dh(「成長する,増える」),sah(「克服する」),car(「動き回る」)の後に,kr̥t 接辞 iṣṇuC が起こる」

（3）　A 3.2.140: trasigr̥dhidhr̥ṣikṣipeḥ knuḥ ‖
「ある行為をなすことを傾向とする〈行為主体〉，ある行為をなすことを義務とする〈行為主体〉，またはある行為を巧みになす〈行為主体〉が表示されるべきとき，動詞語基 tras（「震える」），gr̥dh（「欲張る」），dhr̥ṣ（「攻める，大胆である」），kṣip（「投げる」）の後に kr̥t 接辞 Knu が起こる」

（1）jiṣṇu は，動詞語基 ji の後に，ある行為をなすことを傾向とする〈行為主体〉を表示する kr̥t 接辞 Gsnu が，（2）rociṣṇu は，動詞語基 ruc の後に，ある行為をなすことを傾向とする〈行為主体〉を表示する kr̥t 接辞 iṣṇuC が，（3）dhr̥ṣṇu は，動詞語基 dhr̥ṣ の後に，ある行為をなすことを傾向とする〈行為主体〉を表示する kr̥t 接辞 Knu が，それぞれ A 3.2.139，A 3.2.136，A 3.2.140により導入されて派生する語である。これら3規則には支配規則 A 3.2.134: ā kves tacchīlataddharmatatsādhukāriṣu から tacchīlataddharmatatsādhukāriṣu（「ある行為をなすことを傾向とする〈行為主体〉，ある行為をなすことを義務とする〈行為主体〉，またはある行為を巧みになす〈行為主体〉が表示されるべきとき」）が継起する(27)。

問題の3規則は主題の部中の BhK 7.2（A 3.2.136）と BhK 7.4（A 3.2.139-40）で例証されており(28)，そこでは（1）jiṣṇu，（2）rociṣṇu，（3）dhr̥ṣṇu の3語も使用されている。それゆえ，BhK 1.25における上述の3規則の例証は，扱われる文法操作も含めて主題の部におけるそれと重複していることになる。

1.2.2　言葉の教示における雑多の部の役割

以上より，バッティが雑多の部でも特定の規則の例証のために特定の語を意図的に使用する場合があることがわかる（**表2**参照）。その目的は何か。主題の部に対するジャヤマンガラの説明は，雑多の部の詩節には主題の部で主題的に例証されない文法規則を可能な限り供給する役割があることを示唆する。実際に第1章中にそのような役割を果たす詩節が点在することには注目する価値がある（BhK 1.10，BhK 1.12-13，BhK 1.20，BhK 1.22）。さらにそこには，主題の部で扱われない文法操作を例示する詩節も見受けられた（BhK 1.15，BhK 1.

表2

規則を例証する表現	例証される規則	導入規定がなされる接辞
BhK 1.12: vedīṃ paritaḥ; abhitaḥ pradhānam	A 5.3.9	taddhita 接辞 tasIL
BhK 1.10; 1.13: vipaktrima; dattrima; vihitrima	A 3.3.88; 4.4.20	kṛt 接辞 Ktri と taddhita 接辞 maP
BhK 1.15: vinda（重複）; udejaya（重複）	A 3.1.138	kṛt 接辞 Śa
BhK 1.19–20: nirākariṣṇu（重複）; asahiṣṇu（重複）	A 3.2.136	kṛt 接辞 iṣṇuC
BhK 1.20: ahaṁyu; śubhaṁyu	A 5.2.140	taddhita 接辞 yuS
BhK 1.22: ayogya; agrya	A 5.1.102; 4.4.116	taddhita 接辞 yaT
BhK 1.24: namra（重複）; hiṁsra; dīpra（重複）	A 3.2.167	kṛt 接辞 ra
BhK 1.25: jiṣṇu（重複）; rociṣṇu（重複）; dhṛṣṇu（重複）	A 3.2.139; 3.2.136; 3.2.140	kṛt 接辞 Gsnu，iṣṇuC，Knu

24)。主題の部における規則例証を補助する点を，正しい言葉の教示における雑多の部の役割の１つと考えてよいであろう。

一方で，雑多の部における文法規則や文法操作の例証が主題の部におけるそれと重複する場合や雑多の部内で重複する場合もある点には留意すべきである（BhK 1.15，BhK 1.19–20，BhK 1.24–25）。その理由としては，読者に反復学習（abhyāsa）を促すという教育的配慮からバッティがそれらを意図的に重複させた可能性――パタンジャリは「２度結ばれれば固く結ばれたものとなる」（MBh on A 6.1.223 [III.119.21]: dvirbaddhaṁ subaddhaṃ bhavati）と述べた――を想定できるが，現段階でこの問題に対して明確な答えを出すことは難しい。雑多の部のさらなる詳察が今後望まれる。

1.2.3　アオリスト形の頻用

第１章の特徴としてアオリスト形の頻用を付記しておきたい。BhK 1.2–3を例にとろう。

BhK 1.2: so (1)'dhyaiṣṭa vedāṁs tridaśān (2)ayaṣṭa

pitṝn (3)apārīt (4)samamaṁsta bandhūn |

(5)vyajeṣṭa ṣaḍvargam (6)araṁsta nītau

samūlaghātaṃ (7)nyavadhīd arīṁś ca ||

彼（ダシャラタ）は諸ヴェーダを学び，神々を祭り，

父祖達を満足させ，親族達を敬い，

六敵に打ち勝ち[29]，政略を楽しみ，

外敵を根絶やしにして打ち倒した。

BhK 1.3: vasūni toyaṃ ghanavad (1)vyakārīt

sahāsanaṃ (2)gotrabhidādhyavātsīt |

na tryambakād anyam (3)upāsthitāsau

yaśāṁsi sarveṣubhṛtāṃ (4)nirāsthat ||

［彼は］富を，雲が水を注ぐがごとく，［民衆に］分け与え，

山の破壊者（インドラ）と共に座を占め，

三眼者（シヴァ）以外の者には仕えず，

一切の射手達の栄誉を奪った。

BhK 1.2では(1)adhyaiṣṭa（adhi-i 3rd sg. Ā.），(2)ayaṣṭa（yaj 3rd sg. Ā.），(3)apārīt（pṝ 3rd sg. P.），(4)samamaṁsta（sam-man 3rd sg. Ā.），(5)vyajeṣṭa（vi-ji 3rd sg. Ā.），(6)araṁsta（ram 3rd sg. Ā.），(7)nyavadhīt（ni-han 3rd sg. P.）という７つのアオリスト形が，BhK 1.3では(1)vyakārīt（vi-kṝ 3rd sg. P.），(2)adhyavātsīt（adhi-vas 3rd sg. P.），(3)upāsthita（upa-sthā 3rd sg. Ā.），(4)nirāsthat（nis-as 3rd sg. P.）という４つのアオリスト形が使用される。全27詩節からなる第１章中には，アオリスト形が42回使用され，そのうち，１詩節中にアオリスト形が３つ以上使用される詩節が８つ（BhK 1.2–3，BhK 1.12，BhK 1.14–16，BhK 1.18，BhK 1.21），４つ以上使用される詩節が４つ（BhK 1.2–3，BhK 1.12，BhK 1.18）ある。

第１章におけるアオリスト形の多用が意図的であることは分明である。注釈者達が同章に対する注釈中でアオリスト形の派生に関わる文法規則を幾度も引

用し，派生説明に相当の紙幅を割くことも，第１章の特徴の１つがアオリスト形の頻用にあることを裏づける。アオリスト形を扱う章は定動詞の部に用意されているにもかかわらず（第15章），第１章においてアオリスト形が多く提示されることの意義としては，次の２点が考えられる。

・他の定動詞形に比べて派生が複雑で多様なアオリスト形の正しい語形それ自体の教示
・〈定動詞形の正しい語形成〉という美点の生出

これら２点に関してはそれぞれ本論1.3と3.3を見よ。ちなみに，多彩なアオリスト形を使用することで自身の作品を飾ろうとする習慣の萌芽は，すでにアシュヴァゴーシャの Saundarananda に見られる。ここで逐一例示することはしないが，周知のように，シュッドーダナ（Śuddhodhana）王の叙述を主題とする同作品第２章では，種々のアオリスト形が意識的に多用される。

1.3　定動詞の部

定動詞の部では，ヴェーダ語に固有の lEṬ（接続法接辞）を除く l 音（lakāra），すなわち lIṬ（完了接辞），lUṄ（アオリスト接辞），lR̥Ṭ（単純未来接辞），lAṄ（直説法過去接辞），lAṬ（現在接辞），lIṄ（願望法接辞），lOṬ（命令法接辞），lR̥Ṅ（条件法接辞），lUṬ（複合未来接辞）に関わる文法規則とそれらに基づいて派生する様々な定動詞形が扱われる。定動詞の部の構成は以下の通りである。

章番号	注釈者が与える名称	総詩節数
14	「lIṬ で終わる項目の多様な顕現」(liḍvilasita/liḍvilāsa)(30)	113
15	「lUṄ で終わる項目の多様な顕現」(luṅvilasita/luṅvilāsa)	123
16	「lR̥Ṭ で終わる項目の多様な顕現」(lr̥ḍvilasita/lr̥ḍvilāsa)	42
17	「lAṄ で終わる項目の多様な顕現」(laṅvilasita/laṅvilāsa)	112
18	「lAṬ で終わる項目の多様な顕現」(laḍvilasita/laḍvilāsa)	42
19	「lIṄ で終わる項目の多様な顕現」(liṅvilasita/liṅvilāsa)	30

20	「lOṬ で終わる項目の多様な顕現」（loḍvilasita/loḍvilāsa）	37
21	「lṚṄ で終わる項目の多様な顕現」（lṛṅvilasita/lṛṅvilāsa）	23
22	「lUṬ で終わる項目の多様な顕現」（luḍvilasita/luḍvilāsa）	23

パーニニ文法の体系では，動詞語基の後に導入された l 音には（A 3.4.77: lasya）A 3.4.78: tiptasjhisipthasthamibvasmastātāñjhathāsāthāndhvamiḍvahimahiṅ により定動詞接辞 tiṄ が代置される。実際の言語運用の場で使用されるのは，l 音で終わる項目ではなく定動詞接辞で終わる項目（tiṅanta）である。

1.3.1　定動詞の部における文法規則の例証

定動詞の部では，詩節中で使用される種々の定動詞形により，それらの派生に関わる文法規則が例証される。まず以下に，定動詞の部における規則例証の様相を見る。

1.3.1.1　l 音の導入規則

パーニニは A 3.1.91: dhātoḥ の支配下に l 音導入規則を定めている。それらは①特定の時制（tense）を適用根拠とする規則，②特定の法（mood）を適用根拠とする規則（KV on A 3.4.77 [I.309.20–21]: daśa lakārā anubandhaviśiṣṭā vihitā arthaviśeṣe kālaviśeṣe ca），③特定の共起項目（upapada）を適用根拠とする規則，④上記①，②，③の複合条件を適用根拠とする規則に大別することができる。

1.3.1.1.1　特定の時制を適用根拠とする規則

BhK 22.1を例にとり，①の規則の例証を見てみよう。

BhK 22.1: tato rāmo hanūmantam uktavān hṛṣṭamānasam |
ayodhyāṁ śvaḥ prayātāsi kape bharatapālitām ||
その後，ラーマは心喜ぶハヌーマットに言った。「バラタが守護するアヨーディアーへ明日お前は出立するだろう，猿よ」

上掲詩節で使用されるprayātāsi（pra-yā 2nd sg. periphrastic future P.）という複合未来形によって，次のlUṬ導入規則が例証される。

A 3.3.15: anadyatane luṭ ‖
「今日を除く未来時に属する行為を表示する動詞語基の後にlUṬ接辞が起こる」

BhK 22.1において，pra-yāは，今日を除く未来時（bhaviṣyadanadyatana）である明日（śvas）にハヌーマットが実行する出立行為を表示する。prayātāsiは，pra-yāの後にA 3.3.15によりlUṬ接辞が導入されて派生する定動詞形であり，それにより同規則が例証される。

1.3.1.1.2 特定の法を適用根拠とする規則

②の規則が例証される例として，BhK 20.2を引用しよう。

BhK 20.2: (1)anujānīhi (2)hanyantāṃ mayaitāḥ kṣudramānasāḥ |
rakṣikās tava rākṣasyo (3)gṛhāṇaitāsu matsaram ‖
「許可を与えよ。私によって倒されるべきだ，貴方（シーター）を守るこの下劣な心の悪魔女達は。この者達に対して怒りを覚えよ」

（1）anujānīhi（anu-jñā 2nd sg. imperative P.），（2）hanyatām（han-yaK 3rd pl. imperative Ā.），（3）gṛhāṇa（grah 2nd sg. imperative P.）という3つの定動詞形により，次のlOṬ導入規則が例証される。

A 3.3.162: loṭ ca ‖
「命令（vidhi），勧告（nimantraṇa），勧誘（āmantraṇa），丁重な要求（adhīṣṭa），思案（sampraśna），懇願（prārthana）に限定された〈行為〉，〈目的〉，または〈行為主体〉が表示されるべきとき，動詞語基の後にlOṬ接辞が起こる[(31)]」

上述の3つの定動詞形はいずれも A 3.3.162により導入される lOṬ 接辞で終わる語形である。anu に先行される動詞語基 jñā と動詞語基 grah に後続する lOṬ は懇願（prārthana）に限定された〈行為主体〉（ここでは「シーター」）を，動詞語基 han に後続する lOṬ は命令（vidhi）に限定された〈目的〉（ここでは「悪魔女達」）をそれぞれ表示する。

1.3.1.1.3　特定の共起項目を適用根拠とする規則

次に BhK 19.5を検討しよう。ここでは③の規則の1つが例証される。

> BhK 19.5: mriyeyordhvaṃ muhūrtād dhi na syās tvaṁ yadi me gatiḥ |
> āśaṁsā na hi naḥ prete jīvema daśamūrdhani ‖
> 「[ラーヴァナが死んでから] 1ムフールタ過ぎた時に私は死ぬべきだった(32)，実に，貴方（ラーマ）がもし私の寄る辺でなかったなら(33)。なぜなら我らは願わないからである。十頭者（ラーヴァナ）が死んだのに生き延びたいとは」

BhK 19.5後半における āśaṁsā na ... naḥ ... jīvema（「我らは願わない，生き延びたいとは」）という表現によって次の lIṄ 導入規則が例証されている。

> A 3.3.134: āśaṁsāvacane liṅ ‖
> 「āśaṁsā（「願い」）の意味を表示する項目が共起項目であるとき，動詞語基の後に lIṄ 接辞が起こる」

BhK 19.5c 句において「願い」という意味を表示する āśaṁsā という語が動詞語基 jīv の共起項目として使用されている。jīvema（jīv 1st pl. optative P.）は動詞語基 jīv の後に A 3.3.134により lIṄ 接辞が導入されて派生する定動詞形である。

1.3.1.1.4　複合条件を適用根拠とする規則

④の規則の例証として，現在形を扱う第18章中の次の詩節を見よ。

BhK 18.1: (1)vyaśnute sma tataḥ śoko nābhisambandhasambhavaḥ |
vibhīṣaṇam asāv uccai (2)roditi sma daśānanam ||
その後，［ラーヴァナとの］兄弟関係に起因する悲しみがヴィビーシャナを覆った。彼は大きな声で泣き悲しんだ。十顔者（ラーヴァナ）を思って。

当該詩節では(1)vyaśnute sma（「覆った」）と(2)roditi sma（「泣き悲しんだ」）というように，2つの定動詞形がsmaという語とともに使用される。これらの表現によって次のlAṬ導入規則（①と③の複合条件を適用根拠とする規則）の例証が意図されている。

A 3.2.118: laṭ sme ||
「smaという語が共起項目である場合，今日を除く過去時に属し，話者が目撃していない行為を表示する動詞語基の後にlAṬ接辞が起こる」

(1)vyaśnuteと(2)roditiは，viに先行される動詞語基aśと動詞語基rudの後にA 3.2.118によりlAṬ接辞が導入されて派生する語形である。BhK 18.1において両動詞語基は，今日を除く過去時に属し（bhūtānadyatana）作者バッティが目撃していない（parokṣa）行為を表示する[(34)]。通常lAṬは動詞語基が表示する行為が現在時（vartamāna）に属する場合に導入されるが（A 3.2.123: vartamāne laṭ），動詞語基がsmaと共使用される当該のような例では，動詞語基が表示する行為が過去時に属する場合に導入される。

1.3.1.2　l音導入規則以外の規則

l音が動詞語基の後に導入されただけでは定動詞形は派生しない。それの派生には，l音の導入を契機として，様々な操作規則が適用される必要がある。定動詞の部には，そのようなl音導入規則以外の操作規則の例証が意図されていると考えられる詩節も存在する。アオリスト形を扱う第15章中の次の２詩節を見よ。

BhK 15.1: rākṣasendras tato (1)’bhaiṣīd (2)aikṣiṣṭa paritaḥ puram |
(3)prātiṣṭhipac ca bodhārthaṃ kumbhakarṇasya rākṣasān ‖
悪魔王（ラーヴァナ）は，その後，恐怖を覚え，都をぐるりと見渡した。そして悪魔達を送り出した。クンバカルナを目覚めさせるために。
BhK 15.2: te (4)’bhyagur bhavanaṃ tasya suptaṃ (5)caikṣiṣatātha tam |
(6)vyāhārṣus tumulān śabdān daṇḍaiś (7)cāvadhiṣur drutam ‖
その［悪魔達］は彼（クンバカルナ）の住処へやって来た。そして次に，眠っている彼を目にした。［悪魔達は彼を起こすべく］大きな声をあげた。さらに，棒で素早く叩いた。

BhK 15.1では，（1）abhaiṣīt（bhī 3rd sg. P.），（2）aikṣiṣṭa（īkṣ 3rd sg. Ā.），（3）prātiṣṭhipat（pra-sthā-ṆiC 3rd sg. P.）という３つのアオリスト形が使用され，BhK 15.2では（4）abhyagur（abhi-i 3rd pl. P.），（5）aikṣiṣata（īkṣ 3rd pl. Ā.），（6）vyāharṣus（vi-ā-hṛ 3rd pl. P.），（7）avadhiṣur（han 3rd pl. P.）という４つのアオリスト形が使用されている。当該の７つの動詞語基に後続するアオリスト接辞 lUṄ の導入は全て次の規則に基づく。

A 3.2.110: luṅ ‖
「過去時に属する行為を表示する動詞語基の後に lUṄ 接辞が起こる(35)」

したがって，もし上記７つの定動詞形によってそれぞれ異なる特定の文法規則の例証が意図されているとするならば，例証対象である規則は，アオリスト形派生に参与する，lUṄ 接辞の導入規則 A 3.2.110とは別の規則であると考えねばならない。

1.3.1.2.1 prātiṣṭhipat の派生

上述した7つのアオリスト形のうち，まず(3)prātiṣṭhipat を分析しよう。同語形の派生は以下の通りである。

①	pra +			sthā		+ ṆiC			A 3.1.26
②	pra +			sthā	+ pUK	+ i			A 7.3.36
③	pra +			sthā	+ p	+ i		+ lUṄ	A 3.2.110
④	pra +			sthā	+ p	+ i		+ tiP	A 3.4.78
⑤	pra +			sthā	+ p	+ i		+ tϕ	A 3.4.100
⑥	pra +			sthā	+ p	+ i	+ ClI	+ tϕ	A 3.1.43
⑦	pra +			sthā	+ p	+ i	+ CaṄ	+ tϕ	A 3.1.48
⑧	pra +			sthā	+ p	+ ϕ	+ a	+ tϕ	A 6.4.51
⑨	pra +		sthā	+ sthā	+ p	+ ϕ	+ a	+ tϕ	A 6.1.11
⑩	pra +		stha	+ sthā	+ p	+ ϕ	+ a	+ tϕ	A 7.4.59
⑪	pra +		ϕtha	+ sthā	+ p	+ ϕ	+ a	+ tϕ	A 7.4.61
⑫	pra +		ϕta	+ sthā	+ p	+ ϕ	+ a	+ tϕ	A 8.4.54
⑬	pra +		ϕta	+ sthi	+ p	+ ϕ	+ a	+ tϕ	A 7.4.5
⑭	pra +		ϕti	+ sthi	+ p	+ ϕ	+ a	+ tϕ	A 7.4.79;7.4.93
⑮	pra +	aṬ +	ϕti	+ sthi	+ p	+ ϕ	+ a	+ tϕ	A 6.4.71
⑯	prā +		ϕti	+ sthi	+ p	+ ϕ	+ a	+ tϕ	A 6.1.101
⑰	prā +		ϕti	+ ṣthi	+ p	+ ϕ	+ a	+ tϕ	A 8.3.59
⑱	prā +		ϕti	+ ṣṭhi	+ p	+ ϕ	+ a	+ tϕ	A 8.4.41
	prātiṣṭhipat								

①の段階で，pra-sthā の後に A 3.1.26: hetumati ca により使役接辞 ṆiC が起こる。②の段階で，sthā は，ṆiC が後続する，長音 ā で終わる aṅga であるから，A 7.3.36: artihrīvlīrīknūyīkṣmāyyātām puṅ ṇau により加音 pUK をとる（A 1.1.46: ādyantau ṭakitau)。③の段階で，sthā-i の後に A 3.2.110: luṅ により lUṄ 接辞が起こる。④の段階で，A 3.4.78: tiptas ...により lUṄ に tiP が代置される。[36]

⑤の段階で，ṄIT である lUṄ に代置された parasmaipada である tiP の i 音に，A 3.4.100: itaś ca によりゼロが代置される。⑥の段階で，原要素扱い（sthānivadbhāva）に基づく lUṄ の後続を根拠として（A 1.1.56: sthānivad ādeśo 'nalvidhau），ṆiC で終わる動詞語基 sthā の後に A 3.1.43: cli luṅi により ClI 接辞が起こる。⑦の段階で，ClI には〈行為主体〉を表示する lUṄ が後続し，その ClI は ṆiC で終わる動詞語基に後続している。したがって，A 3.1.48: ṇiśridrusrubhyaḥ kartari caṅ により ClI に CaṄ が代置される。⑧の段階で，ClI が後続する ṆiC の i 音に A 6.4.51: ṇer aniṭi によりゼロが代置される。⑨の段階で，CaṄ の後続を根拠として A 6.1.11: caṅi により sthā という要素の重複が起こる。⑩の段階で，A 7.4.59: hrasvaḥ により，重複音素（abhyāsa）である sthā の最終音に短音 a が代置される。⑪の段階で，重複音素である stha の s 音に A 7.4.61: śarpūrvāḥ khayaḥ によりゼロが代置される。⑫の段階で，ϕtha の th 音に A 8.4.54: abhyāse car ca により t 音が代置される。⑬の段階で，A 7.4.5: tiṣṭhater it により，ṆiC と CaṄ が後続する sthāp の最終音の直前音である ā 音に短音 i が代置される。⑭の段階で，重複音素である ta の a 音に A 7.4.79: sany ataḥ により i 音が代置される(37)。⑮の段階で，lUṄ が後続する aṅga である tisthipa は A 6.4.71: luṅlaṅlṛṅkṣv aḍ udāttaḥ により加音 aṬ をとる。⑯の段階で，A 6.1.101: akaḥ savarṇe dīrghaḥ により pra の a 音と aṬ の a 音の両者に長音 ā が代置される。⑰の段階で，i 音に後続する sthi の s 音に A 8.3.59: ādeśapratyayayoḥ により ṣ 音が代置される(38)。⑱の段階で，ṣ 音に後続する ṣthi の t 音に A 8.4.41: ṣṭunā ṣṭuḥ により ṭ 音が代置され，prātiṣṭhipat という語形が派生する。

prātiṣṭhipat という語形の派生に関与する文法規則のうち，アオリスト形の派生に特有の規則であり，かつ適用対象が動詞語基 sthā に限定されるのは⑬の段階で適用される A 7.4.5だけである。

A 7.4.5: tiṣṭhater it ‖

「CaṄ を後続要素とする ṆiC が後続するとき，aṅga である動詞語基 sthā（「立つ，留まる」）の最終音の直前音に短音 i が代置される」

(３)prātiṣṭhipat というアオリスト形によっては同規則が例証されていると言うことができる。

1.3.1.3　例証規則の重複

上に見たように，定動詞形派生に参与する特定規則が定動詞の部においては例証される。しかしここで注意しなければならないのは，主題の部とは違って，定動詞の部では例証される文法規則が何度も重複する点である。例えば，BhK 15.1-5ではA 3.2.110によりアオリスト接辞 lUṄ が導入されて派生する19個のアオリスト形が使用される[39]。それらのうち，他のアオリスト形と派生の型が被り，アオリスト形派生に特有の規則の例証が他のアオリスト形との間で重複しているもの，言い換えれば異なる規則の例証をなし得ないものが12個ある。本論1.3.1.2で引用した BhK 15.1で使用される(２)aikṣiṣṭa と BhK 15.2で使用される(５)aikṣiṣata を例にとろう。両語形の派生の概略は以下の通りである。

①		īkṣA			＋lUṄ	A 3.2.110
②		īkṣ			＋ta	A 3.4.78; 1.4.22
③		īkṣ		＋ClI	＋ta	A 3.1.43
④		īkṣ		＋sIC	＋ta	A 3.1.44
⑤		īkṣ	＋iṬ	＋s	＋ta	A 7.2.35
⑥	āṬ＋	īkṣ	＋i	＋s	＋ta	A 6.4.72
⑦		aikṣ	＋i	＋s	＋ta	A 6.1.90
⑧		aikṣ	＋i	＋ṣ	＋ta	A 8.3.57
⑨		aikṣ	＋i	＋ṣ	＋ṭa	A 8.4.41

aikṣiṣṭa

①		īkṣA			＋lUṄ	A 3.2.110
②		īkṣ			＋jha	A 3.4.78; 1.4.21
③		īkṣ		＋ClI	＋jha	A 3.1.43
④		īkṣ		＋sIC	＋jha	A 3.1.44

⑤	īkṣ	＋iṬ	＋s	＋jha	A 7.2.35
⑥	īkṣ	＋i	＋s	＋ata	A 7.1.5
⑦	āṬ＋īkṣ	＋i	＋s	＋ata	A 6.4.72
⑧	aikṣ	＋i	＋s	＋ata	A 6.1.90
⑨	aikṣ	＋i	＋ṣ	＋ata	A 8.3.57

aikṣiṣata

この派生表からわかるように，（２）aikṣiṣṭa と（５）aikṣiṣata の違いは，前者の場合には lUṄ に三人称単数の ātmanepada 接辞 ta が代置され，後者の場合にはそれに三人称複数の ātmanepada 接辞 jha（→ ata）が代置される点と，前者の場合には ṣ 音に後続する t 音に ṭ 音が代置される点のみである。両語形の派生に関わる文法規則は，単数接辞と複数接辞の選択を規定する A 1.4.22: dvyekayor dvivacanaikavacane と A 1.4.21: bahuṣu bahuvacanam，jha の jh 音に対する at の代置を規定する A 7.1.5: ātmanepadeṣv anataḥ，ta の t 音に対する ṭ 音の代置を規定する A 8.4.41: ṣṭunā ṣṭuḥ を除けば，全て同じである。A 1.4.21-22，A 7.1.5，A 8.4.41はアオリスト形派生に特有の規則ではなく，あらゆる定動詞形および名詞形の派生に参与する規則である。したがって，（２）aikṣiṣṭa と（５）aikṣiṣata の２つの定動詞形を通じて，アオリスト形の派生に特有でかつ異なる規則の例証はなされ得ない。

もう１つ例を挙げよう。BhK 17.1-5では A 3.2.111: anadyatane laṅ により直説法過去接辞 lAṄ が導入されて派生する23個の直説法過去形が使用される。BhK 19.1-5の場合と同様，それらのうち，他の直説法過去形と派生の型が被るために，直説法過去形の派生に特有の規則の例証が他の直説法過去形との間で重複しているものが19個ある。時制ではなく法を導入条件とする l 音（lIṄ，lOṬ，lṚṄ）を扱う章（19章，20章，21章）においても事情は変わらない。例えば，本論1.3.1.1.2で見た lOṬ 導入規則 A 3.3.162は，BhK 20.2（命令［vidhi］と懇願［prrārthana］）以外にも第20章中の至る所で例証されており，例示される文法操作も何度も重複する(40)。

1.3.2　言葉の教示における定動詞の部の役割

以上のような様相を呈する定動詞の部は，正しい言葉の教示において一体どのような役割を果たすのか。第1に，定動詞の部が，1音導入規則をはじめとする定動詞形派生規則の例証をなすためのものであることに疑問の余地はない。しかし，バッティが定動詞形を通じて常に何か特定の規則の例証を意図しているとは考え難い。各章において章の主題となる定動詞形が多用された結果，本論1.3.1.3で見たように，その派生に関与する規則の例証は1音導入規則を含め何度も重複しているからである。この事実は，定動詞の部には規則例証とは別の，さらなる目的があることを示唆する。すなわち，異なる定動詞形を可能な限り多く提示することである。ジャヤマンガラが定動詞の部の特徴として「語形の多様性」（nānārūpatā）に言及することはこの点を支持する(41)。

提示される千状万態の定動詞形によって読者が学ぶもの，それはそれらの語形をおいて他にない。定動詞形は名詞形に比べてはるかに複雑で多様であることはサンスクリット学者達が合意するところであろう。そのような前者の語形そのものが，語基，時制，法，人称，数，態の点で異なる定動詞形の提示を通じて，定動詞の部では示教されるのである。

1.3.3　定動詞の部と既成形

1.3.3.1　パーニニ文法における既成形提示

正しい語として種々様々な定動詞形を提示し，語形そのものを示教するという定動詞の部の方法論に関して，パーニニ文法における既成形提示の概念に注目したい。パーニニ文典中には，他の文法規則を考慮することなく受け入れられるべき語形を直接提示する規則が存在する。A 5.4.77を例にとろう。

A 5.4.77: acaturavicaturasucaturastrīpuṁsadhenvanaḍuharksāmavāṅmanasākṣibhruvadāragavorvaṣṭhīvapadaṣṭhīvanaktandivarātrindivāhardivasarajasaniḥśreyasapuruṣāyuṣadvyāyuṣatryāyuṣargyajuṣajātokṣamahokṣavr̥ddhokṣopaśunagoṣṭhaśvāḥ ‖

「acatura（「４つ［の x］を持たないもの」），vicatura（「４つ［の x］を失ったもの」），sucatura（「優れた４つ［の x］を持つもの」），strīpuṁsa（「女と男」），dhenvanaḍuha（「雌牛と雄牛」），ṛksāma（「讃歌と歌詠」），vāṅmanasa（「言葉と心」），akṣibhruva（「目と眉」），dāragava（「妻と雌牛」），ūrvaṣṭhīva（「腿と膝」），padaṣṭhīva（「足と膝」），naktandiva（「夜と昼」），rātrindiva（「夜と昼」），ahardiva（「日々」），sarajasa（「埃も含め全て」），niḥśreyasa（「至福」），puruṣāyuṣa（「人の寿命」），dvyāyuṣa（「２つ［分］の寿命」），tryāyuṣa（「３つ［分］の寿命」），ṛgyajuṣa（「讃歌と祭詞」），jātokṣa（「生まれたての雄牛」），mahokṣa（「巨大な雄牛」），vṛddhokṣa（「老いた雄牛」），upaśuna（「犬の近くで」），goṣṭhaśva（「牛小屋にいる犬」）という語は，taddhita 接辞 aC で終わる既成形である」

当該規則中に提示される25項目はパーニニの時代に使用が観察された正しい語形である。しかし，パーニニはこれらの項目の派生を説明する文法規則を制定していない(42)。彼は，そのような規則を個別に定めるよりも，当該の諸項目を正しい言葉として直接提示する方がより能率的であると判断したのである。この種の語形を文法家達は既成形（nipātana）と呼ぶ。それは，パーニニが提示した通りに，すなわち知識人達が使用していた通りに受け入れられるべきものである(43)。

1.3.3.2　定動詞の部との接点

本論1.3.2で見た定動詞の部の役割には，このような既成形提示の概念に通じるものがある。たしかに定動詞の部で使用される定動詞形は，既成形とは違って，実際にはパーニニの文法規則によって派生説明が可能なものである。しかし，我々がサンスクリットを学ぶとき，特定の定動詞の語形を明確にする必要が生じた場合を考えてみよう。そのような場合，我々は辞書や文法書に手を伸ばし，問題の定動詞形かそれの類推を導く語形などを辞書類や文法書類の中に探すことになる。そして学習の初期段階では，問題の語形と関係する文法規則や言語学的法則を逐一吟味したりせずに，辞書類や文法書類に記載されている通りに当の語形を正しいものとして受け入れ，まずはその形から種々の定動詞形を覚えていくであろう。

教師は定動詞の部で使用される表現を例にとり，具体的文脈の中で学生達に文法規則を教示することができる。それに加え，定動詞形を1音ごとに分けて収録する定動詞の部は[(44)]，教師が学生達に定動詞の語形そのものを覚えさせるのにも役立つであろう。ちょうど，定動詞の活用表を整理した形で記載する現代のサンスクリット文法書が，教師が学生達に定動詞の語形を覚えさせるのに役立つように。

1.4 小　結

バッティは自身の文法実例書を通じて読者に正しい言語形式を示教するにあたり，パーニニ文法の派生組織とパーニニ文典の構造に立脚しながらも，文典中の全文法規則を取り上げることはせず，諸規則を選択し主題の部と定動詞の部において例証した。そして，残る規則については雑多の部や教師の裁量に委ねるという手法をとった。これが，素早く簡便かつ効果的に正しい言葉遣いを教示するためにバッティが採用した方法である。バッティが主題の部の各部門と定動詞の部で例証する規則は，サンスクリットを習得する上で知っておくべきと彼が考えた規則であり，それは，彼の時代のサンスクリット教育において特に重点が置かれていた規則であった可能性がある。

発話の基本単位は文であり，文の中核をなすのは行為を表示する動詞語基である。あらゆる場面で正しく適切な対話を行うためには，動詞語基から派生する定動詞形を使いこなせる能力が須要となる。主題の部と定動詞の部における定動詞形派生規則の例証と多様な定動詞形の提示は，サンスクリット社会の中で生きる人達の実際の言語使用の場を想定したものと言える。主題の部が単語単位の派生構造だけでなく文単位の派生構造を教示できるように構成されているのも，文が使用される言語運用の実地がバッティの念頭にあることと無関係ではないであろう。

註

（１） マッリナータはBhK 7.28-31に uṇādipadoktapratyayādhikāra という名称を与える。しかし，当該箇所で例証されるのは uṇādi 接辞の導入を規定する A 3.3.1だけではないから，ジャヤマンガラが BhK 7.28-33に対して与える名称を採用する。

（２） マッリナータは BhK 7.32-85を ghañādyadhikāra と呼ぶ（テクストの ghañādhikāra を修正）。本研究では，BhK 7.28-33を niradhikārakṛdadhikāra としてそれを7.34-85と区別するジャヤマンガラ注の区切り方に従う。ジャヤマンガラは7.34-85に特定の名称を与えないため，名称についてはマッリナータ注が BhK 7.32-85に与える ghañādyadhikāra を利用する。そして，ジャヤマンガラが BhK 7.28-33と7.34-85を区切る根拠の１つである A 3.3.18: bhāve の例証は BhK 7.33ですでになされるため（A 3.3.19: akartari ca kārake sañjñāyām の例証は BhK 7.34でなされる），BhK 7.33-85を ghañādyadhikāra として提示する。なお，ジャラマンガラは BhK 7.34-85をさらに細かく分類する。

⑮-a BhK 7.34-67 → A 3.3.19: akartari ca kārake sañjñāyām-A 3.3.93: karmaṇy adhikaraṇe ca (JM on BhK 7.34 [148.12]: ataḥ paraṃ bhāve kartari ca kāraka ity adhikṛtya kṛd ucyate)

⑮-b BhK 7.67-77 → A 3.3.94: striyāṅ ktin-A 3.3.112: ākrośe nañy aniḥ (JM on BhK 7.68 [156.22]: strīliṅgam adhikṛtyocyate)

⑮-c BhK 7.78-85 → A 3.3.113: kṛtyalyuṭo bahulam-A 3.3.128: āto yuc (JM on BhK 7.78 [159.6]: itaḥ strīliṅgabhāvam nivartya kṛd udāhriyate)

（３） pra-vac に後続する kṛtya 接辞 anīyaR は A 3.3.113: kṛtyalyuṭo bahulam（「kṛtya と呼ばれる接辞と kṛt 接辞 LyuṬ は多様な意味で起こる」）に基づいて〈行為主体〉を表示する。

（４） Ṭīkā on VP 2.199 (86.3-4): ata eva karma proktavantaḥ kriyākṛtaṁ viśeṣasambandhaṃ dyotayantīti karmapravacanīyā ucyate ｜

（５） Nyāsa on KV to A 1.4.83 (I.615.30-31): yathā śākalyasya saṁhitām anu prāvarṣad ity atra hi niśamanakriyayā saṁhitāpravarṣaṇayor yaḥ sambandha upajanito hetuhetumadbhāvalakṣaṇas tam anuśabdo dyotayati ｜（「例えば「シャーカルヤのサンヒターのおかげで雨が降った」〈śākalyasya saṁhitām anu prāvarṣat〉のように。実にここで，聴聞行為によって［サンヒター］朗誦と降雨の間に生み出される因果関係という関係，それを anu という語が標示する」）。

（６） ただし，全ての規則に anabhihite が継起するわけではない。それは kāraka 表示のみに関わるものだからである。したがって，マッリナータが当該箇所に与える anabhihitādhikāra という名称よりジャヤマンガラが与える vibhaktyadhikāra（「名詞接辞主題」）という名称の方がより明瞭である。A 2.3.2-73における anabhihite 継起の問題についてはJoshi and Roodbergen 1998が詳しく論じている。

（7） A 3.1.93: kṛd atiṅ から kṛt（「kṛt と呼ばれる」）が読み込まれるのはA 3.1.94: vāsarūpo 'striyām-A 3.4.76: kto 'dhikaraṇe ca dhrauvyagatipratyavasānārthebhyaḥ である。

A 3.1.93: kṛd atiṅ ‖

A 3.1.94: vāsarūpo 'striyām ‖

A 3.1.95: kṛtyāḥ ‖

...

A 3.4.76: kto 'dhikaraṇe ca dhrauvyagatipratyavasānārthebhyaḥ ‖

A 3.1.94-3.4.76の規則数は497である。そのうち，主題の部においては約318規則が例証されており，およそ6割5分にあたる。

（8） バットージディークシタは「意味的に連関する項目」（samartha）について，次のような説明を与える。SK 1072 (II.274.4-5): sāmarthyaṃ pariniṣṭhitatvam | kṛtasandhikāryatvam iti yāvat ‖（「［x が他項目と］意味的に連関しているということは，［x が］完成形であるということである。ようするに，［x は］連声に関する文法操作が適用されたものであるということである」）。

（9） パーニニ文法派生組織における文派生の構造については，Ogawa 2005: 1-5を見よ。

（10） JM on BhK 6.137 (138.11-12): lakārapratyayasyātiṅīti [read: lakārapratyayasyātiṅ iti] pratiṣedhān na kṛtsañjñā ‖（「l 音接辞には，［A 3.1.93中の］atiṅ という語により禁止されるから，術語 kṛt は適用されない」）。

（11） l 音に代置されるのは tiṄ だけではない。それには，現在分詞形をつくる ŚatṚや ŚānaC なども代置され，動詞語基の後に ām 接辞が後続する場合にはゼロ（Ślu）も代置される（A 2.4.81: āmaḥ）。そのような場合，上記パタンジャリの言明に従えば原要素である l 音は kṛt と呼ばれるので，それに代置される要素も A 1.1.56: sthānivad ādeśo 'nalvidhau により同術語で呼ばれる。それゆえ，本論1.1.1で示した**表1**では，BhK 7.31で例証される A 3.3.114: lṛṭaḥ sad vā（「lṚṬ に SAT 〈ŚatṚ と ŚānaC〉が任意に代置される」）も kṛt 接辞導入規則に含めている。

（12） BhK 22.23において，動詞語基 bhū の意味は，anu-man が表示する認める行為の〈目的〉として機能する「別離」（viraha）の限定要素であることを通じて，anu-man が表示する意味と間接的に限定関係を結んでいる。bhū の意味が限定要素（viśeṣaṇa），anu-man の意味が限定対象（viśeṣya）であり，bhū が表示する行為が属する時制（現在時）は anu-man が表示する行為が属する時制（当日を除く未来時）に従う。KV on A 3.4.1 (I.292.5): viśeṣaṇaṃ guṇatvād viśeṣyakālam anurudhyate | tena viparyayo na bhavati |

(13)　JM on BhK 22.23 (431.5-7): bhavantaṁ viraham iti vartamānakālaḥ nānumantāsvaha iti bhaviṣyatkālena sambadhyamānaḥ sādhur bhavati | dhātusambandhe pratyayā iti ||

(14)　Nyāsa on KV to A 1.3.1 (I.391.31-32): iha cādau vṛddhiśabdo maṅgalam, madhye cāyaṁ vakāraḥ, ante ca svaritodayam ity udayaśabdaḥ |

(15)　MBh (Paspaśā) [I.6.28-7.2]: māṅgalika ācāryo mahataḥ śāstraughasya maṅgalārthaṁ siddhaśabdam āditaḥ prayuṅkte maṅgalādīni hi śāstrāṇi prathante vīrapuruṣakāṇi ca bhavanty āyuṣmatpuruṣakāṇi cādhyetāraś ca siddhārthā yathā syur iti |（「吉祥を目的とする師〈カーティアーヤナ〉は，教えの大流の吉祥のために，siddha という語を最初に用いる。吉祥を最初に持つ教集は知れ渡り，勇者と長寿者を生み出すものとなるからである。また，学習者達が望みを達成できるように［Vārttika の冒頭に siddha という語が使用されている］」）。Pradīpa on MBh (Paspaśā) [I.29.17-20]: māṅgalika iti | agarhitābhīṣṭārthasiddhir maṅgalam | tatprayojana ācāryo māṅgalikaḥ | prathanta iti | adhyayanasyāvicchedāt | vīrapuruṣakāṇīti | śrotṝṇāṃ parair aparājayāt | āyuṣmatpuruṣakāṇīti | śāstrānuṣṭhāne dharmopacayād āyurvardhanāt | siddhārthā iti | adhyayananirvṛttir eva teṣāṁ siddhiḥ |（「māṅgalikaḥ について。非難されない望みの対象を成立させるのが吉祥である。その［吉祥］を目的とする師が māṅgalika である。prathante について。学習が途切れないから［当該の書は知れ渡ることになる］。vīrapuruṣakāṇi について。［文法学の］聞き手（学習者）達が他者達に負けることはないから。āyuṣmatpuruṣakāṇi について。論書に基づいて［行為］実践がなされると，功徳が積まれ，それにより寿命が増大するから。siddhārthāḥ について。彼ら［学習者達］にとっては学習完了が成就事である」）。

(16)　詩節 b 句の pradhāna と aṅga がそれぞれを何を指すかについて，マッリナータとジャヤマンガラの間で解釈が異なる。マッリナータはそれらを「本祭」(pradhānayāga) と「本祭に先行する前祭や後続する後祭などの副祭」(prācyāni prayājādīni udīcyāny anuyājādīni ca) の意味で解釈し (SP on BhK 1.12 [I.10.13-14])，ジャヤマンガラは「主神格（ヴィシュヌ）」と「副神格（視覚器官など）」の意味で解釈する (JM on BhK 1.12 [7.23-24])。動詞語基 yaj は基本的に「神」を意味する語を目的語にとる構文を予定する点を考えれば，ジャヤマンガラの解釈に妥当性があろうか。本論1.2.3で見る BhK 1.2でも tridaśa という語を目的語にとる形で yaj は使用される (tridaśān ayaṣṭa)。yaj の意味と格支配については，堂山 2004が論じている。

(17)　KV on A 5.3.9 (II.53316-17): sarvobhayārthe vartamānābhyāṃ pratyaya iṣyate | paritaḥ | sarvata ity arthaḥ | abhitaḥ | ubhayata ity arthaḥ ||（「「周囲」と「両側」という意味を表示する［pari と abhi の］両語の後に接辞が［起こることが］望まれる。【例】paritaḥ. 周囲に〈sarvataḥ〉という意味である。abhitaḥ. 両側に〈ubhayataḥ〉という意味である」）。

(18)　prakīrṇa（「雑多なもの」）という語の後への taddhita 接辞 kaN の導入は次の規則に基づく（VS on AK 2.8.31b [275.19–22]）。A 5.3.75: sañjñāyāṅ kan ‖（「名称語の領域で，侮蔑性を添性とする意味を表示する名詞語基の後に taddhita 接辞 kaN が起こる」）。

(19)　主題の部中で小雑多規則を例証する詩節と注釈者達が見なすのは次の60詩節である。BhK 5.101–103; BhK 6.5–7; BhK 6.11–15; BhK 6.40–45; BhK 6.68–70; BhK 7.86–90; BhK 9.1–7; BhK 9.110–137.

(20)　SK 1946 (II.589.8–590.1): aham iti māntam avyayam ahaṅkāre | śubham iti śubhe | ahaṁyuḥ ahaṅkāravān | śubhaṁyuḥ śubhānvitaḥ |

(21)　avyaya と呼ばれる項目は A 2.4.82: avyayād āpsupaḥ により名詞接辞で終わる項目（subanta）と見なされる。avyaya 項目の後に導入が想定される名詞接辞は第一格単数接辞である（第4章註(38)）。

(22)　BhK 7.3: nirākariṣṇavo bhānuṃ divaṁ vartiṣṇavo 'bhitaḥ | alaṅkariṣṇavo bhāntas taḍitvantaś cariṣṇavaḥ ‖（「［雨期には］いつも，空の両側にまで広がって［太陽の］光を遮り，雷光を持って輝いて空を飾りながら漂っている［雲々が］」）。BhK 7.4: tān vilokyāsahiṣṇuḥ san vilalāponmadiṣṇuvat | vasan mālyavati glāsnū rāmo jiṣṇur adhṛṣṇuvat ‖（「その［雲々］を見て［シーターとの別離に］耐えられなくなり，ラーマは泥酔者のように嘆いた。マーリアヴット山に住しているときに，勝利を常とする者であるにもかかわらず臆病者のように弱り果てて」）。

(23)　当該規則には A 5.1.101: tasmai prabhavati santāpādibhyaḥ から tasmai prabhavati が継起する。ここで prabhavati は「能力のあるもの」を意味する。BM on SK 1765 (II. 522.13–14): tasmai prabhavati | caturthyantebhyaḥ santāpādibhyaḥ prabhavatīty arthe ṭhañ syād ity arthaḥ | santāpāya prabhavatīti | śatrūnāṃ pīḍāyai śaknotīty arthaḥ |（「tasmai prabhavati について。第四格接辞で終わる santāpa 群の項目の後に「能力があるもの」という意味で ṭhaÑ が起こるべきである，という意味である。santāpāya prabhavati について。敵達を苦しめる能力がある者という意味である」）。

(24)　ジャヤマンガラは当該箇所を hiṁsreṣudīptāptadhanuḥ（「恐ろしい矢で煌めく信頼できる弓を持つ［ラーマ］」）と読む。しかし，当該詩節において A 3.2.167の例証が意図されている点を考えれば，マッリナータの読みが望ましい。ジャヤマンガラ自身も注釈中で hiṁsreṣu dīprāstradhanuḥ という異読に言及し，同表現にマッリナータと同様の解釈を与える（JM on BhK 1.24 [12.28–13.2]）。

(25)　BhK 7.23: taṃ jāgarūkaḥ kāryeṣu dandaśūkaripuṃ kapiḥ | akampraṃ mārutir dīpraṃ namraḥ prāveśayad guhām ‖（「任務に従事する猿ハヌーマットは，正しくお辞儀して，悪魔達の敵である，動揺なき輝かしい彼〈ラクシュマナ〉を洞窟に入らせた」）。

(26)　A 3.2.139中の ksnu は A 8.4.55: khari ca により gsnu の g 音に k 音が代置された語形と見なされる点に留意されたい（KV on A 3.2.139 [I.241.20]: gic cāyaṃ pratyayo na kit）。

(27)　なお，同規則の支配下にある kr̥t 接辞導入規則は本論1.2.1.4と1.2.1.6で見たように BhK 1.19–20（A 3.2.136）と BhK 1.24（A 3.2.167）でも例証される。

(28)　BhK 7.2: tarpaṇaṃ prajaniṣṇūnāṁ śasyānām amalaṃ payaḥ | rociṣṇavaḥ savisphūrjā mumucur bhinnavad ghanāḥ ‖（「雲々は雷鳴を轟かし［雷光で］光り輝きながら，まるで分離するかのように，実り豊かな作物達を満足させる汚れなき雨水を注いだ」）。BhK 7.4については本章註(22)を見よ。

(29)　ジャヤマンガラによれば，六者の集まり（ṣaḍvarga）における六者とは，愛欲（kāma），怒り（krodha），貪欲（lobha），迷妄（moha），驕慢（mada），嫉妬（mātsarya）である（JM on BhK 1.2 [3.9]）。Arthaśaāstra には次のような記述がある。Arthaśāstra 1.6.1: vidyāvinayahetur indriyajayaḥ kāmakrodhalobhamānamadaharṣatyāgāt kāryaḥ ‖（上村 1984: 35:「感官の制御は学問における修養を要因とし，愛欲・怒り・貪欲・慢心・驕慢・〔過度の〕歓喜を捨てることにより得られる」）。

(30)　ジャヤマンガラは vilasita という語（vi-las + Kta）を，マッリナータは vilāsa という語（vi-las + GHaÑ）をそれぞれ使用するが意味は変わらない。動詞語基 las（「現れる，露になる」）に後続する kr̥t 接辞 Kta と kr̥t 接辞 GHaÑ はともに〈行為〉（bhāva）を表示する（A 3.3.114: napuṁsake bhāve ktaḥ; 3.3.18 bhāve）。vilasita ／ vilāsa という語の解釈については，本章註(41)を見よ。

(31)　A 3.3.162には A 3.3.161: vidhinimantraṇāmantraṇādhīṣṭasampraśnaprārthaneṣu liṅ（Cardona 1997: 626.2; 691.15の表記-prārtheṣu liṅ は誤植）から vidhinimantraṇāmantraṇādhīṣṭasampraśnaprārthaneṣu が継起する。Kāśikāvr̥tti は A 3.3.161を次のように説明する。KV on A 3.3.161 (I.288.12–14): vidhiḥ preraṇam | nimantraṇam niyogakaraṇam | āmantraṇam kāmacārakaraṇam | adhīṣṭaḥ satkārapūrvako vyāpāraḥ | sampraśnaḥ sampradhāraṇam | prārthanam yācñā | vidhyādiṣv artheṣu dhātoḥ liṅ pratyayo bhavati | sarvalakārāṇām apavādaḥ | vidhyādayaś ca pratyayārthaviśeṣaṇam | vidhyādiviśiṣṭeṣu kartrādiṣu liṅ pratyayo bhavati |（「命令〈vidhi〉とは促すことである。勧告〈nimantraṇa〉とは義務化である。勧誘〈āmantraṇa〉とは自由活動の実践である。丁重な要求〈adhīṣṭa〉とは敬意のこもった［促す］働きである。思案〈sampraśna〉とは熟考である。懇願〈prārthana〉とは乞うことである。命令などの意味領域で，動詞語基の後に lIṄ 接辞が起こる。［lIṄ 接辞は］全l音の除外者である。そして，命令などは接辞の意味の限定要素である。命令などに限定された〈行為主体〉などが表示されるべきときに lIṄ 接辞が起こる［，というのが規則の意味である］」）。

ここで Kāśikāvr̥tti が kartrādi（「〈行為主体〉など」）という語によって意図しているのは，l音が担う3つの意味，すなわち〈行為〉（bhāva），〈目的〉（karman），〈行為主体〉（kartr̥）である（A 3.4.69 laḥ karmaṇi ca bhāve cākarmakebhyaḥ）。Nyāsa on KV to

A 3.3.161 (III.129.31-130.26): pratyayārthās ta eva bhāvakarmakartāraḥ | teṣu laḥ karmaṇi cetyādinā pratyayasya vidhānāt teṣām ayaṁ vidhyādir artho viśeṣaṇam iti matvāha―― vidhyādiviśiṣṭeṣv ityādi | etenādiśabdena nimantraṇādīnāṃ grahaṇam | dvitīyena bhāvakarmaṇoḥ |（「接辞の意味とはそれら〈行為〉，〈目的〉，〈行為主体〉に他ならない。それら［〈行為〉，〈目的〉，〈行為主体〉］の意味領域で，A 3.4.69: laḥ karmaṇi ca 云々によって接辞［l音］は規定されているから，この命令などといった意味はそれら［〈行為〉，〈目的〉，〈行為主体〉］の限定要素である。以上のように考えて vidhyādiviśiṣṭeṣu 云々と［Kāśikāvṛtti は］述べている。［vidhyādi 中の］この ādi という語によって勧告などが指示される。第2の ādi［kartrādi 中の ādi］という語によって〈行為〉と〈目的〉が指示される」）。

Kāśikāvṛtti が挙げる A 3.3.161の適用例は以下の通りである（KV on A 3.3.161 [I.288.15-17]）。

命令（vidhi）――［貴方は］マットを作れ（kaṭaṃ kuryāt），村に貴方は来い（grāmaṃ bhavān āgacchet）。
勧告（nimantraṇa）――ここで貴方は食事をせねばならない（iha bhavān bhuñjīta），ここに貴方は座らねばならない（iha bhavān āsīta）。
勧誘（āmantraṇa）――ここに貴方は座ってはどうか（iha bhavān āsīta），ここで貴方は食事をしてはどうか（iha bhavān bhuñjīta）。
丁重な要求（adhīṣṭa）――我々は貴方に望む，少年を貴方が入門させてくれることを（adhīcchāmaḥ bhavantaṃ māṇavakaṃ bhavān upanayet）。
思案（sampraśna）――はたして，ああ，文法学を私は学ぶべきなのだろうか（kiṃ nu khalu bho vyākaraṇam adhīyīya）。
懇願（prārthana）――私には頼みたいことがある。文法学を私に学ばせてほしい（bhavati me prārthanā vyākaraṇam adhīyīya）。

(32)　当該詩節で使用される定動詞形 mriyeya（mṛ 1st sg. optative Ā.）によっては次の lIṄ 導入規則の例証が意図されている。

A 3.3.164: liṅ cordhvamauhūrtike ‖
「促進（praiṣa），自由活動の承認（atisarga），ふさわしい時間（prāptakāla）が理解されるとき，ムフールタ時間後の時間に属する行為を表示する動詞語基の後に lIṄ 接辞，lOṬ 接辞または kṛtya 接辞が起こる」

Kāśikāvṛtti が挙げる例は次の通りである（KV on A 3.3.164 [I.289.10-11]）。

kṛtya 接辞の例――「1ムフールタが過ぎた後に貴方は，今，マットを作りなさい／作ってもよい／作るにふさわしい」（ūrdhvaṃ muhūrtāt upari muhūrtasya bhavatā khalu kaṭaḥ kartavyaḥ karaṇīyaḥ kāryaḥ)。

lIṄ 接辞と lOṬ 接辞の例――「[1ムフールタが過ぎた後に] 貴方は，今，マットを作りなさい／作ってもよい／作るにふさわしい」(bhavān khalu kaṭaṃ kuryāt | bhavān khalu karotu)。

この例において，「貴方」(bhavat) は促された者 (preṣita)，自由行動を認められた者 (atisṛṣṭa)，ふさわしい時を得た者 (prāptakāla) として表現されている (KV on A 3.3.164 [I.289.11]: bhavān iha preṣitaḥ | bhavān atisṛṣṭaḥ | bhavān prāptakālaḥ)。BhK 19.5 の mriyeya は，「ふさわしい時」が理解されるときに導入される lIṄ が動詞語基 mṛ に後続する語形である。

(33)　当該の syās (as 2nd sg. optative P.) という定動詞形によっては，次の lIṄ 導入規則が例証される。

A 3.3.156: hetuhetumator liṅ ||

「原因または結果である行為を表示する動詞語基の後に任意に lIṄ 接辞が起こる」

Kāśikāvṛtti は次のような例を挙げる (KV on A 3.3.156 [I.287.16-17])。

「右を進めば，荷車は転覆しないだろう」(dakṣiṇena ced yāyān na śakaṭaṃ paryābhavet)。

この事例では，「右を進むこと」が原因であり，「転覆しないこと」が結果である (KV on A 3.3.156 [I.287.17]: dakṣiṇena yānaṃ hetuḥ aparyābhavanaṁ hetumat)。BhK 19.5において動詞語基 as は「死なないこと」の原因となる「[寄る辺としてのラーマの] 存在行為」を表示する。

(34)　A 3.2.118には，A 3.2.111: anadyatane laṅ と A 3.2.115: parokṣe liṭ からそれぞれ anadyatane (「今日を除く」) と parokṣe (「話者が目撃していない」) が読み込まれる。これら3規則はいずれも A 3.2.84: bhūte (「これ以降に規定される接辞は，行為が過去時に属する場合に起こる」) の支配下にある。

(35)　直説法過去接辞 lAṄ と完了接辞 lIṬ が，行為が今日を除く過去時 (bhūtānadyatana) に属する場合に導入されるのに対し，アオリスト接辞 lUṄ は行為が過去一般 (bhūtasāmānya) に属する場合に導入される。Nyāsa on KV to A 3.2.110 (II.624.19-20): bhūtasāmānye cāyaṁ luṅ veditavyaḥ | bhūtaviśeṣe 'nadyatanyāṁ laṅliṭor vidhānāt | (「そして，[行為が] 過去一般に属する場合にこの lUṄ は [導入されると] 理解されるべきである。特定の過去時の領域に関しては，[行為が] 今日を除く過去時に属する場合に lAṄ と lIṬ が導入されるから」)。

(36)　tiṄ を絞り込むための選択規則については，議論に必要である場合を除いて逐一注記しない。

(37)　⑬の段階で，abhyāsa (ɸta) には，CaṄ を後続要素とする ṆiC が後続する aṅga である動詞語基の laghu 音節 (sthi) が後続しているから，saN 接辞が後続する場合と同様の文法操作の適用がA 7.4.93: sanval laghuni caṅpare 'naglopeにより可能となる。

(38)　動詞語基sthāはdhātupāṭha中ではṣṭhāという形で提示される(dhātupāṭha I.975: ṣṭhā gatinivṛttau)。A 6.1.64: dhātvādeḥ ṣaḥ saḥによりṣṭhāのṣ音にs音が代置され，それによりA 8.4.41: ṣṭunā ṣṭuḥは効力を失ってṭh音がth音に戻り，sthāという語形が得られる(この点については，小川 1996: 72, note 202)。したがって，当該のsthāのs音は，iṆに後続する「代置要素としてのs音」であるから，A 8.3.59の適用が可能である。Katre 1967では，印刷の状態が悪く，dhātupāṭhaにおける動詞語基sthāの記載は不明瞭であるが，dhātupāṭhaを伝承するDhātupradīpa，Mādhavīyadhātuvṛtti，Kṣīrataraṅgiṇīではṣṭhāという形で提示されている(DhP I.932; MDhV 1.650; KT I.975)。

(39)　アオリスト形はいわゆる，1.語根アオリスト，2.a-アオリスト，3.重字アオリスト，4.s-アオリスト，5.iṣ-アオリスト，6.siṣ-アオリスト，7.sa-アオリストに分類される。BhK 15.1-5ではそれらが入り交じっているため(語根アオリストが1回，a-アオリストが1回，重字アオリストが5回，s-アオリストが6回，iṣ-アオリストが6回使用される)，第15章において上記7種のアオリスト形を個別に扱おうとする意図はバッティにはなかったと考えられる。

(40)　A 3.3.162は6つの意味条件下で動詞語基の後に命令法接辞lOṬが導入されることを規定するから，当該規則は計6種類の文法操作を規定していると言える。それら文法操作の例示がBhaṭṭikāvya第20章では何度も重複する。すなわち，以下の通りである。

命令 → BhK 20.9-10; 20.25; 20.27
懇願 → BhK 20.6-8; 20.16-18; 20.26; 20.29-33
勧告 → BhK 20.1; 20.11; 20.14-15
その他 → BhK 20.5(命令または懇願); BhK 20.12(命令または勧告); BhK 20.24(命令と勧告); BhK 20.28(命令または懇願); BhK 20.34(「命令または懇願」と「勧告」); BhK 20.36(「懇願と勧誘」または「勧告」); BhK 20.37(勧誘)

(41)　ジャヤマンガラはvilasitaという語を次のように説明する。JM on BhK 14.1 (307.4): atra navavilasitāni | vilasitaṃ ca nānārūpatā |(「この[定動詞の部]では，9つの[l音で終わる項目の]多様な顕現がある。そして，[xが]多様に顕現するとは[xが]多様な語形を有しているということである」)。

ジャヤマンガラがvilasitaという語をnānārūpatā(「多様な語形を有していること，語形の多様性」)という語で説明していることを考慮するならば，vilasita／vilāsaという語を「多様な(vividha)顕現(lasita／lāsa)」という意味で解するのが適切である。定動詞の部ではl音の導入により派生する様々な定動詞形が使用されるから，そこではl音で終わる項目の具体形が多様に顕現していると言える。

(42) KV on A 5.4.77 (II.576.18): acpratyayāntā ete śabdā nipātyante | samāse vyavasthāpi nipātanād eva pratipattavyā |

(43) 最も良く知られた既成形の例は A 6.3.109: pṛṣodarādīni yathopadiṣṭam で提示される pṛṣodara（「斑点のある腹をした／斑鹿の腹」）という語であろう。この語は，pṛṣat（「斑点のある／斑鹿」）と udara（「腹」）の2語からなる bahubrīhi（KV on A 6.3.109 [II.724.3-4]: pṛṣad udaraṁ yasya pṛṣodaram）または tatpuruṣa（SK 1034 [II.257.1]: pṛṣataḥ udaraṃ pṛṣodaram）と解釈される。しかし，パーニニは両語が複合語を形成したときに pṛṣat の最終音 t にゼロを代置する規則を定式化していない。彼はその代わりに，知識人達が使用している通りに受け入れるべき既成形として pṛṣodara という語を A 6.3.109で提示している。KV on A 6.3.109 (II.724.3): yāni yāni yathopadiṣṭāni śiṣṭair uccāritāni prayuktāni tāni tathaivānugantavyāni |

(44) このような構成をとる定動詞の部は，後代の派生教本（prakriyā）文献の先駆けである可能性があることをここに追記しておきたい。

第2章　Bhaṭṭikāvya と Rāvaṇārjunīya の比較考察

2.0　緒　言

本章では，まずバウマカの作品 Rāvaṇārjunīya でなされる kāraka 術語規則の例証と Bhaṭṭikāvya のそれを比較することで，Bhaṭṭikāvya における規則例証に関して相対的視点からさらなる考察を試みる。次に，その考察結果を踏まえた上で，詩文論書の概念について検討する。以上により，Bhaṭṭikāvya の詩文論書としての卓越性が実証されるであろう。

2.1　Rāvaṇārjunīya 概観

考察に入る前に Rāvaṇārjunīya について略述する。

2.1.1　作品と注釈書

カシミールで活躍したと思しき詩人バウマカの Rāvaṇārjunīya は，全27章1545詩節からなる文学作品であり，Rāmāyaṇa を題材としてアルジュナカールタヴィーリア（Arjunakārtavīrya）王とラーヴァナの戦闘を描く。同書は，Bhaṭṭikāvya と同様，ヴェーダ語のみに適用領域が限定された規則を除くパーニニの規則を物語描写の中で例証することを企図したものであり，伝統的に詩文論書と見なされている（Śivadatta and Parab 1900: 1.13–15）。Krishnamachariar 1974: 145.9–10によれば，Rāvaṇārjunīya に対する注釈書としてパラメーシュヴァラ（Parameśvara）が著したものが存在するようであるが，詳細は不明である。

2.1.2　バウマカの年代

Trivedī 1898: x.14–xi.5は，A 2.4.3: anuvāde caraṇānām に対する Kāśikāvṛtti 中に RA 7.4からの引用が見られるとして（KV on A 2.4.3 [I.153.16]），バウマカ

の年代をジャヤーディティア以前とする。Krishnamachariar 1974: 145.5-7も同様の見解を示す。しかし，全く同じ表現がMahābhāṣya中にも見られる（MBh on vt. 2 to A 2.4.3 [I.474.4]）。もしそれもバウマカの作品からの引用であるとするならば，彼の年代はパタンジャリ以前ということになる。Śivadatta and Parab 1900: 1.16-27が指摘するように，A 2.3.4の適用例として文法学文献に挙げられていた表現をバウマカが自身の作品制作に利用したと考える方が無理がない。本論2.3.2.3で見るように，クシェーメーンドラ（Kṣemendra，990/1010-1070年頃）が韻律学書Suvṛttatilaka中でバウマカの名に言及することから，彼が11世紀以前の人物であることは確定される。しかし，現在のところ彼の年代について，それ以上のことはわかっていない。

2.1.3　先行研究

Rāvaṇārjunīyaを学界に初めて報告したのはBühler 1877である。Bühler 1877: 61.32-62.5は，Bhaṭṭikāvyaと同じく文法規則の例証を画策したと考えられる作品として，ビーマバッタ（Bhīmabhaṭṭa）という名の作者が著したRāvaṇārjunīyaという作品が存在することを報告した（Bühler 1877: 62.5は作品の年代を少なくとも10世紀以前とする）。それを受けてPeterson 1883-85: 8.7-9.8は，クシェーメーンドラの諸作品について報告する中で，クシェーメーンドラがSVT 3.2-4においてバッティと共にその名に言及するバウマカ（Bhaumaka）なる人物の作品とBühler 1877が報告した作品は同一のものであり，かつクシェーメーンドラが伝える名が作者の真の名であろうと推定した。1900年にはkāvyamālā叢書の1つとしてRāvaṇārjunīyaの校訂本が刊行されることになる（Śivadatta and Parab 1900）。しかし，それをもとにVelankar 1948-49: 59-60; 74-75がRāvaṇārjunīya中で使用される全韻律に関する情報を提供したことを除いて，同作品の研究は手つかずの状態が続いている。

Rāvaṇārjunīyaは Vyoṣakāvyaとも呼ばれる。この名称については，Chatterji 1931による論考がある。文法学文献や辞書類に対する注釈中で，注釈者達は文法規則を説明するためにVyoṣaと呼ばれる作品からしばしば引用を見せる（Bhāṣāvṛtti や Durghaṭavṛtti 中に引用される Vyoṣa の表現については，Zachariae

1933-34)。幾人かの研究者は音の類似性から Vyoṣa を Ghoṣa の誤写と考え，それを仏教詩人アシュヴァゴーシャを指すものと理解してきた。しかし，Vyoṣa からの引用表現と同じ表現が実際にアシュヴァゴーシャの作中に見出されるという事実は確認されなかった。そのような状況の中，Chatterji は，Vyoṣa から引用される表現を見るに，同作品が Bhaṭṭikāvya と同様に規則例証を目指していることは明らかであるとし，Vyoṣa からの引用表現の全てが Rāvaṇārjunīya 中に見出されることを指摘した。加えて，なぜ Rāvaṇārjunīya が vyoṣa と呼ばれるようになったかを現存する証拠から明確にするのは困難であるとした上で，その理由を，同書は読者達にとって vyoṣa（「黒胡椒，ヒハツ，ドライジンジャーの混合物」）のようにまずく口に合わないものであったからではないかと推測する。この解釈は，Rāvaṇārjunīya を読むとき，十分に納得できるものである。

2.2　kāraka 術語規則の例証

パーニニは支配規則 A 1.4.23: kārake（「もし x が kāraka であるならば」）のもとに，A 1.4.24: dhruvam apāye 'pādānam から A 1.4.55: tatprayojako hetuś ca において〈起点〉(apādāna)，〈受手〉(sampradāna)，〈手段〉(karaṇa)，〈基体〉(adhikaraṇa)，〈目的〉(karman)，〈行為主体〉(kartṛ)，〈原因〉(hetu) の術語規則を設けている。BhK 8.70-84と RA 3.11-35ではそれらが全て例証される。

以下，BhK 8.70-84と RA 3.11-35で使用される表現とそれにより例証される文法規則の対応を詳説し，特筆すべき点を書き留めていく。BhK 8.70-84は，ランカー島へと連れ去ったシーターをラーヴァナが誘惑する場面，RA 3.11-35は敵軍との戦闘場面である。(1)

2.2.1　BhK 8.70-72; RA 3.11-13 → A 1.4.24-31

まず，術語〈起点〉を適用する規則がどのように例証されるか見てみよう。

BhK 8.70-72: (1)<u>vṛkṣād vṛkṣaṃ parikrāman</u> (2a)<u>rāvaṇād bibhyatīṃ</u> bhṛśam |

(2b)śatros trāṇam apaśyantīm adṛśyo janakātmajām ‖
tāṃ (3)parājayamānāṁ sa prīte (4)rakṣyāṃ daśānanāt |
(5)antardadhānāṁ rakṣobhyo malināṃ mlānamūrdhajām ‖
(6)rāmād adhītasandeśo (7)vāyor jātaś cyutasmitām |
(8)prabhavantīm ivādityād apaśyat kapikuñjaraḥ ‖

ラーマから音信を授かった，風神から生まれたその象のごとき猿（ハヌーマット）は，姿を隠して樹から樹へと飛び回っているとき，太陽から現れたかのようなジャナカの娘（シーター）を目にした。彼女はラーヴァナを非常に恐れ，敵から身を守る術を見ず，［ラーヴァナの］愛に耐えられず，十顔者（ラーヴァナ）から遠ざけられるべきであり，悪魔達から隠れ，［その体は］汚れ，髪は傷み，笑顔を失っていた。

（1） A 1.4.24: dhruvam apāye ’pādānam ‖

「離別が実現されるべきとき，離別と結びつく固定点／出発点である kāraka は〈起点〉と呼ばれる」

［解説］（1）vṛkṣāt vṛkṣaṃ parikrāman（「樹から樹へと飛び回っているとき」）において，前者の「樹」（vṛkṣa）はハヌーマットが行う飛び回り行為の固定点／出発点（dhruva）であるから A 1.4.24により〈起点〉と呼ばれる。〈起点〉を表示する項目の後には A 2.3.28: apādāne pañcamī により第五格接辞が起こる。

（2） A 1.4.25: bhītrārthānām bhayahetuḥ ‖

「動詞語基 bhī（「恐怖する」）の意味または動詞語基 trai（「守る」）の意味を持つ動詞語基が使用されるとき，恐怖を引き起こす原因である kāraka は〈起点〉と呼ばれる」

［解説］（2a）rāvaṇāt bibhyatīm（「ラーヴァナを恐れる［シーター］」）と（2b）śatros trāṇam apaśyantīm（「敵から身を守る術を見ない［シーター］」）において，「ラーヴァナ」（rāvaṇa）と「敵」（śatru）はシーターにとって恐怖の原因（bhayahetu）であるから A 1.4.25により〈起点〉と呼ばれる（それぞれ bhī と trai の意味を持つ動詞語基の例）。

（3） A 1.4.26: parājer asoḍhaḥ ‖

「parā-ji（「耐えられない」）が使用されるとき，耐え難い対象である kāraka は〈起点〉と呼ばれる」

［解説］（3）parājayamānām ... prīteḥ（「愛に耐えられない［シーター］」）において，ラーヴァナの「愛」（prīti）はシーターにとって耐え難い対象（asoḍha）であるから A 1.4.26により〈起点〉と呼ばれる。

（4）　A 1.4.27: vāraṇārthānām īpsitaḥ ‖

「活動の阻害を意味する動詞語基が使用されるとき，得ようと望まれる対象である kāraka は〈起点〉と呼ばれる」

［解説］（4）rakṣyām daśānanāt（「十顔者から遠ざけられるべき［シーター］」）において，「十顔者」（daśānana）は，動詞語基 rakṣ が表示する遠ざける行為を通して，行為主体が得ようと望むもの（īpsita）である。よって，それは A 1.4.27により〈起点〉と呼ばれる。この構造をよりわかりやすく説明するために，Kāśikāvṛtti が A 1.4.27の例として挙げる文「牛達を大麦から遠ざける」（KV on A 1.4.27 [I.80.23]: yavebhyo gā vārayati; yavebhyo gā nivartayati）に合わせて（4）を以下のような能動文に書き換えてみよう。

daśānanāt sītāṁ rakṣati |

［x は］シーターをラーヴァナから遠ざける。

ここで，rakṣati が表示する遠ざける行為を通して，行為主体が最も得ようと望む（īpsitatama）のは，ラーヴァナから遠ざけられるべき「シーター」であり，得ようと望む（īpsita）のは遠ざける対象である「ラーヴァナ」である。前者は A 1.4.49: kartur īpsitaṅ karma により〈目的〉，後者は A 1.4.27により〈起点〉と呼ばれる。（4）におけるラーヴァナが「得ようと望まれる対象」であることは，このように説明できる。(2)

（5）　A 1.4.28: antardhau yenādarśanam icchati ‖

「y が x による自身の知覚のないことを望むその kāraka (x) は，隠れる行為を根拠として〈起点〉と呼ばれる」

［解説］（5）antardadhānām rakṣobhyaḥ（「悪魔達から隠れている［シーター］」）において「悪魔」（rakṣas）は A 1.4.28により〈起点〉と呼ばれる。シーター（y）は悪魔達（x）に見られることを望まず，彼らから身を隠している。

（6） A 1.4.29: ākhyātopayoge ‖

「学生活動を前提とする学識の獲得が実現されるべきとき(3)，教示者である kāraka は〈起点〉と呼ばれる」

［解説］（6）rāmāt adhītasandeśaḥ（「ラーマから音信を授かった［ハヌーマット］」）において，「ラーマ」（rāma）は A 1.4.29により〈起点〉と呼ばれる。ハヌーマットにとってラーマは音信の教示者（ākhyātṛ）であり，ハヌーマットはまさに規定に従って師から学識を授かるかのごとく，ラーマから注意深く音信を受け取るからである(4)。バッティがここで adhīta という語を使用するのも A 1.4.29の規定内容を意識してのことであろう。なお，サーヤナは（6）を一考を要するものとする。A 1.4.29により〈起点〉と呼ばれるのは，学生活動を前提として学識を教授する師（upādhyāya）であり，学生ではないハヌーマットに音信を伝えるにすぎないラーマは，厳密には教示者と見なし得ないからである(5)。

（7） A 1.4.30: janikartuḥ prakṛtiḥ ‖

「動詞語基 jan（「生まれる」）が表示する行為の〈行為主体〉の根源である kāraka は〈起点〉と呼ばれる」

［解説］（7）vāyoḥ jātaḥ（「風神から生まれた［ハヌーマット］」）において，「風神」（vāyu）はハヌーマットが生まれる根源（prakṛti）であるから A 1.4.30により〈起点〉と呼ばれる。（7）において，jan に後続する kṛt 接辞 Kta は〈行為主体〉を表示する（A 3.4.72: gatyarthākramakaśliṣaśīṅsthāsavasajanaruhajīryatibhyaś ca）。

（8） A 1.4.31: bhuvaḥ prabhavaḥ ‖

「現れる行為の〈行為主体〉が［最初に］現れる場所である kāraka は〈起点〉と呼ばれる」

［解説］（8）prabhavantīm ivādityād（「太陽から現れたかのような［シーター］」）において，「太陽」（āditya）はシーターが現れる場所（prabhava）として空想されている。A 1.4.30が規定する「根源」（prakṛti）とはいまだ誕生していない何かが誕生する原因（kāraṇa，hetu）であるのに対し，A 1.4.31が規定する「［最初に］現れる場所」（prabhava）とは他の原因に基づいてすでに実現されている何かが最初に姿を現す場所（最初に知覚される場所）である(6)。先の

「風」はハヌーマット誕生の原因であり，当該の「太陽」は，すでに誕生しているシーターが最初に姿を現したかのような場所として意図されている。よって，それはA 1.4.31により〈起点〉と呼ばれる。ジャヤマンガラによれば「威光を有すること」(tejasvitva) が太陽とシーターの共通属性である (JM on BhK 8.72 [184.28])。

RA 3.11: (1)bhūmyā divaṁ reṇucayaḥ prayātas
(2a)tato bhayenāvicalāsta senā |
(2b)trāyeta tasmād acirād yadi syād
ākālikī vāridajālavṛṣṭiḥ ||
地から天へと砂埃のかたまりが舞い上がった。
その［砂埃］を恐れて軍隊は動かずに佇んでいた。
その［砂埃］から［軍隊を］即座に守るであろうに。もし，
雲群がもたらす時期外れの雨が降るならば。

［解説］(1) bhūmyāḥ divaṁ ... prayātaḥ (「地から天へと舞い上がった」) において，「地」(bhūmi) は砂埃が空へと舞い上がる際の固定点／出発点であるからA 1.4.24により〈起点〉と呼ばれる。(2a) tataḥ bhayena (「［軍隊は］その［砂埃］を恐れて」) と (2b) trāyeta tasmāt (「［雨は軍隊を］その［砂埃］から守るであろうに」) において，「その［砂埃］」(tad) は軍隊にとって恐怖の原因であるからA 1.4.25により〈起点〉と呼ばれる (それぞれbhīとtraiの意味を持つ動詞語基の例)。

RA 3.12: (3)reṇūccayāt pathi parājayate sma kaś cid
(5)antardadhe karivarād aparo 'śvasādī |
(7)jātaṃ kapolaphalakān madavāri (4)tasmād
bhṛṅgān nyavārayad ibhaś calakarṇatālaḥ ||
路上にいたある騎手は砂埃のかたまりに耐えられなかった。
別の騎手は巨象から身を隠した。

［象の］広い頬からマダ液が生じた。その［マダ液］から，
象は黒蜂達を遠ざけた。動く耳をはためかせて。

［解説］（3）reṇūccayāt ... parājayate sma（「［騎手は］砂埃のかたまりに耐えられなかった」）において，「砂埃のかたまり」（reṇūccaya）は騎手達にとって耐え難い対象であるから A 1.4.26により〈起点〉と呼ばれる。（5）antardadhe karivarāt（「［騎手は］巨象から身を隠した」）において，「巨象」（karivara）は A 1.4.28により〈起点〉と呼ばれる。ここで騎手（y）は巨象（x）から見られることを望まず，その巨像から身を隠している。（7）jātam kapolaphalakāt（「［マダ液が］広い頬から生じた」）において象達の「広い頬」（kapolaphalaka）はマダ液が生じる根源であるから A 1.4.30により〈起点〉と呼ばれる。（4）tasmāt bhṛṅgān nyavārayat（「その［マダ液］から黒蜂達を遠ざけた」）において，「その［マダ液］」（tad）は，ni-vṛ が表示する遠ざける行為を通して，行為主体である象が得ようと望むものである。それゆえ，それは A 1.4.27により〈起点〉と呼ばれる。

RA 3.13: (8)divākarād yat prababhūva tejas
tatrāvaruddhe rajasā sakopam |
rujaṁ sa cetīkurute sma sādī
(6)guror adhītī na sa kauśalena ||
太陽から現れた光，
それが砂埃により遮られたので，怒りとともに
苦痛をその騎手は感じた。
彼は師から学んでいたが，［事態の処理に］巧みでなかった。(7)

［解説］（8）divākarāt yat prababhūva tejaḥ（「太陽から現れたある光」）において，「太陽」（divākara）は光が最初に現れる場所として描かれており，A 1.4.31により〈起点〉と呼ばれる。（6）guroḥ adhītī（「師から学んでいたが」）において，「師」（guru）は弟子に学識を授ける教示者であるから A 1.4.29により〈起

点〉と呼ばれる。

バッティはBhK 8.70-72において〈起点〉の術語規則を全て例証する。既述のように，パーニニが定式化した規則の順序に合わせてそれらを例証する語が配列されている。

一方RA 3.12-13では，規則の順序とそれらを例証する語の順序だけでなく規則の順序と詩節の順序もばらばらで，作者バウマカの美意識の欠如が疑われる。それに加えてRA 3.12ではa句，b句，cd句の内容的繫がりが不分明である。脈絡のない文が連なり，全体としてまとまった意味が理解されないような文は，バーマハやダンディンによれば〈無意味な文〉（apārtha）と呼ばれる詩的欠陥である(8)。さらに，RA 3.11（upajāti 韻律）において，a句 re|nuccayaḥ とd句 vā|ridajālavr̥ṣṭiḥ の箇所で renu と vārida という語の途中に中間休止（yati）が来ている（縦線は当該の韻律が中間休止を要求する箇所であることを示す）。RA 3.11は〈休止が乱れた文〉（yatibhraṣṭa）と呼ばれる文学上の瑕疵を有すると言わねばならない(9)。

2.2.2　BhK 8.73-74; RA 3.14-16 → A 1.4.32-35

以下，〈受手〉の術語規則を例証する詩節について検討する。まずA 1.4.32-35である。

BhK 8.73: (10)rocamānaḥ kudr̥ṣṭibhyo (9)rakṣobhyaḥ prattavān śriyam |
(11a)ślāghamānaḥ parastrībhyas tatrāgād rākṣasādhipaḥ ||
よこしまな考えを抱く者達を喜ばせ，悪魔達に栄華を与え，他人の妻達を賞賛しながら(10)，そこへ悪魔達の皇帝（ラーヴァナ）がやって来た(11)。
BhK 8.74: (11d)aśapta (11b)nihnuvāno 'sau sītāyai smaramohitaḥ |
(12)dhārayann iva caitasyai vasūni pratyapadyata ||
彼はシーターを［他の悪魔達から］隠し，彼女に［決して怒らせたりしないと］誓った。愛に惑わされて。そしてまるで彼女に借金があるかのように，富を［与えることを］約束した。

（９） A 1.4.32: karmaṇā yam abhipraiti sa sampradānam ‖

「〈行為主体〉が贈与行為の〈目的〉を通じて志向する kāraka は〈受手〉と呼ばれる」

［解説］（９）rakṣobhyaḥ prattavān śriyam（「悪魔達に栄華を与える［ラーヴァナ］」）において，「悪魔」（rakṣas）はラーヴァナが贈与行為の〈目的〉である栄華を通じて志向する対象（karmaṇā yam abhipraiti）であるから A 1.4.32により〈受手〉と呼ばれる。〈受手〉を表示する項目の後には A 2.3.13: caturthī sampradāne により第四格接辞が起こる。

（10） A 1.4.33: rucyarthānām prīyamāṇaḥ ‖

「動詞語基 ruc（「喜ばす」）と同じ意味を持つ動詞語基が使用されるとき，喜ばされる者である kāraka は〈受手〉と呼ばれる」

［解説］（10）rocamānaḥ kudṛṣṭibhyaḥ（「［ラーヴァナは］よこしまな考えを抱く者達を喜ばせながら」）において，「よこしまな考えを抱く者」（kudṛṣṭi）は羅刹王ラーヴァナを切望し，彼の存在により喜ばされる者（prīyamāṇa）であるから A 1.4.33により〈受手〉と呼ばれる。(12)「［切望の主体 x とは］別のもの（切望対象）を〈行為主体〉として［表される］切望行為」が動詞語基 ruc が表示する意味である（KV on A 1.4.33 [I.82.2]: anyakartṛko 'bhilāṣoruciḥ）。Kāśikāvṛtti が挙げる以下の例を用いてこの構造を説明しよう。

devadattāya rocate modakaḥ ｜

砂糖菓子はデーヴァダッタを喜ばす。

この文では，デーヴァダッタの切望対象である「砂糖菓子」が動詞語基 ruc が表示する行為の〈行為主体〉として機能する形で，「砂糖菓子」に対するデーヴァダッタの切望が表現されている（KV on A 1.4.33 [I.82.3–4]: devadattasthasyābhilāṣasya modakaḥ kartā）。

（11） A 1.4.34: ślāghahnuṅsthāśapāñ jñīpsyamānaḥ ‖

「動詞語基 ślāgh（「賞賛する」），hnu（「否認する，隠す」），sthā（「思いを告げる」），śap（「誓う，罵る」）が使用されるとき，［〈行為主体〉の行為または意図を］知らしめようと望まれる対象である kāraka は，〈受手〉と呼ばれる」

［解説］（11a）ślāghamānaḥ parastrībhyaḥ（「［ラーヴァナは］他人の妻達を賞賛しながら」）において，「他人の妻」（parastrī）は，賞賛していることを知らしめようとラーヴァナに望まれている対象（jñīpsyamāna）であるから，A 1.4.34により〈受手〉と呼ばれる（ślāgh の例）[13]。「悪魔女達は賞賛を知らしめられようとラーヴァナに望まれている」とは，ラーヴァナがそれとわかるように悪魔女達を賞賛しているということであり[14]，すなわち，彼女達の眼前で直接的に（pratyakṣeṇa）彼女達を賞賛しているということである。例えば，彼女達がいない場でラーヴァナが第三者へ向かって彼女達への賞賛の言葉を口にしている場合，A 1.4.34は適用されない[15]。（11b）nihnuvānaḥ asau sītāyai（「シーターを［他の悪魔達から］隠して」）において，「シーター」（sītā）は，隠す行為を知らしめようとラーヴァナに望まれている対象であるから，A 1.4.34により〈受手〉と呼ばれる（hnu の例）。ラーヴァナは，シーターがいない場で悪魔達を遠ざけて彼女を隠そうとしているのではなく，眼前のシーターのすぐ側で（sannihitam eva）悪魔達から彼女を遠ざけて隠そうとしている（PM on KV to A 1.4.34 [I.552.13-14]）。（11d）aśapta ... sītāyai（「シーターに［決して怒らせたりしないと］誓った」）において，「シーター」（sītā）は，誓いを立てることを知らしめようとラーヴァナに望まれている対象であるから，A 1.4.34により〈受手〉と呼ばれる[16]。ラーヴァナは，シーターがいない場で誓いを立てるのではなく，シーターの眼前で彼女に直接誓いを立てている。

以上は Kāśikāvṛtti の説明をバッティの表現に当てはめた上での解釈である。後代になると，A 1.4.34で挙げられる4動詞語基が表示する行為を通して，ある〈行為主体〉が自身の何らかの意図（svāśaya）を x に知らしめようと欲するとき，その x は〈受手〉と呼ばれる，という解釈が提示される。この点については以下を見よ。

> SK 572 (I.645.3): gopī smarāt kṛṣṇāya ślāghate hnute tiṣṭhate śapate vā ｜
> 牛飼いの女は，愛ゆえに，クリシュナを賞賛する，クリシュナを［恋敵達から］隠す，クリシュナに思いを告げる，あるいはクリシュナを罵る。
>
> BM on SK 572 (I. 645. 17-646. 6): manmathapīḍāvaśād gopī ātmastutyā

virahavedanāṃ kṛṣṇaṃ bodhayatīty arthaḥ | kṛṣṇasyaiva stutyatve tu dvitīyaivety āhuḥ || hnuta iti | sapatnyapanayanena svāśayaṃ kṛṣṇaṃ bodhayatīty arthaḥ | tiṣṭhata iti | gantavyam ity ukte 'pi sthityā svāśayaṃ kṛṣṇaṃ bodhayatīty arthaḥ | prakāśanastheyākhyayoś cety ātmanepadam | śapata iti | upālambhena svāśayaṃ kṛṣṇaṃ bodhayatīty arthaḥ |

愛の苦しみにやられて牛飼いの女は［クリシュナ］自身を賞賛することで別離の感情をクリシュナに知らしめる，という意味である。一方［ある者達は］，「クリシュナ」だけが賞賛対象であるから［kṛṣṇa という語の後には］第二格接辞だけが起こると言う。hnute について。恋敵を追い払うことでその［牛飼いの女は］自身の意図をクリシュナに知らしめる，という意味である。tiṣṭhate について。「［私は］行かねばならない」と［クリシュナが］言うにもかかわらず［牛飼いの女は］思いを告げることで自身の意図をクリシュナに知らしめる，という意味である。A 1.3.23: prakāśa-nastheyākhyayoś ca に基づいて［動詞語基 sthā の後に］ātmanepada が起こる。śapate について。罵ることで［牛飼いの女は］自身の意図をクリシュナに知らしめる，という意味である。(17)

（12）　A 1.4.35: dhārer uttamarṇaḥ ||

「使役接辞 ṆiC で終わる動詞語基 dhṛ（「借金がある」）が使用されるとき，貸主である kāraka は〈受手〉と呼ばれる」

［解説］（12）dhārayan iva caitasyai（「そしてまるで彼女に借金があるかのように」）において，ṆiC で終わる動詞語基 dhṛ の現在分詞形 dhārayan が使用されている。ここで「ラーヴァナ」は借主（adhamarṇa），「彼女（シーター）」（etad）は貸主（uttamarṇa）に例えられている。貸主である後者は A 1.4.35により〈受手〉と呼ばれる。

RA 3.14: ghanair ivāmbho madavāri dantibhir

(9) dadadbhir urvyai śamitaṁ śanai rajaḥ |

tathāśvavaktracyutaphenabindubhī

(10)rucim̥ nr̥pāyeva tadānuvartibhiḥ ‖
そのとき，雲々が水を地に与えるように，従者達が王を喜ばすものを［王に］与えるように，象達はマダ液を地に与えて徐々に砂埃を鎮めた。同様に，馬達の口から垂れた泡の滴も［砂埃を鎮めた］。

［解説］(9)dadadbhiḥ urvyai（「［象達はマダ液を］地に与えて」）において，「地」（urvī）は象達が贈与行為の〈目的〉であるマダ液を通じて志向する対象であるから，A 1.4.32により〈受手〉と呼ばれる。(10)rucim nr̥pāya（「王を喜ばすものを［与えて］」）において，「王」（nr̥pa）は贈与物により喜ばされる者であるから，A 1.4.33により〈受手〉と呼ばれる。動詞語基 ruc の派生形である ruci という語が使用されていることからもわかるように，(10)は A 1.4.32ではなく A 1.4.33の例証を意図するものである点に注意せよ。[18]

RA 3.15: (11a)śaślāghe[19] dhutarajase pathe[20] janaughaḥ
samprītyā (11b)na pathi guṇāya nihnute sma |
(11c)sarvasmai pratimukham āgatāya tasthe
dhvastāya (11d)kṣitirajase tathāpy aśapta ‖
路上にいる群衆は揺れ動く砂埃を賞賛した。
歓喜の性質を路上で隠さなかった。
面前に飛来した一切［の砂埃］に思いを告げた。
にもかかわらず，地に落ちた砂埃には罵声を浴びせた。

［解説］(11a)śaślāghe dhutarajase（「［群衆は］揺れ動く砂埃を賞賛した」）において，「揺れ動く砂埃」（dhutarajas）は，賞賛を知らしめようと群衆に望まれている対象であるから，A 1.4.34により〈受手〉と呼ばれる（ślāgh の例）。(11c) sarvasmai ... tasthe（「［群衆は飛来した］一切［の砂埃］に思いを告げた」）において，「一切［の砂埃］」（sarva）は，思いを告げる行為を知らしめようと群衆達に望まれている対象であるから，A 1.4.34により〈受手〉と呼ばれる（sthā の例）。(11d)kṣitirajase ... aśapta（「地に［落ちた］砂埃には罵声を浴びせた」）にお

いて，「地に［落ちた］砂埃」（kṣitirajas）は，非難を知らしめようと群衆達に望まれている対象であるから，A 1.4.34により〈受手〉と呼ばれる（śap の例）。群衆が上述の行為を砂埃の眼前で行っていることが要点である。

(11b) na ... guṇāya nihnute sma（「［群衆は歓喜の］性質を隠さなかった」）は，動詞語基 hnu によって条件づけられる規定の例証を意図したものである（ni-hnu）。バウマカはここで「性質」が A 1.4.34により〈受手〉と呼ばれると考えている。しかし A 1.4.34の規定内容に当てはめると，当該表現においては「性質」が「〈行為主体〉の行為／意図を知らしめようと望まれている対象」となるから，群衆は隠さない行為を通して，その行為または自身の何らかの意図を「性質」に知らしめようとしていると想定されることになる。(11a; c–d) における「砂埃」と同様，(11b) では「性質」が擬人化されていると考えれば強引に解釈可能かもしれないが，事態の不自然さは拭い切れない。

RA 3.16: na sa tatra vibhūtibhāji sainye
puruṣo (12)dhārayate sma yaḥ parasmai |
ata eva yayau vivṛddhatoṣaḥ
spṛhayaṁs tyāgaguṇāya pārthivasya ||
以下のような人は繁栄を享受するその軍隊の中にはいなかった。
敵に負債を抱えており，まさにこれゆえに喜捨という王の徳を求め，満足度を高めるために［王の下へ］向かうような人は。

［解説］(12) dhārayate sma yaḥ parasmai（「敵に負債を抱えた者」）において，dhṛ-i の派生形 dhārayate が使用されている。当該表現では「ある人」（yad）にお金を貸す貸主である「敵」（para）が，A 1.4.35により〈受手〉と呼ばれる。

BhK 8.73–74では A 1.4.34が提示する項目のうち，動詞語基 sthā の例は示されないのに対し，RA 3.15では A 1.4.34の全規定が例証される。バッティが規則が与える全規定を例証するのは稀であるのに対して（序論0.9.2–4），バウマカはそれをできる限り例証しようとする傾向にあることがわかる。

RA 3.12–13では，規則の順序とそれらを例証する語の順序だけでなく規則の順序と詩節の順序もばらばらであったのに対して，RA 3.14–16においては規則の順序とそれらを例証する語の順序は一致する。それに加え，RA 3.15では規則（A 1.4.34）中で項目が提示される順序とその項目によって条件づけられる規定を例証する語の順序も合致している。このことから，バウマカにもそれらの順序を合わせようとする意識があったと考えられる。後に見る詩節でもこの態度は貫かれている。

一方，A 1.4.34を例証するためにRA 3.15で使用される表現(11b)は，同規則の例として不適切と言わざるを得ず，鑑賞者の混乱を招く。さらに，RA 3.15ではa句とb句にそれぞれpathe（「路上で」）[21]とpathi（「路上で」）という語が使用されるが，群衆が路上にいることを示すにはどちらか片方を述べれば十分である。文中におけるこのような同義語の無意味な使用は〈同義反復〉（punarukta，ekārtha）と呼ばれる文学上の欠陥であり[22]，言葉使用の上で犯してはならない大原則である。パタンジャリがMahābhāṣya中でしばしば語る「その意味がすでに述べられた項目は使用されない」（uktārthānām aprayogaḥ）という原則はあまりにも有名である。問題の２語のいずれかは詩節の韻律条件を満たすために使用されている可能性が濃厚であり，意味もなく詩行を埋めるためだけに使用される語（pādapūraṇārthamātraprayukta）は〈無益な語〉（anarthaka）と呼ばれる詩的欠陥である[23]。

2.2.3　BhK 8.75; RA 3.16–18 → A 1.4.36–37

A 1.4.36–37の例証は次の通りである。

BhK 8.75: $_{(13)}$<u>tasyai spr̥hayamāṇo</u> ’sau bahu priyam abhāṣata |
sānunītiś ca <u>sītāyai</u> $_{(14a)}$<u>nākrudhyan</u> $_{(14d)}$<u>nāpy asūyata</u> ||
彼女を望んで，彼（ラーヴァナ）は［彼女が］気に入ることを多く語った。そして［彼女を］懐柔するために，シーターに立腹せず非難もしなかった。

（13）　A 1.4.36: spr̥her īpsitaḥ ||

「動詞語基 spṛh（「切望する，求める」）が使用されるとき，得ようと望まれる対象である kāraka は〈受手〉と呼ばれる」

［解説］（13）tasyai spṛhayamāṇaḥ（「彼女を望んで」）において，「彼女（シーター）」（tad）はラーヴァナによって得ようと望まれる対象（īpsita）であるから A 1.4.36により〈受手〉と呼ばれる。ここでシーターは単に得ようと望まれている対象（īpsitamātra）にすぎない。望む程度の高さが意図されるときには（prakarṣavivakṣā），シーターは A 1.4.49により〈目的〉と呼ばれ，tāṁ spṛhayamāṇaḥ（「彼女を熱望している」）という文が派生するであろう。(24)

（14）　A 1.4.37: krudhadruherṣyāsūyārthānāṁ yam prati kopaḥ ‖

「動詞語基 krudh（「立腹する」）の意味，druh（「悪意を抱く」）の意味，īrṣy（「嫉妬する」）の意味，asūya（「非難する，けなす」）の意味と同じ意味を持つ動詞語基が使用されるとき，(25) 怒りが向けられる対象である kāraka は〈受手〉と呼ばれる」

［解説］（14a）sītāyai na akrudhyan（「シーターに立腹しなかった」）において，「シーター」（sītā）はラーヴァナの怒りが向けられる対象（yam prati kopaḥ）として想定されているから，A 1.4.37により〈受手〉と呼ばれる（krudh の意味を持つ動詞語基の例）。（14d）sītāyai ... nāpy asūyata（「シーターを非難もしなかった」）において，「シーター」はラーヴァナの怒りが向けられる対象と設定されているから，同じく A 1.4.37により〈受手〉と呼ばれる（asūya の意味を持つ動詞語基の例）。asūyata は div 群の動詞語基 sū（dhātupāṭha IV.24: ṣū́Ṅ prāṇiprasave）の派生形である（sū ＋ lAṄ）。Mādhavīyadhātuvṛtti によれば，動詞語基 sū は，非難／けなすこと（asūyā）を意味する場合があるから，A 1.4.37の適用条件を満たす。(26)

RA 3.16: na sa tatra vibhūtibhāji sainye
puruṣo dhārayate sma yaḥ parasmai |
ata eva yayau vivṛddhatoṣaḥ
(13)<u>spṛhayaṁs tyāgaguṇāya</u> pārthivasya ‖

以下のような人は繁栄を享受するその軍隊の中にはいなかった。敵に負債を抱えており，まさにこれゆえに喜捨という王の徳を求め，満足度を高めるために［王の下へ］向かうような人は。

RA 3.17: mukhacchadābhe rajasi praśānte

(14a)cukrodha dantī pratidantine yaḥ |

ādhoraṇenāśu vivartito 'sāv

(14b)adruhyatā bhūpataye prasahya ||

顔の覆いのごとき砂埃が鎮まったとき，

相手象に腹を立てた象，

その象は象乗りによって即座に押さえられた。

王に敵意を抱かない［象乗りによって］，力ずくで。

RA 3.18: śrīmantam ālokya paraṃ tadānīṃ

(14c)naivairṣyad asmai nṛpabhṛtyavargaḥ |

svabhartṛbhāvāhitasādhucetā

(14d)naivābhyasūyām akṛta dviṣe 'pi ||

栄華を極める敵を目にしても，そのとき，

王の臣下集団は決してこの［敵］を妬まなかった。

自身の主人から受ける愛情によって清き心が形作られていたので，

敵であっても決してけなさなかった。

［解説］(13)spṛhayan tyāgaguṇāya（「喜捨という徳を求めて」）において，「喜捨という徳」(tyāgaguṇa) は人に望まれる対象であるから，A 1.4.36により〈受手〉と呼ばれる。(14a)cukrodha dantī pratidantine（「［ある］象は相手象に腹を立てた」），(14b)adruhyatā bhūpataye（「王に敵意を抱かない［象乗り］によって」），(14c)naivairṣyad asmai（「決してこの［敵］を妬まなかった」），(14d)naivābhyasūyām akṛta dviṣe 'pi（「敵であっても決してけなさなかった」）において，「相手象」(pratidantin)，「王」(bhūpati)，「この［敵］」(idam)，「敵」(dviṣ) はある象，象乗り，臣下集団が怒りを向ける対象と想定されている。それらはA 1.4.37により〈受手〉と呼ばれる（krudh，druh，īrṣy，asūya の意味を持つ動詞語基の例）。

A 1.4.37が例証される BhK 8.75では動詞語基 druh の意味を持つ動詞語基と動詞語基 īrṣy の意味を持つ動詞語基の例は示されない。それに対し，RA 3.17-18では A 1.4.37が与える全規定が例証される。規則における項目の提示順序とその項目によって条件づけられる規定を例証する語の配列順序の一致も見られる。一方で，RA 3.18（upajāti 韻律）において，a 句 ālo|kya の箇所で語の途中に中間休止が来てしまっている。

2.2.4　BhK 8.76; RA 3.19-20 → A 1.4.38-39

A 1.4.38-39は以下のような仕方で例証される。

BhK 8.76: (15)saṅkrudhyasi mṛṣā kiṃ tvaṃ didṛkṣuṃ māṃ mṛgekṣaṇe |
(16)īkṣitavyaṃ parastrībhyaḥ svadharmo rakṣasām ayam ‖
「お前はどうして無意味に腹を立てるのか，［吉凶を］見極めようとする俺に。鹿のごとき眼をした女よ。［俺は］吟味せねばならない，他人の妻達の吉凶を。これは悪魔の本務である」

(15)　A 1.4.38: krudhadruhor upasṛṣṭayoḥ karma ‖
「upasarga と結びつく動詞語基 krudh（「立腹する」）または druh（「悪意を抱く」）が使用されるとき，怒りが向けられる対象である kāraka は〈目的〉と呼ばれる」

［解説］(15)saṅkrudhyasi ... mām（「お前は俺に腹を立てる」）において，「俺（ラーヴァナ）」（asmad）はシーターの怒りが向けられる対象であるから，A 1.4.38により〈目的〉と呼ばれる（sam-krudh の例）

(16)　A 1.4.39: rādhīkṣyor yasya vipraśnaḥ ‖
「動詞語基 rādh（「吉凶を吟味する」）と īkṣ（「吉凶を吟味する」）が表示する行為の kāraka は，それに対して様々な質問がなされる場合，〈受手〉と呼ばれる[27]」

［解説］(16)īkṣitavyam parastrībhyaḥ（「他人の妻達の吉凶を吟味せねばならぬ」）において，「他人の妻」（parastrī）は A 1.4.39により〈受手〉と呼ばれる

(īkṣ の例)。ラーヴァナは他人の妻達の吉凶を見定めるために彼女らに様々な質問（vipraśna）を投げかける。

RA 3.19: bhuṅktvā sthitaṁ varma gajaṁ vilokya
(15a)tatrābhicukrodha naras tadibhyam |
dhik tvām (15b)abhidruhyasi pāpa yas tvam
ātmānam itthaṃ nijagāda cainam ||
象が皮を食べ続けるのを目にして，
そこで人はその［象の］乗り手に腹を立てた。
そして「罪深い者よ，自分に悪意を抱くお前の何と愚かな事よ」
とこのようにこの［乗り手］に言った。
RA 3.20: (16a)suhṛde samupāgatāya mārge
kuśalaṁ rādhayate sma sambhrameṇa |
(16b)aikṣiṣṭa tadiṣṭabāndhavebhyo
hṛdayaṃ bibhrad asustham ārdracetāḥ ||
路上に一緒にやって来た友の
吉凶を巧みに急いで吟味した。
その［友］が望んだ親族達の吉凶も吟味した。
動揺しつつも，優しい潤いある心の持ち主は。

［解説］(15a)abhicukrodha ... tadibhyam（「その［象の］乗り手に腹を立てた」）と(15b)abhidruhyasi ... ātmānam（「自分に悪意を抱く」）において，「その［象の］乗り手」（tadibhya）と「自分」（ātman）はある人と象乗りの怒りが向けられる対象であるから，A 1.4.38により〈目的〉と呼ばれる（abhi-krudh と abhi-druh の例）。(16a)suhṛde ... rādhayate sma（「友の吉凶を吟味した」）と(16b)aikṣiṣṭa tadiṣṭabāndhavebhyaḥ（「その［友］が望んだ親族達の吉凶を吟味した」）において，「友」（suhṛd）と「その［友］が望んだ親族達」（tadiṣṭabāndhava）は吉凶を吟味するために様々な質問がなされる対象であるから，A 1.4.39により〈受手〉と呼ばれる（rādh と īkṣ の例）。

BhK 8.76では A 1.4.38と A 1.4.39で提示される項目のうち，それぞれ動詞語基 druh と rādh の例は示されない。一方，RA 3.19-20では両規則が与える全規定が例証され，規則中での項目提示順序と同項目により条件づけられる規定を例証する語の配列順序も一致する。しかし，RA 3.12と同様，RA 3.19-20では脈絡のない内容が描かれており，規則例証のためだけに用意された詩節であるかのごとき印象を与える。特に ab 句と cd 句の繋がりが不明瞭な RA 3.19には，上述した〈無意味な文〉という欠陥が摘示されるべきである。さらに，RA 3.19（indravajrā 韻律）において，a 句 va|rma，b 句 abhicukro|dha，c 句 abhidru|hyasi の箇所で語の途中に中間休止が来ている。

2.2.5　BhK 8.77; RA 3.21-22 → A 1.4.40-41

最後に，A 1.4.40-41の例証を見てみよう。

> BhK 8.77: (17a)<u>śr̥̥ṇvadbhyaḥ pratiśr̥̥ṇvanti</u> madhyamā bhīru nottamāḥ |
> (18a)<u>gr̥̥ṇadbhyo ’nugr̥̥ṇanty</u> anye ’kr̥tārthā naiva madvidhāḥ ||
> 「従順な部下達に中位の者達は約束するが，怯える女よ，俺のような上位の者達はそんなことはしない。利益を得ていない他方の（中位の）者達は賞賛者を煽動するが，俺のような［上位の］者達は決してそんなことはしない」(28)

（17）　A 1.4.40: pratyāṅbhyāṁ śruvaḥ pūrvasya kartā ||
「prati または āṄ に先行される動詞語基 śru（「約束する」）が表示する行為の kāraka は，それが先行行為の〈行為主体〉である場合に〈受手〉と呼ばれる」

［解説］本規則の規定内容はやや複雑である。Kāśikāvr̥tti と Siddhāntakaumudī の説明を引用しよう。

> KV on A 1.4.40 (I.83.10-12): pratipūrva āṅpūrvaś ca śr̥ṇotir abhyupagame pratijñāne vartate | sa cābhyupagamaḥ pareṇa prayuktasya sato bhavati |

tatra prayoktā pūrvasyāḥ kriyāyā kartā sampradānasañjño bhavati |

prati または āṄ に先行される動詞語基 śru は約束行為（abhyupagama = pratijñāna）を意味する。そしてその約束行為は，x が他方の者 y に促されるとき，その x に起こる。そのとき，促す者である先行行為の〈行為主体〉y は〈受手〉と呼ばれる

SK 578 (I.649.2–3): viprāya gāṃ pratiśr̥ṇoti āśr̥ṇoti vā | vipreṇa mahyaṃ dehīti pravartitas taṃ pratijānīta ity arthaḥ ‖

x は婆羅門に牛を約束する（pratiśr̥ṇoti = āśr̥ṇoti）。婆羅門に「私に［牛を］与えよ」と促されて x はその［婆羅門］に［牛の贈与を］約束する，という意味である。

ここで，婆羅門は先行する促す行為の〈行為主体〉であるから，A 1.4.40により，牛の贈与を促された者がなす約束行為の〈受手〉となる。

(17a) śr̥ṇvadbhyaḥ pratiśr̥ṇvanti において śr̥ṇvat の表示対象は A 1.4.40により〈受手〉と呼ばれる（prati-śru の例）。先行行為の〈行為主体〉を指示する śr̥ṇvat という語および明示されない先行行為をどう解釈すべきか。ジャヤマンガラは śr̥ṇvat（「耳を傾ける者」）という語を「王の命令に従順な部下」というような意味で理解している。そして，彼は「部下達がなす王への懇願行為」が A 1.4.40が規定する先行行為に当たると説明する（「従順な部下達が中位の王に懇願する」→「懇願する部下達に王が約束する」）。その場合，「中位の王は部下達に頼まれて行動を起こすが，上位の王は懇願などされずとも自ら行動して利益を獲得する」というのが詩節 ab 句の趣意となる(29)。一方マッリナータは śr̥ṇvat を「聖典を学ぶ者」，さらにそこから「有益なことと無益なことを教示する者」と解釈し，彼らによる教示行為を A 1.4.40が規定する先行行為と説明する（「聖典を学ぶ教示者達が中位の王に教示を与える」→「教示を与える者達に王が教示に沿った行動を約束する」）。その場合，「中位の王は教示者達の教えに従ってその通りに行動することを彼らに約束するが，上位の王は教示などされずとも何をなすべきかを知っている」というのが詩節 ab 句の趣旨となる(30)。どちらの解釈も不可能ではないので，暫定的にジャヤマンガラの解釈を採用する。

（18）　A 1.4.41: anupratigṛṇaś ca ‖

「anu または prati に先行される動詞語基 gṝ（「励ます」）が表示する行為の kāraka は，それが先行行為の〈行為主体〉である場合に〈受手〉と呼ばれる」(31)

［解説］（18a）gṛṇadbhyaḥ anugṛṇanti（「［他方の者達は］賞賛者達を煽動する」）において，「賞賛する者」（gṛṇat）は賞賛という先行行為の〈行為主体〉であるから，A 1.4.41により〈受手〉と呼ばれる（anu-gṝ の例）。マッリナータによれば，中位の王は，褒美をちらつかせることで，自分を賞賛する者達をおだててさらに自分を褒め讃えるよう仕向けるが（「賞賛者達が中位の王を賞賛する」→「賞賛者達を王は煽動する」），上位の王はそのようなことはせず，賞賛などされずとも自ら物乞い達に富を分け与える。(32)

RA 3.21: suhṛdā pathi kaś cid arthito 'nyaḥ
(17a)pratiśuśrāva tad āśu sarvam asmai |
bhartāram ayācatāparo 'śvaṃ
(17b)tasmai sādaram āśṛṇot taduktam ‖
友に路上で乞われたので，他のある者は，
そのとき即座に約束した。全てをこの［友］に［与えることを］。
兄弟に別の者は馬を乞うた。
［乞われた兄弟は］彼に恭しく約束した，彼が要求した［馬の引き渡しを］。

RA 3.22: dhvanitaṃ paṭahena yan nṛpasya
pratiśabdena tad āśu kuñjabhājā |
(18b)paṭahāya giriḥ samīpavartī
sapadi pratyagṛṇād ivābdhidhīram ‖
王の陣太鼓が大海［の轟］のように重厚な音を即座に立てたとき，隣接する山は，洞窟に鳴り響くこだまによってすぐさま陣太鼓を鼓舞したかのようだった。

［解説］（17a）pratiśuśrāva ... asmai（「この［友］に約束した」）と（17b）tasmai ... āśr̥ṇot（「彼に約束した」）において，「この［友］」（idam）と「彼」（tad）は先行する乞う行為の〈行為主体〉であるから A 1.4.40により〈受手〉と呼ばれる（prati-śru と ā-śru の例）。(18b) paṭahāya ... pratyagr̥ṇād iva（「陣太鼓を鼓舞したかのようだった」）において，「陣太鼓」（paṭaha）は先行する音立て行為の〈行為主体〉であるから，A 1.4.41により〈受手〉と呼ばれる（prati-gr̥̄ の例）。

BhK 8.77では，A 1.4.40と A 1.4.41で提示される項目のうち，それぞれ ā-śru と prati-gr̥̄の例は示されない。RA 3.21–22でも，A 1.4.40が与える 2 規定は例証されるが，A 1.4.41の例としては prati-gr̥̄ の例だけが示され，anu-gr̥̄ の例は示されない。なお，RA 3.21では異様なほど代名詞類が多用され，その内容も前後の詩節と何の繋がりもないため，これまでの詩節と同様に当該詩節にも不自然さを覚えずにはいられない。

2.2.6　BhK 8.78; RA 3.23–24 → A 1.4.42–44

〈手段〉という術語の適用を規定する A 1.4.42–44は以下のように例証される。

> BhK 8.78: (19)<u>iccha snehena</u> (20)<u>dīvyantī viṣayān</u> bhuvaneśvaram |
> (21)<u>sambhogāya parikrītaḥ</u> kartāsmi tava nāpriyam ‖
> 「お前は感官対象で遊んでいるのだから，世界の支配者（俺）を愛によって受け入れよ。享楽の奴隷となった俺は，お前の気に入らないことをするつもりはない」(33)

(19)　A 1.4.42: sādhakatamaṅ karaṇam ‖
「行為実現に対する卓越した扶助者として意図される最有効因である kāraka は，〈手段〉と呼ばれる」

［解説］(19) iccha snehena（「［お前は］愛によって受け入れよ」）において，「愛」（sneha）はシーターがなすラーヴァナの受け入れ行為の最有効因（sādhakatama）であり，それは A 1.4.42により〈手段〉と呼ばれる。〈手段〉を表示する項目の後には A 2.3.18: kartr̥karaṇayos tr̥tīyā により第三格接辞が起こる。

以下同様である。

(20)　A 1.4.43: divaḥ karma ca ‖

「動詞語基 div（「遊ぶ，さいころ賭博をする」）が表示する行為の最有効因である kāraka は〈手段〉に加えて〈目的〉とも呼ばれる」

［解説］(20) dīvyantī viṣayān（「感官対象で遊んでいるのだから」）において，「感官対象」（viṣaya）は動詞語基 div が表示する遊ぶ行為の最有効因であり，それは A 1.4.43により〈目的〉と呼ばれる。〈目的〉を表示する項目の後には A 2.3.2: karmaṇi dvitīyā により第二格接辞が起こる。

(21)　A 1.4.44: parikrayaṇe sampradānam anyatarasyām ‖

「賃雇いに対する最有効因である kāraka は，〈手段〉に加えて任意に〈受手〉とも呼ばれる」

［解説］(21) sambhogāya parikrītaḥ（「享楽の奴隷となった［俺］」）において，「享楽」（sambhoga）は A 1.4.44により〈受手〉と呼ばれる。ラーヴァナは「享楽」という賃金でシーターに雇われている，すなわち享楽の虜になっているから，「享楽」はラーヴァナを賃雇い（parikrayaṇa）するための最有効因である。[34]

RA 3.23: (19) nirjagāma turageṇa sainyataḥ
svalpasainikaparicchado nṛpaḥ |
devituṃ mṛgakule (20a) śaraiḥ[35] (20b) śarān
dīvyataś ca nṛpatīn nirīkṣitum ‖
馬に乗って軍隊から出てきた。
僅かな兵士に囲まれて，王が。
動物の群れの中で矢を使って遊び興じるため，また矢で
遊ぶ戦士達を監視するために。
RA 3.24: ekena (21a) pādāṅkaśatena kaś cid
aśvaṃ parikrītam upāruroha |
aśvo 'pi (21b) pādāṅkaśatāya tasmād
varaṃ parikrītam avāpa vāham ‖
ある人は，たった100枚のパーダーンカ硬貨で借り上げた馬に乗った。[36]［そ

の後］馬も，100枚のパーダーンカ硬貨で雇われた，彼よりも優れた運搬人を得た。

［解説］(19) nirjagāma turageṇa（「［王が］馬に乗って出てきた」）において，「馬」(turaga）は王が出てくる行為の最有効因であり，A 1.4.42により〈手段〉と呼ばれる。(20a) devitum ... śaraiḥ（「矢を使って遊び興じるため」）と(20b) śarān dīvyataḥ（「矢で遊ぶ［戦士達］」）において，「矢」(śara）は動詞語基divが表示する遊ぶ行為の最有効因であり，A 1.4.43により〈手段〉と呼ばれる。(21a) pādāṅkaśatena ... parikrītam（「100枚のパーダーンカ硬貨で借り上げた［馬］」）と(21b) pādāṅkaśatāya ... parikrītam（「100枚のパーダーンカ硬貨で雇われた［運搬人］」）において，「100枚のパーダーンカ硬貨」(pādāṅkaśata）は馬を借り上げる行為と運搬人を雇う行為の最有効因であり，それはA 1.4.44により〈手段〉と呼ばれる。

BhK 8.78ではA 1.4.43-44の規定のうち，ともにkārakaが〈手段〉と呼ばれる場合の例は示されないが，RA 3.23-24ではA 1.4.43とA 1.4.44のそれぞれが与える2つの規定が例証される。しかし，前後の文との文脈的繋がりを欠くRA 3.24はA 1.4.44を例証するためだけに作られた感が否めない。同規則例証のために「100枚のパーダーンカ硬貨で借り上げた／雇われた」という全く同じ表現が繰り返されることがその陳腐さを助長する。さらにRA 3.23（rathoddhatā韻律）とRA 3.24（upajāti韻律）において，RA 3.23b句svalpasai|nikaparicchadaḥ/svalpasaini|kaparicchadaḥ[37]とRA 3.24bd句parikrī|tamの箇所で語の途中に中間休止が来ている。

2.2.7　BhK 8.79-80; RA 3.25-28 → A 1.4.45-48

次に〈基体〉の術語規則を例証する詩節を考察する。

BhK 8.79: (22) āssva sākaṃ mayā saudhe (23b) mādhiṣṭhā nirjanaṁ vanam |
(25c) mādhivātsīr bhuvaṁ (23a) śayyām adhiśeṣva smarotsukā ||

「お前は俺と一緒に宮殿に住め。人のいない森の中にいてはならない。地の上で暮らしてはならない。寝床の上に横たわれ，愛を熱望して」

(22)　A 1.4.45: ādhāro ’dhikaraṇam ‖

「行為の拠り所である〈行為主体〉または〈目的〉を支え持つ行為を志向する場である kāraka は，〈基体〉と呼ばれる」

［解説］(22) āssva ... saudhe（「お前は宮殿に住め」）において，「宮殿」（saudha）は，シーターを支え持つ場（ādhāra）であることを通じて，彼女がなす居住行為の間接的な場となる。このような場は A 1.4.45により〈基体〉と呼ばれる。〈基体〉を表示する項目の後には A 2.3.36: saptamy adhikaraṇe ca により第七格接辞が起こる。

(23)　A 1.4.46: adhiśīṅsthāsāṅ karma ‖

「adhi に先行される動詞語基 śī（「横たわる」），sthā（「立つ，留まる」），ās（「座っている，住む」）が表示する行為の場である kāraka は，〈目的〉と呼ばれる」

［解説］(23b) mādhiṣṭhā ... vanam（「森の中にいてはならない」）と (23a) śayyām adhiśeṣva（「寝床の上に横たわれ」）において，「森」（vana）と「寝床」（śayyā）は，滞在行為と横たわる行為をなすシーターを支え持つことで間接的に両行為の場となるから，A 1.4.46により〈目的〉と呼ばれる（sthā と śī の例）。

(25)　A 1.4.48: upānvadhyāṅvasaḥ ‖

「upa，anu，adhi，āṄ に先行される動詞語基 vas（「夜を過ごす，住む」）が表示する行為の場である kāraka は，〈目的〉と呼ばれる」

［解説］(25c) mādhivātsīr bhuvam（「地の上で暮らしてはならない」）において，「地」（bhū）は，シーターを支え持つことで居住行為の間接的な場となるから，A 1.4.48により〈目的〉と呼ばれる（adhi-vas の例）。

BhK 8.80: (24) <u>abhinyavikṣathās</u> tvaṃ me yathaivāvyāhatā <u>manaḥ</u> |
tavāpy (25cd) <u>adhyāvasantaṃ</u> māṃ mā rautsīr <u>hṛdayaṃ</u> tathā ‖

「お前は遮られることなく我が心に入り込んだのだから，お前もお前の心に住もうとする俺を遮るな」

(24)　A 1.4.47: abhiniviśaś ca ‖

「abhi-ni に先行される動詞語基 viś（「入り込む」）が表示する行為の場である kāraka は，任意に〈目的〉と呼ばれる」

［解説］(24) abhinyavikṣathās ... manaḥ（「お前が心に入り込んだ」）において，「心」（manas）は，abhi-ni-viś が表示する入る行為をなすシーターを保持することで同行為の場となるから，A 1.4.47により〈目的〉と呼ばれる。(25cd) adhyāvasantaṃ ... hṛdayam（「心に住もうとする［俺を］」）において，「心」（hṛdaya）は，adhi-ā-vas が表示する居住行為をなすラーヴァナを保持することで当該行為の場となるから，先の A 1.4.48により〈目的〉と呼ばれる（adhi-ā-vas の例）。

RA 3.25: (22) āsthitasya turage mahīpater
ūrdhvapūram abhipūritau śaraiḥ |
āhitāv ubhayatas turaṅgamaṃ
bhānavīṁ rucim avāpatuḥ parām ‖
馬上にいる王に仕える，
溢れんばかりの矢を装備して
馬の両側に配置された２人は，
太陽に固有の至高の光輝を得た。
RA 3.26: (23a) yam adhiśiśye mṛgakulaṁ
vibhayam (23c) adhyāsta yaṃ bhūpatiḥ svayam |
(23b) nādhyatiṣṭhat taṁ vano-
ddeśam anyo nṛpapratīkṣayā ‖ (38)
動物の群れが横たわっており，王が自ら座っていた，恐怖なき森の一角に，
他者は留まることはなかった。王への配慮ゆえに。
RA 3.27: dhṛtasaśaraśarāsane 'pi loke
mṛgavadhakautukakautukānurāge |

kim (24)abhiniviśate purā na hiṁsāṃ
prabhur avaśe mahatāṃ kuto 'tha vāsthā ‖
世間の人々が矢をつがえた弓を保持し，
動物狩りという娯楽に対する好奇と愛着を有しているにもかかわらず，
殺生に入り込まないことがどうしてあろうか，(39)
偉大なる者達の主が。または，自由に過ごす者に配慮することがあろうか。

RA 3.28: (25a)upavasati sadā yaṁ siṁhasaṅgho vanāntaṁ
yam (25c)adhivasati vīryaṁ siṁhasaṅghaṃ ca nityam ‖
(25b)anuvasati purā tan nūnam īśasya kopas
tvaritagatir atas tām (25d)āvasad gāṁ sasainyaḥ ‖
獅子の群れがいつもそばに住む森の地と，
勇武が常に住む獅子の群れ，
そこには必ずやきっと住まうであろう，主の怒りが。(40)
これゆえ，素早い動きでもって，その雌牛の方で［王は］住んだ。兵士を伴って。

［解説］(22)āsthitasya turage（「馬上にいる［王］の」）において，「馬」（turaga）は留まる行為の〈行為主体〉である王を支え持つ場となることを通じて，王がなす留まる行為の場となる。よって，それは A 1.4.45により〈基体〉と呼ばれる。(23a)yam adhiśiṣye（「ある場所で［動物の群れが］横たわっていた」），(23c)adhyāsta yam（「ある場所で［王が］座っていた」），(23b)nādhyatiṣṭhat tam（「［他者は］そこに留まらなかった」）において，「ある場所（森の一角）」（yad）と「そこ（森の一角）」（tad）は，それぞれの〈行為主体〉がなす横たわる行為（adhi-śī の例），座行為（adhi-ās の例），滞在行為（adhi-sthā の例）の間接的な場であるから，A 1.4.46により〈目的〉と呼ばれる。(24)abhiniviśate ... hiṁsām（「殺生に入り込む」）において，「殺生」（hiṁsā）は abhi-ni-viś が表示する入り込む行為の間接的な場として意図されているから，A 1.4.47により〈目的〉と呼ばれる。(25a)upavasati ... vanāntam（「森の地のそばに［獅子の群れが］住む」），(25c) adhivasati ... siṁhasaṅgham（「獅子の群れには［勇武が］住む」），(25b) anuvasati ... tam（「それ（森の地と獅子の群れ）に沿って［主の怒りが］住む」），(25d)āvasat gām（「［王は］牛の方で住んだ」）において，「森の地」（vanānta），「獅子の群れ」（siṁhasaṅgha），「それ（森の地と獅子の群れ）」（tad），「牛」（go）は〈行為主体〉がなす居住行為の間接的な場であるから（動詞語基 vas が upa，adhi，anu，āṄ に先行される例），A 1.4.48により〈目的〉と呼ばれる。

これまでと同様，BhK 8.79-80では規則が与える全規定は例証されず，1つか2つの規定内容の例証により規則が例証される。RA 3.25-28では，A 1.4.47が定める，kāraka に〈基体〉という術語を適用する規定を除き[(41)]，A 1.4.45-48が与える全規定が例証される。

RA 3.24ac 句で pādāṅkaśata という表現が繰り返されていたのと同様，RA 3.28ab 句では siṁhasaṅgha という表現が繰り返されている。a 句と b 句ではその語の文法上の役割は異なるとはいえ，それが同一表現の安易な反復使用であることに変わりはない。

2.2.8 BhK 8.81; RA 3.29-30 → A 1.4.49-50

以下に〈目的〉の術語規則を例証する詩節を分析する。まず A 1.4.49-50を見よう。

BhK 8.81: (26)māvamaṁsthā namasyantam akāryajñe jagatpatim |
sandṛṣṭe mayi (27a)kākutstham adhanyaṃ kāmayeta kā ‖
「お前は見下すでない，頭を垂れる世界の主を。なすべきことがわからない女よ。俺をしかと目にしたならば，不幸なラーマを一体どの女が望むだろうか」

(26) A 1.4.49: kartur īpsitatamaṅ karma ‖
「〈行為主体〉が行為を通して最も得ようと望む kāraka は〈目的〉と呼ばれる」

［解説］(26)māvamaṁsthā ... jagatpatim（「世界の主をお前は見下すでない」）

において，「世界の主（ラーヴァナ）」（jagatpati）は，シーターが軽蔑行為を通して最も得ようと望むもの（īpsitatama），すなわち同行為の対象として最も望まれるものであるから，A 1.4.49により〈目的〉と呼ばれる。原則として，各 kāraka 間に直接的繋がりはない。それらが関係し合うには行為の介在が必要である。それは，梯子の格・横木（rung）が両側の支柱を介して繋がりを持つのに似る（Ogawa 2013: 222 with note 16）。シーターは軽蔑行為を通してラーヴァナとの繋がりを確保する。

(27)　A 1.4.50: tathāyuktañ cānīpsitam ‖

「〈行為主体〉が最も得ようと望む対象が行為と結びつくのと同様の仕方で行為と結びついている[42]，〈行為主体〉が得ようと望まない kāraka および中立的な kāraka は〈目的〉と呼ばれる」

［解説］A 1.4.50は，規則中の anīpsita（「得ようと望まれる対象以外のもの」）という否定複合語によって指示される嫌悪対象（dveṣya）と無関心対象（upekṣya，udāsīna）のいずれもが〈目的〉と呼ばれることを規定する。anīpsita という複合語中の否定辞 naÑ の機能は想定否定（prasajyapratiṣedha）ではなく排除否定（paryudāsa）である[43]。(27a) kākutstham ... kāmayeta　（「［一体どの女が］ラーマを望むだろう［か］」）において，行為の対象として望む行為と結びついている「ラーマ」（kākutstha）は，女達の嫌悪対象として意図されている[44]。よって，A 1.4.50により〈目的〉と呼ばれる。

A 1.4.50の伝統説に従えばバッティは無関心対象の例証を省略したことになる。一方で，バッティ自身が否定辞 naÑ（an-）の機能を排除否定ではなく想定否定と解釈した可能性もある。naÑ の機能を想定否定と見なす場合，anīpsita という否定複合語は望まれるものとは反対のもの（pratipakṣa），すなわち嫌悪対象のみを指示する[45]。その場合，バッティが無関心対象に術語〈目的〉を適用する規定の例証を省いたということにはならない。しかし，本章で扱う詩節に関しては文法規則とそれを例証する表現の対応関係は全て規則に対する伝統的解釈に基づいて理解できること，バッティは規則が制定する全規定を例証せず，その大部分を省略する傾向にあることを勘案すれば，無関心対象に関する規定の例証は省略されたと考えるべきであろう。

RA 3.29: (26-1)raraksạ sattvāni (26-2)mamarda kaṇṭakāny
athaiva rājā nagare narapriyaḥ |
(26-3)udvejayañ chātravalokam ojasā
vane ’pi tadvad vanajāyatekṣaṇaḥ ‖
まさにその後，衆生を守護して厄介者をつぶした，
臣民を愛する王は，都において。
活力で敵軍を怯えさせながら。
森でもそこ（都）と同様，蓮のように切れ長な眼の［王］は［守護した］。
RA 3.30: nirjitāni yadi (26-4; 27a)locanāni nas
tvadvadhūbhir avalokyatām itaḥ |
(26-5)utpapāta hariṇīkadambakaṁ
vaktum ittham iva bhūpatiṃ tataḥ ‖
「貴方の女達［の眼］が我々の眼を打ち負かすと言うなら，
この場合，貴方の女達は［我らの眼を］見られよ」
雌鹿の群れは跳んで行った。
まるでこのように語るためであるかのように，その［森］から王のもとへ。

［解説］(26-1) rarakṣa sattvāni（「衆生を守護した」），(26-2) mamarda kaṇṭakāni（「厄介者をつぶした」），(26-3) udvejayan śātravalokam（「敵軍を怯えさせながら」），(26-4) nirjitāni ... locanāni（「［我々の］眼が打ち負かされる」），(26-5) utpapāta ... bhūpatim（「王のもとへ跳んで行った」）において，「衆生」(sattva)，「厄介者」(kaṇṭaka)，「敵軍」(śātravaloka)，「眼」(locana)，「王」(bhūpati) は〈行為主体〉が各行為を通して最も得ようと望む対象，すなわち各行為の対象として最も望まれるものであるから，A 1.4.49により〈目的〉と呼ばれる。(26-4)において「眼」の〈目的〉性はnirjitaという語におけるkṛt接辞Ktaにより表示される（A 3.4.70: tayor eva kṛtyaktakhalarthāḥ）。(27a) locanāni ... ālokyatām（「［貴方の女達は我々の］眼を見られよ」）において，行為対象として見る行為と結びついている「眼」は，王の女達にとっての嫌悪対象として機能するから，A 1.4.50により〈目的〉と呼ばれる。「眼」の〈目的〉性は，定動詞

形 ālokyatām における ātmanepada 接辞 ta（-ta → -te [A 3.4.79: ṭita ātmanepadānāṇ ṭer e] → tām [A 3.4.90: ām etaḥ]）により表示される（A 1.3.13: bhāvakarmaṇoḥ）。

BhK 8.81と RA 3.29-30ではともに，無関心対象に術語〈目的〉を適用する規定の例は示されない。RA 3.29-30では A 1.4.49が５回例証される。RA 3.29（vaṁśasthavila 韻律と indravaṁśā 韻律）において(46)，a 句 sattvā|ni と c 句 śā|travalokam の箇所で語の途中に中間休止が来ている。

2.2.9　BhK 8.82-83，RA 3.31-34 → A 1.4.51-52

A 1.4.51-52は次のように例証される。

BhK 8.82: yaḥ (28)payo dogdhi pāṣāṇaṁ sa rāmād bhūtim āpnuyāt |
(29a)rāvaṇaṃ gamaya prītiṃ (29b)bodhayantaṁ hitāhitam ||
「石から乳を搾る者ならば，ラーマから富を得られるだろう。お前はラーヴァナを喜びへと向かわせよ。［お前に］有益なことと無益なことを理解させる［ラーヴァナ］を(47)」
BhK 8.83: prīto ’haṃ (29c)bhojayiṣyāmi bhavatīṃ bhuvanatrayam |
kiṁ (29d)vilāpayase ’tyarthaṃ pārśve (29e)śāyaya rāvaṇam |
「俺が満足したとき，お前に三界を享受させてやろう。どうしてお前はあれこれ酷いことを言うのか。傍らにラーヴァナを寝かせよ」

(28)　A 1.4.51: akathitañ ca ||
「他の kāraka 術語が適用されない kāraka は〈目的〉と呼ばれる」
［解説］当該規則は，特定の kāraka として意図されない対象あるいは特定の kāraka 術語を適用することができない対象に，もしそれが kāraka であるならば，術語〈目的〉を適用する規則である。(28)payaḥ dogdhi pāṣāṇam（「石から乳を搾る」）において，「石」（pāṣāṇa）は A 1.4.24により動詞語基 duh が表示する搾乳行為に相関して〈起点〉と呼ばれ得る。しかし，話者が「石」を〈起

点〉として意図しない場合，それはA 1.4.51により〈目的〉と呼ばれる。他方，「乳」（payas）はA 1.4.49により〈目的〉と呼ばれる。

（29）　A 1.4.52: gatibuddhipratyavasānārthaśabdakarmākarmakāṇām aṇikartā sa ṇau ‖

「ṆiC 接辞で終わらない，1．進行を意味する動詞語基，2．認識を意味する動詞語基，3．飲食を意味する動詞語基，4．音声を〈目的〉とする行為を表示する動詞語基，5．〈目的〉を持たない行為を表示する動詞語基，これらの動詞語基が表示する行為の〈行為主体〉は，それらの動詞語基がṆiC 接辞で終わる場合，〈目的〉と呼ばれる」

［解説］（29a）rāvaṇaṃ gamaya prītim（「お前はラーヴァナを喜びへと向かわせよ」），（29b）bodhayantaṁ hitāhitam（「［お前に］有益なことと無益なことを理解させる［ラーヴァナを］」），（29c）bhojayiṣyāmi bhavatīṃ bhuvanatrayam（「お前に三界を享受させてやろう」），（29d）kim vilāpayase atyartham（「どうしてお前は酷いことを言うのか」），（29e）śāyaya rāvaṇam（「ラーヴァナを寝かせよ」）という5つの表現により，当該規則が定める規定が全て例証される。（29a）は進行を意味する動詞語基の例（gam），（29b）は認識を意味する動詞語基の例（budh），（29c）は飲食を意味する動詞語基の例（bhuj），（29d）は音声を〈目的〉とする行為を表示する動詞語基の例（vi-lap），（29e）は〈目的〉を持たない行為を表示する動詞語基の例（śī）である。

パーニニ文法家達によれば，使役は被使役者がすでに行為に従事している（pravr̥ttakriya）ことを前提とする。ある行為に従事している被使役者にその行為を止めさせないのが使役であり，この点が命令（vidhi）との違いである。命令法接辞 lOṬ は，いまだ行為に従事していないもの（apravr̥ttakriya）に対する促進（praiṣa）が表示されるべきときに導入される。バルトリハリは述べる。

VP 3.7.126: dravyamātrasya tu praiṣe pr̥cchyāder loḍ vidhīyate |
sakriyasya prayogas tu yadā sa viṣayo ṇicaḥ ‖

小川 2014: 31.23–25: しかしながら，単なる実体に対する促進（praiṣa）が表示さるべきとき，*pracch*（「尋ねる」）などの［動詞語基］の後に，命令法接辞が導入される。一方，〈行為〉を有するもの（sakriya）が使役されるとき，その［使役］は使役接辞の対象である。

(29a)と(29e)で使用される動詞語基 gam と śī が ṆiC で終わらない場合の〈行為主体〉である「ラーヴァナ」，(29b)，(29c)，(29d)で使用される動詞語基 budh，bhuj，vi-lap が ṆiC で終わらない場合の〈行為主体〉として想定される「シーター」は，それらの動詞語基が ṆiC で終わる場合に A 1.4.52により〈目的〉と呼ばれる。

(29a)「ラーヴァナは愛の喜びへ向かっている」→「ラーヴァナを愛の喜びへ向かわせ続ける」
(29b)「シーターは有益なことと無益なことを理解している」→「シーターに（bhavatīm）有益なことと無益なことを理解させ続ける」
(29c)「シーターは三界を享受している」→「シーターに三界を享受させ続ける」
(29d)「シーターは酷いことを言っている」→「シーターは自分に（bhavatīm）酷いことを言わせ続ける」
(29e)「傍らにラーヴァナが寝ている」→「傍らにラーヴァナを寝かせ続ける」

(29b)に関しては，マッリナータが提言するように tvām という語を補うか（SP on BhK 8.82 [I.288.17-18]），BhK 8.82-83を一対の詩節と捉えて BhK 8.83b 句の bhavatīm という語を読み込んだ解釈を与えるべきである。ジャヤマンガラは bhavatīm を補う（JM on BhK 8.82 [187.18-19]）。詩節中に現に使用されている語を読み込む方がバッティの意図に沿うであろう。(29b)の vi-lap が ṆiC で終わらない場合に想定される〈行為主体〉も「貴方（＝シーター）」（bhavat）であり，ここにも BhK 8.83b 句の bhavatīm という語を読み込むべきである。マッリナータは ātmānam（「自分に」）という語を補う（SP on BhK 8.83 [I.288.23-24]）。vi-lap が ṆiC で終わる場合の表現 kim vilāpayase atyartham は「どうしてお前は［自分をして］あれこれと酷いことを言わせるのか」(kim vilāpayase atyartham [bhavatīm/ātmānam]) という意味構造を有する。あるいはBhK 8.83d句のrāvaṇamという語を読み込み，当該箇所を「どうしてお前はラーヴァナ（俺）にあれこれ酷いことを言わせるのか」(kim vilāpayase atyartham [rāvaṇam]) と解することもできる。

RA 3.31: (28a)dudoha yām ātmasutaḥ payo mṛgīm
(28b)ayācatānyo nṛpam āśu taddvayam |
(28c)rurodha tāṃ tāṃ bhuvam eva huṅkṛtaṃ
puraḥsaraṃ mārgam (28d)apṛcchat ādṛtaḥ ||
自分の息子が乳を搾った雌鹿，
他者はその２頭分を即座に王に乞うた。
［王は］泣き喚くそれら［雌鹿達］全てを他ならぬ地に閉じ込めた。
熱心なその［王］は従者に道を尋ねた。
RA 3.32: (28e)abhikṣateśo dhanur agrayāyinaṃ
phalāni (28f)cetuṃ sa tarūn kṣaṇaṁ sthitaḥ |
(28g)uvāca bhūpān iti gāṃ prapaśyataḥ
(28h)praśāsmi siṁhān vinayan nṛpān iva ||
支配者は弓を従者に乞うた。
樹の実を集めるためにその［支配者］はすぐに立った。
［従者は］王達に語った。「雌牛を狙っている
獅子達に私が礼儀を教えましょう，王達に教えるように」と。

［解説］(28a–h)において，バウマカはA 1.4.51に対するślokavārttika中で挙げられる８つの動詞語基を全て使用することで同規則を例証する。

MBh on A 1.4.51 (I.334.1–2):
duhiyācirudhipracchibhikṣiciñām
upayoganimittam apūrvavidhau |

bruviśāsiguṇena ca yat sacate
tad akīrtitam ācaritaṃ kavinā ‖

［kāraka 術語を規定する］他の規則が適用されない場合，動詞語基（１）duh（「搾る」），（２）yāc（「求める」），（３）rudh（「妨げる」），（４）pracch（「尋ねる」），（５）bhikṣ（「望む，乞う」），（６）ciÑ（「集める」）［が表示する行為の〈行為主体〉］にとって有用なものの因と，動詞語基（７）brū（「話す，言う」）と（８）śās（「命ずる，教える」）［が表示する行為］の従属要素と相関するもの，それは智恵ある人（パーニニ）によって［他の kāraka 術語が］適用されないものとして扱われる。

この ślokavārttika の規定内容については，付論（BhK 6.8-10）にて詳述する。要点は，上記８つの動詞語基が表示する行為に参与する特定の kāraka が，A 1.4.51によって〈目的〉と呼ばれるということである。(28a-h)において，それぞれの動詞語基が表示する行為の特定の kāraka である「雌鹿」(mṛgī)，「王」(nṛpa)，「地」(bhū)，「従者」(puraḥsara)，「従者」(agrayāyin)，「樹」(taru)，「王」(bhūpa)，「獅子」(siṁha) は A 1.4.51により〈目的〉と呼ばれる(48)。

RA 3.33: nṛpāḥ puraḥ (29a)svān puruṣān ajīgaman
(29b)mṛgāṁś ca hantuṁ śvagaṇān abodhayan |
(29c)śvavāyasaṃ māṁsam abūbhujan kṣaṇād
(29d)agāpayan svān mṛgaghātigītakān ‖

諸王はかつて自分達のもとに家来達を向かわせた。
そして鹿達を殺すために犬の群れに鹿達のことを知らせた。
［諸王は］犬と烏に［鹿達の］肉を瞬時に食べさせた。
自分の［家来］達に鹿殺戮の歌を歌わせた。

RA 3.34: (29e)aśāyayan yān iṣubhir mahāmṛgān
ahārayaṁs tān puruṣaiḥ puraḥsaraiḥ |
nijālayān ke cid ajīharan narān
akārayan sarvam imaṃ nṛpāḥ parān ‖

ある諸王は，矢で横たわらせた大鹿達，
それらを従者達に運ばせた。
自分たちの住処を臣民達にとらせた。
この全て［の住処］を敵達に作らせた。

［解説］(29a) svān puruṣān ajīgaman（「［諸王は］自分達のもとに家来達を向かわせた」），(29b) mṛgān ... śvagaṇān abodhayan（「犬の群れに鹿達のことを知らせた」），(29c) śvavāyasam māṁsam abūbhujan（「犬と烏に［鹿達の］肉を食べさせた」），(29d) agāpayan svān mṛgaghātigītakān（「自分の［家来達］に鹿殺戮の歌を歌わせた」），(29e) aśāyayan mahāmṛgān（「［諸王は］大鹿達を横たわらせた」）という5つの表現により，A 1.4.52が与える規定が全て例証される。(29a)は進行を意味する動詞語基の例（gam），(29b)は認識を意味する動詞語基の例（budh），(29c)は飲食を意味する動詞語基の例（bhuj），(29d)は音声を〈目的〉とする行為を表示する動詞語基の例（gai），(29e)は〈目的〉を持たない行為を表示する動詞語基の例（śī）である。「家来」（puruṣa），「犬の群れ」（śvagaṇa），「犬と烏」（śvavāyasa），「自分達の［家来］」（sva），「大鹿」（mahāmṛga）はそれぞれの動詞語基がṆiCで終わらない場合に表示する行為の〈行為主体〉であり，それら動詞語基がṆiCで終わるとき，A 1.4.52により〈目的〉と呼ばれる。

バッティとバウマカはともにA 1.4.52が制定する全規定を規則中の項目の提示順に合わせて例証する。バッティがślokavārttikaの8動詞語基の中からduhの例だけを使ってA 1.4.51を例証する一方，バウマカはA 1.4.51に対するślokavārttikaが定める全規定を例証する。特筆すべきは，ślokavārttika中で動詞語基が挙げられる順序とそれらによって条件づけられる規定を例証する語の配列順序が一致している点である。

しかし，相変わらずRA 3.31-34の内容には全く脈絡がなく，詩節の意味は不明確である。RA 3.32とRA 3.34においてab句とcd句の繋がりはないに等しく，〈無意味な文〉という瑕疵をここにも見出すことができる。さらに，RA

3.31（vaṁśasthavila 韻律）と RA 3.33–34（vaṁśasthavila 韻律）において，RA 3.31a 句 ā|tmasutaḥ と d 句 mā|rgam，RA 3.33c 句 mā|ṁsam，RA 3.34d 句 sa|rvam の箇所で語の途中に中間休止が来ている。

2.2.10　BhK 8.84; RA 3.34–35 → A 1.4.53–55

最後に，術語〈目的〉を適用する A 1.4.53，術語〈行為主体〉を適用する A 1.4.54，術語〈原因〉を適用する A 1.4.55を例証する詩節を検討する。

BhK 8.84: (30b) (32-1) <u>ājñāṃ kāraya rakṣobhir</u> (30a) (32-2) <u>māṃ priyāṇy upahāraya</u> |
(31-1) (31-2) <u>kaḥ śakreṇa kṛtaṃ necched</u> adhimūrdhānam añjalim ||
「お前は命令を悪魔達に実行させよ。俺に好きなものを持って来させろ。インドラに頭上で合掌してもらうことを望まない人がいようか」

(30)　A 1.4.53: hṛkror anyatarasyām ||
「ṆiC 接辞で終わらない動詞語基 hṛ（「とる，運ぶ」）と kṛ（「つくる，なす」）が表示する行為の〈行為主体〉は，その動詞語基が ṆiC 接辞で終わる場合，任意に〈目的〉と呼ばれる」
(31)　A 1.4.54: svatantraḥ kartā ||
「行為の実現に関して主要なるものとして意図される kāraka は，〈行為主体〉と呼ばれる」
(32)　A 1.4.55: tatprayojako hetuś ca ||
「〈行為主体〉を使役する kāraka は，〈行為主体〉に加えて〈原因〉とも呼ばれる」

［解説］(30b) (32-1) ājñāṃ kāraya rakṣobhiḥ（「お前は命令を悪魔達に実行させよ」）において，ジャヤマンガラとマッリナータの間に異読がある。すなわち，前者は ājñāṃ kāraya rakṣāṁsi と読み，後者は ājñāṃ kāraya rakṣobhiḥ と読む。「悪魔」（rakṣas）は，動詞語基 kṛ が ṆiC で終わらないときに表示する行為の〈行為主体〉であり，それが ṆiC で終わるとき，A 1.4.53により〈行為主体〉

または〈目的〉と呼ばれる（「悪魔達が命令を実行している」→「悪魔達に命令を実行させ続ける」）。ジャヤマンガラの読みの場合，「悪魔」が〈目的〉と呼ばれる例をもってA 1.4.53が例証されることになり，マッリナータの読みの場合，〈行為主体〉と呼ばれる例をもって例証されることになる。「悪魔」が〈行為主体〉と呼ばれるとき，rakṣasという語の後にはA 2.3.18: kartṛkaraṇayos tṛtīyāにより第三格接辞が起こる。続く(30a)(32-2)では，A 1.4.53が与える術語〈目的〉の適用規定が例証されるから，当該の(30b)(32-1)では同規則による術語〈行為主体〉の適用規定が例証されていると考えた方が釣り合いがとれる。したがって，マッリナータの読みを採用したい。

(30a)(32-2) māṃ priyāṇi upahāraya（「俺に好きなものを持って来させろ」）において，「俺」(asmad)は動詞語基hṛがṆiCで終わらないときに表示する行為の〈行為主体〉であり，それがṆiCで終わるとき，A 1.4.53により〈目的〉と呼ばれる（「俺が好きなものを持って来ている」→「俺に好きなものを持って来させ続ける」）。同じく(30a)(32-2)において，〈行為主体〉として想定される「シーター」は，悪魔とラーヴァナを使役する行為主体（prayojakakartṛ）であるから，A 1.4.55により〈原因〉と呼ばれる。シーターの〈行為主体〉性は，定動詞形upahārayaにおいてゼロ化されている定動詞接辞si（si → hi [A 3.4.87: ser hy apic ca] → ϕ [A 6.4.105: ato heḥ]）により表示されている（A 1.3.78: śeṣāt kartari parasmaipadam）。

(31-1)(31-2) kaḥ śakreṇa kṛtaṃ necchad（「誰がインドラによってなされる［合掌を］望まないだろうか」）において，「インドラ」(śakra)と「誰」(kim)はそれぞれ動詞語基kṛとiṣが表示する行為に相関してA 1.4.54により〈行為主体〉と呼ばれる。śakreṇa kṛtam（「インドラによってなされる［合掌］」）において，インドラの〈行為主体〉性は他の項目によって表示されていないから（A 2.3.1: anabhihite），それを表示するためにśakraという語の後にはA 2.3.18により第三格接辞が起こる。一方，kaḥ ... necchad（「誰が望まないだろうか」）において，「誰」の〈行為主体〉性は動詞語基iṣに後続するtiP（ti → tϕ [A 3.4.100: itaś ca]）によりすでに表示されているから（A 1.3.78: śeṣāt kartari parasmaipadam），kimという語の後にはA 2.3.46: prātipadikārthaliṅgaparimāṇavacanamātre prathamā により第一格接辞が起こる。

RA 3.34: aśāyayan yān iṣubhir mahāmṛgān
(30a-1)ahārayaṁs tān puruṣaiḥ puraḥsaraiḥ |
(30a-2)nijālayān ke cid ajīharan narān
(30b)akārayan sarvam imaṃ nṛpāḥ parān ||
ある諸王は，矢で横たわらせた大鹿達，
それらを従者達に運ばせた。
自分たちの住処を臣民達にとらせた。
この全て［の住処］を敵達に作らせた。
RA 3.35: bhayākulāśvīyavivarjitāntikas
tato (31-1)varāhaḥ kupitaḥ samīyivān |
(31-2)aghāni rājñā svayam eva pattriṇā
na kārayāmāsa pareṇa vigraham ||
恐怖に駆られた騎兵達がそばからいなくなった
猪が，そこから怒ってやって来た。
王はまさに自ら矢で［その猪を］殺した。
［王が］他者に戦いをさせることはなかった。

［解説］(30a-1)ahārayan tān puruṣaiḥ（「［諸王は従］者達にその［大鹿］を運ばせた」）と(30a-2)nijālayān ... ajīharan narān（「［諸王は］自分達の住処を臣民達にとらせた」）において，「［従］者」（puruṣa）と「臣民」（nara）は動詞語基 hṛ が ṆiC で終わらないときに表示する行為の〈行為主体〉である。ここでは A 1.4.53により「従者」が〈行為主体〉と呼ばれ，「臣民」が〈目的〉と呼ばれる例を通じて，A 1.4.53が定める2つの規定が例証されている。(30b)akārayan sarvam ... parān（「［諸王は］全て［の住処］を敵達に作らせた」）において，「敵」（para）は動詞語基 kṛ が ṆiC で終わらないときに表示する行為の〈行為主体〉であり，それが ṆiC で終わるとき，A 1.4.53により〈目的〉と呼ばれる。

(31-1)varāhaḥ ... samīyivān（「猪がやって来た」）と(31-2)aghāni rājñā（「王に

よって［猪が］殺された」）において，「猪」（varāha）と「王」（rājan）はそれぞれ，sam に先行される動詞語基 i と動詞語基 han が表示する行為に相関して A 1.4.54により〈行為主体〉と呼ばれる。varāha という語の後に第一格接辞が起こり，rājan という語の後に第三格接辞が起こる理屈は，BhK 8.84における kim（「誰」）と śakra（「インドラ」）という語の場合と同様である。細説は省く。

na kārayāmāsa pareṇa vigraham（「［王は］他者に戦いをさせることはなかった」）において，「他者」（para）を使役する行為主体は文脈上「王」（rājan）のはずであるから，校訂者も注記するように，詩節 c 句の rājñā（第三格接辞で終わる語）に接辞変換（vibhaktipariṇāma）を加えた rājā（第一格接辞で終わる語）を当該箇所に読み込むべきである。当該箇所に想定される，「他者」を使役する主体「王」は，A 1.4.55により〈原因〉と呼ばれる。

RA 3.35（vaṁśasthavila 韻律）において，a 句 bhayākulāśvī|ya- と d 句 kārayāmā|sa の箇所で語の途中に中間休止が来ている。

2.3　詩文論書の概念と役割

BhK 8.70-84と RA 3.11-35の比較考察は，バッティが物語の流れに沿う形で規則を例証することに成功している一方で，バウマカは完全にそれに失敗していることを示している。しかしながら，各規則が与える規定の例証数は BhK 8.70-84（約42個）より RA 3.11-35（約63個）の方が多い。したがって，その限りではバウマカの Rāvaṇārjunīya の方がこの種の作品としては優れており，規則の例証が第1の目的であるから多少の欠陥は許容される，と考えることができるかもしれない。この問題をどう扱うべきか。

ここで，Bhaṭṭikāvya と Rāvaṇārjunīya が後代の詩論家達によって詩文論書と呼ばれることに着目したい。両作品がこの用語で呼ばれること自体はよく知られている。しかし，従来の研究では詩文論書の概念が正確に理解されておらず，曖昧な形のまま研究者達に受け入れられてきた。例えば，Warder 1983は kāvyaśāstra を次のように説明する。

> Later on Bhoja (p. 470) classifies Bhaṭṭi's poem as a *kāvyaśāstra*, i.e. a science presented in a *kāvya*, which is one of his forms or genres of *kāvya*. Kṣemendra (*Suvṛttatilaka* III.4) similarly calls Bhaṭṭi's *kāvya* a *kāvyaśāstra*. (Warder 1983: 120.14-17)

後に見るように kāvyaśāstra は kāvya であるから，Warder 1983の 'a science presented in a *kāvya*' という説明は不適切である。また，洞察に富んだ古典サンスクリット文学概説書 Lienhard 1984，Bhaṭṭikāvya に対して詩学的観点から考察を加えた Sudyka 2000，サンスクリット文化を多角的に論じる刺激的な研究書 Pollock 2006，Clay Sanskrit Library 叢書の１つとして公表された Bhaṭṭikāvya の最新訳 Fallon 2009など，Bhaṭṭikāvya を間接的または直接的に扱う代表的研究書や論文において，なぜか同作品が kāvyaśāstra ではなく śāstra-kāvya として言及され，解説されている（Lienhard 1984: 225.20-226.15; Sudyka 2000: 449.5-7; Pollock 2006: 162.24-26, 174-175.38-4, 389.6-9; Fallon 2009: xxxi. 24-25）。以下に述べるように，詩論家達によれば Bhaṭṭikāvya は kāvyaśāstra である。詩文論書の概要については Raghavan 1978: 795.26-37が簡潔に記述しているが，不明確な点を残す。

詩文論書の概念を明らかにすることは，サンスクリット伝統詩学の観点から Bhaṭṭikāvya と Rāvaṇārjunīya を評価することを可能にする。

2.3.1　論書について

まず詩文（kāvya）と論書（śāstra）とは何かを確認しておく必要がある。詩文については序論0.2ですでに見た。インド土着文法によれば，śāstra という語は，教示行為を意味する動詞語基 śās（dhātupāṭha II.66: śāsÚ anuśiṣṭau）の後に uṇādi 接辞 ṢṭraN が導入されて派生する語である（US 4.158: sarvadhātubhyaḥ ṣṭran）。同語は「教示する手段」（Vācaspatya [6005.35]: śiṣyate 'nena）を意味し（A 3.3.1: uṇādayo bahulam），そこから「教科書，教本，論書」という意味が導かれる。

サンスクリット文献における śāstra という語の用法については，Cardona

1997: 572–573が論じている。そこでは同語の意味として1．何らかの教示一般，2．文法学や六派哲学などの教え，3．特定の作品，4．パーニニの文法規則，これら4つが挙げられている。Cardonaは論及しないが，論書について詳述する文献としてラージャシェーカラ（Rājaśekhara，9世紀末-10世紀前半）のKāvyamīmāṁsāがある。ラージャシェーカラによればこの世の中で「言葉より成るもの」（vāṅmaya）には論書と詩文の2種がある。彼は，詩文で描かれる事柄は論書の内容を前提とするから，詩文の探究に入る前にまず論書について深く理解すべきであるとして（KM [2.16–17]），紙幅を割いて論書の種類を細かく分類している（KM [2.18–5.8]）。しかし，ここにその全てを列挙して1つずつ吟味することはしない（詳細は上村 1999: 192–198）。KM 2.18–5.8におけるラージャシェーカラの説明に従えば，特定の事柄に関して教示を与える学問体系およびその内容が記述された文献がśāstraと呼ばれると理解して問題ないであろう。

2.3.2　詩文論書の定義とその用語の解釈可能性

以下，詩文論書の概念を考察する上で手掛かりとなる詩論家達の記述を検討する。

2.3.2.1　ボージャ

芸術の庇護者としても有名であったダーラー（Dhārā）の王ボージャは，自著Śṛṅgāraprakāśaにおいて詩文論書を次のように定義する。

ŚP (727.11–12): yatrārthaś śāstrāṇāṃ
kāvye 'bhiniveśyate mahākavibhiḥ |
tad bhaṭṭikāvyamudrā-
rākṣasavat kāvyaśāstraṁ syāt ||
論書の事柄を大詩人達が一体化させている詩文，それは，BhaṭṭikāvyaやMudrārākṣasaと同様，詩文論書であろう。

論書の内容と一体化，融合している詩文，それが詩文論書である。論書で扱われるべき事柄が扱われるとはいえ，詩文論書はあくまでも詩文であることが述べられている点に留意されたい。このことは，kāvyaśāstra という複合語の意味において，「論書」ではなく「詩文」が主要素（pradhāna）であることを意味する。

詩文論書の作品例として，ボージャは Bhaṭṭikāvya だけでなくヴィシャーカダッタ（Viśākhadatta，6世紀末）作の政治劇 Mudrārākṣasa を挙げている。同戯曲については，大地原 1991による詳細な解題がある。同作品の内容や性格についてはこれ以上踏み込まない。

2.3.2.2　ラージャシェーカラ

北インドのマホーダヤ（Mahodaya）で活躍したラージャシェーカラの手になる詩論書 Kāvyamīmāṁsā 中に，ボージャの定義との関連を思わせる一節がある。

> KM (17.5–17): pratibhāvyutpattimāṁś ca kaviḥ kavir ity ucyate | sa ca tridhā | śāstrakaviḥ kāvyakavir ubhayakaviś ca | ... upakāryopakārakabhāvaṃ tu mithaḥ śāstrakāvyakavyor anumanyāmahe | yac chāstrasaṁskāraḥ kāvyam anugr̥hṇāti śāstraikapravaṇatā tu nigr̥hṇāti | kāvyasaṁskāro 'pi śāstravākyapākam anuruṇaddhi kāvyaikapravaṇatā tu viruṇaddhi | tatra tridhā śāstrakaviḥ | yaḥ śāstraṁ vidhatte yaś ca śāstre kāvyaṁ saṁvidhatte yo 'pi kāvye śāstrārthaṃ nidhatte |
>
> そして詩的閃きと教養に溢れる詩人が「［真の］詩人」と言われる。さらに，それ（詩人）は3種である。すなわち論書の詩人，詩文の詩人，両者（論書と詩文）にまたがる詩人である。…そして，相互的な扶助関係を論書の詩人と詩文の詩人の間に我々は認める。なぜなら，論書による洗練は詩文を扶助するが，論書だけに偏ることは［詩文を］沈め，詩文による洗練も論書の文の成熟に適合するが，詩文だけに偏ることは［論書を］妨害するからである。その［3種の詩人の］うち，論書の詩人は3種である。論

書を創作する者，論書の中に詩文［の要素］を配置する者，そして，詩文の中に論書の事柄を定め置く者である。

ラージャシェーカラによれば，詩人には論書の詩人（śāstrakavi），詩文の詩人（kāvyakavi），両者にまたがる詩人（ubhayakavi）の3種がおり，そのうち論書の詩人には論書を創作する者（yaḥ śāstraṁ vidhatte），論書の中に詩文［の要素］を配置する者（yaś ca śāstre kāvyaṁ saṁvidhatte），詩文の中に論書の事柄を定め置く者（yo 'pi kāvye śāstrārthaṃ nidhatte）の3種がいる。「論書の事柄を大詩人達が一体化させている詩文」（yatrārthaś śāstrāṇāṃ kāvye 'bhiniveśyate mahākavibhiḥ）という詩文論書に対するボージャの説明を考慮すれば，Raghavan 1978: 607.38–608.1も指摘するように，「詩文の中に論書の事柄を定め置く者」の作品がkāvyaśāstraに対応し，必然的に「論書の中に詩文［の要素］を配置する者」の作品がśāstrakāvyaに対応すると考えられる。したがって，所々詩文（kāvya）の要素が見られる論書（śāstra）がśāstrakāvyaと呼ばれ(49)，論書の事柄が取り入れられている詩文がkāvyaśāstraと呼ばれると解釈することができる。Lienhard 1984: 225.20–30が与えるśāstrakāvyaとkāvyaśāstraの説明はこれとは逆になっている。

2.3.2.3　クシェーメーンドラ

最後に，中世カシミールの作家クシェーメーンドラが著した韻律学書Suvṛttatilakaの記述に触れておきたい。

SVT 3.2–4: śāstraṃ kāvyaṁ śāstrakāvyaṃ kāvyaśāstraṃ ca bhedataḥ |
catuṣprakāraḥ prasaraḥ satāṁ sārasvato mataḥ ||
śāstraṃ kāvyavidaḥ prāhuḥ sarvakāvyāṅgalakṣaṇam |
kāvyaṁ viśiṣṭaśabdārthasāhityasadalaṅkṛti ||
śāstrakāvyaṃ caturvargaprāyaṁ sarvopadeśakṛt |
bhaṭṭibhaumakakāvyādi kāvyaśāstraṃ pracakṣate ||
kāvya，śāstra，śāstrakāvya，kāvyaśāstraという言語表現の4種の広がりを，

［それぞれの］差異に基づき，善者達は認める。śāstra は kāvya のあらゆる要因を知らしめるものであり，kāvya は優れた言葉と意味の連合と美しい装飾を具えたものであると，詩文を知る者達は宣言する。人生の4目的［に関する教示］が大部分を占めるがゆえ一切の［人達］に教示を与えるものが śāstrakāvya であり，バッティやバウマカの kāvya などは kāvyaśāstra であると［彼らは］宣明する。

クシェーメーンドラは言葉から成る作品を kāvya，śāstra，śāstrakāvya，kāvyaśāstra の4種類に分け，そのうち，śāstra，kāvya，śāstrakāvya を順番に定義する。残念ながら kāvyaśāstra については作品例を挙げるのみである。クシェーメーンドラはラージャシェーカラから多大な影響を受けたとされるから（上村 1999: 186.5-8; 山崎 2012），彼は kāvyaśāstra という用語を使用する際に，ラージャシェーカラの「詩文の中に論書の事柄を定め置く者」という詩人の定義を念頭に置いているかもしれないが，想像の域を出ない。しかし，クシェーメーンドラが kāvyaśāstra の例としてバッティとバウマカの作品に言及し，ボージャと同様にそれを「詩文」と断言する点は重要である。[50]

2.3.2.4　kāvyaśāstra の複合語分析

詩論家達の説明それ自体に関してはまだ議論の余地があるが，少なくとも彼らが詩文論書を詩文と見なしていること，それゆえ kāvyaśāstra という複合語の意味において kāvya という語の表示対象が主要素であることが明らかとなった。このことを踏まえると，同複合語に対して次のような分析文を想定することができる。

kāvyaṁ śāstram iva（「論書のような詩文」）

サンスクリット百科事典 Vācaspatya でも kāvyaśāstra という語に対して同様の分析文が提示される（Vācaspatya [2029.8]: kāvyaṁ śāstram iva upadeśakatvāt）。Vācaspatya も説述するように，この場合，詩文と論書との共通属性は「教示を与えること」(upadeśakatva) であろう。以上の仕方で kāvyaśāstra という複合語を分析する場合，その複合語形成は次の規則によって説明され得る。

A 2.1.56: upamitaṁ vyāghrādibhiḥ sāmānyāprayoge ‖
「共通属性を示す語が使用されていない場合，比喩対象を表示する名詞接辞で終わる項目は，vyāghra（「虎」）群に含まれ，意味的繋がりがあり，名詞接辞で終わる，比喩基準を表示する項目と任意に複合語を形成し，その複合語は tatpuruṣa と呼ばれる」
例：puruṣavyāghraḥ（「虎のごとき人」）
世間的分析文：puruṣo 'yaṁ vyāghra iva puruṣavyāghraḥ (KV on A 2.1.56 [I.114.13])

この規則は，共通属性（sāmānya，ここでは「教示を与えること」）を表示する語が使用されていない場合，比喩対象（upamita）を表示する項目（ここでは kāvya という語）が，vyāghra（「虎」）群に含まれる，比喩基準（upamāna）を表示する項目（ここでは śāstra という語）と任意に複合語を形成することを規定する。A 2.1.56において，比喩対象を指示する upamita という語は第一格接辞によって指示されているから，同語には，A 1.2.43: prathamānirdiṣṭaṁ samāsa upasarjanam により術語 upasarjana が適用される。upasarjana と呼ばれる項目が指示する対象を表す語は A 2.2.30: upasarjanam pūrvam により複合語の先行要素となる。かくして，比喩対象となる詩文という意味を表示する kāvya という語が複合語の先行要素となり，kāvyaśāstra という複合語が形成される。同複合語において，比喩対象，すなわち限定対象（viśeṣya）である「詩文」が複合語の主要素である。

なお，vyāghra（「虎」）群の中に śāstra という語は含まれないが，当該の語群は，規則の適用対象となる語の一部のみを代表として列挙する見本群（ākṛtigaṇa）なので問題はない（KV on A 2.1.56 [I.114.17]）。

2.3.2.5 詩文論書の特徴

論書の事柄を巧みに取り入れることで，特定の問題に関して論書のごとく教示を与える詩文が詩文論書である。ただし，ここで注意しなければならないのは，そもそも詩文とは特に性愛（kāma），実利（artha），法（dharma），解脱（mokṣa）という人生の4目的（caturvarga）に関して教示を与えるものであり（KĀ 1.15c: caturvargaphalāyattam; RŚ on KĀ 1.3 [2.21]: kāvyaṃ cedaṃ caturvargalakṣaṇam），この意味において詩文は本来論書としての性格も有しているということである（詩文と論書の関係については，Raghavan 1978: 3–8も参照）。Bhaṭṭikāvya も，Rāmāyaṇa を題材に英雄ラーマの誉れ高い振る舞いを描くことで「人はラーマのように振る舞うべきであり，ラーヴァナのように振る舞うべきではない」といった行動規範などを読者に教示する。ヴィシュヴァナータ（Viśvanātha，14世紀頃）は言う。

> SD (18.8–19.3): kāvyasya prayojanaṁ hi rasāsvādasukhapiṇḍadānadvārā vedaśāstravimukhānāṁ sukumāramatīnāṁ rājaputrādīnāṁ vineyānāṁ rāmādivat pravartitavyaṃ na rāvaṇādivad ityādikṛtyākṛtyapravṛttinivṛttyupadeśa iti cirantanair apy uktatvāt |
> 「詩文の目的は，実に，情味の味わいから生じる幸の塊を与えることを通じて，ヴェーダや論書から顔を背ける，知性が未熟な教化されるべき王子らに対し，「ラーマらのように振る舞うべきであり，ラーヴァナらのように振る舞うべきではない」などという，なすべきことへの活動となすべきでないことの抑制に関する教示をなすことである」と長老達も述べているから。

「何らかの教示を与える詩文」という意味だけで詩文論書という用語を解してしまうと，およそ全ての詩文にこの用語が当てはまることになってしまうであろう。それゆえ，kāvyaśāstra という複合語を kāvyaṁ śāstram iva（「論書のような詩文」）と分析し，両者の共通点を「教示を与えること」と解する場合，その用語は，一般的な詩文よりも論書的側面を色濃く持つ作品にのみ適用されると考える必要がある。このことは，ボージャが詩文論書を定義する際に abhiniveśyate（「一体化させる」）という語を使用していることからも示唆される。(51)

ついでながら，śāstrakāvya という複合語も kāvyaśāstra という複合語と同じ型の分析文によって説明可能である。A 2.1.56に従えば，śāstrakāvya という複合語は śāstraṃ kāvyam iva（「詩文のような論書」）と分析される。この場合，詩文が持つ美的要素を作品の所々で具えた論書が śāstrakāvya と呼ばれることになり，それはラージャシェーカラの「論書の中に詩文［の要素］を配置する者」（yaś ca śāstre kāvyaṁ saṁvidhatte）という説明と一致する。

2.3.3　詩文における欠陥

以上のように，文法規則の例証を枢機とする作品といえども，伝統詩学の観点からは Bhaṭṭikāvya や Rāvaṇārjunīya は詩文と見なされる。ここで重要なのは，詩文の体裁をとり詩文として著される以上，そこに作品を損なう詩的欠陥が見出されることは決して許容されないということである。バーマハやダンディンは次のように明言する。

> KA 1.11–12: sarvathā padam apy ekaṃ na nigādyam avadyavat |
> vilakṣmaṇā hi kāvyena duḥsuteneva nindyate ‖
> nākavitvam adharmāya vyādhaye daṇḍanāya vā |(52)
> kukavitvaṃ punaḥ sākṣānmṛtim āhur manīṣiṇaḥ ‖
> どんな仕方であれ，欠陥を有する語は1語たりとも述べられるべきでない。なぜなら，［詩人は］条件を欠く詩文によって非難されるから。悪い息子によって［父が］非難されるように。
> 詩人でないことが罪や病気や刑罰をもたらすわけではない。しかし，悪しき詩人であることは直接的に死をもたらすと賢者達は言う。
> KĀ 1.6–7: gaur gauḥ kāmadughā samyakprayuktā smaryate budhaiḥ |
> duṣprayuktā punar gotvaṃ prayoktuḥ saiva śaṁsati ‖
> tad alpam api nopekṣyaṃ kāvye duṣṭaṃ kathaṃ cana |
> syād vapuḥ sundaram api śvitreṇaikena durbhagam ‖

言葉は正しく使用されるとき，望みを叶える雌牛になると知者達は伝えている。一方，まさにその［言葉］は誤って使用されるとき，言語使用者が雄牛（獣）であることを物語る。
それゆえ，僅かな汚点すら詩文においては見過ごされてはならない。どんな仕方であっても。美しい体もたった１つの皮膚病の染みによって不吉なものとなってしまう。
KĀ 3.126cd: iti doṣā daśaivaite varjyāḥ kāvyeṣu sūribhiḥ |
以上が他ならぬ10種の欠陥であり，これらを詩文中で賢者達は避けるべきである。

詩的欠陥は詩文の魅力を損なう要因である（KASV [12.1]: saundaryākṣepahetavas tyāgāya doṣā jñetavyeti; PYBh [296.5]: doṣaḥ kāvyāpakarṣasya hetuḥ）。そのような汚点の存在は詩文には許されない。もし自身の詩文に何らかの瑕疵が見出されれば，それは詩人にとって致命的である。

2.3.4　美文体の利用

最後に，論書の事柄を教示するために美文体を使用することの有用性について見ておきたい。バッティと同時代の詩論家バーマハは次のような言葉を残している。

KA 5.3: svādukāvyarasonmiśraṁ śāstram apy upayuñjate |
prathamālīḍhamadhavaḥ pibanti kaṭubheṣajam ||
美味なる詩文の汁（ラサ）が混ざっていれば，［人は］論書でも味わう。最初に蜜をなめておけば，［人々は］苦い薬を飲むものである。

この言葉はまさに Bhaṭṭikāvya の性格と目的を端的に言い表したものと言える。Bhaṭṭikāvya は，美文体という蜜を使って，苦い薬のようなパーニニ文法学の学習を促す。以下の Bhāṣya の記述は，早くもパタンジャリの時代において，パーニニ文法学の学習が学生達に毛嫌いされていたことを示す。

MBh (Paspaśā) [I.5.8-11]: vedam adhītya tvaritā vaktāro bhavanti | vedān no vaidikāḥ śabdāḥ siddhā lokāc ca laukikāḥ | anarthakaṁ vyākaraṇam iti | tebhya evaṁ vipratipannabuddhibhyo 'dhyetṛbhya ācārya idaṁ śāstram anvācaṣṭe | imāni prayojanāny adhyeyaṁ vyākaraṇam iti |
ヴェーダを学んだ後で［学生達は］慌てて言う。「ヴェーダ聖典に基づいて，私達のもとにヴェーダ語が確立されます。そして世間の言語慣習に基づいて日常語が。［それゆえ］文法学は無意味です」［文法学学習に対して］このように異論がある彼ら学生達に，先生はこの文法学を説く。「これらが［学習］目的である。［したがって］文法学が学ばれねばならない」と言って。

クシェーメーンドラもバーマハと同趣旨の言葉を述べる。

SVT 3.5: tatra kevalaśāstre 'pi ke cit kāvyaṃ prayuñjate |
tiktauṣadharasodvege guḍaleśam ivopari ||
それら（kāvya，śāstra，śāstrakāvya，kāvyaśāstra）のうち，単なる論書にもある人達は美文［体］を使用する。苦い薬の味を中和するために［人が］少量の糖蜜を使用するように。

以上のような，「魅力溢れる美文体の使用は毛嫌いされる学問の教示に役立つ」という考えの萌芽は，仏教詩人アシュヴァゴーシャに見られる。彼はSaundarananda を詩文の体裁をとって著した理由を次のように語る。

SN 18.63-64: ity eṣā vyupaśāntaye na rataye mokṣārthagarbhā kṛtiḥ
śrotṝṇāṃ grahaṇārtham anyamanasāṃ kāvyopacārāt kṛtā |
yan mokṣāt kṛtam anyad atra hi mayā tat kāvyadharmāt kṛtaṃ
pātuṃ tiktam ivauṣadhaṃ madhuyutaṁ hṛdyaṃ kathaṁ syād iti ||
prāyeṇālokya lokaṁ viṣayaratiparaṃ mokṣāt pratihataṃ
kāvyavyājena tattvaṃ kathitam iha mayā mokṣaḥ param iti |

tad buddhvā śāmikaṁ yat tad avahitam ito grāhyaṃ na lalitaṃ
pāṁsubhyo dhātujebhyo niyatam upakaraṃ cāmīkaram iti ‖

以上のように，寂静をもたらすものであって快楽をもたらすものではない，解脱という主題を内に含むこの作品は。［これは，解脱］以外のものに心を向ける聞き手達を捉えるために詩文を装って著されたのである。解脱に反する行いを，この［作品中］で，実に，私は詩文の規範に従って描いた。苦い薬を飲むために［それを］蜜と混ぜ合わせるように。「どうすれば［聞き手達の］心を捉えるものになるだろうか」と考えて。概して人々が感官対象に起因する快楽を追い求めて解脱を妨げられているのを目にし，詩文を装って，真実をここで私は語った。「解脱が最上である」という［真実を］。［聞き手は］そのことを認識した上で，寂静に関するものを注意深くこの［作品］から理解すべきであって，娯楽的なものを理解してはならない。「鉱物に生じている（付着する）土を取り除かれた黄金だけが有益なものである」と考えて。

「聞き手を引きつけることができる美文体を使って解脱について説く」という構造は，「美文体を使って文法学に基づく正しい言語使用を示教する」ことを企図した Bhaṭṭikāvya の構造と同じである。鑑賞者を引き込む詩文の条件を満たしていてはじめて，論書の事柄を巧みに教示する詩文論書の役割が果たされる。規則が与えるより多くの規定を例証しようとも，作品が詩文の欠陥を有していては意味がない。

2.4　小　結

バッティとバウマカがなす kāraka 術語規則例証の比較考察の結果および詩文論書の概念の検討結果を以下にまとめる。

・BhK 8.70-84と同様，RA 3.11-35でも基本的に規則の順序（A，B，C ...）とそれらを例証する語の配列順序（a，b，c ...）は合致する。そこには規則中で項目が提示される順序（A-1，A-2，A-3 ...）とその項目によって条件づけられる規定を例証する語の配列順序（a-1，a-2，a-3 ...）を一致させようとする意識も明瞭に見てとれる（RA 3.15; 3.17-21; 3.31-34）。

・śloka 韻律のみが使用される BhK 8.70-84とは対照的に，RA 3.11-35では13種の韻律が使用される。バウマカがより多くの韻律を使用することでバッティとの違いを示そうとしたことは明らかである。しかし，計17ヵ所で語の途中に中間休止が来ている（RA 3.11; 3.18-19; 3.23-24; 3.29; 3.31; 3.33-35）。

・RA 3.11-35ではありふれた同一の単語が繰り返し使用される。使用頻度が特に多いものを挙げれば sma（5回），āśu（4回），nṛpa（9回），mṛga／mṛgī（7回），aśva（5回），rajas（5回），śara（4回，テクスト修正を含めると5回），patha／pathin（4回）である。さらに，para，apara，anya，kaś cit，sarva などの表現も多出する。指示対象や使用目的が不明瞭な代名詞類の使用も多い。これらが詩節の詩行を埋めるべく無配慮に使用されている可能性は高い。

・RA 3.11-35では，A 1.4.41（RA 3.22），A 1.4.47（RA 3.27），A 1.4.50（RA 3.29）を除いて，kāraka 術語規則が定める全規定が例証される。ただし，規則例証に傾倒するあまり，RA 3.11-35の内容は不自然極まりないものとなっている。RA 3.11-35には規則例証のためだけに用意されたかのような詩節が多く存在し，物語の流れが所々で中断する（RA 3.19-21; 3.24; 3.31-34）。

・詩文論書はあくまでも詩文である。それが詩文である以上，作品を損なう欠陥を抱えることは許容され得ない。その意味において，バウマカは詩文論書の創作に失敗していると言わねばならない。

バッティより多くの韻律を使用し多くの規定を例証して能力の高さを示そうとするあまり，バウマカは作中に文学上の瑕疵を抱えることとなった。同作品が vyoṣakāvya と呼ばれるようになったのもうなずける。バッティは，他の韻律に比べて詩行を構成する音節数が少なく長短の配置の自由度が高い śloka 韻律を意図的に使用するとともに，規定の例証数を抑えることで，詩文性の保持に努めている。欠陥だらけの作品では聞き手の心を魅了することはできない。そのような作品を教師が教本に選ぶはずもない。詩文の条件を満たしていてはじめて，詩文論書の役割が果たされるのである。

註

（1） BhK 8.70-84を論ずる先行研究として，Śaśi Bālā による *Bhaṭṭikāvya evaṃ Pāṇinīya vyākaraṇa kā tulanātmaka adhyayana* (Delhi: Vidyānidhi Prakāśana, 1994) があるが（Cardona 1999: 274），本研究で利用することはできなかった。

（2） 当該の説明方法に関しては，小川 2014: §4 (29-31) を参照せよ。

（3） Kāśikāvṛtti は upayoga を「niyama を前提とする学識の獲得」（niyamapūrvakaṁ vidyāgrahaṇam）と説明し（KV on A 1.4.29 [I.81.6]），niyama という語についてジネーンドラブッディは「学識を獲得するために弟子入りすることが niyama である」と注釈する（Nyāsa on KV to A 1.4.29 [I.543.27-28]: vidyāgrahaṇārthaṁ śiṣyapravṛttiḥ niyamaḥ）。

（4） JM on BhK 8.72 (184.23-25): ākhyātopayoga ity apādānasañjñā | rāmasyākhyātṛtvāt | sāvadhānatayā sandeśagrahaṇāt niyamapūrvakavidyāvat sandeśagrahaṇam |（「A 1.4.29: ākhyātopayoge に基づいて［ラーマは］〈起点〉と呼ばれる。ラーマは教示者であるから。［ハヌーマットは］注意深く音信を受け取るので，学生活動を前提として学識が獲得されるのと同じように音信は受け取られる」）。

（5） MDhV (357.19-22): rāmād adhītasandeśa iti bhaṭṭiprayoge pañcamī cintyā | ākhyātopayoga ity ākhyātuḥ pratipādayitur apādānatvaṁ yasmād upayoga eva | upayogaś ca niyamapūrvakaṁ vidyāgrahaṇam | tac ca upādhyāyād adhīta ityādāv eva sambhavati |（「「ラーマから音信を授かった［ハヌーマット］」（rāmād adhītasandeśaḥ）というバッティの言語使用中の第五格形は一考を要する。A 1.4.29: ākhyātopayoge に基づいて，x から他ならぬ upayoga が起こるところのその教示者 x，すなわち説明者 x が〈起点〉と呼ばれる。そして，upayoga とは学生活動を前提とした学識の獲得である。そしてそれゆえ，upādhyāyād adhīe（「師から学ぶ」）など［の文］においてのみ［A 1.4.29の適用は］可能である」）。

（6） BM on SK 594 (I.663.6-7): prathamaṃ prakāśate 'sminn iti prabhavaḥ | prathamaprakāśasthānam ity arthaḥ ||

Nyāsa は次のように説明する。Nyāsa on KV to A 1.4.31 (I.545.23-27): nanu ca himavato gaṅgā prabhavatīty etat pūrveṇaiva siddham | tathā hy ayam atrārthaḥ — himavato gaṅgā jāyata iti | tat kimartham idam ārabhyata ity āha — prathamata upalabhyata iti | eṣa cārtho 'nekārthatvād dhātūnāṁ veditavyaḥ | janyarthas tv atra na sambhavaty eva | na hi himavān gaṅgāyāḥ kāraṇam | sā hy anyebhya eva kāraṇebhya utpannā | himavati tu kevalaṃ prathamata upalabhyata iti |(「【反論】ガンガー河はヒマーラヤから現れる〈himavato gāṅgā prabhavati〉というこの［文］は同じ先の規則〈A 1.4.30〉だけで成立する。すなわち，以下がこの［文］における意味である――「ガンガー河はヒマーラヤから生じる」〈himavato gaṅgā jāyate〉したがって，一体何のためにこの［A 1.4.31］は定式化されているのか。【答】これに対して prathamataḥ upalabhyate〈「最初に知覚される」〉と［Kāśikāvṛtti は述べる］。そして，この［最初の知覚という］意味は，動詞語基が多数の意味を持つことに基づいて，［pra-bhū に関して］理解されるべきである。一方，動詞語基 jan の意味はここでは決してあり得ない。なぜなら，ヒマーラヤはガンガー河の原因ではないからである。なぜなら，その［ガンガー河］はまさに他の諸原因から生じたものだからである。そして，［ガンガー河は］ヒマーラヤにおいて単に最初に知覚されるにすぎない」)。

（7） adhītin は，adhi-i の後に A 3.4.70: tayor eva kṛtyaktakhalarthāḥ により〈目的〉を表示する Kta が起こり（adhīta），その後に A 5.2.115: ata iniṭhanau により inI が起こった語形である。したがって，adhītin の直訳は「師から学んだもの（学識）を持つ者」である。kuśala という語に後続する第三格接辞は A 2.3.21: itthambhūtalakṣaṇe に基づくものと解釈した。

（8） バーマハとダンディンは apārtha をそれぞれ次のように定義する。

KA 4.8: samudāyārthaśūnyaṁ yat tad apārthakam iṣyate |
dāḍimāni daśāpūpāḥ ṣaḍ ityādi yathoditam ‖

［文］全体の意味が空虚なもの，それは〈無意味な文〉と認められる。「10本のザクロの樹があり，6個のパンケーキがある」などが上述した通りの［〈無意味な文〉］である。

KĀ 3.128-129: samudāyārthaśūnyaṁ yat tad apārtham iheṣyate |
tan mattonmattabālānām ukter anyatra duṣyati ‖
samudraḥ pīyate so 'yam aham adya jarāturaḥ |
amī garjanti jīmūtā harer airāvataḥ priyaḥ ‖

［文］全体の意味が空虚なもの，それは〈無意味な文〉であるとこの［詩学の体系］では認められる。それは，酔っぱらい，狂人，子供の発言を除いて，欠陥と見なされる。

【例】大海が飲み干される。ここなる私は今や老衰している。あの雲々は［雷鳴を］轟かす。アイラーヴァタ象はインドラのお気に入りである。

両詩論家の定義と彼らが挙げる例を見ると，詩節中で脈絡のない複数の文が使用され，それら複数の文全体から１つのまとまった意味が理解されない場合，〈無意味な文〉という文学上の瑕疵が見出されることがわかる。なお，apārtha に対応すると考えられる

〈不明瞭な文〉(sandigdha) をヴァーマナが文の欠陥 (vākyadoṣa) に分類していることを根拠に (KAS 2.2.20: saṁśayakṛt sandigdham), apārtha を「無意味な［文］」(apagataḥ arthaḥ yasmāt tat [vākyam]) と解釈した。

(9) ダンディンは同欠陥を次のように定義する。KĀ 3.152: ślokeṣu niyatasthānaṃ padacchedaṁ yatiṁ viduḥ | tadapetaṁ yatibhraṣṭaṁ śravaṇodvejanaṁ yathā ‖ (「詩節中の決められた場所で諸語を区切ることが yati であると［人々は］知っている。そのような［区切り］を欠くものが〈休止が乱れた文〉であり，耳障りなものである。例えば［次のごとくである］」)。ヴァーマナが yatibhraṣṭa を文の欠陥に分類していることを根拠に (KAS 2.2.3: virasavirāmaṁ yatibhraṣṭam), それを「休止が乱れた［文］」(yateḥ bhraṣṭam [vākyam]) を解釈した。ダンディンは〈休止が乱れた文〉として次のような例を挙げる。

KĀ 3.153ab: strīṇāṁ saṅgī|tavidhim ayam ā|dityavaṁśyo narendraḥ
paśyaty akli|ṣṭarasam iha śi|ṣṭair ametyādi duṣṭam |

当該詩節の韻律は mandākrāntā である。計4か所で語の途中に中間休止が来ており，これは詩文の欠陥となる。なお，〈休止が乱れた文〉に関する詩論・韻律論家達の見解の相違については，山崎 2014: 151, note 15を参照せよ。

(10) ランカー島では，シーター以外にも多くの女性が幽閉されている。

(11) M. A. Karandikar and S. Karandikar 1982: 124.27は c 句 ślāghamānaḥ parastrībhyaḥ を 'being praised by the wives of others' と訳すが，ラーヴァナが他の悪魔女達を賞賛しているのであるから，これは誤訳である。

(12) JM on BhK 8.73 (185.4-5): ye kudṛṣṭayaḥ kubuddhayas tān svaviṣaye spṛhāvataḥ kārayann ity arthaḥ | (「［ラーヴァナは，］よこしまな考えを抱く者達〈kudṛṣṭayaḥ = kubuddhayaḥ〉，彼らを自分に対して熱狂する者にしながら，という意味である」)。

(13) KV on A 1.4.34 (I.82.7-8): devadattāya ślāghate | devadattaṁ ślāghamānas tāṁ ślāghāṃ tam eva jñapayitum icchatīty arthaḥ | evam — devadattāya hnute | (「【例】devadattāya ślāghate〈「デーヴァダッタを賞賛する」〉。x はデーヴァダッタを賞賛しながら，その賞賛を同じ彼に知らしめようと欲している，という意味である。以下同様に，devadattāya hnute〈「デーヴァダッタを隠す」〉」)。

(14) SP on BhK 8.73 (I.284.21-22): tāsāṁ yathā viditaṃ tathā tāḥ stuvānas tatkāmukatayety arthaḥ | (「［ラーヴァナは，］その［悪魔女］達に知られるように彼女達を賞賛しながら［やって来た］。［彼は］彼女達に欲望を抱いているから。以上の意味である」)。

(15) PM on KV to A 1.4.34 (I.551.22-552.8): ślāghā stutiḥ | pratyakṣeṇa devadattaṁ staut̄iti yāvat | evaṁ hi tāṃ devadattaḥ śakyate jñāpayitum |

(16) JM on BhK 8.74 (185.13): śapathaṁ sītāṃ jñāpayitum aiṣad ity arthaḥ | SP on BhK 8.74 (I.285.5): na kadācid aparātsyāmīti śapatham akārṣīd ity arthaḥ | (「［ラーヴァナは］

「どんなときも俺は［お前を］怒らせたりしない」という誓いを立てたという意味である」)。

(17)　ヴァースデーヴァディークシタが説明するように，A 1.4.34で挙げられる動詞語基 sthā の意味は，同動詞語基の後への ātmanepada 接辞導入の意味条件の1つとして A 1.3.23: prakāśanastheyākhyayoś ca により規定される「自身の思いを告げること」(KV on A 1.3.23 [I.57.6]: svābhiprāyakathanaṃ prakāśanam) である。

(18)　ruci は，US 4.119: igupadhāt kit により動詞語基 ruc の後に uṇādi 接辞 iN が導入されて派生する語である。uṆ などの接辞は，A 3.3.1: uṇādayo bahulam に基づき，多様な意味を表示することが理論上は許される。ここでは，(10)が A 1.4.33を例証する箇所であることを斟酌して，iN 接辞が表示する意味を〈行為主体〉あるいは〈手段〉と解し，ruci という語は「喜ばすもの」(rocate) あるいは「喜ばす手段」(rocyate anena) を意味すると解釈した。当該の文脈において王を「喜ばすもの」としては財物や勝利などが考えられようか。A 3.3.1で規定されるように，uṆ などの接辞の導入によって派生する語は名称語 (sañjñā) であるが，A 1.4.33の例証が明瞭になるよう，詩節の訳には ruci の派生的意味をそのまま反映させた。

(19)　テクストの saślāghe を校訂者の案に従って修正する。

(20)　テクストは patho と読むが，このままでは読解困難なので校訂者の修正案に従う。

(21)　実際のテクストは patho であるが，そのままでは読解不能である。群衆がいる場所を示すものとしてバウマカが同表現を使用したであろうことは間違いないため，patho を pathe に修正して読む。

(22)　バーマハの定義を挙げておこう。KA 4.15: atrārthapunaruktaṁ yat tad evaikārtham iṣyate | uktasya punarākhyāne kāryāsambhavato yathā | (「この［詩学の体系］では，［すでに述べられた］事柄を再び述べること，他ならぬそれは〈同義反復〉と認められる。すでに述べられた［事柄］を再度述べても効果は生じ得ないから。例えば［次のごとくである］」)。この説明を見る限り，バーマハは ekārtha という語を「同じ意味を持つ言明」(ekaḥ arthaḥ yena ／ yasya ／ yasmin tad uktam) と解釈していると考えられる。バーマハ (KA 4.16)，ダンディン (KĀ 1.136)，ヴァーマナ (KAS 2.2.11) はいずれも〈同義反復〉の例として同一文中の表現を挙げる。彼らが R 3.15ab 句のような複数文の事例を欠陥と見なしていたかどうかは定かではないが，マンマタは複数文から構成される詩節が同義語を含むことを欠陥と見なす (Raghavan 1978: 237-241)。

(23)　KAS 2.1.9: pūraṇārtham anarthakam ‖ (「［詩行を］埋めるための［語］が〈無益な語〉である」) KASV on KAS 2.1.9 (13.10-13): pādapūraṇārthamātraprayuktam avyayaṃ cādipadam anarthakam | daṇḍāpūpanyāyena padam anyad apy anarthakam eva | yathā | uditas tu hāstikavinīlam ayaṃ timiraṃ nipīya kiraṇaiḥ savitā | atra tuśabdasya pādapūraṇārtha eva prayogaḥ | (「詩行を埋めるためだけに使用される不変化詞である ca などの

語が〈無益な語〉である。棒とパンケーキの道理に基づき，［不変化詞］以外の語も他ならぬ〈無益な語〉となる。【ca などの語の例】「しかし（tu），象の群のように青黒い闇を光線で飲み干しながら，この太陽は昇った」。ここで tu という語は詩行を埋めるためだけに使用されている」）。パンケーキが乗った棒をネズミ達が持っていった，あるいは彼らがその棒をかじったとしよう。その場合，棒だけではなくパンケーキもネズミ達に食べられてしまうことが容易に推理される。それと同様に，ca などの不変化詞が詩行を埋めるためだけに使用されたときに〈無益な語〉と見なされるならば，不変化詞でない他の諸語も，もしそれが詩行を埋めるためだけに使用されるならば〈無益な語〉と見なされることが必然的に帰結する。棒とパンケーキの道理については，Jacob 1983: 29-30を参照せよ。

（24）　SK 574 (I.646.5-647.1): īpsitamātre iyaṁ sañjñā | prakarṣavivakṣāyāṃ tu paratvāt karmasañjñā, puṣpāṇi spṛhayati |

（25）　asūya は kaṇḍū 群の動詞語基 asū に yaK 接辞が導入されて派生する語形である（BM on SK 575 [I.647.10]: asūñ upatāpe kaṇḍvādiḥ）。yaK は A 3.1.27: kaṇḍvādibhyo yak により導入され，yaK で終わる項目は A 3.1.32: sanādyantā dhātavaḥ により動詞語基（dhātu）と呼ばれる。

（26）　MDhV (409.22-23): ayam asūyārtho 'pi | tena devadattāya sūyata iti krudhadruha — ity caturthī bhavatīty ātreyaḥ |（「この［動詞語基 sū］は非難も意味する。それゆえ，「デーヴァダッタを非難する〈devadattāya sūyate〉というように，A 1.4.37: krudhadruha 云々に基づいて［「デーヴァダッタ」は〈受手〉と呼ばれ，］第四格接辞が起こる」とアートレーヤは言う」）。

（27）　KV on A 1.4.39 (I.83.6-8): vividhaḥ praśnaḥ vipraśnaḥ | sa kasya bhavati | yasya śubhāśubhaṃ pṛcchyate | devadattāya rādhyati | devadattāya īkṣate | naimittikaḥ pṛṣṭaḥ san devadattasya daivaṃ paryālocayatīty arthaḥ |（「vipraśna とは様々な質問という意味である。【問】その［様々な質問］は誰に対してなされるのか。【答】吉凶を問われる人に対して［なされる］。【例】デーヴァダッタの吉凶を吟味する〈rādhyati = īkṣate〉。占星術師は尋ねられてデーヴァダッタの運命を吟味する，という意味である」）。

（28）　Leonardi 1972: 77.25-28は当該詩節を 'O shy one, mediocre *people*, not the best *men*, pay attention to those who assent to them; other *men*, not *heroes* like me indeed, reciprocate, without having attained their object, those who praise them' と訳す。pratiśru と anu-gṝ の意味および詩節の趣旨を取り損なっている。

（29）　JM on BhK 8. 77 (186. 7-9): śṛṇvadbhyaḥ prārthayamānebhyaḥ svāminn idaṃ kriyatām iti | madhyamāḥ prabhavaḥ pratiśṛṇvanti om ity upagacchanti | he bhīru nottamā mādṛśāḥ | te hi svātantryāt svayam eva hitaṃ pratipadyanta iti bhāvaḥ |（「従順な部下達に，すなわち「主よ，これをなさってください」と頼む者達に。中位の支配者達は約束

する，すなわち「いいだろう」と認める。おお，怯える女よ，俺のような上位の者達はそんなことはしない。その［上位の者達］は，自立していることに基づき，まさに自ら利益を獲得するからである。このことが意図されている」)。

(30)　SP on BhK 8.77 (I.286.6–8): anye madvyatiriktāḥ madhyamāḥ śṛṇvadbhyaḥ śrutaśālibhyaḥ | idaṃ kāryam idam akāryam iti hitāhitam upadiśadbhya ity arthaḥ | pratiśṛṇvanti abhyupagacchanti | tathaiva kurma iti pratijānata ity arthaḥ | (「他の者達，すなわち俺とは違う中位の者達は［聖典を］学ぶ者達に，すなわち聖典に傾倒する者達に。「これはなすべきことであり，これはなすべきことではない」と言って有益なことと無益なことを教示する者達に，という意味である。約束する，すなわち承認する。「全くその通りに我々はなそう」と約束する，という意味である」)。

(31)　KV on A 1.4.41 (I.83.16–17): hotre 'nugṛṇāti | hotā prathamaṁ śaṁsati tam anyaḥ protsāhayati | anugaraḥ pratigara iti hi śaṁsituḥ protsāhane vartate | hotre 'nugṛṇāti hotāraṁ śaṁsantam protsāhayatīty arthaḥ | (「【例】hotre 'nugṛṇāti〈「ホートリ祭官を鼓舞する」〉。ホートリ祭官がまず朗唱し，彼を他の者が鼓舞する。実に，anugara と pratigara という語は朗唱者を鼓舞することを意味する。hotre 'nugṛṇāti は，「朗唱するホートリ祭官を鼓舞する」を意味する」)。

(32)　SP on BhK 8.77 (I.286.13–15): kiñca pūrvoktā madhyamāḥ gṛṇadbhyaḥ śaṁsadbhyaḥ stāvakebhyaḥ anugṛṇanti ditsāsūcakālāpaiḥ protsāhayanti | madvidhās tūttamāḥ stutiṁ vinaivārthibhyaḥ prayacchantīty arthaḥ | (「さらに，先に述べた中位の者達は賞賛者達を〈gṛṇadbhyaḥ = śaṁsadbhyaḥ = stāvakebhyaḥ〉励ます，すなわち［自身の］贈与欲求を示唆する言葉によって煽動する。一方，俺のような上位の者達は賞賛などされずとも物乞い達に贈与する，という意味である」)。

(33)　Fallon 2009: 175.24は snehena を 'affectionately' と訳すが，当該箇所は A 1.4.42の例証部であるから，この訳は不適切である。また Fallon 2009: 175.25–26による cd 句の訳 'I have been made a hireling for your enjoyment, not for your displeasure' も誤訳である。文法的にこのような解釈は不可能である。

(34)　KV on A 1.4.44 (I.84.6–7): parikrayaṇaṃ niyatakālaṁ vetanādinā svīkaraṇam | nātyantikaḥ kraya eva | śatena parikrīto 'nubrūhi | śatāya parikrīto 'nubrūhi | sahasreṇa parikrīto 'nubrūhi | sahasrāya parikrīto 'nubrūhi | (「賃雇いとは，決められた時間の間，賃金などによって雇うことである。決して完全に買い取ることではない。【例】百で〈śatena = śatāya〉雇われたのだからお前は朗唱せよ。千で〈sahasreṇa = sahasrāya〉雇われたのだからお前は朗唱せよ」)。

(35)　テクストは śanaiḥ と読むが，校訂者の修提案に従う。当該箇所は A 1.4.43の例証部である。śaraiḥ と śarān という 2 表現により，動詞語基 div が表示する行為の最有効因である「矢」に術語〈手段〉を適用する規定と術語〈目的〉を適用する規定がそれぞれ例証されていると考えられる。詩節 cd 句に動詞語基 div の派生形が2回使用されることはそのことを支持する。

(36)　mānāṅka や śivāṅka など，aṅka という語を後続要素とする複合語が硬貨の名称として使用される例は豊富にある。したがって，その詳細は不明であるが，pādāṅka という語もバウマカの時代と地域で知られていた硬貨の名称と考えてよい。以上の点は Diwakar Acharya 先生のご教示による。

(37)　rathoddhatā 韻律では，3音節目あるいは4音節目に中間休止が置かれる。

(38)　テクストは nṛpāpratīkṣayā と読むが，詩節の内容を考慮して校訂者の修正案に従う。

(39)　当該の purā および RĀ 3.28c 句の purā は確実性（niścaya）を標示する既成形（nipāta）と理解した。A 3.3.4: yāvatpurānipātayor laṭ ‖（「既成形である yāvat および purā が共起項目である場合，行為が未来時に属するときに動詞語基の後に lAṬ 接辞が起こる」）。SK 2783 (III.630.6): nipātāv etau niścayaṃ dyotayataḥ |（「既成形である両語〈yāvat と purā〉は確実性を標示する」）。

(40)　purā という語の解釈については，本章註(39)を見よ。

(41)　A 1.4.47には A 1.4.44から anyatarasyām（「任意に」）が継起するから，〈目的〉という術語の適用は任意となる。同術語が適用されない場合，A 1.4.47により術語〈基体〉が適用される。

(42)　最も得ようと望まれる対象がそうであるのと同様に，動詞語基が表示する行為の対象となっている，という意味である。

(43)　KV on A 1.4.50 (I.85.14–15): īpsitād anyat sarvam anīpsitam dveṣyam itarac ca | viṣaṃ bhakṣayati | caurān paśyati | grāmaṃ gacchan vṛkṣamūlāny upasarpati |（「anīpsita は望まれる対象以外のもの全て，すなわち嫌悪対象と他方のもの［無関心対象］を意味する。【嫌悪対象の例】毒を食らう。泥棒達を目にする。【無関心対象の例】村に行く際に樹の根に近づく」）。

(44)　SP on BhK 8.81 (I.288.5–6): tathāyuktaṃ cānīpsitam iti rāmasyānīpsitakarmatvam |

(45)　Pradīpa on MBh to A 1.4.50 (II.412.15–18): yathādharmānṛtādibhir uttarapadārthapratipakṣabhūtaṁ vastu tatpratiṣedhadvāreṇa pratipādyate tathānīpsitaśabdenāpi dveṣyaṁ vastu yad abhidhīyate tad eva na gṛhyate, kintu sarvam īpsitād anyad ity arthaḥ |（「adharma〈「悪，罪」〉や anṛta〈「虚偽」〉など［の語］により，複合語後続要素の意味の反対物が，その［複合語後続要素の意味の］否定を通じて伝えられる。それと同様に anīpsita という語によっても表示対象として嫌悪対象だけが指示される，ということはない。そうではなくて，望まれる対象以外のもの全てが［同複合語により理解される］。このような意味である」）。

(46)　abd 句の韻律は vaṁśasthavila であるが，c 句だけ indravaṁśā の構成をとる。

(47)　c 句 rāvaṇaṃ gamaya prītiṃ を Fallon 2009: 177.9–10は ‘bring your affection to

Rávana' と訳すが，この訳だと「シーターの愛情」がもともとラーヴァナに向かっていたことになってしまう。この点については，以下の解説部を見よ。

(48)　(28g)の uvāca（「語った」）は動詞語基 brū に lIṬ が後続する語形である点に注意すべきである（A 3.4.115: liṭ ca; 2.4.53: bruvo vaciḥ）。

(49)　ボージャも śāstrakāvya を論書とする。ŚP (727.13–14): śāstraṁ yatra kavīnāṁ rahasyam upakalpayanty analpadhiyaḥ | tad ratavilāsakāmandakīyavac chāstrakāvyaṃ tu ‖（「一方，知性豊かな人々が詩人達の秘訣を設置している論書は，Ratavilāsa や Kāmandakīya と同様，śātrakāvya である」)。ここでボージャは śāstrakāvya の例として，カーマンダカ（Kāmandaka，7世紀–9世紀頃）の Kāmandakīyanītisāra と現存しない Rativilāsa を挙げている。前者は実利（artha）や政治（nīti）について，後者は性愛（kāma）について，美的要素を取り入れつつ論じた論書であり，その意味で両作品は śāstrakāvya と呼ばれる。これら両作品については，Raghavan 1978: 607.29–37, 796.19–797.8と上村 1992: 4–5, 255–275を参照せよ。

(50)　Lienhard 1984: 226.11–12はバウマカの Rāvaṇārjunīya を śāstrakāvya とし，当該のクシェーメーンドラの詩節をその根拠として挙げる（Lienhard 1984: 11–12)。Lienhard が SVT 3.2–4を精読しているかどうか疑わざるを得ない。

(51)　upasarga に先行される動詞語基 viś が持つ語感およびその用例については，Hara 1979を見よ。

(52)　Trivedī 本と Śarmā and Upādhyāya 本は akavitvam と読むが，その読みでは意味が通じない。Sastry 本の nākavitvam という読みに従う。

第3章　文法学部門における詩的技巧

3.0　緒　言

詩文論書とは詩文に他ならず，バッティは鑑賞者を引きつけるべく詩文性を保守するよう尽力している。このことは，作品の詩学部門だけではなく文法学部門においても，詩文性を確保し補強する美的要素がちりばめられていることを予想させる。本論第1章では，文法学的見地から文法学部門についてそれの様相と言葉の教示における役割を闡明した。本章では，詩学的観点から同部門を分析してみたい。

3.1　〈順序が乱れた文〉と〈順序対応〉の対照

本論1.1.2で見た，規則および規則の項目と詩節の語の順序を一致させるというバッティの規則例証の方法は，バーマハ，ダンディンというバッティと年代が近い両詩論家が挙げる詩的欠陥〈順序が乱れた文〉（apakrama）と詩的装飾〈順序対応〉（yathāsaṅkhya）を想起させる。本節では，これらの検討を通じて，バッティの規則例証法の背後にあるものをより深く掘り下げる。

3.1.1　〈順序が乱れた文〉

〈順序が乱れた文〉とは，ある複数の項目とそれに対応する同数の項目が順番通りに配置されていない場合に見出される詩的な瑕疵である。

3.1.1.1　バーマハ

まず，バーマハが与える定義と例を見よう。

KA 4.20-21: yathopadeśaṃ kramaśo nirdeśo ’tra kramo mataḥ |

tadapetaṁ viparyāsād ity ākhyātam apakramam ‖
vidadhānau kirīṭendū śyāmābhrahimasacchavī |
rathāṅgaśūle bibhrāṇau(1) pātāṁ vaḥ śambhuśārṅgiṇau ‖
［最初の事柄を］述べた順番に合わせて，［対応する事柄を］順番に提示することが，この［詩学の体系］では〈順序〉であると認められる。反対に，それ（順序）を欠くものは，〈順序が乱れた文〉と呼ばれる(2)。
【例】王冠と月を身に着け，黒雲と雪のように美しい肌をし，円盤と三叉槍を保持するシヴァとヴィシュヌが貴方達をお守りくださらんことを。

王冠（kirīṭa），黒雲［のような肌］（śyāmābhra），円盤（rathāṅga）はヴィシュヌ（śārṅgin）に，月（indu），雪［のような肌］（hima），三叉槍（śūla）はシヴァ（śambhu）にそれぞれ対応するから，śambhuśārṅgiṇau という複合語中の śambhu と śārṅgin の語順は逆であるべきであり，śārṅgiśaṅkarau（「ヴィシュヌとシヴァ」）などと述べられる必要がある（UV on KA 4.21 [87.24-25]）。

3.1.1.2 ダンディン

ダンディンが与える定義と例は，次の通りである。

KĀ 3.144-145: uddeśānuguṇo 'rthānām anūddeśo na cet kṛtaḥ |
apakramābhidhānaṃ taṃ doṣam ācakṣate yathā ‖
sthitinirmāṇasaṁhārahetavo jagatām ajāḥ |
śambhunārāyaṇāmbhojayonayaḥ pālayantu vaḥ ‖
［最初の］事柄の指示に合わせた，［対応する］事柄の指示がもしなされないならば，それは〈順序が乱れた文〉と呼ばれる欠陥であると［人々は］語る。例えば［次のごとくである］。
【例】世界の維持，創造，破壊の原因である不生なるシヴァ，ヴィシュヌ，ブラフマンが，貴方達をお守りくださらんことを。

ブラフマン（ambhojayoni）は世界の創造（nirmāṇa），ヴィシュヌ（nārāyaṇa）

は世界の維持（sthiti），シヴァ（śambhu）は世界の破壊（saṁhāra）をそれぞれ司る。しかし，複合語 śambhunārāyaṇāmbhojayonayaḥ（「シヴァ，ヴィシュヌ，ブラフマンが」）を構成する3語は，先行して述べられる三神の特徴に対応する順番通りに配置されていない。詩的欠陥を回避するには，viṣṇubrahmamaheśās te satataṃ（「かのヴィシュヌ，ブラフマン，シヴァがいつも」）などの表現が望まれる（Prabhā on KĀ 3.145 [384.10-12]）。

3.1.2 〈順序対応〉

〈順序対応〉は，ある複数の項目とそれに対応する同数の項目を順番通りに配置する詩的装飾である。

3.1.2.1 バーマハ

バーマハが与える定義と例は，以下の通りである。

> KA 2.89-90: bhūyasām upadiṣṭānām arthānām asadharmaṇām |
> kramaśo yo 'nunirdeśo yathāsaṅkhyaṃ tad ucyate ||
> padmendubhṛṅgamātaṅgapuṁskokilakalāpinaḥ |
> vaktrakāntīkṣaṇagativāṇīvālais tvayā jitāḥ ||
> ［互いに］性質を同じくしない［最初に］述べられた多くの事柄に合わせて，［対応する事柄を］順番通りに提示すること，それは〈順序対応〉と呼ばれる。
> 【例】蓮，月，黒蜂，象，雄郭公，孔雀に，顔，美，目，足どり，声，髪の点で貴方は勝利した。

上記の例文において，顔（vaktra）は蓮（padma），［顔の］美（kānti）は月［の美］（indu），目（īkṣaṇa）は黒蜂（bhṛṅga），足どり（gati）は象［の足どり］（mātaṅga），声（vāṇī）は雄郭公［の鳴き声］（puṁskokila），髪（vāla）は孔雀［の尾］（kalāpin）に，それぞれ順番通りに対応する。

3.1.2.2 ダンディン

次に，ダンディンが与える定義と例を検討する。

KĀ 2.273–74: uddiṣṭānāṃ padārthānām anūddeśo yathākramam |
yathāsaṅkhyam iti proktaṁ saṅkhyānaṃ krama ity api ||
dhruvaṃ te coritā tanvi smitekṣaṇamukhadyutiḥ |
snātum ambhaḥ praviṣṭāyāḥ kumudotpalapaṅkajaiḥ ||
［最初に］指示された事柄の順序に従い，それに合わせて［対応する］事柄を指示することが〈順序対応〉と言われ，〈列挙〉や〈順序〉とも言われる。
【例】間違いない，細い女よ，沐浴のために水に入った貴方の微笑み，一瞥，顔の華麗さは盗まれた。月待ち白睡蓮，青睡蓮，赤蓮によって。

KĀ 2.274において，微笑みの華麗さ（smita-dyuti），一瞥の華麗さ（īkṣaṇa-dyuti），顔の華麗さ（mukha-dyuti）はそれぞれ月待ち白睡蓮（kumuda），青睡蓮（utpala），赤蓮（paṅkaja）に順番通りに対応する。白さ（śvetatva），青黒さ（nīlatva），赤さ（āraktatva）がそれぞれの共通属性である（Prabhā on KĀ 2.274 [256.18–19]）。

3.1.3 文法学における〈順序対応〉

ちなみに，連関する項目間の順序の対応という考えは，パーニニにも採用されている。次の2規則を見よ。

A 1.3.10: yathāsaṅkhyam anudeśaḥ samānām ||
「同じ数で［最初に］提示される項目の順序に従って，後に提示される項目は起こる」
A 6.1.78: eco ’yavāyāvaḥ ||
「音の連接の領域で，母音が後続するとき，eC（e，o，ai，au）にそれぞれay，av，āy，āvが代置される」

A 6.1.78中に提示される省略符 eC は，Akṣarasamāmnāya 中に挙げられる音素 e，o，ai，au を指示する。同規則は，それら音素に母音（aC）が後続するとき，e には ay，o には av，ai には āy，au には āv がそれぞれ代置されることを規定する。このような順序対応の原則を定めるのが解釈規則 A 1.3.10である（BM on SK 128 [I.133.6-8]）。ある項目とそれに関係する項目を対応する順番通りに提示する手法は，パーニニ文典中のあらゆる箇所で用いられている。

3.1.4 〈順序対応〉の例証

バッティは詩的技巧としての〈順序対応〉を明晰の部で例示している。

BhK 10.44: kapipṛṣṭhagatau tato narendrau
kapayaś ca jvalitāgnipiṅgalākṣāḥ |
(1)mumucuḥ (2)prayayur drutaṁ (3)samīyur
(a)vasudhāṁ (b)vyoma mahīdharaṃ (c)mahendram ||
それから，猿の背中に乗った2王（ラーマとラクシュマナ）と，燃え上がる火のごとき赤褐色の目をした猿達は，(1a)大地を離れ，(2b)空に向かい，すぐに(3c)マヘーンドラ山に到着した。

当該詩節において，大地（vasudhā），空（vyoman），マヘーンドラ（mahendra）は，それぞれ mumucuḥ（「離れた」），prayayuḥ（「向かった」），samīyuḥ（「到着した」）という3つの定動詞形が表示する行為の〈目的〉である。各語は互いに対応する順番通りに配置されている。

3.1.5 バッティの美意識

バッティと年代の近いバーマハ，ダンディンという両詩学者が〈順序が乱れた文〉を詩的欠陥とし，〈順序対応〉を詩的装飾として挙げていること，バッティ自身が後者を例示していることから，詩文における項目間の順序の乱れと順序の対応という考え方を彼が知っていたことに疑いはない。

本論2.3.3で見たように，文学上の欠陥は詩文を損なう原因となる。それとは反対に，詩的装飾は詩文に輝きをもたらすものである（KĀ 2.1ab: kāvyaśobhākarān dharmān alaṅkārān pracakṣate）。バッティが主題の部において規則および規則中の項目の順序と詩節中の語の順序をできる限り一致させる形で文法規則を例証していく背景には，本論1.1.3で述べた教育上の目的だけでなく，彼の詩人としての高い美意識があると言えよう。

3.1.6 詩文における語順

以上論じてきたバッティの規則例証法と関連して，詩人達の詩作活動の一様相を伝えるヴァーマナの言葉を最後に見ておきたい。ヴァーマナは，詩文の要因（kāvyāṅga）として〈常識〉（loka），〈学識〉（vidyā），〈雑多なもの〉（prakīrṇaka）という3つを挙げた後（KAS 1.3.1），〈雑多なもの〉に含まれる〈吟味〉（avekṣaṇa）について，次のように述べる。

KAS 1.3.16: padādhānoddharaṇe cāvekṣaṇam ‖
そして語を［詩節中に］定め置いたり［詩節から］引き抜いたりすることが〈吟味〉である。
KASV on KAS 1.3.16 (9.11–15): padasyādhānaṃ nyāsaḥ uddharaṇam apasāraṇaṃ te khalv avekṣaṇam | atra ślokau —

ādhānoddharaṇe tāvad yāvad dolāyate manaḥ |
padasya sthāpite sthairye hanta siddhā sarasvatī ‖
yat padāni tyajanty eva parivṛttisahiṣṇutām |
taṁ śabdanyāsaniṣṇātāḥ śabdapākaṃ pracakṣate ‖

語を［詩節に］定め置いたり，すなわち配置したり，［詩節から］引き抜いたりすること，すなわち取り去ったりすること，それが実に〈吟味〉である。このことに関して2つの詩節がある。

［語の］置き定めや引き抜きは起こる。心が揺れている限り。

語が確固として定められたとき，ああ，言葉が完成する。
諸語が交替を堪え忍ぶ状態を確かに捨て去っているとき，
それを言葉の配置に通暁する者達は〈言葉の成熟〉と宣言する。

Lienhard 1984: 5-8やその分析にならって詩文の新たな紹介方法を提示した横地 2008に具体的に示されているように，サンスクリット詩人達が詩作の際に語の選択や配列（語りの順序）に心を砕いたことは明白である。彼らは，どの語をどの箇所に配置すればよいかを吟味し，苦心を重ねて識者の鑑賞に値する詩節を作り上げている。バッティもその例外ではあり得ない。

3.2　音配置が生み出す詩的効果

主題の部に属するBhK 8.85-93は，karmapravacanīya術語規則A 1.4.84: anur lakṣaṇe-A 1.4.98: vibhāṣā kr̥ñiの例証に当てられている。A 1.4.83: karmapravacanīyāḥの支配下にあるA 1.4.84-98は，一定の条件を満たすanuなどの言語項目（anu, upa, apa, pari, āṄ, prati, abhi, adhi, su, ati, api）にkarmapravacanīyaという術語を適用する。

Bhaṭṭikāvya研究の入門書的役割を果たすNarang 1969とM. A. Karandikar and S. Karandikar 1982は，A 1.4.84-98のうち，A 1.4.96: apiḥ padārthasambhāvanānvavasargagarhāsamuccayeṣuの例証は主題の部では省略されているとする（Narang 1969: 88.26-89.12; M. A. Karandikar and S. Karandikar 1982: xxxi.12-13）。しかし，これは誤りである。バッティはBhK 8.91-92において6つのapiを使用することで同規則を例証しているからである。BhK 8.91-92に対する先行訳（Leonardi 1972; M. A. Karandikar and S. Karandikar 1982; Fallon 2009）もまた，同詩節にてA 1.4.96が例証されていることへの配慮を欠く。そしてBhK 8.91-92において最も注意を引くのは，バッティがA 1.4.96を例証すると同時にそれを生かした文学的技巧を規則例証の中に織り交ぜていることである。この点は，先行研究はもちろんのこと伝統的注釈書においても触れられていない。

本節では，上述した先行研究の解釈を訂正しBhK 8.91-92の新たな解釈を提示するとともに，バッティの規則例証法の一端を明らかにする。

3.2.1　A 1.4.96とその適用例

まず，A 1.4.96は次の通りである。

> A 1.4.96: apiḥ padārthasambhāvanānvavasargagarhāsamuccayeṣu ‖
> 「(1)使用されていない他語の意味（padārtha），(2)能力の顕示（sambhāvana），(3)自由活動の承認（anvavasarga），(4)非難（garhā），(5)連接（samuccaya）を標示する api は，karmapravacanīya と呼ばれる」

当該規則は api に術語 karmapravacanīya を適用するための5つの意味条件を提示する。その意味において，同規則は5種の規定を定めていると言うことができる。BhK 8.91-92の考察に入る前に，Bhaṭṭikāvya と同時代の文法学文献 Kāśikāvṛtti が与える例文の構造を分析しておこう(3)。

3.2.1.1　使用されていない他語の意味（padārtha）

（1）　sarpiṣo 'pi syāt（「精製バターの僅かな量の滴でいいからあってほしい」）
　　madhuno 'pi syāt（「蜜の僅かな量の滴でいいからあってほしい」）

A 1.4.96における padārtha という語は「使用されていない他語の意味」（KV on A 1.4.96 [I.96.10]: padāntarasyāprayujyamānasyārthaḥ padārthaḥ）を意味する。上記例文において，api は mātrābindustokam（「僅かな滴という部分」）という語の意味を標示している（LŚIS on SK 557 [416.35-36]）。定動詞形 syāt における願望法接辞 lIṄ は，A 3.3.161: vidhinimantraṇāmantraṇādhīṣṭasampraśnaprārthaneṣu liṅ により，懇願（prārthana）に限定された〈行為主体〉を表示する（PM on KV to A 1.4.96 [I.626.7]; ŚK [151.27]）。

sarpis および madhu という語に後続する第六格単数接辞 Ṅas は部分と全体の関係（avayavāvayavibhāva）を表示しており(4)，それを根拠として「部分」（mātrā）という意味が api から理解される点を心に留めておこう。このことは BhK 8.91-92を考察する上で大きな意味を持つ。

3.2.1.2　能力の顕示（sambhāvana）

（2）　api siñcen mūlakasahasram（「きっと千の大根にも散水することができるだろう」）api stuyād rājānam（「きっと王をも賞賛することができるだろう」）

Kāśikāvṛtti は sambhāvana を「能力が阻害されないことを誇張表現を通じて顕示すること」（KV on A 1.4.96 [I.96.11]: sambhāvanam adhikārthavacanena śakter apratighātāviṣkaraṇam）と説明する。ナーゲーシャ（Nāgeśa, 17世紀末-18世紀前半）の言い方では，能力の卓越の顕示（śaktyutkarṣāviṣkaraṇa）である（BŚIŚ on SK 557 [II.866.5-6]）。言うまでもなく，当該の能力は行為主体の行為遂行能力を指す(5)。定動詞形 siñcet と stuyāt における願望法接辞 lIṄ が担う意味は推測（sambhāvanā）である（Nyāsa on KV to A 1.4.96 [I.626.29-30]; PM on KV to A 1.4.96 [I.626.14]）(6)。

3.2.1.3　自由活動の承認（anvavasarga）

（3）　api siñca api stuhi（「散水するも賞賛するも貴方の自由である」）

anvavasarga とは自由な活動（icchayā pravṛttiḥ）を承認すること（abhyanujñāna）である（Nyāsa on KV to A 1.4.96 [I.626.30-627.21]）。例文では，散水行為と賞賛行為の行為主体が自由な活動を認められている（yatheṣṭam abhyanujñātaḥ）ことが，api により標示される。定動詞形 siñca と stuhi における命令法接辞 lOṬ は，自由活動の承認（atisarga）が理解されるときに（KV on A 3.3.163 [I.289.2]: kāmacārābhyanujñānam atisargaḥ），A 3.3.163: praiṣātisargaprāptakāleṣu kṛtyāś ca により導入されるものである。

3.2.1.4　非難（garhā）

（4）　dhig jālmaṃ devadattam api siñcet palāṇḍum（「ああ，デーヴァダッタのなんたること。あいつは愚かにもタマネギに水をやるだろう(7)」）api stuyād vṛṣalam（「あいつは愚かにもシュードラを賞賛するであろう」）

A 1.4.96中の garhā という語は非難（nindā）を意味する（KV on A 1.4.96 [I.96.12]）。Kāśikāvṛtti が挙げる2文のうち，後者を例にとって非難の構造を説明しよう。卑しい存在であるシュードラを賞賛する行為は非難に値する（garhya)。そのような，行為に属する，非難に値するという性質（garhyatva）がapi により標示される（LŚIŚ on SK 557 [I.417.37]）。シュードラに対する賞賛行為をなす行為主体も結果的に非難の対象となることは自明である。定動詞形 stuyāt における願望法接辞 lIṄ は推測を意味する（BŚIŚ on SK 557 [II.866.15-18]）。

3.2.1.5　連接（samuccaya）

（5）　api siñca api stuhi（「貴方は散水せよ，讃えよ」）

例文においては，2つ組みの api（apidvaya）により連接（samuccaya）が標示される[8]。api siñca api stuhi は siñca ca stuhi ca と意味的に等価である（KV on A 1.4.96 [I.96.13-14]; ŚK [152.3]）。定動詞形 siñca と stuhi における命令法接辞 lOṬ の意味について文法家達は特に説明を行わない。その理由は説明するまでもなかったからと考えられる。したがって，当該の lOṬ 接辞は，それの最も一般的な意味である，命令（vidhi）に限定された〈行為主体〉を表示するものと解釈すればよい（A 3.3.162: loṭ ca）。

3.2.2　BhK 8.91-92の分析

上に見た A 1.4.96の適用例の構造を念頭に置いて BhK 8.91-92を考察しよう。当該詩節は，悪魔ラーヴァナによりランカー島へ連れ去られたシーターが，自身を誘惑しようとするラーヴァナを罵倒する場面である。

BhK 8.91-92: pariśeṣaṃ na (a)nāmno ’pi sthāpayiṣyati te vibhuḥ |
(b)api sthāṇuṃ jayed rāmo bhavato grahaṇaṃ kiyat ||
(c)api stuhy (d)api sedhāsmāṁs tathyam uktaṃ narāśana |
(e)api siñceḥ kṛśānau tvaṃ darpaṃ (f)mayy api yo ’bhikaḥ ||

下線部で示したように，上記詩節では api を使った6つの表現が使用されている。以下，それぞれを分析する。

3.2.2.1　(a) nāmno 'pi sthāpayiṣyati

(a)に関して，ジャヤマンガラ注とマッリナータ注の間に重大な異読がある。前者はnāmāpi sthāpayiṣyatiと読み，後者はnāmno 'pi sthāpayiṣyatiと読む。一方で，当該のapiを使用されていない他語の意味（anyapadārtha），すなわちdeha／kāyaという語の意味である「体」を標示するものと解釈する点は両者に共通する（SP on BhK 8.91 [I.292.5–7]; JM on BhK 8.91 [189.27–190.1]）。その場合，ジャヤマンガラの読みではBhK 8.91ab句は「支配者［ラーマ］はお前（ラーヴァナ）の体どころかその名すら残さないだろう」（pariśeṣaṃ na nāmāpi sthāpayiṣyati te vibhuḥ），マッリナータの読みでは「支配者［ラーマ］はお前（ラーヴァナ）の体どころかその名に関してすら何も残さないだろう」（pariśeṣaṃ nāmno 'pi sthāpayiṣyati te vibhuḥ）と解釈されることになる。

しかし，もしこのようにapiが使用されていない語の意味を何であれ標示できるとするならば，意味の可能性が無限にあることになってしまう。それゆえ，apiが他語の意味を標示する用法は，本論3.2.1.1で見たKāśikāvṛttiの例が示す用法，apiは直前の第六格形が表示する意味の何らかの「部分」を標示するという用法に限られると考える方が言語の実情に沿う。この点から，両注釈者の読みを再度吟味したい。

まず，ジャヤマンガラの読みnāmāpi sthāpayiṣyatiの場合，apiが他語の意味を標示するとすれば，同語と連関し得るのはBhK 8.91b句の第六格形te（「お前の」）だけである。そのとき，BhK 8.91ab句は「支配者はお前のかけらすら全く（nāma）残さないだろう」と解釈され得る。一方，マッリナータの読みnāmno 'pi sthāpayiṣyatiの場合，apiは明らかに第六格形nāmnoと連関する。ここに，ジャヤマンガラの読みに伴う不自然さ――apiが直前のnāmaではなく離れたteと連関すること――は生じない。BhK 8.91ab句の意味は「支配者はお前の名のかけらすら残さないだろう」となる。以上より判断すると，マッリナータの読みとその意味が本来意図されたものと言うべきである。なお，先行訳はいずれも当該箇所でapiが他語の意味を標示する点に注意を払っていない。(9)

3.2.2.2　(b) api sthāṇuṃ jayed

次にBhK 8.91c句api sthāṇuṃ jayed rāmaḥを見てみよう。当該のapiが能力の顕示を標示することは内容から明らかである。BhK 8.91cd句api sthāṇuṃ jayed rāmo bhavato grahaṇaṃ kiyatの意味は「不動者（シヴァ）にもラーマは勝利することができよう。お前の捕縛などいかほどのものか」となる。「シヴァにすら勝利することができる」という誇張表現を通じて，勝利行為に関してラーマが有する卓越した能力が顕示されることにより，ラーヴァナなど取るに足らない相手であることが表現されている。

なお，プルショーッタマデーヴァ（Puruṣottamadeva，12世紀前半）はパーニニ文典に対する注釈書Bhāṣāvṛttiにおいて，A 1.4.96の適用例の1つとしてバッティの表現api sthāṇuṃ jayed rāmaḥを挙げている（BhV on A 1.4.96 [58.6–7]）。

3.2.2.3　(c) api stuhy (d) api sedhāsmān

(c) api stuhy (d) api sedhāsmānにおけるapiが標示する意味は，構造と文脈上，自由活動の承認と解釈するのが適切である。BhK 8.92ab句api stuhy api sedhāsmāṁs tathyam uktaṃ narāśanaの意味は「私を賞賛するも拘束するもお前の自由である。[私は] 真実を告げている。人を食らう者よ」となろう(10)。

3.2.2.4　(e) api siñceḥ

神聖なる火に精液（darpa）を注ぐ行為は非難されるべきものである(11)。BhK 8.92cd句api siñceḥ kṛśānau tvaṃ darpamにおいては，動詞語基sicが表示する注ぐ行為に属する，非難に値するという性質がapiという語により標示されている。無論，そのような行為をなすラーヴァナは非難されるべき対象である。当該表現の直訳は「お前は，汚らわしくも，[神聖なる] 火に精液を注ぐ奴なのだろう」となる。Leonardi 1972とFallon 2009の訳にはapiが標示する非難の意味が反映されていない(12)。

3.2.2.5　(f) mayy api yo ’bhikaḥ

(f) mayy api yo ’bhikaḥで使用されるapiについて，注釈者達は説明を与えない。またいずれの先行訳においてもこの api の役割は無視されている[13]。しかし，BhK 8.91-92が A 1.4.96を例証する箇所であることおよび同詩節において6つの api が連続して使用されていることから，当該表現も A 1.4.96が制定するいずれかの規定を例証する表現と考えるべきである。

ここで BhK 8.91-92の先行詩節に目を向けよう。ラーヴァナとシーターのやりとりを描く BhK 8.73; 8.76; 8.88などにおいて[14]，ラーヴァナが女という女に欲望を抱く下劣な悪魔であることが語られており，そのことが BhK 8.92cd 句において前提となっている。このように前提となるものが存在する点を考慮すると，問題の api の標示対象は連接と解するのが妥当である。mayy api yo 'bhikaḥ の意味は「[他の女達に加え］私にまで性欲を抱く［お前は]」となる。

以上より，BhK 8.91-92は次のように解釈されるべきである。A 1.4.96が定める全規定が順番通りに例証されている点が注目される。

> 「支配者（ラーマ）はお前の名のかけらすらも残さないだろう。不動者（シヴァ）にもラーマは勝利することができよう。お前の捕縛などいかほどのものか。私を賞賛するも拘束するもお前の自由である。[私は］真実を告げている，人を食らう悪魔よ。[他の女達に加え］私にまで性欲を抱くお前は，汚らわしくも［神聖なる］火に精液を注ぐも同然である[15]」

3.2.3　BhK 8.91-92に認められる詩的技巧

3.2.3.1　〈同音群反復〉(yamaka)

BhK 8.91-92に関して美文学的見地からまず目を向けるべきは，BhK 8.91c 句，BhK 8.92a 句，BhK 8.92c 句の冒頭という同じ箇所にそれぞれ異なる意味を標示する api が配置されている点である。語形の点では同じで，意味の点では異なる音素群を詩節の特定箇所で反復する技巧は〈同音群反復〉として知られる。バーマハによる定義を挙げておこう。

> KA 2.17: tulyaśrutīnāṃ bhinnānām abhidheyaiḥ parasparam |
> varṇānāṃ yaḥ punarvādo yamakaṃ tan nigadyate ||

語形の点では同じで意味の点では互いに異なる諸音素の反復，それは〈同音群反復〉と呼ばれる。

ただし，バッティが明晰の部に属するBhK 10.2-22において例証する〈同音群反復〉の中に，BhK 8.91-92に見られるような奇数句冒頭のみで同一語を反復するものはない(16)。彼が奇数句冒頭におけるapiの反復を〈同音群反復〉と明確に意識していたかどうかは確定し難い。しかし，そのようなapiの配置が意図的であり，それにより詩節に律動と調和が生まれることは確かである。

ちなみにダンディンは，〈同音群反復〉の一種として，詩節奇数句の冒頭で同一語形を反復するものを挙げている。

KĀ 3.21: **karo 'ti**tāmro rāmāṇāṃ tantrītāḍanavibhramam |
karoti serṣyaṃ kānte vā śravaṇotpalatāḍanam |
魅力的な女性の真っ赤な手は，弦を弾く媚態を示したり，嫉妬に駆られて恋人を耳［飾り］の睡蓮で叩いたりする。

KĀ 3.21ではa句冒頭の**karo 'ti**tāmro（「真っ赤な手は」）とc句冒頭の**karoti**（「なす」）において，意味が異なる同一の音素群が反復されている。

3.2.3.2　子音の効果

Lienhard 1984: 182.33-183.22は，-āṃ／-aṃ音が繰り返されるBhK 2.1や情景に合った響きを出す子音が使用されるBhK 2.4を紹介し，〈同音反復〉と〈同音群反復〉が例証されるBhK 10.1-22以外の箇所でもバッティが意識的に音の響きを生かす技巧をこらしていることを実証している。

BhK 8.91-92についてはどうか。同詩節で使われている子音に目をやると，k，c，t，th，p，ś，ṣ，sといった強く鋭い響きを出す無声音（aghoṣa）や有気音（mahāpurāṇa）がpを中心として詩節全体にちりばめられていることに気づく。特に，apiが使用される6ヵ所のうち，5ヵ所において-api／āpi s-という同族の音連鎖が構成されていることは重要である。これらは，ラーヴァナに対するシーターの言葉の激しさと彼女の嫌悪感を伝える聴覚的効果を生む[17]。さらに，vibhuḥ（「支配者［ラーマ］は」），jayed rāmo（「ラーマは勝利することができよう」），asmāṁs（「我らを」），mayy（「私に対して」）といったラーマとシーターに関わる語においては，響きの柔らかい有声音（saghoṣa）と鼻音（anunāsika）を主に用いるという工夫もなされている。

ここで想起すべきは，バッティは1つの規則が多数の規定を定めるとき，規則適用の代表例のみを提示することで当該規則の例証を済ます場合がしばしばあることである（序論0.9.2-4）。BhK 8.91-92においてバッティが6つのapiを使い，A 1.4.96が制定する全規定を例証した背後には，教育的目的に加えて，p音が生み出す文学的効果を狙う意図があったと考えられる。

3.2.3.3　他の事例

BhK 8.91-92と同様，規則例証の中に音の技巧が織り込まれている例としてBhK 7.3を見ておきたい。同詩節では，nirākariṣṇu（「退ける傾向にある［雲］」），vartiṣṇu（「起こる傾向にある［雲］」），alaṅkariṣṇu（「飾る傾向にある［雲］」），cariṣṇu（「漂う傾向にある［雲］」）の4語により，kr̥t接辞iṣṇuCの導入を規定するA 3.2.136: alaṅkr̥ñnirākr̥ñprajanotpacotpatonmadarucyapatrapavr̥tuvr̥dhusahacara iṣṇucが例証される。

BhK 7.3: nirā**kariṣṇavo bh**ānuṃ divaṁ varti**ṣṇavo 'bh**itaḥ |
alaṅ**kariṣṇavo bh**āntas taḍitvantaś cari**ṣṇavaḥ** ‖[18]
［雨期には］いつも，天空の両側にまで広がって［太陽］光を遮り，雷光を持って輝いて天空を飾りながら漂っている［雲々が］。

ここでは，奇数句冒頭の同じ位置で繰り返される-kariṣṇavo bhā-，詩節中で3回繰り返される-iṣṇavo bh-，全詩行に存する-iṣṇavo／-aḥという音連鎖が，詩に躍動と均衡を与えている。それだけでなく，雲の雄大で緩やかな動きを表現するために，r，v，l，ḍ，d，bhおよびṃ，ṅ，ṇ，nといった柔らかで太く響く有声音と鼻音が意図的に多用されている。iṣṇuCはṇ音を含み，その導入によりu音で終わる名詞語基が派生するので，同接辞はṇ音とv音を生み出すのに適したものである。

3.2.4　バッティの狙い

まずもって，BhK 8.91-92においてA 1.4.96が例証されていることは明らかであり，同規則の例証が省略されているとする記述や同規則の厳密な解釈への配慮を欠いた翻訳は修正されるべきである。

BhK 8.91-92の枢要な点は，バッティが特定規則の例証箇所という舞台と詩節の文脈を生かし，サンスクリット伝統詩学の基本的要求を満たす技巧をこらしていることである。そのような例はBhK 7.3にも見られる。彼は規則例証という自らにはめた足枷を，詩文としての完成度，その詩的価値を高めるのに役立てているのである。ここにバッティの学究的な姿勢が実見される。

3.3　〈正しい語形成〉と意味内容の美点の協同

マッリナータは定動詞の部の位置づけに関して，次のような説明を与える。

> SP on BhK 14.1 (II.115.7-10): iha sauśabdyaṃ nāma kāvyaśobhākaro guṇaḥ | sa ca supāṃ tiṅāṃ ca vyutpattiḥ sauśabdyaṃ parikīrtitam iti dvividha uktaḥ | tatra subantā vyutpāditāḥ | athedānīṃ tiṅāṁ lādeśatvāt tatrāpi leṭaś chāndasatvād anyān navalaḍādivilāsān navabhir uttaraiḥ sargair vyutpādayiṣyann asmin sarge liḍvilāsam utpādayatīti |
> 我々の見解では，〈正しい語形成〉と呼ばれるものは詩文に輝きをもたらす詩的美質である(19)。そしてその［〈正しい語形成〉］は「名詞接辞で終わる複数項目と定動詞接辞で終わる複数項目の派生は〈正しい語形成〉と言われる」というように2種であることが［詩学書 Pratāparudrayaśobhūṣaṇaに］述べられている。それらのうち，名詞接辞で終わる複数項目はすでに派生された。さて次に，tiṄ（定動詞接辞）はl音の代置要素であるから，［また］その［l音］のうちでもlEṬはヴェーダ語に属するものであるか

ら，他の，9つのlAṬなどで終わる項目の多様な顕現［物］(laḍādivilāsa)を9つの後続する章を通じて［バッティは］派生する。(20) そのために，この章で［彼はまず］lIṬで終わる項目の多様な顕現を生み出す。

文を構成するのは，名詞接辞で終わる項目と定動詞接辞で終わる項目の2者である。詩論家ヴィディアーナータ（Vidyānātha, 13世紀末-14世紀初頭）によれば，名詞接辞で終わる複数項目と定動詞接辞で終わる複数項目が文法規則に従って正しく派生しているとき，〈正しい語形成〉(sauśabdya)と呼ばれる詩的美質が成立する（PYBh [328.2]: supāṃ tiṅā [read: tiṅāṃ] ca vyutpattiḥ sauśabdyaṃ parikīrtyate）。マッリナータの上記の説明は，彼がヴィディアーナータの定義から〈正しい語形成〉に名詞接辞で終わる項目に関わるものと定動詞接辞で終わる項目に関わるものの2種を読みとり，それらをBhaṭṭikāvyaの構成に当てはめていることを示す。本書において，それらはそれぞれ〈名詞形の正しい語形成〉，〈定動詞形の正しい語形成〉と呼ばれる。マッリナータによれば，Bhaṭṭikāvyaの文法学部門中，雑多の部と主題の部には主として〈名詞形の正しい語形成〉が認められ，定動詞の部には主として〈定動詞形の正しい語形成〉が認められる。

〈正しい語形成〉を文学的要素の1つとして提唱したのはヴィディアーナータが最初ではない。古くはバーマハが，〈正しい語形成〉を詩文の装飾（alaṅkṛti）と見なす学者達の見解に論及している。バッティが活躍した時代，すでに〈正しい語形成〉という概念が成立していた可能性は高い。

KA 1.13-15: rūpakādir alaṅkāras tasyānyair bahudhoditaḥ |
na kāntam api nirbhūṣaṁ vibhāti vanitāmukham ||
rūpakādim alaṅkāraṃ bāhyam ācakṣate pare |
supāṃ tiṅāṃ ca vyutpattiṁ vācāṁ vāñchanty alaṅkṛtim ||
tad etad āhuḥ sauśabdyaṃ nārthavyutpattir īdṛśī |
śabdābhidheyālaṅkārabhedād iṣṭaṃ dvayaṃ tu naḥ ||
〈隠喩〉などはそれ（詩文）の装飾であり，他者達によって多様に生み出されてきた。女性の顔は，たとえ魅力的であっても，装飾がなければ輝くことはない。

〈隠喩〉などの装飾は［詩文にとって］外的なものであると他者達は主張する。［彼らは,］名詞接辞で終わる複数項目と定動詞接辞で終わる複数項目の派生を，表現（詩文）の装飾として求める(21)。そのようなこの［派生］を〈正しい語形成〉と［彼らは］言う。意味の派生（隠喩など）はこのようなもの（詩文の装飾）ではない［と言う］。

しかし，〈言葉の装飾〉と〈意味の装飾〉には違いがあるから，我々はその２つ組を［詩文の装飾として］認める。

だが，ここで疑問が起こる。もし文法的に正しい複数の名詞形や定動詞形が単に使用されるだけで〈正しい語形成〉が得られるのであれば，その場合，あらゆる作品に見境なくこの詩的装飾または詩的美質が認められることになってしまう。それゆえ，マッリナータが念頭に置く〈正しい語形成〉は，特定の条件下で認められるものと考えねばならない。本節の目的は，〈定動詞形の正しい語形成〉と〈名詞形の正しい語形成〉の成立条件を明らかにし，両者とBhaṭṭikāvyaがどう関わるのかを考察することである。

〈正しい語形成〉の概念と歴史についてはRaghavan 1978: 251.39–252, 369–370が論じているが，上記問題に対する回答は与えられない。加えて，同研究書はマッリナータが〈正しい語形成〉に２種を認めている点への配慮を欠き，以下に見る詩人マーガの詩節や同詩節に対するマッリナータの重要な言葉にも言及しない。Raghavan 1978: 251.43–252.1は，後代に詩的美質と見なされるに至った〈正しい語形成〉は古風で優雅な諸語（quaintly graceful words）または印象的で文法規則が派生を許す珍語（striking grammatical rarities）の使用から結果するものであると説明するが，根拠や例が挙げられておらず，その説明からは〈正しい語形成〉の具体的な姿が見えてこない。

3.3.1　〈定動詞形の正しい語形成〉

まず，〈定動詞形の正しい語形成〉がどのような条件下で成立するかについて考察しよう。その手掛かりは，ŚV 1.51とそれに対するマッリナータ注に見つかる。

3.3.1.1　ŚV 1.51の分析

ŚV 1.51は以下のような詩節である。

ŚV 1.51: purīm （1）avaskanda （2）lunīhi nandanaṃ
（3）muṣāṇa ratnāni （4）harāmarāṅganāḥ |
vigṛhya （5）cakre namucidviṣā vaśī
ya ittham asvāsthyam ahardivaṃ divaḥ ||
［ラーヴァナは］都を強襲し，ナンダナ園を切り裂き，
宝を奪い，天女達を連れ去った。
その支配者は，ナムチの敵（インドラ）と争って，
このように日々天界を荒らした。

下線で示したように，当該詩節では５つの定動詞形が使用されている。それらのうち，（１）avaskanda（「強襲した」），（２）lunīhi（「切り裂いた」），（３）muṣāṇa（「奪った」），（４）hara（「連れ去った」）は，いずれも動詞語基 skand，lū，muṣ，hṛ の後に命令法接辞 lOṬ が導入され，それに hi が代置されて派生する語形である。当該の lOṬ の導入と hi の代置は次の規則に基づく。

A 3.4.3: samuccaye ’nyatarasyām ||
「動詞語基の意味間に限定関係（viśeṣaṇaviśeṣyabhāva）があるとき，積み重ねられる行為を表示する動詞語基の後に lOṬ 接辞が任意に起こり，その lOṬ に hi ／ sva が代置される。一方，ta ／ dhvam の領域においては hi ／ sva の代置は任意である」

一方，（５）cakre（「［荒ら］した」）という定動詞形は，（１）-（４）が表示する諸行為に共通する行為（sāmānya）を表示するものとして使用されている。積

み重ねられる諸行為（samuccīyamānakriyā）に共通する行為を表示する動詞語基の追加使用（anuprayoga）は，次の規則により制定される。

A 3.4.5: samuccaye sāmānyavacanasya ‖
「行為の積み重ねがあり，動詞語基の意味間に限定関係がある場合に，積み重ねられる諸行為に共通する行為を表示する動詞語基が追加使用される」

定動詞形(1)-(4)が表示する諸行為は，(5)cakre が表示する行為と限定関係（viśeṣaṇaviśeṣyabhāva）を結んでいる[22]。前者の4行為が限定要素（viśeṣaṇa），後者の行為が限定対象（viśeṣya）である。(5)が表示する，（天界を荒れた状態に）する行為は，(1)-(4)が表示する諸行為により限定され，特徴づけられている。(1)-(4)が表示する4行為をなすのは「ラーヴァナ」という同一の〈行為主体〉であり，その「ラーヴァナ」のもとに異なる4行為が積み重ねられる[23]。しかし，hi で終わる(1)-(4)の定動詞形からは特定の kāraka，時制（kāla），人称（puruṣa），数（vacana，saṅkhyā）は理解（avagama）されない。それらは追加使用される定動詞形 cakre（kṛ 3rd sg. perfect Ā.）から理解される[24]。文法家達の言い方では，(5)が，当該の文脈に関わる特定の kāraka，時制，人称，数を顕示（abhivyakti）する[25]。より理解を明瞭にするために，Kāśikāvṛtti が挙げる例を見よう。

KV on A 3.4.5 (I.293.21-22): odanaṃ bhuṅkṣva saktūn piba dhānā svādety evāyam abhyavaharati |
【例】粥を食べ（bhuṅkṣva），ひき割り大麦を飲み（piba），穀物を味わう（svāda）。まさにこのような仕方でこの者は食事をしている（abhyavaharati）。

例文中で，bhuṅkṣva（「食べる」），piba（「飲む」），svāda（「味わう」）は，A 3.4.3により動詞語基 bhuj，pā，svad の後に命令法接辞 lOṬ が導入され，それに

sva（bhuṅkṣva）と hi（piba，svāda）が代置されて派生する語である。A 3.4.5に基づき，上記3つの動詞語基が表示する行為に共通する食事行為を表示する動詞語基として，hṛ が追加使用されている。定動詞形 abhyavaharati が当該の文脈が要求する特定の kāraka，時制，人称，数を顕示する。同様にして，ŚV 1.51では，（1）-（4）の4動詞語基が表示する強襲行為などに共通する，（天界を荒れた状態に）する行為を表示する動詞語基として kṛ（cakre）が追加使用されている。

A 3.4.3により，動詞語基に後続する lOṬ に parasmaipada 接辞 hi ／ ta が代置されるか ātmanepada 接辞 sva ／ dhvam が代置されるかは，当該の動詞語基が parasmaipada と ātmanepada のどちらの接辞をとる動詞語基かによって決まる（yathopagraham）。lOṬ に代置された hi には A 6.4.105: ato heḥ（「短音 a で終わる aṅga に後続する hi にゼロが代置される」）により適宜ゼロ（luK）が代置される。（1）avaskanda と（4）hara は，A 3.4.3の適用後（ava + skand + hi; hṛ + hi），A 3.1.68: kartari śap により vikaraṇa である ŚaP 接辞が動詞語基 skand と hṛ の後に導入され（ava + skand + ŚaP + hi; hṛ + ŚaP + hi），ŚaP に後続する hi に A 6.4.105によりゼロが代置された語形である（ava + skand + a + ϕ; hṛ + a + ϕ → har + a + ϕ [A 7.3.84: sārvadhātukārdhadhātukayoḥ; 1.1.51: ur aṇ raparaḥ]）。（3）muṣāṇa は，A 3.4.3の適用後（muṣ + hi），A 3.1.81: kryādibhyaḥ śnā により vikaraṇa 接辞 Śnā が動詞語基 muṣ の後に起こり（muṣ + Śnā + hi），A 3.1.83: halaḥ śnaḥ śānaj jhau により Śnā 全体に ŚānaC が代置され（muṣ + ŚānaC + hi），ŚānaC に後続する hi に A 6.4.105によりゼロが代置された語形である（muṣ + āna + ϕ → muṣ + āṇa + ϕ [A 8.4.2: aṭkupvāṅnumvyavāye 'pi]）。（2）lunīhi は，同じく A 3.4.3の適用後（lu + hi），A 3.1.81により lū の後に Śnā 接辞が起こり（lu + Śnā + hi），A 6.4.113: ī haly aghoḥ により Śnā の ā 音に ī 音が代置された語形である（lu + nī + hi）。lunīhi の場合には，hi は短音 a に後続していないので，A 6.4.105は適用されない。

3.3.1.2　マッリナータの言明

マッリナータは ŚV 1.51に〈正しい語形成〉を認める。

Sarvaṅkaṣā on ŚV 1.51 (20.28–30): atra tiṅvaicitryāt sauśabdākhyo guṇaḥ | supāṃ tiṅāṃ parāvṛttiḥ sauśabdam iti lakṣaṇāt |
当該［詩節］には，定動詞接辞で終わる項目の多様性ゆえに，〈正しい語形成〉と呼ばれる詩的美質がある。「名詞接辞で終わる複数項目［と］定動詞接辞で終わる複数項目が転換することが〈正しい語形成〉である」という定義に基づいて。

マッリナータは自身の説明の根拠として〈正しい語形成〉のある定義を引用する。その典拠は不明であるが，「派生」(vyutpatti) ではなく「転換」(parāvṛtti) という言葉を使う同定義は，ヴィディアーナータが与える玉虫色の定義に比べ，より具体的である。上に分析したŚV 1.51の構造が，ここで言われる「転換」とは何かを教えてくれる。ŚV 1.51では(1)avaskanda から(2)lunīhi へ，(2)lunīhi から(3)muṣāṇa へ，(3)muṣāṇa から(4)hara へというように，全てA 3.4.3により派生する異なる定動詞形が次々に起こった後，当該規則と連関するA 3.4.5により規定される(5)cakre の追加使用が定動詞形の連鎖を締めくくっている。これが「定動詞接辞で終わる複数項目の転換」である。必然的にそれには定動詞形の多様性 (tiṅvaicitrya) が付随する。マッリナータが上で〈定動詞形の正しい語形成〉を念頭に置いていることは言うまでもない。

3.3.2 〈名詞形の正しい語形成〉

〈名詞形の正しい語形成〉の考察に移ろう。それにあたっては，ヴィディアーナータが〈正しい語形成〉の例として提示する詩節の分析が有用である。

3.3.2.1 Pratāparudrayaśobhūṣaṇa の詩節

詩節は以下の通りである。

PYBh (328.4–7):
(1) āśāmaṇḍalakūlamudvahakathair (2) abhraṅkaṣair vaibhavai
(3) rakṣan (4) suprajasaḥ prajās (5) tribhuvanakṣemaṅkaraprakriyaḥ |

(6) duṣṭānāṃ bhuvi niprahantum atulair (7) āḍhyambhaviṣṇur guṇair
(8) bhūmnā sañcarate ’dya kākatikule rudrāvatāro hariḥ ‖

多地域の境界を取り去る物語を生む，雲を擦る（卓越した）神力により，良き子孫もつ臣民達を守護すべく，三界に安寧をもたらす優れた活動をなす者として，悪人達を地上で打ち倒すため，比類無き諸美点に溢れる者となり，ルドラの姿をとって，ハリは今カーカティ一族のもとで力強く動き回っている(26)。

当該詩節において定動詞形は(8) sañcarate のみであり，他は全て名詞形である。下線で示した語が，注釈者クマーラスヴァーミン（Kumārasvāmin，15世紀頃）が上掲詩節に〈正しい語形成〉が成立する根拠と見るものである。彼によれば，それらの派生に主として考慮されるべきは，次の諸規則である（RĀ on PYBh [328.11-20]）。

（1） A 3.2.31: udi kūle rujivahoḥ ‖

「〈目的〉を表示する kūla（「斜面，岸，土手，縁」）という語が共起項目であるとき，ud-ruj（「崩す」）と ud-vah（「運び出す」）の後に kṛt 接辞 KHaŚ が起こる」

［説明］kūlamudvah[ās]（「境界を取り去る［物語］」）という語は，kūlam udvahanti と意味分析される。〈目的〉（karman）を表示する kūla という語を共起項目とする ud-vah の後には，A 3.2.31により kṛt 接辞 KHaŚ が起こり，A 2.2.19: upapadam atiṅ により kūlamudvaha という複合語が形成される。複合語 kūlamudvaha における m 音は，A 6.3.67: arurdviṣadajantasya mum により kūla という語の最終母音 a に付加される加音 mUM であり，第二格単数接辞 am の m 音ではない点に注意したい。MIT である mUM は，A 1.1.47: mid aco ’ntyāt paraḥ により母音のうちの最終母音の後に付加される。以下も同様である。

（2） A 3.2.42: sarvakūlābhrakarīṣeṣu kaṣaḥ ‖

「〈目的〉を表示する sarva（「全て」），kūla（「斜面，岸，土手，縁」），abhra（「雲，雨雲」），karīṣa（「肥料，雌牛の乾いた糞尿」）が共起項目であるとき，動詞語基 kaṣ（「ひっかく，削りとる」）の後に kṛt 接辞 KHaC が起こる」

［説明］abhraṅkaṣ[ās]（「雲を擦る［神力］」）という語は，abhraṃ kaṣanti と意味分析される。〈目的〉を表示する abhra という語を共起項目とする動詞語基 kaṣ の後には，A 3.2.42により kṛt 接辞 KHaC が起こり，abhraṅkaṣa という複合語が派生する。abhra という語がとる加音 mUM の m 音には A 8.3.23: mo 'nusvāraḥ により anusvāra（ṃ）が代置され，その anusvāra には後続する k 音の同類音である ṅ 音が A 8.4.58: anusvārasya yayi parasavarṇaḥ により代置される。以下に見る（5）kṣemaṅkara も同様である。

（3）　A 3.2.126: lakṣaṇahetvoḥ kriyāyāḥ ‖

「行為の特徴または行為の原因が理解されるとき，動詞語基に後続する lAṬ 接辞に ŚatṚ と ŚānaC が代置される」

［説明］rakṣat（「守護するために」）は，動詞語基 rakṣ に後続する現在接辞 lAṬ（A 3.2.123: vartamāne laṭ）に，A 3.2.126により ŚatṚ が代置されて派生する語形である。rakṣ が表示する守護行為は，ヴィシュヌが三界に安寧をもたらす活動をなす原因（hetu）である。

（4）　A 5.4.122: nityam asic prajāmedhayoḥ ‖

「naÑ，dus，su に後続する prajā（「子孫」）と medhā（「知恵」）という語で終わる bahuvrīhi の後に，複合語の最終要素となる taddhita 接辞 asIC が必ず起こる」

［説明］suprajas（「良き子孫を持つ［臣民達］」）は，su と prajā の2項目からなる bahuvrīhi 複合語 suprajā の後に，複合語の最終要素（samāsānta）となる taddhita 接辞 asIC が A 5.4.122により導入されて派生する語形である（suprajā + asIC → suprajφ + as [A 6.4.148: yasyeti ca]）。

（5）　A 3.2.44: kṣemapriyamadre 'ṇ ca ‖

「〈目的〉を表示する kṣema（「安寧」），priya（「愛しい」），madra（「楽しみ」）という語が共起項目であるとき，動詞語基 kṛ（「つくる，なす」）の後に kṛt 接辞 KHaC に加えて aṆ も起こる」

［説明］kṣemaṅkar[ā]（「安寧をもたらす［優れた活動］」）という語は，kṣemaṃ karoti と意味分析される。〈目的〉を表示する kṣema という語を共起項目とす

る動詞語基 kr̥ の後には，A 3.2.44により kr̥t 接辞 KHaC が起こり，kṣemaṅkara という複合語が派生する。

（６） A 2.3.56: jāsiniprahaṇanāṭakrāthapiṣāṁ hiṁsāyām ‖

「cur 群の動詞語基 jas，ni と pra に先行される動詞語基 han，ṆiC で終わる動詞語基 naṭ と krath，動詞語基 piṣ，これらが表示する傷害行為の〈目的〉が〈残余〉として意図されるとき，第六格接辞が起こる」

［説明］duṣṭānām ... niprahantum（「悪人達を打ち倒すために」）において，ni-pra-han が表示する行為の〈目的〉である悪人は〈残余〉（śeṣa），すなわち打ち倒す行為と単に関係するものとして意図されている（sambandhamātra）。duṣṭa という語の後には A 2.3.56に基づいて第六格接辞が起こる。

（７） A 3.2.57: kartari bhuvaḥ khiṣṇuckhukañau ‖

「CvI 接辞の意味を有するが CvI 接辞で終わる項目ではない（cvyartheṣv acvau），名詞接辞で終わる āḍhya（「豊富な」），subhaga（「幸運な分け前を持つ」），sthūla（「巨大な」），palita（「灰色の」），nagna（「裸の」），andha（「盲目の」），priya（「愛しい」）という語が共起項目である場合，〈行為主体〉が表示されるべきときに動詞語基 bhū（「なる」）の後に kr̥t 接辞 KHiṣṇuC と KHukaÑ が起こる」

［説明］āḍhyambhaviṣṇur（「［美点に］溢れる者となった［ハリ］」）という語は，anāḍhya āḍhyo bhavati（「豊富でない者が豊富な者になる」）と意味分析される。CvI 接辞の意味を有する āḍhya という語を共起項目とする動詞語基 bhū の後には，A 3.2.57により kr̥t 接辞 KHiṣṇuC が起こり，āḍhyambhaviṣṇu という複合語が形成される（āḍhyambhaviṣṇu → āḍhyaṃbhaviṣṇu [A 8.3.23] → āḍhyambhaviṣṇu [A 8.4.58]）。

（８） A 1.3.54: samas tr̥tīyāyuktāt ‖

「〈行為主体〉が表示されるべきとき，第三格接辞で終わる項目と結びつく，sam に先行される動詞語基 car（「動き回る」）の後に ātmanepada が起こる」

［説明］bhūmnā sañcarate（「力強く動き回っている」）において，sam-car は，bhūmnā という第三格接辞で終わる項目と共使用（samabhivyāhāra）されている。動詞語基 car に後続する ātmanepada 接辞 ta（→ te [A 3.4.79 ṭita ātmanepadānāṃ ṭer e]）は A 1.3.54に基づく。

ヴィディアーナータとクマーラスヴァーミンは上に引用した詩節に〈正しい語形成〉が成立する理由を明確に述べない[(27)]。そこで，本論3.3.1.1-2で見た〈定動詞形の正しい語形成〉の成立条件に当てはめて当該詩節の分析を試みたい。

3.3.2.2　詩節の分析

まず注目したいのは，（1）āśāmaṇḍalakūlamudvahakathaiḥ（「多数の地域の境界を取り去る物語を生む［神力］によって」），（2）abhraṅkaṣaiḥ（「雲を擦る［神力］によって」），（5）tribhuvanakṣemaṅkaraprakriyaḥ（「三界に安寧をもたらす優れた活動をなす者として」），（7）āḍhyambhaviṣṇuḥ（「［諸美点に］溢れる者となって」）という４つの名詞形である。（1）は KHaŚ で終わる kūlamudvaha という語を構成要素とする名詞語基から，（2）は KHaC で終わる abhraṅkaṣa という名詞語基から，（5）は同じく KHaC で終わる kṣemaṅkara という語を構成要素とする名詞語基から，（7）は KHiṣṇuC で終わる āḍhyambhaviṣṇu という名詞語基から派生する名詞形である。KHaŚ，KHaC，KHiṣṇuC という３接辞の共通点は，１．いずれも共起項目の存在を根拠として動詞語基の後に導入される kṛt 接辞であること，２．３者とも KH 音を指標音（IT）とする接辞であり，それらの後続は共起項目の最終母音に対する mUM 付加操作の適用根拠となることである。mUM の付加は，後続する子音に合わせた m 音の音素変化を促す（［2］；［5］m → ṃ → ṅ，［7］m → ṃ → m）。このように，（1），（2），（5），（7）は，共通点を持つ接辞の導入規則（A 3.2.31; 3.2.42; 3.2.44; 3.2.57），当該規則と相関する m 音付加規則（A 6.3.67）と音素変化規則（A 8.3.23; 8.4.58）が適用されることで派生した異なる名詞形であり，詩節中ではそれらが次々と起こっている。

次に（4）suprajasaḥ prajās（「良き子孫を持つ臣民達を」）という表現を見よう。suprajasaḥ は，taddhita 接辞 asIC で終わる bahuvrīhi 複合語 suprajas という名詞語基の後に，第二格複数接辞 Śas が導入された後（suprajas + Śas），それの s 音に A 8.2.66: sasajuṣo ruḥ により rU が代置され（suprajas + arU），r 音に A 8.

3.15: kharavasānayor visarjanīyaḥ により visarga（ḥ 音）が代置されて派生する名詞形である（suprajas ＋ aḥ）。対して，prajās は prajā という名詞語基の後に同じく Śas が導入され（prajā ＋ Śas），prajā の ā 音と Śas の a 音に A 6.1.101: akaḥ savarṇe dīrghaḥ により長音 ā が唯一代置（ekādeśa）された後（prajās），先述の A 8.2.66と A 8.3.15が適用され（prajārU → prajāḥ），さらに A 8.3.34: visarjanīyasya saḥ により visarga に s 音が代置されて派生する名詞形である（prajās）。ここでは，prajā という共通の名詞語基から派生した，格は同じだが語形は異なる２つの名詞形の転換がなされている（suprajasaḥ → prajās）。

prajā という語が意味する「臣民」は，（３）rakṣan（「守護するために」）が表示する守護行為の〈目的〉である。prajā という語の後には A 2.3.2: karmaṇi dvitīyā により第二格接辞が起こる。この prajāḥ という第二格接辞で終わる項目との関連で注意を引くのは，（６）duṣṭānāṃ ... niprahantum（「悪人達を打ち倒すために」）である。同表現において，「悪人」（duṣṭa）は実際には ni-pra-han が表示する行為の〈目的〉であるが，それは〈残余〉として意図されているので，A 2.3.56により duṣṭa という語の後には第六格接辞が起こる。ここには，prajāḥ という第二格接辞で終わる名詞形と duṣṭānāṃ という第六格接辞で終わる名詞形の対比が見られる。〈目的〉を表示する名詞接辞の導入規則（A 2.3.2）に従って派生した名詞形 prajāḥ が，同規則と連関する別の名詞接辞導入規則（A 2.3.56）に従って派生した別の名詞形 duṣṭānāṃ へと転換している。

最後に（３）rakṣan（「守護するために」）と（８）bhūmnā sañcarate（「力強く活動している」）の関係に触れる。すでに説明したように，rakṣan は，動詞語基 rakṣ の後に現在接辞 lAṬ が起こり，それに A 3.2.126により ŚatṚ が代置されて派生する語，sañcarate は，sam-car の後に lAṬ が起こり，それに A 1.3.54によって定動詞接辞 ta が代置されて派生する語である。ŚatṚ は A 1.4.99: laḥ parasmaipadam により parasmaipada と呼ばれ，一方 ta は A 1.4.100: taṅānāv ātmanepadam により ātmanepada と呼ばれる。rakṣan と sañcarate という２つの語形によって，l 音の代置要素としての ŚatṚ と ta，そして parasmaipada と ātmanepada という２つの術語（sañjñā）が対比されている。rakṣan が名詞接辞で終わる項目であるのに対して sañcarate は定動詞接辞で終わる項目である。

憶測にすぎないが，クマーラスヴァーミンは，ここには名詞形から定動詞形への転換が見られると考えたのかもしれない。

3.3.2.3　マッリナータの解釈

本節冒頭部で見たようにマッリナータはBhaṭṭikāvyaに対する注釈中でPratāparudrayaśobhūṣaṇaから〈正しい語形成〉の定義を引用しているので，ヴィディアーナータが挙げるそれの例も知っていたと想定してよい。マッリナータとヴィディアーナータがいずれもインド南東部アーンドゥラ地方で活躍した人物であること並びに前者が文学作品に対する諸注釈中で頻繁に後者の言葉を引用していることは，マッリナータがヴィディアーナータの詩論書に精通し，それを机右に備えていたことを強く示唆する。

ヴィディアーナータの詩節の核心が名詞形の転換にあることは明白である[(28)]。このことは，彼の「名詞接辞で終わる複数項目と定動詞接辞で終わる複数項目の派生」という〈正しい語形成〉の定義が，マッリナータが引用する「名詞接辞で終わる複数項目［と］定動詞接辞で終わる複数項目の転換」というそれのより具体的な定義（本論3.3.1.2）と同趣旨であることを示す。ヴィディアーナータが〈正しい語形成〉の例として提示するのは上述の詩節のみであるから，彼自身がマッリナータと同様に〈正しい語形成〉に2種のものを認めていたかどうかは定かではない。しかし，それを認め，ŚV 1.51に〈定動詞形の正しい語形成〉を見るマッリナータは，名詞形の多様性を根拠として，ヴィディアーナータの例に〈名詞形の正しい語形成〉を見たに違いない[(29)]。

3.3.3　Bhaṭṭikāvyaへの適用

マッリナータの見解では，文法的に正しい複数の名詞形や定動詞形が作中で単に使用されるだけでは〈正しい語形成〉は認められない。それの成立のためには，派生に関して共通点を持つ同族の名詞形または動詞形が詩文の1詩節中に連続して使用される必要がある。マッリナータが言及する未詳の詩論家は，その現象を「名詞接辞で終わる複数項目［と］定動詞接辞で終わる複数項目の転換」と呼び，ヴィディアーナータは，おそらくバーマハの言葉を受け継いで

「名詞接辞で終わる複数項目と定動詞接辞で終わる複数項目の派生」と呼んだ。マッリナータは〈正しい語形成〉の特徴を名詞形や定動詞形の多様性（vaicitrya）という言葉で表現した。

Bhaṭṭikāvya は，パーニニの文法規則の例証を眼目とする作品であるから，〈正しい語形成〉の宝庫と言える（１例については，川村 2016: §5 [97–100]）。〈正しい語形成〉は，詩的美質として，詩文に輝きをもたらす（kāvyaśobhākara）。マッリナータは Bhaṭṭikāvya が文法規則の例証作品である点に着眼し，それの文法学部門を詩学的観点から特徴づけるものとして，規則例証に伴う美質〈正しい語形成〉を挙げた。同部門が有する，パーニニ文法の該博な知識が反映された言語運用の多様性（prayogavaicitrī）に，彼は詩的価値を見出したのである。

3.3.4 〈正しい語形成〉と詩文

ただし，〈正しい語形成〉に富む作品が無条件に賞賛されるかと言えば，決してそうではない。多種多様な名詞形と定動詞形の使用に専心することで作品の言葉の面をいくら完璧に仕上げたとしても，そのことだけに気をとられて作品の意味内容の面が疎かにされることは許されないはずだからである。詩文は言葉と意味からなるものである点が想起されねばならない（序論0.2.2）。

3.3.4.1 Bhaṭṭikāvya における意味内容の美点

バッティは作品の意味内容の面にも気を配ることを忘れていない。意味の詩的装飾や詩的美質を例証する明晰の部が作中に設けられていることは，その証左である。さらに，先行研究によっても指摘されているように，Bhaṭṭikāvya には，意味内容に関わる文学的技巧がこらされた詩節が明晰の部に限らず多く存在する。

3.3.4.1.1 比喩表現

例として，雑多の部中の次の詩節を挙げよう。

BhK 1.4: puṇyo mahābrahmasamūhajuṣṭaḥ

santarpaṇo nākasadāṁ vareṇyaḥ |
jajvāla lokasthitaye sa rājā
yathādhvare vahnir abhipraṇītaḥ ||
清らかであり，偉大な婆羅門の１団に仕えられ，
天に座す者達（神々）を満足させる，最上なる
その王は，人々の安寧のために燃え盛った。
祭式に導き入れられた火のように。

ここでは〈直喩〉（upamā）が使用されている。比喩基準（upamāna）は「火」（vahni），比喩対象（upameya）は「王」（rājan），共通属性（sādhāraṇadharma）は「清らかであること」（puṅya），「偉大な婆羅門の１団が仕えていること」（mahābrahmasamūhajuṣṭa），「神々を満足させる存在であること」（santarpaṇo nākasadāṃ），「最上であること」（vareṇya），「人々の安寧のために燃え盛る（尽力する）こと」（jajvāla lokasthitaye），類似性標示語（sādṛśyapratipādaka）は yathā（「～のように」）である。重要なのは，形容句と動詞の意味が全て「王」と「火」の両者を修飾できるように詩節が作られている点である。同種の技巧は BhK 1.7や BhK 1.9にも見られる。

BhK 1.7: sadratnamuktāphalavajrabhāñji
vicitradhātūni sakānanāni |
strībhir yutāny apsarasām ivaughair
meroḥ śirāṁsīva gṛhāṇi yasyām ||
立派な宝石である真珠と金剛石を享受し，
多様な鉱石を有し，庭園があり，
天女集団のような女達が溢れ返る，
そこ（アヨーディアー）にある家々は，まるでメールの頂のごとし。
BhK 1.9: dharmyāsu kāmārthayaśaskārīṣu
matāsu loke ’dhigatāsu kāle |
vidyāsu vidvān iva so ’bhireme

patnīṣu rājā tisṛṣūttamāsu ‖
法の道から外れず，性愛，実利，栄誉をもたらし，
世で敬われる，ふさわしい時期に娶られた
この上ない３人の正妻を，その王は喜んだ。
知者が三聖典を喜ぶように。

まずBhK 1.7において，比喩基準は「メールの頂」(meru-śiras)，比喩対象は「アヨーディアーの家々」(yad-gṛha)，共通属性は「立派な宝石である真珠と金剛石を享受すること」(sadratnamuktāphalavajrabhaj)，「多様な鉱石を有すること」(vicitradhātu)，「庭園があること」(sakānana)，「天女アプサラス／美しい女達で溢れ返っていること」(strībhir yutāny apsarasām ivaughaiḥ)，類似性標示語はiva（「～のように」）である。次にBhK 1.9において，比喩基準は「リグヴェーダ，サーマヴェーダ，ヤジュルヴェーダという三聖典」(tri-vidyā)，比喩対象は「３人の正妻」(tri-patnī)，共通属性は「法の道から外れないこと」(dharmya)，「性愛，実利，栄誉をもたらすこと」(kāmārthayaśaskārin)，「世で敬われていること」(loka-mata)，「ふさわしい時期に娶られたこと／習得されたこと」(kāla-adhigata)，「この上ないこと」(uttama)，類似性標示語はivaである。いずれの詩節においても，形容句と動詞の表示対象は全て「メールの頂」と「アヨーディアーの家々」および「三聖典」と「３人の正妻」の両者を修飾する。

ダシャラタ（Daśaratha）王が住まう都アヨーディアー（Ayodhyā）が描写されるBhK 1.5-8でも〈直喩〉や〈詩的空想〉（utprekṣā）などの比喩表現が用いられる。BhK 1.6を引用しよう。

BhK 1.6: nirmāṇadakṣasya samīhiteṣu
sīmeva padmāsanakauśalasya |
ūrdhvasphuradratnagabhastibhir yā
sthitāvahasyeva puraṃ maghonaḥ ‖
望みのものを創造することができる，

蓮華に座す者（ブラフマン）の巧みさの極致のような
その［アヨーディアー］は，上方にきらめく宝石の光によって，
インドラの都を嘲笑い続けるかのごとし。

カーリダーサを筆頭に，サンスクリット詩人達が種々の比喩表現を好んだことはよく知られている。バッティもまた1サンスクリット詩人として比喩の技巧を披露し，詞藻豊かな詩節を作り上げている。

3.3.4.1.2　詩論書における引用

次の詩節は，〈首飾り〉（ekāvalī）と呼ばれる詩的装飾の例として詩論家マンマタにより引用されている（KP 10.549）[(30)]。

BhK 2.19: na taj jalaṃ yan na sucārupaṅkajaṃ
na paṅkajaṃ tad yad alīnaṣaṭpadam |
na ṣaṭpado 'sau na juguñja yaḥ kalaṃ
na guñjitaṃ tan na jahāra yan manaḥ ||
それは水［場］ではない，魅力溢れる蓮が咲いていないならば。
それは蓮ではない，蜂がとまっていないならば。
それは蜂ではない，甘い羽音を立てていないならば。
それは羽音ではない，心を奪わないならば。

当該詩節は，各句の後半部で使用された語またはそれの動詞語基と同じ動詞語基から派生する語が次の句の前半部で使用されるという形で構成されており，水場 → 水場に咲く蓮 → 蓮にとまる蜂 → 蜂が出す羽音というように大きなものから小さなものへと徐々に焦点が絞られていく。言葉と意味内容の両面から面白みのある詩節である。

3.3.4.1.3　雑多の部のもう1つの役割

雑多の部はその性格上，主題の部や定動詞の部に比べて詩節中の表現を文法

規則の例証や多様な定動詞形の使用に制限される度合いが少ないため，以上のように比較的自由な表現を使用して詩節を作ることが可能である。その証拠に，雑多の部の詩節は主題の部や定動詞の部のそれと比べて長めの韻律で構成されたものや[(31)]，意味内容に関わる文学的技巧がこらされたものが多い。このことから，言葉の面からだけでなく意味内容の面から作品を飾ることを雑多の部の役割の１つとして想定することができる。例をもう１つ挙げておこう。

BhK 5.65: (1)<u>sāyantanīṃ</u> tithipraṇyaḥ paṅkajānāṃ (2)<u>divātanīm</u> |
kāntiṃ kāntyā (3)<u>sadātanyā</u> hrepayantī śucismitā ||
「月の夕暮れ時の美と蓮達の日中の美に，古来変わらぬ美によって恥をかかせる，清らかな笑顔をした［お前は何者か］」

当該詩節では比喩基準である「月と蓮」よりも比喩対象である「シーター」の方が優れていることが語られているから，〈差異〉(vyatireka) という装飾が成立する。月は夕暮れ時から夜の間だけ美しく，蓮はそれが咲く日中だけ美しいのに対してシーターの美しさは永遠であるという点で，後者は前者に勝る。前者と後者は美しいという点では共通するが，その程度には違いがある。バーマハの定義は以下の通りである。

KA 2.75: upamānavato ’rthasya yad viśeṣanidarśanam |
vyatirekaṃ tam icchanti viśeṣāpādanād yathā ||
［比喩基準に対する］比喩対象の卓越性を示すことを［人々は］〈差異〉と認める。［比喩基準と比喩対象間に］違いが生み出されることに基づいて。例えば次のごとくである

バッティはBhK 10.39で〈差異〉を例証しているから，詩的装飾としてのそれを知っていたと考えてよい。

BhK 10.39: samatāṁ śaśilekhayopayāyād

avadātā pratanuḥ kṣayeṇa sītā |
yadi nāma kalaṅka indulekhām
ativṛtto laghayen na cāpi bhāvī ||
月の線のようになってしまうだろう，
やつれて極めて細った純白のシーターは。
もし，［月の］染みが月の線［の美］を
昔もこれからも損なわないならば。

同詩節において，比喩対象は「シーター」，比喩基準は「月の線」である。美を損なう染みを常に有する月は，それを持たないシーターに美しさの点で劣るから，シーターを月と等価と見なすことはできない。それほどに彼女は美しい。これが詩節の趣意である。このように，比喩基準より比喩対象の方が美しさの点で勝ることが表現されているから，ここに〈差異〉が成立する。月の線とシーターはいずれも美しいという点で共通するが，その美しさの程度には違いがある。

ここに追記すべきは，BhK 5.65では，（1）sāyantanī（「夕暮れ時の［美］」），（2）divātanī（「日中の［美］」），（3）sadātanī（「古来変わらぬ［美］」）というように，taddhita 接辞 Ṭyu で終わる項目が3つ使用されることから，それの導入と加音 tUṬ の付加操作を規定する次の規則の例証が意図されていると考えられる点である。

A 4.3.23: sāyañcirамprāhṇeprage’vyayebhyaṣ ṭyuṭyulau tuṭ ca ||
「sāyam（「夕暮れに」），ciram（「長い間」），prāhṇe（「午前に」），prage（「夜明けに」）という avyaya および時を表示する avyaya の後に taddhita 接辞 Ṭyu または ṬyuL が起こり，それらの接辞は加音 tUṬ をとる」

（1）sāyantanī，（2）divātanī，（3）sadātanī は，それぞれ sāyam（「夕暮れに」），divā（「日中に」），sadā（「常に」）という不変化詞の後に，「x に生じるもの」を意味する taddhita 接辞 Ṭyu が A 4.3.23により起こり，その接辞の冒頭に tUṬ

が付加され，Ṭyu の yu 音に A 7.1.1: yuvor anākau により ana が代置されて派生する語である（A 4.3.23の例証については，本論1.2.1.1も参照）。BhK 5.65もまた，本論3.2で論じた BhK 8.91-92や BhK 7.3のように，規則例証に文学的技巧が織り込まれた例と言える。

Rāvaṇārjunīya のように文法規則の例証にとらわれるのではなく（本論第２章），内容的にも魅力ある作品であってはじめて，その作品は詩文論書として機能する。バッティは詩学部門だけでなく文法学部門においても，意味内容に関わる詩的技巧をこらして読者を楽しませる工夫をなしている。

3.4　小　結

Dasgupta and De 1947: 184.4-11, 184.20-185.5は，規則例証という制約により表現の自由を奪われたことで鑑賞に値する詩節の制作が困難となっている点を強調し，Bhaṭṭikāvya の詩的価値に対してかなり否定的な評価を与える（Dasgupta and De 1947: 184.4-185.5）。

> ... the difficult medium of a consciously laboured language is indeed a serious obstacle to their appreciation.What is more serious brawback [sic] is that the poet has hardly any freedom of phraseology, which is conditioned strictly by the necessity of employing only those words whose grammatical forms have to be illustrated methodically in each stanza; and **all thought, feeling, idea or expression becomes only a slave to this exacting purpose**... . If one can labour through its hard and damaging crust of erudition, one will doubtless find a glimmering of fine and interesting things. But **Bhaṭṭi is a writer of much less original inspiration than his contemporaries, and his inspiration comes from a direction other than the purely poetic**. The work is a great triumph of artifice, and perhaps more reasonably accomplished than such later triumphs of artifice as proceed even to greater excesses; but that is a different thing from poetry.

Bhaṭṭi's scholarliness has justly propitiated scholars, but **the self-imposed curse of artificiality neutralises whatever poetic gifts he really possesses**. Few read his worst, but even his best is seriously flawed by his unfortunate outlook; and, unless the delectable pursuit of poetry is regarded as a strenuous intellectual exercise, few can speak Bhaṭṭi's work with positive enthusiasm.（太字強調は筆者による）

しかし，バッティは，作中で規則例証だけに傾注しているわけではない。彼は，明晰の部や雑多の部を生かして比喩表現をはじめとする多くの文学的技巧をこらしている。バッティの規則例証法には〈順序対応〉と〈順序の乱れた文〉という伝統詩学の概念が反映されている。彼は規則例証と詩的技巧を巧みに組み合わせる。規則例証という目的から必然的に結果する多様な名詞形と定動詞形の使用それ自体は詩文の装飾となる。

Dasgupta and De 1947による上記の言は作品全体を見渡す視点と文法学部門に対する詩学的視点を欠いており，不適切であると言わねばならない。我々は，Bhaṭṭikāvyaが大詩文の様式にのっとって著された作品であることを忘れるべきではない。

註

（1） Trivedī本（Trivedī 1909）はvibhrāṇau，Sastry本（Sastry 1970）はbibhrāṇauと読む。後者の読みが採用されるべきである。なお，写本上v音とb音が区別されないことはよくある。

（2） ヴァーマナがapakramaを文の欠陥（vākyadoṣa）に分類していることを根拠に（KAS 2.2.22: kramahīnārtham apakramam），それを「順序を欠く［文］」（apagataḥ kramaḥ yasmāt tat [vākyam]）と解釈した。

（3） なお，apiにkarmapravacanīyaという術語を適用するのは，upasargaという術語を根拠とした規則適用を防ぐためである（KV on A 1.4.96 [I.14.96]: upasargasañjñābādhanāt ṣatvaṃ na bhavati）。apiはA 1.4.59: upasargāḥ kriyāyogeによりupasargaと呼ばれる。もしapiがA 1.4.96によりkarmapravacanīyaと呼ばれなければ，以下に見る文sarpiṣo 'pi syātやapi siñca api stuhiにおいてapiに後続する動詞語基as，sic，stuのs音には，術語upasargaを適用根拠とするA 8.3.87: upasargaprādurbhyām astir yacparaḥと

A 8.3.65: upasargāt sunotisuvatisyatistautistobhatisthāsenayasedhasicasañjasvañjām により ṣ 音が代置され，望ましくない語形（*api ṣyāt; *api ṣiñca; *api ṣṭuhi）が派生してしまう。

（4） SK 557 (I.630.140.3–4): sarpiṣa iti ṣaṣṭhī tv apiśabdabalena gamyamānasya bindor avayavāvayavibhāvasambandhe ｜

（5） ナーゲーシャによれば，karmapravacanīya は関係の標示者（sambandhadyotaka）であるが，その性格づけはあくまで一般的なもの（prāyika）にすぎない。例外が存在するからである（Uddyota on MBh to A 1.4.96 [II.465.18–19]: karmapravacanīyānāṁ sambandhadyotakatvaṃ tu prāyikam ｜ adhiparyādau vyabhicārād iti）。当該の api も事物間の何らかの関係を標示しているわけではない。以下も同様である。

（6） Kāśikāvṛtti によれば推測の意味を導入条件とする lIṄ 接辞を規定するのは次の規則である（KV on A 5.1.16 [II.469.18]: syād iti sambhāvanāyāṁ liṅ sambhāvane 'lam iti ced ityādinā）。A 3.3.154: sambhāvane 'lam iti cet siddhāprayoge ‖（「alam という語の不使用が成立するとき，十分な可能性に限定された〈行為〉を表示する動詞語基の後に lIṄ 接辞が起こる」）。

（7） 婆羅門はたまねぎおよびそれから生じる食べ物を食してはならないことが MS 5.5; 5.19に規定されている。

（8） BM on SK 557 (II.632.5–6): apidvayena militena samuccayadyotanāt pratyekaṁ sañjñāyām ubhayatrāpi ṣatvābhāvaḥ ‖（「［当該の事例では］連合する２つ組みの api により連接が標示されているから，それぞれ［の api］に［karmapravacanīya という］術語が適用される。したがって，［siñca と stuhi の］いずれにおいても［動詞語基の s 音に］ṣ 音は代置されない」）。

（9） 先行訳はそれぞれ以下の通りである。Leonardi 1972: 79.5: “The Lord will not permit either that your name be left”; M. A. Karandikar and S. Karandikar 1982: 128. 15–16: “The omnipotent Rāma will not let even your name remain as a remnant”; Fallon 2009: 179.6: “The lord will ensure that even your name does not endure.”

（10） なお，マッリナータは動詞語基 sidh が「拘束」ではなく「非難」の意味で使用されているとする第２解釈を提示する。マッリナータは動詞語基が持つ多義表示性（anekārthatva）に依拠して，sidh が非難行為を意味することを正当化する。彼がそのような解釈を試みるのは，詩節中で sidh が賞賛行為を表示する動詞語基 stu と対をなしているからであろう。SP on BhK 8.92 (I.292.15): api sedha niṣedha ｜ ninda vety arthaḥ ｜ dhātūnām anekārthatvāt ‖

（11） マッリナータとバラタマッリカは，古典期では一般に慢心や高慢を意味する darpa という語の意味を精液（vīrya，retas）と解釈する。マッリナータはただ言い換えるのみであるが，バラタマッリカは，精液というものは慢心を生み出すから，慢心を意味する darpa という語によってその原因である精液が意図されていると説明する（MB on BhK 8.92 [I.588.18-19]: atra darpaśabdena darpajanakatvād reta ucyate）。文字通りに「慢心を火に注ぐ」と解釈しては意味が不明瞭であるので，ここでは両注釈者の解釈に従う。

(12)　本章註(13)を見よ。

(13)　BhK 8.92d 句 api siñceḥ kṛśānau tvaṃ darpaṃ mayy api yo 'bhikaḥ に対する先行訳は次の通りである。Leonardi 1972: 79.9-10: "You, who are lusting for me, may scatter your pride into the fire"; M. A. Karandikar and S. Karandikar 1982: 128.19-20: "Lustful towards me, be you damned, to shed your heat (semen) in fire"; Fallon 2009: 179.10-11: "You may spill your pride in the fire which you tend as lust for me."

(14)　BhK 8.73; 8.76については本論2.2.2; 2.2.4，BhK 8.88については付論（BhK 8.85-93 [karmapravacanīyādhikāra]）を見よ。

(15)　BhK 8.92cd 句を字義通り訳せば「[他の女達に加え] 私にまで性欲を抱くお前は，汚らわしくも［神聖なる］火に精液を注ぐ奴なのだろう」となるが，BhK 8.92cd 句の趣旨を汲んでこのように訳す。

(16)　api と同じく 2 音節からなる語を反復する〈同音群反復〉は BhK 10.11; 10.21に見られる。

(17)　このような子音の効果とその実例については，横地 2008および Lienhard 1984: 11. 3-22を参照せよ。上述の子音の配置がシーターの嫌悪感を表現するのにも役立っている点については Somadeva Vasudeva 先生からご教示を賜った。なお，戯曲 Mṛcchakaṭikā やプラークリット語の例から判断すると，s 音よりも ś 音の方が耳障りな印象を聞き手に与えると判断できる。しかし，ś 音，ṣ 音，s 音の 3 者のうち，どれがより強い音を出すと見なされるかは話者，地域，時代によって異なり，それに絶対的な基準を設けることは困難である。確かなことは，無声音である上記 3 音は有声音よりも強い響きを有するということである。この点は横地優子先生のご教示による。

(18)　マッリナータは alaṅkariṣṇuvad と読む。しかしその読みでは，意図的に繰り返されている-iṣṇavo bh-という音の連鎖が崩れる。ジャヤマンガラの読みがバッティ本来の読みと考えるべきである。

(19)　ヴァーマナは詩的美質のこのような役割を明言する（KAS 3.1.1: kāvyaśobhāyāḥ kartāro dharmā guṇāḥ）。ヴィディアーナータも詩的美質に関しては同じ立場をとる（PYBh [334.8]: kāvyaśobhākaratvam eva guṇālaṅkārasvarūpam）。

(20)　各 1 音で終わる項目の使用により，必然的に「定動詞接辞で終わる複数項目の派生」が得られる。

(21)　ここで vāc という語が単に「言葉」（śabda）ではなく，言葉と意味からなる「表現（詩文）」を指示するものとして使用されていることは文脈上明らかである。このことは

Udyānavṛtti の説明からも支持される（UV on KA 1.15 [7.18–19]: na hi śabdamātraṁ vāk kiṃ tarhi ubhayaṁ śabdaś cārthaś ca｜taṃ ca naḥ kāvyam）。バーマハは KA 1.3; 2.4; 2.96; 5.64; 5.69でも vāc を「表現（詩文）」を指示するものとして使用する。

(22)　A 3.2.3と A 3.4.5には A 3.4.1: dhātusambandhe pratyayāḥ から dhātusambandhe（「動詞語基の意味間に限定関係があるとき」）が継起する。KV on A 3.4.1 (I.292.3): dhātvarthe dhātuśabdaḥ｜dhātvarthānāṁ sambandho dhātusambandhaḥ viśeṣaṇaviśeṣyabhāvaḥ｜

(23)　A 3.4.3に述べられる samuccaya は，互いに異なる複数の行為が同じ行為者のもとに積み重ねられることを意味する。この点に，同じ1つの行為の反復（paunaḥpunya）または力強さ（bhṛśatva）を意味する samabhihāra との違いがある。PM on KV 3.4.3 (III.149.16–19): anekāsāṃ kriyāṇām ekasmin sambandhini nicīyamānatety arthaḥ｜etenaikakriyāviṣayāt samabhihārāt samuccayasya bhedo darśitaḥ｜dhātoḥ kriyāvācitvāt kriyādharme samuccayamātre vṛttir na bhavatīty abhiprāyeṇāha — samuccīyamānakriyāvacanād iti｜ekasmin sādhane yāḥ kriyāḥ samuccīyante tadvācibhyo dhātubhyaḥ pratyaya ity arthaḥ｜(「[samuccaya は，] 多数の諸行為が同じ関係者［能成者］のもとに積み重ねられることを意味する。これによって，［A 3.4.2で規定される，］単一の行為を対象領域とする samabhihāra との，samuccaya の違いが示されている。動詞語基は行為を表示するから，［それが］行為の属性である「積み重ね」だけを表示することはない。このことを意図して［Kāśikāvṛtti は］述べる，「積み重ねられる行為を表示する［動詞語基の後に］」と。同じ能成者のもとに諸行為が積み重ねられるとき，その［諸行為］を表示する諸動詞語基の後に［lOṬ］接辞が起こる，という意味である」)。マッリナータは A 3.4.2: kriyāsamabhihāre loṭ loṭo hisvau vā ca tadhvamoḥ から kriyāsamabhihāre を A 3.4.3に読み込み，「特定の強襲行為などの積み重ねが，［ここでの］kriyāsamabhihāra である」（avaskandādikriyāviśeṣāṇāṁ samuccayaḥ kriyāsamabhihāraḥ）と説明するが（Sarvaṅkaṣā on ŚV 1.51 [20.23–27]），この説明はパーニニ文法学の伝統的解釈から支持されるものではない。

(24)　SVO on ŚV 1.51 (30.9–10): kālakārakavibhaktivacanaviśeṣāvagamas tv anuprayogavaśāt｜

(25)　SK 2828 (III.654.2): tataḥ saṅkhyākālayoḥ puruṣaviśeṣārthasya cābhivyaktiḥ｜BM on SK 2828 (III.654.9): hisvābhyāṃ tu na saṅkhyākārakādyabhivyaktiḥ｜

(26)　ヴィディアーナータの Pratāparudrayaśobhūṣaṇa は，南インドのカーカティーヤ王朝（1100–1323年頃）プラターパルドラ2世（在位1295–1323年頃）の庇護下で著されたものである。その特徴の1つは，原則として同王の賞賛を意図する自作の実例（udāharaṇa）が与えられることである。当該詩節もそのような詩節の1つであり，詩節中に述べられるルドラ／ハリはプラターパルドラ2世を指す。

(27)　クマーラスヴァーミンはヴィディアーナータが引用する詩節に以下のような説明を与えるが，結局のところどのような場合に〈正しい語形成〉が成立するのかは判然としない。RĀ on PYBh (328.21–23): atra tu sakalasacetaścetaścamatkārakāriviśiṣṭapadaprayogeṇa cārutāhetutvasambhavād asty eva svatantraṃ guṇatvam iti |（「しかしここでは，全ての意識ある者達の心に感動をもたらす特定の諸語の使用に基づいて，[〈正しい語形成〉は］魅力の原因であり得るから，[〈正しい語形成〉は］まさに自ずと詩的美質である」)。クマーラスヴァーミンは，ヴィディアーナータの定義中の supāṃ tiṅāṃ ca を「特定の，名詞接辞と定動詞接辞で終わる複数項目の［派生］」(subantatiṅantaviśeṣāṇām）と説明する（RĀ on PYBh [328.11])。

(28)　〈正しい語形成〉の概念を考慮すれば，ヴィディアーナータの定義中の vyutpatti という語は「多様な生起」(vividhotpattiḥ）という意味で解釈されるべきかもしれない。しかし，マッリナータやクマーラスヴァーミンらの古典注が vyutpatti という語の意味を説明しないことを考えると，同語は文法学の分野でよく知られた一般的な意味，すなわち「派生」という意味で解釈されていた可能性が高い。なお，vyutpatti という語がいわゆる「派生」を意味する場合，伝統的には「特定の形での［語の］生起」(viśeṣeṇotpattiḥ）という意味分析が想定される。この場合，同語は saṁskāra（「形成」）という語と同義である。ŚKD (IV.553.27–28): viśeṣeṇotpattiḥ | saṃskāraḥ |

(29)　ボージャ王も自身の詩学書 Sarasvatīkaṇṭhābharaṇa において〈正しい語形成〉(suśabdatā）について論ずるが（SKĀ [61.23–62.4])，本節の目的に資する特記すべき新規情報はない。

(30)　ただし，マンマタが引用する BhK 2.19のテクストは c 句を na ṣaṭpado 'sau kalaguñjito na yo（「それは蜂ではない，甘い羽音を立てていないならば」）と読む。マンマタの読み kalaguñjito（「甘い羽音を立てるもの」）は，d 句前半で使用される guñjitaṃ という語との統一を図ろうとした結果，本来の読みが改変されたものと考えることができるかもしれない。

(31)　Bhaṭṭikāvya の各章各詩節で使用される韻律については，Kühnau 1890; Velankar 1948–49を見よ。

第4章　バッティ，カーティアーヤナ，パタンジャリ

4.0　緒　言

本章では，主題の部で例証されるいくつかの規則に焦点を当て，当該規則に対するカーティアーヤナやパタンジャリの論議を考慮に入れながら，バッティの表現に考察を加える。それより，バッティの規則例証表現にパーニニ文法学の伝統的解釈がどれほど反映されているのかを検討し，バッティが有する文法学の知識と文法学伝統に対する彼の態度を明らかにしたい。

4.1　規則例証に見るバッティの学識

バッティがパーニニにより制定された規則を主な例証対象としていることに疑問の余地はない。しかしこのことは，彼が作中でカーティアーヤナの vārttika 規定を度外視していることを必ずしも意味しない。文法実例集を創作するにあたり，バッティがパーニニの規則を解釈するためにカーティアーヤナとパタンジャリの著作の学習に励んだであろうことは容易に想像がつく。vārttika 規定やそれに対するパタンジャリの論説を踏まえた表現が規則例証の中に盛り込まれている可能性は高い。本節では A 3.2.1-16が例証される BhK 6.87-93（sopapadādhikāra）を分析して，文法規則の伝統的解釈に対するバッティの知識を探る。

4.1.1　Bhaṭṭikāvya における A 3.2.1-16の例証

4.1.1.1　upapada 複合語

パーニニは A 3.2.1-16において kr̥t 接辞 aṆ，Ka，ṬaK，aC，Ṭa 導入の操作規則を設けている。A 3.2.1-16は次の規則の支配下にある。

A 3.1.92: tatropapadaṁ saptamīstham ||
「A 3.1.91: dhātoḥ の支配下にある規則中で，第七格接辞で終わる項目によって指示される項目は upapada と呼ばれる」

同規則により，A 3.2.1-16中で第七格接辞で終わる項目（saptamyanta）によって指示される項目には upapada（「共起項目」）という術語が適用される。upapada は語源的意味を有する術語（anvarthasañjñā）であり，「近くで発声される語」（MBh on vt. 2 to A 3.1.92 [II.76.8]: upoccāri padam upapadam）という意味を担う。上記の kr̥t 接辞はこの共起項目を根拠として動詞語基の後に導入される接辞の一種である。upapada と呼ばれる項目は A 2.2.19: upapadam atiṅ により意味的連関項目と必ず複合語を形成する（nityasamāsa）。その結果，kumbhakāra（「壺作り」）などといった upapada 複合語（upapadasamāsa）が派生する。規則が適用された結果として派生するこの種の複合語の使用を通じて，BhK 6.87-93では A 3.2.1-16が順番に例証される。

upapada 複合語 kumbhakāra を例にとり，この種の複合語の派生の型を示しておこう（BM on SK 782 [II.99.17-20]）。

(1)	kumbha		+kr̥Ñ	+aṆ	A 3.2.1
(2)	kumbha		+kār	+a	A 7.2.115; 1.1.51
(3)	kumbha	+Ṅas	+kār	+a	A 2.3.65
(4)	⟨kumbha	+ϕ	+kār	+a⟩	A 2.4.71; 2.2.19
	kumbhakāra				

(1)の段階で，〈目的〉を表示する kumbha という語を共起項目とする動詞語基 kr̥ の後に A 3.2.1: karmaṇy aṇ により kr̥t 接辞 aṆ が起こる。(2)の段階で，ṆIT である aṆ が後続する，母音で終わる aṅga（A 1.4.3: yasmāt pratyayavidhis tadādi pratyaye 'ṅgam）である kr̥ の r̥ 音に，A 7.2.115: aco ñṇiti により vr̥ddhi である ā 音が代置される。r̥ 音に代置された ā 音には A 1.1.51: ur aṇ raparaḥ により自動的に r 音が後続する。(3)の段階で，kr̥t 接辞で終わる kāra

という項目を根拠として，kumbha という項目の後に A 2.3.65: kartṛkarmaṇoḥ kṛti により第六格単数接辞 Ṅas が起こる(1)。(4)の段階で，A 2.2.19により kumbha という項目と kāra という項目の複合語が形成され，kumbha という項目に後続する Ṅas には A 2.4.71: supo dhātuprātipadikayoḥ によりゼロ（luK）が代置されて，kumbhakāra という語形が得られる。

Scharf 2011: 62.45–48が指摘するように，kumbham karoti（「壺を作る者」）という分析文（vigraha）(2)は，複合語 kumbhakāra の主格単数形 kumbhakāraḥ と相似した意味（parallel meaning）を持つ実際の言語表現として供給されるものであり，当該複合語の派生手続きにおいて想定されるものではない点に留意されたい。kumbhaṃ karoti は語の意味を明示する役割を果たすにすぎない（BM on SK 782 [II.99.23]: kumbhaṃ karotīti tadarthapradarśanamātram）。kumbhakāra などの複合語の派生手続きに伴う諸々の問題については，Scharf 2011を見よ。

以下にバッティの表現とそれによって例証される文法規則の対応を細説する。BhK 6.87–93は，武装したラーマとラクシュマナを遠くから目にした猿王スグリーヴァが，両者の素性を探るためにハヌーマットを使者として送り出した後，ハヌーマットが両者とやり取りをする場面である。

4.1.1.2　BhK 6.87 → A 3.2.1–2

BhK 6.87: sa (1)śatrulāvau manvāno rāghavau malayaṃ girim |
jagāma saparīvāro (2c)vyomamāyam ivotthitam ‖
ラグ家の２人（ラーマとラクシュマナ）を敵達を切り裂く者と考え，［スグリーヴァは］マラヤ山へ向かった。従者達を連れて，空の測定者のごとくそびえ立つ［その山へ］。

（1）　A 3.2.1: karmaṇy aṇ ‖
「〈目的〉を表示する項目が共起項目である場合，動詞語基の後に kṛt 接辞 aṆ が起こる」

［解説］（1）śatrulāvau（「敵達を切り裂く［ラーマとラクシュマナ］」）という語

は，śatrūn lunate と意味分析される。〈目的〉を表示する śatru という語を共起項目とする動詞語基 lū の後には，A 3.2.1により kr̥t 接辞 aṆ が起こり，śatru-lāva という複合語が派生する。

（2） A 3.2.2: hvāvāmaś ca ‖

「〈目的〉を表示する項目が共起項目である場合，動詞語基 hve（「呼びかける」），ve（「織る」），mā（「測る」）の後に kr̥t 接辞 aṆ が起こる」

［解説］（2）vyomamāya[s]（「空を測る者」）という語は vyoma mimīte と意味分析される。〈目的〉を表示する vyoman という語を共起項目とする動詞語基 mā の後には，A 3.2.2により kr̥t 接辞 aṆ が起こり，vyomamāya という複合語が派生する。

4.1.1.3 BhK 6.88-89 → A 3.2.3-7

BhK 6.88: (3)śarmadaṃ mārutiṃ dūtaṃ (4a)viṣamasthaḥ (4b)kapidvipam |
(5b)śokāpanudam avyagraṃ prāyuṅkta kapikuñjaraḥ ‖
保護所の施与者，猿中の象，憂いの除去者ハヌーマットを，苦境に立ちつつも落ち着いて使者に選んだ。象のごとき猿（スグリーヴァ）は。

（3） A 3.2.3: āto 'nupasarge kaḥ ‖

「〈目的〉を表示する項目が共起項目である場合，ā 音で終わる，upasarga に先行されない動詞語基の後に kr̥t 接辞 Ka が起こる」

［解説］（3）śarmada[s]（「保護所を与える者」）という語は śarma dadāti と意味分析される。〈目的〉を表示する śarman という語を共起項目とする動詞語基 dā の後には，A 3.2.3により kr̥t 接辞 Ka が起こり，śarmada という複合語が派生する。

（4） A 3.2.4: supi sthaḥ ‖

「名詞接辞で終わる項目が共起項目である場合，動詞語基 sthā（「立つ，留まる」）の後に kr̥t 接辞 Ka が起こる(3)」

［解説］(4a) viṣamastha と (4b) kapidvipa という複合語については，本論4.1.

2.1で詳説する。

（5）　A 3.2.5: tundaśokayoḥ parimṛjāpanudoḥ ‖

「〈目的〉を表示する tunda（「臍」）と śoka（「憂い」）という語がそれぞれ共起項目である場合，pari-mṛj（「きれいにする」）と apa-nud（「取り除く」）の後に kṛt 接辞 Ka が起こる」

［解説］（5）śokāpanuda[s]（「憂いを取り除く［ハヌーマット］」）という語は śokam apanudati と意味分析される。〈目的〉を表示する śoka という語を共起項目とする apa-nud の後には，A 3.2.5により kṛt 接辞 Ka が起こり，śokāpanuda という複合語が派生する。

当該規則に対して次のような vārttika が述べられている。

vt. 1 on A 3.2.5: tundaśokayoḥ parimṛjāpanudor ālasyasukhāharaṇayoḥ ‖

「A 3.2.5: tundaśokayoḥ parimṛjāpanudoḥ において ālasyasukhāharaṇayoḥ と述べられるべきである」

この vārttika 1に従う場合，A 3.2.5は次のように再定式化され得る。

*A 3.2.5: tundaśokayoḥ parimṛjāpanudor ālasyasukhāharaṇayoḥ ‖

「〈目的〉を表示する tunda（「臍」）と śoka（「憂い」）という語がそれぞれ共起項目である場合，怠惰な〈行為主体〉と喜びをもたらす〈行為主体〉がそれぞれ表示されるべきときに（ālasyasukhāharaṇayoḥ），pari-mṛj（「きれいにする」）と apa-nud（「取り除く」）の後に kṛt 接辞 Ka が起こる」

この規則は，怠惰な（ālasya）〈行為主体〉と喜びをもたらす（sukhāharaṇa）〈行為主体〉がそれぞれ表示されるべきときにのみ，各動詞語基の後に kṛt 接辞 Ka が起こることを規定する。Ka が動詞語基 mṛj の後に起こる場合，A 7.2.114: mṛjer vṛddhiḥ による mṛj の ṛ 音に対する vṛddhi 代置操作は A 1.1.5: kṅiti ca により禁止されるから，結果的に tundaparimṛja（「臍をきれいにする者，すなわち怠け者」）という語が派生する。一方，tundaparimārja という語は，怠けているわけではなく単に臍をきれいにしている者を意図して使用される。この場合，動詞語基 mr̥j に後続するのは Ka ではなく aṆ である（A 3.2.1: karmaṇy aṇ）。aṆ が後続する場合，A 7.2.114により mr̥j の r̥ 音には vr̥ddhi である ā 音が代置され，その ā 音には A 1.1.51: ur aṇ raparaḥ により r 音が後続する。その結果，tundaparimārja という語形が派生する。同様に，Ka が動詞語基 nud の後に起こる場合，A 7.3.86: pugantalaghūpadhasya ca による nud の u 音に対する guṇa 代置操作は A 1.1.5: kṅiti ca により禁止され，結果的に śokāpanuda（「憂いを取り去る者，すなわち喜びをもたらす者」）という語が派生する。一方，śokāpanoda という語は喜びをもたらす者ではなく単に憂いを取り除く者を意図して使用される。この場合，動詞語基 nud に後続するのは先と同じく aṆ である。aṆ が後続するとき，A 7.3.86により nud の u 音には guṇa である o 音が代置されるから，śokāpanoda という語形になる。(4)

バッティが(5b)を A 3.2.5それ自体の言葉遣いに従って「憂いを取り除く者」という意味で使用しているのか，それとも A 3.2.5に対する vārttika 1に従って「喜びをもたらす者」という意味で使用しているのかどうかは，詩節の内容からだけでは判断し難い。ここでは暫定的に前者の意味でとる。

BhK 6.89: (6a)viśvāsapradaveśo 'sau (6b)pathiprajñaḥ samāhitaḥ |
(7)cittasaṅkhyo jigīṣūṇām utpapāta nabhastalam ||
［相手に］信用を与える衣服を纏った，道に詳しい平静なる者にして，勝利を望む者達の心をよく見るその［ハヌーマット］は，空中へ飛び上がった。

（6） A 3.2.6: pre dājñaḥ ||

「〈目的〉を表示する項目が共起項目である場合，pra に先行される動詞語基 dā（「与える」）と jñā（「知っている」）の後に kr̥t 接辞 Ka が起こる」

［解説］(6a) viśvāsaprada[s]（「［相手に］信用を与える［衣服］」）という語は viśvāsaṃ pradadāti と意味分析される。〈目的〉を表示する viśvāsa という語を共起項目とする pra-dā の後には，A 3.2.6により kr̥t 接辞 Ka が起こり，viśvāsapradaという複合語が派生する。(6b)pathiprajñaḥ（「道に詳しい［ハヌーマット］」）という語はpanthānaṃ prajānātiと意味分析される。〈目的〉を表示するpathinという語を共起項目とするpra-jñāの後には，同じくA 3.2.6によりkr̥t接辞Kaが起こり，pathiprajñaいう複合語が派生する。

（7）　A 3.2.7: sami khyaḥ ‖

「〈目的〉を表示する項目が共起項目である場合，samに先行されるkhyāの後にkr̥t接辞Kaが起こる」

［解説］A 2.4.54: cakṣiṅaḥ khyāñ（「ārdhadhātukaの領域で，動詞語基cakṣIṄ（「見る」）全体にkhyāÑが代置される」）により動詞語基cakṣIṄ全体に代置されるkhyāが，A 3.2.7のkhyaḥにより意図される項目である。(5)（7）cittasaṅkhya[s]（「心をよく見る［ハヌーマット］」）という語はcittam sañcaṣṭeと意味分析される。まず，〈目的〉表示語cittaを共起項目とするsam-cakṣのcakṣ全体にA 2.4.54によりkhyāが代置され，次に，khyāの後にA 3.2.7によりkr̥t接辞Kaが起こり，最終的にcittasaṅkhyaという複合語が派生する。

4.1.1.4　BhK 6.90 → A 3.2.8

BhK 6.90: (8b)surāpair iva ghūrṇadbhiḥ śākhibhiḥ pavanāhataiḥ |
r̥ṣyamūkam agād bhr̥ṅgaiḥ pragītaṁ (8a)sāmagair iva ‖
［ハヌーマットは，］風に打たれて酒飲み達のように揺れる樹々が茂るリシャムーカへ向かった。(6)黒蜂達が歌詠の歌い手のごとく歌う［その地へ］。

（8）　A 3.2.8: gāpoṣ ṭak ‖

「〈目的〉を表示する項目が共起項目である場合，upasargaに先行されない動詞語基gai（「歌う」）とpā（「飲む」）の後にkr̥t接辞ṬaKが起こる」

［解説］(8b)surāpaと(8a)sāmagaという複合語については，本論4.1.2.2で詳説する。

4.1.1.5 BhK 6.91-93 → A 3.2.9-16

BhK 6.91: taṃ (9)manoharam āgatya giriṁ (10)varmaharau kapiḥ |
vīrau (11)sukhāharo 'vocad bhikṣur (12)bhikṣārhavigrahaḥ ||
心を奪うその山にやって来た後，猿（ハヌーマット）は，鎧を身に着けることができる年齢期にある勇者達（ラーマとラクシュマナ）に，幸をもたらす気質の者として語りかけた。施しを得るにふさわしい姿の物乞いとなって。

（9） A 3.2.9: harater anudyamane 'c ||
「〈目的〉を表示する項目が共起項目である場合，持ち上げ（udyamana）以外の意味を表示する動詞語基 hṛ の後に kṛt 接辞 aC が起こる」

［解説］（9）manohara[s]（「心を奪う［山］」）という語は manaḥ harati と意味分析される。〈目的〉を表示する manas という語を共起項目とし，「奪う」という持ち上げ（udyamana）以外の意味を表示する動詞語基 hṛ の後には，A 3.2.9により kṛt 接辞 aC が起こり，manohara という複合語が派生する。(7)

（10） A 3.2.10: vayasi ca ||
「〈目的〉を表示する項目が共起項目である場合，動詞語基 hṛ（「とる，運ぶ」）の後に kṛt 接辞 aC が起こる。年齢期が理解されるという条件下で」

［解説］（10）varmaharau（「鎧を着けることができる年齢期にある［ラーマとラクシュマナ］」）という語は varma harete と意味分析される。〈目的〉を表示する varman という語を共起項目とする動詞語基 hṛ の後は，A 3.2.10により kṛt 接辞 aC が起こり，varmahara いう複合語が派生する。この複合語からは，ラーマとラクシュマナが単に鎧を着けているという意味ではなく，彼らがそれを着けられる年齢期（vayas）にあることが理解される。

（11） A 3.2.11: āṅi tācchīlye ||
「〈目的〉を表示する項目が共起項目である場合，āṄ に先行される動詞語基 hṛ（「とる，運ぶ」）の後に kṛt 接辞 aC が起こる。傾向性が理解されるという条件下で」

［解説］(11) sukhāhara[s]（「幸をもたらす傾向にある［ハヌーマット］」）という語は sukham āhartuṁ śīlam asyāsti と意味分析される。〈目的〉を表示する sukha という語を共起項目とする ā-hr̥ の後には，A 3.2.11により kr̥t 接辞 aC が起こり，sukhāhara という複合語が派生する。この複合語から，ハヌーマットが幸をもたらす傾向（tācchīlya）にある者であることが理解される。

(12)　A 3.2.12: arhaḥ ||

「〈目的〉を表示する項目が共起項目である場合，動詞語基 arh（「～に値する／～を得るにふさわしい」）の後に kr̥t 接辞 aC が起こる」

［解説］(12) bhikṣārha[s]（「施しを得るにふさわしい［姿］」）という語は bhikṣām arhati と意味分析される。〈目的〉を表示する bhikṣā という語を共起項目とする動詞語基 arh の後には，A 3.2.12により kr̥t 接辞 aC が起こり，bhikṣārha という複合語が派生する。arh が表示する「～にふさわしい」という意味は「～を得るにふさわしい」（labdhuṁ yogyam）を意図する（BM on SK 1780 [II. 526.5-6]: labdhuṁ yogyaṃ bhavatīty arthāt）。

BhK 6.92: balināv amum adrīndraṁ yuvāṁ (13)stamberamāv iva |
ācakṣāthām ithaḥ kasmāc (14)chaṅkareṇāpi durgamam ||
「象のように力強い貴方達2人はお話しください。シャンカラ（シヴァ）ですら近寄り難いかの山々の主（リシャムーカ）の所になぜやって来たのかを」

(13)　A 3.2.13: stambakarṇayo ramijapoḥ ||

「名詞接辞で終わる stamba（「木立ち」）と karṇa（「耳」）がそれぞれ共起項目である場合，動詞語基 ram（「休む」）と jap（「つぶやく，ささやく」）の後に kr̥t 接辞 aC が起こる」

［解説］(13) stamberama という複合語については，本論4.1.2.3で詳説する。

(14)　A 3.2.14: śami dhātoḥ sañjñāyām ||

「śam（「平安」）が共起項目である場合，名称語の領域で，動詞語基の後に kr̥t 接辞 aC が起こる」

［解説］（14）śaṅkara[s]（「シヴァ」）という語は śaṃ karoti（「安寧をもたらす者」）と意味分析される。śam という語を共起項目とする動詞語基 kṛ の後には，A 3.2.14により kṛt 接辞 aC が起こり，śaṅkara という複合語が派生する。この複合語は，シヴァを指す「シャンカラ」という名称語（sañjñā）として用いられ，「平安をもたらす者」という派生的意味の伝達を意図しない。

BhK 6.93: vyāptaṃ (15)guhāśayaiḥ krūraiḥ kravyādbhiḥ (16)saniśācaraiḥ |
tuṅgaśailatarucchannaṃ mānuṣāṇām agocaram ‖
「洞窟に横たわる残忍な肉食動物および悪魔達（夜間に徘徊する者）があちこちにおり，大きな岩々と高い樹々に覆われて，人間の領域外である［かの山に］」(8)

（15）　A 3.2.15: adhikaraṇe śeteḥ ‖
「〈基体〉を表示する，名詞接辞で終わる項目が共起項目である場合，動詞語基 śī（「横たわる」）の後に kṛt 接辞 aC が起こる」

［解説］（15）guhāśay[ās]（「洞窟に横たわる［肉食動物］」）という語は guhāyāṁ śerate と意味分析される。〈基体〉を表示する，第七格単数接辞 Ṅi で終わる guhāyām という語を共起項目とする動詞語基 sī の後には，A 3.2.15により kṛt 接辞 aC が起こり，guhāśaya という複合語が派生する。

（16）　A 3.2.16: careṣ ṭaḥ ‖
「〈基体〉を表示する，名詞接辞で終わる項目が共起項目である場合，動詞語基 car（「動き回る」）の後に kṛt 接辞 Ṭa が起こる」

［解説］（16）niśācar[ās]（「悪魔［夜間に徘徊する者］」）という複合語は niśāsu caranti と意味分析される。〈基体〉を表示する，第七格複数接辞 suP で終わる niśāsu という語を共起項目とする動詞語基 car の後には，A 3.2.16により kṛt 接辞 Ṭa が起こり，niśācara という複合語が派生する。

4.1.2　vārttika 規定の例証

以上のように，BhK 6.87-93では各規則が定式化されている順序とそれらを例証する各語の順序を対応させる形でA 3.2.1–16が全て例証される。注意を要するのは，カーティアーヤナが与えるvārttikaとそれに対するパタンジャリの説明が反映された表現が規則例証の際にいくつか使用されていることである。以下，問題の箇所を考察することにしたい。

なお，バッティ以前に著された重要な文典として，仏教徒チャンドラゴーミン（Candragomin，5世紀）のCāndravyākaraṇaがある。同文典は，チャンドラゴーミンがカーティアーヤナとパタンジャリの論弁を参照してパーニニ文典を改訂，簡易化したものとして知られ，Bhaṭṭikāvyaと同時代のKāśikāvṛttiに影響を及ぼしたことがこれまでに明らかにされている（Cardona 1999: 242.26–244.6）。たしかに，バッティが文法規則を解釈し例証するときにCāndravyākaraṇaを参照した可能性は否定されない。しかし，Bhaṭṭikāvyaの目的がパーニニ文法学に基づく正しい言語形式の示教でありその例証対象がパーニニの規則である以上，VārttikaおよびMahābhāṣyaという文献があったにもかかわらず，彼の座右の書が別伝統に属する簡易版の文典であったとは考えにくい。バッティが現存しないvṛtti文献を参照した可能性もあるが，何らかの考えや解釈の典拠を探る際には，よほどの理由がない限り，現存しない文献を推察する前に利用可能な文献に跡づけて結論を下す方が得策であろう。

4.1.2.1　BhK 6.88とA 3.2.4

まずBhK 6.88とA 3.2.4を見てみよう。

BhK 6.88: śarmadaṃ mārutiṃ dūtaṁ (4a)<u>viṣamasthaḥ</u> (4b)<u>kapidvipam</u> |
śokāpanudam avyagraṃ prāyuṅkta kapikuñjaraḥ ||
保護所の施与者，猿中の象，憂いの除去者ハヌーマットを，苦境に立ちつつも落ち着いて使者に選んだ。象のごとき猿（スグリーヴァ）は。

（4）　A 3.2.4: supi sthaḥ ||
「名詞接辞で終わる項目が共起項目である場合，動詞語基sthā（「立つ，留まる」）の後にkṛt接辞Kaが起こる」

(4a) viṣamasthaḥ（「苦境に立つ［スグリーヴァ］」）という語は viṣame tiṣṭhati と意味分析される[9]。第七格単数接辞 Ṅi で終わる viṣame という語を共起項目とする動詞語基 sthā の後には，A 3.2.4により kṛt 接辞 Ka が起こり，viṣama-stha という複合語が派生する。したがって，当該表現により A 3.2.4が例証されたことになる。

4.1.2.1.1　vārttika 1 on A 3.2.4

A 3.2.4に対して次の vārttika が述べられている。

vt. 1 on A 3.2.4: supi stho bhāve ca ‖

「A 3.2.4: supi sthaḥ において bhāve ca と述べられるべきである」

この vārttika 1は A 3.2.4の再定式化を提案する。再定式化された規則は以下のように示され得る。

*A 3.2.4: supi stho bhāve ca ‖

「名詞接辞で終わる項目が共起項目である場合，〈行為主体〉に加えて〈行為〉が表示されるべきときにも（bhāve ca），動詞語基 sthā（「立つ，留まる」）の後に kṛt 接辞 Ka が起こる」

動詞語基の後に起こる接辞のうち，定動詞接辞以外の接辞には A 3.1.93: kṛd atiṅ により kṛt という術語が適用される。kṛt と呼ばれる接辞は特定の意味規定が与えられない限り A 3.4.67: kartari kṛt により〈行為主体〉を表示する。上記の再定式化された規則は，〈行為主体〉だけでなく〈行為〉が表示されるべきときにも動詞語基 sthā の後に kṛt 接辞 Ka が起こることを規定する[10]。同規則により ākhūttha（「ネズミの大量発生」）などといった語の派生説明が可能となる（ud + sthā + Ka → uttha[11]）。この例では，ud-sthā に後続する Ka は〈行為〉を表示する[12]。

4.1.2.1.2　vārttika 2 on A 3.2.4

カーティアーヤナはvārttika 2を述べる。

vt. 2 on A 3.2.4: yogavibhāgāt siddham ‖

「［しかし，所期の事項は］規則分割によって成立する」

このvārttika 2は，A 3.2.4の再定式化の代わりにそれの規則分割を提案する。パタンジャリによればA 3.2.4の規則分割により次の２規則が導出される。

規則１：supi ‖

「名詞接辞で終わる項目が共起項目である場合，ā 音で終わる動詞語基の後に kr̥t 接辞 Ka が起こる（ātaḥ kaḥ ← A 3.2.3）」

規則２：sthaḥ ‖

「名詞接辞で終わる項目が共起項目である場合（supi ← 規則１），動詞語基 sthā（「立つ，留まる」）の後に kr̥t 接辞 Ka が起こる（kaḥ ← A 3.2.3）」

規則１は，共起項目が〈目的〉以外の kāraka を表示する項目であり，かつ動詞語基が sthā 以外の ā 音で終わる動詞語基である場合にも，動詞語基の後に kr̥t 接辞 Ka が起こることを許す(13)。上に見た複合語 viṣamastha の派生はこの規則１により説明可能である。さらに，この規則により dvipa（「象」）などの語の派生説明が可能となる。dvipaḥ という語は dvābhyāṃ pibati（「２つ［の器官（鼻と口）］を使って飲む者」）と意味分析される。動詞語基 pā は，〈手段〉を表示する，第三格双数接辞 bhyām で終わる dvābhyām という語を共起項目とする。動詞語基 pā の後への kr̥t 接辞 Ka の導入は規則１に基づく。当該の Ka は，A 3.4.67: kartari kr̥t により〈行為主体〉を表示する。

これに対して規則２は，名詞接辞で終わる項目が共起項目である場合，〈行為主体〉ではなく〈行為〉を表示する Ka が動詞語基 sthā の後に起こることを規定する。規則定式化の効力（ārambhasāmarthya）により，規則２の解釈に A 3.4.67: kartari kr̥t が考慮されることはない。〈行為主体〉を表示する Ka が動詞語基 sthā の後に起こることは規則1により成立するから，規則2に A 3.4.67 を持ち込めば規則2の定式化が無意味となるからである(14)。意味が示されていない接辞は「自身の意味」(svārtha)，すなわち接辞が後続する語基（prakṛti）自身の意味を表示するから(15)，規則2において Ka は自身が後続する語基（ここでは動詞語基）の意味である〈行為〉を表示する。かくして，上述した ākhūttha（「ネズミの大量発生」）などの語の派生説明が規則2により可能となる(16)。

4.1.2.1.3　バッティの言語使用

バッティは(4b) kapidvipam（「象のごとき猿［ハヌーマット］を」）という語中で dvipa という語を使用する。同語は，A 3.2.4の規則分割によって導出される規則1を通じて派生説明が可能となるものであり，パタンジャリも規則1の適用例の1つとして同語を挙げる（本章註(16)）。(4a)の直後における(4b)の配置は後者が A 3.2.4と連関していることをほのめかす。マッリナータが BhK 6.88 に対する注釈中で，vārttika 2が提案する規則分割の議論を持ち出して dvipa という語の派生の説明に紙幅を割いていることは，(4a)と(4b)の繋がりを支持する（SP on BhK 6.88 [I.193.8–9](17)）。バッティは(4b)の dvipa という語により規則1の例証を意図しており，同語の使用は決して偶然ではないと考えるべきである。

ところで Narang 1969: 88.20–23は，vārttika 規定の例証は作品全体を通して省略されており，それを例証する意図はバッティにはなかったとする。

> Vārttikas of Kātyāyana are omitted throughout but the commentator named Jayamaṅgala has used a few vārttikas to explain some forms. Bhaṭṭi seems to have no intention of illustrating vārttikas.

M. A. Karandikar and S. Karandikar 1982: xxxi.4–7も同様の立場を表明する。

> Bhaṭṭi confined himself to Pāṇini's *sūtras* and did not take up any of the *vārttikas* of Kātyāyana for illustration. Jayamaṅgala, Mallinātha and other

commentators used a few of them for elucidating certain formations.

BhK 6.88を見るとき，両書の記述は軽率であると言わねばならない。

4.1.2.2　BhK 6.90と A 3.2.8

次に BhK 6.90と A 3.2.8を見てみよう。

BhK 6.90: (8b)surāpair iva ghūrṇadbhiḥ śākhibhiḥ pavanāhataiḥ |
r̥ṣyamūkam agād bhr̥ṅgaiḥ pragītaṁ (8a)sāmagair iva ‖
［ハヌーマットは,］風に打たれて酒飲み達のように揺れる樹々が茂るリシャムーカへ向かった。黒蜂達が歌詠の歌い手のごとく歌う［その地へ］。

（8）　A 3.2.8: gāpoṣ ṭak ‖
「〈目的〉を表示する項目が共起項目である場合，upasarga に先行されない動詞語基 gai（「歌う」）と pā（「飲む」）の後に kr̥t 接辞 ṬaK が起こる」

(8a)sāmag[ās]（「歌詠を歌う者達」）という語は sāma gāyanti と意味分析される。〈目的〉を表示する sāman という語を共起項目とする動詞語基 gai の後には，A 3.2.8により kr̥t 接辞 ṬaK が起こり，sāmaga という複合語が派生する。この表現により，A 3.2.8が規定する１つの文法操作が例示される。

4.1.2.2.1　vārttika 1 on A 3.2.8

カーティアーヤナは A 3.2.8に対して次のような vārttika を述べる。

vt. 1 on A 3.2.8: surāsīdhvoḥ pibateḥ ‖
「「〈目的〉を表示する surā（「スラー酒」）と sīdhu（「シードゥ酒」）という語が共起項目であり，pā が bhū 群の動詞語基である場合にのみ，upasarga に先行されないその動詞語基の後に kr̥t 接辞 ṬaK が起こる」と定式化されるべきである」

同 vārttika は，A 3.2.8が規定する pā の後への ṬaK 導入に関して，動詞語基の種類とそれの共起項目の種類を制限する規則の定式化を提案している（dhātūpapadaniyama）(18)。

まずこの vārttika により，動詞語基 pā の共起項目が surā（「スラー酒」）と sīdhu（「シードゥ酒」）の２語に制限される。したがって，kṣīrapā（「乳を飲む［女］」）という語のように動詞語基 pā が kṣīra（「乳」）などの語を共起項目とする場合には ṬaK は起こらず，代わりに A 3.2.3: āto 'nupasarge kaḥ により Ka が起こる。KIT である Ka が後続するとき，動詞語基 pā の ā 音には A 6.4.64: āto lopa iṭi ca によりゼロが代置される（kṣīra + pϕ + Ka）。kṣīrapa という短音 a で終わる名詞語基が得られた段階で，その項目の後には A 4.1.4: ajādyataṣ ṭāp により女性接辞 ṬāP が起こる。最後に，kṣīrapa の a 音と ṬāP の ā 音の両者に A 6.1.101: akaḥ savarṇe dīrghaḥ により長音が代置されて，kṣīrapā という女性形が派生する。Ka ではなく ṬaK が起こると仮定する場合，ṬaK の Ṭ 音という指標音を根拠として，A 4.1.15: ṭiḍḍhāṇañdvayasajdaghnañmātractayapṭhakṭhañkañkvarapaḥ により ṄīP 接辞が起こり，最終的にその女性形は *kṣīrapī となる。

（1）	kṣīra		+ pā + Ka		A 3.2.3
（2）	kṣīra		+ pϕ + a		A 6.4.64
（3）	kṣīra	+ Ṅas	+ pϕ + a		A 2.3.65
（4）	〈kṣīra	+ ϕ	+ pϕ + a〉		A 2.4.71; 2.2.19
（5）	kṣīrapa			+ ṬāP	A 4.1.4
（6）	kṣīrapā				A 6.1.101
	kṣīrapā（「乳を飲む［女］」）				

（1）	kṣīra		+ pā + ṬaK	A 3.2.8
（2）	kṣīra		+ pϕ + a	A 6.4.64
（3）	kṣīra	+ Ṅas	+ pϕ + a	A 2.3.65
（4）	〈kṣīra	+ ϕ	+ pϕ + a〉	A 2.4.71; 2.219

（5）kṣīrapa　　+ṄīP　A 4.1.15

（6）kṣīrapϕ　　+ī　A 6.4.148

*kṣīrapī（「乳を飲む［女］」）

次に，動詞語基 pā が「飲む」を意味する bhū 群の動詞語基に制限される。動詞語基 pā には bhū 群に属する「飲む」を意味するもの（dhātupāṭha I.972: pā pāne）と ad 群に属する「守る」を意味するもの（dhātupāṭha II.47: pā rakṣaṇe）とがある。そのうち，「守る」を意味する動詞語基 pā が使用される場合には，動詞語基の共起項目が surā もしくは sīdhu という語であっても kṛt 接辞 ṬaK は起こらず，A 3.2.3: āto 'nupasarge kaḥ により kṛt 接辞 Ka が起こる。したがって先の場合と同様に，その女性形は *surāpī（「スラー酒を守る［女］」）や *sīdhupī（「シードゥ酒を守る［女］」）ではく surāpā（「スラー酒を守る［女］」），sīdhupā（「シードゥ酒を守る［女］」）となる。(19)

4.1.2.2.2　バッティの言語使用

A 3.2.8に対する vārttika 1により，動詞語基 pā の後に ṬaK が導入されて派生する語は surāpa（「スラー酒を飲む［男］」），surāpī（「スラー酒を飲む［女］」），sīdhupa（「シードゥ酒を飲む［男］」），sīdhupī（「シードゥ酒を飲む［女］」）の4語に制限される。バッティは(8a) sāmagaiḥ という語に加えて(8b) surāpaiḥ という語を BhK 6.90で使用する。当該詩節で surāpa という語が「スラー酒を守る者」ではなく「スラー酒を飲む者」，すなわち「酔っ払い，酒飲み」（matta, madhyapa）を意味することは，その語が風に打たれて揺れる樹々の比喩基準を表示するものとして使用されていることから明白である。ジャヤマンガラとマッリナータの説明からも裏づけられるように（JM on BhK 6.90 [126.16–17]; SP on BhK 6.90 [I.194.1–2]），(8b)による A 3.2.8の例証には vārttika 1の規定が反映されている。(20)

4.1.2.3　BhK 6.92と A 3.2.13

最後に BhK 6.92と A 3.2.13を考察する。

BhK 6.92: balināv amum adrīndraṁ yuvāṁ (13)stamberamāv iva |
ācakṣāthām ithaḥ kasmāc chaṅkareṇāpi durgamam ||
「象のように力強い貴方達２人はお話しください。シャンカラ（シヴァ）ですら近寄り難いかの山々の主（リシャムーカ）の所になぜやって来たのかを」

(13)　A 3.2.13: stambakarṇayo ramijapoḥ ||
「名詞接辞で終わる stamba（「木立ち」）と karṇa（「耳」）がそれぞれ共起項目である場合，動詞語基 ram（「休む」）と jap（「つぶやく，ささやく」）の後に kr̥t 接辞 aC が起こる」

4.1.2.3.1　vārttika on A 3.2.13

A 3.2.13に対して次のような vārttika が述べられる。

vt. on A 3.2.13: stambakarṇayor hastisūcakayoḥ ||
「A 3.2.13: stambakarṇayo ramijapoḥ において hastisūcakayoḥ と述べられるべきである」

この再定式化の提案を受け入れた場合，A 3.2.13は次のように提示され得る。

*A 3.2.13: stambakarṇayo ramijapor hastisūcakayoḥ ||
「名詞接辞で終わる stamba（「木立ち」）と karṇa（「耳」）がそれぞれ共起項目である場合，象または密告者という意味領域で（hastisūcakayoḥ），動詞語基 ram（「休む」）と jap（「つぶやく，ささやく」）の後に kr̥t 接辞 aC が起こる」

この規則によれば，当該の aC が導入されて派生する stamberama や karṇejapa という複合語は，それぞれ「象」と「密告者」という意味で使用されるべきである。話者が単に「木立ちで休む x」や「耳元でささやく x」という意味を意図する場合には，stambe rantā や karṇe japitā という表現が使用される。[21]
これら2表現において，動詞語基 ram と jap の後には A 3.1.133: ṇvultṛcau（「動詞語基の後に kṛt 接辞 ṆvuL と tṛC が起こる」）により kṛt 接辞 tṛC が起こっている。

stamberamaḥ と karṇejapaḥ という語はそれぞれ stambe ramate，karṇe japati と意味分析される。stamberama と karṇejapa という複合語は名詞接辞にゼロ（luK）が代置されない aluksamāsa である（A 6.3.9: haladantāt saptamyāḥ sañjñāyām ／ A 6.3.14: tatpuruṣe kṛti bahulam）。

4.1.2.3.2　バッティの言語使用

BhK 6.92では，A 3.2.13を例証するために(13)stamberamau という表現が使用されている。詩節中でこの語はラーマとラクシュマナの比喩基準を表示するものとして機能する。まず，(13)を単に「木立ちで休む2者」と解釈してしまうと，比喩が意味不明となる。BhK 6.88でバッティがスグリーヴァとハヌーマットの卓越性を十分に伝えるために「象」（dvipa, kuñjara）を引き合いに出すことを考えれば，BhK 6.92においても彼は，同じ「象」に言及して類似した効果を狙っていると想定するのは合理的である。すなわち，ラーマとラクシュマナを「象」に比喩することは，危険で近寄り難い山（BhK 6.93）に来ることができる両者の力を示すのに資する。バッティは(e)を「象」の意味で使用していると言ってよい。このことは，彼が A 3.2.13に対する vārttika をよく知っており，その規定に沿う形で A 3.2.13を例証していることを示唆する。ジャヤマンガラとマッリナータも(e)を同 vārttika に基づくものとして説明する（JM on BhK 6.92 [127.4–5]; SP on BhK 6.92 [I.194.14–16]）。[22]

4.1.3　パーニニ文法学の伝統

ここで，以上のようにカーティアーヤナとパタンジャリの論議を例示する表現がバッティの規則例証の中に見られることの意味を，パーニニ文法学の伝統と照らし合わせて考えてみたい。パーニニ文法学の伝統では，三聖のうちパーニニよりカーティアーヤナ，カーティアーヤナよりパタンジャリの方が権威として認められる。文法家達の間には次のような約束事（vaiyākaraṇasamaya）があるからである（BM on SK 2875 [IV.23.20]）。

Pradīpa on MBh to A 1.1.29 (I.293.14): yathottaraṁ hi munitrayasya prāmāṇyam |
実に，三聖のうち，時代がより後の者の方がその権威は大きい。
SK 222 (I.223.2); 2875 (IV.23.4): yathottaraṃ munīnāṃ prāmāṇyam |
聖者達（パーニニ，カーティアーヤナ，パタンジャリ）のうち，時代がより後の者の方がその権威は大きい。

ナーゲーシャによれば，この寸言はBhāṣyaの言葉から導かれるものである。

Uddyota on MBh to A 3.1.80 (III.157.23-25): bhāṣye — api ca pratyākhyāyata iti | anena sūtramatāpekṣayā pratyākhyānavādimataṃ prabalam iti dhvanitam | etanmūlakam eva paṭhyate — yathottaraṃ munīnāṃ prāmāṇyam iti |

Bhāṣyaに「さらに，［その規則は］否定される」（MBh on A 3.1.80 [II.62.15]: api ca pratyākhyāyate [sa yogaḥ]）とある。この［言明］により，スートラ［作者］の見解に対して否定論者の見解がより強力であることが暗示される。まさにこの［Bhāṣyaの言明］を根拠として述べられる。「聖者達のうち，時代がより後の者の方がその権威は大きい」と。

ヴァースデーヴァディークシタ（Vāsudeva Dīkṣita，18世紀初頭）は次のような説明を与える。

BM on SK 222 (I.223.19-20): sūtrakārād vārttikakārasya ubhābhyām api bhāṣyakṛta ity evaṃ munīnām uttarauttarasya granthasya prāmāṇyaṃ pūrvapūrvasyāprāmāṇyam iti vaiyākaraṇasamaya iti bhāvaḥ ||
「スートラ作者よりVārttika作者の方が，両者よりもBhāṣya作者の方が

［権威がある］」とこのように考えた上で，「聖者達の作品は時代がより後のものに権威があり，時代がより前のものは権威が小さくなる」という文法家達の約束事が成立する。このことが意図されている。

1 人の文法家が現実の言語運用を観察できる範囲には空間的にも時間的にも限界があり，自身の文法体系の範囲外の事例が他地域に存在すること，言語形態の変化により後代になって新たな事例が現れることなどは避けられない。パーニニが記述していない事例をカーティアーヤナができる限り網羅し，さらにパタンジャリが当時の言語事情に適合するように両者の規定を討究した。ナーゲーシャが言うように，時代がより後の者は時代がより前の者に比べ，すでに定められている規定と自分が生きる時代の言語資料の両方を通じて，より多くの正しい語（bahulakṣya）を観察することが可能となる（Uddyota on MBh to A 1.1.29 [I.293.27–28]: uttarottarasya bahulakṣyadarśitvāt）。それに合わせて文法体系を改善することができたという意味において，知識人達の言語使用にじかに触れることができた（lakṣyaikacakṣuṣka）三聖のうち，時代がより後の者に権威が認められることになる。

Vārttika と Mahābhāṣya には，パーニニ文典に比べてより広範囲かつ最新の言語運用が記述されている。バッティによる両書の論弁を踏まえた表現の使用は，より高い教育効果を狙ったものと見なせるであろう。本節の考察結果は，バッティの時代，サンスクリット社会の一員となるべく王族達がパーニニ文典だけでなく Vārttika も——おそらく Mahābhāṣya とともに——学ぶことを求められていた可能性の想定を許す。バッティが vārttika 規定を考慮に入れる他の事例については，今後の研究がまたれる。

4.2　パタンジャリの規則解釈と詩人の言語慣習の対立

A 1.3.56: upād yamaḥ svakaraṇe は，svakaraṇa を表示する upa-yam の後に ātmanepada 接辞が起こることを規定する。パタンジャリは当該の svakaraṇa を「自分のものでないものを自分のものにすること」（asvaṁ yadā svaṃ karoti tadā bhavitavyam）という意味で解釈する。主題の部においてバッティは，次の表現により当該規則を例証する。

［1］　BhK 8.33ab: kopāt kāś cit priyaiḥ prattam upāyaṁsata nāsavam ｜
ある女達は，怒りから，恋人達から差し出されたお酒を受け取らなかった（upāyaṁsata）。

パーニニ文法家達は，［1］はパタンジャリのsvakaraṇa解釈により正当化されると明言する（tadanuguṇaprayoga）[23]。だが，マッリナータは［1］を正しい言語運用と認めない。Kāśikāvṛtti によれば，A 1.3.56のsvakaraṇaは［1］に見られるようなsvakaraṇa一般（svakaraṇamātra，svakaraṇa 1）ではなく，例えばbhāryām upayacchate（「妻を娶る」）に見られるような「結婚に限定されたsvakaraṇa」（pāṇigrahaṇaviśiṣṭa-svakaraṇa，svakaraṇa 2）を意味するからである。誰も「酒」（āsava）と結婚することはできない[24]。

重要なのは，バッティが雑多の部においてupa-yamのātmanepada形をsvakaraṇa 2の意味で2度使用していることである。

［2］　BhK 4.20a: saumitre mām upāyaṁsthāḥ ｜
スミトラーの子（ラクシュマナ）よ，私と結婚して。
［3］　BhK 4.28c: mām upāyaṁsta rāma ｜
ラーマよ，私と結婚して[25]。

主題の部における規則例証の補助という雑多の部の役割を考えれば（本論1.2），バッティが［2］-［3］の使用により，A 1.3.56のsvakaraṇaはsvakaraṇa 2としても解釈され得ることを示そうとしていると解してよい。しかし，疑問が起こる。A 1.3.56を例証するにはパタンジャリ解釈を踏襲した［1］だけで十分であるはずなのに，別解釈を示す［2］-［3］をもバッティが使用した動機は何か。本節ではこの問題を考察する。

4.2.1　パタンジャリのsvakaraṇa解釈

まずはじめにA 1.3.56に対するBhāṣyaを検討しよう。同Bhāṣyaは，A 1.3.56で使用されるsvakaraṇaという語の意味に関する議論をもって開始される。次の文を見よ。

［4］ svaṁ śāṭakāntam upayacchati |
彼女は自分のペティコートの裾を握っている。

svakaraṇaの意味は「自分にものであるxをつかむこと」(svatvena sthitasya grahaṇādikam karaṇam) であるという想定のもと，質問者は問う。なぜ［4］にA 1.3.56は適用されないのかと（*upayacchate)。これに対してパタンジャリは，upa-yamが表示する行為の主体が「自分のものでないものを自分のものとする」とき，動詞語基yamの後にātmanepadaがA 1.3.56により導入される，と回答する。(26)［4］において，ペティコートは，upa-yamが表示するつかむ行為の主体の所有物であるから（svam)，yamの後にātmanepadaは起こらない。後代のパーニニ文法達は，当該のパタンジャリの論説は彼がA 1.3.56のsvakaraṇaをsvakaraṇa 1の意味で解釈していることを示すとする。(27)

パタンジャリは続けて，svakaraṇaという語はsvīkaraṇaという語と意味の点で同価値であることを説明する。後者においては，名詞語基svaの後にtaddhita接辞CvIがA 5.4.50: kr̥bhvastiyoge sampadyakartari cviḥにより導入されている。同規則はA 4.1.82: samarthānām prathamād vāの支配下にあるため，同規則によるCvIの導入は任意と見なされる（vā)。(28)

4.2.2　BhK 4.20と4.28

先述したように，バッティは［1］によりA 1.3.56を例証する一方で，［2］と［3］のような表現も用いている。悪魔女シュールパナカー（Śūrpaṇakhā）は，結婚相手を探しているとき（BhK 4.19b: patīyantī)，森の中でラクシュマナとラーマを見つけ，［2］-［3］を発する。［2］-［3］においてupāyaṁsthāḥとupāyaṁsta という２つのアオリスト形が svakaraṇa 2の意味で使用されている点に疑いはない。[29]

4.2.3 意味の周知性

A 1.3.56を例証するにあたり，何がバッティをして［１］に加えて［２］-［３］を使用させたか。この疑問に答えるための鍵は，サーヤナの言明に見つかる。Mādhavīyadhātuvr̥tti においてサーヤナは，Kāśikāvr̥tti がパタンジャリに反して（bhāṣyaviruddha）A 1.3.56の svakaraṇa を svakaraṇa 2と解釈した理由を次のように説明する。[30]

> MDhV (282.29–31): atra vr̥ttikāraśivasvāmibhyām idaṃ bhāṣyoktam asvasya svatvena karaṇaṃ prasiddhivaśāt pāṇigrahaṇaviśeṣa upasaṁhr̥tam |
> ここで，vr̥tti 作者（Kāśikāvr̥tti の作者）とシヴァスヴァーミンは，[31] Bhāṣya に述べられた「自分のものでないものを自分のものとして手に入れること」（asvasya svatvena karaṇaṃ）を，［意味の］周知性の影響で，「結婚」という特定［の意味］にまとめた。

サーヤナによれば，Kāśikāvr̥tti が svakaraṇa の意味を「結婚」に絞ったのは，当時，upa-yam の ātmanepada 形は「結婚」の意味で使われるのが周知であったからである（prasiddhivaśāt）。この点に関し，チャンドラゴーミンが定式化した次の規則は注目に値する。

> CS 1.4.109: upayama udvāhe ‖
> 「upa に先行される yam が結婚を意味するとき，taṄ と āna が起こる」[32]

CS 1.4.109は A 1.3.56のチャンドラゴーミンによる改訂版である。チャンドラゴーミンが，彼は基本的にパタンジャリの規則説明に従順であるにもかかわらず（Bronkhorst 1983: §2.3; 2.3.1; 3.3.2; 3.4.1），A 1.3.56の svakaraṇa を udvāha（「結婚」）という意味明瞭な語に置き換えていることは緊要である。これは，チャンドラゴーミンが生きた時代の言語事情を反映した結果と考えられる。

4.2.4　詩人達の言語運用

以上述べた点を証明するように，チャンドラゴーミンから Kāśikāvṛtti の時代付近に著された文学作品中に，「結婚」を意味する upa-yam の ātmanepada 形の使用が多く見られる。

［5］ AŚ (101.2-3): mithaḥsamavayād imāṃ madīyāṃ duhitaraṃ bhavān upayeme ｜
「互いの同意によりこの私の娘（シャクンタラー）と貴方様（ドゥフシャンタ）は結婚された」

［6］ KS 1.18: sa ... menāṁ vidhinopayeme ｜
その［ヒマーラヤ］は規定に従ってメーナーと結婚した。

［7］ RV 14.87a: sītāṁ hitvā daśamukharipur nopayeme ... anyām ｜
シーターを捨てた後，十頭者の敵（ラーマ）は他の女性と結婚することはなかった。

［8］ DKC (56.21-22): dhanamitraś cāhani guṇini kulapālikām upāyaṁsta ｜
ダナミトラは，そして，吉日にクラパーリカーと結婚した。

［9］ JH 1.26cd: tenopayeme ... vahneḥ samakṣam ｜
［カウサリアーは］彼（ダシャラタ）と結婚した。聖火の現前で。

［10］ ŚV 15.27b: udadhisutām upāyathāḥ ｜
海の娘（シュリー）と貴方（クリシュナ）は結婚した。[(33)]

一方で，upa-yam の ātmanepada 形が svakaraṇa 1の意味で使用される用例は，上述した時代付近に著された詩文の中では，Bhaṭṭikāvya にしかない（［1］）。[(34)]

以上から，バッティの時代，upa-yam の ātmanepada 形は svakaraṇa 2の意味で使用されることが詩人達の間でよく確立されていた一方，それの svakaraṇa 1の意味での使用は極めて稀であったことがわかる。

4.2.5　詩的欠陥

この文脈で，我々は詩学者ヴァーマナが論じる詩的欠陥に目を転じる必要がある。彼によれば，珍しい意味で使用された語（aprasiddhārthaprayukta）は，「意味が隠された語」（gūḍhātha）と呼ばれる文学上の瑕疵である（KAS 2.1.13)。goという語を例にとろう。次の文を見よ。

［13］ sahasragor ivānīkaṃ duḥsahaṃ bhavataḥ paraiḥ |
インドラ（sahasragu）の軍隊のような貴方の軍隊に敵達は打ち勝ちがたい。

sahasragu（「千の眼を持つ」）という複合語において，goという語は眼（akṣi）という意味で使用されている。たしかに，辞書（abhidhāna）には，「眼」がgoという語の意味の１つとして挙げられている。しかし一般的に言って，goという語が「牛」という意味の代わりに「眼」という意味で詩人達に使用されることはない（KASV on KAS 2.1.13 [14.14–17])(35)。したがって，無用な混乱を招かないよう，goという語の「眼」という意味での使用は避けられるべきである。

4.2.6　バッティの動機

A 1.3.56のパタンジャリ解釈はupa-yamのātmanepada形をsvakaraṇa 1の意味で使用することを許す。しかしながらバッティの時代には，それがsvakaraṇa 1で使用されることは珍稀であった。ゆえに，［1］におけるupāyaṁsataという語の使用は，ヴァーマナが規定する類いの詩的欠陥を伴う恐れがある。それにもかかわらず，バッティはパタンジャリの権威に基づいて［1］をA 1.3.56の例として提示した。他方，バッティの時代，upa-yamのātmanepada形がsvakaraṇa 2の意味で使用されることは詩人達の間でよく確立されていた。バッティは，詩人達の現実の言語慣習に沿った形でA 1.3.56を例証するために，［1］に加えて［2］-［3］を使用した。サンスクリットの熟練者となるためには，upa-yamのātmanepada形の２種の用法が学ばれるべきであるとバッティは考えたのである。この背景には，定動詞形の示教を重視するというBhaṭṭikāvya

の根調があろう。

4.3　詩人としてのバッティ

本章第1節と第2節の考察結果から，バッティがカーティアーヤナとパタンジャリの議論に精通していたことが推測される。しかし，バッティが規則を例証する際にパーニニ文法学最高の権威であるパタンジャリの規則解釈に常に従うかと言えば，決してそうではない。例えば，バッティはBhK 8.99において，A 2.3.17: manyakarmaṇy anādare vibhāṣāprāṇiṣu を例証するために tr̥ṇāya matvā tāḥ sarvāḥ（「その［悪魔女達］みんなを藁だと考えて」）という表現を使用する。同表現の使用は，彼がパタンジャリとは異なる仕方で A 2.3.17を解釈したことを示す。

本論4.1.3で見た寸言 yathottaraṁ hi munitrayasya prāmāṇyam が示すように，パタンジャリより後のパーニニ文法家達にとっては，文法学が記述する知識人達の言語運用にじかに触れることのできた最後の人物であるパタンジャリが，正しい言葉遣いに関する権威である。したがって彼らにとっては，原則的に，Mahābhāṣya が与える規則解釈こそが受け入れられるべき正しい解釈に他ならない[(36)]。パタンジャリをパーニニ文法学の権威とする伝統がバッティ以前のバルトリハリの時代にすでに確立していたであろうことは，VP 2.481-486の文法学伝統を語る記述（詳細は Cardona 1978）や，バルトリハリがパタンジャリを一級の知識人（ādiśiṣṭa）と呼ぶことから容易に推察される（MBhD [13.4-5][(37)]）。

なぜバッティはパタンジャリの規則解釈に反する上記表現を A 2.3.17の適用例として提示したのか。本節ではこの問題を考察する。

4.3.1　パーニニ文法学に反する表現の使用

ところで，パーニニ文法学に反する表現を詩文中で使用するのは，決してバッティだけではない。例えば，バッティ以前に活躍した大詩人カーリダーサが非パーニニ文法的表現を頻用することはよく知られている。A 2.3.17とバッティの表現に対する具体的な検討に入る前に，カーリダーサが使用する非文法的表現を吟味し，詩人達の言語使用が持つ傾向性を明らかにしておくことは，バッティがパタンジャリの解釈に反する表現をA 2.3.17の適用例として提示した理由を探る上で有益である。

4.3.1.1　先代の詩人達の使用例

4.3.1.1.1　MD 13

カーリダーサは叙情詩 Meghadūta において tadanu（「その後で」）という表現を用いている。

> MD 13b: sandeśaṃ me tadanu jalada śroṣyasi śrotrapeyam |
> 私の音信を，その後で，水を与える者よ，お前は聴くことになるだろう。
> 耳に心地よい［音信］を。

tadanu は tad と anu の２つの構成要素からなる複合語であり，それの分析文としては {tad + Ṅas anu + sU}（→ tadanu ／ tasyānu）が想定される。この分析文中で tad と anu はいずれも名詞接辞で終わる項目であるから，A 2.2.8: ṣaṣṭhī により両語の複合語形成が可能である。しかし，次の規則を見よ。

> A 2.2.11: pūraṇaguṇasuhitārthasadavyayatavyasamānādhikaraṇena ‖
> 「第六格接辞で終わる項目は，序数を意味する項目，属性を表示する項目，満足を意味する項目，SAT（ŚatṚ，ŚānaC）で終わる項目，avyaya と呼ばれる項目，tavya で終わる項目，指示対象を同じくする項目とは複合語を形成しない」

anu は avyaya（「不変化詞」）と呼ばれる項目なので(38)，第六格接辞で終わる tad が anu と複合語を形成することは当該規則により禁止される。したがって，tadanu ではなく tasya anu あるいは tasyānu という表現が使用されるべきである。しかしその場合には，詩節の韻律 mandākrāntā が破綻する。

4.3.1.1.2 ヴァッラバデーヴァの説明

一体何がカーリダーサをして tadanu という表現の使用を許容させたか。ヴァッラバデーヴァが至要な言葉を残している。

> MDV on MD 13: tadanutaduparītyādayaḥ pūrvakaviprayogadarśanāt sādhavaḥ | avyayena hi ṣaṣṭhīsamāso niṣidhyate ‖
> tadanu（「その後で」）や tadupari（「その上に」）などの語は[39]，先代の詩人達に使用例が見られるから正しい［言葉］である。周知のように，［実際には］第六格接辞で終わる項目が不変化詞と複合語を形成することは［A 2.2.11により］禁止されている[40]。

ここでヴァッラバデーヴァが与える，「［パーニニの規則に反していても］先代の詩人達に使用例が見られるから正しい言葉である」という説明は，詩人達がなす言語使用には次のような性向があることを示唆する。

> 詩人達にとっては，パーニニ文法学だけでなく先代の詩人達の使用例（pūrvakaviprayoga）も言葉の正しさ（sādhutva）の根拠であり，連綿と続く詩人達の伝統（kavipravāha）の中で確立されている表現であれば[41]，それがパーニニ文法学の伝統と対立するものであったとしても，彼らの間では許容される。

カーリダーサ以前に著された現存する美文学作品の中に tadanu という表現の使用例を探すと，シュードラカ（Śūdraka，3世紀頃）が戯曲 Mṛcchakaṭikā においてそれを2度使用している（MK 10.46bc）。そのような先例を拠り所としてカーリダーサも tadanu という表現を使用した，というのがヴァッラバデーヴァの解釈である。この解釈は，「詩人は代々伝わってきた語（kramāgataśabda）を使用するべきである」とする詩学者バーマハの言葉を想起させる（KA 6.28a）。

4.3.2　A 2.3.17

詩人達の言語使用が持つ以上のような傾向性を心に留めた上で，バッティの表現を考察しよう。まず，A 2.3.17は次のような規則である。

A 2.3.17: manyakarmaṇy anādare vibhāṣāprāṇiṣu ‖
「侮蔑が理解される場合，div 群の動詞語基 man（「考える」）が表示する行為の〈目的〉が表示されるべきときに，それが生物でない場合，任意に第四格接辞が起こる」

以下の文を見よ。

［1］　na tvā tṛṇāya manye（「私はお前を藁だと［も］思わない」）

［1］において，無生物の「藁」（tṛṇa）は div 群の動詞語基 man が表示する思考行為の〈目的〉である。話者は［1］を通じて，二人称代名詞 yuṣmad（tvā）により指示される人物の侮蔑を意図している。［1］における tṛṇa という名詞語基の後への第四格接辞の導入は A 2.3.17により説明される。

4.3.3　カーティアーヤナとパタンジャリの議論

パタンジャリは，A 2.3.17に対する論弁を展開する中で，次のような２文を提示する。

［2］　na tvā śvānaṃ manye ／ na tvā śune manye（「私はお前を犬だと［も］思わない」）
［3］　tvāṃ tṛṇaṃ manye（「私はお前を藁だと思う」）

ここで，［2］において生物を表示する śvan（「犬」）という語が使用されていることは問題ではない。パタンジャリは A 2.3.17の aprāṇiṣu（「［〈目的〉が］生物でない場合」）を anāvādiṣu（「［〈目的〉が］舟などでない場合」）に読み替えることを提案する。その目的は，śvan を nau などの中には含まれない語と見なし，望ましいもの（iṣṭa）である［2］の派生を A 2.3.17によって説明することにある。[(42)]

一方［3］は，カーティアーヤナが提案する A 2.3.17の修正，すなわち規則中の anādare（「侮蔑が理解される場合」）の prakṛṣyakutsite（「x が激しく侮蔑される場合」）への読み替え（vārttika on A 2.3.17: manyakarmaṇi prakṛṣyakutsitagrahaṇam）を受け入れた場合の規則の反例として提示される。[(43)] 当該の修正を受け入れた場合，規則は次のようになる。

> *A 2.3.17: manyakarmaṇi prakṛṣyakutsite vibhāṣāprāṇiṣu ‖
> 「x が激しく侮蔑される場合，div 群の動詞語基 man（「考える」）が表示する行為の〈目的〉が表示されるべきときに，それが生物でない場合，任意に第四格接辞が起こる」

この修正規則は次のような文の派生を説明する。

> ［4］　na tvā tṛṇaṃ manye ／ na tvā tṛṇāya manye（「私はお前を藁だと［も］思わない」）

ここで注意すべきは，パタンジャリがカーティアーヤナの提案を論ずる前に［2］を望ましいものとして挙げることから判明するように，［4］は A 2.3.17それ自体によっても説明可能であるということである。以上のことは必然的に，A 2.3.17の anādara という語が激しい侮蔑（［2］，［4］）と単なる侮蔑（［3］）のいずれをも意味し得るものであり，パタンジャリ解釈は前者であることを示唆する。[(44)] A 2.3.17における anādara という語が激しい侮蔑を意味する場合，規則は［2］と［4］という正しい表現の派生を説明する一方，もし同語が単なる侮蔑を意味すると仮定した場合，［3］のような文に対する規則の適用可能性を排除し［2］と［4］のような文の派生を導くために規則の修正がなされねばならない。[45] [2]と[4]はどちらも否定辞 naÑ を伴う否定文である。このことは，激しい侮蔑は[2]や[4]のような否定文により伝えられるとパタンジャリが考えていることを示す。

[3]と[4]の違いは次のように説明することができる。[3]の話者は，二人称代名詞 yuṣmad により指示される人物を藁と同等視することで，その人物に侮蔑を伝えようとしている（sāmyavivakṣāyām)。一方，[4]の話者は，yuṣmad により指示される人物と藁の同等性すらをも否定することで，その人物に対して激しい侮蔑を伝えようとしている（prakarṣeṇa kutsā)。[46] [4]のような否定文からは「お前」が「藁」よりも劣っていることが理解される。[47]

4.3.4　バッティの言語使用と注釈者達の見解

バッティはA 2.3.17を例証するためにBhK 8.99において，次のような表現を使用する。

[5]　BhK 8.99a: tṛṇāya matvā tāḥ sarvāḥ ... |
その［悪魔女達］みんなを藁だと思って…。

バッティは雑多の部中のBhK 2.36においても同種の表現を用いている。

[6]　BhK 2.36cd: tṛṇāya matvā ... rakṣaḥ ... ‖
悪魔を藁だと思って…。

バッティは[5]と[6]のいずれにおいても amatvā（「と［も］思わずに」）という否定複合語を使用していない。ジャヤマンガラとマッリナータは，[5]と[6]における tṛṇa という名詞語基の後への第四格接辞の導入はA 2.3.17によって説明されると提言する。しかし，ジャヤマンガラがそれに続けて，A 2.3.17に対する vārttika を説明する Bhāṣya の一節を引用する点に注意したい。ジャヤマンガラはそうすることで，[5]や[6]のような言語使用がパーニニ文法学の伝統に反したものであることを暗に示そうとしたと考えられる。[48]

4.3.5　パーニニ文法家達の見解

バッティ以後に出た文法学者達が上述のバッティの表現にどのような説明を与えているのかを以下に見よう。

4.3.5.1　ハラダッタ

ハラダッタ（Haradatta，11世紀頃）は Padamañjarī において，次のように述べる。

PM on KV to A 2.3.17 (II.172.16–21): manyakarmaṇi prakr̥ṣṭakutsitagrahaṇam iti vārttikam | yadvācinaś caturthī vidhīyate tataḥ prakarṣeṇa yadi kutsā pratipādayitum iṣyate tadā caturthī bhavati na tu sāmānyavivakṣāyām | tena pratiṣedhayuktāyāṃ kutsāyāṃ caturthīvidhānaṁ sampadyata iti matvāha — na tvā tr̥ṇāyeti | manyakarmaṇy anādara upamāne vibhāṣāprāṇiṣv iti āpiśalir adhīte sma | na tatra pratiṣedhāpekṣā | tathā ca bhaṭṭiprayogo nidarśanīyaḥ |
「A 2.3.17: manyakarmaṇy 云々において prakr̥ṣṭakutsita［という語］の言明が［なされるべきである］」という vārttika がある。x を表示する項目の後に第四格接辞が導入されるところの，その x を通じて，激しく侮蔑が伝えようと望まれるときに第四格接辞が起こるのであって，［x との］同等性が表現しようと意図されるときに起こるのではない。それゆえ，否定を伴う侮蔑があるときに，第四格接辞の導入が成立する。以上のように考えて［Kāśikāvr̥tti は］述べている，na tvā tr̥ṇāya 云々と。
manyakarmaṇy anādara upamāne vibhāṣāprāṇiṣu とアーピシャリは教示した。その場合，否定が期待されることはない。そしてそのような場合，バッティの言語使用は例として提示され得る。(49)

ハラダッタはまず次のことを説明する。すなわち，A 2.3.17は激しい侮蔑が伝えられるときにのみ適用されるべきであり，したがって［4］のような否定文のみが規則の適用例として示されるべきであると考えた上で Kāśikāvr̥tti は

［1］をA 2.3.17の例として提示している。

続けてハラダッタは，パーニニに先行する文法家アーピシャリが制定したものとして，A 2.3.17に酷似した規則を引用する。(50)

manyakarmaṇy anādara upamāne vibhāṣāprāṇiṣu ‖
「［ある人物を無生物に］比喩することを根拠として侮蔑が理解される場合，div 群の動詞語基 man（「考える」）が表示する行為の〈目的〉が表示されるべきときに，それが生物でない場合，任意に第四格接辞が起こる」

当該規則には，A 2.3.17にはない upamāne（「［ある人物を無生物に］比喩することを根拠として」）という語が述べられている。それゆえ，バッティが使用する［5］や［6］はこのアーピシャリの規則の例としてならば機能し得る（bhaṭṭi-prayogo nidarśanīyaḥ）。2者間の比喩（upamāna）は否定文ではなく［3］のような肯定文でのみ成立するからである（na tatra pratiṣedhāpekṣā）。

4.3.5.2　バットージディークシタ

バットージディークシタは Śabdakaustubha において，A 2.3.17の適用領域に関して次のように論述する。

ŚK (229.1-10): sa ca dvedhā — utkr̥ṣṭasyāpakr̥ṣṭenopamānāt | yathā tr̥ṇāya matveti | tr̥ṇam iva matvety arthaḥ | kva cit tu niṣedhayogenopamānāyogyatvapratīteḥ | yathā — na tvāṃ tr̥ṇaṃ manya iti | tr̥ṇatulyam api tvāṃ na manya ity arthaḥ | iyāṁs tu viśeṣaḥ | atrātyantam anādaraḥ | pūrvatra tv anādaramātram | ubhayatrāpi sūtreṇa siddham | vārttikakāras tv āha — prakr̥ṣyakutsitagrahaṇaṃ kartavyam iti | yadvācinaś caturthī tato ’pi [nikr̥ṣṭatvena](51) yadi kutsā na tu sāmyamātraṃ tadā caturthīty arthaḥ | evaṃ ca pratiṣedhayuktāyām eva kutsāyāṃ caturthīvidhānāt prāguktabhaṭṭiprayogo virudhyate | sūtrarītyā tu saḥ | tathā cāpiśalir api manyakarmaṇy anādara upamāne vibhāṣāprāṇiṣv ity asūtrayat |

そしてその［侮蔑］には2種ある。1. 優れたものが劣ったものに比喩されるから。例えば tr̥ṇāya matvā（「xを藁だと思って」）というように。xを藁のようだと思って（tr̥ṇam iva matvā）という意味である。2. 一方，ある場合には，否定と結びつくことで，比喩が不可能であることが理解されるから。例えば na tvāṃ tr̥ṇaṃ manye（「私はお前を藁だと［も］思わない」）のように。私はお前を藁に等しいものだとも思わない（tr̥ṇatulyam api tvāṃ na manye）という意味である。そして［以上の2文には］これだけの違いがある。ここ（後者）には激しい侮蔑がある。一方，前者には単なる侮蔑がある。いずれの場合でも，スートラ（A 2.3.17）によって［第四格接辞の導入は］成立する。しかし Vārttika 作者は「prakr̥ṣyakutsita という語が述べられるべきである」と述べている。xを表示する項目の後に第四格接辞が導入されるところの，そのxよりも［劣っていることを特徴とする］侮蔑があり，単に［xとの］同等性があるわけではないときに，第四格接辞が起こる。このような意味である。そしてこのような場合，否定を伴う侮蔑があるときにのみ第四格接辞が導入されることになるから，先に述べられたバッティの言語使用は矛盾することになる(52)。一方で，スートラ（A 2.3.17）［それ自体］に従えば，その［バッティの言語使用］は［成立する］。そしてさらに，アーピシャリも manyakarmaṇy anādara upamāne vibhāṣāprāṇiṣu というスートラを作った。

まずバットージディークシタは，すでにパタンジャリがその存在を想定していた2種の侮蔑に対して明確な説明を与える。すなわち，侮蔑には単なる侮蔑（anādaramātram）と激しい侮蔑（atyantam anādaraḥ）の2種があり，前者は優れたものを劣ったものに比喩することで伝えられ（utkr̥ṣṭasyāpakr̥ṣṭenopamānāt），後者は優れたものが劣ったものにすら比喩され得ないことを表現することで伝えられる（upamānāyogyatvapratīteḥ）。［4］からは激しい侮蔑が理解され，［6］（［5］）からは単なる侮蔑が理解される。［4］と［6］（［5］）はいずれも A 2.3.17それ自体によって説明可能である（ubhayatrāpi sūtreṇa siddham）。

次にバットージディークシタは，カーティアーヤナの規則修正案を受け入れる場合には[6]([5])は許容されないが，修正前のA 2.3.17それ自体は同表現の使用を許可することを指摘する（sūtrarītyā tu saḥ）。

留意すべきは，バットージディークシタは以上のような方法で[6]([5])に説明を与えようとはするものの，Siddhāntakaumudīでは否定文をA 2.3.17の例として提示することである（SK 584 [I.655.6]）。彼はŚabdakaustubhaにおいても，A 2.3.17の説明を開始した直後に否定文をA 2.3.17の適用例として挙げる（ŚK [228: 24-25]）。これらのことから，バットージディークシタが実際には[5]や[6]のような肯定文をA 2.3.17の例として認めていないことが推知される。

4.3.5.3　ナーゲーシャ

ナーゲーシャはA 2.3.17の解釈と当該のバッティの表現に関して次のように陳述する。

> LŚIŚ on SK 584: tiraskāraś ca vyākhyānād apakr̥ṣṭanirūpitopameyatvasyāpy abhāvarūpa upameye 'tra gr̥hyate | na tv apakr̥ṣṭasādr̥śyarūpaḥ | tatpratītiś ca nañsamabhivyāhāre eva | tr̥ṇatulyam api na manya ity arthaḥ | tr̥ṇāya matvā raghunandano 'py ityādau naño 'dhyāhāraḥ |
>
> そして［ここで言う］侮蔑とは，［パタンジャリの］説明に基づき，劣ったものとして確定されているもの（藁など）に比喩され得る性質すらも存在しないことを本質とするものであり，［そのような侮蔑が］当該の比喩対象に対して理解されるのであって，［それは］劣ったものとの類似性を本質とするものではない。そして，それ（前者のような侮蔑）の理解は，［藁などの語が］否定辞naÑと共使用されるときにのみ起こる。私は［xを］藁に等しいものだとも思わない（tr̥ṇatulyam api na manye），という意味である。tr̥ṇāya matvā raghunandano 'pi（「ラーマも［悪魔を］藁だと思って」）などには，naÑが補われる。

A 2.3.17に対するパタンジャリの説明（vyākhyāna）は，A 2.3.17のanādara

という語が激しい侮蔑を意味するものと解釈されるべきであることを示している。激しい侮蔑は，優れたものが劣ったものにすら比喩され得ないことを表現することで伝えられる。そのような侮蔑を伝えることができるのは，［４］のような否定文のみである。したがって，［５］や［６］のようなバッティの表現を正当化するためには，そこに否定辞 naÑ を補う必要がある。

4.3.6　肯定文使用の背景

パタンジャリの規則解釈に反するバッティの表現がパーニニ文法家達に受け入れられることはない。一体なぜバッティはそのような表現を使用したのか。２つの可能性が想定される。

1. バッティは A 2.3.17に対して展開されるカーティアーヤナとパタンジャリの議論を知らなかった。
2. バッティは両者の議論を知っていたが，何らかの事情からそれを顧みなかった。

このうち，１は排除される。本章第１節と第２節の考察結果から判断して，バッティが A 2.3.17に対するカーティアーヤナとパタンジャリの論説を知っていた可能性は極めて高いからである。したがって，２の可能性を受け入れなければならない。

ここで，詩人達は先代の詩人達の使用例が見られることを根拠にパーニニ文法学の伝統に反する表現を使用することがあることを思い出そう（本論4.3.1.1並びに川村 2014）。逆に言えばこのことは，詩人達の伝統の中で確立されている表現に反する表現を使用してしまうと，非難を招いてしまう可能性があることを示唆する。ここに，バッティは確立された詩人達の言語慣習を考慮に入れて，否定文ではなく肯定文を A 2.3.17の例として提示した可能性が浮上する。はたして，バッティと同種の表現の使用例が，彼とかなり近い時代に活躍したと考えられる詩人ダンディンとマーガの作中に見られる。

DCK 2.2 (52.15–16): tataḥ kuberadattas tr̥ṇāya matvārthapatim ... |
それから，クベーラダッタは富の神（クベーラ）を藁だと思って…。

ŚV 15.68a: harim apy amaṁsata tr̥̥ṇāya ... |

［敵王達は］ハリ（クリシュナ）すらをも藁だと思った。

バッティ，ダンディン，マーガの前後関係を現存する資料から確定することは難しい。しかし，バッティと年代の近い著名な詩人達が揃って上記のような表現を使用しているという事実は，バッティの時代，［5］-［6］のような表現が文学界で許容されるものであったことを暗示する。このことは，バッティがA 2.3.17の例として肯定文を提示した理由として次のことを導くであろう。すなわち，ちょうどパタンジャリが知識人の言語運用の観察に基づいて，否定文のみをA 2.3.17の適用対象として受け入れたように，バッティは彼の時代に見出された詩人達の言語慣習に基づいて，肯定文をA 2.3.17の適用例として受け入れたのである。

忘れてはならないのは，［5］や［6］はA 2.3.17それ自体に反しているわけではないことである。バットージディークシタが指摘するように，A 2.3.17の言い回しは［5］や［6］が成立し得る余地を残す。この意味において，これら2表現の文法性は確保されている。バッティは，当時の詩人達の言語慣習に従い，パタンジャリの解釈には反するもののパーニニの規則には反していない表現を使用して，A 2.3.17を例証したのである。

4.4　小　結

バッティはより高い教育効果を狙い，カーティアーヤナのvārttika規定を踏まえた表現を規則例証の中に盛り込み，時にはパタンジャリの規則解釈が許容する稀有な表現を規則適用例として提示する。これらのことから，バッティがカーティアーヤナとパタンジャリの諸論を熟知していたであろうことが高い確度をもって推量される。しかし，彼は規則を例証する際にパタンジャリの規則解釈に常に従うわけではない。バッティは彼の時代に確立されていた詩人達の言語慣習にのっとり，肯定文をA 2.3.17の例として提示した。このことは，文法規則の伝統的解釈に加えて，詩人達の言語慣習も彼にとっては言葉の正しさの根拠であったことを示す。バッティが後者を重要視していたことは，A 1.3.56を例証するために彼がsvakaraṇa 1だけでなくsvakaraṇa 2の意味でもupayamのātmanepada形を使用していることからもわかる。

もしバッティが文法学者であることに徹していたならば，A 2.3.17の例として肯定文を提示することはできなかったはずである。しかし，彼は文法家であることより詩人であることを優先させた。よって，彼がパタンジャリの規則解釈だけに自身の表現を制限されることはなかった。自身の文法実例書を詩文の形式で著したことが，彼の方針を決めたのである。

註

（1）専門的派生説明文（alaukika-prakriyāvākya）の中では，kumbhaという項目に後続する接辞として想定されるのは第二格単数接辞amではなく第六格単数接辞Ṅasである点に注意せよ（SK 782 [II.99.1-2]: kumbhaṃ karotīti kumbhakāraḥ | iha kumbha as kāra ity alaukikaṃ prakriyāvākyam; BM on SK 782 [II. 99. 23-24]: kumbha am kāra ity apapāṭhaḥ kṛdyoge ṣaṣṭhyā vidhānāt）。

（2）kṛt接辞で終わる項目とtaddhita接辞で終わる項目の分析文中で使用される定動詞形（ākhyāta）における動詞語基の意味（行為）と定動詞接辞の意味（〈行為主体〉など）の主従関係（guṇapradhānabhāva）は，通常の発話文中で使用される定動詞形におけるそれとは逆（viparyaya）となる。よって，分析文kumbhaṃ karotiは「xが壺を作る」ではなく「壺を作るx」を意味する。通常の発話文中では動詞語基の意味に主要性がある（小川 2011: 39, note 30）。

（3）この規則以降，各規則にはkarmaṇi（← A 3.2.1: karmaṇy aṇ）とsupi（← A 3.2.4: supi sthaḥ）の2つが適宜継起する。〈目的〉を持つ行為を表示する動詞語基（sakarmaka）が提示される規則にはkarmaṇi（「〈目的〉を表示する項目が共起項目である場合」）が継起し，他の場合にはsupi（「名詞接辞で終わる項目が共起項目である場合」）が継起する（KV on A 3.2.4 [I.211.22-23]）。

（4）MBh on vt. 1 to A 3.2.5 (II.98.15-17): tundaśokayoḥ parimṛjāpanudor ity atrālasyasukhāharaṇayor iti vaktavyam | tundaparimṛjo 'lasaḥ | śokāpanudaḥ putro jātaḥ | yo hi tundam parimārṣṭi tundaparimārjaḥ sa bhavati | yaś ca śokam apanudati śokāpanodaḥ sa bhavati ‖（「A 3.2.5: tundaśokayoḥ parimṛjāpanudoḥ というこの［規則］においてālasyasukhāharaṇayoḥと述べられるべきである。【例】tundaparimṛja，すなわち怠け者。喜びをもたらす（śokāpanudaḥ）息子が生まれた。［しかし，］実に，［怠けているわけではなく単に］臍をきれいにしている者，その者はtundaparimārjaであり，［喜びをもたらす

わけではなく単に］憂いを取り除く者，その者は śokāpanoda である」)。

（5） KV on A 3.2.7 (I.212.14): gāṁ sañcaṣṭe gosaṅkhyaḥ｜(「【例】牛をよく見る者という意味で gosaṅkhya〈「牛飼い」〉［という語が派生する］」）Nyāsa on KV to A 3.2.7 (II. 548.17-19): vākyaviśeṣeṇa cakṣiṅaḥ khyāñ iti khyāñādeśasya grahaṇam na khyā prakathana ity etasyety darśayati｜etac ca sampūrvasya khyāteḥ prayogāsambhavāl labhyate｜(「［A 3.2.7の khyaḥ により，］A 2.4.54: cakṣiṅaḥ khyāñ に基づく khyāÑ という代置要素が指示され，「動詞語基 khyā は語りを意味する」と［dhātupāṭha に］挙げられるこの［動詞語基 khyā］は［指示され］ないということを，［Kāśikāvṛtti は］特定の［例］文を通じて示している。そしてこのことは，sam に先行される動詞語基 khyā［の派生形］は実際には使用され得ないことから，獲得される」)。

（6） śākhibhiḥ における第三格接辞に意味は A 2.3.21: itthambhūtalakṣaṇe に基づくものと解釈した。

（7） bhārahāra（「荷物を運ぶもの」）のように，動詞語基 hṛ が持ち上げ（udyamana）を意味する場合には kṛt 接辞 aC は起こらず，代わりに A 3.2.1: karmaṇy aṇ により kṛt 接辞 aṆ が起こる。aṆ が起こる場合，A 7.2.115: aco ñṇiti により動詞語基 hṛ の ṛ 音には vṛddhi である ā 音が代置され，A 1.1.51: ur aṇ raparaḥ により ā 音には r 音が後続する。その結果，-hara ではなく -hāra という語形になる。

（8） Leonardi 1972: 52.20-21は詩節 ab 句を ‘It is crowded with dreadful flesh eating night-rangers who are hidden in *its* holes’と訳すが，これは saniśācaraiḥ の sa- (saha)を無視した誤訳である。

（9） 当該の表現をジャヤマンガラは「凹凸のある地，すなわち進み難い山に立つ者」（viṣame durgaparvate tiṣṭhati）という意味で解釈する（JM on BhK 6.88 [126.1-2]）。しかしここは，ラーマとラクシュマナを敵猿ヴァーリンの手先かと疑うスグリーヴァが方策を思案する場面であるから，マッリナータのようにそれを「苦境に立つ者」（āpannaḥ）と解釈すべきであろう（SP on BhK 6.88 [I.193.1]）。

（10） Uddyota on MBh to A 3.2.4 (III.229.23): bhāṣye — bhāve ceti｜cāt kartari｜

（11） uttha という語は「集団の発生」（sanniviṣṭodgama）を意味する（AK 3.3.118ab）。当該の vārttika 1に依拠する場合 uttha という語形は次のように派生する。

（1）	ud + sthā + Ka	vt. 1 on A 3.2.4
（2）	ud + sthϕ + a	A 6.4.64: āto lopa iṭi ca
（3）	ut + sthϕ + a	A 8.4.55: khari ca
（4）	ut + tthϕ + a	A 8.4.61: udaḥ sthāstambhoḥ pūrvasya
（5）	ut + ϕthϕ + a	A 8.4.65: jharo jhari savarṇe
	uttha	

(12)　MBh on vt. 1 to A 3.2.4 (II.98.3-4): supi stha ity atra bhāve ceti vaktavyam | ihāpi yathā syāt | ākhūttho vartate | śyenotthaḥ | śalabhotthaḥ | tat tarhi vaktavyam | na vaktavyam ‖（「A 3.2.4: supi sthaḥ というこの［規則］中に bhāve ca と述べられるべきである。次のような場合にも［Ka を］導入できるように。【例】ākhūttha〈「ネズミの大量発生」〉が起こる，śyenottha〈「鷹の大量発生」〉が［起こる］，śalabhottha〈「バッタの大量発生」〉が［起こる］。【問】それでは，その［bhāve ca］は述べられる必要がある［か］。【答】述べられる必要はない」）。

(13)　Uddyota on MBh to A 3.2.4 (III.229.23-24): akarmaṇy upapade pratyayārthaṁ supīti yogavibhāga iti bhāvaḥ |（「〈目的〉以外［の kāraka］を表示する項目が共起項目である場合に接辞を導入するために supi という規則分割がなされる。このことが意図されている」）。

(14)　TB on SK 2916 (IV.46.25-26): kartari pūrveṇaiva siddhatvād iha kartari kṛd iti na sambadhyate |（「［supi という］第1の規則だけで〈行為主体〉を表示する［kṛt 接辞 Ka の導入は］成立するから，この［第2の規則］に A 3.4.67: kartari kṛt は結びつけられない」）。

(15)　なお，語基自身の意味を表示するいわゆる svārthika 接辞は，語基の協力者・共表示者（sahakārin，sahābhidhāyin）と見なされる（小川 1996: 57-60）。

(16)　MBh on vt. 2 to A 3.2.4 (II.98.6-12): yogavibhāgaḥ kariṣyate | āto 'nupasarge ko bhavati | tataḥ supi | supi cātaḥ ko bhavati | kacchena pibati kacchapaḥ | kaṭāhena pibati kaṭāhapaḥ | dvābhyāṃ pibati dvipaḥ | tataḥ sthaḥ | sthaś ca ko bhavati supīti | kimartham idam | bhāve yathā syāt | kuto nu khalv etad bhāve bhaviṣyati na punaḥ karmādiṣu kārakeṣv iti | yogavibhāgād ayaṃ kartur apakṛṣyate na cānyasminn artha ādiśyate 'nirdiṣṭārthāś ca pratyayāḥ svārthe bhavantīti svārthe bhaviṣyati | yad yathā | guptijkidbhyaḥ san yāvādibhyaḥ kan | so 'sau svārthe bhavan bhāve bhaviṣyati ‖（「［A 3.2.4の］規則分割がなされるであろう。ā 音で終わる，upasarga に先行されない［動詞語基の後に］Ka が起こる［と A 3.2.3で規定されている］。それゆえ，supi［というのが第1の規則である］。そして「名詞接辞で終わる項目が共起項目である場合，ā 音で終わる［動詞語基］の後に Ka が起こる」［というのが規則の意味である］。【例】カッチャ部を使って飲む者という意味で kacchapa〈「リクガメ」〉［という語が派生する］。甲羅を使って飲む者という意味で kaṭāhapa〈「ウミガメ」〉［という語が派生する］。2つ［の器官〈鼻と口〉］を使って飲む者という意味で dvipa〈「象」〉［という語が派生する］。それから，sthaḥ［というのが第2の規則である］。そして「動詞語基 sthā の後に Ka が起こる。名詞接辞で終わる項目が共起項目である場合に」［というのが規則の意味である］。【問】何のためにこの［第2の規則］があるのか。【答】〈行為〉が表示されるべきときに［も Ka が］起こるように。【問】一体どうして実に「〈行為〉が表示されるべきときに［Ka

は］起こり，一方で〈目的〉などの kāraka が表示されるべきときには［起こらないであろう］」ということになるのか。【答】規則分割に基づき，この［第2の規則］は〈行為主体〉［という意味］から引き離される。さらに［当該の Ka は］他の意味では規定されていない。そして，意味が示されていない接辞は［語基］自身の意味を表示するために起こるから，［当該の Ka は語基］自身の意味を表示するために起こるであろう。例えば，A 3.1.5: guptijkidbhyaḥ san や A 5.4.29: yāvādibhyaḥ kan［により規定される saN 接辞や kaN 接辞］のように。以上のようなその［Ka］は，［語基］自身の意味を表示するために起こるものであるから，［語基の意味である］〈行為〉が表示されるべきときに起こるであろう」)。

(17)　なお Candravṛtti には，CS 1.2.3: supaḥ の適用例の 1 つとして dvipa という語が挙げられる。CV on CS 1.2.3 (31.19-20): subantāt parād ākārāntāt kriyārthāt ko bhavati | kacchena pibati, kacchapaḥ | dvābhyāṃ pibati, dvipaḥ |

(18)　SP on BhK 6.90 (I.194.1-2): surāpair ity atra surāśīdhvoḥ pibater iti vaktavyam iti dhātūpapadaniyamaḥ |

(19)　MBh on vt. 1 to A 3.2.8 (II.99.3-4): surāsīdhvoḥ pibater iti vaktavyam | iha mā bhūt | kṣīrapā brāhmaṇīti | pibater iti kimartham | yā hi surāṃ pāti surāpā sā bhavati |（「「〈目的〉を表示する surā〈「スラー酒」〉と sīdhu〈「シードゥ酒」〉という語が共起項目であり，動詞語基 pā が bhū 群の動詞語基である場合にのみ［，upasarga に先行されないその動詞語基の後に kṛt 接辞 ṬaK が起こる］」〈surāsīdhvoḥ pibateḥ〉と定式化されるべきである。次のような場合には［ṬaK は］起こってはならない。【反例】乳を飲む（kṣīrapā）婆羅門の女。【問】「bhū 群の動詞語基 pā〈「飲む」〉の後に」〈pibateḥ〉と言うのは何のためか。【答】スラー酒を守る［女］〈surāṃ pāti〉，その［女］は［surāpī ではなく］surāpā であるから」)。パタンジャリが女性形を挙げるのは，Ka または ṬaK が導入されて派生する語形の差異は女性形にのみ現れるからである。Nyāsa on KV to A 3.2.8 (II.546.18-19): strīliṅgodāharaṇaṁ striyāṁ viśeṣa iti pradarśanārtham |

(20)　A 3.2.8に対するカーティアーヤナとパタンジャリの論弁を考慮してであろう，チャンドラゴーミンは śīdhusurāt pibaḥ（CS 1.2.45）という規則を制定している。CV on CS 1.2.45 (37.22-24): śīdhusurāpūrvāt pibādeśasambandhinaḥ pā pāna ity etasmāṭ ṭag bhavati | śīdhupaḥ, śīdhupī | surāpaḥ, surāpī |

(21)　MBh on vt. 1 to A 3.2.13 (II.99.21-22): stambakarṇayor ity atra hastisūcakayor iti vaktavyam | stamberamo hastī | karṇejapaḥ sūcakaḥ | stambe rantā karṇe japitety evānyatra ‖（「A 3.2.13: stambakarṇayoḥ ramijapoḥ というこの［規則］において hastisūcakayoḥ と述べられるべきである。【例】stamberamaḥ，すなわち象〈hastin〉。karṇejapaḥ，すなわち密告者〈sūcaka〉。他の場合には，まさに，stambe rantā〈「木立ちで休む x」〉，karṇe japitā〈「耳元でささやく x」〉［という表現が使用される］」)。

(22)　A 3.2.13に対応するスートラまたはA 3.2.13の改訂版とおぼしきスートラはCāndravyākaraṇaには存在しない。

(23)　PM on KV to A 1.3.56 (I.453.13–15): bhāṣye tu — asvasya sataḥ svatvāpādanam eva svakaraṇam ity uktam | bhaṭṭikāvye' pi tadanuguṇaprayogaḥ | 本章註(30)も見よ。

(24)　SP on BhK 8.33 (I.269.15–16): upād yamaḥ svakaraṇa iti pāṇigrahaṇe vidhāne 'py atra svīkaraṇamātre taṅprayogaś cintyaḥ | KV on A 1.3.56 (I.452.7–8): pāṇigrahaṇaviśiṣṭam iha svakaraṇaṃ gṛhyate | na svakaraṇamātram | pāṇigrahaṇaという語はupayamana, svīkaraṇa, vivāha, dārakarmanなどの語と同義である（KV on A 1.2.16 [I.289.3]）。

(25)　bhavān（「貴方は」）という語が補われるべきである（SP on BhK 4.28 [I.100.8]）。

(26)　MBh on A 1.3.56 (I.284.10–11): iha kasmān na bhavati | svaṁ śāṭakāntam upayacchatīti | asvaṁ yadā svaṃ karoti tadā bhavitavyam | Pradīpa on MBh to A 1.3.56 (II.260.13–14): svasya svatvena sthitasya grahaṇādikaṃ karaṇaṁ svakaraṇaṃ gṛhyata iti matvā praśnaḥ — iheti |

(27)　MDhV (282.33–34): bhāṣyakāras tu svakaraṇamātre viśiṣṭe sthita ity uktam | 本章註(30)も見よ。

(28)　MBh on A 1.3.56 (I.284.11–12): yady evaṁ svīkaraṇa iti prāpnoti | vicitrās taddhitavṛttayaḥ | nātas taddhita utpadyate | ここでパタンジャリはA 4.1.82を念頭に置いている。BM on SK 2729 (III.568.11–13): asvasya sataḥ svatvena parigrahaḥ svakaraṇaśabdena vivakṣita ity arthaḥ | cvipratyayas tu vaikalpikaḥ samarthānāṃ prathamād vety ukter iti bhāṣye spaṣṭam |

(29)　いずれの語形においても，upa-yamの後へのlUṄ接辞の導入は次の規則に基づく。A 3.3.132: āśaṁsāyām bhūtavac ca ‖（「行為が未来時に属するとき，行為が過去時あるいは現在時に属する場合に接辞が起こるのと同様の仕方で動詞語根の後に接辞が任意に起こる。願いが理解されるという条件化で」）。

(30)　ŚK (77.24–27): atra vṛttikāraḥ pāṇigrahaṇa eveṣyate ... iti | etac ca bhāṣyaviruddham | tatra svīkāramātra ātmanepadasyoktatvāt | tathā ca bhaṭṭiḥ prāyuṅkta ... |

(31)　文法学者シヴァスヴァーミンについては，その名がGaṇaratnamahodadhi（12世紀中頃），Kṣīrataraṅginī（12世紀），Mādhavīyadhātuvṛtti（14世紀）などの文法学文献に言及されるのみで（友成有紀氏のご教示による），詳細は不明である。彼の手になる文法学文献は現存しない。もし文法学者達が言及するシヴァスヴァーミンが，カシミールの宮廷詩人で長編詩Kappiṇābhyudayaの作者であるシヴァスヴァーミンと同一人物であるならば，その年代はおよそ9世紀前半となるが，確証はない。

(32)　CV on CS 1.4.109 (I.4.24–25): upapūrvād yama udvāhe vartamānāt taṅānā bhavanti | kanyām upayacchate | udvāha iti kim | śāṭakam upayacchati |

(33)　この一節は，ヴァッラバデーヴァ版のシシュパーラの言葉（ŚV 15.14–47）の中には見られないが，マッリナータ版のそれ（ŚV 15.14-38）の中に存在する。後者がより原形に近い読みを伝えている点については，Bronner and McCrea 2012を見よ。

(34)　Bhaṭṭikāvya において，upa-yam の ātmanepada 形が svakaraṇa 1の意味で使用される箇所は［1］以外にも2ヵ所ある。BhK 1.16b: śastrāṇy upāyaṁsata jitvarāṇi |（「勝利を与える諸武器を［ラーマ達は］手に入れた」）BhK 15.21c: upāyaṁsta mahāstrāṇi |（「強力な諸武器を［クンバカルナは］手に入れた」）。

(35)　KDh on KASV to KAS 2.1.13 (53.10-12): gaur nāke vṛṣabhe candre vāgbhūdigdhenuṣu striyām | dvayos raśmidṛgbāṇasvargavajrāmbulomasv ity abhidhāne saty api gośabdasya prācuryeṇākṣṇi prayogādarśanād akṣivācakatvam aprasiddham ity arthaḥ |（「「go［という語］は［男性形では］太陽，雄牛，月を意味し，女性形では言葉，大地，方角，雌牛を意味し，［男性形と女性形］いずれ［の形］でも光線，眼，矢，天，雷，水，体毛を意味する」というように［眼という意味を記載する］辞書があるとしても，一般的に，go という語が眼の意味で使用されることは見られないから，［同語が］眼を意味することは周知ではない。以上の意味である」）。

(36)　もちろん，次の点には留意しなければならない。すなわち，Kāśikāvṛtti では Mahābhāṣya に見られない例／反例が提示されることや，同書のそれとは異なる規則解釈がなされること，さらには同書が提示する問題解決法を明らかに知らないような解決法が提示されることなどが多々ある点である。これらの点については，例えば Joshi and Roodbergen 1991-92 や Bhate 2009 を見よ。Bhate 2009: 150. 37-151. 18 は，Kāśikāvṛtti の作者が，カーティアーヤナとパタンジャリが継承する伝統とは異なる文法学伝統に属していた可能性を想定している。

(37)　Deshpande 1993は次のように指摘する。Deshpande 1993: 100.39-101.4: "By considering Patañjali to be not only a Śiṣṭa, but the foremost Śiṣṭa, Bhartṛhari seems to be implicitly subscribing to the notion expressed later by Kaiyaṭa in the maxim: *yathottaram munīnām prāmāṇyam* "the later the sage, the greater his authority.""

(38)　anu は A 1.4.57: cādayo 'sattve または A 1.4.56: prāg rīśvarān nipātāḥ により nipāta と呼ばれる。nipāta と呼ばれる項目は A 1.1.37: svarādinipātam avyayam により avyaya と呼ばれる。avyaya と呼ばれる項目は A 2.4.82: avyayād āpsupaḥ により名詞接辞で終わる項目と見なされる。avyaya と呼ばれる項目の後に導入される名詞接辞としては，一般に第一格単数接辞 sU が想定される。Pradīpa on MBh to A 1.1.38 (I.305.10-306.6): prathamātikrame kāraṇābhāvāt prathamāyā evaikavacanam avyayebhya utpadyate ... |（「最初のものを飛び越す理由はないから，他ならぬ第一格単数接辞が avyaya の後に起こる…」）。

(39)　upari に nipāta という術語を適用する規則が A 5.3.31: uparyupariṣṭāt である点を除けば，tadupari という複合語が孕む問題も tadanu の場合と同様である。

(40)　実際には，tadanu や tadupari といった語を正しい語として認めるかどうかについてはパーニニ文法家達の間で意見が分かれる。しかし，ここで tadanu という語がパーニニ文法に反するものかどうかという議論は重要ではない。切要なのは，ヴァッラバデーヴァがそれをパーニニ文法に反するものと見た上で，詩人達の言語使用が持つ傾向性を示唆する説明を与えていることである。

(41)　文法学者ヴァルダマーナ（Vardhamāna，12世紀中頃）は，相承される詩人達の伝統を kavipravāha という言葉で表現する（GRM [431.17-432.1]）。

(42)　MBh on A 2.3.17 (I.450.16-21): aprāṇiṣv ity ucyate tatredaṃ na sidhyati | na tvā śvānaṃ manye | na tvā śune manya iti | evaṃ tarhi yogavibhāgaḥ kariṣyate | manyakarmaṇy anādare vibhāṣā | tato 'prāṇiṣu | aprāṇiṣu ca vibhāṣeti | ihāpi tarhi prāpnoti | na tvā kākaṃ manye | na tvā śukaṃ manya iti | yad etad aprāṇiṣv ity etad anāvādiṣv iti vakṣyāmi | ime ca nāvādayo bhaviṣyanti | na tvā nāvaṃ manye yāvat tīrṇaṃ na nāvyam | na tvānnaṃ manye yāvad bhuktaṃ na śrāddham | atra yeṣu prāṇiṣu neṣyate te nāvādayo bhaviṣyanti ‖（「【問題点指摘】「[〈目的〉が] 生物でない場合に」〈aprāṇiṣu〉と述べられている。その場合，次のような［望ましい文］が成立しないことになる。na tvā śvānaṃ manye〈「私はお前を犬だと［も］思わない」〉，na tvā śune manye〈「私はお前を犬だと［も］思わない」〉。【解決案提示】このような場合，それでは，規則分割がなされるであろう。［第1規則］manyakarmaṇy anādare vibhāṣā〈「侮蔑が理解される場合，動詞語基 man が表示する行為の〈目的〉が表示されるべきときに，任意に第四格接辞が起こる」〉。それから，aprāṇiṣu が［残っている］。［第2規則］aprāṇiṣu ca vibhāṣā〈「侮蔑が理解される場合，動詞語基 man が表示する行為の〈目的〉が表示されるべきときに，それが生物でない場合，任意に第四格接辞が起こる」〉と［なる］。【問題点指摘】次のような場合にも，それならば，［第1規則により第四格接辞が］結果してしまう〈*kākāya; *śukāya〉。na tvā kākaṃ manye〈「私はお前を烏だと［も］思わない」〉，na tvā śukaṃ manye〈「私はお前をオウムだと［も］思わない」〉。【解決案提示】［それならば，］当該の「生物でない場合に」〈aprāṇiṣu〉をこのように「舟などでない場合に」〈anāvādiṣu〉と私は述べることにしよう。そして，次のようなものが「船など」であろう。na tvā nāvaṃ manye yāvat tīrṇaṃ na nāvyam〈「私はお前を舟と思わない。［お前が］航行可能な［河］を渡らない限り」〉，na tvānnaṃ manye yāvad bhuktaṃ na śrāddham〈「私はお前を食べ物と思わない。［お前が］シュラーッダとして食べられない限り」〉。このような場合〈aprāṇiṣu を anāvādiṣu に読み替える場合〉，それに対して［第四格接辞の導入が］望まれない諸生物，それらは「船など」の中に含まれるであろう」）。

(43)　MBh on vt. to A 2.3.17 (I.451.2-3): manyakarmaṇi prakṛṣyakutsitagrahaṇaṃ kartavyam | iha mā bhūt | tvāṃ tṛṇaṃ manya iti |（「A 2.3.17: manyakarmaṇy 云々において prakṛṣyakutsita［という語］の言明がなされるべきである。次の［事例］で［A 2.3.

17の適用が］起こらないようにするために。tvāṃ tṛṇaṃ manye〈「私はお前を藁だと思う」〉」）。

(44)　A 2.3.17の anādara という語は kutsā という語と同義である。「x が激しく侮蔑される場合」（prakṛṣyakutsite）という意味条件を A 2.3.17中に読み込む場合，規則中の「侮蔑が理解される場合」（anādare）という条件は意味をなさなくなる。したがって，カーティアーヤナの修正は規則中の anādare という語の prakṛṣyakutsite という語への読み替えを意図するものでなければならない。ŚK (228.32–229.1): anādaraś cātra nādarābhāvamātram api tu tiraskāraḥ | kutseti yāvat | adharmānṛtādivan nañaḥ pratipakṣavācitvāt |（「そして anādara という語は，ここでは，敬意の単なる非存在ではなく tiraskāra〈「侮蔑」〉を意味する。ようするに kutsā〈「侮蔑」〉である。adharma〈「罪／悪」〉や anṛta〈「虚偽」〉などの場合と同様，ここで naÑ は対立物を表示するから」）。

(45)　ナーゲーシャはこの点を的確に説明する。Uddyota on MBh to A 2.3.17 (II.789.24–25): tvāṃ tṛṇam iva manya ityādāv apy anādarasya sattvād vārttikārambha iti bhāvaḥ ||

(46)　Pradīpa on MBh to A 2.3.17 (II.789.11–13): yadvācinaś caturthī vidhīyate tataḥ prakarṣeṇa yadi kutsā pratipādyate tadā caturthī bhavati na tu sāmyavivakṣāyām | tena pratiṣedhayuktāyāṃ kutsāyāṃ caturthīvidhānaṁ sampadyate |（「x を表示する項目の後に第四格接辞が導入されるところの，その x を通じて激しく侮蔑が伝えられるときに，第四格接辞が起こるのであって，［x との］同等性が表現しようと意図されるときに［起こるのでは］ない。それゆえ，否定を伴う侮蔑があるときに，第四格接辞の導入が成立する」）。

(47)　Nyāsa on KV to A 2.3.17 (II.172.26): tṛṇād api nikṛṣṭataraṃ tvām ahaṃ manya ity arthaḥ |

(48)　JM on BhK 2.36 (27.9–12); JM on BhK 8.99 (192.11–12); SP on BhK 2.36 (I.40.7–9); SP on BhK 8.99 (I.295.5–7).

(49)　ハラダッタはこれより前の箇所で BhK 2.36の cd 句を引用している（PM on KV to A 2.3.17 [II.172.11–14]）。

(50)　パーニニは A 6.1.92: vā supy āpiśaleḥ においてアーピシャリの名に言及する。なお，問題のアーピシャリの規則については，ハラダッタ以前にすでにカイヤタがそれに論及している。Pradīpa on MBh to A 2.3.17 (II.789.15–16): manyakarmaṇy anādara upamāne vibhāṣāprāṇiṣv ity āpiśalir adhīte sma |

(51)　テクストのままでは意味が通じず，読解不能である。そこで，次のジュニャーネーンドラサラスヴァティーの説明を根拠に当該箇所に nikṛṣṭatvena を補って解釈する。TB on SK 584 (654.28–655.28): tvāṃ tṛṇaṃ manye tṛṇāya vety udāhriyatām | kim anena nañaḥ prayogeṇa | atrāhuḥ — prakṛṣṭakutsitagrahaṇaṃ kartavyam iti vārttikam asti | tena yadvācinaś caturthī vidhīyate tato nikṛṣṭatvena yadi kutsā pratipādyate tadā caturthī bhavati na tu sāmyavivakṣāyām | tādṛśī ca kutsāpratītir nañaḥ prayoge jhaṭity eva bhavatīti na tvām ity uktam iti |（「【反論】tvāṃ tṛṇaṃ manye〈「私はお前を藁だと思う」〉あるいは tvāṃ tṛṇāya manye〈「私はお前を藁だと思う」〉という例が挙げられるべきである。この naÑ の使用に何の意味があるのか。【答】この［反論］に対して［ある人達は］次のように答える。「prakṛṣṭakutsita［という語］の言明がなされるべきである」という vārttika がある。それゆえ，x を表示する項目の後に第四格接辞が導入されるところの，その x より劣っていることを特徴とする侮蔑が伝えられるときに第四格接辞が起こるのであって，［x との］同等性が意図されるときに起こるのではない。そしてそのような侮蔑理解は，naÑ が使用されるときにただちに起こる。したがって na tvām 云々と述べられている」)。

(52)　バットージディークシタは先行箇所で BhK 2.36を引用している（ŚK [228.28-32]）。

結論

パーニニ文法家達は，あるときはバッティの表現により自身の規則解釈を根拠づけるため，あるときはバッティの表現を擁護し正当化するため，またあるときはバッティの表現を否定または訂正するために，Bhaṭṭikāvya の詩節を頻繁に引用し多様かつ複雑な議論を展開する。同書が文法学者達の重大な関心を呼んだこと，その結果，規則解釈の際に無視し得ない作品として文法学の分野に影響を与えたことは疑い得ない。あらゆる美的要素を勘案して詩文の条件を満たしつつ文法規則を例証していく作品を作ることの困難さは，想像を絶するものがある。もし規則例証に拘泥し作品の詩文性を疎かにするならば，Rāvaṇārjunīya のような無味乾燥なものができあがるだけであり，それが文法家達に刮目されることもなかったはずである。文法学伝統に通じつつ美文学伝統の中に生きた詩人として，バッティは詩文論書の制作に成功している。

グプタ朝においてサンスクリットが宮廷文化の言語として確立された後，同王朝と同盟関係または従属関係にあった周辺王朝はグプタ朝の政治体系や文化体系を取り入れ，同王朝の衰退後も地方の諸王朝はその体系を模倣していった。バッティの活動地ヴァラビーを首都としたマイトラカ朝もそのような王朝の1つである。ここに，南アジアにおけるサンスクリット標準化時代が到来する。このことは，サンスクリット語学力とそれをもとにした教養の需要のかつてないほどの高まりを結果した。地方の部族首長が支配権を拡大して「王」を名乗り権威を示すためには，あるいは部族内や王朝内で立身出世するためには，より一般化して言えば文化人たるためには，サンスクリットの教養が必須となる，という状況が生まれたのである。必然的に，サンスクリット文法の教科書や教科書代わりになるようなものが強く求められることになる。そのような時代の要請に呼応するかのように現れたのが Bhaṭṭikāvya である（パーニニ文典の逐語的簡易注釈書 Kāśikāvṛtti が登場するのもこの時代である）。バッティがラーマ物語を作品の題材に選んでいることも注意を引く。ラーマは誰もが理想とする王である。Bhaṭṭikāvya が描くラーマの物語を通じて，サンスクリット文法と王者の振る舞い方を同時に学べるとなれば，一挙両全である。Bhaṭṭikāvya の成立背景を伝える逸話やマッリナータの言（序論0.8.3.1），そして同書がインドを離れ東南アジア諸地域にまで伝わるほどの人気を博したという事実が示唆するように，Bhaṭṭikāvya はサンスクリット教育に有効な教科書として広く利用され，学ばれたに違いない。

完成された美文学作品として，動詞語基からの派生形規則と千姿万態なる定動詞形の教示を中心に，現実の言語運用の場を想定したサンスクリットの実践的能力を授ける点に詩文論書 Bhaṭṭikāvya の核心がある。まさにそのことが同書を座傍に備えられるべき権威あるサンスクリット教本として確立せしめたのである。

> KA 1.6: upeyiṣām api divaṁ sannibandhavidhāyinām |
> āsta eva nirātaṅkaṃ kāntaṃ kāvyamayaṁ vapuḥ ||
> 素晴らしい作品を創作する者には，その人が天界へ至った後でも，詩文という，病気知らずの美しい体が必ずや残る。

第Ⅱ部

付　論

主題の部翻訳研究

BhK 6.8–10: dvikarmakādhikāra (ślokavārttika on A 1.4.51)

パーニニは kāraka 術語規則の１つとして，次の規則を定式化している。

A 1.4.51: akathitañ ca ‖
「他の kāraka 術語が適用されない kāraka は〈目的〉と呼ばれる」

同規則は，例えば以下の文の派生を説明する。

［１］ gāṃ dogdhi payaḥ（「牛の乳を搾りとる」）

この文において「牛」（go）は，A 1.4.24: dhruvam apāye 'pādānam によって，動詞語基 duh が表示する搾乳行為の〈起点〉と見なすことができる。［１］は次の文と意味的に等価である。

［２］ gor dogdhi payaḥ（「牛から乳を搾りとる」）

話者は，「牛」を搾乳行為の〈起点〉と意図しないときに［１］を使用する。［１］のような文の派生を説明するために，〈起点〉として意図されない「牛」に〈目的〉という術語を与えるのが A 1.4.51である。「牛」は当該の搾乳行為において最も得ようと望まれる対象（īpsitatama）ではなく，それゆえ，「乳」（payas）と同様の仕方で搾乳行為と結びついている（tathāyuktam）わけでもない。したがって，A 1.4.49: kartrur īpsitatamaṅ karma や A 1.4.50: tathāyuktañ cānīpsitam によって当該の「牛」が〈目的〉と呼ばれることはない。「牛」が A 1.4.51により〈目的〉と呼ばれるとき，A 2.3.2: karmaṇi dvitīyā により go という語の後に第二格接辞が起こり（gām），「牛」がA 1.4.24により〈起点〉と呼ばれるとき，A 2.3.28: apādāne pañcamī により第五格接辞が起こる（goḥ）。さらに，次の文を見よ。

［3］ pauravaṃ gāṁ yācate（「プール族に牛を求める」）

ここで「プール族」（paurava）は，動詞語基 yāc が表示する求める行為を成立させる1要素であり，この意味で kāraka ではあるが，それに特定の kāraka 術語は適用されない。乞う行為に離別（apāya）は存在しないので，「牛」を搾乳行為の〈起点〉と見なすことができたのとは違って，「プール族」を求める行為の〈起点〉と見なすことはできない(1)。当該の「プール族」がA 1.4.49やA 1.4.50によって〈目的〉と呼ばれることもない。このような場合に，「プール族」に〈目的〉という術語を適用し，［3］の派生を説明する役割を担うのがA 1.4.51である。

以上のようにA 1.4.51は，〈起点〉などの特定の kāraka として意図されない kāraka，または特定の kāraka 術語が適用され得ない kāraka に〈目的〉という術語を適用する規則である。同規則に対して，パタンジャリは以下のような ślokavārttika を引用する（MBh on A 1.4.51 [I.334.1–2]）。

duhiyācirudhipracchibhikṣiciñām
upayoganimittam apūrvavidhau |
bruviśāsiguṇena ca yat sacate
tad akīrtitam ācaritaṃ kavinā ||

［kāraka 術語を規定する］他の規則が適用されない場合(2)，動詞語基（1）duh（「搾る」），（2）yāc（「求める」），（3）rudh（「妨げる」），（4）pracch（「尋ねる」），（5）bhikṣ（「望む，乞う」），（6）ciÑ（「集める」）［が表示する行為の〈行為主体〉］にとって有用なものの因と，動詞語基（7）brū（「話す，言う」）と（8）śās（「命ずる，教える」）［が表示する行為］の従属要素と相関するもの，それは智恵ある人（パーニニ）によって［他の kāraka 術

語が］適用されないものとして扱われる。(3)

このślokavārttikaは，ここに挙げられる８つの動詞語基が表示する行為の特定のkārakaがA 1.4.51によって〈目的〉と呼ばれることを規定する。さらにカイヤタによれば，ślokavārttika中に直接挙げられる動詞語基だけでなく，それらの動詞語基が表示する行為と同じ行為を表示する動詞語基も同規定の適用領域にある。(4) A 1.4.51の適用対象を，特定の動詞語基が表示する行為のkārakaに制限するのが同規定の役割である（Nyāsa on KV to A 1.4.51 [I.570.21-23]: anyadhātuvyavacchedārtham etat）。

まずA 1.4.51に対するślokavārttikaは，動詞語基(１)-(６)が表示する行為と相関する，有用なものの因（upayoganimitta）がA 1.4.51によって〈目的〉と呼ばれることを規定する。ここで言う有用なもの（upayoga）とは，〈行為主体〉が行為を通して最も得ようと望む対象を指す。(5) 例えば[１]において，「乳」はそれを求める〈行為主体〉にとって「有用なもの」であり，〈行為主体〉が搾乳行為を通して最も得ようと望む対象である。当該の「乳」はA 1.4.49により〈目的〉と呼ばれる。搾り出される乳の因（nimitta）と見なされるのが「牛」である。乳を保有し，乳を出すのは牛に他ならない。「乳」の因である「牛」は，話者によって〈起点〉として意図されないとき，A 1.4.51によって〈目的〉と呼ばれる。

次にślokavārttikaは，動詞語基(７)-(８)が表示する行為の「従属要素と相関するもの」もA 1.4.51によって〈目的〉と呼ばれることを規定している。ここで言う従属要素（guṇa）とは，行為を成り立たせるkāraka，すなわち〈能成者〉（sādhana）である。行為の実現要素である〈能成者〉は，主要素（pradhāna）である実現されるべき（sādhya）行為に相関して，従属要素と見なされる。(6) 当該の従属要素，すなわち〈能成者〉は，文脈上，動詞語基が表示する行為の主要な〈目的〉（pradhānakarman）を指し，「従属要素と相関するもの」は主要でない〈目的〉（apradhānakarman）を指す。例えばmāṇavakaṃ dharmaṃ brūte（「少年に法を語る」）において，「法」（dharma）は動詞語基brūが表示する語り行為の主要な〈目的〉，「少年」（māṇavaka）は主要でない〈目的〉である。同文において「少年」に〈目的〉という術語を与えるのがA 1.4.51である。

かくして当該のślokavārttikaは次のような文の派生を説明する。

（1）gāṃ dogdhi payaḥ（「牛の乳を搾りとる」）
（2）pauravaṃ gāṁ yācate（「プール族に牛を求める」）
（3）gām avaruṇaddhi vrajam（「牛を牛舎に囲い込む」）
（4）māṇavakaṃ panthānaṃ pr̥cchati（「少年に道を尋ねる」）
（5）pauravaṃ gāṃ bhikṣate（「プール族に牛を乞う」）
（6）vr̥kṣam avacinoti phalāni（「樹の実を集める」）
（7）māṇavakaṃ dharmaṃ brūte（「少年に法を語る」）
（8）māṇavakaṃ dharmam anuśāsti（「少年に法を教示する」）

BhK 6.8–10: ślokavārttika on A 1.4.51

A 1.4.51の規定は，あらゆる動詞語基と関わるkārakaに対して適用される危険性を孕んでいる（詳細はCardona 2012a; 小川 2014）。上述のślokavārttikaによって示されるA 1.4.51の正しい適用領域とそれに従った正しい言語使用の実際を明示するために，バッティは同ślokavārttikaを例証する詩節，すなわちBhK 6.8–10を主題の部に用意している。BhK 6.8–10は，目を離した隙にシーターがラーヴァナに連れ去られてしまった後，ラーマがラクシュマナとやり取りをする場面を描く。

BhK 6.8–10: so (4)'pr̥cchal lakṣmaṇaṁ sītāṁ (2)yācamānaḥ śivaṁ surān |
(7)rāmaṁ yathāsthitaṁ sarvaṃ bhrātā brūte sma vihvalaḥ ‖
sandr̥śya śaraṇaṁ śūnyaṃ (5)bhikṣamāṇo vanaṃ priyām |
(1)prāṇān duhann ivātmānaṁ (3)śokaṃ cittam avārudhat ‖
gatā syād (6)avacinvānā kusumāny āśramadrumān |
ā yatra (8)tāpasān dharmaṁ sutīkṣṇaḥ śāsti tatra sā ‖
その［ラーマ］はラクシュマナにシーターのことを尋ねた。幸運を神々に求めながら。ラーマに全てをありのままに兄弟（ラクシュマナ）は語った。

動揺しつつも。

［ラーマは］小屋が空なのを目にした後，森に愛妻を乞いながら，まるで自身の命を搾り出すかのようにして悲しみを心に閉じ込めた。

「ああ，きっと彼女は向かったのだろう。草庵にある樹々の花を集めるために。スティークシュナが苦行者達に法を教示しているところへ」

［解説］(4) apṛcchal lakṣmaṇaṁ sītāṃ（「ラクシュマナにシーターのことを尋ねた」）において，「シーター」(sītā) は質問行為を通して最も得ようと望まれる〈目的〉であり，シーターの情報を持つ「ラクシュマナ」(lakṣmaṇa) は「シーター」の因である。

(2) yācamānaḥ śivaṁ surān（「幸運を神々に求めながら」）において，「幸運」(śiva) は求める行為を通して最も得ようと望まれる〈目的〉であり，幸運を与える「神」(sura) は「幸運」の因である。

(7) rāmaṁ ... sarvaṃ ... brūte sma（「ラーマに全てを語った」）において，「全て」(sarva) は動詞語基 brū が表示する語り行為の主要な〈目的〉であり，「ラーマ」(rāma) は主要でない〈目的〉である。

(5) bhikṣamāṇo vanaṃ priyām（「森に愛妻を乞いながら」）において，「愛妻」(priyā) は乞う行為を通して最も得ようと望まれる〈目的〉であり，愛妻の居場所と想定されている「森」(vana) は「愛妻」の因である。

(1) prāṇān duhann ivātmānam（「まるで自身の命を搾り出すかのようにして」）において，「命」(prāṇa) は搾り出す行為を通して最も得ようと望まれる〈目的〉であり，命を持つ「自身」(ātman) は「命」の因である。

(3) śokaṃ cittam avārudhat（「悲しみを心に閉じ込めた」）において，「悲しみ」(śoka) は閉じ込める行為を通して最も得ようと望まれる〈目的〉であり，悲しみが存する場である「心」(citta) は「悲しみ」の因である。

(6) avacinvānā kusumāny āśramadrumān（「草庵にある樹々の花を集めるために」）において，「花」(kusuma) は集める行為を通して最も得ようと望まれる〈目的〉であり，花をつけている「草庵にある樹々」(āśramadruma) は「花」の因である。

（8）tāpasān dharmaṁ sutīkṣṇaḥ śāsti（「スティークシュナが苦行者達に法を教示している［ところ］」）において，「法」（dharma）は動詞語基 śās が表示する教示行為の主要な〈目的〉であり，「苦行者」（tāpasa）は主要でない〈目的〉である。

BhK 5.97-100: ṭādhikāra (A 3.2.16-23)

A 3.2.16: careṣ ṭaḥ-A 3.2.23: na śabdaślokakalahagāthāvairacāṭusūtramantrapadeṣu は kṛt 接辞 Ṭa 導入の操作規則と禁止規則である。Ṭa は，本論4.1で扱った kṛt 接辞と同様，共起項目の存在を前提として動詞語基の後に起こる接辞である。規則が適用された結果として派生する upapada 複合語を通じて，BhK 5.97-100では A 3.2.16-23が例証される。当該箇所は，シーターを連れ去ろうとするラーヴァナの前にジャターユ（Jaṭāyu）が立ちはだかる場面である。

BhK 5.97 → A 3.2.16-19

BhK 5.97: dviṣan (1)<u>vanecarāgryāṇāṃ</u> tvam (2)<u>ādāyacaro</u> vane |
(3)<u>agresaro</u> jaghanyānāṃ mā bhūḥ (4)<u>pūrvasaro</u> mama ‖
「敵よ，苦行者達のうちの最上者達を森で捕まえて食べるお前，下劣な者達の先頭を走るお前が，私の前を走るでない」

（1） A 3.2.16: careṣ ṭaḥ ‖
「〈基体〉を表示する，名詞接辞で終わる項目が共起項目であるとき，動詞語基 car（「動き回る」）の後に kṛt 接辞 Ṭa が起こる」

（2） A 3.2.17: bhikṣāsenādāyeṣu ca ‖
「bhikṣā（「施し」），senā（「軍隊」），ādāya（「とって」）という語が共起項目であるとき，動詞語基 car の後に kṛt 接辞 Ṭa が起こる[7]」

（3） A 3.2.18: puro’grato’greṣu sarteḥ ‖
「puras（「前に」），agratas（「先に」），agre（「先に」）という語が共起項目であるとき，動詞語基 sṛ（「走る，流れる」）の後に kṛt 接辞 Ṭa が起こる」

（4） A 3.2.19: pūrve kartari ‖

「〈行為主体〉を指示する pūrva（「先行者」）という語が共起項目であるとき，動詞語基 sṛ（「走る，流れる」）の後に kṛt 接辞 Ṭa が起こる」

［解説］（1）vanecar[ās]（「森で動き回る者達，苦行者達」）という語は vane caranti と意味分析される。〈基体〉を表示する，第七格接辞で終わる vane という語を共起項目とする動詞語基 car の後には，A 3.2.16により kṛt 接辞 Ṭa が起こり，A 2.2.19: upapadam atiṅ により vanecara という複合語が派生する。同複合語は名詞接辞にゼロが代置されない aluksamāsa である（A 6.3.14: tatpuruṣe kṛti bahulam）。通常，動詞語基並びに名詞語基と呼ばれるものの部分である名詞接辞には A 2.4.71: supo dhātuprātipadikayoḥ によりゼロが代置される。その場合には vana̱cara という語形になる。

（2）ādāyacaro（「捕まえて食べる［ラーヴァナ］」）という語は，ādāya carati と意味分析される。動詞語基 car は，第一格単数接辞 sU で終わる avyaya と見なされる ādāya という語を共起項目とする。それゆえ，A 3.2.17により car の後に kṛt 接辞 Ṭa が起こり，ādāyacara という複合語が派生する。ādāya という語は，ā-dā の後に A 3.4.21: samānakartṛkayoḥ pūrvakāle により kṛt 接辞 Ktvā が起こり，A 7.1.37: samāse 'nañpūrve ktvo lyap により Ktvā 全体に LyaP が代置されて派生する。ādāya という語が avyaya（「不変化詞」）と呼ばれるのは A 1.1.40: ktvātosunkasunaḥ による。術語 avyaya を適用される項目は名詞接辞で終わる項目として扱われる（A 2.4.82: avyayād āpsupaḥ）。avyaya に後続する名詞接辞として第一格単数接辞が想定される点については，本論第4章註(38)を見よ。

（3）agresaro（「先頭を走る［ラーヴァナ］」）という語は，agre sarati と意味分析される。agre という語を共起項目とする動詞語基 sṛ の後には，A 3.2.18により kṛt 接辞 Ṭa が起こり，agresara という複合語が派生する。規則中に提示される agre という語は e 音で終わる既成形（nipātana）であり，第七格単数接辞 Ṅi で終わる項目ではない。文法家達によれば，パーニニが agre を第七格形ではなく既成形として A 3.2.18に提示したのは，agresaraḥ という語と意味的に等価な分析文として，agre sarati だけでなく agraḥ sarati，agreṇa sarati， agraṁ sarati などの文も想定できるようにするためである。これらの「統合形自身の項目が使用されない分析文」(asvapadavigrahavākya) は nityasamāsa である agresara の意味を説明するために想定されるものである。(8)

(4) pūrvasaro (「先行者として走る［ラーヴァナ］」) という語は pūrvaḥ sarati と意味分析される。走る行為の〈行為主体〉を指示する pūrva という語を共起項目とする動詞語基 sṛ の後には，A 3.2.19により kṛt 接辞 Ṭa が起こり，pūrvasara という複合語が派生する。仮に pūrva という語が〈目的〉を表示する場合には，A 3.2.1: karmaṇy aṇ により kṛt 接辞 aṆ が起こり，pūrvasara ではなく pūrvasāra という語形になる (KV on A 3.2.19 [I.215.5–6]: kartarīti kim | pūrvaṃ deśaṁ saratīti pūrvasāraḥ)。

BhK 5.98 → A 3.2.20

BhK 5.98: (5a)yaśaskarasamācāraṃ khyātaṃ bhuvi (5b)dayākaram |
pitur (5c)vākyakaraṃ rāmaṃ dhik tvāṃ dunvantam atrapam ||
「行いが必ず栄誉をもたらして世に知れ渡る者であり，憐れみ深く，父の言葉に従順なラーマを苦しめて恥を知らぬとは，お前は何と愚かなのだ」

(5)　A 3.2.20: kṛño hetutācchīlyānulomyeṣu ||
「〈目的〉を表示する語が共起項目であり，絶対的原因，傾向性，従順さが理解される場合，動詞語基 kṛÑ (「つくる，なす」) の後に kṛt 接辞 Ṭa が起こる」(9)

［解説］(5a) yaśaskara[s] (「栄誉を必ずもたらす［行い］」)，(5b) dayākara[s] (「憐れみを抱く傾向にある［ラーマ］」)，(5c) vākyakara[s] (「命令を従順に実行する［ラーマ］」) という複合語は，それぞれ yaśaḥ karoti，dayāṃ karoti，vākyaṃ karoti と意味分析される。〈目的〉を表示する yaśas，dayā，vākya という語を共起項目とする動詞語基 kṛ の後には，A 3.2.20により kṛt 接辞 Ṭa が起こり，yaśaskara，dayākara，vākyakara という複合語が派生する。yaśaskara という語からは「ラーマの行い」が栄誉を必ず生み出す絶対的な原因であること (aikāntika-kāraṇa)(10)，dayākara という語からはラーマが憐れみを抱く傾向にある

者であること（tācchīlya），vākyakara という語からはラーマが父の命令を従順に実行する者であること（ānulomya）がそれぞれ理解される。絶対的な原因，傾向性，従順さは接辞の意味である〈行為主体〉の限定要素（pratyayārthaviśeṣaṇa）である（Nyāsa on KV to A 3.2.20 [II.555.29]）。

BhK 5.99-100 → A 3.2.21-23

BhK 5.99: aham (6b)antakaro nūnaṃ dhvāntasyeva (6a)divākaraḥ |
tava rākṣasa rāmasya neyaḥ (7)karmakaropamaḥ ||
「私は必ずやお前の終わりをもたらす者となる。太陽が闇の終わりをもたらす者となるように。悪魔よ，ラーマに導かれるべき使用人同然の私は」
BhK 5.100: satām (6c)aruṣkaraṃ pakṣī (8c)vairakāraṃ narāśinam |
hantuṃ (8b)kalahakāro 'sau (8a)śabdakāraḥ papāta kham ||
善人達を傷つける者であり敵意を抱く者である，人を食らう［悪魔（ラーヴァナ)］を殺すため，好戦的なその鳥（ジャターユ）は声を上げて空を飛んだ。

（6） A 3.2.21: divāvibhāniśāprabhābhāskārāntānantādibahunāndīkiṁlipilibibalibhaktikartṛcitrakṣetrasaṅkhyājaṅghābāhvaharyattaddhanuraruṣṣu ||
「〈目的〉を表示する，あるいは名詞接辞で終わる，divā（「日中に」），vibhā（「光彩」），niśā（「夜」），prabhā（「光輝」），bhās（「光」），kāra（「行い」），anta（「終わり」），ananta（「終わりのない」），ādi（「最初」），bahu（「多い」），nāndī（「祝詞」），kim（「何か」），lipi（「文字」），libi（「文字」），bali（「バリ」），bhakti（「信愛」），kartṛ（「行為主体」），citra（「絵」），kṣetra（「土地」），数詞，jaṅghā（「すね」），bāhu（「腕」），ahan（「日」），yat（「あるもの」），tat（「それ」），dhanus（「弓」），arus（「傷」）が共起項目であるとき，動詞語基 kṛÑ（「つくる，なす」）の後に kṛt 接辞 Ṭa が起こる[(11)]」

（7） A 3.2.22: karmaṇi bhṛtau ||
「〈目的〉を表示する karman（「行為」）という語が共起項目であり，賃金が理解されるとき，動詞語基 kṛÑ（「つくる，なす」）の後に kṛt 接辞 Ṭa が起こる」

（8）　A 3.2.23: na śabdaślokakalahagāthāvairacāṭusūtramantrapadeṣu ‖
「〈目的〉を表示する，śabda（「音，言葉」），śloka（「詩節」），kalaha（「喧嘩」），gāthā（「歌，偈」），vaira（「敵意」），cāṭu（「甘言」），sūtra（「糸，短句」），mantra（「マントラ」），pada（「一歩，語」）という語が共起項目であるとき，動詞語基 kr̥Ñ（「つくる，なす」）の後に kr̥t 接辞 Ṭa は起こらない」

［解説］(6b) antakara（「終わりをもたらす［私］」），(6a) divākara（「太陽」），(6c) aruṣkara（「傷つける［ラーヴァナ］」）という複合語については，序論0.9.2を見よ。

（7）karmakara[s]（「賃金で仕事をする者，使用人」）という語は karma karoti と意味分析される。〈目的〉を表示する karman という語を共起項目とする動詞語基 kr̥ の後には，A 3.2.22により kr̥t 接辞 Ṭa が起こり，karmakara という複合語が派生する。この語からは，当該の行為者が賃金（bhr̥ti）をもらって仕事をなす者であることが理解される[12]。それが理解されない場合には A 3.2.1: karmaṇy aṇ により kr̥t 接辞 aṆ が起こり，karmakara ではなく karmakāra（「鉄工」）という語が派生する[13]。

(8c) vairakāra[s]（「敵意を抱く［ラーヴァナ］」），(8b) kalahakāraḥ（「好戦的な［ジャターユ］」），(8a) śabdakāraḥ（「声を上げる［ジャターユ］」）という語は，それぞれ vairaṃ karoti，kalahaṃ karoti，śabdaṃ karoti と意味分析される。動詞語基 kr̥ は，〈目的〉を表示する vaira，kalaha，śabda をという語を共起項目とする。それゆえ，kr̥ の後への kr̥t 接辞 Ṭa の導入は A 3.2.23により禁止され，代わりに A 3.2.1: karmaṇy aṇ により kr̥t 接辞 aṆ が起こる。その結果，vairakāra，kalahakāra，śabdakāra という複合語が派生する。aṆ が動詞語基に後続する場合，A 7.2.115: aco ñṇit により動詞語基 kr̥ の最終母音に vr̥ddhi である ā 音が代置され，A 1.1.51: ur aṇ raparaḥ により ā 音には r 音が後続して，kr̥ は-kāra という形になる。一方，Ṭa が動詞語基に後続する場合，A 7.3.84: sārvadhātukārdhadhātukayoḥ により動詞語基 kr̥ の最終母音に guṇa である a 音が代置され，同じく A 1.1.51により a 音には r 音が後続して，kr̥ は-kara という形になる。

BhK 6.71–86: nirupapadakṛdadhikāra (A 3.1.133–150)

BhK 6.71–86ではkṛt接辞導入規則A 3.1.133: ṇvultṛcau–A 3.1.150: āśiṣi caが例証される。A 3.1.133–150は，upasargaが共起項目であることを接辞導入の条件として提示するA 3.1.136: ātaś copasargeとA 3.1.137: pāghrādhmādheḍdṛśaḥ śaḥ（A 3.1.136からupasagreが継起）を除き，kṛt接辞の導入に共起項目の存在を要求しない。これが，A 3.1.133–150により導入されるkṛt接辞が「共起項目の存在を導入条件としないkṛt接辞」（nirupapadakṛt）と呼ばれ，それらの規則を例証するBhK 6.71–86がnirupapadakṛdadhikāraと呼ばれるゆえんである（JM on BhK 6.86 [125.16]）。

BhK 6.71–86は，シーターがラーヴァナに連れ去られた後，様々な自然物に彼女への思いをかき立てられるラーマの心情を描く箇所である。

BhK 6.71–75 → A 3.1.133–134

BhK 6.71: sakhyasya tava sugrīvaḥ (1a)kārakaḥ (2-1a)kapinandanaḥ |
drutaṃ (1b)draṣṭāsi maithilyāḥ saivam uktvā tiro'bhavat ||
「お前（ラーマ）との同盟をスグリーヴァは結ぶであろう。猿達を喜ばす者として。すぐにお前は目にするであろう，ミティラーの王女（シーター）を」その［山人］はこのように告げて，姿を消した。

BhK 6.72: (2-1a)nandanāni munīndrāṇāṁ (2-1d)ramaṇāni vanaukasām |
vanāni bhejatur vīrau tataḥ pāmpāni rāghavau ||
最上の聖者達を喜ばせ森の住人達を魅了する，パンパー湖のそばの森に，その後，ラグ家の二勇者（ラーマとラクシュマナ）は身を寄せた。

BhK 6.73: bhṛṅgālīkokilakruṅbhir (2-1b)vāśanaiḥ paśya lakṣmaṇa |
(2-1c)rocanair bhūṣitāṃ pampām asmākaṁ hṛdayāvidham ||
「さえずる輝かしい蜂の群れとコーキラ鳥とクラウンチャ鳥に飾られたパンパー湖を見なさい。ラクシュマナよ。我らの心を貫いてしまう［その湖を］」[14]

BhK 6.74: (2-2b)<u>paribhāvīṇi tārāṇāṃ</u> paśya (2-2c)<u>manthīni cetasām</u> |
(2-2a)<u>udbhāsīni</u> jalejāni dunvanty adayitaṃ janam ||
「光彩を放つがゆえに星々を侮蔑する［ほど美しい］蓮達を見なさい。［それらは人の］心を掻き乱し，愛する人と離れた者を苦しめる」

BhK 6.75: sarvatra dayitādhīnaṁ suvyaktaṁ rāmaṇīyakam |
yena jātam priyāpāye (2-3)<u>kadvadaṃ</u> haṁsakokilam ||
「どんなものでも，それに魅力を感じるかどうかは恋人［の有無］にかかっている。これは全く明らかだ。恋人がいないときは，ハンサ鳥とコーキラ鳥の鳴き声は不快に感じるから(15)」

（1） A 3.1.133: ṇvultṛcau ||

「全動詞語基の後に kṛt 接辞 ṆvuL と tṛC が起こる」

［解説］（1a）sakhyasya tava ... kārakaḥ（「貴方と同盟を結ぶ［スグリーヴァ］」）における kāraka（「〜をつくる者」）は，動詞語基 kṛ の後に A 3.1.133により kṛt 接辞 ṆvuL（→ aka [A 7.1.1: yuvor anākau]）が導入されて派生する語である。sakhya という語に後続する第六格接辞は A 2.3.65: kartṛkarmaṇoḥ kṛti により〈目的〉を表示する。特記しない限り以下同様である。

（1b）draṣṭāsi maithilyāḥ（「お前はミティラーの王女をすぐに目にするであろう」）において，draṣṭṛ（「見る者」）は動詞語基 dṛṣ の後に A 3.1.133により tṛC が導入されて派生する語である。A 3.3.131: vartamānasāmīpye vartamānavad vā（「行為が現在から近い過去または近い未来に属する場合，その行為を表示する動詞語基の後に，行為が現在に属する場合に起こる接辞と同様の接辞が任意に起こる」）に基づき，定動詞形 asi は現在時に近い未来時に属する行為を表示する。

（2） A 3.1.134: nandigrahipacādibhyo lyuṇinyacaḥ ||

「nand 群の動詞語基，grah 群の動詞語基，pac 群の動詞語基の後に，それぞれ kṛt 接辞 Lyu，ṆinI，aC が起こる」

［解説］（2-1a）kapinandanaḥ（「猿達を喜ばせる［スグリーヴァ］」）と nandanāni munīndrāṇām（「最上の聖者達を喜ばせる［森］」）における nandana（「喜ばせるもの」）は，使役派生語基 nand-ṆiC の後に A 3.1.134により kṛt 接辞 Lyu（→

ana [A 7.1.1]）が導入されて派生する語である。(2-1b)の vāśana（「さえずるもの」）と(2-1c)の rocana（「輝かしいもの」）という語は，それぞれ動詞語基 vāś と動詞語基 ruc の後に A 3.1.134により Lyu が導入されて派生する。(2-1d) ramaṇāni vanaukasām（「森の住人達を魅了する［森］」）における ramaṇa（「魅了するもの」）は，使役派生語基 ram-ṆiC の後に A 3.1.134により Lyu が導入されて派生する語である。以上見た動詞語基 nand，vāś，ruc，ram は nand 群（gaṇapāṭha 128）に含まれる動詞語基である。(16) なお，Siddhāntakaumudī が動詞語基 vāś を nand 群に含める一方で（SK [IV.648.13-14]），Kāśikāvṛtti はそれを含めない。後者はその代わりに動詞語基 vās（「香りをつける」）を含め，それの後に A 3.1.134により Lyu が導入された派生形として vāsana（「香りをつけるもの」）を挙げる（KV on A 3.1.134 [I.207.1]）。(2-1b)は，バッティが知っていた nand 群は動詞語基 vās ではなく vāś を含めるものであったことを示す。これは，バッティの時代においてすでに gaṇapāṭha の異なる伝承が存在していたことを示唆する。

(2-2a) udbhāsīni（「光彩を放つ［蓮達］」）と(2-2b) paribhāvīṇi tārāṇām（「星々を侮蔑する［蓮達］」）における udbhāsin（「光彩を放つもの」）と paribhāvin（「侮蔑するもの」）は，それぞれ ud-bhās と pari-bhū の後に A 3.1.134により kṛt 接辞 ṆinI が導入されて派生する語であり，両動詞語基は grah 群（gaṇapāṭha 83）に含まれる。(2-2c) manthīni cetasām（「［人々の］心を掻き乱す［蓮達］」）については下の注記を見よ。

(2-3) kadvadam（「不快に音を立てるもの」）という複合語の後続要素 vada（「音を立てるもの」）は，pac 群（gaṇapāṭha 133）に含まれる動詞語基 vad の後に A 3.1.134により kṛt 接辞 aC が導入されて派生する語である。(2-3)は kutsitam vadatīti kadvadam と分析される（SP on BhK [I.188.10-11]）。ku と vada が A 2.2.18: kugatiprādayaḥ により複合語を形成するとき，A 6.3.102: rathavadayoś ca により ku には kat が代置される。

［注記］(2-2c) manthīni cetasām（「［人々の］心を掻き乱す［蓮達］」）における manthin（「掻き乱すもの」）を説明する際，ジャヤマンガラとマッリナータは動詞語基 manth を A 3.1.134が指定する grah 群に含め，manthin を同規則に基づ

く ṆinI で終わる項目とする（JM on BhK 8.74 [122.10]; SP on BhK 8.74 [I.188.1]）。しかし，現在伝わる gaṇapāṭha が指定する grah 群に動詞語基 manth は含まれない。BhK 6.74b における manthin という語の使用に関して，以下の３つの可能性が想定される。

1. manthin はそもそも A 3.1.134の例証を意図したものではない。
2. バッティは動詞語基 manth を含む grah 群を知っていた。
3. バッティは grah 群を典型群（ākṛtigaṇa）と見なし(17)，同群には含まれない manth にも A 3.1.134を適用した。

いずれも同程度に可であり，現段階でバッティの真意を確定することは難しい。ここでは注釈者達の説明を考慮に入れ，２の解釈をとりたい。

BhK 6.76 → A 3.1.135-136

BhK 6.76: pakṣibhir (3a)vitṛdair yūnāṁ śākhibhiḥ (3d)kusumotkiraiḥ |
(3b)ajño yo yasya vā nāsti (3c)priyo (4)praglo bhaven na saḥ ‖
「[恋人の味を] 知らない者か恋人のいない者は，若者達 [の心] を傷つける鳥達や樹々――花々を降らせる――によって弱り果てることがないのであろう」

（3） A 3.1.135: igupadhajñāprīkiraḥ kaḥ ‖
「iK を最終音の直前音とする動詞語基と，jñā（「知っている」），prī（「喜ばせる」），kṝ（「ばらまく」）という動詞語基の後に，kṛt 接辞 Ka が起こる」

［解説］(3a) vitṛdaiḥ yūnām（「若者達［の心］を傷つける［鳥達や樹々］」）における vitṛda（「傷つけるもの」），(3b) の ajña（「[恋人の味を] 知らない者」），(3c) の priya（「喜ばせる者，恋人」），(3d) kusumotkira（「花をばらまく［樹］」）における utkira（「上方にばらまくもの」）は，それぞれ vi-tṛd（ṛ 音を最終音の直前音とする），jñā，prī，ud-kṝ の後に A 3.1.135により kṛt 接辞 Ka が導入されて派生する語である。

（4） A 3.1.136: ātaś copasarge ‖
「upasarga が共起項目であるとき，ā 音で終わる動詞語基の後に kṛt 接辞

Kaが起こる」

［解説］動詞語基 glai の ai 音には A 6.1.45: ād eca upadeśe 'śiti により ā 音が代置されるから（pra-glai → pra-glā），それを「ā 音で終わる動詞語基」と見なすことが可能である。glai は glā に変形しても動詞語基たる資格を失わない（PIŚ 37: ekadeśavikṛtam ananyavat「項目 x の部分に関して変容した項目 y は，項目 x と異ならないものとして扱われる」)。（4）の pragla（「弱り果てる者」）という語は，pra-glā の後に A 3.1.136により Ka が導入されて派生する（pra-glā + Ka → pra-glϕ + a）。

BhK 6.77 → A 3.1.137

BhK 6.77: dhvanīnām ₍5b₎uddhamair ebhir madhūnām ₍5c₎uddhayair bhṛśam |
₍5a₎ājighraiḥ puṣpagandhānāṃ pataṅgair glapitā vayam ||
「［羽］音を立てながら花蜜をしきりに吸い，花香を嗅いでいるこの蜂達は，我々を弱らせる」

（5） A 3.1.137: pāghrādhmādheḍdṛśaḥ śaḥ ||
「upasarga が共起項目であるとき，動詞語基 pā（「飲む」），ghrā（「嗅ぐ」），dhmā（「吹く」），dheṬ（「吸う」），dṛś（「見る」）の後に kṛt 接辞 Śa が起こる」

［解説］（5a）ājighraiḥ puṣpagandhānām（「花香を嗅ぐ［蜂達］」）における ājighra（「嗅ぐもの」），（5b）dhvanīnām uddhamaiḥ（「［羽］音を立てる［蜂達］」）における uddhama（「吹き出すもの」），（5c）madhūnām uddhayaiḥ（「花蜜を吸う［蜂達］」）における uddhaya（「吸うもの」）は，それぞれ ā-ghrā，ud-dhmā，ud-dhe の後に A 3.1.137により kṛt 接辞 Śa が導入されて派生する語である。Śa 接辞が後続するとき，動詞語基 ghrā と dhmā には A 7.3.78: pāghrādhmāsthāmnādāṇdṛśyarttisarttiśadasadām pibajighradhamatiṣṭhamanayacchapaśyarcchadhauśīyasīdāḥ によりそれぞれ jighr と dham が代置される（ā-ghrā + Śa → ā-jighr + a; ud-dhmā + Śa → ud-dham + a）。動詞語基 dhe の e 音には A 6.1.78: eco 'yavāyāvaḥ により ay が代置される（ud + dhe + Śa → ud + dhay + a）。

Kāśikāvṛtti は，A 3.1.136から A 3.1.137に upasarge（「upasarga が共起項目であるとき」）を読み込まない者達の解釈に論及する[18]。Siddhāntakaumudī は upasarge を読み込まず，jighra（「嗅ぐ者」），dhama（「吹く者」），dhaya（「吸う者」）などを適用例として挙げる（SK 2899 [IV.38.1]）。バッティが Kāśikāvṛtti と同様，upasarge を読み込んで A 3.1.137を解釈していることは，(5a)-(5c)に明らかである。

BhK 6.78-79 → A 3.1.138-140

BhK 6.78: (6b)dhārayaiḥ kusumormīṇāṃ[19] (6c)pārayair bādhituṃ janān |
śākhibhir hā hatā bhūyo hṛdayānām (6d)udejayaiḥ ‖
「一連の花を支え持つがため，［愛する者と別離する］人々を苦しめることができ，心を動揺させる樹々により，ああ，［我らは］酷く傷つけられる」
BhK 6.79: (7a)dadair duḥkhasya mādṛgbhyo (7b)dhāyair āmodam uttamam |
(6a)limpair iva tanor vātaiś (6e)cetayaḥ syāj (8)jvalo na kaḥ ‖
「至高の芳香を支え持ちながら［人の］体を塗るかのように［吹いて］，［愛妻と別離する］私のような者に苦を与える風達によって，［悲しみの炎に］焼かれない人がいようか」

（6） A 3.1.138: anupasargāl limpavindadhāripārivedyudejicetisātisāhibhyaś ca ‖
「upasarga に先行されない以下の動詞語基の後に kṛt 接辞 Śa が起こる。1. tud 群の動詞語基 lip（「塗りつける，汚す」）と vid（「得る」[20]），2. ṆiC で終わる bhū 群／tud 群の動詞語基 dhṛ（「支え持たせる／支え持つ」），3. ṆiC で終わる hu 群／krī 群の動詞語基 pṝ（「満たさせる／守らせる」）あるいは cur 群の動詞語基 pār（「渡す，完了する，～できる」[21]），4. ṆiC で終わる ad 群の動詞語基 vid（「知らせる」），ṆiC で終わる div 群の動詞語基 vid（「存在させる」），ṆiC で終わる tud 群の動詞語基 vid（「得させる」），ṆiC で終わる rudh 群の動詞語基 vid（「考察させる」），または cur 群の動詞語基 vid（「話す，住む，感じる」[22]），5. ud に先行された，ṆiC で終わる bhū

群の動詞語基 ej（「震わす」），6. cur 群の動詞語基 cit（「意思する」[23]），7. ṆiC で終わる動詞語基 sat（「喜ばす」[24]），8. ṆiC で終わる bhū 群の動詞語基 sah（「克服させる」）または cur 群の動詞語基 sah（「克服する」[25]）」

［解説］（6a）の limpair iva tanoḥ（「体を塗るかのよう［に吹く風］」）における limpa（「塗るもの」），（6b）dhārayaiḥ kusumormīṇām（「一連の花を支え持つ［樹々］」）における dhāraya（「支え持つもの」），（6c）pārayaiḥ bādhitum janān（「人々を苦しめることができる［樹々］」）における pāraya（「〜できるもの」），（6d）hṛdayānām udejayaiḥ（「心を震わす［樹々］」）における udejaya（「震わすもの」），（6e）の cetaya（「意思する者，人」）は，それぞれ動詞語基 lip，使役接辞 ṆiC で終わる tud 群の動詞語基 dhṛ[26]，cur 群の動詞語基 pār[27]，使役接辞 ṆiC で終わる ud-ej，cur 群の動詞語基 cit の後に，A 3.1.138により kṛt 接辞 Śa が導入されて派生する語である。

（7） A 3.1.139: dadātidadhātyor vibhāṣā ‖

「upasarga に先行されない動詞語基 dā（「与える」）と dhā（「支え持つ」）の後に kṛt 接辞 Śa が任意に起こる」

［解説］（7a）dadaiḥ duḥkhasya（「苦を与える［風］」）における dada（「与えるもの」）という語は，動詞語基 dā の後に A 3.1.139により kṛt 接辞 Śa が導入されて派生する[28]。同様に動詞語基 dhā の後に Śa が当該規則により導入される場合，dadha（「支え持つもの」）という語が派生する。一方，A 3.1.139による Śa の導入は任意であるから，それが導入されない場合には，以下で見る A 3.1.141が規定する kṛt 接辞 Ṇa が A 3.1.139により導入される。その結果，dhāya という語形が派生する（dhā + Ṇa → dhā + yUK [A 7.3.33: āto yuk ciṇkṛtoḥ]+ a → dhāya[29]）。（7b）dhāyaiḥ āmodam（「芳香を支え持つ［風］」）において，Ṇa で終わる dhāya という語により A 3.1.139の文法操作の 1 つが例示される。

［注記］上記（7b）は文法的問題を孕む。次の規則を見よ。

A 2.3.65: kartṛkarmaṇoḥ kṛti ‖

「kṛt 接辞で終わる項目が使用される場合，他の項目によって表示されていない〈行為主体〉または〈目的〉が表示されるべきときに，その kṛt 接辞で終わる項目と結びつく項目の後に第六格接辞が起こる」

dhāya は kr̥t 接辞 Ṇa で終わる語である。「芳香」（āmoda）は同語が表示する保持行為に対する〈目的〉である。したがって，A 2.3.2: karmaṇi dvitīyā の例外規則である A 2.3.65に従い，〈目的〉を表示する第六格接辞が āmoda という語の後に導入された dhāyair āmodasya という表現が使用されるべきである。注釈者達は２通りの仕方で(7b)の説明を試みる。

1.［マッリナータ］A 2.3.50: ṣaṣṭhī śeṣe から A 2.3.65に śeṣe を読み込み，〈目的〉が〈残余〉（śeṣa）として意図されるときに A 2.3.65が適用され，意図されないときには A 2.3.2が適用されるとする（SP on BhK 6.79 [I.190.2-3]）。
2.［ジャヤマンガラ］A 2.3.65による第六格接辞の導入を義務的でないもの（anitya）と見なし，A 2.3.2による第二格接辞導入を許す（JM on BhK 6.80 [121.17-18]）。

まず解釈１について検討しよう。A 2.3.65に śeṣe を読み込む場合，同規則は次のように解釈されることになる。

A 2.3.65: kartr̥karmaṇoḥ kr̥ti ‖
「kr̥t 接辞で終わる項目が使用される場合，他の項目によって表示されていない〈行為主体〉または〈目的〉が〈残余〉として意図されるときに，その kr̥t 接辞で終わる項目と結びつく項目の後に第六格接辞が起こる」

これによれば，「芳香」が〈目的〉として意図されないとき，〈残余〉，すなわち〈関係〉（sambandha）を表示する第六格接辞が A 2.3.65により導入され（dhāyair āmodasya），〈目的〉として意図されるとき，A 2.3.2により第二格接辞が導入される（dhāyair āmodam）。第六格形を用いるか第二格形を用いるかは話者の意図次第となる。しかしながら，この解釈は A 2.3.65中に karman という語を述べるパーニニの意図に反するものである。以下の3規則を見よ。

A 2.3.50: ṣaṣṭhī śeṣe ‖

A 2.3.52: adhīgarthadayeśāṅ karmaṇi ‖

A 2.3.65: kartṛkarmaṇoḥ kṛti ‖

A 2.3.65がA 2.3.52と同様にśeṣa論題に属するならば，パーニニはA 2.3.65を*kartari ca kṛtiとより少ない音節数で定式化したはずである。パーニニがそうはせず，kartṛkarmaṇoḥ kṛtiというようにkarmanという語を再度述べたのは，A 2.3.50からA 2.3.52に読み込まれるśeṣeがA 2.3.65には読み込まれないことを示すためである[(30)]。すなわち，A 2.3.65はśeṣa論題に属さない。これがA 2.3.65におけるkarmanの言明意図の伝統的解釈である[(31)]。

一方，解釈2に関して目を向けるべきは次の規則である。

A 5.1.117: tad arham ‖

「「xを得るにふさわしいもの」(tad arham) という意味で，第二格接辞で終わる意味的連関項目の後に，taddhita接辞vatIが任意に起こる」

重要なのは，当該規則中でパーニニがtat (「xを」) という第二格形を使用していることである。A 2.3.65に従うならば，arha (「～を得るにふさわしい」) というkṛt接辞で終わる語 (arh + aC [← A 3.1.141]) と結びつくとき，〈目的〉を表示するためには第六格接辞が指示代名詞tadの後に起こるべきである (*A 5.1.117: tasyārham)。Tattvabodhinīは，A 5.1.117におけるこの第二格形tadの使用をA 2.3.65による第六格接辞導入が義務的でないことを示す指標 (anityatvajñāpaka) と見なし，それを根拠にバッティの表現(7b)を正当化する (TB on SK 1780 [II.526.22-24])。パーニニ自身がtad arhamという表現を使用している点を考慮するならば，バッティが(7b)のような表現を許容した理由としては1よりも2の可能性が高いと考えられる。

(8) A 3.1.140: jvalitikasantebhyo ṇaḥ ‖

「upasarga に先行されない jval（「苦しむ，焼える」）から kas（「割れる，折れる」）までの動詞語基の後に kr̥t 接辞 Ṇa が任意に起こる」

［解説］A 3.1.140は特定の動詞語基の後に kr̥t 接辞 Ṇa が任意に起こることを規定する。もし，Ṇa が起こらない場合，A 3.1.134が規定する aC が A 3.1.140により導入される。[32]（8）の jvala（「苦しむ者，燃える者」）は動詞語基 jval の後にこの aC が導入されて派生する語である。ṆIT である Ṇa が起こる場合には，A 7.2.116: ata upadhāyāḥ により jval の a 音に vr̥ddhi が代置され，jvala ではなく jvāla という語形が派生する。

BhK 6.80-82 → A 3.1.141-142

BhK 6.80: (9a-b)avaśyāyakaṇāsrāvāś cārumuktāphalatviṣaḥ |
kurvanti (9c)cittasaṁsrāvaṃ calatparṇāgrasambhr̥tāḥ ||
「揺れる葉先に溜まって流れ［落ち］る露の滴は，美しい真珠のような輝きを放ち，［我らの］心を濡らす[33]」
BhK 6.81: (9d)avasāyo bhaviṣyāmi duḥkhasyāsya kadā nv aham |
na (9e)jīvasyāvahāro[34] māṃ karoti sukhinaṁ yamaḥ ||
「一体いつ私はこの苦しみを終わらせるのだろう。命をとる者であるヤマ［も］私を楽にしてくれない[35]」
BhK 6.82: dahye 'haṃ madhuno (9f)lehair (10a)dāvair ugrair yathā giriḥ |
(10b)nāyaḥ ko 'tra sa yena syāṃ batāhaṁ vigatajvaraḥ ||
「私は花蜜をなめる［蜂達］に焼かれている。山が恐ろしい火事で焼かれるように。ああ，ここで，私の熱病を治すことができる方策として何があるのだろうか」

（9）　A 3.1.141: śyādvyadhāsrusaṁsrvatīṇavasāvahr̥lihaśliṣaśvasaś ca ||
「動詞語基 śyai（「凍る，固まる」），ā 音で終わる動詞語基，動詞語基 vyadh（「傷つける，刺し通す」），ā-sru（「～へ流れる」），sam-sru（「共に流れる」），ati-i（「越える」），ava-so（「終わらす」），ava-hr̥（「おろす」），lih（「なめる」），śliṣ（「くっつく」），śvas（「息を弾ませる」）の後に kr̥t 接辞 Ṇa が起こる」

［解説］(9a-b) avaśyāyakaṇāsrāvāḥ（「流れ［落ち］る露の滴」）における avaśyāya（「固まってできるもの，露」）と āsrāva（「流れるもの」），(9c) cittasaṁsrāvam（「流れる心，［悲しみに］濡れる心」）における saṁsrāva，(9d) avasāyaḥ ... duḥkhasya（「苦しみを終わらせる［ラーマ］」）における avasāya，(9e) jīvasyāvahāraḥ（「命をとる者」）における avahāra，(9f) madhuno lehaiḥ（「蜜をなめる［蜂達］」）における leha（「なめるもの」）は，それぞれ ava-śyai，ā-sru，sam-sru，ava-so，ava-hṛ，lih の後に A 3.1.141により kṛt 接辞 Ṇa が導入されて派生する語である。

(10)　A 3.1.142: dunyor anupasarge ‖

「upasarga に先行されないとき，動詞語基 du（「燃やす」）と nī（「導く」）の後に kṛt 接辞 Ṇa が起こる」

［解説］(10a) の dāva（「燃やすもの，火事」）と (10b) の nāya（「導くもの，方策」）という語は，それぞれ動詞語基 du と nī の後に A 3.1.142により kṛt 接辞 Ṇa が導入されて派生する。

BhK 6.83 → A 3.1.143-144

BhK 6.83: samāviṣṭaṃ (11a)graheṇeva (11b)grāheṇevāttam arṇave |
dṛṣṭvā (12)gṛhān smarasyeva vanāntān mama mānasam ‖

「カーマ神の住居のような森の一角を見ると，我が心が［不吉な］惑星に打ちのめされたか，大海にいる鰐に捕らえられたかのように［感じる］」

(11)　A 3.1.143: vibhāṣā grahaḥ ‖

「動詞語基 grah（「つかむ」）の後に kṛt 接辞 Ṇa が任意に起こる」

［解説］(11b) grāheṇevāttam（「鰐に捕らえられたかのような［心］」）における grāha（「［生物を］捕まえる者，鰐」）という語は(36)，動詞語基 grah の後に A 3.1.143により kṛt 接辞 Ṇa が導入されて派生する。一方，(11a) samāviṣṭaṃ graheṇeva（「［不吉な］惑星に打ちのめされたかのような［心］」）における graha（「［特定の進み方を］するもの，惑星」）(37)は，Ṇa が導入されない場合に，A 3.1.134が規定する aC が A 3.1.143により導入されて派生する語である。Ṇa が起こるとき

には語形が grāha となり，aC が起こるときには graha となるのは，前者の場合には，ṆIT 接辞後続を適用根拠とする A 7.2.116: ata upadhāyāḥ に基づいて grah の a 音に vṛddhi である ā 音が代置されるからである。BhK 6.83では，A 3.1.143により Ṇa が導入される場合と aC が導入される場合の両方の例が示されている。

A 7.4.41: śācchor anyatarasyām に対する Bhāṣya が明示するように，A 3.1.143が言及する任意性（vibhāṣā）は，認められる領域が定められている限定的任意性（vyavasthitavibhāṣā）である。Kāśikāvṛtti によれば，水生生物（jalacara）を意味するときには必ず Ṇa が導入される一方（grāha），天体（jyotis）を意味するときには必ず aC が導入される（graha）(38)。動詞語基 grah の後には aC または Ṇa が任意に起こるという意味で両接辞は任意性を有するが，それらが起こる意味領域は限定されているのである。

（12）　A 3.1.144: gehe kaḥ ‖

「家である〈行為主体〉が表示されるべきとき，動詞語基 grah（「つかむ」）の後に kṛt 接辞 Ka が起こる」

［解説］（12）dṛṣṭvā gṛhān（「住居［のような森の一角］を目にすると」）における gṛha（「つかむもの，家」）という語(39)は，動詞語基 grah の後に A 3.1.144により kṛt 接辞 Ka が導入されて派生する（grah + Ka → gṛah + a [A 6.1.16: grahijyāvayivyadhivaṣṭivicativṛścatipṛcchatibhṛjjatīnāṅ ṅiti ca] → gṛh + a [A 6.1.108: samprasāraṇāc ca]）。

BhK 6.84 → A 3.1.145-147

BhK 6.84: vātāhaticalacchākhā (13)nartakā iva śākhinaḥ |
duḥsahā hī parikṣiptāḥ kvaṇadbhir (14)aligāthakaiḥ ‖

「風に打たれて揺れ動く［手のような］枝を持ち，羽音を立てる歌手のような蜂達に囲まれた，踊り子のような樹々は，ああ，［我らには］耐え難い」

（13）　A 3.1.145: śilpini ṣvun ‖

「専門家である〈行為主体〉が表示されるべきとき，動詞語基の後に kṛt 接辞 ṢvuN が起こる」

［解説］A 3.1.145は規則の適用対象となる動詞語基を特定しない。これに対し，パタンジャリは適用動詞語基の完全枚挙（parigaṇana）を提案する。

MBh on A 3.1.145 (II.92.20): nṛtikhanirañjibhya iti vaktavyam |

「動詞語基 nṛt（「踊る」），khan（「掘る」），rañj（「染まる，染める」）の後に」と［A 3.1.145に］述べられるべきである。(40)

これにより，A 3.1.145の適用対象となる動詞語基が nṛt，khan，rañj に制限される。(13) nartakā iva śākhinaḥ（「踊り子のような樹々」）における nartaka という語は，動詞語基 nṛt の後に A 3.1.145により kṛt 接辞 ṢvuN が導入されて派生する。バッティが上記パタンジャリの言明を念頭に置いていることは明らかであろう。(41)

（14） A 3.1.146: gas thakan ‖

「専門家である〈行為主体〉が表示されるべきとき，動詞語基 gai（「歌う」）の後に kṛt 接辞 thakaN が起こる」

［解説］（14）aligāthakaiḥ（「歌手のような蜂達」）における gāthaka という語は，動詞語基 gai の後に A 3.1.146により kṛt 接辞 thakaN が導入されて派生する。

［注記］パーニニは A 3.1.146の次に以下のような規則を定めている。

（15） A 3.1.147: ṇyuṭ ca ‖

「専門家である〈行為主体〉が表示されるべきとき，動詞語基 gai（「歌う」）の後に kṛt 接辞 ṆyuṬ も起こる」

バッティは同規則を例証しない。次節で見る BhK 6.85では A 3.1.148: haś ca vrīhikālayoḥ の例証に移っている。BhK 8.34において gāyana（「歌手」）という語の使用例が見られることから，バッティが A 3.1.147とそれに基づく派生形 gāyana（gai + ṆyuṬ）を知っていたことは確かである。彼が BhK 6.71-86において A 3.1.147の例証を省略し得た理由としては以下のことが考えられる。

A 3.1.146と A 3.1.147による kṛt 接辞 thakaN と ṆyuṬ 導入の意味条件は，いずれも「専門家である〈行為主体〉が表示されるべきとき」（śilpini kartari）であり，両接辞導入の対象となる動詞語基はいずれも gai である。したがって，パーニニはA 3.1.146とA 3.1.147をまとめた次のような規則を定式化できたはずである。

*A 3.1.146: go ṇyuṭṭhakanau ‖
「専門家である〈行為主体〉が表示されるべきとき，動詞語基 gai（「歌う」）の後に kr̥t 接辞 thakaN と ṆyuṬ が起こる」

*A 3.1.146は thakaN の導入と ṆyuṬ の導入という2つの文法操作を規定する。ここで想起すべきは，1つの規則が複数の文法操作を規定するとき，バッティは操作適用の全例を提示せず代表例の提示により規則例証を済ます場合があることである（序論0.9.2-4）。ここに，バッティはA 3.1.146とA 3.1.147を一対のもの，すなわち*A 3.1.146と同価値のものと見なし，動詞語基 gai の後に thakaN を導入する文法操作を例示すれば事足りると考えた可能性が想定される。

ちなみにパーニニ文法家達によれば，パーニニが*A 3.1.146を定式化せず，A 3.1.146とA 3.1.147を別々に定式化（yogavibhāga）したのは，thakaN と ṆyuṬ のうち，後者だけを後続規則A 3.1.148: haś ca vrīhikālayoḥ に継起させるためである（KV on A 3.1.147 [I.210.5]: yogavibhāgaḥ uttarārthaḥ; KV on A 3.1.148 [I.210.7]: cakāreṇa ṇyuṭ anukr̥ṣyate）[42]。

BhK 6.85 → A 3.1.148-149

BhK 6.85: (16)ekahāyanasāraṅgagatī raghukulottamau |
(17)lavakau śatruśaktīnām r̥śyamūkam agacchatām ‖
巧みに敵の力をそぐラグ家の最上者達（ラーマとラクシュマナ）は，1歳の象のような足取りで，リシャムーカへやって来た。

(16) A 3.1.148: haś ca vrīhikālayoḥ ‖
「米または時間である〈行為主体〉が表示されるべきとき，それぞれ動詞語基 OhāK（「残す，捨てる」）と OhāṄ（「動く」）の後に kr̥t 接辞 ṆyuṬ が起こる」

［解説］A 3.1.148は，捨てる行為を意味し parasmaipada をとる（A 1.3.78: śeṣāt kartari parasmaipadam）動詞語基 hā（dhātupāṭha III.8: OhāK tyāge）と進行行為を意味し ātmanepada をとる（A 1.3.12: anudāttaṅita ātmanepadam）動詞語基 hā（dhātupāṭha III.7: OhāṄ gatau）の後に，米または時間である〈行為主体〉が表示されるべきときに kṛt 接辞 ṆyuṬ が起こることを規定する。Kāśikāvṛtti によれば，時間である〈行為主体〉が表示されるべきときには，進行を意味する動詞語基 hā の後に ṆyuṬ が起こり，「［季節ごとの］状態に向かうもの（［季節ごとの］様相を帯びるもの），年」（jihīte bhāvān）を意味する hāyana という語が派生する（hā + ṆyuṬ → hā + ana [A 7.1.1: yuvor anākau] → hā + yUK + ana [A 7.3.33: āto yuk ciṇkṛtoḥ]）。(43) バッティの表現（16）ekahāyanasāraṅgagatī（「1歳の象のような足取りの［ラーマとラクシュマナ］」）における hāyana は，この，進行を意味する動詞語基 hā の後に ṆyuṬ を導入する文法操作を例示するものである。

（17） A 3.1.149: prusṛlvaḥ samabhihāre vun ‖

「x を巧みになす〈行為主体〉が表示されるべきとき，動詞語基 pru（「泳ぐ，浮かぶ」），sṛ（「走る，流れる」），lū（「切る」）の後に kṛt 接辞 vuN が起こる」

［解説］パーニニ文法学において，一般的に samabhihāra という語は行為の反復（paunaḥpunya）または行為の力強さ（bhṛśatva）を意味する（BM on SK 2147 [II.671.20]）。一方，A 3.1.149における samabhihāra という語からは，〈行為主体〉の行為実践の巧みさ（sādhukāritva）が間接的に指示される。(44) この間接的指示は，samabhihāra という語が行為実践回数の多さ（行為実践の反復）を意味することに基づく。同じ行為を繰り返し実践していれば，概してその行為に熟達することが経験される。ある行為の反復とその行為への熟達の間に成立するこのような随伴関係（sāhacarya）を根拠として，当該の比喩的表現は正当化される。(45) A 3.1.149における samabhihāra 解釈の根元は次のような Bhāṣya の言明である。

MBh on vt. 1 to A 3.1.149 (II.93.3–4): prasṛlvaḥ sādhukāriṇi vun vidheyaḥ |

sakṛd api yaḥ suṣṭhu karoti tatra yathā syād bahuśo 'pi yo duṣṭu karoti tatra mā bhūd iti |

x を巧みになす［〈行為主体〉］が表示されるべきとき，動詞語基 pru（「泳ぐ，浮かぶ」），sṛ（「走る，流れる」），lū（「切る」）の後に vuN が導入されるべきである。

１度でもある［〈行為主体〉］が［ある行為を］上手になすならば，そのような［〈行為主体〉］を表示するために［vuN］が起こり，何度やってもある［〈行為主体〉］が［ある行為を］なすことが下手ならば，そのような［〈行為主体〉］を表示するために［vuN］が起こることはあってはならない。このような目的がある。

ナーゲーシャによれば，この言明は A 3.1.149中の samabhihāre を sādhukāriṇi に読み替えることを提案している（*A 3.1.149: prusṛlvaḥ sādhukāriṇi vun）(46)。同言明を考慮してであろう，ボージャは自身の文典 Sarasvatīkaṇṭhābharaṇa において prulūñsṛbhyaḥ sādhukāriṇi vun という規則を制定している（SKĀ 1.3.229）。

以上のような A 3.1.149に対する伝統的解釈に従えば，バッティの表現(17) lavakau śatruśaktīnām は「巧みに敵の力をそぐ［ラーマとラクシュマナ］」と解されるべきである(47)。当該表現における lavaka は，動詞語基 lū の後に A 3.1.149により kṛt 接辞 vuN が導入されて派生する語である。

BhK 6.86 → A 3.1.150

BhK 6.86: tau vālipraṇidhī matvā sugrīvo 'cintayat kapiḥ |
bandhunā vigṛhīto 'haṃ bhūyāsaṃ (18)jīvakaḥ katham ||

彼ら（ラーマとラクシュマナ）をヴァーリンの密偵だと猿スグリーヴァは考え，思った。「親族と争っている私が，どうして生きたいと願うだろうか」と。

（18）　A 3.1.150: āśiṣi ca ||

「祈願が理解されるとき，動詞語基の後に kṛt 接辞 vuN が起こる」

［解説］祈願（āśis）とは懇願の一種（prārthanāviśeṣa）であり，行為を対象とする（kriyāviṣaya）。それは，話者が持つ属性（prayokṛ-dharma）である（SK 2912 [VI.44.1-2]）。パーニニ文法家達はA 3.1.150の適用例としてjīvakaḥ（jīv + vuN）とnandakaḥ（nand + vuN）を挙げる。両語はjīvakaḥ bhavet（「xが生きる者であることを願う」）とnandakaḥ bhavet（「xが喜ぶ者であることを願う」）と意味的に等価であり，jīvatāt，nandātという祈願法を伝える定動詞形で言い換えられる。(48)

(18)ahaṃ bhūyāsaṃ jīvakaḥ katham（「どうして私は生きる者でありたいと願うだろうか」）におけるjīvakaは，動詞語基jīvの後にA 3.1.150によりkṛt接辞vuNが導入されて派生する語である。(49) jīvakaḥという語により祈願が伝えられるにもかかわらず，加えてbhūyāsamという祈願法を表現する定動詞形が用いられるのは（A 3.3.173: āśiṣi liṅloṭau），マッリナータによれば祈願をより明瞭にするため（sphuṭārtham anuvādaḥ）である（SP on BhK 6.86 [I.192.12-13]）。

BhK 8.85-93: karmapravacanīyādhikāra (A 1.4.83-98)

BhK 8.85-93で例証されるのは，A 1.4.84: anur lakṣaṇe-A 1.4.98: vibhāṣā kṛñi である。A 1.4.84-98で規定される項目にはkarmapravacanīyaという術語が適用される（A 1.4.83: karmapravacanīyāḥ）。BhK 8.85-93では，A 2.3.8: karmapravacanīyayukte dvitīyā-A 2.3.11: pratinidhipratidāne ca yasmātもkarmapravacanīya術語規則ともに例証される。A 2.3.8-11はkarmapravacanīyaと呼ばれる項目の存在を根拠として名詞接辞を導入する規則である。これらの規則の例証は，名詞接辞導入規則A 2.3.2: karmaṇi dvitīyā-A 2.3.73: caturthī cāśiṣy āyuṣyamadrabhadrakuśalasukhārthahitaiḥが扱われるBhK 8.94-8.130（vibhaktyadhikāra）では省略される。2度手間になってしまうからである。BhK 8.85-93は，自分を誘惑しようとするラーヴァナをシーターが非難する場面にあたる。

BhK 8.85 → A 1.4.84-85; 2.3.8

BhK 8.85: (1)vacanaṁ[(50)] rakṣasāṃ patyur anu kruddhā patipriyā |
(2)pāpānv avasitaṁ sītā rāvaṇaṃ prābravīd vacaḥ ||
悪魔達の父（ラーヴァナ）の言葉ゆえに怒った，夫を愛するシーターは，邪悪なラーヴァナに言葉を放った。

（1） A 1.4.84: anur lakṣaṇe ||
「原因が標示されるべきとき，anu という語は karmapravacanīya と呼ばれる」
A 2.3.8: karmapravacanīyayukte dvitīyā ||
「ある項目が karmapravacanīya と結びつくとき，その項目の後に第二格接辞が起こる」

［解説］（1）vacanaṁ ... anu kruddhā（「［ラーヴァナの］言葉ゆえに怒った［シーター］」）において，anu は原因（lakṣaṇa）を標示する（dyotaka）。A 1.4.84 と後述の A 1.4.90: lakṣanetthambhūtākhyānabhāgavīpsāsu pratiparyanavaḥ ではともに lakṣaṇa という語が述べられるが，それがどちらにおいても同じ意味を表すならば，A 1.4.84の定式化は無意味なものとなる。したがって，A 1.4.84 と A 1.4.90ではそれぞれ違う意味で lakṣaṇa という語が使用されていると考えねばならない。Kāśikāvṛtti によれば，A 1.4.84において lakṣaṇa は原因（hetu）という意味で，A 1.4.90においては印（cihna）という意味で使用されている（KV on A 1.4.84 [I.94.2-4]）。（1）における anu は A 1.4.84により karmapravacanīya と呼ばれ，同語と連関する vacana という語の後には A 2.3.8により第二格接辞が導入される。特記しない限り以下同様である。

（2） A 1.4.85: tṛtīyārthe ||
「第三格接辞の意味が標示されるべきとき，anu という語は karmapravacanīya と呼ばれる」

［解説］（2）pāpānv avasitam（「罪と結びつく［邪悪な］［ラーヴァナ］」）において，anu は第三格接辞の意味，すなわち saha（「～と一緒に」）の意味を標示

する。当該の anu は A 1.4.85により karmapravacanīya と呼ばれる。(2)は pāpenāvasitam と意味的に等価である。

BhK 8.86-87 → A 1.4.86-88; 2.3.9-10

BhK 8.86: na bhavān (3)anu rāmaṃ ced (4a)upa śūreṣu vā tataḥ |
apavāhya cchalād vīrau kimarthaṃ mām ihāharaḥ ‖
「貴様がもしラーマに劣らないのなら，あるいは強者達より優れているのなら，その場合，どうして罠によって勇者達（ラーマとラクシュマナ）をおびき寄せ，私をここへ連れ去ったのか」

BhK 8.87: (4b)upa śūraṃ na te vr̥ttaṃ kathaṁ rātriñcarādhama |
yat sampraty (5)apa lokebhyo laṅkāyāṁ vasatir bhayāt ‖
「お前の振る舞いが強者［の振る舞い］に劣らないことがどうしてあろうか。下劣な悪魔よ。なぜなら，今，［お前は］恐怖から人の世界を避けてランカーに住んでいるのだから」

(3) A 1.4.86: hīne ‖
「劣性が標示されるべきとき，anu という語は karmapravacanīya と呼ばれる」

［解説］(3)anu rāmaṃ（「［お前は］ラーマに劣る」）において，anu はラーマに対するラーヴァナの劣性（hīna）を標示する。同語は A 1.4.86により karmapravacanīya と呼ばれる。

(4) A 1.4.87: upo ’dhike ca ‖
「優性または劣性が標示されるべきとき，upa という語は karmapravacanīya と呼ばれる」

A 2.3.9: yasmād adhikaṁ yasya ceśvaravacanan tatra saptamī ‖
「x よりあるものが優れている場合，また x に関して所有物と所有者の関係が述べられる場合，x を表示する項目が karmapravacanīya と結びつくならば，その項目の後に第七格接辞が起こる」

［解説］(4a)upa śūreṣu（「強者達より優れる［ラーヴァナ］」）において，upa は

強者達に対するラーヴァナの優性（adhika）を標示しており，それはA 1.4.87により karmapravacanīya と呼ばれる。同語と連関する śūra という語の後にはA 2.3.9により第七格接辞が起こる。一方，(4b) upa śūraṃ（「強者［の振る舞い］に劣る［ラーヴァナの振る舞い］」）において，upa は強者の振る舞いに対するラーヴァナのそれの劣性を標示しており，同じくA 1.4.87により karmapravacanīya と呼ばれる。śūra という語に後続する第二格接辞は既述のA 2.3.8に基づく。

（5） A 1.4.88: apaparī varjane ‖

「除外が標示されるべきとき，apa と pari という語は karmapravacanīya と呼ばれる」

A 2.3.10: pañcamy apāṅparibhiḥ ‖

「ある項目が karmapravacanīya と呼ばれる apa（除外），āṄ（排除的／内包的境界），pari（除外）と結びつくとき，その項目の後に第五格接辞が起こる」

［解説］（5）apa lokebhyaḥ（「人の世界を避けて」）において，apa は除外（varjana）を標示する。同語はA 1.4.88により karmapravacanīya と呼ばれる。apa という karmapravacanīya と結びつくとき，loka という語の後にはA 2.3.10により第五格接辞が導入される。

BhK 8.88 → A 1.4.89-90

BhK 8.88: (6) ā rāmadarśanāt pāpa (7a) vidyotasva striyaḥ prati |
(7b) sadvṛttān anu durvṛttaḥ (7c) pari strīṃ jātamanmathaḥ ‖

「ラーマを目にするまで，罪深い者よ，お前はきらめくがよい，女達目掛けて。正しい振る舞いをなす人々に悪しき振る舞いをなし，女という女に愛欲を抱きながら」

（6） A 1.4.89: āṅ maryādāvacane ‖

「排除的境界または内包的境界が標示されるべきとき，āṄ という語は karmapravacanīya と呼ばれる」

［解説］（6）ā rāmadarśanāt（「ラーマを目にするまで」）において，āṄ は排除的境界（maryādā）を表現する。それは A 1.4.98により karmapravacanīya と呼ばれる。例えば「パータリプトラまで雨が降った」（ā pāṭaliputrād vṛṣṭo devaḥ）という文において，パータリプトラが降雨領域に含まれる場合が内包的境界（abhividhi）の例であり，含まれない場合が排除的境界の例である。ラーマがラーヴァナの前に現れれば彼の自由はなくなるので，（6）は排除的境界の例と言える。rāmadarśana という語に後続する第五格接辞は先述の A 2.3.10に基づく。

（7） A 1.4.90: lakṣanetthambhūtākhyānabhāgavīpsāsu pratiparyanavaḥ ‖

「印，ある様相を呈した者の説明，分け前，普及という意味領域で，prati, pari, anu は karmapravacanīya と呼ばれる」

［解説］（7a）vidyotasva striyaḥ prati（「お前はきらめくがよい，女達目掛けて」），（7b）sadvṛttān anu durvṛttaḥ（「正しい振る舞いをなす人々に悪しき振る舞いをなす［お前］」），（7c）pari strīḥ jātamanmathaḥ（「女という女に愛欲を抱く［お前］」）において，prati，anu，pari はそれぞれ印（lakṣaṇa），ある様相を呈した者の説明（itthambhūtākhyāna），普及（vīpsā）の意味領域で A 1.4.90により karmapravacanīya と呼ばれる。（7a）の意味構造は，Kāśikāvṛtti や Siddhāntakaumudī が A 1.4.90の適用例として挙げる「樹を目掛けて雷光がきらめく」（vṛkṣaṃ prati vidyotate vidyut）という文のそれに当てはめて考えることができる。

BhK 8.89 → A 1.4.91–92; 2.3.11

BhK 8.89: (8)abhi dyotiṣyate rāmo bhavantam acirād iha |
udgūrṇabāṇaḥ saṅgrāme yo (9)nārāyaṇataḥ prati ‖

「ラーマが貴様を目掛けて間もなくここできらめくだろう。戦闘の際に矢を掲げた彼はナーラーヤナの代わりを努める」

（8） A 1.4.91: abhir abhāge ‖

「A 1.4.90で規定された，分け前以外の意味領域で，abhi は karmapravacanīya と呼ばれる」

［解説］（8）abhi ... bhavantam（「貴様を目掛けて」）において，abhi は印の意味領域で A 1.4.91により karmapravacanīya と呼ばれる。

（9）　A 1.4.92: pratiḥ pratinidhipratidānayoḥ ‖

「x の代理または x との交換という意味領域で，prati は karmapravacanīya と呼ばれる」

A 2.3.11: pratinidhipratidāne ca yasmāt ‖

「x の代理または x との交換という意味領域で，x を表示する項目が karmapravacanīya と結びつくとき，その項目の後に第五格接辞が起こる」

［解説］（9）nārāyaṇataḥ prati（「［ラーマは］ナーラーヤナの代わりを努める」）において，prati は代理（pratinidhi）の意味領域で A 1.4.92により karmapravacanīya と呼ばれる。同語と連関する nārāyaṇa という語の後には A 2.3.11により第五格接辞が起こる。第五格接辞で終わる nārāyaṇa という語の後に taddhita 接辞 tasI が A 5.4.44: pratiyoge pañcamyās tasiḥ（「prati という karmapravacanīya と結びつくとき，第五格接辞で終わる項目の後に taddhita 接辞 tasI が任意に起こる」）により導入され，第五格接辞にはゼロが代置されて（A 2.4.71: supo dhātuprātipadikayoḥ），nārāyaṇataḥ という語形が派生する。

BhK 8.90 → A 1.4.93-95

BhK 8.90: kuto (10)’dhi yāsyasi krūra nihatas tena patribhiḥ |
na (11)sūktaṃ bhavatātyugram (12)ati rāmaṃ madoddhata ‖

「彼（ラーマ）に矢で打たれるとき，お前はどんなふうに逃げ出すのだろうか，残酷な者よ。貴様は恐ろしくもラーマを凌駕（非難）して［彼のことを］正しく語っていない。自惚れた高慢者よ」

（10）　A 1.4.93: adhiparī anarthakau ‖

「特定の意味を表示しないとき，adhi と pari という語は karmapravacanīya と呼ばれる」

［解説］（10）adhi yāsyasi（「お前は［どんなふうに］逃げ出すだろう［か］」）において，adhi は動詞語基 yā が表示する行為に加えて特に何かを表示（vācaka）

または標示（dyotaka）するわけではない。それはA 1.4.93により karmapravacanīya と呼ばれる。パーニニがこのような項目にも karmapravacanīya という術語を適用するのは，それにより gati や upasarga といった他の術語の適用を阻止し，両術語を根拠とした規則適用による望ましくない語形の派生を防ぐためである（KV on A 1.4.93 [I.95.22]）。

（11） A 1.4.94: suḥ pūjāyām ‖

「賞賛の意味領域で，su という語は karmapravacanīya と呼ばれる」

［解説］（11）sūktaṃ（「正しく語る」）において，su は賞賛（pūjā）の意味領域で A 1.4.94により karmapravacanīya と呼ばれる。賞賛の対象となるのは，動詞語基が表示する行為である（KV on A 1.4.94 [96.2-3]: dhātvarthaḥ stūyate）。

（12） A 1.4.95: atir atikramaṇe ca ‖

「凌駕／賞賛の意味領域で，ati という語は karmpravacanīya と呼ばれる」

［解説］Siddhāntakaumudī は同規則の適用例として ati devān kr̥ṣṇaḥ を挙げる（SK 556 [I.629.4]）。Bālamanoramā は，atikramaṇa を適切なものを超えること（ucitād ādhikyam）と説明する（BM on SK 556 [I.629.16]）。同注釈書によれば，Siddhāntakaumudī の例は，1.現象世界の守護に関してクリシュナが神々を凌駕している事態（prapañcasaṁrakṣaṇaviṣaye devebhyo 'dhikaḥ kr̥ṣṇaḥ），または 2.クリシュナが神々によってすら崇拝されるべきである事態（devānāṃ pūjyaḥ）を意味する（BM on SK 556 [I.629.17-18]）。

BhK 8.90で使用される（12）ati rāmaṃ は，Siddhāntakaumudī が挙げる例の構造1に当てはめて解釈可能である。すなわち，（12）は rāmāt adhikena［bhavatā］（「［貴様は］ラーマを凌駕して」）と意味的に等価である。マッリナータが ati rāmaṃ を rāmam atikramya と言い換えることはこの解釈の妥当性を支持する（SP on BhK 8.90 [I.291.24]）。ジャヤマンガラによれば，ラーヴァナはラーマを非難することで，ラーマに対する自分の上位性を確保しようとしている（JM on BhK 8.90 [189.23]: ati rāmaṁ rāmam adhikṣipya）。すなわち，ラーヴァナは人々の上に立つにふさわしいラーマを自分の中で凌駕しようとしているのである。

BhK 8.91-92 → A 1.4.96

BhK 8.91-92: pariśeṣaṃ na (13a)nāmāpi sthāpayiṣyati te vibhuḥ |
(13b)api sthāṇuṃ jayed rāmo bhavato grahaṇaṃ kiyat ||
(13c)api stuhy api sedhāsmāṃs tathyam uktaṃ narāśana |
(13d)api siñceḥ kṛśānau tvaṃ darpaṃ (13e)mayy api yo 'bhikaḥ ||
「支配者（ラーマ）はお前の名のかけらすらも残さないだろう。不動者（シヴァ）にもラーマは勝利することができよう。お前の捕縛などいかほどのものか。私を賞賛するも拘束するもお前の自由である。[私は] 真実を告げている，人を食らう悪魔よ。[他の女達に加え] 私にまで性欲を抱くお前は，汚らわしくも [聖なる] 火に精液を注ぐも同然である」

(13) A 1.4.96: apiḥ padārthasambhāvanānvavasargagarhāsamuccayeṣu ||
「使用されていない他語の意味，能力の顕示，自由活動の承認，非難，連接を標示する api は，karmapravacanīya と呼ばれる」
[解説] 上掲詩節と A 1.4.96については，本論3.2を見よ。

BhK 8.93 → A 1.4.97-98

BhK 8.93: (14)adhi rāme parākrāntam (15)adhi kartā sa te kṣayam |
ity uktvā maithilī tūṣṇīm āsāñcakre daśānanam ||
「ラーマは勇気ある振る舞いを具えている。彼はお前に破滅をもたらすだろう」以上のように十顔者（ラーヴァナ）に言い，ミティラーの王女は静かに座った。

(14) A 1.4.97: adhir īśvare ||
「所有物と所有者の関係が標示されるべきとき，adhi は karmapravacanīya と呼ばれる」
[解説] (14) adhi rāme parākrāntam (「ラーマは勇気ある振る舞いを具えている」) において，所有物と所有者の関係 (svasvāmisambandha) を標示する adhi

はA 1.4.97によりkarmapravacanīyaと呼ばれる。ここでは「ラーマ」が所有者（svāmin），「勇気ある振る舞い」（parākrānta）が所有物（sva）である。adhiと結びつくrāmaという語に後続する第七格接辞はA 2.3.9に基づく。

（15） A 1.4.98: vibhāṣā kṛñi ‖

「所有物と所有者の関係が標示されるべきとき，動詞語基kṛÑ（「つくる，なす」）が後続するadhiは任意にkarmapravacanīyaと呼ばれる」

［解説］（15）adhi kartā ... kṣayam（「［お前を］滅ぼすだろう」）において，所有物と所有者の関係を標示するadhiはA 1.4.98によりkarmapravacanīyaと呼ばれる。「ラーマ」が所有者，ラーヴァナの「滅亡」（kṣaya）が所有物である。kṣayaという語に後続する第二格接辞がA 2.3.2とA 2.3.8のどちらに基づくのかという問題，並びにkṣayaという語の後にどうしてA 2.3.9によって第七格接辞が導入されないのかという問題については，付論の目的を大きく越えるため詳説を省く。原則的には，共起項目を根拠として名詞接辞導入を規定する規則（A 2.3.8など）とkārakaを表示するための名詞接辞導入を規定する規則（とA 2.3.2など）が同時に適用可能な場合，後者が優先適用される（PIŚ 94: upapadavibhakteḥ kārakavibhaktir balīyasī）。

BhK 8.94–130: vibhaktyadhikāra (A 2.3.1–73)

パーニニは支配規則A 2.3.1: anabhihite（「xが他の項目によって表示されていないとき」）のもとに，名詞接辞導入規則A 2.3.2: karmaṇi dvitīyā–A 2.3.73 caturthī cāśiṣy āyuṣyamadrabhadrakuśalasukhārthahitaiḥを設けている。BhK 8.94–130ではそれらが例証されるが，BhK 8.85–93で例証されたA 2.3.8–A 2.3.11と，ヴェーダ語を適用領域とするA 2.3.3: tṛtīyā ca hoś chandasiおよびA 2.3.60: dvitīyā brāhmaṇe–A 2.3.63: yajeś ca karaṇeの例証は省略される。BhK 8.94–130では，ラーヴァナと家来の悪魔達が捕らわれの身のシーターのもとを去った後，ハヌーマットが姿を現し，ラーマの使者としてシーターと会話をする。

BhK 8.94-95 → A 2.3.2; 2.3.4-7

BhK 8.94: tataḥ (1)khaḍgaṁ samudyamya rāvaṇaḥ krūravigrahaḥ |
(2)vaidehīm antarā kruddhaḥ (3)kṣaṇam ūce viniśvasan ‖
すると，怒ったラーヴァナは恐ろしい様相でヴィデーハの王女［と自分］との間に剣を掲げ，一瞬憤怒の息を吐き，言った。

（1） A 2.3.2: karmaṇi dvitīyā ‖
「他の項目によって表示されていない〈目的〉が表示されるべきとき，第二格接辞が起こる」

［解説］（1）khaḍgaṁ samudyamya（「剣を掲げて」）における「剣」は，samudyamya が表示する掲げる行為の〈目的〉である（A 1.4.49: kartur īpsitatamaṁ karma）。khaḍga という語に後続する第二格接辞は A 2.3.2に基づく。

（2） A 2.3.4: antarāntareṇayukte ‖
「ある項目が antarā（「間に」）と antareṇa（「〜なしで，間に」）という既成形と結びつくとき，その項目の後に第二格接辞が起こる」

［解説］（2）vaidehīm antarā（「ヴィデーハの王女［と自分］との間に［剣を掲げて］」）において，vaidehī という語は antarā を共起項目とし，それと意味的に結びついている。vaidehī という語に後続する第二格接辞は A 2.3.4に基づく。

Kāśikāvṛtti によれば antarā という語は「依拠者を主要素とする中間」（KV on A 2.3.4 [I.133.3]: madhyam ādheyapradhānam）を意味する。Kāśikāvṛtti が挙げる以下の例文を使ってその構造を説明しよう（KV on A 2.3.4 [I.133.4]）。

antarā tvāṃ ca māṃ ca kamaṇḍaluḥ（「お前と私の間に水瓶がある」）

まず中間（madhya）とは依拠者（adheya）の存する場（ādhāra）であり，両者の間には拠り所と依拠者の関係（ādhārādheyabhāva）がある。上記例文において，「中間」は依拠者たる「水瓶」の場所を特定しているから，直接的な限定要素（viśeṣaṇa）である。「お前」と「私」も，何と何の「中間」かを特定する境界点（avadhi）として機能することにより，間接的に「水瓶」の限定要素となる。依拠者である「水瓶」は限定対象（viśeṣya），すなわち主要素（pradhāna）であり，それを直接的または間接的に限定する「中間，お前，私」は主要素でないもの，すなわち従属要素（apradhāna）である。この構造に当てはめると，当該詩節では「剣」を依拠者，境界点であるラーヴァナとシーターの「間」をその拠り所と理解できる。その場合，マッリナータが言うように，（2）は ātmānam（「自分との」）などの語を補って解釈されるべきである（SP on BhK 8.94 [I.293.15]）。

（3） A 2.3.5: kālādhvanor atyantasaṁyoge ‖

「行為（kriyā），属性（guṇa），実体（dravya）との，時間または道のりの不断の結合が理解されるとき，時間または道のりを表示する項目の後に第二格接辞が起こる」

［解説］（3）kṣaṇam ... viniśvasan（「一瞬憤怒の息を吐き」）において，viniśvasan が表示する行為と，kṣaṇa という語が表示する時間との間には不断の結合（atyantasaṁyoga）がある。すなわち，kṣaṇa という語が表示する時間の間ずっとラーヴァナは息を吐いているということである。kṣaṇa という語に後続する第二格接辞は A 2.3.5に基づく。

BhK 8.95: (4) cireṇānuguṇaṃ proktā pratipattiparāṅmukhī |
(5) na māse pratipattāse māṃ cen martāsi maithili ‖

「長い間好意的なことを語ったのに，お前は［俺を］受け入れることから顔を背けている。1ヵ月経っても俺を受け入れなければ，お前は死ぬことになるだろう。ミティラーの王女よ」

（4） A 2.3.6: apavarge tṛtīyā ‖

「行為の完了が理解され，行為との，時間または道のりの不断の結合が理解されるとき，時間または道のりを表示する項目の後に第三格接辞が起こる」

［解説］（4）cireṇa ... proktā（「長い間［好意的なことをお前は］語られたのに」）において，prokta が表示する過去時の語り行為と，cira という語が表示する時間の間には不断の結合がある。cira という語が表示する時間の間ラーヴァナは

語り続け，その語る行為は完了している（apavarga）。ciraという語に後続する第三格接辞はA 2.3.6に基づく。

（5） A 2.3.7: saptamīpañcamyau kārakamadhye ‖

「2つのkāraka間に時間または道のりが存在する場合，時間または道のりを表示する項目の後に第七格接辞と第五格接辞が起こる」

［解説］Kāśikāvṛttiは2つのkārakaが同一の例「デーヴァダッタは今日食べて，そして2日後に食べるであろう」（adya bhuktvā devadatto dvyahe／dvyahāt bhoktā）と2つのkārakaが異なる例「この射手はここに立って，1クローシャ離れた的を射る」（ihastho 'yam iṣvāsaḥ krośe／krośāt lakṣyaṁ vidhyati）を挙げる（KV on A 2.3.7 [I.133.19–20]）。（5）na māse pratipattāse māṃ cet（「1ヵ月経ってもお前が俺を受け入れなければ」）は後者に当てはめて説明することができる。後者の例において，射手（〈行為主体〉）と的（〈目的〉）の間，的（〈目的〉）と矢が発射される弓（〈起点〉）の間，あるいは的（〈目的〉）と射手がいる場所（〈基体〉）の間にはクローシャという道のり（adhvan）が存在する（KV on A 2.3.7 [I.133.20–21]: kartṛkarmaṇoḥ kārakayoḥ karmāpādānayoḥ karmādhikaraṇayor vā madhye krośaḥ）。それゆえ，A 2.3.7によりkrośaという語には第七格接辞あるいは第五格接辞が起こる。

（5）においては，pratipattāseが表示する受け入れ行為の〈行為主体〉はシーター，〈目的〉はラーヴァナである。受け入れ行為を介して関係する両者の間には，比喩的に，当該行為の猶予期間である1ヵ月（māsa）という時間が存在すると言える。māsaという語に後続する第七格接辞はA 2.3.7に基づく。

［注記］Trivedī 1898: 125–126によれば，ある写本群では上述のBhK 8.94–95の間に，マッリナータ注付きの次の詩節が介在する（写本情報については，Trivedī 1898: i–vii; 125）。

(a)<u>saṁvatsareṇa</u> yānty eva duḥkhaśīlā api striyaḥ |
mārdavaṃ <u>prārthitāḥ puṁsā</u> (b)<u>tryahād dogdhryo 'pi</u> satstriyaḥ ‖

「男に丸1年請われれば，女苦行者達ですらすっかり従順になる。男に請われれば，貞女である乳母達ですら3日後にはすっかり従順になる」

［解説］(a) saṁvatsareṇa ... prārthitāḥ puṁsā（「男に丸１年請われれば」）において，prārthita が表示する請う行為と，saṁvatsareṇa という語が表示する時間の間には不断の結合がある。男が女苦行者に対してなす請う行為は１年で完了する。saṁvatsara という語に後続する第三格接辞は A 2.3.6に基づく。(b) [yānti] ... prārthitāḥ puṁsā tryahād dogdhryo 'pi（「男に請われれば，乳母達ですら３日後には［従順になる］」）において，乳母（dogdhrī）は prārthita が表示する請う行為の〈目的〉（A 3.4.70: tayor eva kr̥tyaktakhalarthāḥ），動詞語基 yā が表示する到達行為の〈行為主体〉である。男に請われる段階の乳母と従順になる段階の乳母という２つの kāraka 間には，従順になるまでの期間としての３日間（tryahan）という時間が介在する。tryahan という語に後続する第五格接辞は A 2.3.7に基づく。

上記 (a) (b) により A 2.3.6と A 2.3.7がそれぞれ例証されている。詩節の内容的には，同詩節が BhK 8.94–95の間に置かれても不自然ではない。しかし，この詩節に対するジャヤマンガラ注は存在せず，マッリナータ注も「挿入されたもの」（prakṣipta）と述べる（SP [I.125.32–33]）。上に見たように A 2.3.6–7は BhK 8.95で例証されるので，BhK 8.94–95の間に問題の詩節を用意する必要はない。断定はできないが，上掲詩節は後世に挿入された詩節である可能性が高い。

BhK 8.96 → A 2.3.12–13

BhK 8.96: prāyuṅkta rākṣasīr bhīmā (6)<u>mandirāya prativrajan</u> |
(7)<u>bhayāni datta sītāyai</u> sarvā yūyaṃ kr̥te mama ||
［ラーヴァナは］宮殿に帰って恐ろしい悪魔女達に命じた。「お前達はみな，俺のためにシーターに恐怖を与えよ」

（6） A 2.3.12: gatyarthakarmaṇi dvitīyācaturthyau ceṣṭāyām anadhvani ||
「進行を意味する動詞語基が表示する行為の，他の項目によって表示されていない〈目的〉が表示されるべきとき，進行行為が動作を伴い，その〈目的〉が道以外のものである場合に，第二格接辞と第四格接辞が起こる」

［解説］（6）mandirāya prativrajan（「宮殿に帰って」）において，「宮殿」はprativrajanが表示する進行行為の〈目的〉であり，「宮殿」へ帰る行為は動作（ceṣṭā）を伴う。mandiraという語に後続する第四格接辞はA 2.3.12に基づく。

（7）　A 2.3.13: caturthī sampradāne ‖

「他の項目によって表示されていない〈受手〉が表示されるべきとき，第四格接辞が起こる」

［解説］（7）bhayāni datta sītāyai（「シーターに恐怖を与えよ」）において，「恐怖」はdattaが表示する贈与行為の〈目的〉，「シーター」がその〈受手〉である（A 1.4.32: karmaṇā yam abhipraiti sa sampradānam）。sītāという語に後続する第四格接辞はA 2.3.13に基づく。

BhK 8.97 → A 2.3.14-15

BhK 8.97: gate tasmin (8)samājagmur bhayāya prati maithilīm |
rākṣasyo (9)rāvaṇaprītyai krūraṃ cocur alaṃ muhuḥ ‖

彼が去ると，ミティラーの王女に恐怖を与えるために悪魔女達はみな一緒にやって来た。そして，ラーヴァナを喜ばせるために容赦ない［言葉］を十分なほどに何度も浴びせた。

（8）　A 2.3.14: kriyārthopapadasya ca karmaṇi sthāninaḥ ‖

「行為1（ある行為）を目的とする行為2（行為1とは別の行為）を表示する項目を共起項目とする，実際には使用されていない動詞語基が表示する行為1の〈目的〉が表示されるべきとき，第四格接辞が起こる」

［解説］（8）samājagmur bhayāya prati maithilīm（「ミティラーの王女に恐怖を与えるためにみな一緒にやって来た」）という表現はsītāyai bhayaṃ dātum samājagmuḥという表現と意味的に等価である（JM on BhK 8.97 [191.19-20]）。同表現において，与える行為を表示する動詞語基dāがA 2.3.14の規定する「実際には使用されていない［動詞語基］」（sthānin）にあたる。dātumが表示する贈与行為は行為1にあたり，動詞語基dāの共起項目であるsamājagmuḥが表示する進行行為は，行為1を目的とする行為2にあたる。（8）において，行為1

の〈目的〉である恐怖を意味するbhayaという語に後続する第四格接辞は，A 2.3.14に基づく。

（9） A 2.3.15: tumarthāc ca bhāvavacanāt ‖

「tumUNと同じ意味条件を有する，A 3.3.11: bhāvavacanāś caにより規定されるkṛt接辞，それで終わる名詞語基の後に第四格接辞が起こる」

［解説］まず，kṛt接辞tumUNの導入を規定するA 3.3.10と，それと同じ条件下でGHaÑなどのkṛt接辞の導入を規定するA 3.3.11は次の通りである。

A 3.3.10: tumunṇvulau kriyāyāṅ kriyārthāyām ‖

「行為1を目的とする行為2を表示する項目が共起項目であり，行為1が未来時に属する場合，行為1を表示する動詞語基の後にkṛt接辞tumUNとṆvuLが起こる」

A 3.3.11: bhāvavacanāś ca ‖

「行為1を目的とする行為2を表示する項目が共起項目であり，行為1が未来時に属する場合，行為1を表示する動詞語基の後に，A 3.3.18: bhāve以降に規定されるGHaÑなどのkṛt接辞が起こる」

（9）rāvaṇaprītyai krūraṃ ... ūcuḥ（「ラーヴァナを喜ばせるために容赦ない［言葉］を浴びせた」）におけるprīti（「喜ばすこと」）はkṛt接辞KtiNで終わる項目である。KtiNの導入はA 3.3.18: bhāve以降のA 3.3.94: striyāṅ ktin（「〈行為〉または〈行為主体〉以外のkārakaが表示されるべきとき，女性形の領域で，動詞語基の後にkṛt接辞KtiNが起こる」）により規定される。（9）において，prītiが表示する喜ばす行為は行為1にあたり，それの共起項目であるūcuḥが表示する語り行為は，行為1を目的とする行為2にあたる。ラーヴァナを喜ばす行為は容赦ない言葉を浴びせた後の未来時に属する。prītiという語に後続する第四格接辞はA 2.3.15に基づく。

BhK 8.98 → A 2.3.16

BhK 8.98: (10a)<u>rāvaṇāya namas</u> kuryāḥ syāt sīte (10b)<u>svasti te</u> dhruvam |

anyathā (10c)prātarāśāya kuryāma tvām alaṁ vayam ‖
「ラーヴァナに敬礼をなせ。シーターよ，［そうすれば］必ずお前には幸福があるだろう。もししなければ，我らはお前を朝飯代わりにする」

（10） A 2.3.16: namaḥsvastisvāhāsvadhālaṁvaṣaḍyogāc ca ‖
「namas（「尊敬」），svasti（「幸福」），svāhā（「スヴァーハー」），svadhā（「スヴァダー」），alam（「十分な，適した」），vaṣaṭ（「ヴァシャット」）と結びつく項目の後に第四格接辞が起こる」

［解説］（10a）rāvaṇāya namas（「ラーヴァナに敬礼を［なせ］」），（10b）svasti te（「お前には幸福が［あるだろう］」），（10c）prātarāśāya ... alaṃ（「［お前を］朝飯代わりに［する］」）において，rāvaṇa という語，二人称代名詞 yuṣmad，prātarāśa という語は，それぞれ namas，svasti，alam という語を共起項目とする。それら各語に後続する第四格接辞は A 2.3.16に基づく。

BhK 8.99-101 → A 2.3.17-21

BhK 8.99: (11)tṛṇāya matvā tāḥ sarvā vadantīs trijaṭāvadat |
ātmānaṁ hata durvṛttāḥ (12b)svamāṁsaiḥ kurutāśanam ‖
［このように］語るその［悪魔女達］みんなを藁だと考え，トリジャターは言った。「自らを殺すがいい，悪しき振る舞いをなす者達よ。自分達の肉で食事をつくれ」
BhK 8.100: adya (12a)sītā mayā dṛṣṭā (13)sūryaṃ candramasā saha |
svapne spṛśantī (14a)madhyena tanuḥ śyāmā sulocanā ‖
「今日私は，シーターが月と一緒に太陽に触れるのを夢で見た。腰が細く，［肌が］黒く，美しい眼をした［シーターが］」
BhK 8.101: tās tayā tarjitāḥ sarvā (14b)mukhair bhīmā yathāgatam |
yayuḥ suṣupsavas talpaṃ (15)bhīmair vacanakarmabhih ‖
顔が恐ろしく，恐ろしい言葉と振る舞いを特徴とするその［悪魔女］達はみなその［トリジャター］に非難され，眠りたくなって，やって来たときと同じく［みな一緒に］寝床へと帰った。

(11) A 2.3.17: manyakarmaṇy anādare vibhāṣāprāṇiṣu ‖

「侮蔑が理解される場合，div 群の動詞語基 man（「考える」）が表示する行為の〈目的〉が表示されるべきとき，それが生物でない場合，任意に第四格接辞が起こる」

［解説］当該規則とその例証については，本論4.3を見よ。

(12) A 2.3.18: kartr̥karaṇayos tr̥tīyā ‖

「他の項目によって表示されていない〈行為主体〉と〈手段〉が表示されるべきとき，第三格接辞が起こる」

［解説］(12b) svamāṁsaiḥ kurutāśanam（「自分達の肉で食事をつくれ」）において，「自分達の肉」は食事をつくる行為の〈手段〉である（A 1.4.42: sādhakatamaṅ karaṇam）。svamāṁsa という語に後続する第三格接辞は A 2.3.18に基づく。(12a) sītā mayā dr̥ṣṭā（「私はシーターを見た」）において，「私」はシーターを見る行為の〈行為主体〉である（A 1.4.54: svatantraḥ kartā）。「私」を指示する一人称代名詞 asmad に後続する第三格接辞は A 2.3.18に基づく。

(13) A 2.3.19: sahayukte 'pradhāne ‖

「主要素でないものを表示する項目が saha の意味（「〜と共に」）を持つ語と結びつくとき，その項目の後に第三格接辞が起こる」

［解説］(13) sītā ... sūryaṃ candramasā saha ... spr̥śantī（「シーターが月と一緒に太陽に触れるのを」）において，月と太陽はそれぞれラクシュマナとラーマを暗示する（JM on BhK 8.100 [192.18]）。「シーター」は spr̥śantī が表示する接触行為の〈行為主体〉であり，「太陽」はその〈目的〉である。接触行為に対して月とシーターは等しい結合（tulyayoga）を持つ，すなわちいずれも太陽への接触行為をなすものである。しかし，spr̥śantī における現在接辞 lAṬ の代置要素 ŚatR̥ によって〈行為主体〉として指示されているという点で，接触行為に関してはシーターが主要素であり，そのような彼女に比べ月は主要素でないもの（apradhāna）である。saha という語と結びつく，「月」を意味する candramas という語に後続する第三格接辞は A 2.3.19に基づく。

パーニニ文法家達によれば，saha という語が使用されない場合でも，A 2.3.19により第三格接辞が導入され得る。この解釈は，A 1.2.65: r̥ddho yūnā tallakṣaṇaś ced eva viśeṣaḥ において，パーニニ自身が saha の意味を有する第三格接辞で終わる項目 yūnā を使用していることを根拠とする（A 1.2.65については，Cardona 1997: par. 374）。putreṇa sahāgataḥ pitā と putreṇāgataḥ pitā の両文はいずれも「父は息子と一緒にやって来た」を意味する。

（14） A 2.3.20: yenāṅgavikāraḥ ‖

「体の変容した部分によって体全体の変容が示されるとき，その変容した部分を表示する項目の後に第三格接辞が起こる」

［解説］バットージディークシタは，自らが挙げる「片目が見えない盲目者」（akṣṇā kāṇaḥ）という例について「片目と関係する盲目者性に限定されている者」（akṣisambandhikāṇatvaviśiṣṭa）と説明する（SK 565 [I.639.2]）。それに対して Bālamanoramā は「片目の変容によってもたらされる盲目者性を持つ者」（akṣi-vikāraprayuktakāṇatvavān iti yāvat）と説明を補足する（BM on SK 565 [I.639.7-8]）。この説明を当てはめれば，(14a) madhyena tanuḥ（「腰が細い［シーター］」）という表現は「腰の変容によってもたらされる細さを持つ女性」という意味構造を有する。つまり，腰が細いことにより体全体が細く見える女性ということである。細った腰によって体全体の変容が示されるとき，腰を意味する madhya という語の後に，A 2.3.20により第三格接辞が起こる。同様に，(14b) mukhair bhīmāḥ（「顔が恐ろしい［悪魔女達］」）という表現は「顔の変容によってもたらされる恐ろしさを持つ悪魔女達」という意味構造を有する。顔が恐ろしく変容していることにより，その全体が恐ろしく感じる悪魔女達ということである。変容した恐ろしい顔によってその全体の恐ろしさが示されるとき，顔を意味する mukha という語の後に，A 2.3.20により第三格接辞が起こる。

（15） A 2.3.21: itthambhūtalakṣaṇe ‖

「ある様相を呈した者の指標を表示する項目の後に第三格接辞が起こる」

［解説］この規則に基づく第三格接辞で終わる項目がある文に使用される場合，その文の解釈の際には upalakṣita（「特徴づけられた」）などの語が補われる。(15) bhīmair vacanakarmabhih という表現は bhīmair vacanakarmabhir upalakṣi-tāḥ（「恐ろしい言葉と振る舞いに特徴づけられた［悪魔女達］」）という表現と意味的に等価である（JM on BhK 8.101 [192.26]）。恐ろしい言葉と振る舞いが特徴づ

けるもの（lakṣaṇa），悪魔女達が特徴づけられるべきもの（lakṣya）である。つまり恐ろしい言葉を発し，恐ろしい振る舞いをなす悪魔女達ということである。恐ろしい言葉と振る舞いに悪魔女達が特徴づけられるとき，vacanakarman という語の後に A 2.3.21により第三格接辞が起こる。

［注記］（14a）madhyena tanuḥ（マッリナータは madhyena tanvī と読む）という表現によって A 2.3.20と A 2.3.21のどちらが例証されているかについてジャヤマンガラとマッリナータの間で解釈が異なる。A 2.3.21が例証されると考えるジャヤマンガラの立場では，当該表現は「腰に特徴づけられた細い女」（madhyena upalakṣitā tanuḥ）を意味し，A 2.3.20が例証されると考えるマッリナータの立場では，「腰の変容によってもたらされる細さを持つ女性」を意味する。いずれも理解可能であるが，文法規則の配列順序と詩節の語順をできる限り合わそうとするバッティの規則例証の姿勢に照らし，マッリナータの解釈をとる。

BhK 8.102-103 → A 2.3.22-26

BhK 8.102: gatāsu tāsu (16)maithilyā sañjānāno ’nilātmajaḥ |
(17)āyātena daśāsyasya saṁsthito ’ntarhitaś ciram ‖
彼女達が去ったとき，風の子（ハヌーマット）はミティラーの王女を認めたが，十顔者（ラーヴァナ）がやって来るかもしれないので長い間身を潜めたままでおり，

BhK 8.103: (18)ṝṇād baddha ivonmukto (19)viyogena kratudviṣaḥ |
(20)hetor bodhasya maithilyāḥ prāstāvīd rāmasaṅkathām ‖
まるで負債ゆえに縛されているかのようであったが，祭式の敵（ラーヴァナ）の不在によって［束縛から］解放されたので，ミティラーの王女が［使者だと］わかるようにラーマの話を始めた。

（16） A 2.3.22: sañjño ’nyatarasyāṅ karmaṇi ‖
「sam-jñā（「共通認識する，認める」）が表示する行為の〈目的〉が表示されるべきとき，任意に第三格接辞が起こる」

［解説］（16）maithilyā sañjānāno（「［風の子］はミティラーの王女を認めたが」）

において，「ミティラーの王女」はsañjānānaḥが表示する行為の〈目的〉である。maithilīという語に後続する第三格接辞はA 2.3.22に基づく。

(17)　A 2.3.23: hetau ‖

「原因を表示する項目の後に第三格接辞が起こる」

［解説］(17) āyātena daśāsyasya（「十顔者〈ラーヴァナ〉がやって来るかもしれないので［長い間身を潜めたままでおり］」）において，ラーヴァナがやって来ること（āyāta）は，ハヌーマットが長い間身を潜めることになった原因（hetu）である。āyātaという語に後続する第三格接辞はA 2.3.23に基づく。

(18)　A 2.3.24: akartary ṛṇe pañcamī ‖

「借金が〈行為主体〉でない場合，原因である借金を表示する項目の後に第五格接辞が起こる」

［解説］(18) ṛṇād baddha iva（「まるで負債ゆえに縛されているかのようであったが」）において，借金である負債（ṛṇa）はハヌーマットが縛されている原因である。当該の負債はbaddhaḥが表示する過去時の束縛行為の〈行為主体〉ではない（借金が〈行為主体〉として機能する例については，Cardona 1971: 35. 1-24）。ṛṇaという語に後続する第五格接辞はA 2.3.24に基づく。

(19)　A 2.3.25: vibhāṣā guṇe ’striyām ‖

「女性形以外の領域で，原因である属性を表示する項目の後に第五格接辞が任意に起こる」

［解説］(19) viyogena kratudviṣaḥ（「祭式の敵〈ラーヴァナ〉の不在によって［束縛から解放されたので］」）において，ラーヴァナの不在（viyoga）はハヌーマットが動けるようになった原因である。不在は属性（guṇa）であり（JM on BhK 8.103 [193.9]: viyogasya guṇapadārthatvāt），不在を意味するviyogaという語の性は男性（puṁs）である。viyogaという語の後にはA 2.3.25により第五格接辞が任意に起こるが，それが起こらない場合には，A 2.3.23が規定する第三格接辞が同じくA 2.3.25により導入される。(19)は後者の文法操作を例示する。

(20)　A 2.3.26: ṣaṣṭhī hetuprayoge ‖

「hetuという語が使用される場合，原因が標示されるべきときに，それを標示する項目の後に第六格接辞が起こる」

［解説］(20) hetor bodhasya （「［シーターが使者だと］わかるように［ラーマの話を始めた］」）において，シーターの理解（bodha）はハヌーマットがラーマの話を始める原因である。bodha という語に後続する第六格接辞は A 2.3.26に基づく。

BhK 8.104 → A 2.3.27-28

BhK 8.104: taṃ dṛṣṭvācintayat sītā (21)hetoḥ kasyaiṣa rāvaṇaḥ |
(22)avaruhya taror ārād aiti vānaravigrahaḥ ||
シーターは彼（ハヌーマット）を見て考えた。「なぜこのラーヴァナは樹から降りて［私の］そばに猿の姿でやって来るのか」

(21) A 2.3.27: sarvanāmnas tṛtīyā ca ||
「hetu という語が使用される場合，原因が標示されるべきときに，sarvanāman の後に第六格接辞に加えて第三格接辞も起こる」
［解説］(21) hetoḥ kasya ... aiti（「なぜ…やって来るのか」）において，「何らかの理由」（kim）はハヌーマットがシーターのそばへやって来る原因であり，kim という語は A 1.1.27: sarvādīni sarvanāmāni により sarvanāman と呼ばれる項目である。kim という語に後続する第六格接辞は A 2.3.27に基づく。
(22) A 2.3.28: apādāne pañcamī ||
「他の項目によって表示されていない〈起点〉が表示されるべきとき，第五格接辞が起こる」
［解説］(22) avaruhya taroḥ（「樹から降りて」）において，「樹」は avaruhya が表示する降下行為の〈起点〉である（A 1.4.24: dhruvam apāye ’pādānam）。taru という語に後続する第五格接辞は A 2.3.28に基づく。

BhK 8.105-107 → A 2.3.29-30

BhK 8.105: (23a)pūrvasmād anyavad bhāti bhāvād dāśarathiṁ stuvan |
(23c)ṛte krauryāt samāyāto māṁ viśvāsayituṃ nu kim ||
「愛情からラーマを賞賛しているから，先の者（ラーヴァナ）とは違うように見える。[この者は] 残忍さを捨て，今，私を信用させにやって来たのだろうか」

BhK 8.106: (23b)itaro rāvaṇād eṣa rāghavānucaro yadi |
saphalāni nimittāni (23d)prāk prabhātāt tato mama ||

「この者がラーヴァナとは別者でラーマの従者であるなら，その場合，私が夜明け前に見た前兆は現実のものとなる」

BhK 8.107: (23e)uttarāhi vasan rāmaḥ samudrād rakṣasāṃ puram |
avail (24)lavaṇatoyasya sthitāṃ dakṣiṇataḥ katham ||

「ラーマは大海の遥か北に住みながら，大海の南にある，悪魔達の都のことをいかにして知ったのか」

(23)　A 2.3.29: anyārāditarartedikśabdāñcūttarapadājāhiyukte ||

「anya（「他の」），ārāt（「近くに，遠くに」），itara（「別の」），ṛte（「〜なしに」），方位語，動詞語基 añcU（「向く」）を後続要素とする複合語，taddhita 接辞 āC か āhi で終わる項目，これらの項目とある項目が結びつくとき，その項目の後に第五格接辞が起こる」

[解説]（23a）pūrvasmād anyavad（「先の者（ラーヴァナ）とは違うように」）における pūrva，（23c）ṛte krauryāt（「残忍さを捨てて」）における kraurya，（23b）itaro rāvaṇād（「[この者が] ラーヴァナとは別者で」）における rāvaṇa という語は，それぞれ anya，ṛte，itara という語を共起項目とする。前者に後続する第五格接辞は A 2.3.29に基づく。（23d）prāk prabhātāt（「夜明け前に」）における prabhāta という語は，prāñc（pra + {añc + KvIN}）という，動詞語基 añc を後続要素とする複合語を共起項目とし（A 3.2.59: ṛtvigdadhṛksragdiguṣṇigañcuyujikruñcāñ ca），（23e）uttarāhi ... samudrāt（「大海の遥か北に」）における samudra という語は，uttarāhi という taddhita 接辞 āhi で終わる項目を共起項目とする。両語に後続する第五格接辞も A 2.3.29に基づく。taddhita 接辞 āhi の導入は A 5.3.38: uttarāc ca（「境界間の距離が遠い場合，方位，場所，または時間を表示する，第一格接辞か第七格接辞で終わる方位語 uttara の後に，語基自身の意味を表示する taddhita 接辞 āhi と āC が任意に起こる」）による。

(24) A 2.3.30: ṣaṣṭhy atasarthapratyayena ‖

「ある項目が atasUC の意味を有する接辞で終わる項目と結びつくとき，その項目の後に第六格接辞が起こる」

［解説］(24) lavaṇatoyasya ... dakṣiṇataḥ（「大海の南に」）における lavaṇatoya という語は，taddhita 接辞 atasUC で終わる dakṣiṇataḥ という語を共起項目とする。lavaṇatoya という語に後続する第六格接辞は A 2.3.30に基づく。dakṣiṇa という語の後への atasUC の導入は A 5.3.28: dakṣiṇottarābhyām atasuc（「方位，場所，または時間を表示する，第七格接辞，第五格接辞，または第一格接辞で終わる方位語 dakṣiṇa と uttara の後に，語基自身の意味を表示する taddhita 接辞 atasUC が任意に起こる」）による。

BhK 8.108 → A 2.3.31

BhK 8.108: (25) daṇḍakān dakṣiṇenāhaṁ sarito 'drīn vanāni ca |
atikramyāmbudhiṃ caiva puṁsām agamam āhṛtā ‖

「ダンダカからすぐ南の河，山，森，さらには海を越えて，人が来られない［場所］へ私は連れて来られたのに」

(25) A 2.3.31: enapā dvitīyā ‖

「ある項目が taddhita 接辞 enaP で終わる項目と結びつくとき，その項目の後に第二格接辞が起こる」

［解説］(25) daṇḍakān dakṣiṇena（「ダンダカからすぐ南の」）における daṇḍaka という語は，taddhita 接辞 enaP で終わる dakṣiṇena を共起項目とする。daṇḍaka という語に後続する第二格接辞は A 2.3.31に基づく。enaP の導入は A 5.3.35: enab anyatarasyām adūre 'pañcamyāḥ（「境界間の距離が近い場合，方位，場所，または時間を表示する，第一格接辞か第七格接辞で終わる方位語 uttara，adhara，dakṣiṇa の後に，語基自身の意味を表示する taddhita 接辞 enaP が任意に起こる」）による。

BhK 8.109 → A 2.3.32

BhK 8.109: (26a)pṛthaṅ nabhasvataś caṇḍād (26b)vainateyena vā vinā |
gantum utsahate neha kaś cit kimuta vānaraḥ ||
「暴風を除いて，あるいはガルダを除いて，誰もここ（ランカー）に来ることはできない。猿ならなおさらである」

（26） A 2.3.32: pṛthagvinānānābhis tṛtīyānyatarasyām ||
「ある項目がpṛthak（「離れて」），vinā（「～なしで」），nānā（「～なしで」）と結びつくとき，その項目の後に第五格接辞に加えて任意に第三格接辞も起こる」

［解説］（26a）pṛthaṅ nabhasvataḥ（「風を除いて」）におけるnabhasvatという語，vainateyena ... vinā（「ガルダを除いて」）におけるvainateyaという語は，それぞれpṛthakとvināを共起項目とする。両語に後続する第五格接辞と第三格接辞はA 2.3.32に基づく。

BhK 8.110 → A 2.3.33

BhK 8.110: iti cintāvatīṃ (27b)kṛcchrāt samāsādya kapidvipaḥ |
(27a)muktāṁ stokena rakṣobhiḥ proce 'haṁ rāmakiṅkaraḥ ||
以上のように思考する，悪魔達に僅かばかり解放された彼女に，象のごとき猿は何とか近づいて，「私はラーマの従者です」と述べた。

（27） A 2.3.33: karaṇe ca stokālpakṛcchrakatipayasyāsattvavacanasya ||
「〈手段〉が表示されるべきとき，実体を表示しないstoka，alpa，kṛcchra，katipayaの後に第三格接辞に加えて任意に第五格接辞も起こる」

［解説］規則中で挙げられるstokaなどは，śukla（「白い」）などと同じ属性表示語（guṇavacana）である。それは，所有接辞のゼロ化（matublopa）あるいは属性と属性保持者間の不異性の仮構（abhedāropa）に基づき，属性を適用根拠として実体（drvaya）に適用される語である[(51)]。stokaなどは，僅かさという属

性とその属性の基体となる実体（「僅かな x」）の両者を表示し得る。A 2.3.33は，そのうち属性だけの表示が意図され，かつその属性がある行為の〈手段〉として意図される場合に，stoka などの語の後に第三格接辞または第五格接辞が起こることを規定する(52)。(27b) kr̥cchrāt samāsādya（「何とか近づいて」）と (27a) muktāṁ stokena（「僅かばかり解放された」）という表現は，A 2.3.33に基づけばそれぞれ「困難さを手段として近づいて」，「僅かさを手段として解放された」を意味する。困難さと僅かさは，samāsādya が表示する行為と muktām が表示する行為の〈手段〉である。kr̥cchra という語に後続する第五格接辞と stoka という語に後続する第三格接辞は A 2.3.33に基づく。

BhK 8.111 → A 2.3.34-36

BhK 8.111: (29a) (28a) viprakr̥ṣṭaṃ mahendrasya (29b) (28b) na dūraṁ vindhya-parvatāt |
(30) (28c) nānabhyāśe samudrasya tava mālyavati priyaḥ ‖
「マヘーンドラ山から遠く，ヴィンディア山からは遠くなく，大海に確かに近い，マーリアヴァット山に貴方の愛する人はいます」

(28) A 2.3.34: dūrāntikārthaiḥ ṣaṣṭhy anyatarasyām ‖
「ある項目が遠近を意味する語と結びつくとき，その項目の後に第五格接辞に加えて第六格接辞も任意に起こる」

［解説］(28a) viprakr̥ṣṭaṃ mahendrasya（「マヘーンドラ山から遠く」）における mahendra，(28b) na dūraṁ vindhyaparvatāt（「ヴィンディア山からは遠くなく」）における vindhyaparvata，(28c) nānabhyāśe samudrasya（「大海に確かに近い」）における samudra という語は，それぞれ遠近を意味する viprakr̥ṣṭa（「遠い」），dūra（「遠い」），anabhyāśa（「近くない」）を共起項目とする。それら各語に後続する第六格接辞と第五格接辞は A 2.3.34に基づく。

(29) A 2.3.35: dūrāntikārthebhyo dvitīyā ca ‖
「実体を表示するものではなく遠近を意味する語の後に，第五格接辞と第三格接辞に加えて第二格接辞も起こる」

［解説］（29a）viprakṛṣṭaṃ mahendrasya（「マヘーンドラ山から遠く」）と（29b）na dūraṁ vindhyaparvatāt（「ヴィンディア山からは遠くなく」）における viprakṛṣṭa（「遠い」）と dūra（「遠い」）の両語は遠近を意味する語であり，当該の文脈では実体を表示していない（asattvavacana）。すなわち，両語は属性表示語ではなく行為限定（kriyāviśeṣaṇa）語として使用されている（BhK 8.111には存在動詞が補われる）。定動詞形が表示する行為は実体ではない。両語に後続する第二格接辞は A 2.3.35に基づく。

（30）　A 2.3.36: saptamy adhikaraṇe ca ‖

「実体を表示するものではなく遠近を意味する語の後に第七格接辞が起こるのに加え，他の項目によって表示されていない〈基体〉が表示されるべきときにも，第七格接辞が起こる」

［解説］（30）nānabhyāśe samudrasya（「大海に確かに近い」）における anabhyāśa（「近くない」）という語は遠近を意味し，（29ab）の場合と同様，実体を表示しない。その語に後続する第七格接辞は A 2.3.36に基づく。

BhK 8.112 → A 2.3.37

BhK 8.112: (31a)asamprāpte daśagrīve praviṣṭo ’ham idaṁ vanam |
(31b)tasmin pratigate draṣṭuṃ tvām upākraṁsy acetitaḥ ‖

「十首者（ラーヴァナ）がまだ［森に］到着していないとき，私はこの森に入りました。その［十首者］が帰ったとき，私は貴方を見るために気づかれずにやって来たのです」

（31）　A 2.3.37: yasya ca bhāvena bhāvalakṣaṇam ‖

「x の行為によって他の行為が特徴づけられるとき，x を表示する項目の後に第七格接辞が起こる」

［解説］（31a）asamprāpte daśagrīve（「十首者〈ラーヴァナ〉がまだ来ていないとき［私はこの森に入りました］」）において，x（yasya）はラーヴァナである。ハヌーマットの森への侵入行為（他の行為）はラーヴァナの到着行為に特徴づけられている。x であるラーヴァナを意味する daśagrīva という語の後には A

2.3.37により第七格接辞が起こる。同様に，(31b)tasmin pratigate（「その［十首者］が帰ったとき［私は貴方を見るためにやって来たのです］」）においても x（yasya）はラーヴァナであり，ハヌーマットによるシーターへの接近行為はラーヴァナの引き返し行為に特徴づけられている。x であるラーヴァナを指示する代名詞 tad に後続する第七格接辞は A 2.3.37に基づく。

BhK 8.113 → A 2.3.38

BhK 8.113: (32)tasmin vadati ruṣṭo 'pi nākārṣaṃ devi vikramam |
avināśāya kāryasya vicinvānaḥ parāparam ‖
「私は怒ってはいたが，その［ラーヴァナ］が［無礼なことを］言っているにもかかわらず，女神よ，歩を進めなかった。任務が失敗しないように後先を検討していたので」

(32) A 2.3.38: ṣaṣṭhī cānādare ‖
「付加的に無関心が理解される場合，x の行為によって他の行為が特徴づけられるとき，x を表示する項目の後に第七格接辞に加えて第六格接辞も起こる」

［解説］(32)tasmin vadati（「その［ラーヴァナ］が［無礼なことを］言っているにもかかわらず［歩を進めなかった］」）において，x（yasya）はラーヴァナであり，ハヌーマットの歩を進める行為はラーヴァナの言う行為に特徴づけられている。ここでハヌーマットは，シーターへの音信伝達などといった任務を成功させるために，ラーヴァナの前に姿を現すことの危険性を考慮し，ラーヴァナの無礼な言葉に対して関心を払わない。ラーヴァナを指示する代名詞 tad に後続する第七格接辞は A 2.3.38に基づく。

BhK 8.114-115 → A 2.3.39-40

BhK 8.114: (33a)vānareṣu kapiḥ svāmī (33c)nareṣv adhipateḥ sakhā |
jāto rāmasya sugrīvas tato dūto 'ham āgataḥ ‖
「猿達の中の主人である猿スグリーヴァは，人中の支配者ラーマの友となりました。それゆえ，私が使者としてやって来たのです」

BhK 8.115: (33b)īśvarasya niśāṭānāṁ vilokya nikhilāṃ purīm |
(34b)kuśalo ’nveṣaṇasyāham (34a)āyukto dūtakarmaṇi ||
「探索が得意なので使者の仕事を任せられた私は，悪魔達の中の主（ラーヴァナ）の都全体を見渡した後，」

(33)　A 2.3.39: svāmīśvarādhipatidāyādasākṣipratibhūprasūtaiś ca ||
「ある項目が svāmin（「主人」），īśvara（「支配神」），adhipati（「支配者」），dāyāda（「相続者」），sākṣin（「目撃者」），pratibhū（「保証人」），prasūta（「子孫」）という語と結びつくとき，その項目の後に第六格接辞と第七格接辞が起こる」

［解説］(33a) vānareṣu svāmī（「猿達の中の主人」）における vānara，(33c) nareṣv adhipateḥ（「人中の支配者［ラーマ］の」）における nara，(33b) īśvarasya niśāṭānām（「悪魔達の中の主の」）における niśāṭa という語は，それぞれ svāmin，adhipati，īśvara を共起項目とする。それら各語に後続する第七格接辞と第六格接辞は A 2.3.39に基づく。

(34)　A 2.3.40: āyuktakuśalābhyāñ cāsevāyām ||
「熱心さが理解される場合，ある項目が āyukta（「任せられた」）または kuśala（「巧みな」）という語と結びつくときに，その項目の後に第六格接辞と第七格接辞が起こる」

［解説］(34b) kuśalo ’nveṣaṇasya（「探索が得意なので」）における anveṣaṇa（「探索」）という語と (34a) āyukto dūtakarmaṇi（「使者の仕事を任せられた［私］」）における dūtakarman（「使者の仕事」）という語は，それぞれ kuśala（「巧みな」）と āyukta（「任せられた」）を共起項目とする。両語にそれぞれ後続する第六格接辞と第七格接辞は A 2.3.40に基づく。(34b) と (34a) の両表現により，ハヌーマットが探索と使者の仕事を熱心に行う者であることが伝えられる。

BhK 8.116-117 → A 2.3.41-45

BhK 8.116: darśanīyatamāḥ paśyan (35)strīṣu divyāsv api striyaḥ |

prāpto (36)vyālatalān[53] vyasyan bhujaṅgebhyo 'pi rākṣasān ‖
「神々しい女達の中でも最も見目麗しい女達を目にしながら，［ここに］到着しました。蛇達よりも邪悪な悪魔達を蹴散らしつつ」

(35) A 2.3.41: yataś ca nirdhāraṇam ‖
「ある集合から，類（jāti），属性（guṇa），行為（kriyā）に基づいて1つの成員が分離されるとき，その集合の成員を表示する項目の後に第六格接辞と第七格接辞が起こる」

［解説］(35) strīṣu divyāsv api（「神々しい女達の中でも［最も見目麗しい女達］」）において，「神々しい女達」という集合から，見目の麗しさという属性に基づいてその成員が分離（nirdhāraṇa）されている。集合の成員である女を表示するstrīという語，それに後続する第七格接辞は，A 2.3.41に基づく。

(36) A 2.3.42: pañcamī vibhakte ‖
「分離の拠り所となる集合xに，集合yとの区別があるとき，xの成員を表示する項目の後に第五格接辞が起こる」

［解説］(36) vyālatalān ... bhujaṅgebhyo 'pi（「蛇達よりも邪悪な［悪魔達］を」）において，蛇達という集合体から悪魔達という集合体が邪悪さという属性の点で区別されている。ここで区別（vibhakta）の基点となっているのは蛇達である。bhujaṅgaという語に後続する第五格接辞はA 2.3.42に基づく。

BhK 8.117: (37b)bhavatyām utsuko rāmaḥ (37a)prasitaḥ saṅgamena te |
(38)maghāsu kṛtanirvāpaḥ pitṛbhyo māṁ vyasarjayat ‖
「貴方様を切望するラーマは貴方との再会を熱望し，月がマガー月宿に宿る時間帯に父祖達へ供物を捧げてから，私を送り出しました」

(37) A 2.3.44: prasitotsukābhyān tṛtīyā ca ‖
「ある項目がprasita（「熱望する」）またはutsuka（「切望する」）という語と結びつくとき，その項目の後に第七格接辞に加えて第三格接辞も起こる」

［解説］(37b) bhavatyām utsuko（「貴方様を切望する［ラーマ］」）における敬

称代名詞 bhavatī と(37a)prasitaḥ saṅgamena（「再会を熱望する［ラーマ］」）における saṅgama という語は，それぞれ utsuka と prasita を共起項目とする。両語に後続する第七格接辞と第三格接辞は A 2.3.44に基づく。

(38)　A 2.3.45: nakṣatre ca lupi ‖

「〈基体〉が表示されるべきとき，ゼロ（luP）で終わる，月宿を表示する語の後に第三格接辞と第七格接辞が起こる」

［解説］(38)maghāsu kṛtanirvāpaḥ（「月がマガー月宿に宿る時間帯に供物を捧げてから」）において，「月がマガー月宿に宿る時間帯」（maghā）は供物を捧げる行為の〈基体〉である。時間（kāla）は行為の場，〈基体〉と見なされる（小川 2012: 43）。当該の maghā は，taddhita 接辞 aṆ にゼロ（luP）が代置された語形であり，もともと月宿を表示する語である（maghā + aṆ [A 4.2.3] maghā + ϕ [A 4.2.4]）。以下の規則が関与する。

A 1.1.61: pratyayasya lukślulupaḥ ‖

「接辞に代置されるゼロは luK，Ślu，luP と呼ばれる」

A 4.2.3: nakṣatreṇa yuktaḥ kālaḥ ‖

「月宿 x を意味する，第三格接辞で終わる意味的連関項目の後に，「x に宿る月と結びつく時間」という意味で(54)，規定された通りの接辞（taddhita 接辞 aṆ）が任意に起こる」

A 4.2.4: lub aviśeṣe ‖

「月が月宿に宿る時間と関係する特定の夜などが表示されないならば，A 4.2.3で規定された接辞にゼロ（luP）が代置される」

maghā という語に後続する第七格接辞は A 2.3.45に基づく。

［注記］BhK 8.116-117では A 2.3.41-42と A 2.3.44-45が例証される一方，A 2.3.43の例証は省略される。

A 2.3.43: sādhunipuṇābhyām arcāyāṁ saptamy aprateḥ ‖

「敬意が理解される場合，ある項目が sādhu（「親切な」）または nipuṇa

（「精通した」）と結びつくとき，その項目の後に第七格接辞が起こる。karmapravacanīya である prati が使用される場合には起こらない」

Kāśikāvṛtti は「x は母に親切である」（mātari sādhuḥ）や「x は母のことをよく知っている」（mātari nipuṇaḥ）という例を挙げる（KV on A 2.3.43 [I.143.19-20][55]）。Trivedī 1898: 127-128によれば，ある写本群は上述の BhK 8.116-8.117の間にマッリナータ注付きの次のような詩節を含む（写本情報については，Trivedī 1898: i-vii, 127）。

(a)rakṣovidvatsu ghoreṣu sādhūn māyāpriyān aham |
(b)nipuṇān mārayitṛṣu sañjānāno 'vasaṁ śubhe ‖
「恐ろしい悪魔賢者達に親切で，魔術を好み，殺戮者達のことをよく知る［者達］を認めましたが，私は幸運の中で一夜を過ごしました[56]」

［解説］(a)rakṣovidvatsu ... sādhūn（「悪魔賢者達に親切な［者達］」）における rakṣovidvas という語と (b)nipuṇān mārayitṛṣu（「殺戮達のことをよく知る［者達］」）における mārayitṛ という語はそれぞれ sādhu と nipuṇa の両語を共起項目とする。両語に後続する第七格接辞は A 2.3.43に基づく。(a)(b)からは，当該の者達が悪魔賢者達と殺戮者達に敬意を払っていることが理解される。

(a)(b)により A 2.3.43が規定する２つの文法操作が例示される。上掲詩節が BhK 8.116の後に置かれても内容的に矛盾はない。マッリナータは先の場合と同様，この詩節を挿入されたものとし（SP [I.128.2]: prakṣiptam etat），当該詩節に対するジャヤマンガラ注は存在しないが，問題の詩節が偽作なのかどうか，現段階で確定的な考えを示すことは難しい。

BhK 8.118-119 → A 2.3.46-53

BhK 8.118: ayaṃ (40-42)maithily abhijñānaṃ (39)(43a)kākutsthasyāṅgulīyakam |
(44a)bhavatyāḥ smaratātyartham (43b)arpitaḥ sādaraṃ mama ‖

「ミティラーの王女よ。思い出の品であるこのラーマの指輪を，貴方様に格別の思いを寄せる彼は注意深く私に預けました」

BhK 8.119: (44b)rāmasya dayamāno 'sāv (44c)adhyeti tava lakṣmaṇaḥ | (45)upāskṛṣātāṃ rājendrāv āgamasyeha mā trasīḥ ‖

「あのラクシュマナがラーマを気にかけ，貴方に思いを寄せています。至高なる王達（ラーマとラクシュマナ）がここに来ようと努めていました。恐れてはなりません」

(39) A 2.3.46: prātipadikārthaliṅgaparimāṇavacanamātre prathamā ‖

「1. 名詞語基の意味だけ，2. 性を付加的なものとする名詞語基の意味だけ，3. 量を付加的なものとする名詞語基の意味だけ，4. 数だけ，これらが表示されるべきとき，第一格接辞が起こる」

［解説］バットージディークシタはA 2.3.46の適用例として，以下のようなものを挙げる（SK 552 [I.593.1-595.3]）。

1. uccaiḥ（「高い」）nīcaiḥ（「低い」）kṛṣṇaḥ（「クリシュナ」）śrī（「シュリー」）jñānam（「認識」）

2. taṭaḥ（「川岸」）taṭī（「川岸」）taṭam（「川岸」）

3. droṇo vrīhiḥ（「ドローナ量の米」）

4. ekaḥ（「1つの」）dvau（「2つの」）bahavaḥ（「多数の」）

1において，uccais と nīcais は無性の語（aliṅgaśabda），kṛṣṇaḥ，śrī，jñānam は性が決まっている語（niyataliṅgaśabda）であり，後者の3語の性は名詞語基の意味に内包される（BM on SK 552 [I.593.16-18]）。上記5語に後続する第一格接辞は名詞語基の意味だけを表示する。一方，2における taṭa は性が決まっていない語（aniyataliṅgaśabda）である。2においては，名詞語基 taṭa に後続する第一格接辞は，「川岸」という名詞語基の意味に加えて男性，女性，中性という性を表示する。同じく3において，droṇa という名詞語基に後続する第一格接辞は，「ドローナ」という意味に加えて「量」を表示する。この「量」もまた名詞語基の意味に対して付加的なものである。4において，eka，dvi，bahu という名詞語基はすでに数，すなわち単数性（ekatva），双数性（dvitva），複数性（bahutva）という意味を内包している。その場合，再び単数性，双数性，複数性という意味だけを表示するために上記３語の後に単数接辞と双数接辞（A 1.4.22: dvyekayor dvivacanaikavacane）並びに複数接辞（A 1.4.21: bahuṣu bahuvacanam）を導入することは不合理である（uktārthānām aprayogaḥ の原則）。上記３語に後続する第一格単数接辞，第一格双数接辞，第一格複数接辞は単数性，双数性，複数性という意味を再言するもの（anuvādikā）として，ekaḥ，dvau，bahavaḥ という正しい語形を確立するためだけに導入される（śabdasādhutvārthaṃ prayojyā）。これら３種の語形の派生を説明するためにパーニニは A 2.3.46に vacana という語を述べている（BM on SK 552 [I.595.18-21]）。

以上のうち，バッティの例は１に対応する。aṅgulīyaka は中性名詞である（AK 2.6.107d）。(39) aṅgulīyakam（「指輪」）における第一格単数接辞は，名詞語基の意味だけを表示する。(57) aṅgulīyaka という語に後続する第一格接辞は A 2.3.46に基づく。「指輪」が預ける行為の〈目的〉であることを示すのは arpita における kṛt 接辞 Kta である（A 3.4.70: tayor eva kṛtyaktakhalarthāḥ）。

(40) A 2.3.47: sambodhane ca ‖
「〈呼びかけ〉が表示されるべきときにも第一格接辞が起こる」

(41) A 2.3.48: sāmantritam ‖
「〈呼びかけ〉を表示するために起こる第一格接辞で終わる語形は，āmantrita と呼ばれる」

(42) A 2.3.49: ekavacanaṁ sambuddhiḥ ‖
「āmantrita の第一格単数接辞は sambuddhi と呼ばれる」

［解説］(40-42) maithili（「ミティラーの王女よ」）において，名詞語基 maithilī は「ミティラーの王女」という意味を表示し，同名詞語基に後続する第一格接辞は名詞語基の意味に対して付加的なものである〈呼びかけ〉を表示する。maithili という語に後続する第一格接辞は A 2.3.47に基づく。ジャヤマンガラによれば，maithili という呼格形の使用によって術語規則である A 2.3.48と A 2.3.49の例証も同時に意図されている（JM on BhK 8.118 [196.27-197.1]）。

(43) A 2.3.50: ṣaṣṭhī śeṣe ‖
「〈残余〉が表示されるべきとき，第六格接辞が起こる」

［解説］（43a）kākutsthasyāṅgulīyakaḥ（「ラーマの指輪を」）において，kākutstha という語に後続する第六格接辞は〈残余〉，すなわち〈目的〉などの kāraka や名詞語基の意味とは異なる〈関係〉（sambandha）を表示する。例えば rājñaḥ puruṣaḥ（「王の家来」），vṛkṣasya śākhā（「木の枝」），pituḥ putraḥ（「父の子」）という表現において，第六格接辞はそれぞれ所有物と所有者の関係（svasvāmibhāva），部分と全体の関係（avayavāvayavibhāva），被生出者と生出者の関係（janyajanakabhāva）を表示する。kākutstha という語に後続する第六格接辞が表示する〈関係〉は所有物と所有者の関係と解釈できる。当該の第六格接辞は A 2.3.50に基づく。

（43b）arpitaḥ ... mama（「私に［指輪を］預けました」）において，実際には「私」（asmad）は arpita が表示する預ける行為の〈基体〉であるが[58]，ここでは〈残余〉，すなわち預ける行為に単に関係するものとして意図されている（sambandhamātravivakṣā）。当該表現は「私と関係する預ける行為」という意味構造を有する[59]。「私」を指示する一人称代名詞 asmad に後続する第六格接辞は A 2.3.50に基づく。〈目的〉などの kāraka が〈残余〉として意図される場合の意味構造は以下も同様である。

（44） A 2.3.52: adhīgarthadayeśāṅ karmaṇi ‖

「adhi-iK（「想起する」）と同じ意味を有する項目が表示する行為の〈目的〉，動詞語基 day（「気にかける，分配する」）と īś（「支配する」）が表示する行為の〈目的〉，これらが〈残余〉として意図されるとき，第六格接辞が起こる」

［解説］（44a）bhavatyāḥ smaratā（「貴方様に思いを寄せる彼は」）において，「貴方様」は smaratā が表示する想起行為の〈目的〉ではなく〈残余〉，すなわち想起行為に単に関係するものとして意図されている。敬称代名詞 bhavatī に後続する第六格接辞は A 2.3.52に基づく。（44b）rāmasya dayamānaḥ（「ラーマを気にかける［ラクシュマナ］」）と（44c）adhyeti tava（「貴方に思いを寄せています」）の構造も同じである。（44b）における「ラーマ」と（44c）における「貴方」は，実質的にはそれぞれ動詞語基 day と adhi-ik が表示する行為の〈目的〉であるが，ここでは〈残余〉として意図されている[60]。

（45） A 2.3.53: kr̥ñaḥ pratiyatne ‖

「動詞語基 kr̥Ñ（「つくる，なす」）が表示する行為の〈目的〉が〈残余〉として意図され，その〈目的〉に対する何らかの属性の付与が理解されるとき，第六格接辞が起こる」

［解説］（45）upāskr̥ṣātāṃ ... āgamasya（「［ラーマとラクシュマナが］来ようと努めていました」）において，「やって来ること」は upāskr̥ṣātām が表示する行為の〈残余〉，すなわち，同行為に単に関係するものとして意図されている。マッリナータは（SP on BhK 8.120 [I.302.11]），ここで「やって来ること」には堅固さ（dāḍhrya）という属性が付与されているとする（pratiyatna）(61)。ジャヤマンガラの説明によれば，ラーマとラクシュマナがランカー島へやって来ることは確定しているが，猿王スグリーヴァとの同盟を通じて両者はそれをより堅固なものにしているということである（JM on BhK 8.1119 [197.9–10]）。āgama という語に後続する第六格接辞は A 2.3.53に基づく。

［注記］ジャヤマンガラ注テクストでは BhK 8.118–119において A 2.3.51: jño 'vidarthasya karaṇe の例証はなされない。一方で，マッリナータ注テクストでは A 2.3.51を例証する次のような詩節が両詩節の間に介在する。

jānīṣva pratyabhijñānasyātas tvam api devi te |
āste bharteti māṃ dr̥ṣṭvā bhartur dūtaṃ priyaṃ kapim ‖

「貴方も貴方の思い出の品をお渡しください。この［ラーマの指輪を］根拠に，女神よ，猿である私が夫が好む使者であると見て，「夫は無事である」と考えて」

A 2.3.51: jño 'vidarthasya karaṇe ‖

「認識行為を意味しない動詞語基 jñā が表示する行為の〈手段〉が表示されるべきとき，第六格接辞が起こる」

［解説］動詞語基 jñā は認識行為（jñāna）を意味しない場合，活動行為（pravr̥tti）を表示する。

KV on A 2.3.51 (I.145.8-9): sarpiṣo jānīte | madhuno jānīte | sarpiṣā karaṇena pravartata ity arthaḥ | pravṛttivacano jānātir avidarthaḥ |
【例】sarpiṣo jānīte（「サルピスを用いて活動する」），madhuno jānīte（「蜜を用いて活動する」）。彼はサルピスという手段を通じて活動する，という意味である。動詞語基 jñā は認識を意味しないとき，活動を表示する。

jānīṣva pratyabhijñānasya という表現は「思い出の品を通じて活動してください」を意味する。当該の文脈でそれが意図するところは「思い出の品を渡してください」である。「思い出の品」は jānīṣva が表示する活動行為の〈手段〉である。abhijñāna という語に後続する第六格接辞は A 2.3.51に基づく。

マッリナータは上記の詩節を挿入されたものとはしない。同詩節が BhK 8.118–119の間に置かれても内容的に不自然ではない。しかし，A 2.3.51の例証を果たすべく後代に挿入された詩節である可能性も否定しきれず，現段階で確定的な提言をなすことはできない。

BhK 8.120–121 → A 2.3.54–57

BhK 8.120: (46)rāvaṇasyeha rokṣyanti kapīnāṃ bhīru vikramāḥ |
(47)dhṛtyā nāthasva vaidehi (48a)manyor ujjāsayātmanaḥ ‖
「猿達の進軍が，怯える女よ，ここでラーヴァナを滅ぼすでしょう。堅忍さを願いなさい。ヴィデーハの王女よ。自らの怒りを消しなさい」
BhK 8.121: (48b)rākṣasānāṃ mayi gate rāmaḥ praṇihaniṣyati |
(49)prāṇānām apaṇiṣṭāyaṁ rāvaṇas tvām ihānayan ‖
「私が［指輪をもってラーマのところに］行けば，ラーマは悪魔達を打ち滅ぼすでしょう。ここにいるラーヴァナは貴方をここへ連れて来たことで，［仲間達の］命を売ってしまったのです」

(46) A 2.3.54: rujārthānām bhāvavacanānām ajvareḥ ‖
「動詞語基 ruj（「壊す」）の意味を有する動詞語基が表示する，属性／〈行為〉を〈行為主体〉とする行為の〈目的〉が〈残余〉として意図されるとき，第六格接辞が起こる。ṆiC で終わる動詞語基 jvar（「病気にする，苦しめる」）が使用される場合を除いて」

［解説］BhK 8.120b 句においてジャヤマンガラとマッリナータの間に重大な読みの違いがある。前者は kapayo bhīmavikramāḥ と読み，後者は kapīnāṃ bhīru vikramāḥ と読む。さらに，A 2.3.54中の bhāvavacanānām の解釈に関しても両者は異なる。

まず，A 2.3.54中の bhāvavacana という複合語を bahuvrīhi と見なし，vacana という語を行為主体（kartṛ）を意味する語と解釈する点では両者は共通するが，(62) ジャヤマンガラは bhāva という語の意味を属性（guṇa）と解釈する。したがって，ジャヤマンガラによれば規則中の bhāvavacana という複合語は「属性を〈行為主体〉とする行為を表示する［動詞語基］」を意味する。そして彼は，詩節 b 句の bhīmavikrama という複合語により属性が主要素として提示されているとして（guṇapradhāno nirdeśaḥ），すなわち同複合語を bahuvrīhi ではなく karmadhāraya と解釈することで，バッティの表現と A 2.3.54の整合を図る（JM on BhK 8.120 [197.14–15]）。かくして kapayo bhīmavikramāḥ は「猿達という恐ろしい勇武が――」（「恐ろしい勇武をもつ猿達が――」ではなく）と解釈され，詩節中の動詞語基 ruj は「属性を〈行為主体〉とする行為を表示する動詞語基」という A 2.3.54が規定する条件を満たす。(46) rāvaṇasya ... rokṣyanti kapayo bhīmavikramāḥ（「猿達という恐るべき勇武がラーヴァナを滅ぼすでしょう」）において，「ラーヴァナ」は rokṣyanti が表示する行為の〈目的〉ではなく〈残余〉として意図されている。rāvaṇa という語に後続する第六格接辞は A 2.3.54に基づく。

一方マッリナータは，A 2.3.54に提示される複合語 bhāvavacanānām の bhāva の意味を kṛt 接辞 GHaÑ などが表示するところの〈行為〉と解釈する。したがって，マッリナータによれば規則中の bhāvavacana という複合語は「〈行為〉を〈行為主体〉とする行為を表示する［動詞語基］」を意味する。彼の解釈では，彼の読み中の vikrama という語は，vi-kram の後に A 3.3.18: bhāve により〈行為〉を表示する GHaÑ が導入されて派生する。かくして kapīnāṃ bhīru vikramāḥ は「怯える女性よ，猿達の進軍が――」と解釈され，動詞語基

rujは「〈行為〉を〈行為主体〉とする行為を表示する動詞語基」という条件を満たす。

A 2.3.54の伝統的解釈に照らせば，マッリナータの読みと解釈が望まれる。

(47)　A 2.3.55: āśiṣi nāthaḥ ‖

「祈願を意味する動詞語基nāthが表示する行為の〈目的〉が〈残余〉として意図されるとき，第六格接辞が起こる」

［解説］(47)dhṛtyāḥ nāthasva（「堅忍さを願いなさい」）において，「堅忍さ」はnāthasvaが表示する祈願行為の〈目的〉ではなく〈残余〉として意図されている。dhṛtiという語に後続する第六格接辞はA 2.3.55に基づく。

(48)　A 2.3.56: jāsiniprahaṇanāṭakrāthapiṣāṁ hiṁsāyām ‖

「cur群の動詞語基jas，niとpraに先行される動詞語基han，ṆiCで終わる動詞語基naṭとkrath，動詞語基piṣ，これらが表示する傷害行為の〈目的〉が〈残余〉として意図されるとき，第六格接辞が起こる」

［解説］(48a)manyor ujjāsaya（「怒りを消しなさい」）において，「怒り」は，ujjāsayaが表示する行為の〈目的〉ではなく〈残余〉として意図されている。manyuという語に後続する第六格接辞はA 2.3.56に基づく。同様に，(48b) rākṣasānām ... praṇihaniṣyati（「悪魔達を打ち滅ぼすでしょう」）において，「悪魔」は，praṇihaniṣyatiが表示する未来時の滅ぼす行為の〈目的〉ではなく〈残余〉として意図されている。rākṣasaという語に後続する第六格接辞はA 2.3.56に基づく。A 2.3.56中のniprahaṇaという語により，nipra-han，prani-han，ni-han，pra-hanという4種の形態が理解されるというのが伝統的解釈である（KV on A 2.3.56 [I.146.17–18]: niprahaṇa iti saṅghātavigṛhītaviparyastasya grahaṇam）。(48b)ではprani-hanによって条件づけられた文法操作が例示されている。

(49)　A 2.3.57: vyavahṛpaṇoḥ samarthayoḥ ‖

「同一の意味を有する，vi-ava-hṛとvi-ava-paṇが表示する行為の〈目的〉が〈残余〉として意図されるとき，第六格接辞が起こる」

［解説］賭け事（dyūta）と売買活動（krayavikrayavyavahāra）という領域でvi-ava-hṛとvi-ava-paṅは同一の意味を有する（KV on A 2.3.57 [I.147.2–3]）。(49) prāṇānām apaṇiṣṭa（「［仲間達の］命を売ってしまったのです」）において，「命」

は apaniṣṭa が表示する行為の〈目的〉ではなく〈残余〉として意図されている。prāṇa という語に後続する第六格接辞は A 2.3.57に基づく。

BhK 8.122 → A 2.3.58-59; 2.3.64

BhK 8.122: (50)adevīd bandhubhogānāṃ (51)prādevīd ātmasampadam |
(52)śatakṛtvas tavaikasyāḥ smaraty ahno raghūttamaḥ ||
「[また，ラーヴァナは] 親族の財産を売り，自らの繁栄を売ってしまったのです。ラグ家の最上者（ラーマ）は日に100回も貴方だけを思い出しています」

(50) A 2.3.58: divas tadarthasya ||
「それら [vi-ava-hṛ と vi-ava-paṇ] と同じ意味を有する動詞語基 div が表示する行為の〈目的〉が表示されるべきとき，第六格接辞が起こる」

[解説] (50)adevīt bandhubhogānām（「親族の財産を売った」）において，「親族の財産」は adevīt が表示する売る行為の〈目的〉である。bandhubhoga という語に後続する第六格接辞は A 2.3.58に基づく。

(51) A 2.3.59: vibhāṣopasarge ||
「upasarga に先行される場合，それら [vi-ava-hṛ と vi-ava-paṇ] と同じ意味を有する動詞語基 div が表示する行為の〈目的〉が表示されるべきとき，任意に第六格接辞が起こる」

[解説] (51)prādevīt ātmasampadam（「自らの繁栄を売った」）において，「自らの繁栄」は prādevīt が表示する売る行為の〈目的〉である。したがって，ātmasampada という語の後には A 2.3.59により第六格接辞が導入され得るが，その操作の適用は任意である。(51)においては，A 2.3.2: karmaṇi dvitīyā が規定する第二格接辞が A 2.3.59により ātmasampada という語の後に導入されている。

(52) A 2.3.64: kṛtvorthaprayoge kāle 'dhikaraṇe ||
「kṛtvasUC 接辞の意味を有する項目が使用され，時間を表示する項目が使用される場合，〈基体〉が〈残余〉として意図されるときに第六格接辞が起こる」

［解説］(52) śatakṛtvas ... ahno（「日に100回も［貴方だけを思い出していま す］」）において，śatakṛtvas という kṛtvasUC 接辞の意味を有する項目と，ahan という時間を表示する項目が使用されている。ここで「日」は smarati が表示する想起行為の〈基体〉ではなく〈残余〉として意図されている。ahan という語に後続する第六格接辞は A 2.3.64に基づく。śata という語への kṛtvasUC の導入は A 5.4.17: saṅkhyāyāḥ kriyābhyāvṛttigaṇane kṛtvasuc（「行為の生起回数の数え上げを表示する数詞の後に，語基自身の意味を表示する taddhita 接辞 kṛtvasUC が起こる」）による。

BhK 8.123 → A 2.3.65

BhK 8.123: (53a)tavopaśāyikā yāvad rākṣasyaś cetayanti na |
pratisandiśyatāṃ tāvad (53b)bhartuḥ śārṅgasya maithili ‖
「次は貴方が［ラーマの］そばで横になる番です。悪魔女達が気づく前に弓の所持者（ラーマ）への返信をください。ミティラーの王女よ(63)」

(53)　A 2.3.65: kartṛkarmaṇoḥ kṛti ‖
「kṛt 接辞で終わる項目が使用される場合，他の項目によって表示されていない〈行為主体〉または〈目的〉が表示されるべきときに，その kṛt 接辞で終わる項目と結びつく項目の後に第六格接辞が起こる」

［解説］(53a) tavopaśāyikā（「次は貴方が［ラーマの］そばで横になる番です」）において，upaśāyikā（「そばで横になる番」）は kṛt 接辞 ṆvuC で終わる項目であり（A 3.3.111: paryāyārharṇotpattiṣu ṇvuc），「貴方」は upaśāyikā が表示する行為の〈行為主体〉である。二人称代名詞 yuṣmad に後続する第六格接辞は A 2.3.65に基づく。(53b) bhartuḥ śārṅgasya（「弓の所持者〈ラーマ〉への」）において，bhartṛ は kṛt 接辞 tṛC で終わる項目であり（A 3.1.133: ṇvultṛcau），「弓」は bhartuḥ が表示する所持行為の〈目的〉である。śārṅga という語に後続する第六格接辞は A 2.3.65に基づく。

BhK 8.124 → A 2.3.66-67

BhK 8.124: puraḥ (54)praveśam āścaryaṃ buddhvā śākhāmṛgeṇa sā |
cūḍāmaṇim abhijñānaṃ dadau (55)rāmasya sammatam ||
前に枝動物（猿）が［ランカーに］侵入したことは驚くべきことだと考えた後，その［シーター］は，ラーマにわかる頭頂の宝石を思い出の品として与えた。

(54)　A 2.3.66: ubhayaprāptau karmaṇi ||
「両者（〈行為主体〉と〈目的〉）を表示する第六格接辞が起こり得る，kṛt 接辞で終わる項目が使用される場合，〈目的〉が表示されるべきときにのみ第六格接辞が起こり，〈行為主体〉が表示されるべきときには起こらない」

［解説］(54)praveśam ... śākhāmṛgeṇa（「枝動物［猿］が［ランカーに］侵入したこと」）における praveśa は〈行為〉を表示する kṛt 接辞 GHaÑ で終わる項目である（A 3.3.18: bhāve）。「枝動物」が praveśa という語が表示する侵入行為の〈行為主体〉であり，その〈目的〉として想定されるのは「ランカー」である。詩節中には使用されていない laṅkāyāḥ（「ランカーに」）という表現を(54)に補えば，同表現は laṅkāyāḥ praveśam śākhāmṛgeṇa（「枝動物によるランカーへの侵入行為」）となる。この場合，先に見た A 2.3.65: kartṛkarmaṇoḥ kṛti により，śākhāmṛga という語の後にも laṅkā という語の後にも第六格接辞が起こり得る。A 2.3.66は，そのような場合には，〈目的〉である「ランカー」を意味する laṅkā という語の後だけに第六格接辞が起こり，〈行為主体〉である「枝動物」を意味する śākhāmṛga という語の後には起こらないことを規定する。(54)によりこの規定が例示されている。śākhāmṛga という語に後続する第三格接辞は A 2.3.18: kartṛkaraṇayos tṛtīyā に基づく。

(55)　A 2.3.67: ktasya ca vartamāne ||
「行為が現在時に属する場合に起こる kṛt 接辞 Kta で終わる項目が使用されるとき，第六格接辞が起こる」

［解説］(55) rāmasya sammatam（「ラーマにわかる［頭頂の宝石］」）における sammata は kṛt 接辞 Kta で終わる項目である。この Kta は，以下の規則により，動詞語基 man の表示する行為が現在時に属する場合にその動詞語基の後に導入されるものである。

A 3.2.188: matibuddhipūjārthebhyaś ca ‖
「行為が現在時に属する場合，願望，認識，尊敬を意味する動詞語基の後にも kṛt 接辞 Kta が起こる」

(55) において「ラーマ」は sammatam が表示する行為の〈行為主体〉であり，rāma という語に後続する第六格接辞は A 2.3.67に基づく。後述する A 2.3.69: na lokāvyayaniṣṭhākhalarthatṛnām は，kṛt 接辞 Kta で終わる項目と結びつくときに〈行為主体〉を表示する第六格接辞が起こることを禁止するが，A 2.3.67は A 2.3.69に対する例外規則（apavāda）である。

Kāśikāvṛtti と Siddhāntakaumudī が A 2.3.67の例として挙げる文「王達が望む x」（rājñāṃ mataḥ），「王達が気づく x」（rājñāṃ buddhaḥ），「王達が崇拝する x」（rājñāṃ pūjitaḥ）も (55) と同様，第六格接辞が〈行為主体〉を表示する例である。

BhK 8.125 → A 2.3.68

BhK 8. 125: (56a) <u>rāmasya śayitaṃ</u> (56b) <u>bhuktaṃ</u> (56c) <u>jalpitaṁ</u> (56d) <u>hasitaṁ</u> (56e) <u>sthitam</u> |
(56f) <u>prakrāntaṃ</u> ca muhuḥ pṛṣṭvā hanūmantaṁ vyasarjayat ‖
ラーマが横たわった場所，食事をした場所，つぶやいた場所，笑った場所，滞在した場所，歩いた場所を何度も尋ねてから，［シーターは］ハヌーマットを送り出した。(64)

(56)　A 2.3.68: adhikaraṇavācinaś ca ‖
「〈基体〉を表示する kṛt 接辞 Kta で終わる項目が使用される場合，〈行為主体〉または〈目的〉が表示されるべきときに第六格接辞が起こる」

［解説］(56a–f) rāmasya śayitaṃ bhuktaṃ jalpitaṁ hasitaṁ sthitam | prakrāntam（「ラーマが横たわった場所，食事をした場所，つぶやいた場所，笑った場所，滞在した場所，歩いた場所を」）において，「ラーマ」は，〈基体〉を表示する kr̥t 接辞 Kta で終わる各項目が表示する行為の〈行為主体〉である。rāma という語に後続する第六格接辞は A 2.3.68に基づく。〈基体〉を表示する kr̥t 接辞 Kta については，下の注記を見よ。

［注記］詩節中の jalpitam と hasitam に対してジャヤマンガラとマッリナータが与える解釈には大きな違いがある。

A 2.3.68は，〈基体〉を表示する Kta の導入を規定する次の規則と相関する。

A 3.4.76: kto ’dhikaraṇe ca dhrauvyagatipratyavasānārthebhyaḥ ‖
「〈基体〉が表示されるべきとき，1．静的行為を表示する動詞語基，2．進行為行を表示する動詞語基，3．飲食行為を意味する動詞語基の後に kr̥t 接辞 Kta が起こる」

A 2.3.68と A 3.4.76は「ここがデーヴァダッタが座った場所である」（idam devadattasyāsitam），「ここがデーヴァダッタが行った場所である」（idam devadattasya yātam），「ここがデーヴァダッタが食事をした場所である」（idam devadattasya bhuktam）などといった文の派生を説明する。ジャヤマンガラは動詞語基 jalp と has を A 3.4.76が規定する「静的行為を表示する動詞語基」（dhrauvyārtha），すなわち「〈目的〉を持たない行為を表示する動詞語基」（akarmaka）に含め（KV on A 3.4.76 [I.309.12]），動詞語基に後続する詩節中の Kta を全て〈基体〉を表示するものと解釈する。動詞語基 śī と sthā は「静的行為を表示する動詞語基」，動詞語基 bhuj は「飲食行為を意味する動詞語基」，pra-kram は「進行行為を意味する動詞語基」である。

一方，マッリナータは A 2.3.67: ktasya ca vartamāne に対する vārttika 1に依拠して，動詞語基 jalp と has に後続する Kta を現在時に属する〈行為〉を表示するものと解釈し，他の Kta はジャヤマンガラと同じく〈基体〉を表示するものと解釈する。A 2.3.67に対する vārttika 1は次の通りである。

vt. 1 on A 2.3.67: ktasya ca vartamāne napuṁsake bhāva upasaṅkhyānam ‖
「「中性形の領域で，現在時に属する〈行為〉が表示されるべきときに動詞語基の後に kr̥t 接辞 Kta が起こり，ある項目 x がその Kta で終わる項目と結びつくとき，その項目 x の後に第六格接辞が起こる」という追加規定が定式化されるべきである」

同 vārttika は，A 2.3.67: ktasya ca vartamāne と A 3.3.114: napuṁsake bhāve ktaḥ を複合させた規則の制定を提案している。この追加規定は「生徒による笑い」（chāttrasya hasitam），「役者による食事」（naṭasya bhuktam），「孔雀による踊り」（mayūrasya nr̥ttam）などといった文の派生を許す。Kta が〈行為〉を表示する場合，もしこの追加規定がなければ，〈行為主体〉が表示されるべきときには A 2.3.18: kartr̥karaṇayos tr̥tīyā によって第三格接辞が起こり，上記例文のように第六格接辞が起こることはない。Kta で終わる項目と結びつく場合に，〈行為主体〉を表示する第六格接辞が A 2.3.65: kartr̥karmaṇoḥ kr̥ti により起こることは，A 2.3.69: na lokāvyayaniṣṭhākhalarthatr̥nām によって禁止されるからである(65)。かくして，マッリナータに従えば，詩節は「ラーマが横たわった場所，食事をした場所，［ラーマによる］語り，笑い，［ラーマが］滞在した場所，歩いた場所――」と解釈される。

この解釈によっても当該詩節の目的である A 2.3.68の例証は果たされる。しかし，Kta で終わる項目が 6 つ連なることを考えれば，バッティは A 3.4.76が規定する動詞語基の中に動詞語基 jalp と has を含め，Kta を一環して〈基体〉を表示するものと意図していると解する方が自然である。jalp と has に後続する Kta を上述の vārttika に基づくものと解釈すると，詩節の意味に一貫性がなくなるのに加え，現在時の行為と過去時の行為が入り交じり，詩節の意味が不明瞭になる。A 3.4.76が規定する Kta は，一般規則 A 3.2.102: niṣṭhā により，行為が過去時に属する場合に導入される。

BhK 8.126-128 → A 2.3.69-70

BhK 8.126: asau (57a)dadhad abhijñānaṃ (57b)cikīrṣuḥ karma dāruṇam |
(57c)gāmuko 'py antikaṃ bhartur manasācintayat kṣaṇam ||

彼（ハヌーマット）は思い出の品（宝石）を持って主人のそばへ戻るはずだったが，恐るべき所行をなそうと欲して，心で［次のようなことを］瞬時に考えた。

BhK 8.127: (57d)kr̥tvā karma yathādiṣṭaṃ pūrvakāryāvirodhi yaḥ |
karoty abhyadhikaṃ kr̥tyaṃ tam āhur dūtam uttamam ‖
「[主人に] 指示された通りに職務を果たしてから，先になした職務と矛盾しないさらに優れた仕事をなす者，そのような者が最高の使者だと［人々は］言う」
BhK 8.128: (57e)vaidehīṃ dr̥ṣṭavān karma kr̥tv(57f)ānyair api duṣkaram |
(57g)yaśo yāsyāmy upādātā (58)vārtām ākhyāyakaḥ prabhoḥ ‖
「ヴィデーハの王女（シーター）はすでに見つけたので，他者がなし難い仕事をもなして上手く栄誉を得てから，主人に知らせを伝えるべく戻ることにしよう」

(57) A 2.3.69: na lokāvyayaniṣṭhākhalarthatr̥nām ‖
「1.1音の代置要素（ŚatR̥，ŚānaC，KānaC，KvasU）および Ki ／ KiN で終わる項目，2.kr̥t 接辞 u で終わる項目，3.kr̥t 接辞 ukaÑ で終わる項目，4.avyaya と呼ばれる項目，5.niṣṭhā（Kta，KtavatU）で終わる項目，6.KHaL の意味を持つ接辞で終わる項目，7.省略符 tr̥N が指示する接辞（ŚānaN，CānaŚ，ŚatR̥，tr̥N）で終わる項目，これらが使用される場合，〈行為主体〉または〈目的〉を表示する第六格接辞は起こらない」

［解説］(57a)dadhat abhijñānam（「思い出の品を持って」）における dadhat は，1音の代置要素 ŚatR̥ で終わる項目である（A 3.2.126: lakṣaṇahetvoḥ kriyāyāḥ）。「思い出の品」は dadhat が表示する持つ行為の〈目的〉であるが，dadhat は ŚatR̥ で終わる項目なので，〈目的〉を表示する第六格接辞の導入は A 2.3.69により禁止される。

(57b)cikīrṣuḥ karma（「所行をなそうと欲して」）における cikīrṣu は kr̥t 接辞 u で終わる項目である（A 3.2.168: sanāśaṁsabhikṣa uḥ）。ここで，「所行」は cikīrṣuḥ が表示する行為の〈目的〉であるが，cikīrṣu は kr̥t 接辞 u で終わる項目なので，〈目的〉を表示する第六格接辞の導入は A 2.3.69により禁止される。

(57c)gāmuko 'py antikam（「そばへ戻るはずだったが」）における gāmuka は，kr̥t 接辞 ukaÑ で終わる項目である（A 3.2.154: laṣapatapadasthābhūvr̥ṣahanakamagamaśṝbhya ukañ)。「そば」は gāmukaḥ が表示する行為の〈目的〉であるが，gāmuka（「戻る義務がある者」）は kṛt 接辞 ukaÑ で終わる項目なので，〈目的〉を表示する第六格接辞の導入は A 2.3.69により禁止される。

(57d) kṛtvā karma（「職務を果たしてから」）における kṛtvā は，kṛt 接辞 Ktvā で終わる項目である（A 3.4.21: samānakartṛkayoḥ pūrvakāle)。「職務」は kṛtvā が表示する行為の〈目的〉であるが，Ktvā で終わる kṛtvā は A 1.1.40: ktvātosun-kasunaḥ により avyaya と呼ばれるので，〈目的〉を表示する第六格接辞の導入は A 2.3.69により禁止される。

(57e) vaidehīṃ dṛṣṭavān（「ヴィデーハの王女はすでに見つけたので」）における dṛṣṭavat は kṛt 接辞 KtavatU で終わる項目であり（A 3.2.102: niṣṭhā)，同接辞は A 1.1.26: ktaktavatū niṣṭhā により niṣṭhā と呼ばれる。「ヴィデーハの王女」は dṛṣṭavān が表示する過去時の発見行為の〈目的〉であるが，dṛṣṭavat（「見つけた者」）は niṣṭhā と呼ばれる KtavatU で終わる項目なので，〈目的〉を表示する第六格接辞の導入は A 2.3.69により禁止される。

(57f) anyair api duṣkaram（「他者がなし難い［仕事］をも」）における duṣkara は，kṛt 接辞 KHaL で終わる項目である（A 3.3.126: īṣadduḥsuṣu kṛcchrākṛccrār-theṣu khal)。ここで，「他者」は duṣkaram が表示するなす行為の〈行為主体〉であるが，duṣkara（「なされ難いもの」）は KHaL 接辞で終わる項目なので，〈行為主体〉を表示する第六格接辞の導入は A 2.3.69により禁止される。マッリナータは当該箇所を anyad api duṣkaram（「他のなし難い［仕事を］も」）と読む。しかし，anyaiḥ というように，〈行為主体〉を表示する第三格接辞で終わる項目が使用されてこそ当該表現は A 2.3.69の禁止規定の例証をなし得る。したがって，ここではジャヤマンガラの読みを採用すべきである。

(57g) yaśo ... upādātā（「上手く栄誉を得てから」）における upādātṛ は，kṛt 接辞 tṛN で終わる項目である（A 3.2.135: tṛn)。「栄誉」は upādātā が表示する行為の〈目的〉であるが，upādātṛ（「巧みに得る者」）は tṛN で終わる項目なので，〈目的〉を表示する第六格接辞の導入は A 2.3.69により禁止される。

(57a)-(57g) において，〈行為主体〉を表示する第三格接辞と〈目的〉を表示する第二格接辞の導入はそれぞれ A 2.3.18: kartṛkaraṇayos tṛtīyā と A 2.3.2:

karmaṇi dvitīyā に基づく。

(58) A 2.3.70: akenor bhaviṣyadādhamarṇyayoḥ ‖

「1. 行為が未来時に属する場合に起こる kṛt 接辞 aka（ṆvuL）と in（inI と ṆinI）で終わる項目，2. 負債に限定された〈行為主体〉が表示されるべきときに起こる in（ṆinI）で終わる項目，これらが使用される場合，〈行為主体〉と〈目的〉を表示する第六格接辞は起こらない」

［解説］(58) vārtām ākhyāyakaḥ（「知らせを伝えるべく」）における ākhyāyaka は，行為が未来時に属する場合に起こる kṛt 接辞 ṆvuL で終わる項目である（A 3.3.10: tumunṇvulau kriyāyāṅ kriyārthāyām）。「知らせ」は ākhyāyakaḥ が表示する行為の〈目的〉であるが，ākhyāyaka（「伝える予定の者」）は ṆvuL で終わる項目なので，〈目的〉を表示する第六格接辞の導入は A 2.3.70により禁止される。〈目的〉を表示するためには，A 2.3.2: karmaṇi dvitīyā により第二格接辞が起こる。

［注記］マッリナータは BhK 8.127c 句の karoti ... kṛtyam（「仕事をなす」）により A 2.3.69が定める1つ目の規定が例示されるとする（SP on BhK 8.127 [I. 305.14]）。Kāśikāvṛtti によれば，A 2.3.69中の la により指定されているのは ŚatṚ，ŚānaC，KānaC，KvasU，Ki，KiN である（KV on A 2.3.69 [I.150.9-10][66]）。マッリナータの注釈を見る限り，彼はその中に定動詞接辞 tiṄ を含めているようである。しかし，直前の詩節で1つ目の規定はすでに例証されており（[57a] dadhat abhijñānam），A 2.3.69が与える他の規定を順番通り例証している最中に例証し終わった規定の例証が介在するのは不自然である。加えて，A 2.3.69中の la によって指定される要素の中に tiṄ を含めることは伝統的解釈と矛盾する。

BhK 8.129 → A 2.3.71-72

BhK 8.129: (59a) rākṣasendrasya saṁrakṣyaṃ (59b) mayā lavyam idaṁ vanam |
iti sañcintya (60) sadṛśaṃ nandanasyābhanak kapiḥ ‖

猿は「悪魔王（ラーヴァナ）が守護するにふさわしいこの森を私は切り裂くことができる」と熟考して，ナンダナ園にも似た［その森を］破壊した。

(59)　A 2.3.71: kr̥tyānāṅ kartari vā ‖

「kr̥tya 接辞で終わる項目が使用される場合，〈行為主体〉が表示されるべきときにのみ第六格接辞が任意に起こる」

［解説］(59a) rākṣasendrasya saṁrakṣyam（「悪魔王が守護するにふさわしい［森］」）における saṁrakṣya（「守護されるにふさわしい［森］」）と (59b) mayā lavyam（「私は［森を］切り裂くことができる」）における lavya（「切り裂かれ得る［森］」）はそれぞれ kr̥tya と呼ばれる接辞 ṆyaT と yaT で終わる項目である（A 3.1.124: r̥halor ṇyat; 3.1.97: aco yat)。ここで，「悪魔王」と「私」は，それぞれ saṁrakṣyam が表示する守護行為と lavyam が表示する切断行為の〈行為主体〉である。rākṣasendra という語と一人称代名詞 asmad に後続する第六格接辞と第三格接辞は A 2.3.71に基づく。

(60)　A 2.3.72: tulyārthair atulopamābhyān tr̥tīyānyatarasyām ‖

「tulā（「同等」）と upamā（「類似」）を除く，同等／類似を意味する語と結びつく場合，第六格接辞に加えて第三格接辞も任意に起こる」

［解説］(60) sadr̥śaṃ nandanasya（「ナンダナ園にも似た［森］」）において，nandana という語は類似性を表す sadr̥śa という語を共起項目とする。nandana という語に後続する第六格接辞は A 2.3.72に基づく。

BhK 8.130 → A 2.3.73

BhK 8.130: (61a) rāghavābhyāṁ śivaṃ dūtas tayor aham iti bruvan |
(61b) hito bhanajmi rāmasya kaḥ kiṃ brūte 'tra rākṣasaḥ ‖

「「ラグ家の子孫達（ラーマとラクシュマナ）に幸運がありますように。私は2人の使者であるからラーマに益する者でありますように」と言いながら［森を］破壊することにしよう。いかなる悪魔がこの［森の破壊］に対して何を言えるというのか(67)」

(61)　A 2.3.73: caturthī cāśiṣy āyuṣyamadrabhadrakuśalasukhārthahitaiḥ ‖

「祈願が理解される場合，ある項目が āyuṣya（「長寿」），madra（「幸運」），bhadra（「幸運」），kuśala（「健康」），sukha（「幸福」），artha（「利益」），hita

（「利益」）という項目と結びつくときに，その項目の後に第六格接辞に加えて第四格接辞も任意に起こる」

［解説］（61a）rāghavābhyāṁ śivam（「ラグ家の２人の子孫〈ラーマとラクシュマナ〉に幸運がありますように」）と（61b）hito ... rāmasya（「［私は］ラーマに益する者でありますように」）において，rāghava と rāma という語は，幸運を意味する śiva という語と利益を意味する hita という語をそれぞれ共起項目とする。両語に後続する第四格接辞と第六格接辞は A 2.3.73に基づく。（61a）と（61b）の解釈の際には astu（「ありますように」）という語が補われるべきである（SP on BhK 8.130 [I.306.13-14]: rāghavābhyāṁ rāmalakṣmaṇābhyāṁ śivaṃ bhadram astv iti śeṣaḥ）。

BhK 9.8-11: sicivr̥ddhyadhikāra (A 7.2.2-7)

バッティは BhK 9.8-11において，特定の iṣ-アオリストを使用することで，sIC と parasmaipada 接辞の後続を根拠とした，aṅga に対する vr̥ddhi 代置操作に関わる規則，A 7.2.2: ato lrāntasya–A 7.2.7: ato halāder laghoḥ を例証する。sIC は，アオリスト接辞 lUṄ の導入を根拠として動詞語基の後に導入される vikaraṇa 接辞 ClI の代置要素である（A 3.1.44: cleḥ sic）。BhK 9.8-11は，シーターを捜索するためにランカー島へやって来たハヌーマットと，ランカー島に住む悪魔達の戦いを描写する。

BhK 9.8 → A 7.2.2-3

BhK 9.8: (2a)<u>akṣāriṣuḥ</u> śarāmbhāṁsi tasmin rakṣaḥpayodharāḥ |
na (2b)<u>cāhvālīn</u> na (3b)<u>cāvrājīt</u> trāsaṃ kapimahīdharaḥ ||
雲々のごとき悪魔が彼（ハヌーマット）に雨水のごとき矢を注いだ。しかし，山のごとき猿は震えることも恐怖することもなかった。

（２） A 7.2.2: ato lrāntasya ||
「parasmaipada を後続要素とする sIC が後続するとき，短音 a に近接する

l 音または r 音で終わる aṅga の短音 a に vr̥ddhi が代置される[68]」

［解説］（2a）akṣāriṣur と（2b）ahvālīt という２つのアオリスト形の派生はそれぞれ以下の通りである[69]。

①			kṣarA					+	lUṄ	A 3.2.110
②			kṣar					+	jhi	A 3.4.78
③			kṣar			+	ClI	+	jhi	A 3.1.43
④			kṣar			+	sIC	+	jhi	A 3.1.44
⑤			kṣar	+	iṬ	+	s	+	jhi	A 7.2.35
⑥			kṣār	+	i	+	s	+	jhi	A 7.2.2
⑦			kṣār	+	i	+	s	+	Jus	A 3.4.109
⑧	aṬ	+	kṣār	+	i	+	s	+	us	A 6.4.71
⑨	a	+	kṣār	+	i	+	s	+	urU	A 8.2.66

akṣāriṣur

①の段階で，動詞語基 kṣar の後にアオリスト接辞 lUṄ が A 3.2.110: luṅ により導入される。②の段階で，三人称複数の parasmaipada 接辞 jhi が A 3.4.78: tiptasjhisipthasthamibvasmastātāñjhathāsāthāndhvamiḍvahimahiṅ により lUṄ に代置される。③の段階で，A 3.1.43: cli luṅi により kṣar の後に ClI 接辞が起こる。④の段階で，A 3.1.44: cleḥ sic により ClI 接辞に sIC が代置される。⑤の段階で，A 7.2.35: ārdhadhātukasyeḍ valādeḥ により sIC が加音 iṬ をとる。⑥の段階で，kṣar の a 音に A 7.2.2: ato lrāntasya により vr̥ddhi である ā 音が代置される。⑦の段階で，A 3.4.109: sijabhyastavidibhyaś ca により jhi 全体に（A 1.1.55: anekālśit sarvasya）Jus が代置される。⑧の段階で，aṅga である kṣār は A 6.4.71: luṅlaṅlr̥ṅkṣv aḍ udāttaḥ により加音 aṬ をとる。⑨の段階で，A 8.2.66: sasajuṣo ruḥ により us の s 音に rU が代置されて，akṣāriṣur という語形が派生する。便宜上，ṣ 音代置規則 A 8.3.59: ādeśapratyayayoḥ は派生表に反映させていない。以下同様である。

①			hvalA								+	lUṄ	A 3.2.110
②			hval								+	tiP	A 3.4.78
③			hval			+	ClI				+	ti	A 3.1.43
④			hval			+	sIC				+	ti	A 3.1.44
⑤			hval	+	iṬ	+	s				+	ti	A 7.2.35
⑥			hval	+	i	+	s				+	tϕ	A 3.4.100
⑦			hval	+	i	+	s	+	īṬ		+	tϕ	A 7.3.96
⑧			hvāl	+	i	+	s	+	ī		+	tϕ	A 7.2.2
⑨	aṬ	+	hvāl	+	i	+	s	+	ī		+	tϕ	A 6.4.71
⑩	a	+	hvāl	+	i	+	ϕ	+	ī		+	tϕ	A 8.2.28
⑪	a	+	hvāl					+	ī		+	tϕ	A 6.1.101
	ahvālīt												

①の段階で，動詞語基 hval の後にアオリスト接辞 lUṄ が A 3.2.110により導入される。②の段階で，三人称単数の parasmaipada 接辞 tiP が A 3.4.78により lUṄ に代置される。③の段階で，A 3.1.43により hval の後に ClI 接辞が起こる。④の段階で，A 3.1.44により ClI に sIC が代置される。⑤の段階で，A 7.2.35により sIC は加音 iṬ をとる。⑥の段階で，A 3.4.100により tiP の i 音にゼロが代置される。⑦の段階で，単音からなる接辞（apr̥kta）である t は（A 1.2.41: apr̥kta ekāl pratyayaḥ）A 7.3.96: astisico 'pr̥kte により加音 īṬ をとる。⑧の段階で，A 7.2.2により hval の a 音に vr̥ddhi である ā 音が代置される。⑨の段階で，aṅga である hvāl は A 6.4.71により加音 aṬ をとる。⑩の段階で，A 8.2.28: iṭa īṭi により sIC にゼロが代置される。⑪の段階で，A 6.1.101: akaḥ savarṇe dīrghaḥ により加音 iṬ の i 音と加音 īṬ の ī 音の両者に長音 ī が代置されて(70)，ahvālīt という語形が派生する。

動詞語基 kṣar は短音 a に近接する r 音で終わる項目である。(2a) akṣāriṣur の派生の⑥の段階において，aṅga である kṣar には sIC と parasmaipada 接辞 jhi が後続している。したがって，kṣar の短音 a には A 7.2.2により vr̥ddhi である ā 音が代置される。また，動詞語基 hval は短音 a に近接する l 音で終わる項目である。(2b) ahvālīt の派生の⑧の段階において，aṅga である hval には sIC と parasmaipada である tiP が後続する。したがって，同じく A 7.2.2により動詞語基 hval の短音 a には vr̥ddhi である ā 音が代置される。このように，(2a) akṣāriṣur と (2b) ahvālīt という 2 つのアオリスト形の使用を通じて A 7.2.2が例証される。

A 7.2.2は，vr̥ddhi 代置を禁止する A 7.2.4: neṭi と任意に vr̥ddhi が代置されることを規定する A 7.2.7: ato halāder laghoḥ に対する例外規則である（SK 2330 [III.152.5–153.1]）。a 音に近接する r ／ l 音で終わる動詞語基に sIC と parasmaipada が後続する場合には，A 7.2.2による vr̥ddhi 代置が必ず適用される（SP on BhK 9.8 [I.310.15–17]: ubhayatrāpi ato halāder laghor iti vikalpe prāpte ato lrāntasyeti nityaṁ sici vr̥ddhiḥ）。

（3） A 7.2.3: vadavrajahalantasyācaḥ ‖

「parasmaipada を後続要素とする sIC が後続するとき，1. aṅga である動詞語基 vad（「音を出す，議論する，言う」）の母音，2. aṅga である動詞語基 vraj（「放浪する，向かう」）の母音，3. 子音で終わる aṅga の母音，これらに vr̥ddhi が代置される」

［解説］(3b) avrājīt という語形の派生は次の通りである。

①			vrajA							+	lUṄ	A 3.2.110
②			vraj							+	tiP	A 3.4.78
③			vraj			+	ClI			+	ti	A 3.1.43
④			vraj			+	sIC			+	ti	A 3.1.44
⑤			vraj	+	iṬ	+	s			+	ti	A 7.2.35
⑥			vraj	+	i	+	s			+	tφ	A 3.4.100
⑦			vraj	+	i	+	s	+	īṬ	+	tφ	A 7.3.96
⑧			vrāj	+	i	+	s	+	ī	+	tφ	A 7.2.3
⑨	aṬ	+	vrāj	+	i	+	s	+	ī	+	tφ	A 6.4.71
⑩	a	+	vrāj	+	i	+	φ	+	ī	+	tφ	A 8.2.28
⑪	a	+	vrāj					+	ī	+	tφ	A 6.1.101

avrājīt

(3b) avrājīt の派生は，⑧の段階における vṛddhi 代置が A 7.2.3に基づくことを除けば，(2b) ahvālīt の派生と同様である。

⑧の段階において，aṅga である動詞語基 vraj には sIC と parasmaipada 接辞 tiP が後続している。したがって，vraj の母音 a には A 7.2.3により vṛddhi である ā 音が代置される。vad も vraj も子音で終わる動詞語基（halanta）であるにもかかわらず，A 7.2.3において両者を個別に述べるのは，A 7.2.7: ato halāder laghoḥ が与える vṛddhi 代置の任意性（vṛddhivikalpa）を排除するためである（KV on A 7.2.3 [II.797.15]: vikalpabādhanārthaṁ vadivrajigrahaṇam）。したがって，動詞語基 vad または vraj の後に sIC と parasmaipada が後続する場合には，A 7.2.3により両者の母音に必ず vṛddhi が代置される（SP on BhK 9.8 [I.310.18]: vadavraja — ityādinā nityaṁ vṛddhiḥ）。

BhK 9.9 → A 7.2.3-5

BhK 9.9: (3a)avādīt tiṣṭhatety uccaiḥ (4)prādevīt parighaṃ tataḥ |
tathā yathā raṇe prāṇān bahūnām (5a)agrahīd dviṣām ||

その後，［ハヌーマットは］「［そこを］動くな」と大声を上げ，鉄棒で攻撃した[71]。その攻撃は戦場で多くの敵達の命を奪うほどのものであった。

（3） A 7.2.3: vadavrajahalantasyācaḥ ||

「parasmaipada を後続要素とする sIC が後続するとき，1. aṅga である動詞語基 vad（「音を出す，議論する，言う」）の母音，2. aṅga である動詞語基 vraj（「放浪する，向かう」）の母音，3. 子音で終わる aṅga の母音，これらに vṛddhi が代置される」

［解説］まず (3a) avādīt の派生を示そう。

①	vadA	+	lUṄ	A 3.2.110
②	vad	+	tiP	A 3.4.78

③			vad			+	ClI			+	ti	A 3.1.43
④			vad			+	sIC			+	ti	A 3.1.44
⑤			vad	+	iṬ	+	s			+	ti	A 7.2.35
⑥			vad	+	i	+	s			+	tϕ	A 3.4.100
⑦			vad	+	i	+	s	+	īṬ	+	tϕ	A 7.3.96
⑧			vād	+	i	+	s	+	ī	+	tϕ	A 7.2.3
⑨	aṬ	+	vād	+	i	+	s	+	ī	+	tϕ	A 6.4.71
⑩	a	+	vād	+	i	+	ϕ	+	ī	+	tϕ	A 8.2.28
⑪	a	+	vād					+	ī	+	tϕ	A 6.1.101

avādīt

(3a) avādīt の派生も，⑧の段階における vr̥ddhi 代置が A 7.2.3に基づくことを除けば，(2b) ahvālīt の派生と同様である。

⑧の段階において，aṅga である動詞語基 vad には sIC と parasmaipada 接辞 tiP が後続している。この場合，(3b) avrājīt の場合と同様，vad の a 音には A 7.2.3により vr̥ddhi である ā 音が必ず代置される（SP on BhK 9.9 [I.311.2]): vadavraja — ityādinā nityaṁ vr̥ddhiḥ)。

（4） A 7.2.4: neṭi ‖

「parasmaipada を後続要素とし，加音 iṬ を先頭要素とする sIC が後続するとき，子音で終わる aṅga の母音に vr̥ddhi は代置されない」

[解説]（4）prādevīt というアオリスト形は次のように派生する。

①	pra	+	div							+	lUṄ	A 3.2.110
②	pra	+	div							+	tiP	A 3.4.78
③	pra	+	div			+	ClI			+	ti	A 3.1.43
④	pra	+	div			+	sIC			+	ti	A 3.1.44
⑤	pra	+	div	+	iṬ	+	s			+	ti	A 7.2.35
⑥	pra	+	div	+	i	+	s			+	tϕ	A 3.4.100
⑦	pra	+	div	+	i	+	s	+	īṬ	+	tϕ	A 7.3.96

⑧	pra			+	dev	+	i	+	s	+	ī	+	tϕ	A 7.3.86
⑨	pra	+	aṬ	+	dev	+	i	+	s	+	ī	+	tϕ	A 6.4.71
⑩	prā			+	dev	+	i	+	s	+	ī	+	tϕ	A 6.1.101
⑪	prā			+	dev	+	i	+	ϕ	+	ī	+	tϕ	A 8.2.28
⑫	prā			+	dev					+	ī	+	tϕ	A 6.1.101
	prādevīt													

（4）prādevīt の派生は，⑧の段階で A 7.3.86: pugantalaghūpadhasya ca により div の i 音に guṇa である e 音が代置される点と⑩の段階で A 6.1.101により pra の a 音と加音 aṬ の a 音の両者に長音 ā が代置される点を除けば，(2b) ahvālīt の派生と同様である。

pra-div は子音で終わる項目（halanta）である。⑧の段階において，aṅga である div には加音 iṬ を先頭要素とする sIC と parasmaipada 接辞 tiP が後続している。したがって，当該の div の i 音に対する A 7.2.3: vadavrajahalantasyācaḥ による vr̥ddhi 代置は，A 7.2.4: neṭi により禁止される。短音 a ではなく短音 i を有する div は A 7.2.7: ato halāder laghoḥ の適用条件を満たさないため，同規則により vr̥ddhi 代置が任意に適用されることもない。vr̥ddhi 代置が禁止される場合，div の i 音には A 7.3.86により guṇa である e 音が代置される。

（5） A 7.2.5: hmyantakṣaṇaśvasajāgr̥ṇiśvyeditām ‖

「parasmaipada を後続要素とし，加音 iṬ を先頭要素とする sIC が後続するとき，1. h 音，m 音，y 音で終わる aṅga の母音，2. aṅga である動詞語基 kṣaṇ（「傷つける」），śvas（「息を弾ませる」），jāgr̥（「目覚める」）の母音，3. aṅga である，ṆiC で終わる動詞語基の母音，4. aṅga である動詞語基 śvi（「膨らむ」）の母音，5. aṅga である，E を IT とする動詞語基の母音，これらに vr̥ddhi は代置されない」

［解説］(5a) agrahīt の派生は以下の通りである。

①	grahA	+	lUṄ	A 3.2.110
②	grah	+	tiP	A 3.4.78

③			grah			+	ClI			+	ti	A 3.1.43
④			grah			+	sIC			+	ti	A 3.1.44
⑤			grah	+	iṬ	+	s			+	ti	A 7.2.35
⑥			grah	+	i	+	s			+	tφ	A 3.4.100
⑦			grah	+	i	+	s	+	īṬ	+	tφ	A 7.3.96
⑧	aṬ	+	grah	+	i	+	s	+	ī	+	tφ	A 6.4.71
⑨	a	+	grah	+	i	+	φ	+	ī	+	tφ	A 8.2.28
⑩	a	+	grah					+	ī	+	tφ	A 6.1.101
	agrahīt											

(5a)agrahīt の派生は，grah の a 音に対する vr̥ddhi 代置が A 7.2.5により禁止される点を除けば，(2b)ahvālīt の派生と同様である。

⑦の段階において，子音で始まる（halādi）aṅga であり，短音 a を持つ動詞語基 grah は，A 7.2.7: ato halāder laghoḥ の適用条件を満たす。したがって，当該の grah の a 音には A 7.2.7により vr̥ddhi を任意に代置することが可能である。しかし，その vr̥ddhi 代置は A 7.2.5により禁止される（JM on BhK 9.9 [202.22-23]: ato halāder iti vikalpe prāpte hmyantakṣaṇaśvaseti pratiṣedhaḥ）。grah は h 音で終わる aṅga だからである。

BhK 9.10 → A 7.2.5-6

BhK 9.10: vraṇair (5b)avamiṣū raktaṃ dehaiḥ (6a)praurṇāviṣur bhuvam |
diśaḥ (6b)praurṇaviṣuś cānye yātudhānā bhavadbhiyaḥ ||
［ある］悪魔達は傷口から血を流し，体で地を覆った（地に倒れた）。また，他の悪魔達は恐怖に駆られて四方を覆った（四方に逃げ散った）。

（5）　A 7.2.5: hmyantakṣaṇaśvasajāgr̥ṇiśvyeditām ||

「parasmaipada を後続要素とし，加音 iṬ を先頭要素とする sIC が後続するとき，1. h 音，m 音，y 音で終わる aṅga の母音，2. aṅga である動詞語基 kṣaṇ（「傷つける」），śvas（「息を弾ませる」），jāgr̥（「目覚める」）の母音，

3．aṅga である，ṆiC で終わる動詞語基の母音，4．aṅga である動詞語基 śvi（「膨らむ」）の母音，5．aṅga である，E を IT とする動詞語基の母音，これらに vṛddhi は代置されない」

［解説］アオリスト形(5b)avamiṣur の派生は以下の通りである。

①			ṬUvamA					+	lUṄ	A 3.2.110
②			vam					+	jhi	A 3.4.78
③			vam			+	ClI	+	jhi	A 3.1.43
④			vam			+	sIC	+	jhi	A 3.1.44
⑤			vam	+	iṬ	+	s	+	jhi	A 7.2.35
⑥			vam	+	i	+	s	+	Jus	A 3.4.109
⑦	aṬ	+	vam	+	i	+	s	+	us	A 6.4.71
⑧	a	+	vam	+	i	+	s	+	urU	A 8.2.66
	avamiṣur									

(5b)avamiṣur の派生は，vam の a 音に対する vṛddhi 代置が A 7.2.5により禁止されることを除けば，(2a)akṣāriṣur の派生と同様である。

動詞語基 vam は m 音で終わる項目である。⑤の段階において，aṅga である vam には加音 iṬ を先頭要素とする sIC と parasmaipada 接辞 jhi が後続している。当該の vam の a 音に対する A 7.2.7: ato halāder laghoḥ による vṛddhi 代置は，(5a)agrahīt の場合と同様，A 7.2.5により禁止される。

（6） A 7.2.6: ūrṇoter vibhāṣā ‖

「parasmaipada を後続要素とし，加音 iṬ を先頭要素とする sIC が後続するとき，aṅga である動詞語基 ūrṇu（「取り囲む，包み込む」）の母音に vṛddhi が任意に代置される」

［解説］(6a)praurṇāviṣur と(6b)praurṇaviṣur という２つの語形の派生はそれぞれ次の通りである。

①	pra			+	ūrṇuÑ					+	lUṄ	A 3.2.110
②	pra			+	ūrṇu					+	jhi	A 3.4.78
③	pra			+	ūrṇu			+	ClI	+	jhi	A 3.1.43
④	pra			+	ūrṇu			+	sIC	+	jhi	A 3.1.44
⑤	pra			+	ūrṇu	+	iṬ	+	s	+	jhi	A 7.2.35
⑥	pra			+	ūrṇau	+	i	+	s	+	jhi	A 7.2.6
⑦	pra			+	ūrṇāv	+	i	+	s	+	jhi	A 6.1.78
⑧	pra			+	ūrṇāv	+	i	+	s	+	Jus	A 3.4.109
⑨	pra	+	āṬ	+	ūrṇāv	+	i	+	s	+	us	A 6.4.72
⑩	pra			+	aurṇāv	+	i	+	s	+	us	A 6.1.90
⑪	pr			+	aurṇāv	+	i	+	s	+	us	A 6.1.88
⑫	pr			+	aurṇāv	+	i	+	s	+	urU	A 8.2.66
	praurṇāviṣur											

①の段階で，pra-ūrṇu の後にアオリスト接辞 lUṄ が A 3.2.110により導入される。②の段階で，三人称複数の parasmaipada 接辞 jhi が A 3.4.78により lUṄ に代置される。③の段階で，A 3.1.43により動詞語基 ūrṇu の後に ClI 接辞が起こる。④の段階で，A 3.1.44により ClI に sIC が代置される。⑤の段階で，A 7.2.35により sIC は加音 iṬ をとる。⑥の段階で，A 7.2.6により ūrṇu の u 音に vṛddhi である au 音が代置される。⑦の段階で，A 6.1.78: eco 'yavāyāvaḥ により ūrṇau の au 音に āv が代置される。⑧の段階で，A 3.4.109により jhi 全体に Jus が代置される。⑨の段階で，aṅga である ūrṇāv は A 6.4.72: āḍ ajādīnām により加音 āṬ をとる。⑩の段階で，A 6.1.90: āṭaś ca により加音 āṬ の ā 音と ūrṇāv の ū 音の両者に vṛddhi である au 音が代置される。⑪の段階で，A 6.1.88: vṛddhir eci により pra の a 音と aurṇāv の au 音の両者に vṛddhi である au 音が代置される。⑫の段階で，A 8.2.66により Jus の s 音に rU が代置されて，praurṇāviṣur という語形が派生する。

①	pra			+	ūrṇuÑ					+	lUṄ	A 3.2.110
②	pra			+	ūrṇu					+	jhi	A 3.4.78
③	pra			+	ūrṇu			+	ClI	+	jhi	A 3.1.43
④	pra			+	ūrṇu			+	sIC	+	jhi	A 3.1.44
⑤	pra			+	ūrṇu	+	iṬ	+	s	+	jhi	A 7.2.35
⑥	pra			+	ūrṇo	+	i	+	s	+	jhi	A 7.2.6
⑦	pra			+	ūrṇav	+	i	+	s	+	jhi	A 6.1.78
⑧	pra			+	ūrṇav	+	i	+	s	+	Jus	A 3.4.109
⑨	pra	+	āṬ	+	ūrṇav	+	i	+	s	+	us	A 6.4.72
⑩	pra			+	aurṇav	+	i	+	s	+	us	A 6.1.90
⑪	pr			+	aurṇav	+	i	+	s	+	us	A 6.1.88
⑫	pr			+	aurṇav	+	i	+	s	+	urU	A 8.2.66
	praurṇaviṣur											

(6b) praurṇaviṣur の派生は，⑥の段階で A 7.2.6により ūrṇu の u 音に guṇa である o 音が代置される点と⑦の段階で A 6.1.78により o 音に av が代置される点を除けば，(6a) praurṇāviṣur の派生と同様である。

(6a) praurṇāviṣur と (6b) praurṇaviṣur の派生の⑥の段階において，aṅga である ūrṇu には加音 iṬ を先頭要素とする sIC と parasmaipada 接辞 jhi が後続している。この段階で A 7.2.6: ūrṇoter vibhāṣā による vr̥ddhi 代置を任意に適用することができる。(6a) praurṇāviṣur の場合には，ūrṇu の最終音 u に vr̥ddhi である au 音が当該規則により代置されている。一方，vr̥ddhi 代置がなされない場合には，同じく A 7.2.6により guṇa が代置される（SK 2449 [III.275.6-7]）。そのことを示すのが (6b) praurṇaviṣur の派生の⑥の段階である。そこでは，当該規則により ūrṇu の最終音 u に guṇa である o 音が代置されている。このように，(6a) と (6b) の両アオリスト形により，A 7.2.6が規定する vr̥ddhi 代置操作と guṇa 代置操作の両者が例示される。

BhK 9.11 → A 7.2.7

BhK 9.11: (7a)arāsiṣuś(72) cyutotsāhā bhinnadehāḥ priyāsavaḥ |
kaper (7b)atrasiṣur nādān mr̥gāḥ siṁhadhvaner iva ||

［悪魔達は］体を切り裂かれて力を失い，生を求めて泣き叫んだ。［彼らは］猿（ハヌーマット）のうなりに恐怖した。鹿達が獅子の声に恐怖するように。

（7） A 7.2.7: ato halāder laghoḥ ||

「parasmaipadaを後続要素とし，加音iṬを先頭要素とするsICが後続するとき，子音で始まるaṅgaのlaghuであるa音にvr̥ddhiが任意に代置される」

［解説］(7a)arāsiṣurと(7b)atrasiṣurという両アオリスト形の派生はそれぞれ以下の通りである。

①			rasA						+	lUṄ	A 3.2.110
②			ras						+	jhi	A 3.4.78
③			ras			+	ClI		+	jhi	A 3.1.43
④			ras			+	sIC		+	jhi	A 3.1.44
⑤			ras	+	iṬ	+	s		+	jhi	A 7.2.35
⑥			rās	+	i	+	s		+	jhi	A 7.2.7
⑦			rās	+	i	+	s		+	Jus	A 3.4.109
⑧	aṬ	+	rās	+	i	+	s		+	us	A 6.4.71
⑨	a	+	rās	+	i	+	s		+	urU	A 8.2.66
	arāsiṣur										

(7a)arāsiṣurの派生は，⑥の段階におけるvr̥ddhi代置がA 7.2.7に基づく点を除けば，(2a)akṣāriṣurの派生と同様である。

①			trasĪ					+	lUṄ	A 3.2.110
②			tras					+	jhi	A 3.4.78
③			tras			+	ClI	+	jhi	A 3.1.43
④			tras			+	sIC	+	jhi	A 3.1.44
⑤			tras	+	iṬ	+	s	+	jhi	A 7.2.35
⑥			tras	+	i	+	s	+	Jus	A 3.4.109
⑦	aṬ	+	tras	+	i	+	s	+	us	A 6.4.71
⑧	a	+	tras	+	i	+	s	+	urU	A 8.2.66

atrasiṣur

(7b)atrasiṣur の派生は，tras の a 音に vṛddhi 代置がなされない点を除けば，(2a)akṣāriṣur の派生と同様である。

(7a)arāsiṣur の派生の⑥の段階において，子音で始まる aṅga である動詞語基 ras に加音 iṬ を先頭要素とする sIC と parasmaipada 接辞 jhi が後続している。それを根拠として，A 7.2.7により ras の a 音には vṛddhi である ā 音が代置される。一方，(7b)atrasiṣur は A 7.2.7による vṛddhi 代置が適用されない場合に派生する語形である。(7a)と(7b)の使用により，A 7.2.7による vṛddhi 代置が適用されるときの語形と適用されないときの語形が示されている。

［注記］以上のように BhK 9.8-11では A 7.2.2-7が例証される。ここで見過ごしてはならないのは，A 7.2.2-3や A 7.2.6-7と同様，A 7.2.1もまた sIC と parasmaipada の後続を根拠とした vṛddhi 代置を規定する操作規則であり，それは A 7.2.2-3や A 7.2.6-7とは異なる適用領域を有することである。しかし奇妙なことに，バッティは BhK 9.8-11において A 7.2.2-7のみを例証し，A 7.2.1を例証しない。注釈者達が BhK 9.8-11に与える sicivṛddhyadhikāra という名称は，BhK 9.8-11において A 7.2.1-7が例証されることを予想させるため，その名称に影響されたと考えられる先行研究は，BhK 9.8-11で例証される規則を A 7.2.1-7と表記する（Narang 1969: 86; M. A. Karandikar and S. Karandikar 1982: xxx; Fallon 2009: xxv）。しかし，これは誤りである。

注目すべきは BhK 9.8-11の直前にある BhK 9.1-7である。BhK 9.1-7は小雑多規則を扱う詩節（prakīrṇakaśloka）である（JM on BhK 9.1 [200.22]）。それらのうち，BhK 9.1においてA 7.2.1の適用例であるアオリスト形（s-aorist）が使用されている。

BhK 9.1: drubhaṅgadhvanisaṁvignāḥ kuvatpakṣikulākulāḥ |
(1)akārṣuḥ kṣaṇadācaryo rāvaṇasya nivedanam ‖
悪魔女達は樹々が破壊される音に怯え，甲高い鳴き声を上げる鳥の群れに困惑して，ラーヴァナに訴えた。

［解説］（1）akārṣuḥ というアオリスト形の派生は以下の通りである。

①			ḌUkr̥Ñ			+	lUṄ	A 3.2.110
②			kr̥			+	jhi	A 3.4.78
③			kr̥	+	ClI	+	jhi	A 3.1.43
④			kr̥	+	sIC	+	jhi	A 3.1.44
⑤			kār	+	s	+	jhi	A 7.2.1; 1.1.51
⑥			kār	+	s	+	Jus	A 3.4.109
⑦	aṬ	+	kār	+	s	+	us	A 6.4.71
⑧	a	+	kār	+	s	+	urU	A 8.2.66
⑨	a	+	kār	+	s	+	uḥ	A 8.3.15
⑩	a	+	kār	+	ṣ	+	uḥ	A 8.3.59
	akārṣuḥ							

①の段階で，動詞語基 kr̥ の後にアオリスト接辞 lUṄ が A 3.2.110により導入される。②の段階で，三人称複数の parasmaipada 接辞 jhi が A 3.4.78により lUṄ に代置される。③の段階で，A 3.1.43により動詞語基 kr̥ の後に ClI 接辞が起こる。④の段階で，A 3.1.44により ClI 接辞に sIC が代置される。⑤の段階で，kr̥ の r̥ 音に A 7.2.1により vr̥ddhi である ā 音が代置され，その ā 音には A 1.1.51: ur aṇ raparaḥ により r 音が後続する。⑥の段階で，A 3.4.109により jhi

全体にJusが代置される。⑦の段階で，aṅgaであるkārはA 6.4.71により加音aṬをとる。⑧の段階で，A 8.2.66によりusのs音にrUが代置される。⑨の段階で，A 8.3.15によりrUにvisargaが代置される。⑩の段階で，A 8.3.59によりsICのs音にmūrdhanyaが代置されて，akārṣuḥという語形が派生する。(73)

上記⑤の段階で適用されるのはまさしくA 7.2.1である。

（1） A 7.2.1: sici vṛddhiḥ parasmaipadeṣu ‖

「parasmaipadaを後続要素とするsICが後続するとき，iKで終わるaṅgaの最終音にvṛddhiが代置される」

すでに述べたようにA 7.2.1は操作規則である。しかしその一方で，当該規則はsici，vṛddhiḥ，parasmaipadeṣuという規則中の全項目が後続規則に継起するという点で支配規則としての側面も持つ。これがバッティをしてA 7.2.1とA 7.2.2-7を峻別させた理由であろう。

註

（1） Nyāsa on KV to A 1.4.51 (I.572.32-573.16): nanu cātra kathitāpādānādisañjñā | asti hy asau pauravād gām ādatta iti asty evāpāyaḥ | naitad asti | na hi yācanād evāpāyo bhavati | kiṃ tarhi | yācito 'sau yadi dadāti tadāpāyena yujyate |（「【反論】ここで，すでに言及された〈起点〉などという術語が［「プール族」に］適用される。そう，「彼はプール族から牛を受け取る」というように離別が確かに存在するからである。【答論】そうではない。乞う行為だけに基づいて離別が起こることはないから。【問】その場合どうなるのか。【答】乞われた彼が［xを］与えるならば，彼は［xとの］離別と結びつけられる」）。

（2） Nyāsa on KV to A 1.4.51 (I.570.31-571.21): pūrvagrahaṇam atrānyavidher upalakṣaṇārtham |

（3） Kāśikāvṛttiが示すように（KV on A 1.4.51 [I.85.21-86.3]），upayogaという語において，upa-yujに後続するkṛt接辞GHaÑは〈目的〉を表示するというのが伝統的解釈である。一方，Joshi and Roodbergen 1975: 181, note 517は，A 3.3.18: bhāveが規定するGHaÑ導入によりupayogaという語は派生するから，その語は「使用されるもの」ではなく「使用」という行為名詞でなければならないとする。しかしA 3.3.18に続くA 3.3.19: akartari ca kārake sañjñāyāmに基づけば前者の解釈は否定されない。

（4） Pradīpa on MBh to A 1.4.51 (II.415.6): duhyādīnāṃ cārthopalakṣaṇāyopādānāt paryāyaprayoge 'pi karmasañjñā bhavati |

（5） PM on KV to A 1.4.51 (I.570.16–18): anena gāṃ dogdhi paya ityādau payaḥprabhṛter upayujyamānatvād īpsitatamatvam | gavādes tu tadarthatvād upādānasyānīpsitatamatvaṃ ca darśayati | tathāyuktatvābhāvāc ca gavādes tathāyuktam ity anenāpi na sidhyati |（「これゆえ，「牛の乳を搾りとる」などにおいて，「乳」などは有用なものであるから最も望まれる［〈目的〉］である。一方，「牛」などはその［「乳」などという結果（kārya)］を目的とするから主因であり，そして最も望まれる［〈目的〉］ではないことを［Kāśikāvṛtti は］示している。また，「牛」などは［「乳」などが行為と結びつくのと］同様の仕方での［行為との］結びつきを欠いているから，A 1.4.50: tathāyuktam 云々というこの［規則］によっても［「牛」などが〈目的〉と呼ばれることは］成立しない」)。

（6） Nyāsa on KV to A 1.4.51 (I.571.26–27): sādhanaṁ hi kriyāyā upakārakam | yac copakārakaṃ tad upakāryaṃ pradhānam apekṣya guṇo bhavati |（「実に〈能成者〉は行為の扶助者である。そして扶助者というものは，扶助されるべき主要素に相関して従属要素となる」)。

（7） 当該規則は，〈基体〉を表示しない項目が共起項目である場合にも動詞語基 car の後に kṛt 接辞 Ṭa が起こることを規定するために定式化されている（KV on A 3.2.17 [I. 214.20]: anadhikaraṇārthaḥ ārambhaḥ)。Kāśikāvṛtti が挙げる例 bhikṣācara，senācara，ādāyacara（KV on A 3.2.17 [I.214.20–21]）を，Padamañjarī は次のように説明する。PM on KV to A 3.2.17 (II.554.11–13): caratir atra tatpūrvake arjane vartate | caraṇena bhikṣām arjayatīty arthaḥ | senācara iti | senāṃ praviśann ucyate | ādāyacara iti | ādāya gacchatīty arthaḥ | bhakṣayatīti vā |（「この［第 1 の例］において動詞語基 car はその［動詞語基 car の意味「動き回り」］を前提とした入手を意味する。［bhikṣācara という語は，］動き回ることで施しを得る者を意味する。senācaraḥ について。軍隊に入りつつある者が［senācara という語により］表示される。ādāyacaraḥ について。とってから行く者という意味である。あるいは［とって］食べる者［という意味である］」)。

（8） Nyāsa on KV to A 3. 2. 18 (554. 27–30): agraśabdasyaikārāntatvaṃ nipātyate — agresara ity etad rūpaṁ yathā syāt | nanu ca saptamyā alukāpy etat sidhyati | satyam | yadā sidhyati tadā saptamyanta upapade pratyayaḥ | yadāgraḥ saratīti agreṇa vā saratīty asaptamyantas tadā na sidhyati | tadartham ekārāntatvaṃ nipātyate |（「agra という語が e 音で終わることが［既成形として］定着させられる。agresara というこの語形を成立させるために。【反論】しかし，第七格接辞にゼロが代置されないことによっても，この［agresara という語形］は成立する。【答論】確かにそうである。［agresara という語形が］成立するならば，第七格接辞で終わる［agre という］項目が共起項目である場合に［Ṭa］接辞が起こっている。［しかし，agre sarati ではなく］agraḥ sarati あるいは agreṇa sarati というように［agra という語が］第七格接辞で終わらないときには，［agresara という語形は］成立しない。そのために［分析文 agraḥ sarati ／ agreṇa sarati

と意味的に等価な agresara という語形を成立させるために］，e 音で終わることが定着されられる」)。PM on KV to A 3.2.18 (II.555.9-10): yadā tarhy agraṁ sarati agreṇa saratīti vā vigṛhyate tadāpy agresara ity eva yathā syāt｜(「【答】その場合，agraṁ sarati あるいは agrena sarati と分析されるときにも，agresara という語形だけが成立するように［e 音で終わる項目が既成形提示されている］」)。

（9） 原因（hetu），傾向性（tācchīlya），従順さ（ānulomya）のいずれも理解されず，単に〈目的〉を表示する語が共起項目である場合には kṛt 接辞 Ṭa は起こらず，A 3.2.1: karmaṇy aṇ により kṛt 接辞 aṆ が起こる。KV on A 3.2.20 (I.215.11): eteṣv iti kim｜kumbhakāraḥ｜nagarakāraḥ｜

（10） Kāśikāvṛtti は A 3.2.20の hetu を単なる原因ではなく「絶対的な原因」とする（KV on A 3.2.20 [I.215.8-9]: hetuḥ aikāntikaṃ kāraṇam）。Padamañjarī によれば，どんな時でも必ず結果をもたらす原因である（PM on KV to A 3.2.20 [II.556.11]: niyatam avyabhicārīty arthaḥ）。Nyāsa は A 3.2.20における hetu 言明の要点を次のように説明する。Nyāsa on KV to A 3.2.20 (II.556.25-26): siddhe kartur iha nimittatve punar hetuśabda upādīyamāna aikāntikatvaṃ bodhayatīti — yaḥ kartā yasyāḥ kriyāyā aikāntiko hetur iti｜(「ここで，行為主体が［行為成立の］根拠であるときに再度 hetu という語が述べられているので，同語は［原因の］絶対性を知らしめる。「ある行為主体はある行為の絶対的な原因である」と」)。

（11） A 3.2.20で規定された絶対的原因，傾向性，従順さが理解されない場合にも動詞語基 kṛ の後に kṛt 接辞 Ṭa が起こることを規定するために，当該規則は定式化されている。KV on A 3.2.21 (I.215.15): ahetvādyartha ārambhaḥ｜

（12） BM on SK 2936 (IV.54.11): vetanaṃ gṛhītvā yaḥ parārthaṃ karma karoti sa bhṛtaka ity ucyate｜(「賃金をもらって他者のために仕事をする者，その者が使用人〈bhṛtaka〉と呼ばれる」)。

（13） KV on A 3.2.22 (I.216.3): bhṛtāv iti kim｜karmakāraḥ｜

（14） hṛdayāvidh（「心を貫く者」）は，hṛdaya と vidh（vyadh + KvIP）の 2 語からなる複合語である。kṛt 接辞 KvIP で終わる vyadh が複合語の後続要素であるとき，複合語の先行要素の最終音には A 6.3.116: nahivṛtivṛṣivyadhirucisahitaniṣu kvau により長音が代置される（hṛdayavidh → hṛdayāvidh）。

（15） 直訳は「どんなものについても，［その］魅力は恋人［の有無］にかかっている。これは全く明らかだ。恋人がいないときは，ハンサ鳥とコーキラ鳥は不快に音を立てる者となるから」などとなるが，詩節の趣意を考慮して上記のように訳す。SP on BhK 6.75 (I.188.12-13): yat pūrvaṃ priyāsahacarasya me sukhāvahaṃ tat sarvam idānīm asahyaṃ jātam iti tātparyam｜(「以前，恋人〈シーター〉と一緒にいる私に幸福を与えていたもの，それは今や全て耐え難きものとなった。これが趣旨である」)。次の先行訳は当該詩節の要点を得ていない。Leonardi 1972: 50.19-21: "Haṁsa-*birds* and kokilas are always delightfully full-sounding when they are under the sway of their mistresses: this is the reason why they become hoarse when their mistress pars from them."

(16)　nand 群，grah 群，pac 群の動詞語基は，dhātupāṭha ではなく gaṇapāṭha において提示される。KV on A 3.1.134 (I.206.18-19): nandigrahipacādayaś ca na dhātupāṭhataḥ sanniviṣṭā gr̥hyante | kintarhi nandana ramaṇa ityevamādiṣu prātipadikagaṇeṣu apoddhr̥tya prakr̥tayo nirdiśyante |（「そして nand 群，grah 群，pac 群は，dhātupāṭhata からはひとまとまりのものとして把握されない。そうではなくて，［パーニニは］nandana，ramaṇa というこのような類いの名詞語基群において［動詞語基を］抽出した上で［その］語基を教示している」）。gaṇapāṭha に提示される語群については，Cardona 1997: pars. 202-203; 205-206を見よ。

(17)　パーニニ文法家によれば gaṇapāṭha が挙げる語群（gaṇa）には 2 種ある。成員が余すところなく列挙される（parigaṇana）語群と代表例（ākr̥ti）だけが列挙される語群である。Cardona 1997: par. 204を見よ。

(18)　KV on A 3.1.137 (I.208.3): upasarga iti ke cin nānuvartayanti | paśyatīti paśya [read: paśyaḥ] |

(19)　マッリナータは hato（「［樹々により］私は傷つけられる」）と読む。直前の BhK 6.77で vayam という人称代名詞が使用されていることを理由に，ジャヤマンガラの複数形の読みを採用する。

(20)　規則中に提示される limp と vind はそれぞれ lip と vid に nUM が付加された形である。A 7.1.59: śe mucādīnām は，Śa 接辞が後続するとき，muc 群の動詞語基が加音 nUM をとることを規定する。パーニニは，limp と vind という語形を提示することで，A 3.1.138の適用対象は，A 7.1.59の適用対象である tud 群（muc 群に含まれる）の lip と vid だけであることを知らしめている。BM on SK 2900 (IV.39.11-12): sūtre kr̥tanumau limpavindau nirdiṣṭau | atas taudādikayor eva grahaṇam |

(21)　Nyāsa on KV to A 3.1.138 (II.531.26-27): pāra tīra karmasamāptau curādiḥ | atha vā pr̥̄ pālanapūraṇayor iti hetumaṇṇijantaḥ |

(22)　Nyāsa on KV to A 3.1.138 (II.531.27-28): vida vedanākhyānanivāseṣu | curādiṇyantaḥ | atha vā — jñānādyarthānāṁ vidādīnām anyatamo hetumaṇṇyantaḥ |

(23)　Nyāsa on KV to A 3.1.138 (II.531.29): citī sañjñāne | curādiṇyantaḥ |

(24)　当該の動詞語基 sat は dhātupāṭha には挙げられていない。それは当該規則が直接挙げる動詞語基（sautra）である。SK 2900 (IV.38.6-39.1): sātiḥ sukhārthaḥ | sautro hetumaṇṇyantaḥ |

(25)　Nyāsa on KV to A 3.1.138 (II.531.29-30): ṣaha marṣaṇe hetumaṇṇyantaḥ | curādiṇyanto vā |

(26) A 3.1.138は bhū 群と tud 群の動詞語基 dhṛ の後に Śa 接辞が起こることを規定する (BM on SK 2900 [IV.39.11-12]: dhṛñ dhāraṇe dhṛṅ avasthāne ābhyāṁ hetumaṇṇyantābhyāṁ śaḥ)。bhū 群の動詞語基 dhṛÑ（「支え持つ」）の後に Śa が起こる場合，「支えさせる者，負債者」を意味する dhāraya という語が派生する。一方，tud 群の動詞語基 dhṛṄ（「存立する」）の後に Śa が起こる場合，その派生形 dhāraya は「x を存立させる者，すなわち x を支える者，持つ者」を意味する。バッティが使用する dhāraya は後者である。

(27) cur 群の動詞語基の後には A 3.1.25: satyāpapāśarūpavīṇātūlaślokasenālomatvacavarmavarṇacūrṇacurādibhyo ṇic により無条件に ṆiC 接辞が導入される。同接辞は，A 3.1.26: hetumati ca が導入を規定する使役接辞 ṆiC とは異なる。

(28) dada という語形の派生の概略を述べておこう。Śa 接辞には A 3.4.113: tiṅśit sārvadhātukam により術語 sārvadhātuka が適用される。〈行為主体〉を表示する sārvadhātuka である Śa が後続するとき，動詞語基 dā の後に A 3.1.68: kartari śap により vikaraṇa 接辞 ŚaP が起こる。hu 群の動詞語基である dā に後続する ŚaP には A 2.4.75: juhotyādibhyaḥ śluḥ によりゼロ（Ślu）が代置される。Ślu の後続を根拠として A 6.1.10: ślau により音素重複が起こる。dadha の場合も同様である。

(29) KV on A 3.1.139 (I.208.16): ṇasyāpavādaḥ | dadaḥ dāyaḥ | dadhaḥ dhāyaḥ; SK 2901 (IV.39.5-40.1): śaḥ syāt | dadaḥ | dadhaḥ | pakṣe vakṣyamāṇo ṇaḥ |

(30) KV on A 2.3.65 (I.148.21): śeṣa iti nivṛttaṃ punaḥkarmagrahaṇāt | itarathā hi kartari ca kṛtīty evaṃ brūyāt |

(31) Nyāsa は次のように説明する。Nyāsa on KV to A 2.3.65 (II.225.31-226.26): itarathā hīti | yadi śeṣagrahaṇam anuvartata ity arthaḥ | kartari ca kṛtīty evaṃ brūyād iti | evam api hy ucyamāne śeṣa ity anuvṛttau cakārakaraṇāt karmaṇīty etal labhyata eva, kiṃ karmagrahaṇena | tasmāt punaḥkarmagrahaṇaṁ śeṣādhikāranivṛttyartham | punaḥkarmagrahaṇena hi pūrvasya karmagrahaṇasya nivṛttir ākhyāyate | tannivṛttau tatsambaddham anuvṛttam api śeṣagrahaṇaṃ nivartate |（「itarathā hi 以下について。もし śeṣa という語が継起するならば，という意味である。kartari ca kṛtīty evaṃ brūyāt 以下について。実に，このように定式化された場合でも，śeṣa という語が継起するならば ca 音の言明により karmaṇi というこの［語］が必ず得られる。［それなのに］karman［という語］を述べて何になろう。それゆえ，再度 karman［という語］を述べるのは śeṣa 論題を終了させるためである。再度 karman［という語］が述べられることで，先行の［A 2.3.52 における］karman という語は読み込まれないことが知らされるからである。その［A 2.3.52における karman という語が］読み込まれないとき，それと関係する継起者である śeṣa という語も［A 2.3.65には］読み込まれない」)。

(32) dhātupāṭha I.884: jválÁ dīptau から dhātupāṭha I.913: kásÁ gatau までの動詞語基が A 3.1.140の適用対象である。同規則は，pac 群の動詞語基の後に kṛt 接辞 aC の導入を

規定するA 3.1.134の例外規則（apavāda）である。KV on A 3.1.140 (I.208.20): aco 'pavādaḥ; Nyāsa on KV to A 3.1.140 (II.533.28-29): jvalādīnāṃ pacādyantaḥpātitvāt |

(33)　真珠のように美しい露の滴は，シーターが身に着けていた首飾りの真珠をラーマに思い出させ，心の動揺を誘う。JM on BhK 6.80 (124.1-2): sītāhārasthamuktāphalāni smārayantīty arthaḥ |

(34)　マッリナータはjīvasyāpahāroと読む。しかし，当該表現はA 3.1.141の例証を意図したものであるから，ジャヤマンガラの読みを採用すべきである。A 3.1.141の適用対象はava-hṛでありapa-hṛではない。マッリナータが後者を提示するA 3.1.141の読みを知っていた可能性はあるが，確かではない。

(35)　このような苦しみを味わうくらいなら死んだ方がましなのに死ぬことすらできない，という意味である。SP on BhK 6.81 (I.190.21-22): asmad jīvanān maraṇam eva varam iti bhāvaḥ |

(36)　APV on AK 1.12.22a (169.24): gṛhṇāti na muñcati prāṇina iti grāhaḥ |

(37)　ŚKD (374.43): gṛhṇāti gativiśeṣān iti |

(38)　KV on A 3.1.143 (I.209.10-11): acaḥ apavādaḥ | grāhaḥ grahaḥ | vyavasthitavibhāṣā ceyam | jalacare nityaṃ grāhaḥ | jyotiṣi neṣyate | tatra grahaḥ eva |

(39)　gṛhaに関しては多様な語義解釈が与えられている。例えば，Amarapadavivṛtiは「入ってくる者達をつかむもの（受け入れるもの）」（gṛhṇanti praviṣṭān iti gṛhāḥ）と説明する（APV on AK 2.2.4c [197.19]）。

(40)　Bālamanoramāは当該言明をvārttikaと見なすが（BM on SK 2907 [IV.42.18]: vārttikam idam），Kielhorn版（Abhyankar 1962-72）とRohtak版（Vedavrata 1962-63）にはnṛtikhanirañjibhyaḥというvārttikaは収録されていない。一方，NSP版（Śāstrī and Kudāla 1937）には収録されている。

(41)　なお，A 3.1.145はCV 1.1.157: nṛtikhanirajaḥ śilpini ṣvunに対応する。チャンドラゴーミンは上記パタンジャリの言明に合わせてA 3.1.145を改訂している。

(42)　Nyāsa on KV to A 3.1.147 (II.537.28-29): uttaratra cakāreṇa ṇyuṭ evānuvṛttir yathā syāt thakano mā bhūd iti | go ṇyuṭthakanāv ity ekayoge thakann apy anukṛṣyeta |（「後続規則〈A 3.1.148〉におけるca音によりṆyuṬだけが継起し，thakaNは継起してはならない。このような目的で［規則が別々に定式化されている］。go ṇyuṭthakanauと1つの規則が定式化される場合，［ṆyuṬに加えて］thakaNも［後続規則に］読み込まれるはずである」）。

(43)　KV on A 3.1.148 (I.210.8): kāle — hāyanaḥ saṁvatsaraḥ | jihīte bhāvān iti kṛtvā |

(44)　KV on A 3.1.149 (I.210.11): samabhihāragrahaṇenātra sādhukāritvaṁ lakṣyate |

(45)　PM on KV to A 3.1.149 (II.538.16-18): yaś ca yāṃ kriyāṃ punaḥ punar anutiṣṭhati tasya tatra prāyeṇa kauśalam upajāyate | ataḥ prāyaḥsāhacaryāt sādhukāritvaṁ lakṣyate |

lakṣaṇayā tatra vartata ity arthaḥ | tena kiṁ siddhaṃ bhavatīty āha — sakṛd api |（「そして，ある人がある行為を繰り返し実践するならば，概してその人にはその行為に対する巧みさが生まれる。これゆえ，［行為実践回数の］多さとの随伴関係に基づいて，［samabhihāraという語により］行為の巧みさが間接的に指示される。間接的指示に基づいてその［行為の巧みさの意味］領域で［vuNが］起こる，という意味である。それにより何が成立するのかという問いに対して［Kāśikāvṛttiはsakṛd api以下を述べている］」)。

(46) Uddyota on MBh to A 3.1.149 (III.219.19): samabhihāragrahaṇasthāne idaṃ kāryam ity arthaḥ |

(47) Leonaridi 1972: 51.23; M. A. Karandikar and S. Karandikar 1982: 27.77; Fallon 2009: 117.13による先行訳には，lavakaという語から理解される〈行為主体〉の行為実践の巧みさが反映されていない。

(48) KV on A 3.1.150 (I.210.14–15): jīvatāt jīvakaḥ | nandāt nandakaḥ | āśīh prārthanāviśeṣaḥ | sa ceha kriyāviṣayaḥ | amuṣyāḥ kriyāyāḥ kartā bhaved ity evam āśāsyate |（「【例】［xが］生きることを願う〈jīvatāt = jīvakaḥ〉。［xが］喜ぶことを願う〈nandāt = nandakaḥ〉。祈願とは懇願の一種である。そしてその［祈願］は，我々の体系では行為を対象とする。［xが］そのような［願われる］行為の〈行為主体〉であることを願う，とこのように祈願がなされる」)。

(49) BhK 6.86cd句に対する以下の先行訳は，jīvakaという語から理解される祈願の意味をくみ取らない。Fallon 2009: 117.16–17: “I have been betrayed by my kinsman: how can I live any longer?”; M. A. Karandikar and S. Karandikar 1982: 78.13–14: “How would I, opposed by (my) brother, (remain) alive?”

(50) テクストはpāpānuvasitaṁと読むが，ジャヤマンガラとマッリナータはpāpānv avasitaṁと読む。この読みは，当該箇所で例証されるA 1.4.85に対してKāśikāvṛttiが挙げる例「軍隊が河と結びつく」(nadīm anv avasitā senā)，「軍隊が山と結びつく」(parvatam anv avasitā senā) とその構造が一致する (KV on A 1.4.85 [I.94.7–8]: nadīm anv avasitā senā | parvatam anv avasitā senā | parvatena sambaddhety arthaḥ)。Kāśikāvṛttiが挙げる例からもわかるように，A 1.4.85: tṛtīyārtheが規定する第三格接辞の意味はsaha（「〜と共に」）の意味である (Nyāsa on KV to A 1.4.85 [I.617.21])。テクストの読みでも「罪と一緒に住む［ラーヴァナ］」(pāpānu vasitaṃ) と解釈することは可能であるが，Kāśikāvṛttiが挙げる例との連関を重視し，pāpānv avasitaṃの読みを採用したい。なお，Joshi and Paṇśīkar本はpāpānuvāsitaṁという読みを提示する。それをpāpānu vāsitaṃ（「罪に香りづけられた［ラーヴァナ］」）と区切って読むことは可能である。しかしこの読みは，anuが標示する第三格接辞の意味を「原因」とするA 1.4.85の伝統的解釈と矛盾する。

(51)　Prakāśa on VP 3.14.9 (II.154.13): abhedopacārān matublopād vā kṛṣṇaśabdo dravye vartate ‖（「［属性と属性保持者間の］不異性の仮構に基づいて，あるいは matUP のゼロ化に基づいて，kṛṣṇa〈「黒い」〉という語は実体を表示する」)。属性と属性保持者間の不異性の仮構と所有接辞のゼロ化に関する論説の濫觴は，A 5.2.94: tad asyāsty asminn iti matup に対する Bhāṣya である（MBh on A 5.2.94 [II.394.8-15]）。

(52)　KV on A 2.3.33 (I.141.3-4): yadā tu dharmamātraṃ karaṇatayā vivakṣyate na dravyam, tadā stokādīnām asattvavacanatā ‖（「そして，属性だけが〈手段〉として表現しようと意図され，実体は［〈手段〉として］表現しようと意図されないとき，stoka などは非実体表示語である」)。

(53)　テクストは vyālatamān と読むが，比較級接辞 taraP 導入による派生形 vyālatarān が読みとして望まれる（A 5.3.57: dvivacanavibhajyopapade tarabīyasunau)。

(54)　BM on SK 1204 (II.344.14): nakṣatrayuktaś candramāḥ nakṣatraśabdena vivakṣitaḥ |

(55)　BM on SK 640 (I.700.20-21): mātari sādhur iti | hitakārīty arthaḥ | nipuṇo veti | mātari kuśala ity arthaḥ |

(56)　その者達に自分が見つかることはなかったという意味か。

(57)　ジャヤマンガラは aṅgulīyakaḥ（「指輪」）と読み，そこにおける第一格単数接辞は，男性という性（liṅga）を付加的なものとする，「指輪」という名詞語基 aṅgulīyaka の意味を表示すると説明する（JM on BhK 8.118 [196.26-27])。彼は，aṅgulīyaka という語には男性形と中性形の両形があり得ると考えているようである。ここでは，同語を中性形としてのみ提示する Amarakośa に基づき，Trivedī 本およびマッリナータの読みを採用した。

(58)　SP on BhK 8.118 (I.301.16-17): rāmeṇa mamārpitaṃ | maddhaste nyastam ity arthaḥ |

(59)　次の文法家達の説明を参照せよ。SK 606 (I.672.2): karmādīnām api sambandhamātravivakṣāyāṁ ṣaṣṭhy eva | satāṃ gatam |（「〈目的〉なども関係一般として意図される場合には，第六格接辞だけが起こる。【例】善人達と関係する進行」)。BM on SK 606 (I.672.20-21): bhāve ktaḥ | satsambandhi gamanam ity arthaḥ | kartṛtvavivakṣāyāṃ tu sadbhiḥ gatam iti tṛtīyā bhavaty eva |（「〈行為〉を表示する Kta が起こっている。善人達と関係する進行行為という意味である。一方，〈行為主体〉性が意図される場合には，sadbhiḥ gatam〈「善人達による進行」〉というように第三格接辞が確かに起こる」)。

(60)　BM on SK 613 (I.677.19): mātuḥ smaraṇam iti | vastutaḥ karmībhūtamātṛsambandhi smaraṇam ity arthaḥ |（「「母の想起」について。実際には〈目的〉である「母」と関係する想起行為，という意味である」)。

(61)　なお，属性の付与が理解されるとき，upa に先行される kṛ の k 音の前には A 6.1.139: upāt pratiyatnavaikṛtavākyādhyāhāreṣu により sUṬ が付加される（upa-s-kṛ)。

(62)　vacana という語が行為主体を意味する点については，次の Bālamanoramā の説明

を見よ。BM on SK 615 (I.678.8–10): bhāvavacanānām ity etad vyācaṣṭe — bhāvakartṛkāṇām iti | vaktīti vacanaḥ | kartari lyuṭ | prakṛtyartho na vivakṣitaḥ | bhāvo dhātvartho vacanaḥ kartā yeṣām iti vigrahaḥ | bhāvakartṛkāṇām iti phalitam iti bhāṣye spaṣṭam | (「[バットージディークシタは] bhāvavacanānām というこれを bhāvakartṛkāṇām と説明する。vacana とは述べる主体という意味である。〈行為主体〉を表示する LyuṬ が起こっている〈A 3.3.113: kṛtyalyuṭo bahulam〉。語基〈vac〉の意味は意図されていない。[bhāvavacana という複合語は]〈行為〉〈bhāvaḥ = dhātvarthaḥ〉を〈行為主体〉〈vacanaḥ = kartā〉とするもの，と分析される。[その結果，]〈行為〉を〈行為主体〉とするもの〈bhāvakartṛkāṇām〉という意味が結果する。以上は Bhāṣya に明らかである」)。

(63) 詩節中の tavopaśāyikā yāvad rākṣasyaś cetayanti na ... tāvat を Leonardi 1972: 82は 'in the meantime, while the she-demons, who are lying near you, do not notice it,' と訳し，同様に M. A. Karandikar and S. Karandikar 1982: 134も 'Before the demonesses sleeping near you (as guards), wake up,' と訳し，Fallon 2009: 185は 'While the demonesses taking turns to sleep are not minding you,' と訳す。いずれの訳も作者バッティの意図を汲んだものではない。当該詩節では tavopaśāyikā という表現によって，A 2.3.65が規定する，〈行為主体〉を表示する第六格接辞の導入を規定する文法操作が例示されているのであり，先行訳のように upaśāyikā を rākṣasyaḥ の形容詞と解釈したり，tava を cetayanti の目的語と解釈したりすべきではない。tavopaśāyikā という表現の構造は Kāśikāvṛtti が挙げる例文「次は貴方が眠る番である」(bhavataḥ śāyikā) の構造とも合致する (KV on A 2.3.65 [I.148.18])。

(64) 当該詩節を Leonardi 1972: 82は 'She questioned Hanūman in connection with Rāma's *way* of sleeping, eating, speaking, smiling, standing, and walking, time and again. *Then* she dismissed him.' と訳し，Fallon 2009: 185は 'After asking repeatedly about Rama's sleeping, eating, reciting, laughing, staying and moving, she sent Hánuman off.' と訳す。明らかに誤訳である。当該詩節でバッティは A 2.3.68を例証しているので，各動詞語基に後続する Kta は〈行為〉ではなく〈基体〉を表示するものと解釈されるべきである。

(65) 今問題にしている A 2.3.68は A 2.3.69に対する例外規則である。よって，Kta が〈基体〉を表示するときには，〈行為主体〉を表示する第六格接辞の導入は許される。

(66) Ki と KiN は l 音の代置要素ではないが，規則中における la の言明によりそれらも理解される。Joshi and Roodbergen 1981: 148–157を見よ。

(67) Leonardi 1972: 82; M. A. Karandikar and S. Karandikar 1982: 135; Fallon 2009: 130は，hito ... rāmasya をハヌーマットを修飾する形容詞のように訳す。しかし，A 2.3.73が例証される文脈で hita という語が使用されるという事実を見過ごすべきでない。hito ... rāmasya という箇所でバッティは A 2.3.73が規定する 1 文法操作の例示を意図しているはずである。したがって，(61a) rāghavābhyāṁ śivaṃ の場合と同様にこの箇所にも astu などの語を補って祈願の意味でそれを解釈すべきである。詩節の語順に眼を向ければ「「ラグ家の子孫達（ラーマとラクシュマナ）に幸運がありますように。私は2人の使者である」と言いながら，ラーマに益する者として［森を］破壊することにしよう。いかなる悪魔がこの［森の破壊］に対して何を言えるというのか」と訳す方が自然かもしれない。だがやはり，当該詩節は A 2.3.73を例証する箇所であるということを重視すべきであろう。ジャヤマンガラ注は上記解釈を指示する。JM on BhK 8.130 (200.5-6): rāghavābhyāṁ śivaṁ hito rāmasyeti caturthī cāśiṣy ityādinā ṣaṣṭhīcaturthyau ‖

(68)　例えば，動詞語基 vabhr は r 音で終わる項目ではあるが，それの a 音と r 音の間には bh 音が介在しているため「短音 a に近接する r 音で終わる項目」とは見なされない。したがって，A 7.2.2の適用対象とはならない（KV on A 7.2.2 [II.797.11]: antagrahaṇaṃ kim ｜ avabhrīt）。

(69)　以下，煩雑にならないよう，アオリスト形の派生に関連する文法規則の提示と説明は必要最低限に抑える。tiṄ を絞り込むための選択規則は逐一注記しない。また BhK 9.8-11は外連声に関わる規則の例証を意図する箇所ではないので，そのような規則への関説も省く。それにともない，A 8.3.59の提示と説明も省略している。

(70)　(11)の段階で tripādī 中の規則である A 8.2.28の適用後に A 6.1.101を適用できるのは，A 8.2.6: svarito vānudātte padādau に対する vārttika 5: sijlopa ekādeśe による。本来ならば，解釈規則 A 8.2.1: pūrvatra asiddham により，A 6.1.101に対して A 8.2.28が規定する操作は不成立なもの（asiddha）と見なされ（すなわち，sIC が存在すると見なされ），A 8.2.28の適用後に A 6.1.101を適用することはできない。当該の vārttika 5は，唯一代置（ekādeśa）がなされるときには，sIC へのゼロ代置（sijlopa）は成立したもの（siddha）と見なされることを規定する。

(71)　当該の「鉄棒」は A 1.4.43: divaḥ karma ca により〈目的〉と呼ばれる。

(72)　ジャヤマンガラは atrāsiṣur と読む。マッリナータの読みである atrasiṣur との違いは，動詞語基 tras の短音 a に A 7.2.7により vṛddhi である ā 音が代置されている点にある。A 7.2.6を例証する際，バッティが(6a) praurṇāviṣur と(6b) praurṇaviṣur という2つのアオリスト形を使用することで，A 7.2.6により vṛddhi が代置される場合の語形と guṇa が代置される場合の語形を示していることを勘案すれば，ここでも(7a) arāsiṣur と(7b) atrasiṣur を通じて，A 7.2.7により vṛddhi が代置される場合の語形とそれが代置されない場合の語形を示していると考えるのが妥当である。したがって，マッリナータの読みを採用したい。

(73)　動詞語基 kṛ（dhātupāṭha VIII.10: ḌUkṛÑ karaṇe）に後続する sIC が A 7.2.35: ārdhadhātukasyeḍ valādeḥ により加音 iṬ をとることは A 7.2.10: ekāca upadeśe ’nudāttāt（「教示の際に単一の母音を有し，その母音が anudātta アクセントを有する動詞語基に

後続するvAL で始まる ārdhadhātuka は，加音 iṬ をとらない」）により禁止される。

Abstract

The Decryption of the Bhaṭṭikāvya: Sanskrit Court Poetry and Pāṇinian Grammar

Introduction

The Bhaṭṭikāvya of Bhaṭṭi (ca. 6th-7th c. CE, before the Kāśikāvṛtti) is a poetic work (*kāvya*) that is intended as a textbook (*śāstra*) to teach royalty correct Sanskrit usage. Bhaṭṭi composed this courtly poem in Valabhī during the reign of King Śrīdharasena of the Maitraka dynasty (ca. 5th-8th c. CE) in Gujarat, who was probably his patron.

> BhK 22.35: *kāvyam idaṁ vihitaṃ mayā valabhyāṁ*
> *śrīdharasenanarendrapālitāyām* |
> *kīrtir ato bhavatān nṛpasya tasya*
> *premakaraḥ kṣitipo yataḥ prajānām* ||
> "This poetic work was composed by me in Valabhī when it was ruled by King Śrīdharasena. Since the king is the favour-granter to his subjects, glory to that king by this [work]!"

The Bhaṭṭikāvya, narrating the story of Rāma on the basis of the great epic Rāmāyaṇa, is chiefly aimed at illustrating Pāṇini's grammatical rules (*pāṇinīyasūtrāṇām udāharaṇaṃ kāvyam*). The poetician Bhoja (ca. 11th c. CE) defines *kāvyaśāstra* as a poetic work of this type.

According to the commentators Jayamaṅgala (ca. 7th-11th [?] c. CE) and Mallinātha (ca. early 15th c. CE), the Bhaṭṭikāvya comprises four sections (*kāṇḍa*):

1) BhK 1.1-5.96: the section on miscellaneous rules (*prakīrṇakāṇḍa*);
2) BhK 5.97-9.137: the section on rules governed by headings (*adhikārakāṇḍa*);
3) BhK 10.1-13.50: the section on poetics (*prasannakāṇḍa*);
4) BhK 14.1-22.31: the section on finite verb forms (*tiṅantakāṇḍa*).

Although Bhaṭṭi illustrates poetic issues in Section 3), BhK 22.33 explicitly shows that the grammatical sections 1), 2), and 4) form the nucleus of the work.

> BhK 22.33: *dīpatulyaḥ prabandho 'yaṁ śabdalakṣaṇacakṣuṣām* |
> *hastāmarśa ivāndhānāṃ bhaved vyākaraṇād ṛte* ||
> Sudyka 2000: 449.15-16: "This composition is like a lamp for those whose eyes are grammar. Without grammar it would be like touching with the hand for the blind."

Despite this centrality of grammar, while a large number of studies have been made on section 3), so far no study has ever tried to examine deeply the grammatical sections. This field of study is still in its infancy.

The purpose of this book is to carry out an accurate, careful, analysis of the grammatical sections. It is expected that a close study of them throws some fresh light not only upon the study of the Bhaṭṭikāvya, but also upon that of the world of Sanskrit culture in the Middle Ages in India.

1 The Way of Illustrating Rules and Teaching Correct Usage in the Grammatical Sections

The first chapter attempts to make clear the way of illustrating grammatical rules and of teaching correct usage in the grammatical sections.

1.1 The Section on Rules Governed by Headings

In the *adhikārakāṇḍa* Bhaṭṭi systematically illustrates sets of grammatical rules.

The structure of this section can be shown as follows (the table drawn up by Fallon 2009: xxiv-xxv is inaccurate):

Verses	Illustrated Rules	What is Mainly Provided for by Rules
(1) BhK 5.97-100	A 3.2.16-23	the kr̥t suffix *Ṭa* (*ṭādhikāra*)
(2) BhK 5.104-6.4	A 3.1.35-41	the vikaraṇa affix *ām* (*āmadhikāra*)
(3) BhK 6.8-10	ślokavārttika on A 1.4. 51	the assignment of the class name *karman* to an object of an action which has two objects (*dvikarmakādhikāra*)
(4) BhK 6.16-34	A 3.1.43-66	the replacement of the vikaraṇa affix *ClI* by elements such as *sIC* (*sijadhikāra*)
(5) BhK 6.35-39	A 3.1.78	the vikaraṇa affix *ŚnaM* (*śnamadhikāra*)
(6) BhK 6.46-67	A 3.1.95-132	kr̥tya suffixes (*kr̥tyādhikāra*)
(7) BhK 6.71-86	A 3.1.133-150	kr̥t suffixes whose occurrence is not conditioned by co-occurring items (*nirupapadakr̥dadhikāra*)
(8) BhK 6.87-93	A 3.2.1-16	kr̥t suffixes whose occurrence is conditioned by co-occurring items (*sopapadakr̥dadhikāra*)
(9) BhK 6.94-108	A 3.2.28-47	the kr̥t suffixes *KHaŚ* and *KHaC* (*khaśādydhikāra*)
(10) BhK 6.109-111	A 3.2.48-50	the kr̥t suffix *Ḍa* (*ḍādhikāra*)
(11) BhK 6.112-133	A 3.2.51-101	kr̥t suffixes whose occurrence is conditioned by co-occurring items (*upapadādhikāra*)
(12) BhK 6.134-142	A 3. 2. 102-104; 110-116	*L*-suffixes and kr̥t suffixes whose occurrence is not conditioned by co-occurring items (*anupapadādhikāra*)
(13) BhK 7.1-27	A 3.2.134-178	kr̥t suffixes which occur on condition that an agent performs an act as part of his nature, habitually (*tacchīla*) or as a duty (*taddharma*), or that he performs an act well (*tatsādhukārin*, *tācchīlikādhikāra*)
(14) BhK 7.28-33	A 3.3.1; 3.3.10-17	*L*-suffixes and kr̥t suffixes sharing no common property (*nirviśeṣakr̥dadhikāra*)
(15) BhK 7.33-85	A 3.3.18-3.3.128	kr̥t suffixes such as *GHaÑ* (*ghañādyadhikāra*)
(16) BhK 7.91-107	A 1.2.1-26	the treatment of affixes as *ṄIT* or *KIT* after verbs (*atideśikṅidadhikāra*)
(17) BhK 8.1-49a	A 1.3.12-77	ātmanepada endings (*ātmanepadādhikāra*)
(18) BhK 8.49c-69	A 1.3.78-93	parasmaipada endings (*parasmaipadādhikāra*)
(19) BhK 8.70-84	A 1.4.23-55	the assignment of *kāraka* class names (*kārakādhikāra*)
(20) BhK 8.85-93	A 1.4.83-98	the assignment of the class name *karmapravacanīya* (*karmapravacanīyādhikāra*)
(21) BhK 8.94-130	A 2.3.1-73	nominal endings (*vibhaktyadhikāra*)
(22) BhK 9.8-11	A 7.2.1-7	the replacement of vowels in verbal aṅgas by vr̥ddhi vowels before *sIC* followed by a parasmaipada ending (*sicivr̥ddhyadhikāra*)
(23) BhK 9.12-22	A 7.2.8-30	the prohibition of affixes from being augmented with *iṬ*, after verbs (*iṭpratiṣedhādhikāra*)
(24) BhK 9.23-57	A 7.2.35-78	the augmentation of affixes with *iṬ* after verbs (*iḍadhikāra*)
(25) BhK 9.58-66	A 8.3.34-48	the replacement of *-ḥ* by *s* (*satvādhikāra*)
(26) BhK 9.67-91	A 8.3.55-118	the replacement of *-s-* by *ṣ* (*ṣatvādhikāra*)
(27) BhK 9.92-109	A 8.4.1-39	the replacement of *-n-* by *ṇ* (*ṇatvādhikāra*)

There are two points worthy of attention.

Firstly, while a multitude of kr̥t-affixation rules are illustrated ([1]; [6]-[15]), taddhita-affixation rules (A 4. 1. 76: *taddhitāḥ*-A 5. 4. 160: *niṣpravāṇiś* ca) and compound-forming rules (A 2. 1. 3: *prāk kaḍārāt samāsaḥ*-A 2. 2. 38: *kaḍārāḥ karmadhāraye*) are not illustrated at all. The crucial difference between kr̥t and taddhita suffixes is this: the former is introduced directly after verbal bases (A 3. 1.91: *dhātoḥ*); the latter is generally introduced after items that terminate in a nominal ending (A 4.1.82: *samarthānām prathamād vā*). Compound formation also presupposes items ending in a nominal termination (A 2.1.4: *saha supā*). In Pāṇini's derivational system, a linguistic item called *dhātu* 'verbal base' (A 1.3. 1: *bhūvādayo dhātavaḥ*; 3.1.32 *sanādyantā dhātavaḥ*) is placed at the starting point of sentence derivation, and its meaning, an action (*kriyā*), is accordingly regarded as what forms the core of a sentence meaning. Bhaṭṭi's laying stress on kr̥t-affixation rules can be understood to be a reflection of the pivotal role verbs play in Pāṇini's system of grammar.

Secondly, the *adhikārakāṇḍa* ends up with the illustration of rules in the *tripādī* ([25]-[27]). In Pāṇini's system, rules in the *tripādī* (A 8.2-4) apply at the final stage of derivation (A 8.2.1: *pūrvatrāsiddham*). This event completes the derivation of nominal and verbal forms (*pariniṣṭhita*), namely, the derivation of a sentence (*vākya*). Let us here categorize the rules illustrated in the *adhikārakāṇḍa*:

(a) (a-1) the rules introducing *L*-suffixes ([12]; [14])
  (a-2) the rules introducing kr̥t suffixes ([1]; [6]-[15])
(b) the rules introducing ātmanepada or parasmaipada endings ([17]-[18])
(c) (c-1) the rules introducing the vikaraṇa affix *ām* ([2])
  (c-2) the rules replacing the vikaraṇa affix *ClI* by elements such as *sIC* ([4])
  (c-3) the rule introducing the vikaraṇa affix *ŚnaM* ([5])
(d) (d-1) the rules treating affixes as *ṄIT* or *KIT* after verbs ([16])

(d-2) the rules replacing vowels in verbal aṅgas by vr̥ddhi vowels before *sIC* followed by a parasmaipada ending ([22])

(d-3) the rules prohibiting affixes from being augmented with *iṬ*, after verbs; those augmenting affixes with *iṬ* after verbs ([23]-[24])

(e) (e-1) the rules assigning *kāraka* class names ([19])

(e-2) the rules assigning the class name *karmapravacanīya* ([20])

(e-3) the rules introducing nominal endings ([21])

(f) (f-1) the rules in the *tripādī* replacing *-ḥ* by *s* ([25])

(f-2) the rules in the *tripādī* replacing *-s-* by *ṣ* ([26])

(f-3) the rules in the *tripādī* replacing *-n-* by *ṇ* ([27])

(a)-(f) can be generalized as follows:

(1) (1a) rules to introduce *L*-suffixes, the starting point for the derivation of finite verb forms

(1b) rules to introduce kr̥t suffixes, the derivation of nominal bases (*prātipadika*)

(2) (2a) rules to select verbal endings

(2b) rules to introduce nominal endings after a nominal base

(3) rules to introduce vikaraṇa affixes after a verb and to replace them by a sound element

(4) rules outside the *tripādī* concerning the sound replacement and the augmentation involved in the derivation of verbal and nominal forms

(5) rules in the *tripādī* to complete verbal and nominal forms

One immediately perceives that (1)-(5) follow a general process through which verbal and nominal forms are derived:

verbal forms: (1a) → (2a) → (3) → (4) → (5)

nominal forms: (1b) → (2b) → (4) → (5)

It seems safe to say that the final goal of the *adhikārakāṇḍa* as a whole is to demonstrate how to derive a sentence — the basic unit of communication in the everyday world — in Pāṇini's system.

1.2 The Section on Miscellaneous Rules

The *prakīrṇakāṇḍa* illustrates miscellaneous rules unmethodically. Jayamaṅgala says:

> JM on BhK 1.1 (1.11-12): *yatroccāvacena bahūnāṁ lakṣaṇānāṃ prakaraṇaṃ tat prakīrṇakāṇḍam* |
> "The *prakīrṇakāṇḍa* is [the section] in which many rules are variously taken up."

Which role does this section play within the grammatical sections?

Commenting on the beginning verse of the *adhikārakāṇḍa* (JM on BhK 5.97 [98.8-10]), Jayamaṅgala remarks that verses called *prakīrṇaśloka* (BhK 5.101-103; BhK 6.5-7; BhK 6.11-15; BhK 6.40-45; BhK 6.68-70; BhK 7.86-90; BhK 9.1-7; BhK 9.110-137), which lie scattered between the subsections that constitute the *adhikārakāṇḍa*, serve to indicate (*sūcanārtham*), that is to say, to illustrate such rules as remains unillustrated (*śeṣalakṣaṇa*) in the subsections. For instance, BhK 6. 13 situated between the subsections *dvikarmakādhikāra* (BhK 6. 8-10) and *sijadhikāra* (BhK 6.16-34) serves a purpose in illustrating A 4.3.23: *sāyañciram-prāhṇeprage'vyayebhyaṣ ṭyuṭyulau tuṭ ca*, a rule which is not intended to be illustrated in any subsections of the *adhikārakāṇḍa*.

An exploration of the first chapter of the Bhaṭṭikāvya which belongs to the *prakīrṇakāṇḍa* tells us that the verses BhK 1.10 (A 3.3.88: *ḍvitaḥ ktriḥ*; 4.4.20: *trer mam nityam*), BhK 1.12 (A 5.3.9: *paryabhibhyāñ ca*), BhK 1.13 (A 3.3.88; 4.4.20), BhK 1.20 (A 5.2.140: *ahaṁśubhamor yus*), BhK 1.22 (A 5.1.102: *yogād yac ca*; 4.4. 116: *agrād yat*), and BhK 1.24 (A 3.2.167: *namikampismyajasakamahiṁsadīpo raḥ*) accomplish the same purpose as *prakīrṇaśloka*s. This makes it licit to postulate that the *prakīrṇakāṇḍa* performs a complementary role to the *adhikārakāṇḍa*, although the status of other chapters that comprise the *prakīrṇakāṇḍa* must be left to future research.

Illustrations	Rules Intended to be Illustrated	Affixes Provided for by Rules
BhK 1.12: *vedīṃ paritaḥ*; *abhitaḥ pradhānam*	A 5.3.9	the taddhita suffix *tasIL*
BhK 1. 10; 1. 13: *vipaktrima*; *dattrima*; *vihitrima*	A 3.3.88; 4.4.20	the kṛt suffix *Ktri* and the taddhita suffix *maP*
BhK 1.20: *ahaṁyu*; *śubhaṁyu*	A 5.2.140	the taddhita suffix *yuS*
BhK 1.22: *ayogya*; *agrya*	A 5.1.102; 4.4.116	the taddhita suffix *yaT*
BhK 1.24: *hiṁsra*	A 3.2.167	the kṛt suffix *ra*

1.3 The Section on Finite Verb Forms

In the *tiṅantakāṇḍa* are given diverse verb forms (*tiṅanta*) that end in *L*-suffixes (*lakāra*) other than *lEṬ* (subjunctive): *lIṬ* (perfect), *lUṄ* (aorist), *lṚṬ* (simple future), *lAṄ* (imperfect), *lAṬ* (present), *lIṄ* (optative), *lOṬ* (imperative), *lṚṄ* (conditional), *lUṬ* (periphrastic future). This section is made up of nine cantos, each of which focuses on these *L*-suffixes in turn. Each canto is called *vilasita/vilāsa* 'the various appearances [of verb forms ending in *L*-suffixes]'.

It goes without saying that the *tiṅantakāṇḍa* is to illustrate, with verbal forms, rules related to the derivation of them that terminate in each *L*-suffix. However, we notice that the same rules are repeatedly illustrated in each canto. This prompts us to assume that the *tiṅantakāṇḍa* has a further purpose: presenting different verbal forms to the greatest extent possible. Jayamaṅgala's reference to the variety of word forms (*nānārūpatā*) as a characteristic of the *tiṅantakāṇḍa* buttresses this point.

Every Sanskritist would agree that verb forms are infinitely various and immensely complicated, as compared to nominal forms (*subanta*). The former is modified according to bases (*dhātu*), tenses (*kāla*), moods (*artha, dharma*), persons (*puruṣa*), numbers (*vacana*), and voices (*upagraha*). Through the *tiṅantakāṇḍa*

Students can learn in which form each verbal base comes into use (*vilasita/vilāsa*) when it is followed by each *L*-suffix and verb ending (*tiṄ*). This section can be convenient to acquire a practical knowledge of verb forms, just like a modern textbook for Sanskrit which is provided with verb conjugation tables.

Cantos	Names of Each Canto	Total Numbers of verse
14	*liḍvilasita/liḍvilāsa* (Perfect)	113
15	*luṅvilasita/luṅvilāsa* (Aorist)	123
16	*lṛḍvilasita/lṛḍvilāsa* (Simple Future)	42
17	*laṅvilasita/laṅvilāsa* (Imperfect)	112
18	*laḍvilasita/laḍvilāsa* (Present)	42
19	*liṅvilasita/liṅvilāsa* (Optative)	30
20	*loḍvilasita/loḍvilāsa* (Imperative)	37
21	*lṛṅvilasita/lṛṅvilāsa* (Conditional)	23
22	*luḍvilasita/luḍvilāsa* (Periphrastic Future)	23

2 A Comparative Study of the Bhaṭṭikāvya and the Rāvaṇārjunīya

The second chapter conducts a comparative study of the Bhaṭṭikāvya and the Rāvaṇārjunīya to examine characteristics of them as *kāvyaśāstra*.

2.1 A Brief Survey of the Rāvaṇārjunīya

The Rāvaṇārjunīya of Bhaumaka, probably a Kashmirian, consists of 27 chapters and depicts the fight between King Arjunakārtavīrya and Rāvaṇa on the basis of the seventh book of Vālmīki's Rāmāyaṇa. In doing so, this work illustrates Pāṇini's rules. But, as in the case of the Bhaṭṭikāvya, all rules that exclusively apply in Vedic language (*chāndasa*) are omitted (Śivadatta and Parab 1900: 1.13-15). In his Suvṛttatilaka Kṣemendra (ca. 990/1010-1070, CE), a versatile Kashmirian poet, refers to Bhaumaka's work as an example of *kāvyaśāstra*:

SVT 3.4cd: *bhaṭṭibhaumakakāvyādi kāvyaśāstraṃ pracakṣate* ||

"[People] state that Bhaṭṭi's and Bhaumaka's poetic works and the like constitute *kāvyaśāstra*."

From this the Rāvaṇārjunīya should be dated before Kṣemendra, although its exact date is unknown. At least one commentary by Parameśvara on this work is known to us (Krishnamachariar 1974: 145.9-10).

The first to notice the work called Rāvaṇārjunīya is Bühler 1877: 61.32-62.5. Next, Peterson 1883-85: 8.7-9.8 pointed out that a work referred to in SVT 3. 4cd is identical with what is reported by Bühler. In 1900 Paṇḍit Śivadatta and Kāshīnāth Pāṇḍurang Parab published an edition of this work in the *Kāvyamālā* series. Based on this edition, Velankar 1948-49: 59-60; 74-75 investigated all meters used in the work.

The Rāvaṇārjunīya is sometimes called *Vyoṣakāvya* or simply *Vyoṣa* 'aggregate of three spices (black and long pepper, and dry ginger)'. Chatterji 1931 speculates that this naming reflects a foul taste of the work.

2.2 Illustrations of *kāraka* Rules in the Bhaṭṭikāvya and the Rāvaṇārjunīya

An examination into BhK 8.70-84 and RA 3.11-35, in which the rules A 1.4.24: *dhruvam apāye 'pādānam*-A 1.4.55: *tatprayojako hetuś ca* are illustrated, reveals the following significant points:

- While the *śloka* meter alone is used in BhK 8.70-84, thirteen kinds of meters are employed in RA 3.11-35. It is probable that Bhaumaka sought to surpass Bhaṭṭi in the variety of meters. The former, however, violates caesura (*yatibhraṣṭa*) in seventeen places (RA 3.11; 3.18-19; 3.23-24; 3.29; 3. 31; 3.33-35).
- In RA 3.11-35 the same words are repeated over and over: *sma* (particle used with present forms) is given five times; *āśu* 'immediately' four times; *nṛpa* 'king' nine times; *mṛga/mṛgī* 'male/female deer' seven times; *aśva* 'horse' five times; *rajas* 'dust' five times; *śara* 'arrow' 4/5 times; *patha/pathin* 'road' four times. What is more, the frequent and ambiguous

use of the words *para*, *apara*, *anya*, *kaścit*, and *sarva* as well as pronominals is also noticeable. One can easily imagine that these words are meaninglessly offered merely due to metrical requirements, that is, only to fill out a verse section (*pādapūraṇa*). Such employment of words will suffer a poetic flaw (*anarthaka*).

- Bhaumaka endeavored to outdo Bhaṭṭi in terms of the number of grammatical rules illustrated, but this attempt resulted in impeding the smooth flow of the story. In RA 3.11-35 it is seriously obstructed by the over saturation with non-contextual verses (*apārtha*). They are produced simply to illustrate as abundantly as possible what is provided for in the *kāraka* rules (RA 3.19-21; 3.24; 3.31-34).

None of the defects can be detected in BhK 8.70-84.

2.3 The Concept of *kāvyaśāstra* and its Role in Sanskrit Education

Bhoja expounds *kāvyaśāstra* as follows:

> ŚP (727.11-12): *yatrārthaś śāstrāṇāṃ*
> *kāvye 'bhiniveśyate mahākavibhiḥ* |
> *tad bhaṭṭikāvyamudrā-*
> *rākṣasavat kāvyaśāstraṁ syāt* ||
> The *kāvya* into which substances of *śāstra* have been integrated by great poets should be [called] *kāvyaśāstra*, like the Bhaṭṭikāvya and the Mudrārākṣasa.

The Bhaṭṭikāvya and the Rāvaṇārjunīya are called *kāvyaśāstra* in that teachings on correct speech (*śabdānuśāsana*) are integrated (*abhiniveśyate*) into them.

The important thing is that Bhoja holds *kāvyaśāstra* to be *kāvya* (see also SVT 3.4cd cited above). Thus we may be justified in considering that the expected task of *kāvyaśāstra* is to teach students, in the *kāvya* style that attracts them, the subjects from which students tend to turn their faces away (*vimukha*), in our case, grammar. This role the *kāvya* style fills is comparable to that of a honey (*madhu*) in that it, when mixed with a bitter medicine (*tikta-oṣadha, kaṭubheṣaja*), helps a sick person drink it. The idea that the *kāvya* style is useful for instructing painful subjects is already found in Aśvaghoṣa's Saundarananda (SN 18.63-64), and is alluded to by Bhāmaha (KA 5.3) and Kṣemendra (SVT 3.5).

Kāvyaśāstra does not work if it possesses poetic defects, because they would spoil the *kāvya* style (*saundaryākṣepahetu*). It functions only when the *kāvya* style is maintained. In this regard, we have to say that Baumaka failed to compose *kāvyaśāstra*.

3 Poetic devices in the grammatical sections

To reconsider the poetic value of the Bhaṭṭikāvya, the third chapter surveys poetic devices Bhaṭṭi adopts in the grammatical sections.

3.1 Non-orderly Assignment and Orderly Assignment

In principle Bhaṭṭi arranges words that are intended to illustrate Pāṇini's rules in accordance with the order in which the rules are set forth in the Aṣṭādhyāyī, and with the order in which items that show conditions for applying the rules are enumerated therein. Take for example BhK 6.88 and BhK 6.32-33:

BhK 6.88: (1)<u>*śarmadaṃ*</u> *mārutiṃ dūtaṃ* (2)<u>*viṣamasthaḥ*</u> *kapidvipam* |
(3)<u>*śokāpanudam*</u> *avyagraṃ prāyuṅkta kapikuñjaraḥ* ||
"The elephant-like monkey (i. e., Sugrīva), who is in a predicament (*viṣamasthaḥ*), imperturbablely employed as his envoy the refuge-giving Hanūman, the elephant among monkeys, the remover of anxiety."
BhK 6.32-33: *kruddho* (*a*)<u>*'dīpi*</u> *raghuvyāghro raktanetro* (*b*)<u>*'jani*</u> *kṣaṇāt* |
(*c*)<u>*abodhi*</u> *duḥsthaṃ trailokyaṃ dīptair* (*d*)<u>*āpūri*</u> *bhānuvat* ||
(*e*)<u>*atāyy*</u> *asyottamaṁ sattvam* (*f*)<u>*apyāyi*</u> *kṛtakṛtyavat* |

upācāyiṣṭa sāmarthyaṃ tasya saṁrambhiṇo mahat ||

"The tiger of Raghu family (i.e., Rāma), being angered, blazed. His eyes instantly became red. He realized the three worlds in trouble and was filled with flame like the sun. His excellent energy expanded and increased like that of one who achieves his purpose. Wrathful, his great power was concentrated."

The compounds (1)-(3) are to illustrate A 3.2.3: *āto 'nupasarge kaḥ*, A 3.2.4: *supi sthaḥ*, and A 3.2.5: *tundaśokayoḥ parimṛjāpanudoḥ*, which provide for the kṛt affix *Ka* to form *upapada* compounds; the aorist forms (a)-(e) are to illustrate A 3.1.61: *dīpajanabudhapūritāyipyāyibhyo 'nyatarasyām*, which provides that *CiṆ* optionally substitutes for *ClI* following the verbs (a') *dīp*, (b') *jan*, (c') *budh*, (d') *pūr*, (e') *tāy*, and (f) *pyāy*. (1)-(3) and (a)-(e) are given according to the order where the rules A 3.2.3-5 are formulated in Pāṇini's work and where (a')-(e') are listed in A 3.1.61, respectively.

First of all, such organization of words will serve to bring about beneficial effects on education, learning, and memorization. In addition, we may see here Bhaṭṭi's sense of beauty as a Sanskrit poet. Let us here remind ourselves of the poetic ornament (*alaṅkāra*) called *yathāsaṅkhya* or 'orderly assignment' (KA 2. 89-90; KĀ 2.273-74), which Bhaṭṭi illustrates in BhK 10.44, and of the poetic defect *apakrama* or 'non-orderly assignment' (KA 4.20-2; KĀ 3.144-145). It is likely that Bhaṭṭi's above-described way of laying out words mirrors the principles implicit in these tropes.

3.2 Poetic Effects Produced by Sound Arrangements

A 1.4.96: *apiḥ padārthasambhāvanānvavasargagarhāsamuccayeṣu* provides that *api* is called *karmapravacanīya* when the following are involved: (1) a meaning of a word to be supplied (*padārtha*); (2) the manifestation of power (*sambhāvana*); (3) permission to do as one likes (*anvavasarga*); (4) censure (*garhā*); (5) accumulation (*samuccaya*). Narang 1969: 88.26-89.12 and M. A. Karandikar and

S. Karandikar 1982: xxxi.12-13 state that in the *karmapravacanīyādhikāra* (BhK 8.85-93) Bhaṭṭi omits this rule. But this is not the case. To the contrary, Bhaṭṭi, employing six *api*s, neatly illustrates the rule in BhK 8.91-92, two verses which describe Sītā's abuse of Rāvaṇa:

BhK 8.91-92: *pariśeṣaṃ na* (1)*nāmno 'pi sthāpayiṣyati* *te vibhuḥ* |
(2)*api sthāṇuṃ jayed* *rāmo bhavato grahaṇaṃ kiyat* ||
(3*a*)*api stuhy* (3*b*)*api sedhāsmāṁs* *tathyam uktaṃ narāśana* |
(4)*api siñceḥ* *kṛśānau tvaṃ* *darpaṃ* (5)*mayy api yo 'bhikaḥ* ||
"The lord Rāma will not leave even a piece of your name. He can defeat even the unmovable (i.e., Śiva). How easily could he capture you? You are free to praise or imprison me. [I] tell [you] the truth, O man-eater. You, who lust after me additionally, may as well disgustingly ejaculate your semen into the [sacred] fire."

We should not overlook that the *api*s in the verses serve not only to illustrate A 1.4.96 but also to produce poetic effects. Note the following points: 1) the repetition of *api*s with different senses at the beginning of the three odd pādas; 2) the repetition five times of the sequence *-api/āpi s-*; 3) the use of the many strong consonants (*k, c, t, th, p, ś, ṣ, s*). 1)-2) create the pulsating rhythm of the verses and 3) evokes a feeling of sharpness and even disgust in Sītā's words.

The same kind of device is found in BhK 7.3, in which is illustrated A 3.2. 136: *alaṅkṛñnirākṛñprajanotpacotpatonmadarucyapatrapavṛtuvṛdhusahacara iṣ-ṇuc* that provides for the introduction of the kṛt suffix *iṣṇuC* after a verb:

BhK 7.3: *nirā**kariṣṇavo bhā**nuṃ divaṁ varti**ṣṇavo 'bh**itaḥ* |
*alaṅ**kariṣṇavo bhā**ntas taḍitvantaś cari**ṣṇavaḥ*** ||
"[The clouds which, in the rainy season,] habitually float across the sky, shutting out the [sun] light by covering it and decorating [the sky] with flashing lightning."

The same sequence -*kariṣṇavo bhā*- is used at the beginning of the odd pādas; the sequence -*iṣṇavo*/-*ḥ* is repeated four times and -*iṣṇavo bh*- three times. These bring about the same effect as 1)-2). Moreover, a great number of the soft consonants (*d, ḍ, bh, v, r, l, ṅ, ṇ, n, ṃ*) are given to reproduce clouds' movement.

All this makes it clear that Bhaṭṭi has purposefully designed his illustrations of grammatical rules to heighten the poetic value of his work as *kāvya*.

3.3 The Cooperation of the Word-formation and the Meaning-embellishment

Mallinātha recognizes the poetic merit called *sauśabdya* (*suśabda* + *ṢyaÑ*) in the grammatical sections. Commenting on BhK 14. 1, Mallinātha quotes Vidyānātha's definition of *sauśabdya*:

> Pratāparudrayaśobhūṣaṇa (328.2): *supāṃ tiṅāṃ ca vyutpattiḥ sauśabdyaṃ parikīrtyate* |
> "The [correct] derivation of items that terminate in nominal or verbal endings is called *sauśabdya*."

It is, however, difficult to form a clear picture of what *sauśabdya* is merely from this definition. For, if *sauśabdya* obtains by the mere use of nominal or verbal forms that are correctly derived, then it will apply to all Sanskrit works indiscriminately. Madhavan's remark that *sauśabdya* obtains by 'mere placement of words' is rather pointless (Madhavan 2001: 359.28-32).

Śiśupālavadha 1.51 furnishes a clue in grasping the concept of *sauśabdya*. The verse runs as follows:

> ŚV 1.51: *purīm* (1)*avaskanda* (2)*lunīhi nandanaṃ*
> (3)*muṣāṇa ratnāni* (4)*harāmarāṅganāḥ* |
> *vigṛhya* (5)*cakre namucidviṣā vaśī*
> *ya ittham asvāsthyam ahardivaṃ divaḥ* ||
> "The ruler (Rāvaṇa), competing with the enemy of Namuci (i.e., Indra),

attacked his city (*Amarāvatī*), destroyed the Nandana garden, looted [the city's] treasures, and abducted the celestial nymphs. In this manner, [Rāvaṇa] ravaged (*cakre ... asvāsthyam*) heaven day after day."

Mallinātha accepts two kinds of *sauśabdya*: one which involves the derivation of items that terminate in nominal endings (*sauśabdya* 1) and the other which involves the derivation of items that terminate in verbal endings (*sauśabdya* 2). He acknowledges *sauśabdya* 2 in ŚV 1.51 on the basis of the manifoldness of verb forms (*tiṅvaicitryāt*) observed there and cites a definition of *sauśabdya* (source unknown):

> *supāṃ tiṅāṃ parāvṛttiḥ sauśabdam* |
> "*sauśabda* (= *sauśabdya*) [consists in] the permutation of items that terminate in nominal or verbal endings."

Consider the following points: Verb forms (1)-(4) are accounted for by A 3.4.3: *samuccaye 'nyatarasyām*, which provides that the *l*-affix *lOṬ* optionally follows verbs if there is the accumulation (*samuccaya*) of actions denoted by them, and that *lOṬ* introduced after the verbs is replaced by *hi* (zero substitutes for *hi* after the vowel *a* [A 6.4.105: *ato heḥ*] → [1], [3]-[4]); the use of verb form (5) is accounted for by A 3.4.5: *samuccaye sāmānyavacanasya* providing for the additional use (*anuprayoga*) of a verb that denotes an action common to accumulated actions (*samuccīyamānakriyā*). All this shows that *sauśabdya* 2 obtains when a series of verb forms that are correctly derived according to grammatical rules is given in a single verse of *kāvya*. This naturally hints at the condition on which *sauśabdya* 1 obtains. Vidyānātha's example of *sauśabdya* can be interpreted as showing *sauśabdya* 1.

The Bhaṭṭikāvya is undoubtedly a treasury of *sauśabdya* 1-2. They, as poetic merits, add charm to this work (*kāvyaśobhākara*). Mallinātha makes the point that, of the grammatical sections, *prakīrṇakāṇḍa* and *adhikārakāṇḍa* demonstrate *sauśabdya* 1, and *tiṅantakāṇḍa* demonstrates *sauśabdya* 2. It is evident that Mallinātha conceives of *sauśabdya* as characterizing the sections. What all these things make clear is that he found poetic value in the multifarious usages (*prayogavaicitrī*) shown in the grammatical sections, which reflect the author's extensive knowledge of Pāṇinian grammar.

In these sections Bhaṭṭi does not concentrate solely on offering the correct formation of words (*suptiṅsaṁskāra*). In doing so Bhaṭṭi occasionally uses poetic ornaments of sense (*arthālaṃkāra*), especially in the *prakīrṇakāṇḍa*, where he is comparatively free from the task of illustrating grammatical rules. What underlies this fact is the basic principle that Sanskrit poetics privileges word and meaning as core constituents of *kāvya* (KA 1.16a: *śabdārthau sahitau kāvyam*). It must be recalled here that Canto 10-11 of the Bhaṭṭikāvya are primarily meant for illustrating poetic ornaments of sense and the poetic merit of sense (*arthaguṇa*) called *mādhurya* 'sweetness', respectively.

4 Bhaṭṭi, Kātyāyana, and Patañjali

The aim of the forth chapter is (1) to clarify Bhaṭṭi's knowledge of arguments brought forward in the Vārttika and the Mahābhāṣya, and (2) to inquire into his attitude towards the Pāṇinian grammatical tradition.

4.1 Bhaṭṭi's Knowledge of Kātyāyana's and Patañjali's Arguments

In the grammatical sections Bhaṭṭi's illustrations are mainly confined to Pāṇini's rules, but this does not necessarily mean that he leaves vārttikas out of account. Consider BhK 6.88:

> BhK 6.88: *śarmadaṃ mārutiṃ dūtaṃ* $_{(a)}$*viṣamasthaḥ* $_{(b)}$*kapidvipam* |
> *śokāpanudam avyagraṃ prāyuṅkta kapikuñjaraḥ* ||
> "The elephant-like monkey (i. e., Sugrīva), who is in a predicament (*viṣamasthaḥ*), imperturbablely employed as his envoy the refuge-giving

Hanūman, the elephant among monkeys (*kapidvipam*), the remover of anxiety."

(a) is given to illustrate A 3.2.4: *supi sthaḥ*. This rule provides that the kr̥t suffix *Ka* is introduced after the verb *sthā* 'stand, be in place' used with a co-occurring item (*upapada*) that terminates in nominal endings. In this connection we must draw attention to (b) appearing immediately after (a). The second vārttika on A 3.2.4: *yogavibhāgāt siddham* proposes that A 3.2.4 be split. This rule splitting (*yogavibhāga*) is to explain cases which are accounted for neither by A 3.2.3: *āto 'nupasarge kaḥ* nor by A 3.2.4 *supi sthaḥ* as they stand. According to Patañjali, the following two rules are derived from A 3.2.4:

Rule 1: *supi* ||
"The kr̥t suffix *Ka* is introduced after verbs in *-ā* (*ātaḥ kaḥ* ← A 3.2.3) used with a co-occurring item that terminates in nominal endings."
Rule 2: *sthaḥ* ||
"The kr̥t suffix *Ka* is introduced (*kaḥ* ← A 3.2.3) after the verb *sthā* 'stand, be in place' used with a co-occurring item that terminates in nominal endings (*supi* ← Rule 1)."

What is important is that Patañjali cites the word *dvipaḥ* 'that which drinks water with its two [organs (trunk and mouth)]' (*dvābhyāṃ pibati*) as an instance to be explained by Rule 1. From this we can deduce that in BhK 6.88 Bhaṭṭi means to illustrate, with Patañjali's example ([b]), Rule 1 obtained by the rule splitting that is proposed in the vārttika under discussion. Significantly, Mallinātha refers to this rule splitting in the analysis of (b). Note that it has been claimed that Bhaṭṭi illustrates no vārttika in his work (Narang 1969: 88.20-23; M. A. Karandikar and S. Karandikar 1982: xxxi.4-7). We must say that this judgement is too hasty.

Let us next investigate BhK 6.90. The verse runs as follows:

BhK 6.90: $_{(c)}$*surāpair iva ghūrṇadbhiḥ śākhibhiḥ pavanāhataiḥ* |
ṛṣyamūkam agād bhṛṅgaiḥ pragītaṁ $_{(d)}$*sāmagair iva* ||
"[Hanūman] went to [mount] *Ṛṣyamūka*, where the trees swayed in the wind like drunkards (*surāpair*) and where the bees droned as if singing chants (*sāmagair*)."

Both (c) and (d) concern A 3.2.8: *gāpoṣ ṭak*, which introduces the kṛt suffix *ṬaK* after the verbs *pā* and *gai* 'sing' used with a co-occuring item that denotes an object (*karman*). Kātyāyana's first vārttika on A 3.2.8: *surāsīdhvoḥ pibateḥ* imposes a restriction on both the verb *pā* of the rule and its co-occuring item (*dhātūpapadaniyama*), namely, that *ṬaK* is permitted only after the verb *pā* of the set beginning with *bhū* 'be, become' (*pibateḥ*), only when this verb is construed with the words *surā* 'surā liquor' or *sīdhu* 'sīdhu liquor' (*surāsīdhvoḥ*). In the dhātupāṭha there are two types of *pā*:

dhātupāṭha I.972: *pā pāne* ||
dhātupāṭha II.47: *pā rakṣaṇe* ||

In BhK 6.90 the trees swaying in the wind are compared to the referent of the compound *surāpa*. No one would doubt that this compound is employed in the sense 'one who drinks (*pāna*) surā liquor' and not 'one who protects (*rakṣaṇa*) surā liquor'. Clearly Bhaṭṭi, when illustrating A 3.2.8 with (c), bears in mind the vārttika at issue. Similar consideration has motivated the commentators Jayamaṅgala and Mallinātha to invoke this vārttika when they analyze (c).

Finally, let us inquire into BhK 6.92.

BhK 6.92: *balināv amum adrīndraṁ yuvāṁ* $_{(e)}$*stamberamāv iva* |
ācakṣāthām ithaḥ kasmāc chaṅkareṇāpi durgamam ||
"Please tell me why you two (i.e., Rāma and Lakṣmaṇa), powerful as elephants (*stamberamāv*), have come to the lord of mountains (i.

e., *Ṛṣyamūka*), which is difficult for even Śiva to reach."

(e) is intended as illustrating A 3. 2. 13: *stambakarṇayo ramijapoḥ*, which provides that the kṛt suffix *aC* follows the verb *ram* 'rest, play' construed with the word *stamba* 'clump of grass' terminating in nominal endings (*stamberama*, lit. 'one who plays in a clump of grass'). The vārttika on A 3.2.13: *stambakarṇayor hastisūcakayoḥ* suggests reformulating this rule. The reformulated rule can be shown as follows:

> *A 3.2.13: *stambakarṇayo ramijapor hastisūcakayoḥ* ||
> "The kṛt suffix *aC* follows the verbs *ram* 'rest, play' and *jap* 'mutter, whisper' construed respectively with forms of the nominals *stamba* 'clump of grass' and *karṇa* 'ear' on condition that derivates with this suffix signify 'elephant' and 'snitcher' (*hastisūcakayoḥ*)."

According to this rule, the derivate *stamberama* with the kṛt suffix *aC* in question is employed in the meaning 'elephant'. In BhK 6.92 the referent of (e) functions as a standard of comparison (*upamāna*). In the first place, the comparison made in this verse would become pointless if we interpreted (e) as signifying simply 'those who play in a clump of grass'. Let us recall in this context that in BhK 6.88 Bhaṭṭi refers twice to 'elephant' (*dvipa, kuñjara*) so as to convey adequately the greatness of Sugrīva and Hanūman. It is reasonable to surmise that in BhK 6.92 also Bhaṭṭi refers to the same animal in oder to achieve an analogous effect: the comparison of Rāma and Lakṣmaṇa with elephants serves to express the power of the former, who can reach such a dangerous and inaccessible place as *Ṛṣyamūka*. We may thus conclude that Bhaṭṭi employs (e) in the sense of 'elephant'. This strongly implies that he knew of the vārttika at hand and illustrated A 3.2.13 with (e) in consonance with the restriction on the meaning of the derivate *stamberama*, made by the former. Jayamaṅgala and Mallinātha support this view when they account for (e) by the vārttika.

In sum, Bhaṭṭi illustrates the second vārrtika on A 3.2.4 ([b]); and he accepts the restrictions laid down by the vārttikas on A 3.2.8 ([c]) and A 3.2.13 ([e]). These suffice to convince us that he possesses a good knowledge of Kātyāyana's and Patañjali's arguments. Moreover, the instances (b), (c), and (e) leads one to assume that in Bhaṭṭi's time royalty had been required to learn not only Pāṇini's rules but also Kātyāyana's vārttikas — likely with the Mahābhāṣya — in order to become a member of the elite Sanskrit culture.

4.2 Patañjali's Interpretation vs. Actual Poetic Usage

A 1.3.56: *upād yamaḥ svakaraṇe* provides that ātmanepada affixes are introduced after the verb *yam* preceded by the preverb *upa* when this verb signifies *svakaraṇa*. The Bhāṣya on A 1.3.56 shows that Patañjali interprets the concept *svakaraṇa* as 'the act of making one's own what did not originally belong to oneself' (*asvaṁ yadā svaṃ karoti tadā bhavitavyam*). In the *ātmanepadādhikāra* (BhK 8.1-49a) Bhaṭṭi illustrates the rule with the following expression:

> [1] BhK 8.33ab: *kopāt kāś cit priyaiḥ prattam upāyaṁsata nāsavam* "Some women out of anger did not accept (*upāyaṁsata*) spirituous liquor offered by their beloveds."

Post-Bhaṭṭi Pāṇinīyas state that this usage is accounted for by Patañjali's interpretation of *svakaraṇa* (*tadanuguṇaprayoga*). It is no surprise that, in interpreting grammatical rules, Bhaṭṭi follows Patañjali. Generally speaking, Patañjali is the highest authority with reference to correct speech, as the maxim says: 'The later the sage, the greater his authority' (Pradīpa on MBh to A 1.1.29 [I.293.14]: *yathottaraṁ hi munitrayasya prāmāṇyam*).

However, Mallinātha does not accept [1] as correct usage. For, according to the Kāśikāvṛtti (ca. 7th. c. CE), the word *svakaraṇa* in A 1.3.56 is not intended as *svakaraṇamātra* '*svakaraṇa* in general' (*svakaraṇa* 1) as in [1], but as *pāṇigrahaṇaviśiṣṭa-svakaraṇa* '*svakaraṇa* qualified by marriage' (*svakaraṇa* 2) as in the example *bhāryām upayacchate* 'he takes a wife'. One cannot marry 'spirituous liquor' (*āsava*).

In connection with this, it is important to note that in the *prakīrṇakāṇḍa* Bhaṭṭi employs ātmanepada forms of *upa-yam* in the sense of *svakaraṇa* 2 also:

[2] BhK 4.20a: *saumitre mām upāyaṁsthāḥ* "O son of Sumitrā (i. e., Lakṣmaṇa), marry me!"

[3] BhK 4.28c: *mām upāyaṁsta rāma* "O Rāma, marry me!"

The demoness Śūrpaṇakhā, looking for a marriage partner (BhK 4.19b: *patīyantī*), found Lakṣmaṇa and Rāma in the forest, and then uttered [2]-[3]. Here we must recall that the *prakīrṇakāṇḍa* plays a role complementary to the *adhikārakāṇḍa*: passages in the former sometimes serve to supply illustrations of grammatical rules which are not provided for in the latter. It is patent that Bhaṭṭi, by giving [2]-[3], wishes to imply that the word *svakaraṇa* of A 1.3.56 can also be interpreted as *svakaraṇa* 2. Now the question arises: What motivates Bhaṭṭi to give [2]-[3] in addition to [1], even though the latter will be sufficient to illustrate A 1.3.56?

The key to the question is found in actual poetic usage. We find many instances of ātmanepada forms of *upa-yam* used in the sense of *svakaraṇa* 2 in poetic works written in the period roughly between Candragomin and the Kāśikāvṛtti: Abhijñānaśakuntala (101.2-3), Raghuvaṁśa 14.87a, Kumārasambhava 1.18, Daśakumāracarita (56.21-22), Jānakīharaṇa 1.26cd, and Śiśupālavadha 15.27b. On the other hand, instances of ātmanepada forms of *upa-yam* used in the sense of *svakaraṇa* 1 are found only in the Bhaṭṭikāvya among poetic works composed in the above-mentioned period. This shows that in Bhaṭṭi's time the use of ātmanepada forms of *upa-yam* in the sense of *svakaraṇa* 2 must have been well established (*prasiddhi*) among poets, while their use in the sense of *svakaraṇa* 1 must have been extremely uncommon.

Bhaṭṭi's rare use of the ātmanepada form *upāyaṁsata* in the meaning *svakaraṇa* 1 in [1] might be considered to be a poetic flaw as Vāmana (ca. 8th c. CE) would have according to his rule (KAS: 2.1.13 *aprasiddhārthaprayuktaṃ gūḍhārtham*). Despite this, he gave it as an example for A 1.3.56 on the authority of Patañjali's interpretation of the rule. On the other hand, Bhaṭṭi employed [2]-[3] as well as [1] in order to illustrate A 1.3.56 in conformity with the usage of poets current in his time. What all these things make clear is that Bhaṭṭi holds that both uses of ātmanepada forms of *upa-yam* must be learned to become an expert in Sanskrit. This bespeaks Bhaṭṭi's underlying idea that he attaches importance to the instruction in verb forms.

4.3 Bhaṭṭi as a Poet not a Grammarian

According to A 2.3.17: *manyakarmaṇy anādare vibhāṣāprāṇiṣu*, a dative ending (*caturthī*) occurs optionally (*vibhāṣā*) after nominal bases that signify non-animate beings (*aprāṇiṣu*) when an object (*karman*) of an action signified by the verb *man* 'think' of the set beginning with *div* is to be denoted, on condition that contempt is conveyed (*anādare*). The Bhāṣya on this rule shows that the word *anādara* in the rule can mean *anādara* 1 which is mere contempt (*anādaramātram*) and *anādara* 2 which is strong contempt (*atyantam anādaraḥ*). Consider the following utterances:

[1] *tvāṃ tṛṇaṃ manye* "I think you are [just] worth straw" (*anādara* 1).

[2] *na tvāṃ tṛṇāya manye* "I think you are not [even] worth straw" (*anādara* 2).

Kaiyaṭa explains the deference between these two utterances as follows: A speaker of the utterance [1] intends to convey mere contempt for the person referred to by the pronominal *tvā* by equating the latter with straw (*sāmyavivakṣā*); a speaker of the utterance [2] means to convey strong contempt (*prakarṣeṇa kutsā*) by denying even the equality in value between the person and the straw.

Patañjali takes the word *anādara* of A 2.3.17 to denote *anādara* 2 in order that this rule will apply only in negative sentences like [2] (*[1] *tvāṃ tr̥ṇāya manye*).

In the *anabhihitādhikāra* (BhK 8.94-8.130) Bhaṭṭi gives the following expression to illustrate A 2.3.17:

> [3] BhK 8.99a: *tr̥ṇāya matvā tāḥ sarvāḥ* "thinking that all of them (i.e., demonesses) are [just] worth straw, ..."

Here Bhaṭṭi does not employ the negative compound *amatvā* (lit. 'without thinking'). Clearly [3] goes against Patañjali's interpretation of A 2. 3. 17. Therefore, post-Bhaṭṭi Pāṇinīyas never accept [3] as an example for this rule.

What is the reason for Bhaṭṭi to ignore Patañjali's arguments on A 2.3.17? In this context, we must pay deep attention to the fact that Daṇḍin (ca. 7th c. CE) and Māgha (ca. second half of 7th c. CE), who possibly were contemporaries of Bhaṭṭi, also employ the following expressions:

> [5] DKC 2.2 (83.5): *tr̥ṇāya matvārthapatim* "thinking that the lord of wealth (i.e., Kubera) is [just] worth straw, ..."
> [6] ŚV 15.61a: *harim apy amaṁsata tr̥ṇāya* "They thought that even Hari (i. e., Kr̥ṣṇa) was [just] worth straw."

Māgha's and Daṇḍin's use of these expressions naturally implies that utterances like [3] have become acceptable in Bhaṭṭi's time among poets. It seems reasonable to suppose that just as Patañjali accepts negative sentences like [2] as examples for A 2.3.17 on the basis of the usage of model speakers (*śiṣṭa*), so does Bhaṭṭi accept affirmative sentences like [3] as examples for the rule on the basis of the poetic usage current in his time. In this sense Bhaṭṭi must be said to be working as a poet (*kavi*) not a grammarian (*vaiyākaraṇa*).

Appendices

In the appendices, an annotated translation of selected subsections from the *adhikārakāṇḍa* is given.

This book is a revised version of my doctoral dissertation submitted to Hiroshima University in 2013.

June 2016 Yūto Kawamura

Contents

Preface
Table of Contents
Bibliography

Introduction

0.1 A Study of the Bhaṭṭikāvya: The Aim of this Book
0.2 An Outline of *kāvya*
0.3 An Outline of Pāṇinian Grammar
0.4 The Status of Pāṇinian Grammar in the Poetic Tradition
0.5 Approaching the Bhaṭṭikāvya through its Commentaries
0.6 The Bhaṭṭikāvya as a Grand Poem (*mahākāvya*)
0.7 The Structure of the Bhaṭṭikāvya: Twenty-two Chapters and Four Sections
0.8 The Motive for Composing the Bhaṭṭikāvya
0.9 General Principles Bhaṭṭi follows in Illustrating Grammatical Rules
0.10 A Survey of Previous Research on the Bhaṭṭikāvya
0.11 The Method of Study Adopted in this Book

Part I

Chapter 1. The Way of Illustrating Rules and Teaching Correct Usage in the Grammatical Sections

~~1.0 Introduction~~
1.1 The Section on Rules Governed by Headings
1.2 The Section on Miscellaneous Rules
1.3 The Section on Finite Verb Forms
1.4 Conclusion

Chapter 2. A Comparative Study of the Bhaṭṭikāvya and the Rāvaṇārjunīya

2.0 Introduction

2.1 A Brief Survey of the Rāvaṇārjunīya

2.2 Illustrations of *kāraka* Rules in the Bhaṭṭikāvya and the Rāvaṇārjunīya

2.3 The Concept of *kāvyaśāstra* and its Role in Sanskrit Education

2.4 Conclusion

Chapter 3. Poetic Devices in the Grammatical Sections

3.0 Introduction

3.1 Non-orderly Assignment and Orderly Assignment

3.2 Poetic Effects Produced by Sound Arrangements

3.3 The Cooperation of the Word-formation and the Meaning-embellishment

3.4 Conclusion

Chapter 4. Bhaṭṭi, Kātyāyana, and Patañjali

4.0 Introduction

4.1 Bhaṭṭi's Knowledge of Kātyāyana's and Patañjali's Arguments

4.2 Patañjali's Interpretation vs. Actual Poetic Usage

4.3 Bhaṭṭi as a Poet not a Grammarian

4.4 Conclusion

Conclusion

Part II

Annotated Translation of Selected Subsections from the *adhikārakāṇḍa*

1 BhK 6.8-10: *dvikarmakādhikāra* (ślokavārttika on A 1.4.51)

2 BhK 5.97-100: *ṭādhikāra* (A 3.2.16-23)

3 BhK 6.71-86: *nirupapadakṛdadhikāra* (A 3.1.133-150)

4 BhK 8.85-93: *karmapravacanīyādhikāra* (A 1.4.83-98)

5 BhK 8.94-130: *anabhihitādhikāra* (A 2.3.1-73)

6 BhK 9.8-11: *sicivṛddhyadhikāra* (A 7.2.2-7)

索　引

A 1.1.61: pratyayasya lukślulupaḥ …… 356
A 1.3.10: yathāsaṅkhyam anudeśaḥ samānām …… 212
A 1.3.54: samas tṛtīyāyuktāt …… 233
A 1.3.56: upād yamaḥ svakaraṇe …… 269
A 1.4.23: kārake …… 150
A 1.4.24: dhruvam apāye ’pādānam …… 151
A 1.4.25: bhītrārthānām bhayahetuḥ …… 151
A 1.4.26: parājer asoḍhaḥ …… 151
A 1.4.27: vāraṇārthānām īpsitaḥ …… 152
A 1.4.28: antardhau yenādarśanam icchati …… 152
A 1.4.29: ākhyātopayoge …… 153
A 1.4.30: janikartuḥ prakṛtiḥ …… 153
A 1.4.31: bhuvaḥ prabhavaḥ …… 153
A 1.4.32: karmaṇā yam abhipraiti sa sampradānam …… 157
A 1.4.33: rucyarthānām prīyamāṇaḥ …… 157
A 1.4.34: ślāghahnuṅsthāśapāñ jñīpsyamānaḥ …… 157
A 1.4.35: dhārer uttamarṇaḥ …… 159
A 1.4.36: spṛher īpsitaḥ …… 162
A 1.4.37: krudhadruherṣyāsūyārthānāṁ yam prati kopaḥ …… 163
A 1.4.38: krudhadruhor upasṛṣṭayoḥ karma …… 165
A 1.4.39: rādhīkṣyor yasya vipraśnaḥ …… 165
A 1.4.40: pratyāṅbhyāṁ śruvaḥ pūrvasya kartā …… 167
A 1.4.41: anupratigṛṇaś ca …… 169
A 1.4.42: sādhakatamaṅ karaṇam …… 170
A 1.4.43: divaḥ karma ca …… 171
A 1.4.44: parikrayaṇe sampradānam anyatarasyām …… 171
A 1.4.45: ādhāro ’dhikaraṇam …… 173
A 1.4.46: adhiśīṅsthāsāṅ karma …… 173
A 1.4.47: abhiniviśaś ca …… 174
A 1.4.48: upānvadhyāṅvasaḥ …… 173
A 1.4.49: kartur īpsitatamaṅ karma …… 176
A 1.4.50: tathāyuktañ cānīpsitam …… 177
A 1.4.51: akathitañ ca …… 179, 301
A 1.4.52: gatibuddhipratyavasānārthaśabdakarmākarmakāṇām aṇikartā sa ṇau …… 180
A 1.4.53: hṛkror anyatarasyām …… 185
A 1.4.54: svatantraḥ kartā …… 185
A 1.4.55: tatprayojako hetuś ca …… 185

A 1.4.83: karmapravacanīyāḥ ··· 93, 327
A 1.4.84: anur lakṣaṇe ··· 328
A 1.4.85: tṛtīyārthe ··· 328
A 1.4.86: hīne ··· 329
A 1.4.87: upo 'dhike ca ··· 329
A 1.4.88: apaparī varjane ··· 330
A 1.4.89: āṅ maryādāvacane ··· 330
A 1.4.90: lakṣaṇetthambhūtākhyānabhāgavīpsāsu pratiparyanavaḥ ··· 42, 331
A 1.4.91: abhir abhāge ··· 331
A 1.4.92: pratiḥ pratinidhipratidānayoḥ ··· 332
A 1.4.93: adhiparī anarthakau ··· 332
A 1.4.94: suḥ pūjāyām ··· 333
A 1.4.95: atir atikramaṇe ca ··· 333
A 1.4.96: apiḥ padārthasambhāvanānvavasargagarhāsamuccayeṣu ··· 216, 334
A 1.4.97: adhir īśvare ··· 334
A 1.4.98: vibhāṣā kṛñi ··· 335
A 2.1.56: upamitaṁ vyāghrādibhiḥ sāmānyāprayoge ··· 194
A 2.2.11: pūraṇaguṇasuhitārthasadavyayatavyasamānādhikaraṇena ··· 276
A 2.3.1: anabhihite ··· 335
A 2.3.2: karmaṇi dvitīyā ··· 336
A 2.3.4: antarāntareṇayukte ··· 336
A 2.3.5: kālādhvanor atyantasaṁyoge ··· 337
A 2.3.6: apavarge tṛtīyā ··· 337
A 2.3.7: saptamīpañcamyau kārakamadhye ··· 338
A 2.3.8: karmapravacanīyayukte dvitīyā ··· 328
A 2.3.9: yasmād adhikaṁ yasya ceśvaravacanan tatra saptamī ··· 329
A 2.3.10: pañcamy apāṅparibhiḥ ··· 330
A 2.3.11: pratinidhipratidāne ca yasmāt ··· 332
A 2.3.12: gatyarthakarmaṇi dvitīyācaturthyau ceṣṭāyām anadhvani ··· 339
A 2.3.13: caturthī sampradāne ··· 340
A 2.3.14: kriyārthopapadasya ca karmaṇi sthāninaḥ ··· 340
A 2.3.15: tumarthāc ca bhāvavacanāt ··· 341
A 2.3.16: namaḥsvastisvāhāsvadhālaṁvaṣaḍyogāc ca ··· 342
A 2.3.17: manyakarmaṇy anādare vibhāṣāprāṇiṣu ··· 278, 343
A 2.3.18: kartṛkaraṇayos tṛtīyā ··· 343
A 2.3.19: sahayukte 'pradhāne ··· 343
A 2.3.20: yenāṅgavikāraḥ ··· 344
A 2.3.21: itthambhūtalakṣaṇe ··· 344
A 2.3.22: sañjño 'nyatarasyāṅ karmaṇi ··· 345
A 2.3.23: hetau ··· 346

A 2.3.24: akartary ṛṇe pañcamī ······ 346
A 2.3.25: vibhāṣā guṇe 'striyām ······ 346
A 2.3.26: ṣaṣṭhī hetuprayoge ······ 346
A 2.3.27: sarvanāmnas tṛtīyā ca ······ 347
A 2.3.28: apādāne pañcamī ······ 347
A 2.3.29: anyārāditarartedikśabdāñcūttarapadājāhiyukte ······ 348
A 2.3.30: ṣaṣṭhy atasarthapratyayena ······ 349
A 2.3.31: enapā dvitīyā ······ 349
A 2.3.32: pṛthagvinānānābhis tṛtīyānyatarasyām ······ 350
A 2.3.33: karaṇe ca stokālpakṛcchrakatipayasyāsattvavacanasya ······ 350
A 2.3.34: dūrāntikārthaiḥ ṣaṣṭhy anyatarasyām ······ 351
A 2.3.35: dūrāntikārthebhyo dvitīyā ca ······ 351
A 2.3.36: saptamy adhikaraṇe ca ······ 352
A 2.3.37: yasya ca bhāvena bhāvalakṣaṇam ······ 352
A 2.3.38: ṣaṣṭhī cānādare ······ 353
A 2.3.39: svāmīśvarādhipatidāyādasākṣipratibhūprasūtaiś ca ······ 354
A 2.3.40: āyuktakuśalābhyāñ cāsevāyām ······ 354
A 2.3.41: yataś ca nirdhāraṇam ······ 355
A 2.3.42: pañcamī vibhakte ······ 355
A 2.3.43: sādhunipuṇābhyām arcāyāṁ saptamy aprateḥ ······ 356
A 2.3.44: prasitotsukābhyān tṛtīyā ca ······ 355
A 2.3.45: nakṣatre ca lupi ······ 356
A 2.3.46: prātipadikārthaliṅgaparimāṇavacanamātre prathamā ······ 358
A 2.3.47: sambodhane ca ······ 359
A 2.3.48: sāmantritam ······ 359
A 2.3.49: ekavacanaṁ sambuddhiḥ ······ 359
A 2.3.50: ṣaṣṭhī śeṣe ······ 359
A 2.3.51: jño 'vidarthasya karaṇe ······ 361
A 2.3.52: adhīgarthadayeśāṅ karmaṇi ······ 360
A 2.3.53: kṛñaḥ pratiyatne ······ 361
A 2.3.54: rujārthānām bhāvavacanānām ajvareḥ ······ 362
A 2.3.55: āśiṣi nāthaḥ ······ 364
A 2.3.56: jāsiniprahaṇanāṭakrāthapiṣāṁ hiṁsāyām ······ 233, 364
A 2.3.57: vyavahṛpaṇoḥ samarthayoḥ ······ 364
A 2.3.58: divas tadarthasya ······ 365
A 2.3.59: vibhāṣopasarge ······ 365
A 2.3.64: kṛtvorthaprayoge kāle 'dhikaraṇe ······ 365
A 2.3.65: kartṛkarmaṇoḥ kṛti ······ 366
A 2.3.66: ubhayaprāptau karmaṇi ······ 367
A 2.3.67: ktasya ca vartamāne ······ 367

A 2.3.68: adhikaraṇavācinaś ca 368
A 2.3.69: na lokāvyayaniṣṭhākhalarthatṛnām 371
A 2.3.70: akenor bhaviṣyadādhamarṇyayoḥ 373
A 2.3.71: kṛtyānāṅ kartari vā 374
A 2.3.72: tulyārthair atulopamābhyān tṛtīyānyatarasyām 374
A 2.3.73: caturthī cāśiṣy āyuṣyamadrabhadrakuśalasukhārthahitaiḥ 374
A 2.4.54: cakṣiṅaḥ khyāñ 255
A 3.1.57: irito vā 41
A 3.1.91: dhātoḥ 98
A 3.1.92: tatropapadaṁ saptamīstham 250
A 3.1.93: kṛd atiṅ 99
A 3.1.133: ṇvultṛcau 267, 312
A 3.1.134: nandigrahipacādibhyo lyuṇinyacaḥ 41, 312
A 3.1.135: igupadhajñāprīkiraḥ kaḥ 314
A 3.1.136: ātaś copasarge 314
A 3.1.137: pāghrādhmādheḍdṛśaḥ śaḥ 315
A 3.1.138: anupasargāl limpavindadhāripārivedyudejicetisātisāhibhyaś ca 116, 316
A 3.1.139: dadātidadhātyor vibhāṣā 317
A 3.1.140: jvalitikasantebhyo ṇaḥ 319
A 3.1.141: śyādvyadhāsrusaṁsrvatīṇavasāvahṛlihaśliṣaśvasaś ca 320
A 3.1.142: dunyor anupasarge 321
A 3.1.143: vibhāṣā grahaḥ 321
A 3.1.144: gehe kaḥ 322
A 3.1.145: śilpini ṣvun 322
A 3.1.146: gas thakan 323
A 3.1.147: ṇyuṭ ca 323
A 3.1.148: haś ca vrīhikālayoḥ 324
A 3.1.149: prusṛlvaḥ samabhihāre vun 325
A 3.1.150: āśiṣi ca 326
A 3.2.1: karmaṇy aṇ 251
A 3.2.2: hvāvāmaś ca 252
A 3.2.3: āto 'nupasarge kaḥ 252
A 3.2.4: supi sthaḥ 259
A 3.2.5: tundaśokayoḥ parimṛjāpanudoḥ 253
A 3.2.6: pre dājñaḥ 254
A 3.2.7: sami khyaḥ 255
A 3.2.8: gāpoṣ ṭak 263
A 3.2.9: harater anudyamane 'c 256
A 3.2.10: vayasi ca 256
A 3.2.11: āṅi tācchīlye 256

A 3.2.12: arhaḥ ········ 257
A 3.2.13: stambakarṇayo ramijapoḥ ········ 266
A 3.2.14: śami dhātoḥ sañjñāyām ········ 257
A 3.2.15: adhikaraṇe śeteḥ ········ 258
A 3.2.16: careṣ ṭaḥ ········ 258, 306
A 3.2.17: bhikṣāsenādāyeṣu ca ········ 306
A 3.2.18: puro'grato'greṣu sarteḥ ········ 306
A 3.2.19: pūrve kartari ········ 307
A 3.2.20: kṛño hetutācchīlyānulomyeṣu ········ 308
A 3.2.21: divāvibhāniśāprabhābhāskārāntānantādibahunāndīkiṁlipilibibalibhaktikartṛcitrakṣetrasaṅkhyājaṅghābāhvaharyattaddhanurаruṣṣu ········ 39, 309
A 3.2.22: karmaṇi bhṛtau ········ 309
A 3.2.23: na śabdaślokakalahagāthāvairacāṭusūtramantrapadeṣu ········ 310
A 3.2.31: udi kūle rujivahoḥ ········ 231
A 3.2.42: sarvakūlābhrakarīṣeṣu kaṣaḥ ········ 231
A 3.2.44: kṣemapriyamadre 'ṇ ca ········ 232
A 3.2.57: kartari bhuvaḥ khiṣṇuckhukañau ········ 233
A 3.2.110: luṅ ········ 131
A 3.2.118: laṭ sme ········ 130
A 3.2.126: lakṣaṇahetvoḥ kriyāyāḥ ········ 232
A 3.2.136: alaṅkṛñnirākṛñprajanotpacotpatonmadarucyapatrapavṛtuvṛdhusahacara iṣṇuc ········ 118, 122, 223
A 3.2.139: glājisthaś ca ksnuḥ ········ 122
A 3.2.140: trasigṛdhidhṛṣikṣipeḥ knuḥ ········ 123
A 3.2.167: namikampismyajasakamahiṁsadīpo raḥ ········ 121
A 3.2.188: matibuddhipūjārthebhyaś ca ········ 368
A 3.3.4: yāvatpurānipātayor laṭ ········ 207
A 3.3.10: tumunṇvulau kriyāyāṅ kriyārthāyām ········ 341
A 3.3.11: bhāvavacanāś ca ········ 341
A 3.3.15: anadyatane luṭ ········ 128
A 3.3.88: ḍvitaḥ ktriḥ ········ 114
A 3.3.94: striyāṅ ktin ········ 341
A 3.3.113: kṛtyalyuṭo bahulam ········ 139
A 3.3.131: vartamānasāmīpye vartamānavad vā ········ 312
A 3.3.132: āśaṁsāyām bhūtavac ca ········ 291
A 3.3.134: āśaṁsāvacane liṅ ········ 129
A 3.3.156: hetuhetumator liṅ ········ 145
A 3.3.161: vidhinimantraṇāmantraṇādhīṣṭasampraśnaprārthaneṣu liṅ ········ 143
A 3.3.162: loṭ ca ········ 128
A 3.3.164: liṅ cordhvamauhūrtike ········ 144

A 3.4.1: dhātusambandhe pratyayāḥ ···· 102
A 3.4.3: samuccaye 'nyatarasyām ···· 227
A 3.4.5: samuccaye sāmānyavacanasya ···· 228
A 3.4.76: kto 'dhikaraṇe ca dhrauvyagatipratyavasānārthebhyaḥ ···· 369
A 4.1.50: krītāt karaṇapūrvāt ···· 46
A 4.2.3: nakṣatreṇa yuktaḥ kālaḥ ···· 356
A 4.2.4: lub aviśeṣe ···· 356
A 4.3.23: sāyañcirамprāhṇeprage'vyayebhyaṣ ṭyuṭyulau tuṭ ca ···· 113, 242
A 4.4.20: trer mam nityam ···· 114
A 4.4.116: agrād yat ···· 119
A 5.1.102: yogād yac ca ···· 119
A 5.1.117: tad arham ···· 319
A 5.2.140: ahaṁśubhamor yus ···· 118
A 5.3.9: paryabhibhyāñ ca ···· 111
A 5.3.28: dakṣiṇottarābhyām atasuc ···· 349
A 5.3.35: enab anyatarasyām adūre 'pañcamyāḥ ···· 349
A 5.3.75: sañjñāyāṅ kan ···· 142
A 5.4.17: saṅkhyāyāḥ kriyābhyāvṛttigaṇane kṛtvasuc ···· 366
A 5.4.44: pratiyoge pañcamyās tasiḥ ···· 332
A 5.4.77: acaturavicaturasucaturastrīpuṁsadhenvanaḍuharksāmavāṅmanasākṣibhruvadāragavorvaṣṭhīvapadaṣṭhīvanaktandivarātrindivāhardivasarajasaniḥśreyasapuruṣāyuṣadvyāyuṣatryāyuṣargyajuṣajātokṣamahokṣavṛddhokṣopaśunagoṣṭhaśvāḥ ···· 136
A 5.4.122: nityam asic prajāmedhayoḥ ···· 232
A 6.1.78: eco 'yavāyāvaḥ ···· 212
A 6.3.109: pṛṣodarādīni yathopadiṣṭam ···· 147
A 6.4.105: ato heḥ ···· 229
A 7.2.1: sici vṛddhiḥ parasmaipadeṣu ···· 389
A 7.2.2: ato lrāntasya ···· 375
A 7.2.3: vadavrajahalantasyācaḥ ···· 379
A 7.2.4: neṭi ···· 380
A 7.2.5: hmyantakṣaṇaśvasajāgṛṇiśvyeditām ···· 381, 382
A 7.2.6: ūrṇoter vibhāṣā ···· 383
A 7.2.7: ato halāder laghoḥ ···· 386
A 7.2.10: ekāca upadeśe 'nudāttāt ···· 94
A 7.4.5: tiṣṭhater it ···· 133
A 8.2.83: pratyabhivāde 'śūdre ···· 14, 73
BhK 1.1 ···· 100
BhK 1.2 ···· 125
BhK 1.3 ···· 125
BhK 1.4 ···· 237

BhK 1.6 …… 239
BhK 1.7 …… 238
BhK 1.9 …… 238
BhK 1.10 …… 114
BhK 1.12 …… 111
BhK 1.13 …… 113
BhK 1.15 …… 115
BhK 1.19 …… 117
BhK 1.20 …… 117
BhK 1.22 …… 119
BhK 1.24 …… 120
BhK 1.25 …… 122
BhK 2.19 …… 240
BhK 5.65 …… 241
BhK 5.97 …… 102, 306
BhK 5.98 …… 308
BhK 5.99 …… 39, 309
BhK 5.100 …… 309
BhK 6.8-10 …… 304
BhK 6.13 …… 112
BhK 6.28 …… 40
BhK 6.71 …… 40, 311
BhK 6.72 …… 311
BhK 6.73 …… 311
BhK 6.74 …… 312
BhK 6.75 …… 312
BhK 6.76 …… 314
BhK 6.77 …… 315
BhK 6.78 …… 316
BhK 6.79 …… 316
BhK 6.80 …… 320
BhK 6.81 …… 320
BhK 6.82 …… 320
BhK 6.83 …… 321
BhK 6.84 …… 322
BhK 6.85 …… 324
BhK 6.86 …… 326
BhK 6.87 …… 251
BhK 6.88 …… 252, 259
BhK 6.89 …… 254

BhK 6.90 ···· 255, 263
BhK 6.91 ···· 256
BhK 6.92 ···· 257, 266
BhK 6.93 ···· 258
BhK 7.2 ···· 143
BhK 7.3 ···· 142, 223
BhK 7.4 ···· 142
BhK 7.23 ···· 142
BhK 8.70-72 ···· 106, 150
BhK 8.73 ···· 156
BhK 8.74 ···· 156
BhK 8.75 ···· 162
BhK 8.76 ···· 165
BhK 8.77 ···· 167
BhK 8.78 ···· 170
BhK 8.79 ···· 172
BhK 8.80 ···· 173
BhK 8.81 ···· 176
BhK 8.82 ···· 179
BhK 8.83 ···· 179
BhK 8.84 ···· 185
BhK 8.85 ···· 328
BhK 8.86 ···· 329
BhK 8.87 ···· 329
BhK 8.88 ···· 42, 330
BhK 8.89 ···· 331
BhK 8.90 ···· 332
BhK 8.91-92 ···· 218, 334
BhK 8.93 ···· 334
BhK 8.94 ···· 336
BhK 8.95 ···· 337
BhK 8.96 ···· 339
BhK 8.97 ···· 340
BhK 8.98 ···· 341
BhK 8.99 ···· 342
BhK 8.100 ···· 342
BhK 8.101 ···· 342
BhK 8.102 ···· 345
BhK 8.103 ···· 345
BhK 8.104 ···· 347

BhK 8.105 ··· 347
BhK 8.106 ··· 348
BhK 8.107 ··· 348
BhK 8.108 ··· 349
BhK 8.109 ··· 350
BhK 8.110 ··· 350
BhK 8.111 ··· 351
BhK 8.112 ··· 352
BhK 8.113 ··· 353
BhK 8.114 ··· 353
BhK 8.115 ··· 354
BhK 8.116 ··· 354
BhK 8.117 ··· 355
BhK 8.118 ··· 357
BhK 8.119 ··· 358
BhK 8.120 ··· 362
BhK 8.121 ··· 362
BhK 8.122 ··· 365
BhK 8.123 ··· 366
BhK 8.124 ··· 367
BhK 8.125 ··· 368
BhK 8.126 ··· 108, 370
BhK 8.127 ··· 108, 371
BhK 8.128 ··· 109, 371
BhK 8.129 ··· 373
BhK 8.130 ··· 374
BhK 9.1 ··· 388
BhK 9.8 ··· 375
BhK 9.9 ··· 379
BhK 9.10 ··· 382
BhK 9.11 ··· 386
BhK 10.39 ··· 241
BhK 10.44 ··· 213
BhK 15.1 ··· 131
BhK 15.2 ··· 131
BhK 18.1 ··· 130
BhK 19.5 ··· 129
BhK 20.2 ··· 128
BhK 22.1 ··· 127
BhK 22.23 ··· 101

著者略歴
川村　悠人（かわむら　ゆうと）

1986年　高知県に生まれる
2009年　広島大学文学部人文学科卒業
2011年　広島大学大学院文学研究科博士課程前期修了
2012年　広島市立看護専門学校非常勤講師
2013年　日本学術振興会特別研究員 DC2
2014年　広島大学大学院文学研究科博士課程後期修了，文学博士
2014年　日本学術振興会特別研究員 PD
2015年　日本学術振興会特別研究員 SPD，京都大学文学研究科非常勤講師
2016年　ライデン大学（オランダ）単位取得短期留学

バッティの美文詩研究
――サンスクリット宮廷文学とパーニニ文法学――

2017年1月23日　初版第1刷発行

著　者　川　村　悠　人
発行者　西　村　明　高
発行所　株式会社　法　藏　館
〒600-8153
京都市下京区正面通烏丸東入
電　話　075（343）0030（編集）
　　　　075（343）5656（営業）

印刷・製本　中村印刷株式会社

ISBN978-4-8318-7092-6 C3098　*printed in Japan*